[韩]崔仁浩 著
王宜胜 等译

世界知识出版社

天下第一商

002 第 一 章：轮 痴
028 第 二 章：序 曲
042 第 三 章：秘密钥匙
055 第 四 章：命运之夜
107 第 五 章：起死回生
128 第 六 章：天佑神助

暴风前夜

176 第 七 章：戒盈杯
210 第 八 章：蚂蚁与蜂蜜
232 第 九 章：联合抵制
271 第 十 章：燎 原
292 第十一章：暴风前夜

相思别曲

334 　第十二章：鼎的秘密
365 　第十三章：造反的结局
373 　第十四章：传奇之杯
380 　第十五章：好事多磨
413 　第十六章：相思别曲

戒盈杯之谜

466 　第十七章：累卵之危
489 　第十八章：戒盈杯之谜
544 　第十九章：石崇大师
559 　第二十章：无路之路

商业之道

598 　第二十一章：《岁寒图》
627 　第二十二章：寂中日记
653 　第二十三章：商业之道

天下第一商

第一章 轮 痴

1

获知金起燮会长因车祸溘然而逝,是在1999年12月底。

每至岁末,照例要应付各种辞旧的聚会、酒场、宴席,还要被迎新的激动催促着东奔西走,而在1999年的岁暮,这种忙碌更胜往年。

因为,不消几日,人类即将跨入公元2000年,掀开新世纪的崭新一页。人类历史上,公元1000年的"1"字为"2"字所替代的那一刻正倏然而至,在人们千年生活中留下印迹的"1"字即将封存在历史中,变为永恒。

更何况,一年之中,部分基督教徒关于1999年出现了种种世纪末现象、人类随时可能在这一年的某一瞬间沦于灭绝的警告不绝于耳;而今,一个新的世纪,一个2000年的世纪正在走来,所有的人们、所有的社会、所有的国家,整个地球村都为一种渺然的希冀而兴奋、狂热。

于是,1999年的圣诞节也就有了特别的意味。

午夜12时,我和妻子参加了子夜弥撒。从教皇那里,传来了美好的圣诞祈愿:愿地球和人类在即将到来的2000年的新世纪拥有和平。

做完弥撒,我和妻子走到教堂院子里,看到了大型圣诞树旁的圣子耶稣。

那是一个装饰精致的库房，里面坐着圣母玛丽亚和她的丈夫约瑟的塑像，圣子耶稣就躺在盛放牛马饲料的食槽里。库房里还有制作精巧的牛、马、羊。库房门外，站着三位手持礼物前来礼拜圣子耶稣的来自遥远东方的博士。

做完弥撒回到家中，已是深夜二时。妻子习惯性地打开了电视机。电视里正在播放大韩广播公司交响乐团的演奏，贝多芬的第九交响曲，一个合唱交响曲。交响曲已至高潮，雄壮的合唱曲在迸发：

  我们讴歌，

  我们颂扬，

  造物的荣光，

  新发的嫩芽，

  春雨中沐浴成长……

就在此时，高潮中的合唱曲突然中断。我以为又是播放出了差错，下意识地看了看电视屏幕——原本瞄向大型舞台管弦乐队的电视镜头已然转到演播室。

"现在播报新闻快讯。"播音员讲话时仍在打领带，似乎赶得非常匆忙。

我停下脱外套的手，走近电视。

究竟发生了什么大事，值得把圣诞特别演奏会现场直播停掉，在这样的良宵一刻？

"现在播报刚刚得到的新闻快讯，"播音员重复了一次刚才的开场白，开始读显然是草草拟就的稿子，"麒坪集团领头人、会长金起燮先生因交通事故辞世。据称，车祸地点在德国的比斯巴登高速公路上。"

什么？我颓然跌坐到沙发上。这究竟是怎么回事？

"……金起燮会长放眼21世纪，麒坪集团倾力推出新款车型。据悉，会长亲握方向盘，奔驰在德国高速公路上试车，在比斯巴登附近发生车祸，不幸辞世……"

不相信，真令人难以相信。然而电视屏幕上已开始出现金起燮会长的照片。的确是他的面容。

"再播报一次，"播音员开始重复短讯内容，"现在播报刚刚得到的新闻快讯……"

播音员的声音透过屏幕上出现的黑白旧照片继续传出，"麒坪集团领头人、会长金起燮先生因交通事故辞世。据称，车祸地点在德国的比斯巴登高速公路上。"

我感到一阵仿佛被钝器击中头部的晕眩。

"……详情在早晨六时新闻首播时间再向您介绍。"

大概又过了一二分钟，新闻短讯甫毕，一度被中断的贝多芬合唱曲再度占据屏幕，昂扬有力的合唱声再度传出，席勒那讴歌上帝创造宇宙万物之荣光的诗作，伴随着贝多芬的激越乐章，把一个人的死亡像湍流不息的大江中的一个气泡一样瞬间淹没了。

我却不能将记忆湮没。

金起燮会长之于我，胜于贝多芬合唱交响曲，胜于贝多芬。

他已死。

我失神地坐着，连外套也忘了换。

金起燮会长最终还是因车祸死在德国高速公路上，死在这条据说是德意志大独裁者希特勒奠基、因为没有速度限制想开多快就开多快的德国联邦高速公路上。作为一个飙车狂，金会长每年至少都要有一两次独自一人开着跑车在德国的高速公路上以超过200迈的速度飞驰。他终于还是在德国高速公路上独自驾车出事而亡！

在1999年岁暮的圣诞前夜，正当人们相聚一起饮酒唱歌尽情欢乐时，这位大企业的总裁却驾车走上了不归路，就像一个遭母亲训斥后负气离家出走的少年。也就是在这21世纪即将到来的圣诞前夜，金起燮会长似乎要与这个时代抗争，抑或是有意逃避整个世界洋溢的节日氛围，开着那辆为新世纪打造的新车在德国的高速公路上试车，岂料一场突发的事故夺走了他的生命。

"一个车迷"，人们经常这样说起金起燮会长。

但金起燮会长本人却并不喜欢这个称呼。一次，只有一次，他这样向我吐露心曲：

"这话我只跟您一人讲，从来没向别人说过。我从不认为自己是个车迷。有人说我是飙车狂，但我真正迷恋的并不是车。"

"那您迷恋什么呢？"

我的话音刚落，他一本正经地答道："我真正迷恋的是轮子，从小时候起我就喜欢轮子。有了轮子这东西，无论多重的物件搬运起来都轻而易举，而且越是加力转圈速度就越快。并且它圆圆的，没有棱角。我喜欢轮子。所以，人们封我是'车迷'，而实际上这个绰号并不适用于我。"

"那别人该叫您什么好呢？"

金会长莞尔一笑："蟑螂。"

金会长亲口说出希望别人称呼他的绰号竟然是"蟑螂"。当然，在他向我解释他迷恋的不是汽车而是轮子后，我明白他是取蟑螂一词拆开来的意思，即"轮虫"、"轮痴"。(在朝鲜语中，"蟑螂"的发音与"轮子"相似——译注）

"人们讨厌蟑螂，认为它很恶心，即便如此还有的饭店把蟑螂叫作招财虫，看到了也不逮，还照样养着。蟑螂这东西，喜阴暗而不喜光亮。中国人称蟑螂为'香娘子'，意为散发幽香的大家闺秀。"

"这么说您与蟑螂有些像，不喜欢与人相处而喜欢躲在黑暗的地方？"

金会长有自闭症，这一点尽人皆知。虽媒体屡屡相邀，他却难得让记者拍照，更不用说接受什么采访。

"是那样吗？嗯，确实是那样的，哈哈……"金会长拍着膝盖大笑起来。金会长有个习惯，什么事中了他的心意他就会一边开怀大笑一边拍东西。身边有桌子就拍桌子，有茶几就拍茶几；什么都没有时就拍膝盖，越是笑得厉害就拍得越起劲，因此经常把茶几上水杯里的水震得溅出来。

轮痴！金会长正是这样痴于轮而不是迷于车，正如他为自己起的绰号。圣诞节前夜，这个轮痴最终在德国高速公路上独自驾车时出事身亡。

车祸的情形是怎样的，我无从知晓。

平时，凌晨两点是新闻的世界，但今晚无论我怎样把频道调来调去，看到和听到的只有圣诞节特别节目。看样子，要知道车祸的原因，真像播音员说的那样，得等到明晨六点新闻播报或早报送到时了。

我换上睡衣，却没有一丝睡意。于是，拿着满满一杯加冰威士忌走到阳台上。尽管已是深夜两点钟，但公寓楼的许多房间仍是灯火通明。

啜着威士忌，我在阳台和起居室之间徘徊。忽然，摆放在起居室装饰架上的一块石砖映入我的眼帘，我走过去拿起它。

石砖上有这样的红色字样："Freiheit"。

这红色字样的德语意为"自由"。第一次看到它时，我感觉那红字似乎不是用颜料，而是用鲜红的血写上去的，这种强烈的感觉使我不寒而栗。

这块砖是我在倒塌的柏林墙的废石堆中捡回来的。那是在1989年11月9日，屈指算来，已是整整10年前的事情了。

当时，我随电视台摄影组逗留德国，正在对这个二战后东西方冷战时代象征的柏林墙倒塌的历史性场面进行现场采访。初见金起燮会长，也就是在那个时节，在那个时节的德国。

在柏林采访过那近乎狂乱的庆典后，我们摄影组一行临时撤到了法兰克福。离开柏林的前一天夜里，在勃兰登堡城门旁边的乱砖堆里，我偶然发现一块红砖。砖的上面，不知是谁写上了"freiheit"这样的字眼。看到这个字的那一瞬间，我忽然想到，正是为了自由，无数的人们在越过这石砖垒就的高墙时流血而死。从这个意义上讲，这块砖，正是那些为自由而死的无名者的墓志，虽然今天它只不过是一个普通的石块，但迟早有一日它会成为一块纪念碑，成为狂人希特勒、共产主义、冷战体制的冲突和斯大林等历史片段的佐证。

我把10年前在德国柏林捡到的这块石砖重新放回装饰架上它

原来的位置。

再有一周的时间，20世纪就要结束了。

柏林墙已倒，因鸦片战争而沦为英国殖民地的香港也在1997年7月1日回归中国。20世纪的历史就这样匆匆走过，只留下一方红色的石砖。而在20世纪之尾，金起燮会长却魂丧联邦德国高速公路。

我第一次邂逅金起燮会长就是在法兰克福。当时，韩国直飞德国的直航航线仅有法兰克福一条，因此，结束在德国的全部拍摄计划后，我们重新返回法兰克福。

回到法兰克福的当天晚上，我在下榻饭店的客房里接到一个陌生人的电话。我刚一拿起听筒，那人开口就问：

"您是郑相镇先生吗？"

我做了一个肯定的答复，对方马上又问：

"是不是小说家郑先生？"

待我再次做出肯定的答复后，对方说他马上到饭店来拜访我，请我到一楼大厅去相见。说实话，在一个陌生的城市里同一个陌生人相见，对这种提议我并不很情愿，但电话里对方语气彬彬有礼，态度诚恳郑重，叫人无法断然回绝。

当我走到楼下大厅时，有一个人已经坐在那里了。一见到我，那人马上起立：

"您就是郑先生吧？"

"是的。"

那人从钱包里掏出一张名片递了过来。名片一面是韩语，另一面是德语，是那种公司外驻人员常用的多用途名片。上面印着：麒坪集团法兰克福支社长韩基哲。

"不好意思，我没有名片。"

接过对方的名片，却没有名片回给对方，我感到有些不好意思。见我这样，那人摆摆手又说：

"像郑先生您这样的人哪还需要什么名片？名片是我们这些生意人才用得到的。我拜读过郑先生的大作，对您景仰已久，只是未曾谋面而已。郑先生到德国来有何贵干？"

那男人身上散发着一种派驻外国人员的气味，说话滴水不漏，穿着整洁利落，给人的印象不像生意人而更像谍报员。

"德国统一了，我们是来采访的。这不，刚刚从柏林来到这里。采访过柏林墙的倒塌，正要回国呢。"

"您打算什么时候回去？"

那人很自然地拿出圆珠笔和记事本，好像这是他的习惯。

"明天下午，乘飞机离开。"

"有同行的人吗？"

"有五名电视台工作人员，制片、摄影和其他剧务组成员，连我在内一共六人。"

"如果日程安排允许的话，"那人停住在记事本上写字的手，打断我的话，"您能否在这里再多逗留几天？"

"这个嘛……"我有点为难了，"既然是一道来的，就该一起回去呀。再说，还有事情等我回去做呢。"

事实上，我确实还有没有做完的事情。

这次专题采访，我不但作为采访人参与其中，而且作为作家同电视台签约为这个纪实三部曲撰写全部解说词。虽说这部专辑要到年底才播出，还有大约一个月的时间，但中间还要编辑采录的镜头并录制解说词，时间安排很紧张。

听说我因为冗务缠身要和同伴们一道回国，那人合上记事本，表情有些尴尬：

"拜托郑先生您单独留一下，旅行费、逗留费这些自然一概由我们承担。我们会在您离开之前为您提供一切方便的。"

"究竟……"我有些不解，"有什么事情找我，找我究竟有什么事情？"

"是有人想见一下郑先生。"那人一脸紧张之色。

"有人想见我？在什么地方？"

"在德国，就在法兰克福。"

"请问那位是谁？"

"实话实说吧",韩基哲一副公事公办的口气说,"是我们集团的会长先生。"

我忽然感到一种困惑,于是把他刚刚给我的名片又仔细看了一遍。作为一名爬格子的作家,对企业、经商之类的事情我完全是个门外汉,所以对名片上所印的麒坪集团是一个怎样的公司,集团的会长是谁,是怎样一个人,我茫无所知。

"会长非常想见到郑先生,我来拜会郑先生也是奉会长之命。按照会长的指示,我们找遍了全市的所有饭店,才知道您在这家饭店下榻。"

"等等,"我如坠迷宫,"有件事我想问一下,会长先生是如何得知我在法兰克福的?"

"这个嘛,说实话我也无从得知。今天下午,K-2的贴身秘书打来电话,要我们找遍法兰克福的所有饭店,查清并报告小说家郑相镇先生的下榻处。"

"K-2?"我出声地笑起来。

"所谓K-2,就是喜马拉雅山一座有名的高峰,"韩基哲丝毫没有因为我的开玩笑而露出笑容,"K-2是我们会长先生的代号,我们对会长先生的称呼就是K-2。"

"那么,K-2究竟是谁?"

"是金起燮会长先生。"

我点起一支烟,叼在嘴边。对经济我是一窍不通,但金起燮这名字我却耳熟能详。直到这时,我的脑海里才连缀起一些有关麒坪集团的片段的印象。麒坪集团作为一个大财阀企业,麾下一度有过众多的子公司,但自90年代初以来一直专营与汽车有关的各种业务。由于麒坪集团的这一特色源于集团的创业者金起燮,人们习惯称他为"一个车迷"。

汽车是他的宗教,是他的信仰。

我还听到过许多有关他本人的传闻。

他因为不愿与媒体打交道而被称为韩国的哈沃德·休斯。哈沃德·休斯是美国的石油大王、宇航工业奠基人,晚年蛰居不出,从不在外抛头露面。他有细菌恐惧症，同别人握手后一定要进行全身消毒，即便是独处之时也要躲进彻底杀菌的保护膜，最后就在这种生活中结束了悲惨的一生。

商道车迷金起燮会长，如同患有细菌恐惧症的哈沃德·休斯，对媒体避忌有加，使他成为众人心目中的神秘人物。他身为大财阀总帅，却从不出席公开集会，私生活几乎不为外界所知。这样一个谜一般的人物，为何要约见我这样一个与其业务风马牛不相及的小说家呢？

我问其中缘由，韩基哲立即回答说："我们也无从获知。但有一点很明显，郑先生是K-2唯一想见的人。我所知道的仅此而已。"

"好吧，让我考虑一夜，明天早晨再做决定。我还得跟同伴们商量呢。"

我和韩基哲就此分手作别。

重新回到我的房间，结伴到市区逛街、购物的同伴们仍未返回。洗完热水澡，我打开了电视。国家电视台正在现场转播世纪大提琴演奏家劳斯特洛夫维奇在我刚刚采访过的柏林墙演奏无伴奏大提琴组曲的盛况。

辉煌的灯光下，大提琴巨匠劳斯特洛夫维奇站在深夜的柏林墙废墟上表演着他的独奏，无数的人们聚集在一起倾听他那描绘战争与杀戮一去不返、狂乱与意识形态之争不再重演、祈祷新的和平永驻人间的大提琴演奏。一位少女正在哭泣着向那些为寻求自由而在翻越柏林墙时踏上不归路的人们敬献花篮。

大概是贝多芬说的吧：

"音乐的启示远远高出任何智慧和哲学。"

听着大提琴巨擘劳斯特洛夫维奇在终于倒塌的柏林墙演奏的大提琴独奏曲，我的脑际突然响起贝多芬的话语。这就是艺术的力量。任何政治、任何战争、任何意识形态都不能推倒憎恨之壁，只有艺术才能冲垮这道心的藩篱。

翌日清晨，韩基哲支社长如约打来电话，我告诉他我将接受他的提议留在法兰克福。他马上说上午11点左右开车来接我。一等电视台职员们前往机场,我就立即收拾行装,来到饭店一楼大厅。

11点整,韩基哲驱车到来。我与谜一般的人物、自称"为车轮而疯狂"的轮痴金起燮会长的初次会面就这样开始了。

原本满满的一杯威士忌全部喝光了。再斟满一杯,我走进起居室,打开灯,在一堆唱片中选出一张世纪巨匠劳斯特洛夫维奇演奏的巴赫,放到唱机的旋盘上。

这张唱片,正是10年前我离开德国时在机场买到的。

身居巴黎的世纪巨匠劳斯特洛夫维奇是驾驶个人专机经过长达三个小时的飞行赶到柏林的。在象征着分裂的勃兰登堡城门墙下,在只有一把椅子的演出场上,他对麇集的观众说:

"在巴黎,看着电视,我流泪了。"

正在砸墙的人们顿时停下手,陷入一片沉寂。劳斯特洛夫维奇继续说道:

"我将在这历史之墙前为你们演奏,以表对所有为寻求自由而失去生命的人们的怀念和对他们的灵魂的抚慰。"

当时他演奏的正是巴赫的曲子《萨拉班德C调》。接着,他又演奏了法国的农舞曲《布尔》。11月的夜晚,凉气袭人,可他在演奏过程中外套一直是披着的。离开之前,他说,他很想来一杯德国斯纳普烈酒。

唱机里传出巴赫的《萨拉班德》,正是那天夜晚劳斯特洛夫维奇在柏林墙下演奏的曲子。

刹那间,我的耳边响起金会长的问话。

"您到柏林来,究竟要看什么?"这是金会长向我提出的第一个问题,"在柏林,您看到了什么,想到了什么?"

我真有些惊慌失措。记忆中,我是从行李中拿出我从柏林墙废墟捡起的那块砖给他看了。我之所以那样做,或许是因为他的第一个提问就给我以超越想象、难以预料的冲击,让我无言以对。

接过我递过去的砖,他看得很仔细,对着砖上那红色的"freiheit"字样沉吟端详良久,然而又笑问:

"您到柏林就是为捡这个东西？"

我感到有些气恼。初次见面，他是不是在蔑视我？就算他是个大企业老板，但我又不是他的手下职员。虽说年龄上他长我15岁，但作为人，作为一个自由人，我没有任何地方与他有什么不平等。

"这不过是块石头而已，如果您到柏林来就是为捡它，换了我，我会马上把它扔到窗外去的。"

他做了一个似乎当场就要把砖块由饭店10楼扔出窗外的动作，但同时又开怀大笑起来。说实话，无论是对素昧平生的我劈头一个异想天开的提问，还是要把砖块扔出窗外的无礼动作，对于平时内向腼腆的金起燮会长来讲，都是很出格的行为。

"'普赖海特'，不错，就算刻上'自由'两字，它也无非是一块砖而已。郑博士（因为没有合适的叫法，他一直这样称呼我），我之所以想见到郑博士，就是想听一听身为小说家的郑博士1989年11月9日晚在倒塌的柏林墙下究竟有何见闻，有何感想？"

"您怎样知道我在那里呢？又是怎样得知我到了法兰克福的？"

"因为我和郑博士同在那个地方嘛。你们在柏林墙下拍片子，我看到了。觉得电视台的名字很眼熟，一看，原来是郑博士一行在拍片子。再说，要离开德国，当然要回到法兰克福喽！"金会长拍膝大笑。

"那么，这回该我来问您了。"我以报复的心理问了一个同样的问题，"会长先生到柏林又看什么来了？"

"到柏林看什么来了？"

金会长自言自语地重复着我的提问，正面打量着我。他可是难得正面看人的。

"我到德国是为了看什么，感受什么？……来吧，郑博士，我们出去走走。"

接着，他带我来到德国的高速公路。后来我才知道，每年到国外出差旅行，金会长一定要到德国的高速公路驾车飞驰一两次。这个时候，他的身旁既没有什么贴身秘书，也没有无所事事的旁观者，没有任何人的帮助，自己亲自手握方向盘，飞车速度每每超过

轮　痴

200迈。这种每年都要经历一两次的事情，被秘书们冠以特别代号"K-2紧急作战"。这一个多钟头的几乎疯狂的疾驰，的确称得上超紧急状态。

从这种意义上讲，我有幸成为唯一一个陪伴过金会长遂行"K-2紧急作战"的人，成为唯一一个同乘一车目睹过他那疯狂的驾驶、一个为车轮而疯狂的轮痴那种令人震撼的执着的人。

我们的出发地点是法兰克福郊外，高速公路的起点。金会长要驾驶的车已经备妥，等在那里。

一部跑车停在高速公路入口处，连我这个完全不懂车的人都可以一眼从它那漂亮的外观看出这车价值不菲。车身通体是红色的，车体呈流线型以最大限度地减少空气的阻力。

这是一款意大利名车，车名法拉利，车型F40。

当时，也就是下午三点左右的光景，可在晚秋时节的德国，已是暮色苍茫的傍晚时分。除了轮子外，跑车通身红色，看上去酷似一匹赤兔马。

车已发动、预热，只等金起燮会长登车驾驶。被疾驰向前的欲望催动着，它颤抖着，发出低沉的轰鸣，睁圆了前灯的双眼，咬牙切齿地怒视着眼前远远延伸的高速公路，仿佛一匹鬃毛飘飘、奋蹄欲驰时刻准备主人的命令翻山越岭、跨溪渡江的骏马。

对金会长来说，车就是马。

后来我才得知，金起燮会长约见我是因为他读过我写的一部小说。那部小说的主人公是广开土大王，我在小说中写道，广开土大王之所以能够占领广袤的领土而成为东方的亚历山大和大韩民族最伟大的英雄，完全缘于他以骑兵武装了高句丽军队。金会长对我的观点颇有同感。

很久以前，在海洋国家英国，年轻人被灌输以这样的信念："谁能统治海洋，谁就能统治世界。"

作为一个岛国的英国，当时只有海洋能够使它走向世界。要走向海洋，只有乘船。而最终，英国成了雄霸全球的日不落大英帝国。

但现在，情形就大不相同了。

"谁能支配车，谁才能支配世界。"

这就是金会长的哲学。

"知道这车叫什么名字吗，郑博士？"金会长问我，一边用手轻轻抚摸着油亮的车体表面。

"不知道。对车，我可是一窍不通。"

"您开车吗？"

"开倒是开。"

"哪种车型？"

我有些不好意思。我的座车购自金起燮会长的竞争对手。听我说出车名，金会长莞尔一笑：

"往后坐我们的车吧，我们的车在安全方面要棒多了。"

而后，他用手指着那辆红色的跑车：

"这车叫作法拉利。为了纪念第一个制造这种车的恩乔·法拉利，用他的名字起的车名，是名车之一。去年，我曾见过那位老爷子。这款车是两年前也就是1987年，恩乔老爷子为纪念自己的车问世40周年而制造的。造这部车时，老爷子已有89岁高龄了。"

他从口袋里掏出点什么，扔进嘴里。开始我以为是人丹，后来才知道那是一种薄荷糖。他曾经是个瘾君子，每天要抽掉两包烟，当时正在戒烟，薄荷糖算是聊以填补空白的替代品。

"这款车全世界仅有400部，而我这部车子要算是这仅有的400部中脱颖而出的'法拉利先生'了。还是等跑完车再给您讲吧。差点忘了告诉您，我可没有驾照，也没入过寿险。郑博士，您要是害怕，干脆就别坐了。"

他的这些话，我以为只不过是开玩笑而已。

我们一道上了车，各自就座。

这部车不同于一般的四门双排座，是一个只有两个门的双门单排座车。

"有个著名的车评家坐过这款车后说，与法拉利F40同驰，就好像一首好事多磨的爱情叙事诗，虽然会有几番争吵，但最终会相互理解，共坠爱河。"

金会长脱下西服上衣，松开领带，系上安全带，握住了方向盘："来吧，郑博士，让我们共吟一曲好事多磨的爱情叙事诗吧！"

车内装置完全是一副飞机驾驶舱的样子，操纵面板上各色各样的荧光灯在闪烁。我在一旁凝视着金会长的脸庞——他的脸上闪现着无法抑制的兴奋和欣悦的光芒。

"好啦，我们出发！"

金会长猛一踩油门，跑车像突然挨了一鞭的烈马一样箭也似的弹射出去，仪表盘中指示速度的指针猛地蹿升起来。

车越跑越快。离开郊区越远，公路越宽，已经是往返八车道了。虽说这是直通德国行政首都波恩的干线，来往车辆却稀稀落落。早就梦想着有一个统一的欧洲国的欧洲人，为亲眼看见柏林墙倒塌现场，正在从法国、英国驱车穿行在高速公路上。

来自法国的汽车尾部贴有"F"标签，丹麦是"DK"，荷兰是"NL"，英国则是"GB"。这些车大都是该国生产的国产车。

160迈，180迈，200迈……

跑车以骇人的速度向前疾驰。

金会长驾驶的法拉利，仿佛在参加一场障碍赛，不断超越前面的车辆。车越开越快，他的嘴也越闭越紧，一双喷火的眼睛死死盯住正前方。

就在此时，从车的后方，忽然有车前灯一闪一闪的信号。我本能地回头看了看。在正以200迈的速度奔驰的法拉利身后，一部灰色跑车的前灯正在一明一灭地发着信号，似乎在催促前面的车让路。

金会长好似被后面电驰而来的跑车气势冷不丁地镇住了，方向盘一打，让开了路。尾随而上的跑车轰的一声超了过去。车上坐的是一对戴着太阳镜的青年男女。

"你知道那是什么车吗？"

一直在默默开车的金会长终于开了口。

"不晓得。"

"那是保时捷（Porsche），车型是911Turbo，又称作蕴含日耳曼民族魂的梦幻跑车。"

金会长梦呓般地喃喃道。

"安全带系了吗？"

"系上了。"

刹那间，法拉利开始翻筋斗似地加速。金会长开始加油门，要赶上远去的保时捷。

"那车跑百米只用3.7秒。不过，博士，纵然它跑得再快，号称奔驰梦幻，也抵不过法拉利。咱们法拉利在世界顶尖级的F1方程式汽车大赛中足足挣回了105次冠军呢。别的不说，单说一个快字的话，这世界上没有任何车能敌得过它。"

法拉利仪表盘中的速度指针逐次升高，车速已超过230迈。

法拉利的最高车速是每小时324公里，但那只是在专为赛车而修建的跑道上才能达到，而在德国高速公路上，因为路况的缘故，充其量也只能跑到250迈，尽管德国的高速公路路面十分宽敞，设施也相当完备。

金会长的法拉利在疯狂加速，企图赶上前面的保时捷。

或许是猜到了金会长的这种想法，保时捷也突然开始加速。我似乎在什么地方读到过这样的故事：在美国或是欧洲的高速公路上，互不相识的人们进行善意的速度竞赛，好像真的举行车赛一样在高速公路上疯狂角逐，聊以缓解旅途的无聊。而今天，这样的场面居然让我有幸目睹了。

一个是开着有德国"D"标志的保时捷的德国青年，一个是来自韩国的大企业老板金起燮，就在我的注视下投入了以命相搏的可怕车赛。

保时捷仿佛遇到一次天赐良机似地玩起了车技，在高速公路上的车与车之间穿来穿去，把一个个玄之又玄的险情甩到身后，金会长的法拉利则咬住保时捷，一味前突。

在一旁呆呆地望着金起燮会长这个已近暮年的财团老板把衬衣甩到臂肘上同一个德国小伙展开生死追逐，我的心里在想，这人究竟在做什么？

看着金会长那几乎双目喷火的眼神，我暗想，这人究竟为了什么目标这样疯狂驱车？他难道是为了什么才一定要追上前面的保时捷？

不是的。我暗自摇摇头，自己否定自己。他的目标不是别的什么人，而是他本人，永远超前的他本人。金会长驾车疾驰，追逐的正是作为欲望化身的他自己。

保时捷终于服输地挂起了免战牌。好像被穷追不舍的法拉利搞得筋疲力尽，它闪到了公路的一侧。法拉利趁机子弹般超了过去。透过车窗，我看到戴太阳镜的年轻人冲着正在超车的法拉利车手金会长举起拳头，做了个嘲弄的姿势，但它随即被抛得无影无踪。

在这场以生命赌输赢的车赛中，金会长的法拉利赢得了胜利。

而在与保时捷争速度中终成胜者的金会长，却像丧失了目标，忽然减速。

"现在我们返回去怎么样？"

一直缄口不语的金会长如大梦初醒般开口对我说。

来到一个立交转弯处，他才面带微笑地抬头看着我问道：

"害怕吗，郑博士？"

"不，不怕。"我直截了当地回答。真奇怪，金会长把车开得那么快，那么疯狂，我居然没有感到一丝的不安和恐怖。

"这车真叫人感到不可思议。"

金会长就像引着疲惫的马慢慢回家一样，以平均120迈的速度轻轻滑行在高速公路上。这时，天空已经布满了绯红的晚霞。窗外越来越黑暗，而车内的驾驶座就像夜飞的飞机驾驶座一样越来越明亮。我决定把我从一坐进车里就深揣怀中的疑团抖搂出来：

"您为什么要这么玩命地开车呢？难道您喜欢这样驱车是因为有一种愿望，要在生前造一款这样的名车？"

我终于把这个憋了许久的疑问扔给了金会长。顿时，金会长用手猛拍着方向盘放声大笑起来。

"这车是名车？你说法拉利F40是名车？这你可外行了，郑博士!"他直盯着我说道,"这车呀,一句话,烂车!如果把它比作女人,它简直就是烂货!"

金会长像是被自己的话逗乐了,放声笑着再次猛拍方向盘。他的拍击引起了"嘀、嘀"的笛声。

他的话,叫我难以置信。在这之前,他对这部法拉利不是一直赞不绝口吗?然而,他居然又说这价值百万美元的高档车是烂车,居然用"烂货"这样低俗的俚语来指称这全球仅有400辆的最高档跑车。

"您不是刚才还说它是价值百万美元的超高档车吗?"

"没错,它就是价值百万美元的烂车,百万美元的烂货。"

"为什么这么讲?"

经我这么一问,他又高声大笑起来:

"这车说起来不过是像上了著名杂志的世界名模一丝不挂的胴体。这具胴体,漂亮是很漂亮,但远远不能引起性欲。一般来说,看到女人的裸体,当然会产生性欲。这车就像一个高级娼妇,像一个身穿貂皮大衣、身为世界名模的高级应召女郎。它可不是你希望任何时候、任何场所都带着一道去并与之共度一生的女人,可不是你想爱的女人。这车外观是很靓,确实值得称道,但它有一种说不出的肤浅。"

"那么,究竟什么样的车才称得上名车呢?"

"是这样,郑博士,"金会长郑重地看着我说,"有一种车,我认为那才是真正的名车。那是一种在你整个的生命过程里你一直想制造,哪怕就一次,渴望在你生前亲手制造的车。是的,郑博士,我来看德国柏林墙倒塌的历史场景,恰恰是为了用我的身体去体会那样的车。"

"会长先生想制造的车在哪里?"

金会长立即抬手指了指自己的头部:"在我的头脑里。"

接着,他又指指自己的胸部:"也藏在我的心里。"

然后,金会长又痴如梦地低声说道:

"我终身梦想造出的车,就在前方跑着呢!"

轮　痴

他抬起手指了指窗外。

我顺着他的手所指的方向看去。我看到，一辆外观酷似甲虫的旧式大众车正在缓慢地爬行。

"那不是大众吗？"

对车我整个是个门外汉，但对大众我却颇知一二。因为它的外观造型非常独特，就像甲虫，而且几十年没有再推出新车型，是传统的德国百姓车。

"你说对了，郑博士。"金起燮会长点点头。

"那车就是叫作大众，德语的意思是百姓车。我想造的名车就是这种大众车，而不是什么法拉利。法拉利就像个高级娼妇，只能带她去玩玩，然后就甩掉，而大众这种车，就是伴你终生的糟糠之妻。你知道是谁设计了大众吗？"

"不知道。"

"方才和我飙车的保时捷911Turbo，我称它是蕴含了日耳曼民族之魂的，他的制造者是保时捷，正是这个保时捷设计了大众。是的，真正蕴含了日耳曼民族之魂的梦之车应该是这种跑得很慢的大众，郑博士。"

2

劳斯特洛夫维奇演奏的巴赫的《萨拉班德C调》那厚重的大提琴声终于结束了。

我关掉了唱机，往只剩冰块的杯子里加满威士忌，再一次在房间里踱来踱去。

居室墙上的挂钟不急不慌地摆着，时针已指向凌晨三点，我却了无睡意。喝下的威士忌已使我微有醉意，但我的神志却越加清醒起来。10年前金会长在德国联邦高速公路上驾驶法拉利返回住处途中向我吐露心曲时那铮铮的话音又回响在我的耳边。

"我梦想着打造一款蕴含大韩民族之魂的车，就像蕴含着日耳曼民族之魂的大众。在即将到来的21世纪，我一定要造一款这样的名车。"

信誓旦旦地要造一款像蕴含着日耳曼民族之魂的梦之车大众那样的蕴含大韩民族之魂的梦幻之车的金起燮会长,在昨天,在离21世纪只有几天之遥的圣诞前夜,开着倾尽全力为21世纪打造的新车,为亲自试验车的性能,奔驰在我曾和他一道尽情驰骋的高速公路上,不幸在比斯巴登附近因意外的车祸,魂散德国。

金会长曾手指缓速行走的德国百姓车大众说过这样一番话:

"这车是费尔迪南德·保时捷30年代初在斯图加特设计出的世界名车之一。那时,保时捷作为一个汽车设计师已经名闻遐迩。1934年,希特勒在德国掌权,开始在全德兴建高速公路,保时捷博士给大独裁者希特勒写了一封亲笔信,信中说道:'元首阁下,我正在研发一种汽车,它最适于在伟大的德国高速公路上奔跑。'接到保时捷的亲笔信,希特勒作了这样的答复:'保时捷博士,请您务必于一年之内研制出一种能够为全德百姓所喜爱的百姓车'。"

金会长指着高速公路上来来往往的大众:"保时捷博士按照与希特勒的约定设计出来的百姓车,正是这大众。"

他抬头看看我,继续说道:

"所谓名车并不指法拉利,而是这样的车:任岁月流逝,它却始终如一;任斗转星移,始终保持新貌;相交日长,感情越深,如同一位好朋友。这才是名车。我这一辈子梦想要制造的,正是大众那样的车,而不是法拉利这种烂货。"

金会长又猛地拍了一下方向盘:

"我梦想着亲眼看到这样一种情景:在即将到来的21世纪,由我们国家制造的名车潮水般拥满这高速公路。"

讲这些时,金会长一反平时说话时那种快且单调的口气,一字一句说得很慢,好像在读语文课本一样有很强的抑扬顿挫。

"那么,郑博士来到柏林,究竟想看到什么?"金会长再次提起刚见面时在饭店的客房里向我提问过的那个问题,"您来德国,是为了看柏林墙的倒塌吗?是为了亲眼看到无数年轻人为寻找自由留下的血迹吗?您来德国,到底是为了看到什么?"

金会长机锋一变，像预言家一样继续说道：

"看吧，郑博士，柏林墙的倒塌只不过是一个开头。从现在开始，所有的都要坍塌。走着瞧吧，20世纪结束之前，都要倒的。柏林墙倒了，东德随着也要倒。还有波兰、捷克，也要倒。罗马尼亚、阿尔巴尼亚也会倒。当然不止这些，苏联也会分崩离析，四分五裂。苏联的加盟共和国会一个接一个地宣布独立。在欧洲，民族与民族、宗教与宗教开战，会发生你死我活的内战。不但是欧洲，亚洲的越南和柬埔寨也要倒，中国跃跃欲飞，香港一蹶不振。这些事情，都将在20世纪结束之前陆续发生。"

说实话，那时，我并不相信他的话，因为他所说的太夸张、太玄虚了。

难道在20世纪结束之前，这些戏剧性的变化会在地球上所有国家应验？

"在21世纪到来之前，只不过还有10年的光景。"

我实在对他那过于自信的态度不敢恭维。金会长马上接过话头说：

"不错，准确地说，只剩下11年。"

"那么，金会长是说，您所说的那些变化会在这短短11年内实际而真切地呈现在我们面前？"

"当然会，当然会清清楚楚地发生在我们面前。"他明确地回答，没有丝毫的怀疑，"如果你不相信我所说的话，我们不妨打个赌。"

"那我们赌什么？"我快快不乐地问。

金会长马上快活而简洁地回答："赌我的命。如果20世纪结束之前我的话没有应验，到时候我把我的命给你。"

金会长的预言的确应验了。柏林墙的倒塌远非只意味着柏林墙的倒塌。一个多米诺骨牌倒下引起的是几万个多米诺骨牌的连锁反应，而柏林墙的倒塌引起的，首先是东德的垮台，接着是德国的统一。随之而来的是苏联倒台，许多国家从俄罗斯分离出去。不过10年之间，1989年11月12日金会长在返回法兰克福的法拉利车中以生命作赌注对我道出的预言，都一一成为现实。香港已回归中国，中国正一步步崛起。

"一个预言家？！"的确，痴于轮的金会长之于我，正是一个准确洞察时代先兆的预言家。

以生命作赌注的金会长虽然赢得一赌，自己却失去了生命。就像一个答对了所有问题却名落孙山的委屈的落榜生，金会长准确地洞穿了未来的一切，却在20世纪行将结束的圣诞前夕，在德国高速公路上驱策着汽车这匹现代骏马驰行时因交通事故结束了生命。

为车轮而疯狂的轮痴金起燮，洞察时代先兆的预言家金起燮，是什么缘故使他这样悲惨地结束了一生？

凌晨五点，不出所料，各电视台不约而同地开始了新闻首播，但头条新闻无一例外地是播出世界各国的圣诞盛况。从教皇以不熟练的韩国语问候"各位，谨贺圣诞"开始的圣诞福音，到在冰雪覆盖的前线站岗的年轻士兵，有关20世纪最后一个圣诞节的种种花絮持续了许久许久。圣诞新闻专题结束后才是有关金会长的消息：

"现在播报刚刚得到的新闻快讯。"

仍是那个昨天夜里在圣诞专题演奏会现场直播时间里打断贝多芬的第九交响曲匆忙作新闻播报的年轻播音员，所播的基本是原封不动的旧稿。

"麒坪集团领头人金起燮会长因交通事故不幸辞世。我国时间24日晚12时，德国当地时间下午四时，金起燮会长在德国比斯巴登附近的高速公路上因车祸身亡。详细情况请听现场特派记者为您报道。"

屏住呼吸，我盯着电视屏幕。一个身穿记者服、十分面熟的特派记者出现在电视画面上。他所站的地方，是夜幕下的德国高速公路。

"在圣诞节的前一天，当地时间下午四时，金起燮会长亲自驾驶着麒坪集团为21世纪打造的新车在德国高速公路上试车，在这条离比斯巴登不远的高速公路上撞到这护栏上，翻滚到了山下。"

随着记者的话音，摄像机镜头对准了被撞碎的护栏，并像现场直播一样越过护栏伸向山下。

　　车祸时间是下午四点,但特派记者赶到现场恐怕已过了相当长一段时间,无论是公路还是山下,到处一片漆黑。从摄像机镜头前雪花乱舞的情况看,德国的圣诞前夜下过一场大雪,成了一个银色的圣诞世界。

　　电视机画面上,记者所在的位置由高速公路旁切到了医院。雪下得更大了。

　　"这里是法兰克福的医疗中心,金起燮会长的尸体就临时存放在这里。金会长是在事故发生后当即被送到这家医院的,但据值班医生介绍,他早在抵达医院之前就已停止了呼吸,看来金起燮会长是在车祸现场当场死亡的。据麒坪集团有关人士称,金会长的尸体将由圣诞后的第一个航班运回韩国。关于金会长的死因,当地警方认为是驾车中的疏忽所致。现在离新千年只有几天之隔,而把自己的一生献给汽车事业的金起燮会长就在这圣诞前夜殒命,不可不谓悲剧。"

　　画面再次切换,这次出现的是一个抽象的物体。那扭曲的样子太凄惨,简直难以辨认出它就是一部汽车,而是让人觉得更像是什么行动美术流派的一幅雕刻作品。画面在激烈地抖动,好像有谁在制止录像,而记者出自职业本能在强行拍摄。

　　"这部小卧车就是金起燮会长驾车出事的那辆车。"电视画面再次转为特派记者的脸庞,"车的名字尚未对外界公开披露,但在麒坪集团内部,人们一直用代号称它为E车(E-car)。金起燮会长就是驾驶着这部为21世纪打造的汽车在德国的高速公路上奔驰时遭遇未曾料及的车祸的。众所周知,金起燮会长的一生全部奉献给了汽车事业,因而人们称他'为车而疯狂的人'。他还是一位飙车狂,每年都要有一两次在德国高速公路上亲自手握方向盘无限速地飞驰。显而易见的是,他的逝去将给我国经济带来严重的冲击。"

　　金起燮会长突遭横祸而逝,正在休圣诞假的特派记者被急派现场,但他所播出的新闻,除了表面的情况外空空洞洞,别无内容。也难怪,事情发生得太突然,时间紧迫,他又如何能够作出更详细的报道?!

　　简短的新闻很快就结束了。虽说是现场新闻，与昨晚听到的新闻快讯相比，只不过篇幅加长了一些，内容并无二致。关于金起燮会长死亡的原因与经过，只报道了当地警方那模棱两可的"驾车疏忽"的判断，剩下的无非是一些现场速写。

　　他去了。

　　他的尸体将由圣诞后的第一趟班机运回韩国。

　　就像锁定关键目标反复播放，我在脑海里从头至尾一遍又一遍地回忆着特派记者所报告的新闻内容。

　　痴于轮的金起燮。

　　自称为车轮而疯狂的轮痴金起燮。

　　从玩铁圈的少年时代起一听到"轮子"二字就欢呼雀跃的多梦少年金起燮。

　　小时候玩单轮铁圈的金起燮长大后迷上了双轮自行车，为了揭开自行车胎环的秘密，青年时代的金起燮曾冒着生命危险偷渡日本。

　　胎环，是支撑自行车外胎的外轮，自行车的生命秘密就完全隐藏在这里。得知越是完美的圆越能造就完美的轮圈，金起燮潜心于制造更完美的轮圈并为此丢掉了一个手指。

　　右手的小指。

　　金起燮右手的小拇指断了一个骨节，也就是说，他的右手是一只残手。

　　"我用右手的一个小拇指和一个自行车胎环做了交换。但我并不因此心疼这个小拇指。如果能制造出一种更为完美的胎环，不要说右手的一个小拇指，就是整个右手我也舍得去换掉。别说右手，就是我的生命，我也会不惜换掉的。"

　　痴迷于双轮自行车的青年金起燮后来再度迷上同样有两个轮子的摩托车，迷于双轮摩托的金起燮再后来又迷上了拥有三个轮子的三轮车。迷过了三轮车的金起燮，最终迷上了四个轮子的汽车。从单轮的玩具铁圈到四轮的小汽车，金起燮的一生全部倾注在轮子

轮痴

上,这个人与其说是一个人,毋宁说是一只虫,一只蟑螂,一条轮虫。

轮痴金起燮,在他生命结束的时候,也是驾驶着自己亲手制造的汽车,在驰骋中与车同归于尽的。

我站起来。

彻夜未眠,透过公寓的阳台,东方已升起一轮圣诞日的新太阳。

我慢慢地走向信箱,朝里面瞧了瞧。早报已送到。刚刚送到的早报还散发着浓浓的油墨味道。

"麒坪集团领头人金起燮会长在德国高速公路上因车祸丧生。"

早报的头版头条,字大如拳。

我打开报纸。金会长的死讯虽然是头版头条,足以把那彩色印刷的、举行于梵蒂冈大教堂的罗马圣诞弥撒挤开,内容却一如电视里的新闻首播,空洞贫乏。

不过,这其中毕竟还有一条有趣的报道强烈地吸引了我的视线。

"作为一个出了名的飙车狂,金起燮会长有个嗜好,每年必定要到德国或意大利高速公路上飙车一两次,亲自驾驶世界名车,把速度开到200迈以上。而这次金会长驾驶的,是该集团面向21世纪倾全力而制造出来的新车。金起燮会长是为了试验新车性能,亲自上路试车,突遇不测而丧生的。这款车的名字一直对外界保密,代号叫作'E车'。但据可靠的消息灵通人士透露,这款新车将从公元2000年1月起正式出厂,行销全球,它的名字取为'伊卡罗斯(Icaros)'。伊卡罗斯是一位希腊神话中的人物,据悉,新车的名字是金起燮会长亲自取的。

"希腊神话人物伊卡罗斯是一位悲剧式的主人公,因为飞得离太阳特别近,被太阳融化了翅膀坠海而死。金起燮会长驾驶着亲自为其取名的新车在德国高速公路上因不测的车祸而身亡,他的命运结局,就如同在飞近太阳的过程中因为翅膀被太阳融化落海而死的希腊神话人物伊卡罗斯一样，充满了悲剧的色彩……"

伊卡罗斯。

尽管没有披露消息来源，但既言"可靠的消息灵通人士"，当有九成以上的准确度。这么说，报纸的当地特派记者已挖出一直被以代号"E车"相称的新车名字：伊卡罗斯。开发一款新车要耗资数千亿元，而新款车的名字在正式举行新车发布会之前通常是对外界保密的。因为，不仅是国内的竞争对手，而且全球的汽车制造商们都在关注着即将诞生的新款车的设计、功能，特别是新车的名字。为了抢先一步得知新车的名字，他们往往会挖空心思、不择手段，展开一场激烈的情报战。

"E车"，麒坪集团为新世纪而制造的新款车的代号。而今，人们已知它所指的是根据希腊神话故事人物而命名的新车名字：伊卡罗斯。金起燮会长为21世纪驰骋欧洲公路的本公司新款车所取的名字，强烈地透露着他的这样一种意愿——欧洲精神源于希腊神话，新车的名字亦当取自希腊神话。孰料，当地记者竟称"他的命运结局，就同在飞近太阳的过程中因为翅膀被太阳融化落海而死的希腊神话人物伊卡罗斯一样，充满了悲剧的色彩……"

悲剧式主人公伊卡罗斯是巧匠代达罗斯之子，与父亲一道前往克里特岛，但克里特岛王米诺斯讨厌二人，就将他们诱入迷宫并关闭了迷宫的出口。父子二人在王妃玛什帕的帮助下千方百计逃出，却被事先有所察觉的米诺斯王藏起了海边的所有船只。为此，能工巧匠代达罗斯发明了一种逃跑的方法：用蜡做成翅膀绑在身上，飞离岛上。

心灵手巧、无所不能的代达罗斯终于做成了翅膀并插在父子二人身上。逃离孤岛前，父亲对儿子伊卡罗斯说：

"儿子，在你振翅起飞之前我必须告诉你一件事。我们的翅膀并不是真的什么翅膀，只是用蜡制成的人造翅膀。待会儿你就可以飞到天上去了，越往天上飞，你就会产生一种再飞高一些的欲望。可这绝对不成，因你飞得越高就离太阳越近，你的翅膀就会被太阳融化。但我们的翅膀只够我们飞到逃到西西里岛的高度。"

随后，二人开始朝着天空飞翔。父亲代达罗斯平安飞抵西西里岛，而儿子伊卡罗斯一升到天空立即忘掉了父亲的提醒。

再高些，再远点。

伊卡罗斯越飞越体验到一种飞翔的愉悦，于是扇动着翅膀向高空飞去。伊卡罗斯因为太靠近太阳，翅膀被太阳所融，跌进大海，溺水而亡。

伊卡罗斯与金起燮。

这两个人物确有相似之处。如果真的是金起燮会长亲自为面向21世纪而制作的新车取了"伊卡罗斯"这个名字，那么，他或许已经预见到自己会像坠海而死的伊卡罗斯那样迟早有一天在高速公路上悲剧般地结束自己的一生？

第二章 序　　曲

1

2000年1月。

在Y饭店大会议厅，举行了麒坪集团面向21世纪制造的"伊卡罗斯"新车发布会。

下午6点钟，大会议厅挤满了来自国内和世界各地的社会名流与车商。大厅中央，展示着从未露过庐山真面目的新款车"伊卡罗斯"，车身被洁白的轻纱笼罩着；大厅正面的巨大横幅上，写着"21世纪世界之车伊卡罗斯新车发布会"。

国务总理和内阁部长、企业家们，前来采访的记者和电视台的摄影组陆续赶到。

被白色轻纱笼罩着的伊卡罗斯的正面和后方，站着四名满面微笑的少女；有幸被选为伊卡罗斯第一位驾驶者的"美女皇后"——当红影星C小姐已经等候在会场。

我站在大厅的一个角落，目不转睛地望着展示在来客爆满的会场正中央的伊卡罗斯。

来客成千上万，大厅内座无虚席，可在这盛典上独独缺了主角金起燮。他那悲剧般的死亡，已经跨越一个岁末年初，过了一个月的时间。他的尸体已从法兰克福运回韩国，葬礼是按照佛教礼仪举行的。虽然金起燮会长生前全无宗教信仰，但他的夫人是一位虔诚的佛教徒，故而在汉城附近的一座寺庙里为他设起了灵堂。

序　曲

　　我曾亲自赶赴位于贞陵的寺刹为金会长上香。那是一个寒风凛冽、大雪纷飞的岁末冬日。作为痛悼一个大企业老板的葬礼，仪式办得有些过于雅净、简素了。

　　一手执香，一手拿着点燃的蜡烛，我一面往香炉里上着香，一面望着黑带缠绕的相框中金会长的照片。相框里的金会长正腼腆地笑着，似乎羞歉于作为主人而卧于此地。

　　以佛教礼仪举行过葬礼后，金会长的尸体并未火化，而是埋到了离汉城不远的郊区。但我只到过设于贞陵的灵堂，聊表我的吊唁之意，而没有作进一步的吊慰。

　　我自认为，以我和他的友情，做到这些就已尽到了礼仪。

　　但今天早晨我却接到一个意想不到的电话。电话是麒坪集团企划协调室打来的，拿起来一听，原来是老熟人韩基哲，10年前在德国法兰克福相识的韩基哲。结束法兰克福支社长的任期后，他调任金会长的随行秘书，每次与金会长相见都是他先打电话相约。最近他又荣升总管集团实务的企划协调室主任，这是履新后的第一个电话。

　　"您好，您还记得我吗？"

　　"记得，当然记得。"

　　他立即告诉我，今天傍晚6点钟将在Y饭店大会议厅举行新车发布会，希望我一定到场。说实话，新车发布会这种事情，与我是毫不相干的。我不大喜欢到什么聚会之类的场合。那种无法深交的、蜻蜓点水式的交际气氛，是我最不情愿、也最厌恶的。

　　见我犹豫着不能爽快地答应，他又委婉地说："我们邀请郑先生出席发布会，并不只是出于礼仪，而是会后另有急事相商。是件非常重要的事情。"

　　既然说是新车发布会后有急事相商，我当然无法拒绝他的请求。虽然没有细问，但从最后那句"是件非常重要的事情"，我本能地感到约见的内容与已去世的金起燮会长大有干系。

　　大概是6点整的时间已到，室内乐团开始了演奏。

　　我踮起脚，望着停放在大厅中央的"伊卡罗斯"。包括国务总理在内的一干人等一字形排开，准备为它揭开那洁白的轻纱。集团有关人士对新车作了简单的介绍。在他的介绍词中，对在德国高速公路上因车祸而死的金起燮会长的追忆，远远多于对新车的介绍。在简短地向故人默哀之后，揭幕式终于开始了。伴随着响亮的爆竹声，一道道蓝色的激光束划过半空，集中在"伊卡罗斯"身上。几乎是同时，红蓝交错的灯光开始闪动，明灭。以车为中心围了一圈的贵宾们，用手扯紧了绳索。覆盖汽车体正面的帏幔随即被撩开，新车的面目终于呈现于世人面前。

"哇——！"

刹那间，一直在等候掀开面纱的人群中响起一阵赞叹声。

在令人目眩的灯光与激光光线的烘托下，"伊卡罗斯"的造型酷似宙斯的神像，君临浸淫于追逐新奇的物质文明中的现代人面前。车体通身呈浑圆形，看上去就像站在起跑线上蓄势待发的古希腊奥林匹克斗士，令人联想到赫拉克勒斯那张扬着力量的筋肉。但最引人赞叹的还是在红蓝交错、耀眼夺目的灯光下初露英姿的新车的颜色。那颜色不是我们寻常看惯的汽车的黑蓝红白诸色。而是在原色的色彩中揉进了荧光物质，酷似能够自身发光的深海鱼类的鱼鳞，散发着夺目的光芒。更让人感到不可思议的是，车体的颜色可随着光亮的强弱像变色龙那样随时变化。由于车体喷漆中含有特种成分，白天的车体颜色与夜幕降临后的车体颜色看上去截然不同。这是一个色彩的革命。

新车各种技术参数为：

最大时速198公里；

车体长度4670毫米；

车体宽度1778毫米；

车体高度1437毫米；

串联四缸DOHC四门三节式车型；

排量1998cc。

金起燮会长一心要为21世纪亲手打造一款像沃克斯瓦根那样的世纪名车。沃克斯瓦根开创了有史以来单一车型产量2000万辆

序　曲

这一天文数字的纪录，金会长则有一种强烈的欲望，那就是制造一款与沃克斯瓦根并驾齐驱的21世纪世界名车。伊卡罗斯就是这种强烈愿望促动下面世的产物，它虽然在设计上沿袭了欧洲特有的古典外形，但车体的颜色却采用了最尖端艺术，引发了一场超越想象的色彩革命。汽车的内部如同宇宙飞船的驾驶舱，完全以前沿科学武装。这就是伊卡罗斯。

人们迅速涌向伊卡罗斯。影星C小姐坐在小汽车的驾驶座上露出一种特有的灿烂笑容，各家报纸、杂志、电视台的摄影记者们争先恐后地抢拍C小姐的容姿。这是一场摄影大战，闪光灯四处闪动。

国内外贵宾们很快便退出展地，只留下来自世界各国的车商们在忙忙碌碌地作现场洽谈。发布会会场的人流潮水般迅速退去。

就在这时，有谁轻轻拍了一下我的肩膀。转头一看，正是早晨电话相约的韩基哲。

"不知道您在哪里，我已找您很久了。怎么都看不到您，还担心您没来呢。"

韩基哲一身利落的打扮，西服笔挺，胸前插着一束花。

"怎么样，新车的样子？"

他脱下白手套，伸过手来。我同他握了握手。

"对车我可不在行，不过第一眼就有一种感觉，这车很有魅力。"

"谢谢。"

大会议厅已经形成散会局面，来宾几乎不见踪影了，只剩下公司里派来接待来宾的人们在处理善后事宜。

"我们走吧，郑先生。"

韩基哲已在前面带路。

2

大概是事先已约好，韩基哲带着我，径直来到Y饭店三楼日本料理屋。他没带手下职员，手里只提着一只小小的手包。

"您还没用晚餐吧？"他问道。

"还没吃过。"

"不好意思，我自作主张订了日本料理，本来应该先问一下您吃什么的。"

早就等在那里的日本料理屋服务员把我们领进一间偏僻的密室。密室里铺着榻榻米，有足够伸开腿的空间。

"事情总算结束了。新车发布会之前这些日子，一天连一天地，只有紧张。"韩基哲一边说着，接过服务员递来的热毛巾擦起脸来，样子好像真的很疲倦。

"您喝酒吧？天很凉，来点热乎乎的清酒之类的东西怎么样？"

"我喝威士忌。"

就着生鱼片，韩基哲喝烫过的清酒，我则喝加冰威士忌。日本料理屋的窗外，有个日式小院落。院里种着竹子，旁边是一些奇形怪状的石头。或许是刚刚下起了雪吧，院子里积起了棉絮般的雪花。

我们先是无言对饮，转眼间已有三四杯下肚了。

"今天我约会郑先生，是为了已故去的金起燮会长先生。"大概是在清酒的作用下紧张稍缓，韩基哲涨红着脸开了口，"我们集团已经决定，从新年开始为创业者金起燮会长先生举办纪念活动。所以我们决定立即为会长兴建一座纪念馆。与此同时，还要为金会长出版一本事迹传略或是传记之类的书。所以，我们认为，已故金会长的传记的执笔人，非郑先生莫属。"

不知从何时起，事迹传略、评传、传记之类的书籍变得满天飞。政治家们把自己的思想辑录成书拿来出版，企业家们把企业的经营理念汇集成册也拿来出版，这似乎已成为一种时髦。但这些书大多不是自己写的，一般是由有文笔的人代为捉笔。我也偶尔受到过此类代笔的邀请，因为觉得大违脾胃，每每一口回绝。

"我们并不要求您在这里当场应允。时间也还有一点。会长先生的诞辰是11月3日，按我们企划协调室的策划，在会长诞辰之际纪念馆开馆,同时一道推出纪念故人的评传。"

他又要了一瓶清酒。已经喝掉了两瓶,韩基哲似乎还远远没有喝够。

窗外的小院里,已有不少的积雪了。

"还有件东西要向您请教。"

说着,韩基哲拎过手包,在密码盘上左转转右转转,"咔嗒"一声,包打开了。他从包里掏出件什么东西,小心翼翼地放在餐桌上。他的手在微微颤抖。

东西包在塑料袋里,以防沾上人的手渍。韩基哲慢慢地,慢慢地将塑料包里包着的东西掏出来,轻轻地,轻轻地放在餐桌上。他是那样的小心翼翼,以至于我以为那包里的东西是一种易碎易破的玻璃制品之类的东西。但不是。摆到桌上的是一件粗糙难看的皮制品。

"您知道这是什么吗?"韩基哲将瓶中酒倒在杯里,一饮而尽,看着我问。

"这个……"

我也已颇有醉意,看看那件皮制品,因为太旧看上去像件老古董,又像一本封皮斑斑剥落了的古书。

"……您不晓得?"韩基哲毫无表情地看着我。

"难说,是不是个钱夹?要不就是件什么古董?"

"您说对了,"韩基哲点点头,"就是个钱夹。"

钱夹的颜色是那种兽皮特有的赭黄色,但因为岁月已久,已然变为灰色。钱夹的表面已经开始皲裂,可见其破旧的程度。如果不是皮制的,恐怕马上就会化为缕缕碎条。

"您知道这是谁的钱夹吗?"

他用手指着放在餐桌上的钱夹问,但只是用手小心地指着,指尖却不敢触及钱夹:"这钱夹,是已故的会长先生平时随身带着的,大概是会长先生口袋里唯一的物事。我跟着会长先生做了四年的随行秘书,但从来没有见过他往衣袋里放过什么东西。"

韩基哲又抓起酒瓶,往杯子里倒,可瓶里已光光的,滴酒不剩。他按了按餐桌上的电铃揿钮，又要了一瓶。

"已故的会长先生最不喜欢往衣袋里放什么东西了。他甚至连手巾也不带。如果说他的衣袋里还有什么东西的话，唯一的恐怕就是这个旧钱夹了。"

酒来了，他马上倒满一杯，仰脖而尽，一时说不上话来，呆呆地望着窗外小院里纷乱的雪花。

"……这钱夹，是会长先生走时在他身上发现的遗物。您知道，会长先生是亲自驾驶着新款的伊卡罗斯——这车今天您已经见过，在高速公路上行驶时不幸遇难辞世的。因为会长先生试车时不让别人跟车，他去的时候是孤身一人。如果不是在衣袋里发现了这个钱夹，德国警方恐怕连他的身份也难以查清。"

尽管已三四瓶清酒下肚，韩基哲干杯的速度却越来越快。韩基哲干杯的频率越高，我的酒也跟着干得越快。

"您可知道，这钱夹的夹层里点点的痕迹是什么？"

韩基哲指了指钱夹的折叠处。我仔细打量了一下他所指的地方，果然发现在相对接近原皮颜色的部位有斑斑痕迹，暗红色的渍迹。

"这些是血迹，"韩基哲淡淡说道，"就是会长先生的血迹。我们赶到现场时，会长先生的尸体已完全被血染透。一条条的，通身上下没有一块完整的地方，那情景真是太惨了！"

他重新满上一杯，一饮而尽。直到此时我才明白，他的酒为什么喝得那么急。

"车体也到处是会长先生留下的血迹。德国警察就是在那个时候把这个皮制的钱夹交给了我。德国警察好像是在钱夹里发现了会长先生的一张名片。"

韩基哲从双层折叠的钱夹中掏出一张名片放在餐桌上。我拿起名片看了看，名片正面只印着"金起燮"三个字，既没有麒坪集团会长的正式头衔，也没有具体的联系电话。翻看背面，才发现用英文印着些比较详细的内容。

德国警察大概就是凭着名片背面的英文内容获知金起燮会长身

序 曲

份的。名片的一角上，也残留着血迹。

"……所以，这钱夹就成了会长先生临终前携带的唯一物件，也是目睹会长先生之死的唯一见证者。我把这个宝贵的遗物带到这里来给您过目，是想向您请教几件事情。我约会郑先生，主要的意思，也正是为了这个钱夹。"

韩基哲两眼直视着我："难道您不想看看钱夹里究竟有什么东西吗？"

"这个……"

"如果您想的话，不妨亲自过目。"

"我可以翻看这钱夹吗？"

"当然可以，"韩基哲回答得非常明确，"我今天约会郑先生正是为了这个钱夹嘛。"

我拿起放在餐桌上的钱夹。只消看一眼就知道，是个破旧的老式钱夹。这是一个双层折叠式钱夹，外表看似厚重，实际却要轻得多。打开一看，里面有个透明塑料装饰的内夹层，本是用来放身份证或照片之类东西的，但现在什么也没有。记得即将在德国高速公路上同乘一车时，金会长曾对我说过这样的话：

"喂，开车前有句话可要说在头里，我可没有驾照，也没入寿险，所以，你要是害怕就赶快下车，郑博士。"

那时，我还以为他只不过是在开玩笑。谁知，他说没有驾照居然是实话实说，并不是在开玩笑。这不，他的钱夹里真的没有驾照。

钱夹空空如也。一般放信用卡、名片之类的钱夹里居然没有盛放任何东西，韩基哲刚才掏出来给我看的一张名片就是钱夹内容的全部。作为一名大企业的会长，金起燮或许确无必要自己把钱放在钱夹里随身携带，要购物或者其他需要用钱的时候随行秘书会一一代办的。就算是那样，钱夹里备上几百美元的应急现金以防万一也是必要的。在可放钞票的一边，一张纸样的东西进入我的视线。我轻轻地把它掏出来。原来是一个非常小的纸片。纸片呈绿色，看上去就像孩子们过家家时用的那种染色的纸卡。

"您看得出这是什么吗？"一直在盯着我打开钱夹的韩基哲开口问。

"这个……"

我留心察看那张纸片，纸片的两侧印有阿拉伯数字"2"的字样，顶端印着"ZHONGGUO RENMIN YINHANG"，简直不知所云。这难道是一种什么密电码？我把纸片翻过来一看，这才知道我所见到的是背面，翻过来看才是正面。正面的下端两侧同样印有阿拉伯数字"2"的字样，中间印着这样两个字："贰角"。很显然，是汉字。

纸片四周的边框里，印有"中国人民银行"字样。

"是中国钞票吗？"

韩基哲立即回答道："对，是中国钞票，是一种小面值钞票，换算成我们国家的货币，大致相当于20元。"

如果韩基哲的话是事实，那么，这张钞票，一种只相当20韩元的小钱，就是国内数一数二的财阀大老板金起燮会长临终时钱夹里所拥有的全部财产了。

"这钱，在中国货币单位里是币值最小的吗？"

韩基哲立即回答说："不，最小的是壹角，相当于我们国家的10元左右。面值最大的钞票是百元，相当于我们国家的万元。我们不常使用的货币'元'、'角'在中国比较常用。您去过中国吗？"

"没有，没去过。"

"这张钞票是金会长的护身符呐。过去的10年里，会长先生一直把它放到钱夹里随身带着，还时常拿给我看。"

"为什么？为什么钱夹里随身带着这么一张小面额钞票？"

"这是因为……"

韩基哲指着钞票左侧，那里印着两位妇女，都是朝右望的侧影，其中一位着传统服装，头上系着带子，双眼皮，高鼻梁，显然不是正宗的汉族脸型而是异民族的脸型。

"那是因为这个女人的缘故。"

韩基哲指着两个女人中含羞藏在后边的另一个。我看了看他所指的那张脸。那张脸的主人，盘着头，身着白色的韩式上衣，无论谁都能一眼看出是韩国传统妇女的形象。

韩基哲继续说道："在中国，生活着大约200万到250万朝鲜族人。在中国12亿多人口中，200万左右的朝鲜族在各民族中人口数量排名第十二，单从人口看可谓少数民族。在所有的少数民族中，藏族、维吾尔族、朝鲜族这三个民族比较特殊。这是因为，这三个民族风俗习惯、文化传统各有不同特点。这张钞票上所印的两位妇女，头系发带的是维吾尔女子。维吾尔族最初发源于蒙古高原，后迁徙中亚并在那里建立起一个庞大的突厥帝国，也就是汉文中所说的回纥族。他们也有一个艰难曲折的历史，传统上，曾为生存发展而不断进行战争。右边那位穿韩服上衣、面容清丽的女子，当然就是朝鲜族了。"

我端详着韩基哲所说的右边的女子。纵然没有端庄盘起的发式和白领边的韩服上衣，那眼睛，那眼神，那略显丰厚的嘴唇，高挺的鼻梁，单凭长相就有许多说不出的地方那般眼熟，带有大韩民族的特色。

"在中国，面值最大的百元或是面值五十元的钞票上，印的都是汉族的面孔。就像这类'贰角'的小面值钞票上才有少数民族的面孔。朝鲜族在拥有12亿人口的中国是以一个少数民族的身份生存着的。大约是10年前的事情吧，有一次在中国，金会长正乘车行驶在大街上，突然在一处路边公共厕所前吩咐停车。我本来以为是会长先生突有内急才叫停的，后来才知道原来是会长先生想亲眼看一看中国的厕所。传统的中国公共厕所，恐怕要算全世界最肮脏的地方了。从公共厕所里出来，会长先生带回一些找零得到的小钱，这张面值'贰角'的钞票就是当时会长先生在厕所拿到的零钱的一部分。当时，在一堆零钱中，会长先生忽然对着这张钞票端详起来，然后对我说：'看，这女子分明是我们大韩民族女性的面相。看，看这表情，活脱脱一枝静立篱下的凤仙花嘛。'说着，会长先生就把这张钞票放进了自己的钱夹。从那时候起，这张钞票就成了会长先生的护身符，他时常把它拿出来，对着上面的朝鲜女子默默端详。"

韩基哲抬头看着我：

"会长先生爱这女子。10年来，这女子就像会长先生的恋人。"

我打断他的话头，试图摆脱这感伤的氛围："10年前发现这张钞票时，金会长身上究竟发生了什么事情？"

韩基哲面有难色地沉吟片刻，才作出"说说也无妨"的结论似地轻松接话："那是90年代初吧，当时，金会长应朝鲜主席金日成之邀绕道北京刚刚结束对平壤为期10天的访问。"

韩基哲接着说："金会长在汉城奥运会结束后不久的80年代末就去过朝鲜了，是经过国家当局和安全部方面点头才去的。现下说来当然无妨，可在当时，访问朝鲜这种事情本身可是生死攸关的绝密。"

"韩先生也一道去了平壤吗？"

"当时我陪着金会长，也是在北京乘坐朝鲜民航班机进入朝鲜的。但我去朝鲜那次并不是金会长对朝鲜的首次访问。我所知道的并不确切，当时金会长大概已到朝鲜访问过三四次。在平壤逗留的10天里，金会长先后三次面晤金日成主席。10天后，也就是回到北京的那天，金会长发现了这张钞票。他似乎是因为10天里一直亲身体验着祖国分裂的悲剧，心情十分复杂，一见到这钞票马上就有一种血脉相通的感觉吧。"

我凝视着韩基哲讲起的金起燮会长所爱的女子，金起燮会长10年如一日像护身符一样放在心脏跳动的胸膛上的女子，她的脸庞也染上了金起燮会长身上流出的血水，泅渍着血迹。

"这张钞票，"我看着韩基哲，"就是你约我来的理由吗？"

"哦，不是的，"韩基哲摆摆手，"我约郑先生来，决不仅仅是为了给郑先生看一张曾是会长先生护身符的钞票和他留下的空钱夹。开头，我们也一直以为钱夹里也就这些东西了，秘书室里有位职员却从里面发现一个应急用袋。喏，就是这儿。"

韩基哲用手指了指钱夹里用来放钞票的地方，那里面另有一个小小的暗袋。这小小的空间，似乎足以用来藏放急用支票之类的东西，用小拉链密封起来。它之所以不易被人们发现，是因为它的颜色和钱夹的皮子完全相同，拉链缝制得又非常巧妙，看上去像是皮子的一部分。

"这暗袋我可以看一下吗？"我指着伪装得天衣无缝的暗袋问韩基哲。

"当然可以。"韩基哲慢悠悠地回答。

我小心翼翼地拉开拉链，在勉强容得下一个大拇指的小暗袋里，有一张被折叠起来的纸。我把那张纸掏出来。

纸被折成四折，打开看，大小如一张小便条，原来不过是张白纸。白纸上没有印有任何字样，上端有好像信手而写的字迹，但笔法工整，毫不潦草，非常容易辨认。我轻声读起白纸上写着的字迹：

"财上平如水，人中直似衡。"

短短的字句，只有10个字。

而且，10个汉字没有一个是那种艰涩难解的措辞，看上去应该是易于读通的字句。但又不是。句子措辞很平易，但意思却一时难以猜透。

"'财上平如水，人中直似衡。'这话是什么意思？"

见我询问，韩基哲连忙回答："我们也吃不准，大致是这样的意思吧：财物平等如水，为人正直如秤。"

我突然有一种直觉：这不过10字的短句，当属已故金起燮会长的人生哲学和伴其终生的座右铭。

"这字是谁写的？"我抬头问韩基哲。

"会长先生。"韩基哲回答道，"我认得会长先生的笔体，这显然是会长先生的亲笔。"

"那么，"我又问，"这句子的内容也是会长先生自己创作的吗？"

"这个……我并不这样认为，因为会长先生的汉文造诣，并未达到能够直接用汉字写文章的水平。我觉得，这个句子采自古典作品，可能是会长先生读书时偶尔发现，为之感动，于是把它当作平生的座右铭抄下来，并常常带在身边以为鞭策。郑先生可知道会长的号是什么字吗？"

"不晓得。会长先生也有号吗？"

"当然有的，只不过不经常用。我们还打算借他的号为即将在他诞辰之日开馆的纪念馆取名呢！"

"那么，他的号如何称呼？"

韩基哲指着餐桌上的那张纸的一个地方："如水，意思是'像水一样'。会长先生使用'如水'这个号的确切时间我们秘书室也不得而知，大约已超过20年了吧。至于这'像水一样'的'如水'究竟是谁为会长而取，我们更是无从得知。在钱夹里发现这张纸之后，我们才明白，是会长先生自己从'财上平如水'五字中取'如水'二字，自号'如水'的。"

韩基哲接着说道："纪念馆馆名也已经定为'如水纪念馆'。总之，这10个汉字可谓会长先生平生引以为鉴的金言，以致会长先生从中借其二字自以为号。"

韩基哲又斟上一杯。因为一直在不停地喝，酒瓶又空了。可这次，他没有再要。

"我们还不清楚这句话的来由。它究竟出自何处，作者是谁？而会长先生用正楷笔法郑重地把它抄下来，存放在钱夹的最深处，又从中借取两个字作为自己的号，不难看出会长先生把它看得何其重要。可是，我们居然还没有查出它在文献中的出处。今天请郑先生到这里来，就是为了这事。"

窗外的小庭院里，地面已被白雪覆盖，仿佛裹上了一层当年打下的新棉。雪已停。

"这句话出自何处，请郑先生帮忙查一下。我觉得，这件事郑先生做再合适不过了。虽然它看上去是小事一桩，但我觉得，这是一个重要的线索，可以借助它解读已故金起燮会长的内心世界。"

他看着我，好像在征求我的同意。

"财上平如水，人中直似衡。"

我没有回答，看着餐桌上金起燮会长亲手写下的来源不详的文句。

序　曲

　　从这个文句里取字为号的如水先生金起燮，希望像流水一样生活的金起燮。对于他来讲，这短短10个汉字就是他终生企业活动的动力。

　　"怎么样，郑先生，您肯帮我们吗？您能否助我们一臂之力，找到这个文句的来源？您是已故金会长唯一一位在不涉及商务的前提下打过交道的人，请您帮帮忙，不是帮我们，而是帮已故的会长先生。"韩基哲似乎已决意要从我这里得到一个肯定的答案。

　　踌躇片刻后，我做出了决定："我尽力而为吧。"

　　韩基哲马上伸过手来和我握手，就如10年前在德国法兰克福饭店一楼大厅初次相遇时一样。

　　"我知道您会帮忙的，谢谢您，郑先生。"

　　韩基哲提议干杯，并再次叫了一瓶酒。酒一送上来，他马上斟得满满地递了过来。

　　我们都一饮而尽。

　　那天，我们直到深夜方才分手作别。分手前，我另外要了张便条，把金起燮会长钱夹里那个句子一字一字地抄了下来。

　　"财上平如水，人中直似衡。"

　　我把便条折叠起来，放进我的钱包里。那一瞬间，我忽然有一种感觉，好像已故金起燮会长用一只无形的手在一场接力赛中将接力棒传递到我的手中。

　　单凭这只有10字的短句去找它的出处，其难度恐怕不亚于在汉江的沙滩上寻觅一只被遗落的绣花针。

　　但我一定要办到。

　　我一定能办到。

　　告别韩基哲，我独自走在雪后的中心街。一度停息的雪花再度飘起，刺骨的寒风迎面吹来。大雪纷飞的深夜，街上杳无人迹，极少有车灯闪亮。为了打车，我冲着过往的一辆辆汽车摆手招呼，心里一边自言自语：

　　"轮痴金起燮，您终生聚财，20元却是您钱袋里的全部！"

第三章　秘密钥匙

获知石田先生因心血管病病倒,大约是四五年前的事情了。石田先生本名李锡玄,是一位书法家和汉学家,博于金石,汉文造诣尤其深厚。要解释镌刻在古碑石、古器皿或古铁块上的金石文字,放眼当今,他算得上头号权威,无人能与之相比。不仅如此,由于他那高深的汉文造诣,还有许多专攻历史的学子前去求教。

我结识石田,也是因汉文的缘故。我在搞历史小说创作,在那些资料堆里往往会遇到一些以汉文写就的文章,任你怎么在《玉篇》里查来查去,绞尽脑汁也解析不通。汉文的特征就是这样。但这些东西拿到石田那里就会一一迎刃而解。他有一双慧眼,无论是来自中国的古旧原作,还是国内编纂的古书,哪怕仅有只言片语,他也能不假思索地道出其来龙去脉。

就是这样一位石田,获悉他病倒的消息后,我却一次也没有前去探视。

石田已年逾古稀,知识依旧渊博,思维依旧无碍,但因中风而成半身不遂之身,这对于平生专于书法的他已不啻死亡。

平时,他最不喜欢别人把书法称作"书艺"。他会说:"字非艺。如果字也是艺的话,写字的人不就是艺伎了吗?"

然后,他会说:"字,不是艺,而是道。"

从这个意义讲,他是位道人。

石田是位书法名家,却从不写字拿来展出或出售,所以他一生穷困潦倒,但仍然悠闲自在。可是现在他中风而卧,而且据传不方便行动的恰巧是右侧,已然不能提笔写字。听到这样的消息,我益发不敢前去探访。

因为心痛。

我不愿亲眼见到他那右身瘫痪、举止失控的样子,那将令人感到凄惨!他要是不能挥毫写字,就是生不如死的一具活尸。

然而报纸报道说石田重新拿起了笔。据说右手仍不自由,故而开始用左手写字,而且是用整个左拳握笔书写。

报道甚至称,石田计划在新春到来之际举办一个书法展。

如果报道属实,这将是一个富有冲击性的新闻。石田一生只办过一次书法展,然而在因病魔而卧床不起、一度成为一具活尸之后,他居然东山再起,换右手为左手,改执笔为握笔,而且还要举办书法展。难道,这位老人真的已经老糊涂了?

见过韩基哲后的第三天,我决定前往敦岩洞,拜访石田。

我觉得,要查出金起燮会长钱夹里所藏的仅有10字的汉文"财上平如水,人中直似衡"的出处,只有石田可当大任。一个只有10个字的短句,除了石田,还有谁能够道出他的典故渊源呢?

当我真的下决心要去拜访石田时,心里又不免对他备感歉疚和汗颜。在他与病魔搏斗的日子里,我没有一次登门探视,甚至没有打个电话表示问候。

我提着为平素喜欢喝酒的石田准备的一瓶威士忌,沿着通向石田府上的山路,一边走一边暗暗自嘲:石田是因酒而病的,五年了我没有探视过一次,甚至连电话都未打过一次,可今天为请他帮忙,居然又提上一瓶酒腆颜来访,真是厚颜无耻!

大雪连下几天,因为天气寒冷满地冻结。可这一两天气候突然又像春日一样变暖了,积雪开始融化,淌起了雪水。在已不再常见的韩式房屋排成的小胡同里,因为房檐滴落的雪水,路变得十分泥泞。

石田的家就坐落在山坡上。

那是一座韩式房屋,外表败落的样子一如过去。大门上挂着石田的门牌。

我习惯地去找门铃,却没有,于是推门。大门似乎一直未插,应声而开。

巴掌大的院落里,有人在洗衣服。和推门而入的我打了个照面的是石田的夫人。

"您好,还认得我吗?"

夫人探起身,冲我笑了笑,那张脸一点儿没变,好像穿越了五年的时空而没有留下任何岁月的痕迹。

"当然认识,快请进,他一直在里面等着您呢!"

夫人用手指指前厦。

动身前我已打过电话。石阶上,摆着石田那看上去很眼熟的白色胶鞋。融化的雪水顺着结了冰柱的房檐滴答滴答地向下滴着。胶鞋旁边放着一双高跟鞋,看来是有人先我一步前来造访了。我脱掉皮鞋,登上前厦。屋门是开着的,我看到了里面身着韩服的石田。

"您好,是我来了。"

一进房间,立即听到石田那熟悉的声音:"哦,你到了?"

我首先屈膝俯地,行拜年大礼。

以前,每到正月初,我都要到石田府上来拜年的。自从石田因病倒下后,好长时间就没有走动了。

通向后院的双层门大开着。石田的家坐落在山坡上,打开通向后院的门,视野豁然开阔,村落里韩式房屋那鳞次栉比的屋脊和远处的城市风景映入眼帘。透过打开的双层门,冬季暖阳如春日般泄洒而入。石田的样子一如既往,一点儿也看不出曾在病魔手中挣扎过的痕迹,脸色也不像年逾古稀的老人,只是有些行动不便,坐着的姿势有点不自然,说话的声音也有些含混木讷。

老人身边坐着一个不知来自何处的女人。女人跪坐在那里,正在研墨。石田是那种喜欢女人的人,而且喜欢年轻漂亮的女人,但并不是贪欲好色。

"我喜欢的不是花蜜,而是花香。"

于是,石田身边女人不断。石田常把追随身边的女人称为信徒,而那些女信徒们则称石田为教主。

年老的妻子在门外冒着冬天的寒冷洗衣,自己却在温暖的房间里让年轻的女人坐在身边嗅着女人的体香。见到石田这个模样，我才切实体察出石田已从死亡中获得了新生。

女人研墨的神情非常虔诚，看样子是为求字而来。石田有个怪癖，一般人很难求得他的字，但如果是年轻漂亮的女人相求，他会出人意料地爽快。那女人跪坐在那里，好像就是为了求得石田的一纸新春挥毫。地上，摆放着几张韩纸，似乎石田马上就要开始提笔写字了。

"介绍一下，这是写小说的郑相镇，这是我的女信徒。知道我在说什么吗？"

"知道的。"

女人掩口而笑，我也跟着笑起来。

"你带来的是什么？"

"酒。"

"威士忌？"

"是。"

"好哇，来一杯？"

"可是……"

我有些犹豫了。虽说石田是名闻天下的酒中豪客，但毕竟已度过五年半身不遂的岁月，而且起因就是酒。

"什么可是不可是，先斟一杯来看看。"

石田已从背后的石桌上拿起一只玻璃杯，递到我面前。无奈，我只好打开瓶盖为他斟上一杯。

"孩子，你也喝一杯吗？"石田问正在研墨的女人。

"酒我可不想喝，"女人撒娇地说道，"大白天的。"

女人掩口笑着，那意思好像在说如果不是大白天喝多少都不在话下。

石田还想亲自为我斟上一杯，但像患了手颤症，抓着酒瓶的手颤抖不已，怎么也不听使唤。

"我自己来吧。"我为自己斟上一杯。

"来，我们喝。"

举杯劝饮后,石田开始喝。大概是病魔的缘故,石田不再像原先那样豪爽地仰脖而尽,而是沾唇即止。

"您身体如何?"

"好多了,不过,鸡鸡可大不如前了。"石田也不顾身边有没有女人坐着,径自开口说道,"我看不光是身子,连鸡鸡也中了风。为这,还到过沓十里,去做了针灸,还是不中用。"

石田把手伸向腰间,好像立马要脱下裤子给人看。他有个老毛病,不管什么时间什么场合,也不管有人没人,就把手插到腰间抚弄性器。有一次,他让一个女信徒坐在身边研墨,自己居然枕着枕头躺下,把手伸进腰间。

看那裤子抖抖索索的样子,他一准是又在玩玩具式地抚弄自己的性器。

"您到底在做什么呀?!"

见我以责怪的口吻问,石田满不在乎地说:"没做什么,不过被花香醺醉而已。"

石田斜了一眼正在研墨的女人,接着说道:"俗话说,以眼对眼,以牙还牙,以风迎风。身子中了风,解药还须风,而女子乃风中之翘楚。难道不是吗?"

女人嘻嘻而笑,并不作声。我回答道:"我可不晓得。"

石田马上问我:"你来到底有什么事?"

"好久不见,我给您拜年来了,顺便来看看您……"

"除了这个,还有什么事?"

石田就是石田,果有不同凡响之处。他能洞穿对方的心事。

"实际上,"我坦率地承认,"我来拜访,是有事相禀。"

"什么事?"

我从衣袋里掏出钱夹,又从钱夹里掏出那张抄有保存在金起燮会长钱夹里的文句的便条。

"最近偶尔遇到一句话,看过后一头雾水。"

"你最近还在写历史小说?"

"我不是为小说而来的。"

"拿来看看。"

我把便条递过去。他拿起桌上的眼镜，架在鼻子上，斜着身子读起来。

"什么呀！"石田把便条一丢，一副不屑的样子。我心中一亮，事情有门了。石田有个习惯，什么事情一旦有了把握，就会随手丢东西。有把握就丢，被丢的对象有笔，有宣纸，有时还会是砚台。

"你究竟想知道什么，是文句的内涵？"

"不是的。"

"这么说，你是知道它的意思了。那么你这家伙给我讲讲看。"

"嗯哪。"

我笑了。从石田那粗鲁起来的态度上，我知道这一趟不会白跑了。目的既达，就算挨一棍子或是被泼一身墨汁，也不算冤枉。

"是不是这样的意思——'财物平等如水，为人正直如秤'？"

"还有。"

"还有？"

见我跟他绕，石田干脆高声大嚷："疯子！赶快滚回去吧，你这没出息的家伙！"

"回也得有处可回呀。"

"哈哈哈，你这疯子。"

石田突地一把拉过正在研墨的女人的手，用自己的手抚摸起来。女人只是笑，并不想甩开。

"你到底想知道什么？"

"想了解这句典故渊源，想知道这句话出自何处。"

"……你这小子，连这个都不知道。"

"那么……"我又绕他，"先生知道吗？"

"你这小子，有什么我会不知道？！你给我说说看，我什么时候让你难住过？"

"真是圣恩罔极……"

"得了吧，你这疯子，"石田甩开女人的手哈哈大笑，"这句话出自一本书，书的名字叫作《稼圃集》，书的作者后来从书中抽出自己的诗作单独成集，集子的名字叫作《寂中日记》。《稼圃集》里收录的大部分是'唱和诗'，也就是一个人赋诗后另一个人奉和而吟的诗。这句话，在作者晚年撮录而成的《寂中日记》中也有记载。有人认为这句话是作者自己所作的诗句，也有人认为是作者去世后周围的人们嘉其人格而作的挽诗。"

看来，中风病只穿透了石田的身体，让他卧床不起，并没有毁掉他的记忆和智慧。

"他是谁？"

石田反过来跟我卖关子："我不是说过了吗？"

"您什么时候说过？"

"你这小子，"石田高叫起来，"我不是说过嘛，作者把自己的诗作集成一本《稼圃集》。"

"那么，作者的名字叫作稼圃？"

"你这小子，哪有名字叫作稼圃的？！稼圃，说是个号或许还可以。"

"那么，稼圃又是谁？"我再次问道，"作者是一个什么样的人？是那种写诗作赋的文士吗？"

"不止这些，"石田摇摇头，"把平生写过的唱和诗篇单独成集，值得传颂的诗作数以百计，但稼圃并不是位诗人。"

"那么……"

我索性打破砂锅问到底，石田却死盯着我："你既不识得我，我又如何识得他？"

看他的表情，没有一丝开玩笑的意思，很认真，也很庄重："他是道人。"

"道人的话，就是一位师傅喽？"

"差点为僧，却不是和尚。"

"那他是什么道人？"

他忽然直起身子，重新拿起一度丢开的笔，蘸上墨。坐在旁边的女人立即条件反射地铺好纸张。石田以掌立笔，在纸上奋笔疾书。依旧是一挥而就的风格。

石田写就的，只有两个字。我看了看，纸上只写着这样两个字：

商道。

我惊奇地望着这两个字。

这两个字是什么意思？直解起来，不就是"从商之道"吗？但这两个字，不是那种常见的词汇。意指"路"的"道"字，应该是多用于宗教吧，譬如"修道"，正如石田不喜他人称自己为"书艺人"而一定要自称"书道人"。

我看着石田："稼圃是商人？"

"对，稼圃是一个经商的人。"石田马上回答。

"不过是一个经商的人，先生为什么以道人相称，而且还要冠以'商道'？"

"你这家伙，"石田突然提高了嗓门，"说起来你也是个作家，怎么会连这也不懂？！在这个世界上，道是无所不存的。乞丐有乞丐之道，圣人有圣人之道，女人有女人之道，天空飞翔的鸟自有鸟之道。世上有什么不可以归于道？所以，老子早就说过'道可道非常道'，也就是说，可以称之为道的道不是简单的道。这句话蕴含着这样的内涵：世上万物都是道的化身。其实又岂止于此，你可知道，世上最出色的扒手是谁？"

我想了又想，脑海里却不能出现一个合适的名字："不知道。"

"历史上最出色的盗贼是盗跖。司马迁在其所著的《史记》中把他记为大盗，说他'性格残忍凶暴，然部下盛赞其信义'，同时慨叹'窃钩者诛，窃国者为诸侯'。难道不是吗？有人因为抢了别人的千元钱而被以抢劫论处，而那些起大兵、开坦克盗取了政权的窃贼，却登上了总统宝座，或是当上了什么部长、国会议员。"

说起当今现实，石田提高了声音。经历了五年的病床生活，他的舌头还不很灵便，话音也有些木讷，但说话的力量与速度却一如往昔。

"对盗跖这样一介盗贼，庄子却称其为圣人。一个盗贼中的小角色曾经这样问盗跖：'盗亦有道吗？'盗跖毫不含糊地回答：'当然,盗亦有道'。小喽啰不理解,又问:'窃人物事的盗贼难道还有道?'盗跖回答说:'世上万事皆有道,难道盗贼就不能有道吗?'听了这话,小喽啰又问:'怎样做才能达到盗贼之道?'盗跖告诉他:'既然想做盗贼,你尽管去盗窃他人物事,但如果你想成为一名大盗,有五道你一定要守好,守不好五道,你就不能成为一名大盗。'小喽啰这才跪下恳求盗跖:'师傅,请您教我为盗之道!'盗跖则告诉他……"

石田暂时打住了话头。他的声音并无大碍,但因为一口气说了很多话,颇有一些气喘。

"孩儿呀,"石田向坐在身旁的女人说道,"快去倒杯水来。"

女人拿来水,石田一口气喝下去,重新拾起话头:

"盗跖是这样阐释为盗之道的:'能够在外面就推测出屋内所藏财物的,称为圣,这是为盗必须遵守的第一道;其次,率先入户称为勇,是为盗必须遵守的第二道;再次,撤退在最后称为义,是为盗必须遵守的第三道;又次,能够预判行窃行动能否得手称为知,是为盗必须的第四道;最后,少取盗窃所获,公平分赃,称为仁,是为盗必须遵守的第五道。如果不能修得这五道,绝对不会成为名扬天下的大盗'。"

石田看着我,说道:"盗跖讲,不能修得圣、勇、义、知、仁这五道就决不会成为大道。这就是为盗之道,可称之为'盗道'。"

石田突地把他写了字的那张纸向我扔过来,大声喝道:

"你这个家伙,一个窃人物事的盗贼都能够有'为盗之道',难道说,向他人出售物品的商人就不能有'为商之道'吗?你方才给我看过的那个文句,作者可是一个大商人。就像一个大盗有他必守的五道,那位老人家也有自己终生守之不渝的商道。就因为这个缘故,我称他老人家为道人。"

"那么,他的尊号是?"

我小心谨慎地开口问。石田盯住我的脸,沉默片刻才终于回答:"先生姓林名尚沃,籍贯全州,字景若,号稼圃,是朝鲜王朝后期19世纪中叶人,出生于平安北道义州,是最具代表性的义州商人。"

林尚沃。

石田终于说出了稼圃先生的名字。在德国高速公路上死于车祸的金起燮会长深藏在钱夹里的谜一般的字句——"财上平如水，人中直似衡"，这仅有10字的诗句，它的作者是林尚沃。如果麒坪集团企划协调室主任韩基哲的推测不错，金起燮会长的这个座右铭透露出这样一个信息：金起燮会长终生景仰着一位叫作林尚沃的人物。

那天下午晚些时候，我告辞石田，离开他的府上。

石田一再挽留我吃过晚饭再走，我还是决定在天黑之前告别——如果吃过饭再走，那未免太辛苦石田夫人了。

但离开之前我对石田还有一个请求，那就是想得到石田亲笔挥毫写下的金起燮会长钱夹里珍藏的诗句。我知道，石田是不轻易向他人许字的，即使是私人交情也全无作用。他只是意兴所至，才会情愿许字给人。

"请您写几个字好吗？"

离座前，我猜度着石田的心情提出了请求。不想，石田竟然满口答应，慢声问道："想要什么字？"

"林尚沃的诗句，就是给您看过的那个。"

"你不过是个书虫，又不是什么买卖人？"

"我这么做是有理由的，以后我会向您解释。"

"那你研墨吧。"

我给砚台加上水，开始研墨。我研着墨，石田一点一滴地往毛笔里蘸墨。待浓墨饱蘸，石田起身而坐，好像用全身握笔一般使出浑身的气力立笔作势。我铺好宣纸，石田以激烈的动作把笔向纸上刺下去，仿佛在用匕首直刺猛兽的咽喉。他的手在剧烈地颤抖，但正是这种颤抖，给他的字增添了一种独特的神韵。行云流水，10个大字一挥而就：

"财上平如水，人中直似衡。"

待一口气写完，毛笔一丢，石田说道："休看短短10个字，这诗句里藏着须弥山。这短短10个字里，蕴含着林尚沃的商道。"

似乎已经口渴，石田端起酒杯，润润唇，闻闻香气，又开口说：

"不过……"

看上去，他已十分疲倦："在不惑之年，林尚沃曾对老母说过这样的话。当时，林尚沃的老母亲这样问自己的儿子：'儿呀，人家都称你富甲朝鲜，你这首富到底有多少财产？'林尚沃回答母亲说：'母亲，要说我的财富，银锭堆起来可比马耳山，绸缎摞起来可赛南门楼。'但又有什么用呢？有可比马耳山的银锭、赛南门楼的绸缎，可如今，万贯家财都不见，所留下的不过是一行诗而已。难道不是吗？"

门敞开着。门外，天色渐晚，一幅冬日傍晚景象。薄薄的暮色笼罩大地，原本温暖的空气开始变得冷飕飕。在我们聊天的时间里，坐在石田身边的女人已不知何时走掉，屋里只剩了我和石田两人。

我再也不能坐下去了。石田看上去已十分疲劳困倦。我收起石田写下的字，担心它起折痕，小心翼翼地卷起来，提在手上，走出了屋子。一直想留我吃饭的石田见我当真站起来要走，头也不抬，故作不知，嘴里还嘟囔着：

"走就走，留就留，随便吧。"

"谢圣恩罔极，祝万寿无疆。"

我按照每次拜访石田时的习惯向石田道辞，然后，逃也般走出了石田家。

山路已黑。

路灯已亮，街上已有出来摆摊的小贩。与和煦的白天大相径庭，入夜后天气变得冰冷，白天融化的雪水结成了冰碴儿，街道变得很滑。为了防滑，路面上倾倒了一些煤渣。

走在煤渣路上，一股欣喜之情涌上心头，终于把事情弄清楚了。

今天拜访石田终于不虚此行。

秘密钥匙

　　因交通事故故去的金起燮会长的衣袋里，一只旧钱夹成了他留下的唯一遗物，而在这钱夹里，有一个谜团。现在，谜团终于解开，诗句的出处终于被查出。这谜一样的诗句，原来是林尚沃的挽诗。林尚沃，一个150年前死去的名贾巨商，远不像其他历史人物那般广为人知。但金起燮会长何以独自对林尚沃尊敬有加、心仪终生？如果不是发自内心的礼敬，金起燮会长决不会把林尚沃的一句诗亲手抄录下来珍藏在随身携带的钱夹深处的。更何况，金起燮会长还从林尚沃的"财上平如水"中特取两字自号"如水"？

　　石田把不过是一介商人的林尚沃称作道人，而且对他盛加礼赞，认为他是一名已得"商道"的圣人。石田那张嘴可是非常刻薄的，无论是谁，一经了他那张嘴，就会成为骗子加窃贼。然而他却将林尚沃作为圣人来称颂。那么，金起燮会长就是以林尚沃为师表而对其景仰、心仪终生的吗？

　　顺着一排排韩式房屋相夹的陡峭山路走着，我内心不停地揣摩：金起燮会长如此崇敬的林尚沃，究竟该是一个什么样的人物？

　　天一冷下来，夜空里又飘起丝丝细雪，仿佛刚刚褪过毛的野兽长出新绒。

　　我把双手插进大衣口袋里，小心翼翼地唯恐弄皱了石田的字，沿着山路缓缓而下。得到石田如此称颂的林尚沃，究竟该是一个什么样的人物？

　　他是谁？他有一个怎样的人生历程？

　　追踪林尚沃，说不定正是追踪金起燮人生轨迹的另一条线索。

　　我对金起燮遗留的谜一般的诗句引出的陌生人物林尚沃产生了强烈的好奇心。从这个意义讲，"财上平如水，人中直似衡"这仅有10字、谜团般的诗句已成为向我展示林尚沃这个人物的内心世界的秘密钥匙。

　　拜访石田大约十天，我从早报上读到一篇始料不及的报道。身体刚刚有所恢复并有意在新春之际举办一个迎春书法展的石田，已然再次倒下并与世长辞。

　　在巨大的冲击中，我回想起离开石田府上时我们之间的最后告别。那时，石田斜躺着，对我说过这样一句话：

"走就走，留就留，随便吧。"

我坐在前厦下，拿过放在台阶上的皮鞋，一边穿着，一边习惯性地像往常一样，以开玩笑的口吻向他告辞：

"谢圣恩罔极，祝万寿无疆。"

这竟然成了石田在这世上接受的最后一个道别。这"祝万寿无疆"的最后一个道别如此舛谬，石田不但没有尽享万寿，反而在几天的时间里与世长辞。

石田写给我的林尚沃的诗句，成为石田留在这个世界的绝笔。与石田分手的第二天，我到装裱店把石田的字装裱到匾额里，然后挂到家中最显眼之处。见一次不免感叹一次：真是世间名作！而更加巧合的是，从报道上看就在将装裱好的石田的字在家中挂起的那一刻，石田辞世而去。

在前后不到两个月的时间里，我失去了两位知己，一位是麒坪集团的领头人金起燮，另一位是平生最喜挥毫写字的平民书法家石田先生李锡玄。这两个人，生前从未有缘谋面，也完全没有一丝的共同之处，是装裱在匾额里的石田所书林尚沃的诗句，像孕育婴儿的脐带一样把他们联系到了一起。

第四章　命运之夜

1

1801年，正是先王正祖在位24年后以49岁的壮年驾崩、纯祖即位登基元年，辛酉年。

林尚沃抵达清朝的京都北京。他已离开故乡义州足足25天了。

从义州到北京，路途遥远，有2030里的路程，就是日行百里，也需要将近一个月的时间。因此，这段路程被那些商贾和每年冬至之月作为使臣出使清朝的"冬至使"们惯称为"不得不走勉强而走的路"。

而从汉阳（汉阳，即今天的汉城——译注）到义州的路程，亦有二千多里。这样算来，往返一趟，就要走八千多里的远路。关于这条路究竟有多远，朴趾源在《热河日记》中记道："正祖4年（1780年）6月24日渡鸭绿江，8月2日始抵清都北京。"

林尚沃到达北京，是在那年秋天的九月。数次到过北京的林尚沃，对这2030里路自然已了如指掌，但这次北京之行，对他来说从某种意义上讲却也算得上头遭。

林尚沃初次到北京，是18岁那年随使臣上路的。当时，林尚沃被使臣的队伍雇为马夫。

他的父亲林凤库也是一位义州商人，通常是作为一个行商跟随使臣的队伍到北京做黑市贸易。

历史上，从处于壬辰倭乱（1592年）旋涡中的1593年起，为筹措军粮和赈济饥馑中的百姓,朝鲜王朝开始在鸭绿江的兰之岛与中国进行国际贸易,并取岛名为中江,称其为中江口岸。口岸贸易肇始于中江口岸,是官方批准的官营贸易。

但这种国际贸易真正活跃起来,是从明朝灭亡、清朝开始统治中国的17世纪开始的。清朝政府连续将会宁、庆原、栅门等边境地区辟为通商口岸与栅门仅有一江之隔的边境城市义州于是成为朝鲜王朝与中国进行贸易的最前沿商都。

当时,朝鲜王朝的国际贸易由三个边境地区左右着,它们分别是与马岛日本商人打交道的东莱倭馆、趸购女真族人貂皮的会宁与庆原,以及因同清朝做黑市贸易闻名的栅门后市。如果说口岸贸易是官方批准的官营贸易,后市则是商人之间私相往来的一种黑市贸易。

三个国际贸易地域中,最成功的贸易者是经营中国绸缎的义州商人。

与中国做贸易的商人称"湾商",这是因为义州原名龙湾,高丽王朝之前一直被称为龙湾县的缘故。

林尚沃的家族,是一个连续四代在义州为湾商的传统商人世家。名为湾商,其实他的父亲林凤库不过是一个没有什么资本的行商,每年随着出使清朝的冬至使队伍到北京,卖掉人参买进绸缎,回国后再将绸缎转售他人。林尚沃的父亲林凤库比任何人都精通中国话和满洲话,这自然使他在出使的队伍里备受优待。所以林凤库还有一个梦想和愿望,那就是能够通过译科考试,成为一名译官。他之所以梦想成为一名译官,不单单是因为他精于中国话,更主要的还是因为成为译官可以发大财。在当时,译官们的职责是与使臣一道出使中国担任翻译,或在中国或日本使节来访时到朝廷做翻译。译官的选拔是经译科考试进行的。译科作为一种科举考试属于文科,因此与其他文科一样三年一试。由于每当国家有喜庆事时即开增广试,译官往往供大于求。于是,无法为这些译官一一提供俸禄的朝廷便允许译官在使臣出使外国时随行其间,从事黑市贸易。这为译官们提供了生财之道。

译官们作为贸易资金带到中国去的主要是人参。当时，人参在国内产品中具有最高的使用价值，而在中国作为药引也非常受欢迎，是一种有优势的交易商品。译官们被允许带到中国的最大限额是人参八包，每包内装人参10斤，总重量80斤。译官们就此公开地从事着走私贸易。按时价每斤人参纹银25两计，80斤人参的货价是纹银2000两。这笔巨额资金如果换算为大米，则相当于数千石。林尚沃的父亲林凤库梦想做译官，正是为了这个缘故。他虽然每年都可以随使臣来往北京做翻译，但因不是正式的译官，只能偷偷贩运人参，每次也就是五六斤的样子，而且也只有赶上好运道才能挣个本钱，大部分情况下是被禁门发现而遭到没收。

使臣出访时，告别朝鲜的最后一关是鸭绿江的九龙亭。出使的队伍离境时，平安监使与义州府尹带着官伎前往九龙亭作最后的惜别。译官、通引、马夫们各自按自己的方式表达自己的感情，痛饮三杯，而后登船，而官妓们则打开蒲扇，齐唱《行船谣》。

这种浪漫的场面结束之后，使臣队伍渡过鸭绿江，来到清政府设于鸭绿江沙场的禁门。沙场上插着三面旗子，算是一道门，在义州府尹和书记官在场察看的情况下，对随出使队伍乘船的300多名中人（注：朝鲜王朝仅次于两班即贵族的社会阶层，主要从事会计、诉讼、翻译等事务）——彻底搜查。清查违禁品的门共有三道，分别为一道门、二道门、三道门。检查官从解开的上衣到裤子的裆部一一搜过，查禁的对象是黄金、珍珠、貂皮、人参等。当时的禁运法条文规定："如果在第一道禁门被发现则没收，在第二道门被察觉则脱掉裤子受杖责，如果藏到第三道门才被查出则处以枭首，首级被挂到禁门前的旗杆上示众。"

因为是过境，还要缮写每个人的"人相书"，即使是使臣的队伍也不例外。这种人相书相当于今天的护照，记载着一个人的姓名、居住地、年龄、长相等身体特征。

林凤库每每都会在第一道禁门被查出，人参则遭到没收。于是，经过苦思冥想，他想到了一个暗度陈仓的办法，即比出使的队伍提前几天渡江，设法躲过彻查，然后再与使臣队伍会合。但靠这种小打小闹，所得也只能是口而已。

林尚沃的父亲林凤库曾四次参加译官科考，但每次都是名落孙山。自信比任何人都精通满洲语的林凤库对自己每每落榜的原因百思而不得其解。

但最终他还是明白了，根源就是因为自己的祖上属于那种卑贱的阶层。同时他也明白了，不管自己一辈子如何挣扎，都不可能摆脱贫困潦倒的行商身世。为此，他异常失望。

就是在这种充满失望的日子里，终于有一天，他因喝醉了酒，跌入鸭绿江而死。那年，林尚沃年方20岁。人们明着说林凤库是因为醉酒失足而落水溺死，暗地里都说他是因悲观于世道，自寻短见而死。他的尸体是在鸭绿江畔的统军亭被发现的，统军亭前的白沙场是鸭绿江畔第一景。

20岁就失去父亲的青年林尚沃感到前途一片渺茫。尤其是，根据有关记录，林尚沃的父亲死时还欠下了一大笔债务。无奈之余，林尚沃只得到父亲告贷的店家去做伙计，以工抵债。

按照当时义州商人的风习，雇人做工是没有工钱的。只需给口饭吃，过5年或10年，看着没什么出息就赶走，看上去还算有苗头，东家就会给一些本钱，任其独立。在父亲借债的那家门商里，林尚沃以身抵债，做了三年的店员，一直忠心耿耿地侍奉着东家。所谓门商，是指同中国做买卖的店铺。父亲留下的债务数额之巨，做一辈子店员也难以还清，但林尚沃心无旁骛，起五更，睡半夜，做起活儿来不知疲倦。

林尚沃做工的那家门商的东家名叫洪得柱。

洪得柱对年方20的林尚沃非常信任，因为林尚沃虽然年龄不大，对人参却别具眼光。从幼时起，林尚沃就随着父亲见过无数的人参，久而久之，对人参具有了超乎寻常的独特见解。

有一天，一位老者来到洪得柱的店里。那是晚秋时节。通常，参客们都是初秋进山寻找山参，晚秋之际带着山参下山的。那老者一身典型的参客打扮：头戴细绳帽，脚穿登山鞋，手拄爬山杖，长长的外套遮盖到下衣。

老者从背囊里掏出一个木匣，掂在手里，对洪得柱说：

"我刚从妙香山挖到一颗山参，跟人参打交道四十多年，挖到这么大的参还是头一遭。请洪大人给鉴定鉴定，中意就请您买下吧。"

洪得柱的店铺主要经营人参。他知道，珍稀的山参非常难得，而且价值不菲。

参客和参商们都知道，如果真的得到一颗完好的稀世山参，即可使人从此改变命运。所以，自古就流传着这样的说法：

"真正的山参世所稀有，天下难求。即便是山参，也有一种是家养之参，形体与真参一般无二，真假难辨。"

在洪得柱的眼中，老者出示的山参是一颗确切无误的山参，而且，是山参中质量最为上乘的神灵草。于是，他准备出高价买下那颗山参。当时正在一旁默默注视着这一切的林尚沃却抓住衣袖把洪得柱拉到一个无人的地方，开口说道：

"大人，您还是先不要买下那颗参。"

"为什么？"

林尚沃马上回答道："那参还不能确定真假，您可以先把它留一天，等明天早晨天明后我为您鉴别。"

洪得柱心中怏然。一个年纪不过20、乳臭未干的毛头小子，竟敢对自己这样一个同人参打了一辈子交道的大行家作出的判断说三道四，这让他几乎火冒三丈。但这个年轻的林尚沃所说的话虽然顶撞了自己，却也不能完全充耳不闻，因为山参的价钱可是个让人吃惊的数目，万一出真参的价买颗假参，那就惨到家了。

"就照你说的办吧。"

林尚沃郑重地将老者带来的山参放回木匣。第二天一大早太阳一出，他拿着那颗山参走到阳光下，仔细地看了又看，最后才开口道：

"险些出大乱子了。这不是山参，是惊参。"

惊参，不是自然生长在深山的山参，而是一种移植后长大的人参。山参，原是指从未经人栽培而在山中自生自长的人参。有时，参客发现山参的幼苗后,就会连苗带土一道起走,移植到远离人家、无人知道的地方。如果移植到田地里,施以肥料,培成药土,称为"药直";如果把幼参直接种在平地里,则称"直参"或"土直"。所谓惊参,就是指把幼小的山参连根带土起走施肥培养而成的人参,一般也叫作"重拔",或称"山养"。所以,惊参同真正的山参相比,外观虽然一模一样,药效却有天壤之别,价钱也很悬殊。

"当真?"洪得柱半信半疑地反问,"这参难道不是山参,而是重拔?"

"是的。"林尚沃毫不含糊地回答。

"那……这事该怎么办呢?"

林尚沃马上说:"东家您先不要作声,看我的吧。"

林尚沃取出木匣中的人参,一切两段,头部照样保留着,根部接上一截样子与人参相似的桔梗。桔梗虽说样子很像人参,但桔梗就是桔梗,它的颜色是紫绿色的,虽然人称"三尺童子",但只消一眼就可以看出它与人参的不同。

天色大亮后,老者又来到店里。林尚沃马上迎上去说:

"您带来的虽然是棵上好山参,但价钱太高,我们不能买,还是请您拿走吧。"

老者阴沉着脸,打开木匣一看,顿时怒气冲天:"浑蛋!"

老者痛骂着,两眼死盯着林尚沃。

"老人家,您这是怎么了?"林尚沃在破口大骂的老者面前双手合十,恭逊地问道。

"混蛋,我为什么生气你这个混蛋难道还不清楚?"老者一边痛斥着,一边扬起手中的拐杖,一副恨不得当场给人一拐的样子。

"我可不晓得。"

老者马上指指原本盛着山参的木匣说:"里面只有一棵桔梗,我的山参究竟跑到哪里去了?!"

直到这时,林尚沃才装模作样地往木匣里看了一眼。果然,山参已被换成了一棵桔梗。这当然是林尚沃亲手掉的包,但他还是一副全然不知的样子：

"小人不知道您在说什么。"

"混账，难道你看不出这是棵桔梗？"

"不错，这分明是棵桔梗。"

"那么，为什么一夜的工夫山参会变成桔梗？一定是你这混账东西起了黑心，把我那山参给掉了包。"

"不，老人家，我们怎么会那样做呢？怕不是山参自己变成了桔梗，然后消失了踪影吧？山参可是自古就称仙草，是有灵气的哟！"

老者被林尚沃的话激起更高的无名业火："什么？！山参自己没了踪影，变成了桔梗？你这混账想蒙我呀！"

老者忽地从背囊里抽出一把斧头。参客的随身背囊里，一般都携有斧头、镰刀、小锄之类的东西。老者举起斧头，向林尚沃作势欲砍。林尚沃年方20，有气力，有胆量，虽然身材并不高大，但打小跟随出使的队伍，锤炼得身手敏捷。他本可以拦住老者的手，但他却一眼不眨，丝毫未动，只是说了一句："老人家难道连郑和之参也不知道吗？"

奇怪的事情发生了。原本杀气腾腾，作势欲砍林尚沃的老人颓然放了手。而且，他打着火镰，点起烟袋，哈哈大笑着说道：

"我服了。"

老者对站在一旁心惊肉跳地看着这一切的东家洪得柱说道："老实说，昨天我给您看的那棵参并不是什么山参，而是一支惊参。我虽然上得山去，但并没有采到一棵山参，从山上回来的路上，在一座寺庙的水井边上见到了一棵惊参。采下一看，发现真是一棵神鬼难辨的惊参，于是就拿到你们这里来蒙了一趟。"

老者直白地告罪后，又接着说道：

"我来蒙骗洪大人，真是惭愧得很。没曾想您带着这么一位厉害的伙计，可以说是天佑神助。走遍朝鲜，能辨出昨天那棵参是惊参的恐怕再无第二人了，只有您手下这个年轻的伙计。我简直要把他当成上天派来的神人呢！"

老人走后,洪得柱对林尚沃惊诧不已。多亏林尚沃才免得真的把一棵从寺庙水井边挖来的惊参高价买下,酿成倾家荡产的大祸。这个年方20的林尚沃,是什么时候练就了一双火眼金睛,居然能够准确识辨山参的真伪呢?这且不说,面对杀气腾腾、怒气冲天、恨不得立即挥斧行凶伤人的老者,轻描淡写一句话就使老人怒气全消,而且心甘情愿地承认不是山参而是惊参,这是为什么?

于是,洪得柱问林尚沃:"你对老人说的'郑和之参'究竟是什么意思?"

"郑和之参。"

准确地说,"郑和之参"是义州商人们自古便广为使用的一句行话。

"郑和之参"是个成语,源于朝鲜王朝初期,一般是在谈论人参真伪时被用来打比方的。

朝鲜王朝世祖年间,有一位名臣,名叫郑光弼。他是吏曹判书郑兰宗之子,曾两度官拜领议政,系朝鲜王朝初期一代名相,长于诗赋,死后谥"文翼"。他有个儿子,名叫郑和,但不是嫡子,而是小妾所出的庶子。他是郑兰宗的孙子,但正是因为自己祖父的缘故,才使他与仕途无缘。

郑和的祖父郑兰宗,是"庶子或孽子不得参加科举"的倡议者,正是由于这个建议,郑和身为名门之孙,却无缘参加科举,更无由踏上仕途。于是,他便从少年时起学习中国话,甚至熟谙明朝十三省的方言土语,成为当时头号中国通,并为出使北京的使节充当译官。

为了能够一获万金,有一次,郑和用几乎所有的钱买了人参带到北京。但到北京后,每到一处都被发现他卖的人参"只有头部是人参,身子皆为桔梗"。见情势不妙,郑和便用自己偷偷带去的银子为路资,勉强得以全身而回。问题是郑和不是一个单纯的买卖人,而是朝廷的使臣,这件事终于惹来麻烦,他被流放宣川,在那里悲惨地结束了自己的一生。

"郑和之参"这个成语即是由此而起。义州商人们都说,郑和不是被人蒙了才带着假参到北京的，而是压根就知道是假货，企图以不正当的方法挣大钱，所以人参自己变成了桔梗，而郑和也因此遭到了惨死的结局。"郑和之参"这话从此对于随出使队伍做人参生意的湾商商道的第一要旨。也就是说，如果拿假货去蒙人，就会像郑和那样，迟早有一天会不得好死。义州商人有一条铁律：经商决不得使用骗术。

"郑和之参。"

这句义州商人尽人皆知的话，唯独洪得柱不知，那是因为他并不是个来往于清朝与朝鲜王朝之间做贸易的湾商，而是一个开店做生意的门商。

一句话，老参客是被林尚沃的机变吓破了胆。林尚沃借假参自己变成桔梗的"郑和之参"的故事，不动声色地斥责老参客不道德的生意行径，使老参客不得不坦率地据实相告，承认了自己的过错。

这件事发生之后，洪得柱开始对林尚沃刮目相看。林尚沃做事勤快，而且待人彬彬有礼，大凡见过一面的人，过目不忘。这些，都是得自父亲林凤库的教训。从林尚沃小时起，林凤库就带着他远赴清朝，时常耳提面命地教训他：

"做生意，最重要的是待人接物，言语是最好的礼节。孔子说过'君子信而后劳其民，未信则以为厉己也'，也就是说，君子要用人必须首先取信于人，如果还没有取得别人的信任就想使唤别人，人家会以为你要骗他。做买卖也是一个道理，取信于人是做生意的第一诀窍。不能取信于人，别人就不会相信你。要想得到别人的信任，首先要学会在言语上知礼敬人。"

林尚沃的父亲林凤库，尽管已是三代经商，身份卑微，但为了成为一名译官，曾多次赴试科举，故而学问精深，才能出众。自从明白自己的儿子来到这世上将注定要做一个颠簸四方的行商后，一有机会就向他灌输身为买卖人应尽的本分，也不管林尚沃听还是不听。

遗憾的是，才华出众又善于教子的林凤库，结局却是一个失败的商人，义利两空，悲惨而死，并给儿子林尚沃留下终生难赎的沉重债务。

林尚沃人很勤快，喜欢把事情做得井井有条。据有关记录载，"林尚沃精于管事管物，账册经常保持井井有条"。当时的账册是一种记载金钱及物品出纳明细的本子，相当于今天的现金出纳簿。

林尚沃还制备了一种"录心帖"。那是一份经常与本店来往的主顾的名册，里面像家谱一样详细地记载着主顾的家庭情况，甚至连其外祖家、岳丈家的人脉也不会遗漏。因此，林尚沃从不会忘记这些老主顾们的红白喜事。

"做生意首先要讲信用。"

为了做到义州商人生意经中的第一条——信用为本，他认为这样来管理主顾名单是不可或缺的。

据记录载，林尚沃对物事的管理十分严格，无论什么东西，用过后一定要物归原处。相传，在他家中，甚至连一把扫帚、一双鞋子都有固定的位置，养成了这样的习惯，从不会有四处找东西找不到或是急得团团转的事情发生。

那件事以后，洪得柱开始留心观察林尚沃。因为见过林尚沃智退老参客的情景，洪得柱曾单独把林尚沃叫到面前问："你识字吗？"

"差不多是读得来的。"

"你是在哪里学的？"

"十五岁时在秋月庵学的。"

"在秋月庵学的，是为了出家为僧吗？"

"不是。是父亲为了让我识字，让我到秋月庵做了一年的行者，同时修习文字。"

因为自身是一介文盲，洪得柱对识文断字的林尚沃十分喜爱。事实上，洪得柱开始关心林尚沃，还有另外的原因。当时，义州时兴早婚，男子一般10岁即娶。义州的早婚习俗，甚于其他地区。但当时林尚沃年届过20尚未娶妻，而洪得柱也有一个已过花期的女儿待字闺中。对于没有儿子，只有一个独生女儿的洪得柱而言，林尚沃无疑是一个绝佳的入赘女婿人选。到时候，还可以把自己的店铺传给林尚沃，让他继承家业。洪得柱的女儿名字叫作洪南顺，后来，她成了林尚沃的妻子。总之，在以新的眼光观察过之后，洪得柱决定给林尚沃一次机会。他要考较一下，林尚沃是否真的具备经商才干和作为商人的素质。

1801年，19世纪元年。

那年是辛酉年，是林尚沃为还清父亲的欠债到洪得柱的店铺做伙计的第三年。那年八月的一天，洪得柱把林尚沃叫到跟前，问道：

"你到我们家来做店员多久了？"

"三年了。"

"已经那么久了吗？别的什么也罢，看起来你对人参已经入了道。原先你随着父亲去过几趟北京？"

"北京，我去过两次。"

"那你会说中国话喽？"

"相互沟通沟通，做做买卖，当无大碍。"

"那么，你想不想到北京走一趟？"

每年的冬至之月，朝廷都要派冬至使出使北京，这是使臣的队伍。与此同时，还有若干义州商人搭起伙来，偷偷随着队伍到北京去做走私贸易。但如果被关卡上察出，不但要被捉起来拷问，而且永不允许再随队去北京。从18岁开始就到出使队伍中做马夫的林尚沃知道，一旦被察觉并在身上搜出私货，不能再随使臣队伍出行，就等于判了死刑，永远不得以商人的身份抛头露面了。

尽管要冒种种风险，但洪得柱要林尚沃到北京走一趟，就不啻一种摆脱难挨的伙计生活成为堂堂的独立商人的承诺。林尚沃琢磨不透。

究竟是怎么回事？东家让自己到北京走一趟，这不就意味着东家要放自己去独立经商吗？

那年洪得柱让林尚沃冒险跑北京，除了想考验一下他的能力，还有其他因由。

人参是朝鲜同中国贸易中引以为傲的最大资源，以致义州商人中甚至流行着这样一首歌：

人参人参好人参，

八道富甲是你生，

长生不老在你身。

正像歌中所唱，人参作为一种贸易货物，不但给人以健康，使人长生不老，而且还养育了八道富甲。特别是中国人，最喜欢高丽人参，称高丽人参为不老草。

朝鲜王朝初期之前，人参的来源一直是靠自然生长，并没有谁来种植养参。自从开城开始栽培人参以来，人参才成为可以大量生产的商品，并在同中国的贸易中成为拳头资源。

尽管中国人如此喜欢人参，但在一些食用白参的中国人中，已渐渐出现一种批评的风潮，说是白参药效固然不错，但自然长成的白参有毒、伤胃。人参的价钱由此而日渐跌落，交易量当然也随之江河日下。如果人参失去了作为贸易资源的价值，开城与义州商人这朝鲜王朝的两大代表性商业势力将会不可避免地遭受打击。

在中国，人们自古对人参信任有加。人参又被中国人称为鬼盖、人衔、神草、土精、玉精、血参、人微、黄参、雏面还丹、人身、活人草、地精等。而今，人参受到中国人排斥，处境尴尬，前途黯淡。

就在此际，松都人朴裕哲发明了一种把白参熏蒸为红参的秘诀。经过熏蒸而制成的红参，不但能够长期保存完好而不受任何损伤，而且更重要的是除掉了白参的毒气从而提高了药效。到后来，因为从白参转变为红参的缘故，同清朝的人参贸易额达到了白银百万两之高。红参的出现可谓人参史上的一大革命。

洪得柱决意让林尚沃走一趟北京的时期，正值人参买卖由白参向红参过渡的初创期。洪得柱派林尚沃到北京，就是为了做一个试验，察看一下红参时代是否真的很快就会到来。

那年秋天的八月，林尚沃带着面世不久的红参离开了义州。一行五人都是清一色的义州商人，均是在同清朝的走私贸易中以命相赌的湾商。林尚沃是带着五包红参出发的，出发前，洪得柱对林尚沃说道：

"这五包红参，四包是我的，一包是你的。把它卖掉，作你经商的本钱吧！"

这可是一笔巨款，可以买到百担大米而绰绰有余。

洪得柱这番话，包含着这样一个意思：如果把这趟生意做好，就允许林尚沃独立，成为一个堂堂正正的门商。

"谢谢您，大人。"林尚沃明白了东家的意图后，立即屈膝行礼，"此恩此惠，小人没齿难忘。"

2

几天后，林尚沃等一行五名商人于半夜时分准备开始北京之行。过了龙湾这座义州古城，展现在眼前的是一望无际的原野。

他们穿越原野，渡过江河，来到鸭绿江边。望着滔滔的江水，林尚沃颇有感触地回想起往事。三年前，自己的父亲林凤库就是失足落入这江水中丧命的。在即将横渡父亲惨死其中的江水之际，林尚沃不由得百感交集。他低声呜咽着，对着江水发誓：

"我一定要做好这趟生意，子承父业，成为一名大财东。"

要渡过鸭绿江，有两种方法，一种是走威化岛，一种是走黔通岛。在横亘于朝鲜与大清国之间的鸭绿江里，很奇怪地有一些沙子堆成的沙洲，其中最具代表性的是威化岛。威化岛，就是当年先祖李成桂回师京城建立李氏朝鲜的那座岛，岛上有一座李成桂祠堂，叫作王堂。岛上通常有士兵把守，因而像林尚沃这样的靠走私赚钱的行商们一般都是在远离威化岛的黔通岛前渡江。

一行五人决定从黔通岛前渡过鸭绿江，如果被戍边的守兵发现，就靠行贿蒙混过关。他们只能借助木排，因为他们必须带着骡马之类的牲畜过江，而这些牲畜是用来驮他们作为地方特产挑选出的贡品的。

时序八月，淫雨季节已过，但鸭绿江依然水流湍急，激起的泡沫如同蛇颈的翕合。天色漆黑的五更时分，一行人开始艰难渡江。

平安过江以后，一行人一道下了木排，在江畔摆起一路带来的酒水与食物，冲着大江焚香行礼，举行路祭，往返四千多里的漫漫长征之路就这样开始了。这一去，纵使能够顺利完事平安归来，至少也需要两个月的时间。他们再也不能耽搁下去了。满洲的秋天非常短促，刚入十月就会结冰下雪，所以必须赶在九月内渡江返回。更何况往返四千里的路途是一片无法无天的世界，中间遇到马贼被抢了贡品的事情时有发生，丢掉性命成为狼群肚中美餐的过客不计其数。因为这个缘故，自高句丽时代起，湾商中便流传着一个祭祀鸭绿江水神河伯以祈求做完生意平安而归的习俗。

结束路祭后，客商们终于踏上了遥远的行商之路。

从鸭绿江前行10里，有一道泥水河，中国人称其为爱拉尔河。这里有一座古城，原为明朝将领毛文龙驻扎的城池。毛文龙是明末一名武将，巧妙地周旋于明清之间，曾使我国备遭磨难，后来惨死于山海关军门袁崇焕之手。如今，他就躺在自己曾驻扎过的乱草丛生的城池边。

这里成为废墟已有百余年之久了。它之所以成为废墟，与封禁制大有干系。

17世纪初，在满洲建国并最终从夷狄之族蜕变为中国大陆统治者的满族人，虽然征服了整个中国，并在北京建立了自己的王都，但并没有忘记这里乃是其前朝的发祥之地。由于大清朝的创始人努尔哈赤出生于此，为表达对努尔哈赤纪念，清朝朝廷在这一带实施了封禁制，禁止人们出入此地。封禁制实施百余年之后，这一带已然完全沦为废墟，成为一方被遗忘的土地，人迹绝灭，杂草葳蕤，只是偶尔有人潜入，烧山垦田，采伐树木。这一带当然会有老虎之类的猛兽经常出没，偷偷潜入的私猎者布满了捕猎机关。

再行20公里，到达九连城古城。通常，商人们在这里露宿，度过第一个异国之夜。

命运之夜

九连城在丹东东北15公里处,东隔鸭绿江与我国相望。这是一个战略要冲,金国时期干鲁曾利用这里险峻的地势筑起九个城池,与高丽对峙。清日战争时,日本军队曾把这里作为由朝鲜开进满洲东北的通路。

以林尚沃为首的商队在这里露宿一夜后,继续前行30里,抵达金石山。在金石山下用树叶生火做饭,饭后再行30里,露宿野外。那天夜里通宵下雨,露宿成了雨宿。就这样,林尚沃等客商在杳无人迹的荒野连续露宿两夜,直到第三天才到达栅门。

栅门是中国最后一道边关,因而中国人不像我们称它为栅门,而称之为"边门",当地人又叫它"架子门"。这里还是中国重要的边贸市场之一,也是大清国与我国边贸区里唯一的官办市场。

栅门位于九连城与凤凰城之间,因为出使清朝的使节往来频繁,居住满洲的商人与义州、开城商人之间开始从事私人贸易,并逐渐有所发展。林尚沃开始做商人的时节,官府对栅门后市仍予承认,但朝廷已加提防,派出团练使取缔走私贸易,因此林尚沃是避开他人的耳目偷偷进入栅门的。

来到这里,才算到了有人烟的地方,不再风餐露宿,能够到小客店里过夜了。说起来,从鸭绿江到栅门这段120里的路程是没有中国人,也没有朝鲜人居住的封禁地区,类似当今的朝鲜半岛南北军事分界线的缓冲区。

林尚沃到栅门的那个时期,朝鲜王朝每年有20万两白银外流,因而已于先王正祖年间正式将这个集市废止。但这一举措似乎并不大奏效,朝鲜的黄金、人参、纸张、牛皮、皮货与大清国的绸缎、棉布、药材、宝石在这里依旧形成一个兴旺的易货市场。林尚沃一行正式纳了税,在栅门一家小客店里卸下了行装。

在这里,他们有个重要的事情必须办妥,那就是雇佣大清国脚夫替他们搬运贡品。从这里进入大清国的所有贡品与商人们的货包,都要雇好中国脚夫和马车搬运,然后才能上路。中国人有个特点,本国人之间多少有点容情看顾,路上万一遇到马贼,一看是中国人,即使掠走东西,却极少会伤人,更不会杀人夺命。

林尚沃在这里雇了两个大清国人和一辆马车。然后,在第五天上总算迈出了走向中国大陆的第一步。

林尚沃奔赴北京所走的路,也是使节队伍常走的路。这条路始于栅门,经凤凰城到辽东,然后经成庆、汝阳、苏凌河、宁远卫,抵达山海关。

栅门是中国大陆的第一个起程点,但山海关才真正称得上中国第一关。

山海关位于万里长城的最东端,也可以说是万里长城的东起点。山海关这一地名起源于明朝在此设山海卫,隋唐时期这里叫作临榆关,辽、金时期称为迁民县。山海关自古就是控制中国的战略要塞,最著名的历史就是明军与清军曾以这一带为中心展开大战。明军企图以山海关为据点顽抗到底,但最终还是败绩,而大清却由此而成为中原的新主人。

离开义州20天后,林尚沃抵达山海关。到了山海关,商人们一直悬着的心才算放下,确切地感到终于来到了中国大陆。

从山海关到北京,仍有五天的路程,路途经巫岭、阳平、苏县,最终抵达北京。尽管还有500里的漫漫长路要走,但来到山海关,就算越过了长城。商人们常说:

"总算熬过了头一夜。"

这句话出自"偷懒睡一夜别人就会垒起万里长城"的谚语(意为"凡事小心为上"),是义州商人们自己才懂得的一句黑话,那意思是说,就像办完婚礼并平安度过了初夜一样,终于顺利跨过凶险万千的满洲大陆进入中国关内了。

到达山海关后,林尚沃深夜登上了山海关门楼。那是一个月光格外明亮的夜晚。仲夏八月离开义州,到山海关不觉已是九月了。

山海关门楼的横匾上,写着"天下第一关"几个大字。

登上万里长城起点的山海关门楼,见到横匾上写着的字迹,林尚沃的心如撕裂般疼痛。林尚沃以前曾两次作为被雇用的马夫远赴北京,每次都是与父亲同行。父亲擅长中国话且颇有才具,却不过是一介随出使队伍奔波的中人,每次经过这里,都要叹息自己那靠行商生意勉强口的身份，指着横匾上的字对林尚沃说：

"看吧，那里写着什么？'天下第一关'！意思是天底下数第一的门户。我已无数次随着出使的队伍去中国，每次见到山海关横匾上写着的字我都要发誓，我一定要做一名'天下第一关'那样的'天下第一商'。但我已经没戏了，你爹这一辈子注定要随着出使的队伍奔波，以一个货郎老死终生。可是，你万万不能像你爹这样活一辈子。"

说完这些，林凤库又抬手指着横匾说：

"天下第一商。你一定要像这块横匾写着的'天下第一关'一样，做一个'天下第一商'。"

林尚沃默默地望着月光映照着的横匾上的文字，似乎又听到了父亲手指横匾痛泣的声音，不由得泪水盈眶。

"父亲，"林尚沃就地屈膝而跪，"我一定会按照您的吩咐，做一个'天下第一商'。三年了，我还没有完成您的遗愿，但悲惨地离开人间的父亲以及列祖列宗留下的遗憾，我一定要做到。我要在父亲的灵前供奉一个'天下第一商'的灵牌。"

就在林尚沃挥泪发誓的时候，黑暗中突然传来人的脚步声。

"你在这里做什么？"

嗓音洪亮，是李禧著的声音。

李禧著是一行五名商人中唯一一个与林尚沃声气相投的人。其余三人与林尚沃年龄悬殊难以沟通，唯有与李禧著年岁相若，一路行来已成为一对好朋友。

李禧著是嘉山人，本不是商人，而是世世代代在驿站做活的驿卒的儿子。商人也罢，驿卒也罢，命里注定一辈子不可能出人头地。李禧著身材魁梧，孔武有力，是有名的力士。他随客商跑北京是出于一种野心，想挣了钱来改变自己卑贱的身份。北京之行对于李禧著还是破天荒头一遭。

"你究竟在这里做什么？"

看着正在拭泪的林尚沃，李禧著诧异地问。大概是刚刚喝过酒的缘故，他的身上散发着酒味——手里还提着一个酒瓶。

"没什么。"

"没什么？那你怎么哭了？"

见林尚沃避而不答，李禧著单刀直入地问。他不但是个急性子，抑且是个直性子的人。既然已被察觉，林尚沃也就不再为自己多作辩解。

"来喝一杯？"李禧著把自己正在喝着的酒瓶递给林尚沃。

林尚沃接过酒瓶一气喝下三四口中国烈酒。酒入伤怀，顿感醉意。

"究竟是什么事让你在万里他乡独自淌眼抹泪？难道是为了思念心上的姑娘？"

"不，我是因为想起了已过世的父亲。"

林尚沃把过去的回忆一股脑儿地倾诉给李禧著听，关于惨死的父亲林凤库、父亲讲过的关于山海关横匾上所写的"天下第一关"的故事，以及那要自己成为"天下第一商"的遗言。

"所以你想起父亲就哭了起来？"

"嗯。"

"你还哭着发誓要按照父亲的遗言去做一个'天下第一商'？"

"……"

林尚沃不再回答。虽然林尚沃并未开口作答，李禧著依然看穿了林尚沃的心思，哈哈大笑着说道："如果你的志向是这个，那可就麻烦了，因为我的梦想也是做一个'天下第一商'呐！看来我们两个得有一个死掉才行，天上不可能有两个太阳，天下不可能有两个英雄嘛。我也想把'天下第一商'这几个字像山海关的横匾一样铭刻在我的心里，这可怎么办？"

李禧著故意出声大笑着抬眼望望林尚沃，林尚沃却默不作声。于是，李禧著扬起酒瓶，把瓶中酒一饮而尽，盯着林尚沃低声说：

"既然你向我吐出了你的心里话，我也给你说说我的心里话怎样？但有个条件，"李禧著郑重地接着说道，"你必须向我发誓，今天我们俩在这里说过的话，除了天地神明，至死不向任何人透露。如果你能作为男子汉大丈夫发誓，我就把我的心底话掏给你。"

李禧著看得出，林尚沃虽然身材矮小，却是个硬骨头，而且重信义。

"……我保证。"林尚沃低声答道。

林尚沃发过誓，李禧著把语声压得更低：

"你心里的秘密是要遵照父亲的遗言去做'天下第一商'，我可不是。我也想做一个天下第一，但绝不是商人。当然，我想挣钱，想做朝鲜八道江山上无人能及的甲富。但我的最终目标不在这里。"

"那你想成为什么？"

"想知道吗？"

那一瞬间，李禧著的眼睛里忽然有一种近乎杀气的东西闪过。林尚沃感到了一丝寒噤。

"我想做的，是要把那横匾上的'关'字改成这个——"

说着，李禧著伸手在地面上慢慢地写着什么。月色如昼，写在地上的字清晰可辨。林尚沃读出了李禧著写下的那字。

那是一个"三"字。林尚沃不解其意。把"关"字改为"三"，不就成了"天下第一三"吗？这是什么意思？这不成了文理不通的病句了吗？见林尚沃一副疑惑不解的神色，李禧著又慢慢地写下一画，这一画贯串了"三"字，变成了"王"字。林尚沃顿然感到一阵战栗，仿佛全身都要被冻僵。

"天下第一王。"

李禧著难道在做着一个大逆不道的梦，想做万人之上的天下第一皇帝？得知李禧著要做世上绝无第二人的天下第一王的那一瞬间，林尚沃忽然想起项羽的故事。

项羽早年曾夹杂在人群里，在街上争看坐在马车上游会稽、渡浙江的秦国始皇帝。看着第一个在中国一统天下的秦始皇，项羽突然说道：

"彼可起而代也。"

据《史记》载，当时项羽的叔父项梁站在项羽身旁听到这句话，连忙捂住项羽的嘴说道："毋妄言，族矣（别胡说八道，弄不好要诛灭九族的）。"

听到李禧著的话，林尚沃马上想到了项羽的话。他不会是喝醉了酒在说笑吧？但他的眼色里闪动着杀气般的毒焰，看来所说的乃是真心话。可是，还有什么话比这更令人恐惧？虽然是在万里他乡，在外地的山海关门楼前，但李禧著的话已构成大逆罪，的确是一个再危险不过的秘密。这个令人恐怖的自白，就像项梁所说的，"弄不好会诛灭九族的"。

见林尚沃迟迟疑疑，李禧著忽然放声大笑。李禧著本来就身高六尺有余，体壮力大，被客商们封了个"项羽壮士"的绰号。

"哈哈哈哈……不要那么紧张，我刚才只不过是趁着醉意游戏游戏而已。"

但李禧著的告白并非玩笑，而是从幼时起便一直深埋心底的野心。

可它又怎么有可能成为现实呢？

作为一个无法登上宦途的西北人，他或许可以升到下级官吏、低级军官之类的职位，又如何能够梦想成为天下第一王？

第二天早晨，一行人再次上路，离开山海关，经巫岭、阳平、苏县，最终到达目的地北京。在离开义州整整25天，走过2030里的路程之后，终于抵达清朝的皇都北京。

抵达北京后，一行人首先来到城外的法源寺，举行了一个简单的祭祀仪式。法源寺原名悯忠寺，系唐太宗远征高句丽失败后为哀悼战死的兵卒之灵而建。北京因曾是燕国之都而得名，但自燕国之后，直至唐末一直是守卫东北边陲的治所，隋炀帝与唐太宗都曾把它当做远征高句丽的前沿基地，而成为中国的皇都，则是在蒙古族统一中国建立元朝帝国之后。元朝将北京命名为大都，后历明、清两代，一直是统治中国全域的国都。

在历尽长途跋涉抵达目的地后，来悯忠寺简单祭祀上香已成为走北京的客商们的惯例。这是他们的过境礼仪，来到这座唐太宗为告慰在远征高句丽的战争中战死的兵士而建的寺庙，感谢这些冤魂保佑自己顺利地横穿了大陆。

林尚沃等一行客商，入南门，至前门大街，投宿于一个胡同里的小客店。

前门大街这个古时街名，在今天的北京仍然原封不动地保留着。这条大街至今仍保留着许多传统的店铺，因而成为反映北京人生活的名地。当时，前门大街就已经是北京最繁华的商业街。

林尚沃抵北京的当时，北京分为三个区，即内城、外城及城外。内城完成于明代，是北京城内的发达区域，包括官署衙门在内的各种建筑规划得井井有条，仿佛围棋的棋盘。但清统治中国后，将居住在里面的汉族百姓统统赶出，代之以官僚与满族人，使这里成为一个外国人与汉族人均不得居住的特殊地区。原来居住于此的汉人被赶到外城定居，沿着前楼形成一个商业区。

历史上曾为世界第一都市的北京城，可谓金碧辉煌，光彩夺目。马可·波罗因北京是一个"繁华的大都市"而称之为"可汗之宫"（Khanbalik）。

北京商业区之繁华，可以称得上琳琅满目，应有尽有。经营林尚沃带来的人参的，主要是药材商，他们在买卖来自全国各地甚至国外各种中药材的同时，还直接为病人调制药剂或直接销售成药，这些药被称为中药。中药通常含有产自我国的人参，不含高丽人参的中药被认为没有药效而不受欢迎。

由于这个缘故，湾商们跋涉两千多里路程从朝鲜带到北京的人参在药材商中成了抢手货。

当时的交易方式，不是商人们自己带着人参挨门挨户地去找药材商推销，而是商人们在小客店里落脚后，同一向有买卖关系的中药店或药材商联络，后者亲自到小客店来讨价还价，形成一种拍卖的形式，货物自然是谁出价高就归谁。

林尚沃因为曾两次来过北京，积累了经验，就负责起一应商洽事宜，并担负起朝鲜与中国商人间的翻译事务。

正如派林尚沃走北京的洪得柱所料，红参果然极为走俏。中国商人们已经熟悉了红参，人参交易正在由白参时代向红参时代过渡。

只用了一天，所有买卖就全部成交了。林尚沃等客商带来的红参以每斤30两白银的高价迅速出了手。

林尚沃带来五包红参，五包的分量是50斤，50斤的总价钱则是白银1500两。这其中，林尚沃的一份是300两，支付过在栅门雇下的大清国脚夫与车夫的佣金，还净余250两。

250两算是一个大本钱，足以开一个像模像样的门商店。现在，林尚沃可以成为拥有本人店面的独立贸易商了。

但就在那天晚上，林尚沃遇到了始料不及的事情。薄暮时分，仅用了一天就顺利做完交易的林尚沃约李禧著一道出门，去逛北京夜景。两人先去了位于大街一角的餐馆，到那里去吃饺子。他们去的这家饺子馆叫作"都一处"，以三鲜饺子闻名遐迩。这家馆子今天在北京仍然保留着，地方还是老地方。"都一处"这个店名系清朝第六代皇帝乾隆帝所取。乾隆帝死于1799年，比林尚沃到北京的辛酉1801年早两年。他是一位开创了清朝全盛期的文化皇帝，从文化角度讲，"乾隆盛世"广为人知。他平时最喜欢吃的就是饺子。乾隆皇帝是一位有名的美食家，尝遍了来自各地的饺子。吃过"都一处"的饺子后，盛赞它是"京都第一饺子馆"，并亲挥御笔为其取名，这就是"都一处"的来历。

在"都一处"，林尚沃和李禧著吃着饺子，喝着中国酒。李禧著对中国话一窍不通，因而他对帮他在这趟买卖中挣了大钱的林尚沃有一种发自内心的感激。于是，他为这顿饭结了账。吃过饭，走出馆子，天色已完全黑了下来。

这是一个秋夜。

再过两天，他们就要沿着来时的道路返回家乡，再次历练那令人疲倦的人生之路了，但两个年轻人对于这种艰辛没有丝毫惧意。对于他们来说，北京是一个大地方，北京那令人眼花缭乱的夜景与豪华的景象让他们惊叹不已。看到的每一件东西都是光彩绚丽的，走到的每一个地方都是从未寓目的。此景只应天上有，两个人的心，被未来的梦想与希望摧动着在胸腔里激烈翻腾。

梦想成为"天下第一商"的林尚沃与要做"天下第一王"的李禧著磕磕绊绊地走在天下第一城北京的夜街上。走过餐馆，来到有名的中药店同仁堂前，李禧著忽然折进一条窄胡同。在外城，有许多的小胡同。林尚沃从未去过那种胡同，因为父亲林凤库曾经告诫过他："胡同是危险的地方，像我们这些商人，身上带着大笔钱款，是绝对不能到那种冷清的小胡同去的。"

想起父亲的话，林尚沃冲着大步走进的李禧著喊起来：

"你到底要往哪儿走哇，这里很危险。这种胡同，大白天还有杀人的呢！"

"有杀人的？"六尺长躯的天下壮士李禧著哈哈大笑，"有项羽壮士在，就算有杀人的，你又何必那么害怕？"

"好看的东西当然都是在大街上。顺着这条路朝前走就是前门，那里从前被叫作北京的正阳门。"

"那种地方我可不想再看了。我想去的可不是那种乱糟糟的地方，而是一种有趣的去处。我一定要到这胡同里看看。不过你别害怕，就算有几百人上来，我也能一口气把他们干掉。"

白天做完买卖从中国商人那里得到的巨额货款已放到钱袋里，缠在自己身上。无论古今，外埠来的商人通常更容易成为当地犯罪分子袭击的目标，因为他们身上都带着现金或值钱的物品。

"别犟了，快往回走吧。"

见林尚沃再次相劝，李禧著大声说："如果你不愿意，那我自己去。"

李禧著中国话一句不通，没有了林尚沃，就等于一个睁眼瞎。那么，李禧著为什么非要到那胡同去不可呢？到底是什么原因？

"你咋这么犟呢，你有什么理由一定要去胡同里不可？"

李禧著马上哈哈大笑着反问："你当真不知道？"

"……不晓得。"

林尚沃郑重地回答。见林尚沃并不是在说假，李禧著指了指小胡同里墙上垂挂的东西。林尚沃顺着他指的方向看去，那里亮着一盏红灯，那是一种类似霓虹灯的东西，是花柳街的象征。但林尚沃并不明白红灯的意思。

"你就是为这红灯才非要到胡同里去不可？"

这一来，李禧著笑声更响："你难道真的不懂？那可是连三尺童子都懂得的哟！"

李禧著已娶有一妻一妾，同他比起来，林尚沃可是菽麦不辨，压根不知女色为何物。

"……我真的不明白。"

见林尚沃这样回答，李禧著抬起手轻轻拍了一下林尚沃的头：

"你这家伙！那红灯就是告诉你，这里是花柳街，也就是说，胡同里的某个地方有卖身的女人。男子汉大丈夫，既然挣了大钱，难道不该豪爽一把，尝尝中国女人的味道？人们都说，自古美女出中国，到了这个大地方，只是看两眼却不尝尝味道，回去会终身遗憾的。就算你不帮我，我自己也要去，你可别拦我。"

直到这时，林尚沃才明白李禧著的真实意图。

挂着红灯的街道。

这是一条窄小的街道，只能容一辆车进出。这条街，尽管不过几百米长，但至今仍是北京最繁华的街道。这一带自古就是私娼区所在地，格子式的窗户和西洋风格的二层建筑格外引人注目。

这条街曾于20世纪初被大火全部烧掉，成为一片废墟，但后来得到重建，成为老市区中最具西洋情调的街区。中国人称它为"大栅栏街"，中国人之间说"去大栅栏"，意思就是到花柳街嫖女人。李禧著看到的红灯，正是有女人卖身的花柳街的标志。

到了这个地步，林尚沃不能一味地不顾朋友，只能跟着李禧著一起走。

秋夜里弥漫着前来找女人寻欢的男人的汗臭，以及女人们诱惑男人的娇笑声与香粉味儿。虽说是前来拿钱买乐的，但两人毕竟是从遥远的外地赶来的乡巴佬，并不真正知道该怎么做才好。正在懵懂间，有人从黑暗处走出来，拉住了他们的手。

"是找姑娘吗？"这是一个个子矮矮的老太婆，"有漂亮姑娘，跟我来吧。"

老太婆咧开大嘴笑着，看上去牙齿已全部掉光，黑洞洞的，活似在牙齿上抹了黑漆，样子煞是难看。在中国的花柳街，其实极少有女人直接呼唤客人或跑到街上拉客的事情，习惯上都是女人们躲在家中而找女人寻欢的男人主动找上门来挑女人。而由老太婆直接出面拉客，显然是竞争太激烈的缘故。

林尚沃与李禧著跟在老太婆的身后，转进另一条胡同。

每条胡同都有红灯在闪动，好似红色的枫叶熟错了季节。老太婆迈着一双缠过的脚，走起路来像小孩一样摇摇摆摆。胡同里传出女人们吃吃的笑声和弹奏琵琶的乐声。

老太婆走进胡同尽头的一个院子。这是一座比较大的房子，分上下两层。按传统色彩装饰为红色的里屋已经被捷足先至的人们挤满。底层被用来出售酒菜和茶水，拾级而上是二楼挂着门帘的入口，男女间的皮肉生意似乎就是在那里面成交的。底层传出一边喝酒一边打麻将的嫖客们的哄堂大笑声。老太婆带着二人一到，守门的汉子掏出一只铜钱交给她算是酬谢。

"祝大爷们玩得开心。"说着，老太婆重新消失在黑暗中。

汉子把两人领进屋里，两人那身与众不同的打扮马上引起注意，坐在娼家的所有人的视线一下子全部集中到了他们身上。房间里顿时充满一种杀伐之气。但中国人有个习惯，在自己的地盘上要彻底保护客人。

待两人坐到桌旁，汉子立即走掉，接着过来一个上了年纪的女人。女人身穿绸缎，化着浓妆，酷似中国传统戏剧京剧中的角色，手里捏着一把不合时令的扇子。

"二位是来喝酒的吗？"女人嗲声嗲气地开口问。

"她说什么？"不懂中国话的李禧著转头问林尚沃。

"她问是不是要喝酒。"

"酒？你告诉她，我们不是来喝酒的，是要找女人。"

林尚沃按照李禧著的要求把他的话翻译给女人，女人听了立即摇着扇子笑出了声，点点头表示自己已经知道，随后便消失到不知什么地方去了。两人莫名其妙地四下打量起来。

二楼刷成朱砂红的墙壁上，装饰着一些闪闪发光的金箔，还挂着一些用绸缎做成的挂轴，挂轴上清一色画的是穿绸缎衣服的女人。

"那画里画的好像就是在这个娼家可以花钱买到的女人们的模样。"眼尖的李禧著看着挂轴中的女人像自言自语。

李禧著的话没错。娼家的确是把自己拥有的名妓的相貌画进绸缎,挂到墙上,以吸引客人的。

"这画中的女人里,你中意哪一个?"李禧著一边问一边两眼扫视,欣赏着挂在墙上的五六个女人的像。

"这个……我哪里知道。"

待林尚沃回答过,李禧著胸有成竹地说道:"我喜欢高个子的女人,越高越好。听说,中国女人不同于矮个儿的朝鲜女子,个头又高又苗条,如果有个大高个小蜂腰的女人,就是把钱袋掏空,我也要和她睡上一夜。脸蛋儿漂亮不漂亮我倒不在乎,如果是个白皮肤、大高个、小细腰的女人,那可顶好哇。哈哈哈哈……"

李禧著能说的中国话只有"顶好哇"这一句,大概是他感到这话从自己嘴里吐出来挺有趣,说完便自己大笑起来。他对着墙上挂着的女人像逐个仔细打量着,然后,似乎已经下定决心似地看了看林尚沃,指着墙上的挂轴中最中间的女人说:"看来看去,我就中意挂在正中间的这个女人。"

那女人一身大红绸缎,一头秀发披散在肩上。

就在此时,刚刚消失的那个女人重新出现了,手里还拿着件什么东西。

女人手里拿着的是一个小小的册子。她在两人面前打开册子,说道:"这册子里是我们这里所有的姑娘。二位喜欢哪个就可以挑哪个。"

林尚沃翻了翻女人打开的册子。果如女人所言,里面详细记载着这家妓馆里所有女人的各种详情,从年龄、姓名到籍贯,每个人的长相都以图画仔细画出。

"她说什么?"李禧著抬头问林尚沃。

"这册子里面的女人,只要看中的随便挑。"

"看中的女人随便挑?"李禧著根本不想去翻看那本小册子,手指墙壁正中间挂着的女人说："我看中了那个女的，我要和那个女人睡一夜。"

林尚沃将李禧著的话传译给女人听。那女人似乎是掌管这家妓馆日常生活与卖春活动的总管。听了林尚沃的话，女人以颇解人意的表情掩口笑着说：

"那孩子可漂亮着呢！不过价钱也贵得很。"

"她说什么？"李禧著性急地追问。

"说是要价高得很。"

"要价高！"李禧著喊道，"我可是千金不惜呐。如果不能要那姑娘，我就拔腿走人。"

和女人讨价还价，格外噪。

李禧著手指着的女人，大概是这家妓馆中最招人的妓女。据管家女人说，白银30两方能稍会片刻，而要一道过夜至少需要50两。听了女管家的话，李禧著毫不犹豫地答道："好啦，我就先付你10两，如果可我的意，就再给10两。不行，就得把墙上挂的一个个给我叫来，每人10两，睡她个遍。"

女管家听了林尚沃翻译过去的话，手举团扇在李禧著的背上轻轻敲了一下："你这个好色汉！"

女人拉着李禧著，顺着台阶爬上去，消失到帷帐之后。林尚沃决定一个人留在下面等候。他执意喝着热茶，等候李禧著完事归来。

林尚沃的身上，固然也有滚烫的热情，他毕竟刚刚20出头，正是血气旺盛的年龄。对女人的欲望和好奇在内心涨满着，似乎要鼓破心膛。但他有自己的原则。

花钱去买女人的身体是一件肮脏龌龊的事情，女人的身体可以用爱去占有，但把女人的身体当做商品来买卖则有违法道。说得更明确一点，人身不是物件，也不是商品。用钱来买女人或卖女人去赚钱的行为，是人所能犯下的最残忍的罪行，而犯下人身买卖罪的人来世必会生为奴隶或奴婢，以赎前罪。

这是林尚沃平生坚持的法道之一，而且并不单单局限于女人。

在他看来，靠金钱而像奴役奴隶一样奴役他人，无异于买卖人身的犯罪行为。普天之下，人都是一种单纯的存在，都是不能用钱来买或卖来赚钱的，也不是可以用钱来支配或为钱而服从的。

时间不知过去了多久，远处忽然传来咚咚的鼓声，这是来自鼓楼的鼓声。从元朝成为大都以来，北京就一直用击"太鼓"的方式来报时的。每天分为12个时辰，每到时辰即击鼓报时。方才传来的鼓声所报的是亥时，相当于现在的晚上九时。

鼓楼兴建于久远的古代，位于北京的肚脐部位。这面大鼓今天仍完好地保存着。因为地处城区中心，报时的鼓声在北京城的任何一个角落都能够听得清清楚楚。

亥时鼓声。这鼓声传出的同时，北京的各个城门都将关闭，既进不得城来，也出不得城去。尽管还有通行的自由，但这鼓声包含着一种类似宵禁笛声的意义。

听到亥时的鼓声，林尚沃心里开始发急。

如果不赶快回去，就得在这条街上待到天明，说不定还会遭遇难以收拾的变故。

就在这时，先头把李禧著引到楼上的女人出现在楼梯上，走向林尚沃："您的朋友叫您去呢。"

正想把李禧著带走的林尚沃高兴地问："他在哪里？"

"在楼上等您呢，请随我来。"

女人在前面带路，林尚沃紧随其后，顺着楼梯上了二楼。粉红帐幔掩盖着的内室里有一排小小的房间，窄窄的过道满眼是红灯在闪动。走到最尽头的房间前，女人停住了脚步。

"请进。"

林尚沃被女人带着走进房间。房间里黑乎乎的，同样弥漫着昏红的灯光。房间的一个角落里放着一张中式床，旁边是一张小桌，桌上有一个小碟，碟里盛着葵花籽，那是供客人无聊时剥来吃的。

"我的朋友在哪里？"林尚沃有一种奇怪的感觉，以戒备的眼神盯着女人问。

"马上就会来的，"女人漫不经心地回答说，"请在这里稍候，马上就会来的。"

女人再次消失。林尚沃焦躁不安起来。这究竟是怎么回事？一准是出了什么事。如果是李禧著要见自己，何必特地把自己叫到这隐秘的内室呢？

林尚沃摸了摸藏在腰际的匕首。客商们有个习惯，出门在外往往身藏武器，以备不测，万一遇到危急情况，不得不拔刀相向，好歹拼条活路。林尚沃做着深呼吸，不敢放松自己。

就在这时，对门那边传来脚步声。

林尚沃大吃一惊，想不到身后居然还有门。从前门走出去的女人从对面出现了，而且不是自己，还带了另一个人。见林尚沃惊诧不已的样子，女人娇声低语，似乎想抚慰林尚沃紧张的心情："您的朋友给您送来个姑娘。"

女管家用手指指随她一道出现的女人："大概是不好意思只顾自己痛快，您的朋友让我给您也带来一位姑娘。钱，您那位朋友已经付过了。"

"我的朋友在哪儿？"林尚沃无可奈何地问。

女管家摇着扇子笑道："他正在一个地方快活呢！说是等天明了，明天早上再和您相见。"女人似乎不愿再多说什么，打住了话头："客人已为这姑娘付了钱，明天早晨之前这姑娘就归您了，要干什么随您的意吧。"

说完，女管家径自离去。

真是荒唐。林尚沃竟然被安排与女人合房。现在，不管喜欢还是不喜欢，必须要和一个素不相识的女人在一个屋子里过夜了。房间是供一个人用的，用中国话说就是"单间"。房间很窄小，和一个年轻姑娘待在一起，动动身就得肌肤相接。房间里摆着一张中式床，床上并排放着两只枕头。

女人呆呆地站在房间的正中央，仿佛在等候主人的命令。

"坐吧。"

林尚沃不想让女人就那么站着，轻声对她开了口。女人坐到了床上。直到这时，趁着屋外透进的一丝红光，才看清了女人的面部轮廓。

一时间，林尚沃仿佛停止了呼吸。

熹微红光中露出的女人的那张脸，是一个天下绝色美人的脸，一张前无古人后无来者的美人脸。

后来，林尚沃在《稼圃集》中对这个女人作过如下的描述：

"……早年的中国正史将杨贵妃描写为一个'姿色丰艳'的绝世美女，唐朝大诗人李白将杨贵妃比作'盛开的牡丹'，白乐天则以杨贵妃为主人公作《长恨歌》，但我那天见到的那个女人，恍如杨贵妃再世……"

关于这个女人，林尚沃在晚年编纂回忆自己的过去的《稼圃集》时作过这样简短的告白。在林尚沃的笔下，这个女人之美艳，直逼杨贵妃，而林尚沃与她的邂逅居然是在那样一个匪夷所思的地方，那样一个始料不及的场合。

这女人的名字叫作张美龄，与林尚沃初次见面时正值芳龄15花季。

借着红灯闪烁的光亮第一眼看到张美龄容姿的那一瞬，林尚沃的心忽然剧烈地抽动。真正的天下美色绝非人力所可雕琢，而是上天的厚赐。那女人的美艳容貌，只应天上见，不应地上有。

林尚沃正正经经地在床边坐下来。

这女人绝不该是在这种地方出现的那种女人。世上万物自有其位，一草一木乃至一块不起眼的石头也会有自己的位置。一块小小的石头尚且如此，身为万物之灵的人难道会居无定所？

就在这时，坐在床边的女人忽然耸动着肩膀抽泣起来。尽管女人在竭力压制着自己的声音，林尚沃还是凭直觉感觉出，那女人在哭泣。

女人的嘴里还发出一种近乎呻吟的短促声音。林尚沃仔细听着那呻吟声。女人抽泣着，嘴里发出的一声呻吟的内容居然是"救命啊！"

这就是从抽泣着的女人嘴里发出的一声呻吟。

"救命"的呻吟，是一种绝命的泣诉。

"救命，救命啊！"女人细声细气地哭着，用一种微弱到难以听辨的呻吟声低诉着。

林尚沃不敢相信自己的耳朵。救命？那女人的嘴里不会说出这样的话吧，我可不是能救她出水火的人，我只是一个行商，一个匆匆来去的过客而已。

林尚沃觉得自己应该首先让女人镇静下来。他看到了放在桌上的开水。中国人有个习惯，经常备有烧好的开水以便沏茶来喝。

林尚沃在茶杯里放了些绿茶，再倒进一些开水，房间里马上弥漫起茶的清香。

"小姐，"林尚沃语声温和地对女人说，"喝杯茶吧，这样你的心情就会平静些的。"

林尚沃轻轻地把手放在女人的肩上，指尖触到了女人那裸露着的肩膀的肌肤。火一样烫的身子！林尚沃的手只是轻轻划过，立即感到了女人那滚热滚热几乎烫手的体温。

那一刻，林尚沃忽然意识到，不是那女人，倒是自己应该喝点热茶平静平静心情。于是，他也开始慢慢饮茶。或许是林尚沃那杯茶驱走了女人心里的恐惧，女人的肩膀逐渐停止了抽动。

红光映照下女人轻啜香茗的美姿，恍若天上仙子。这样一个美若天仙的女子，怎会流落到这酒色之地，沦为卖身卖笑的娼妇？待女人开始平静下来，林尚沃慢慢问起。女人一声长叹，诉说起来：

"我叫张美龄，今年15岁，今天到大人身边是我第一次接客。我还是个黄花姑娘。所以，大人，请您救救我，救救我吧！"

泪水，再次从女人眼中潸然而下。

林尚沃简直不敢相信自己的耳朵。一个黄花姑娘？一个年方15、从未让男人碰过的黄花姑娘？自己竟然是她在声色场的第一个客人？

张美龄把自己流落烟花的原委向林尚沃原原本本地细细道来。

少女出生在浙江的绍兴。

绍兴原是春秋战国时代越国之都，战败的越王勾践曾在这里发誓复仇，卧薪尝胆，念念不忘所受之辱，一心梦想着有一天向打败自己的吴王夫差报仇雪耻。

而近代,绍兴更以是中国最有名的作家和思想家鲁迅(1881~1936)的故乡而为人所知。鲁迅在其作品《故乡》中这样写道:

"我冒了严寒,回到相隔二千余里,别了二十余年的故乡去。

时候既然是深冬;渐近故乡时,天气又阴晦了,冷风吹进船舱中,呜呜地响,从缝隙向外一望,苍黄的天底下,远近横着几个萧索的荒村,没有一些活气。我的心禁不住悲凉起来了。"

鲁迅笔下"禁不住心为之悲凉"的江南小镇绍兴却有两大名产。

其一是位列中国八大名酒之一的绍兴酒,以江米、小麦以及绍兴人引以为傲的鉴湖的清水酿成,有着2400年的历史,是中国最有代表性的名酒之一。绍兴酒呈赭褐色,故称黄酒。

其二是多出美女。如果问起绍兴出产美女的原因,这里的人们会毫不犹豫地脱口告诉你,那是因此地特有的清清湖水的缘故。

美酒美人,如影随形。

正如林尚沃在自传中所讲,绝色美人张美龄出生的地方,正是传统的美女之乡绍兴。中国历史上最有名的美女西施就出生在这里。西施出生于今天的苎罗山附近一个木材商家庭,是一个无以复加的绝代美女,女人们觉得不管是什么只要模仿西施就会给人美的印象,甚至去模仿西施生病时额眉微蹙的样子,并因而产生了"东施效颦"的典故。

越王勾践为救自己的性命把西施献给好色的吴王夫差,吴王溺于西施的美色而怠于朝政,最终为勾践的美人计所害而遭灭亡。

在今天的绍兴市郊区有一座山,因为相传西施出生在这里而被命名为西施山。张美龄的父亲是一个代代相传的加饭酒陶罐名匠。自古以来,绍兴酒被装于一种龟样的特殊陶罐里并以此出名。张美龄的父亲不是酿酒匠,而是一名制作盛酒的龟样陶罐的陶工,自然也经常与酒为伍,不到40就成了一个一刻也离不得酒的酒鬼。张美龄的母亲早早地因病故去,留下四个女儿和一个最小的儿子。张美龄是张家的三女儿。

酒鬼父亲再也不能做活,被东家扫地出门,后来得了病,成了瞎子。可家里别说为父亲治病，就连一日三餐都难以为继。

一天，村里来了一伙北京商人，人们把他们叫作狐狸客。所谓狐狸客，是说他们像狐狸和野猫一样专在背地里做坏事。这些狐狸客花钱买了一批贫穷人家的闺女。他们只买女孩，不买男孩，价钱也是依相貌而定的。他们声称要把花钱买到的这些女孩送到大户人家为妾，帮她们改变命运，但实际上，他们是一帮人贩子，他们把女孩买到手，再送到北京转卖给娼家做妓女。

狐狸客们答应出大价钱，张美龄父亲被狐狸客说动了心，决定把四个女儿全部卖掉，只留下一个儿子。但大女儿年龄太大而小女儿还不到十岁，都没能卖成，只有二女儿和三女儿被狐狸客买下。二女儿的价钱是白银50两，三女儿张美龄的卖身钱是70两。酒鬼父亲卖掉两个女儿，得了一大笔钱，高兴得当即跑到街面上，饱灌一顿绍兴老酒。

张美龄辞别姐姐，当天即被带往北京。一到北京，就被转卖到有名的红灯街大栅栏的一家妓馆。张美龄天生丽质，妓馆出了破天荒的高价，花70两买下张美龄的狐狸客一转手就净挣了80两。被卖到这家妓馆后，张美龄第一次出面接客就遇上了林尚沃。

初到妓院时，张美龄还不知道等待自己的是什么样的命运，直到老鸨告诉她必须接客卖身，才明白自己已被卖为妓女。

张美龄害怕极了。

一想到即将夺去自己处子之身的第一个男人，想到自己即将委身于一个出了钱的陌生男人，张美龄不禁悲惧交加，恨不得咬舌自尽。她哭诉着央求"救命"，正是为了这个原因。

林尚沃听了张美龄的泣诉，心中比张美龄还要为难，面对哀求救命的张美龄，他无能为力，爱莫能助。他固然可以在今夜不动她一根毫发，保护她，守护她的处女之身，但过了今天还有明天，迟早她得委身于随便哪个出了钱的男人。既然她的父亲已经把她卖给了狐狸客，她就已钻进了这个圈套，被紧紧套牢。

林尚沃默默地看着这面前的尤物。红灯映照下女人的美姿，不啻天女下凡。这样的旷世绝色，今后将终生难遇。今夜是第一面，也是最后一面。何况，今晚她属于我。李禧著已经为她付过钱，把她交给了我。让她死去活来是我的自由。

管她怎么哭泣、哀怨，我有权拥有这个女人，尽可以要了她的处女之身。

林尚沃忽然感到一种欲望在升腾，浑身血管贲张，血液倒流。就像李禧著所描述的那种传统中国美人，女人高高的身材，窈窕的蜂腰，美目带泪，更添姿色。刚刚哭过一场的女人，就像一朵翠含晨露的牡丹，魅力四射。

遇到这样的一个绝世美人，对于一个流离边塞、困顿潦倒，随时可能客死异路他乡的行商来说，除却今夜，如此良辰美景此生恐怕再难相遇。林尚沃感到了一种男人的欲望，男人的冲动。于是，他伸出自己的手，摸到了张美龄的手，并抓住了她。

张美龄的手柔软丰腴，温润如玉。抚摸着张美龄的手，林尚沃感到一阵强烈的情欲，于是把手按在张美龄肩上并将张美龄摁倒在床上。张美龄的身体再次颤抖起来，嘴里又发出那种纤细的呻吟：

"救命啊，大人，救救我！"

女人的呻吟匕首般直插林尚沃的心脏，他放开手站起身。

"你让我怎么来救你？"

林尚沃向女人高喊起来。难道我又有什么力量来救你吗？

林尚沃喝着热茶，努力使自己沸腾的心安静下来。

我再也不会走近她。

林尚沃决心已定。

我再也不会靠近她的身边。

林尚沃一夜未眠。恐惧得发抖的张美龄终于因疲劳睡去，林尚沃却无论如何也不能合上眼睛。

终于，远处传来了鼓楼报时的鼓声。

咚咚，咚咚，咚，咚，咚——

是卯时的鼓声。卯时，就是现在的清晨五时。

卯时的鼓声一响，整夜关闭的城门将再次打开，宵禁随之被解除。也就是说，林尚沃整夜没有合眼，直到天亮。天亮之前，林尚沃一直沉浸在一个想法中。这个想法，成为林尚沃黑暗的人生路途上一把开门的钥匙，一把至关重要的钥匙。所以，这一夜对于林尚沃来讲是一个"命运之夜"。

林尚沃彻夜辗转不眠，他的脑海里回旋着这样一种想法。

林尚沃15岁时，因为父亲林凤库坚持要他无论如何要把书读出来，就到秋月庵度过了一年的行者生活。义州之北有座山，叫作金刚山，是一座海拔仅221米的野山，但山谷既深且险。林尚沃所去的，正是这个金刚山上最小的寺庙秋月庵。金刚山上有三座寺庙，秋月庵在其中不但最小，而且位于山的最顶峰，那里一年四季溪流不断。但父亲把林尚沃送到秋月庵，并不是因为那里风景秀丽，而是因为这寺庙里住着高僧石崇大师。这位高僧，是一个出了名的怪脾气的人。

石崇大师一直居住在金刚山最小的寺庙秋月庵，终其一生从未踏出过山门半步。

遵照父亲的意思，林尚沃赴金刚山，入秋月庵，侍奉石崇大师，在那里做了一年的行者。但林尚沃只是远远地见到过这位大师，读经典识文字的事情却是石崇大师的侍者法天师傅一手传授的。

一天，林尚沃从山上打柴归来，正坐在岩石上观日落的石崇大师冲他招了招手。林尚沃背着打柴的背架沿山路向下走，见石崇大师相招，就地放下背架朝石崇大师跑去。

待林尚沃跑到跟前，石崇大师突然发问："这手里有什么？"

石崇大师伸出攥着拳头的手。林尚沃仔细打量着石崇大师的手，他全然不懂石崇大师的发问究竟包含着什么禅机。大师居然无缘无故地伸出一只攥紧拳头的手，让他猜那手里有什么。

石崇大师见林尚沃答不上来，又问："这手里有什么？"

"不……不晓得。"

石崇大师的大手遽然抽在林尚沃的脑袋瓜儿上。林尚沃当场倒在地上，疼得几乎要流出泪来。

"小子，连这都不知道？！小子你听着，我还要问你，如果不知道，你那脑瓜儿还得挨巴掌，直到你明白为止。"

自那以后，每次见到林尚沃，石崇大师都会伸出拳头问林尚沃他的手里有什么。林尚沃简直被他折磨得要死，每次只能回答"不晓得"，每次也只能照例挨上一巴掌，被打倒在地。

一天一天的日子，林尚沃难熬难挨得要死。

不管他怎么躲避，每天必有一次碰到石崇大师。石崇大师每次遇到林尚沃，无论是在法堂上，还是在厕所旁、山谷里，必定会伸出拳头问林尚沃"这里面有什么"？而每次，林尚沃的回答只能是"不晓得"。接下来，照例又是挨上一巴掌。

长久的苦闷终于使林尚沃心生一计。林尚沃想出了躲过劫难的唯一办法。于是，他故意来到石崇大师居处打扫院落。果不其然，石崇大师见到正在扫地的林尚沃，大概又起了作弄他之意，一步步向他走来。就在石崇大师走近要伸出拳头的那一刹那，林尚沃忽然抢先把攥着的拳头伸给了石崇大师：

"大师，我这手里有什么？"

真是一着出其不意的攻击，石崇大师瞠目结舌，吃惊地连退几步，死死地盯着林尚沃。但林尚沃已是背水一战，退让不得。

"你问我你手里有什么？"石崇大师依然是一副作弄的口吻。

"是的，我手里有什么？"

"如果我说不知道，你小子会把我怎样？"石崇依然面带笑意，双眼却目光炯炯地盯住了林尚沃，"如果我不知道，难道你小子还敢打我？"

"这个自然，如果大师不知道，我也会打您的。"

"打我，你想用什么？"

"就用这扫把。"

"真的想用扫把打我？"石崇哈哈哈哈地放声大笑，"那好。我可不能给你这小子打。那么你就再来问我一遍。"

林尚沃直起拳头伸向石崇，又问了一次："这只手里有什么？"

"……不知道。"

石崇笑着回答。就在这时，就好像一直在等着这样的回答，林尚沃举起方才扫地用的大扫帚毫不留情地向石崇砸下来。

这个石崇,作为一代禅客,不但在秋月庵,就是在整个金刚山也受到各寺庙的普遍尊敬。而一个行者,一个年方15的少年居然舞动着大扫帚向这样一位大师的身上抽去。

石崇应声倒下,嘴里却禁不住大喊:"哎哟,这小子要杀人,这小子要打死我!"

听到石崇大喊的声音,整个寺庙顿时像炸了窝。被惊动的僧人们从四处冲过来,看到院子里发生的奇妙景象,都愣住了:年幼的行者高举着扫把,大师挨了扫帚躺倒在地。僧人们连忙冲上来从林尚沃的手中夺下扫帚,一个个气势汹汹,恨不得合起手来把林尚沃痛打一顿。

石崇却一副没事的样子,站起来,拍拍身上的尘土,喝止众僧:

"都给我放手。你们这些家伙,白吃了几年寺里的粥饭,尚沃可比你们这些家伙强多了。"

他转身看着林尚沃,一本正经地说道:"你再来问一遍。"

"问什么?"

"就是你刚才向我提问过的那个问题,你再问一遍。"

林尚沃照石崇的话做了。攥起拳头,伸向石崇,重复了同样的问题:"这手里有什么?"

"你手里拿的是刀。"

答完,石崇倒背着手,消失到山中。林尚沃终于使巧得到了正确的答案。

第二天。

林尚沃在后山打了柴,正在沿着林间小路往山下走,又遇到了在岩石上观日落的石崇大师。看到林尚沃,大师打个手势把他召到自己身边,待他走近,伸出手问道:"我这手里有什么?"

已经知道答案的林尚沃好像就在等着这个时刻,心里美滋滋地,脱口答道:"大师手里拿的是刀。"

"对啦,"石崇又伸出手问,"我手里拿的这把刀,是救人之刀,还是杀人之刀?"

又是一个完全意外的问题。

又是一个让林尚沃尴尬的提问。

林尚沃继续过起了那只能结结巴巴地回答"不,不知道",又从而只能被打倒在地的痛苦的日子。

直到忍无可忍,林尚沃不得不另谋一个非常手段。

"我手里拿的这把刀,是救人之刀,还是杀人之刀?"

每次遇到石崇,大师都要拿这个问题来烦林尚沃,而林尚沃每每结结巴巴地回答过"不,不知道"之后,再挨上一顿打。于是,林尚沃打定主意,要作一个别的回答,不再说"不晓得"。

第一天,林尚沃回答道:"大师手里拿的刀,是一把救人的刀。"

结果,他马上挨了石崇一巴掌。倒下的时候,林尚沃心想,明天我就能够说出正确答案了。

于是,第二天他回答说:"大师手里拿的刀,是一把杀人的刀。"

林尚沃向石崇大师会心一笑,石崇大师手中的法杖却冲他的身体砸下来。

林尚沃简直绝望得要死。大师手里拿的那把刀既非救人之刀亦非杀人之刀,那究竟是一把什么样的刀? 林尚沃冥思苦想,不得其解。是师傅法天帮他解开了心中的疑团。法天是石崇大师的侍者,博于经典。法天也是教林尚沃识文断字的老师,看到林尚沃苦闷愁烦,心有不忍,便对他说:

"大师每次遇到你,都要考较你,还要打你,是因为你是个法器。"

"法器? 法器是什么东西?"

"所谓法器,就是堪行佛道的人,因为你看上去有证成大道的先兆。"

"可是,师傅,这样下去我会被打死的。我现在浑身是伤,没有一块好地方了,求你帮帮我,让我别再挨打了。"

于是，法天便如此这般地把回答石崇大师的方法教给了林尚沃。

翌日清晨，林尚沃正在烧火做饭，石崇突然而至。正在往灶中添柴加火的林尚沃见大师来临，急忙站起。石崇伸手问道：

"我手里有把刀，是杀人之刀还是救人之刀？"

林尚沃马上依照法天师傅所授回答起来："大师手中所拿的那把刀，既可以是杀人之刀，又可以是救人之刀。"

听了林尚沃的回答，石崇没有像往常那样把他痛打一场，而是突然走过去揭开锅盖看了看，然后对他说：

"你这小子，水放少了，快添些水！"

果如法天师傅所料，自此以后，林尚沃再也不用天天受到石崇大师的诘问，自然也就免去了挨打的苦楚。奇怪的是，石崇大师所提的问题却永远留在了林尚沃心中，并开始蠕动、发芽。也就是说，石崇抛下的质问成为林尚沃心中活着的话题，已成为支配其终生举止的人生哲学。

更奇怪的是，虽然不再受到石崇大师的诘问和痛打，林尚沃心中的疑团却在与日俱增。

为什么他的手里可以藏着一把刀？为什么这把刀既可以是杀人之刀又可以是救人之刀？这些话的含义究竟是什么？

直到在秋月庵生活了一年之后，才有了答案。

林尚沃来到秋月庵，度过了春夏秋冬四季，第二年早春时节，又要下山随父亲走北京。一年的光景，林尚沃识文断字的功夫大有进境，一般的文章都已经读得下，写得出。下山前，林尚沃前往石崇大师居处，向大师告辞。石崇独自居住在秋月庵一间最偏僻的小屋里。林尚沃不敢踏上台阶，就跪在院里行了三拜之礼，算是向大师告辞。

石崇就坐在房门半开半掩的屋子里，但他对林尚沃的三拜之礼视而不见，置之不理。林尚沃行完大礼，正要退出，忽又开口说道：

"大师，我有一个请求。"

林尚沃的话显然能够听到，可屋里没有任何回答。

"但愿大师能够把您手中那把刀拿出来给我看一看，"林尚沃知道石崇大师正在屋里听着自己说话："我希望能够看到大师手中的那把既能救人又能杀人的刀。大师，这是我最后一个请求。"

一直保持着沉默的屋子里传出石崇大师的声音：

"真的吗？你真的想看到这把刀？"

听到石崇大师问"真的想看到那把刀"？林尚沃毫不犹豫地回答：

"我真的很想看到。"

"真是这样的话，我就把这刀拿给你看。"石崇大师当即答应，"进来吧，我拿给你看。"

一听大师要拿刀给自己看，林尚沃立即脱下草鞋放在石阶上，跨到前厦下，推开屋门，就要一步跨进房间，走到正在打坐的石崇大师面前。

说时迟那时快，只见石崇大师抽冷子冲林尚沃大手一抽，林尚沃的身子就地飞向半空，打着转转向阶石倒栽下去。见林尚沃惨叫着倒下去，原本坐着的石崇大师猛地站起身，光着脚跑了下来。

"伤着哪儿没有？"

石崇大师扶起倒在地上的林尚沃，和蔼地询问。林尚沃对石崇大师的举动简直大感不解。是他把走进房间的自己一拳击到半空一个倒栽葱摔到地上，可眨眼间又光着脚板跌跌撞撞地跑过来相扶，还以慈悲的眼神看着自己问什么"伤着哪儿没有"！一忽儿杀气腾腾恨不得要自己的命，一忽儿又态度大变伸手相扶……

正自思量，石崇大师猛不丁地大笑起来。

"你这小子！"石崇大师屈起手指在林尚沃脑瓜上来了个大爆栗，"是你要我把那把既能杀人又能救人的刀拿给你看的，拿给你看了，你还懵懂什么！"

"可那把刀到底在什么地方？"林尚沃气呼呼地反问。

"刚才你不是看到了吗？你小子挨了揍，闹了个倒栽葱，那是杀人之刀；我再扶你起来，那就是救人之刀。你已经清清楚楚地亲眼看到了既能杀人又能救人的刀。"

石崇大师甩甩手，一边说着一边向屋里走去："如果你已经看清了那把刀，那就给我乖乖走吧！"

房门在他身后紧紧地闭上了。

林尚沃转身下了山，结束了他在寺庙里一年多的行者生活。但从此以后，石崇大师最后那奇特的行为却久久留在脑际，不能有片刻释怀。

一开始，他猜石崇大师采取那种出格的行动是故意给自己苦头吃，每每想及此，他心里还对石崇大师充满怨忿。但随着岁月流逝他渐渐醒悟，石崇大师对自己采取的行动并非要教自己吃苦头，而是对自己有特别的爱。

"既能救人也能杀人的刀"，这样的刀，借禅家的话说就是"救人刀杀人刀"。关于刀的这一话题，多见于禅语，在我国，第一个使用这个禅语的是高丽年间的罗雄禅师。

罗雄禅师出生于高丽忠肃王年间的1320年，在他28岁的1348年3月，他远赴当时的元朝皇都北京学习佛法，登上了求道之路。当时，北京的法源寺住着一位法名持空的大和尚，罗雄就在持空和尚之下为首座，一学就是三年。待得到持空和尚承认他已悟得正道，罗雄开始云游全国。

有一天，他作为游僧前去拜谒平山处林禅师。平山凑巧正在僧堂。

"你从何处来？"

"我从大都来。"

"在大都见过谁？"

"在大都拜见过西天持空和尚。"

"持空和尚在做什么？"

"持空和尚正在使千剑。"

"先别说持空的千剑，把你的一剑拿出来看看。"

平山斥责的话音甫落，罗雄抄起坐具高高举起向平山和尚砸去。

平山和尚被罗雄砸来的坐具砸倒，大声喊道："道贼杀我！"

罗雄大师立即上前扶起平山和尚，对他说道："我的剑，既可杀人，亦可救人。"

石崇大师以恶作剧般的口吻对年方15的懵懂少年林尚沃所说的那番嘲弄的言语，正是老祖师玄机深奥的教示。

正如罗雄大师的回答所禅示的那样，一个人的手就是握有千把利剑的"千剑"。

人的手是一种工具，可以抚摸，可以破坏，还可以制作。它虽然不过是一把刀抑或"一剑"，但这一剑的用途却形形色色，好似一个人拥有了千把剑，可以起炊造饭，可以捏陶烧瓷，可以摇橹驶船，也可以张网捕鱼；可以播种务农，也可以赋天下名篇成天下名笔；可以饲养牲畜，也可以舞墨作画；可以轻抚至爱女人的身体，也可以施尽百巧玩魔术……

一只手的用途变化无穷，如同拥有"千把刀"，只有当它是"一刀"时，它才分为杀人之刀和救人之刀。一只手可以成为"杀人之刀"，同时一只手又可以成为解人之倒悬的"救人之刀"。罗雄禅师听了平山和尚"拿出你的一剑"的话后举起坐具砸去，这是可以置人死地的杀人剑；趋前扶起倒下的平山和尚，又是给平山看可以救人于将死的救人剑。

石崇大师听了林尚沃"愿借既可杀人又可救人的刀一观"的话后采取那种出人意料的突然行动，正是为了明明白白地让林尚沃看到一个平凡的真理：一只手，置人于死地时即是杀人刀，搀扶一个倒下的人时即是救人刀。

林尚沃坐在已经熟睡的张美龄的床边，彻夜不眠，冥思苦想，在他心中翻腾的正是这个"杀人刀救人刀"的问题。

"我这手里有什么？"

林尚沃心中所想的是一把刀，一把自从那一天他在山上打完柴沿着山间崎岖的羊肠小道下山时被石崇大师如此这般地问起，直到石崇大师开解他"既可杀人又可救人"才终有所悟的刀。正是想到了这把刀，才使他作出了攸关其一生一世的决定。

林尚沃静静地看着女人的样子。大概是疲劳的缘故，女人已昏睡过去，完全忘却了对陌生男人的恐惧。

越看越美的旷世绝色。

看着这恍如杨贵妃再世般美丽的女人酣睡的样子，一股恻隐之情从林尚沃心头油然生起。一夜冥思，使他原本要占有这个女人身体的念头早已灰飞烟灭，荡然无存。代之而来的是，这个女人的身影正像一个令人怜悯的妹妹慢慢向他走近。

为学识字到秋月庵做行者虽然不过短短一年多的时间，但这个青年，一如石崇大师视其为法器，身上带着一股常人稀有的禅气。

恰如佛祖开示，面对业已入睡的女人的身姿，情欲的火焰已渐次熄灭，对幼小的妹妹一样的怜悯之情在心中萦绕。

今夜这个女人，我尽可以不动她一根毫发，保护她，替她守护处子之身。但过了今天，她还得像一块肉团一样再次被抛到一个不知为谁的陌生男人面前，无论如何挣扎，终会被毁坏，被玷污，面对残缺、荒芜的人生。

石崇大师教导过我，我身上有一把既可杀人亦可救人的刀。

如果我夺走了这女人的身子，那我是在使用致这女人于死地的杀人刀；假如我保护她，我就是在使用救人刀。但事实可果真如此？仅仅保住女人平安过得今夜，怎么能够真的称得上对女人的搭救？分明已看清女人行将就死的结局，却以今夜未动她一根毫发而聊以自慰，这与手里又拿起另一把杀人刀有何区别？

要救张美龄，只有让她脱离酒色场，这才称得起救人刀之道。只有帮助张美龄脱离这家妓馆，才能真正使她获得自由。

自由之路。

帮助张美龄逃出死境走向新生的路子只有一条，那就是再买下张美龄的身子。

一夜思索，林尚沃第二天早晨终于做出了足以影响其一生一世的命运的抉择。他决意出钱买下张美龄。

决心一下，林尚沃立即走出房间，来到一楼，单独会见昨晚引路的鸨母。

"怎么样，快活透了吧？"鸨母依旧高声嗲笑着问。

林尚沃开门见山地道出了自己的来意。他觉得，既然自己已做出判断，就应该在自己改变主意之前快刀斩乱麻地快速办妥。

林尚沃对鸨母说，昨晚那女人我非常中意，所以，如果可能的话，我想带她一块儿过活。我要把她带回老家做妾。所以想谈一谈女人的身价，价钱合适就买下，不合适也就没法子了。

听了林尚沃的话，鸨母大吃一惊。她那夸张的表情并不是故意做给林尚沃看的。

"您要买下张美龄？"女人尖叫着，"您要买她做妾？"

女人一时沉默不语，似乎犹豫着不知该怎么办才好。这种事情虽然罕见，但远非绝无仅有。混迹酒色场的放荡客中，往往也会有一些有钱的主儿，碰到自己中意的烟花女子就出钱为其赎身，索性金屋藏娇。但这样一个身着异服、来自异国的外乡人要替女人赎身，还是破天荒的事情，因此不能不叫鸨母一时惊慌失措。

"您也清楚，张美龄是个黄花闺女。昨晚侍奉大人是她头次接客，您是她的第一个男人。张美龄不光是没有任何男人挨身的处女之身，大人您也明白，她年轻，漂亮，是我们的第一美人。"

一时张皇的鸨母大概马上又打起了抬高张美龄身价的算盘，摇着扇子，冷静地应付着，一边用犀利的眼光打量着林尚沃。这个偏僻小处的夷狄小民，是真的有能力出大价替张美龄赎身，还是在虚张声势胡吹大气？

女人知道，这笔买卖不会让她吃亏的。她从那些在穷乡僻壤走街串巷低价买进女人转手卖给烟花巷子的人贩子那里买下张美龄时，的确出的是上价，但上价归上价，那不过是一笔小钱。倘若能把张美龄转高价卖给眼前这个陌生的异邦人，那可是就地生钱，发了横财。

那天，鸨母为张美龄所出的身价是白银600两。一个漫天要价，一个就地还钱，一番讨价还价后，林尚沃把价格杀到500两，双方就此讲定。

张美龄的赎身价是白银500两。在故乡绍兴，她被卖给人贩子的时候，身价仅仅70两，不过三五天的工夫，这个数字扶摇直上，涨了七倍之多。但不管如何，有了这笔令人咋舌的巨款，张美龄就成了自由之身。

林尚沃当即将500两白银付给了鸨主。

林尚沃在北京出手红参，共得银1500两，其中属于林尚沃的一份是300两，扣掉在栅门雇人雇车的50两，林尚沃能够自由支配的银子不过250两。这钱，是林尚沃的东家洪得柱单独为林尚沃筹备的生意本钱。

为了支付为张美龄赎身的500两银子，林尚沃已经主动放弃了独立开店经商的千载难逢的机会。

岂但如此，要为张美龄赎身，花光了属于自己的那一份仍缺250两，而这250两是从必须如数交给东家的公款中借用的。也就是说，林尚沃为买下张美龄而贪污了公款。

林尚沃不仅放弃了独立的机会，而且犯下了作为一名商人几乎不可想象的罪过。

3

当天早晨，林尚沃带着自己出钱买下的张美龄走出了那家妓馆。

昨晚一道来娼家的李禧著对这件事的前因后果一无所知，见林尚沃带着一个陌生的中国女人走出，一脸疑惑地问：

"这女子究竟是谁？"

林尚沃未作任何回答。

李禧著一时好奇心起，继续死乞白赖地问这问那，一副不问出个水落石出决不罢休的样子。但只要一提到张美龄，林尚沃就只字不答。

林尚沃带着张美龄回到自己住的小客店，消息一传开，张美龄自然立即成为同一客馆的其他客商谈论的话题。

林尚沃另订了间客房，让张美龄住进去。年轻的林尚沃一夜间究竟从哪里弄来这么一个美若天仙的旷世佳人？年长的客商们一再追问，林尚沃却总是默默不应。

　　商道临行前，林尚沃还有急事要办。他必须去采购绸缎。当时，朝鲜向中国出口的大宗货物是人参、黄金、纸张、牛皮之类的东西，而从中国进口的主要是绸缎、白布、药材、珠宝之类的货物。其中，林尚沃的主要经营范围是出口人参、进口绸缎。

　　绸缎自古为人们所钟爱，被誉为衣料中的黄金，我国也曾生产过各种各样的绸缎，但到朝鲜时代，绸缎产量反而锐减下来。更有甚者，一些儒教学者认为用华丽的绸缎制成衣服，会产生有伤美风良俗的弊端，因而对绸缎的生产屡加禁止。

　　而中国的绸缎织造技术却与日俱进，日趋华丽高档，甚至已远输西域。所以，从中国进口而来的绸缎在当时的王室及两班中引起了爆炸性需求，价钱自然也非常可观。

　　林尚沃挑选绸缎别具慧眼。绸缎有多种，以纱、缎、绸为大宗，其中最高级的当属绸缎。林尚沃花了三四天的工夫，把卖人参的钱悉数买成了绸缎。

　　来北京前后用了25天，归途当然也需要这么长的一段时间。林尚沃到达北京是在秋天的九月，如果不急着往回赶，说不定路上就会遇上大雪寒风。2030里的归途中最可怕的是一到10月就下起纷飞的暴雪，刮起凛冽的朔风。如果不迅速返回，就可能被冻死荒野。

　　在即将离开北京踏上遥远归程的前一天晚上，林尚沃避开众人耳目，偷偷地把张美龄叫出来，带她去了都一处。要了水饺，分开吃着，林尚沃开了口：

　　"明天一早，我就要离开北京，回朝鲜去了。"

　　对于张美龄来说，林尚沃就是自己的新主人。既然林尚沃花大钱买下了自己的身子，现在自己的命运当然也就掌握在林尚沃手中。而且，林尚沃还是自己的救命恩人。虽说没有合房之实，但毕竟有过一夜独处的特别缘分，张美龄那双望着林尚沃的眼睛里充满了温情。

"所以,今晚是我在北京的最后一夜了。"林尚沃一边说着,一边把饺子推到张美龄面前,劝她吃饱:"今晚,也算是我和小姐度过的最后一个夜晚。"

张美龄抬脸看看林尚沃,那表情,似乎对林尚沃所说的"共度的最后一个夜晚"表示不解。

"从明天早晨起,我再也不能够亲自照顾小姐了,因为你也该回老家了。"林尚沃就着饺子喝中国酒,无法挥去心中那"在北京的最后一个夜晚"的伤感:"所以,但愿明天一早小姐也赶回老家绍兴。"

张美龄正在攥饺子的筷子突然停住了:"您让我回老家去?"

"对。"林尚沃毅然决然地回答,"因为我明天一早也要回老家了嘛。"

沉默片刻,张美龄突然抬头向林尚沃问道:"大人老家在哪里?"

"我的老家在朝鲜。"林尚沃笑答:"在这个世界的尽头。从北京到我的老家有2030里路,是一段很远很远的路,除掉夜里睡觉,就算一天到晚一直走下去,起码也要一个月的时间。"

张美龄马上接过话头:"明天一早我要随着大人一道去朝鲜。"

听张美龄说要跟着自己一道去朝鲜,林尚沃有些动心。可那是无法做到的。

"不可以,"林尚沃摇了摇头,"你不能一道去朝鲜,你还是回老家吧。"

"可我……"张美龄低头答道,"我已经没有老家可回。为了得到钱,父亲已经把我卖给了陌生人。既然父亲卖了我,我和他在这个世上也就断了父女缘分。现在,父亲不再是我的父亲,我也不再是他的女儿。那天晚上大人已经出钱买了我,那么,大人就是我的新主人。我的命运,是死是活,全攥在大人手中了。所以,请大人无论如何不要抛弃我。"

刚才还在吃饺子的张美龄,泪珠开始一连串地滴落。看到这眼泪，林尚沃不由得心如刀绞。

张美龄的话也是实情。

她已经成了无家可归的孤儿，就算回到老家，等待她的也只有她那酒鬼父亲，还有再次被父亲卖掉的命运。可即便是这样，自己也无法把她带回故乡。像自己对妓馆老鸨说得那样，把她带回老家做妾，这是不可能的事情。起初买下她，就是为了相救，而不是为了拥有。

林尚沃这种行为，看似贸然无算，却出自他终身不渝的人生哲学。他的人生哲学是：小生意旨在得利，而大生意旨在得人。

这一哲学思想出自《论语》。《论语》"里仁"篇里说，如果人们按照追逐利益的方式做事，就会招来怨忿（放于利而行，多怨）。所谓利益，就是为自己的利益，其结果必然会损及对方。既然追逐利益的行为会招来怨忿，就该舍利求义（义之与比），所谓"君子喻于义，小人喻于利"。

向林尚沃灌输这种哲学的不是别人，正是他的父亲林凤库。林尚沃经常听父亲讲："做生意的目的，得人胜于得利，人才是做生意能够得到的最高利润，信用是做生意能够得到的最大资产。"

尽管林凤库自己既没有得到信用，也没有得到最起码的利润，最终在潦倒中悲惨地离开了人世，但他留给儿子的教训却成为林尚沃人生旅途中宝贵的法道。

商即人。

"生意就是人，人就是生意"，商道的第一条是林尚沃一生恪守的金科玉律。林尚沃为张美龄赎身，使她被解救而成为自由之身，正是出于他心中"重于义而轻于利"的商道。

他倾尽所有，花掉足以使自己成为独立门商的本钱，甚至甘冒贪污公款之罪，救下一个女人的性命，正是为大义而舍一己之利。

但凡义举，无论何种形式，亦不拘其大小，决不会就那么湮灭，而必定会结出好的果实；而不义之举，无论何种形式，亦不拘其大小，也决不会就那么消失，而必定会结出坏的果实。这是一条显而易见的真理。

林尚沃翻翻钱袋，拿出50两银子递到张美龄面前："这是我给你的钱别之礼，虽然数目不大，至少眼下你可以不必靠别人过活。假如不愿回老家，那你就在这里过吧。但一定要远离坏人。再落入坏人手中，那时你可就真的彻底完了。"

当天夜里。

正在熟睡的林尚沃忽然醒来，精神一振。因为天明还要赶远路，林尚沃早早与张美龄分手道别，回到小客店睡下。大概是喝过中国酒的缘故，林尚沃头一挨枕头马上酣然入睡，忘了身边的一切。深睡中仿佛听到一种声音，好像是人的脚步声，林尚沃一个激灵醒了过来。这是客商的本能，客商们常常生活在危险之中，即使熟睡的时候也不会放松对四周的戒备。

有人推开房门走了进来。

分明是人的动静，虽然那人小心翼翼，生怕惊动了周围的人们。林尚沃悄悄地把放在枕边的短刀抓在手中。就在那一瞬间，他那灵敏的嗅觉闻到了不速之客的味道。是一种幽香的花的味道。幽幽花香，那不是张美龄的体香吗？

"大人。"

张美龄已经走到睡眼惺忪的林尚沃身边，压低声音呼唤林尚沃。

生怕惊动四周的低声细语。

林尚沃忽然睁开眼睛。

站在床边的果然是张美龄。她正在脱衣服。但不是裸体，身上还穿着绸缎缝就的内裙。

"大人，"见林尚沃睁开眼睛，张美龄连忙跪坐在地，"我这样进来是因为，天一亮就得和大人分手，大人已送我钱别赠金，而我却未能给您点什么。想来想去，我已经打定了主意。既然大人已经为我出钱赎身，您就是我的主人，大人就是我的先生，我就是大人的太太。"

在中国话里，先生即是丈夫，太太就是妻子。张美龄这话是在暗示，自己和林尚沃的关系已不再是主人与下人的尊卑关系，而是丈夫与妻子的夫妇关系。

"我们是夫妇,所以我想过了,就算命中注定明天早晨分手后不知何时才能再次相见,只要今夜我们是夫妻,只要今夜我们在一起。所以我想把我的身子奉献给大人。"

张美龄一面向林尚沃的床边轻轻走来,一面说道:

"请不要赶我走,大人,我只想今晚与您同床共枕。"

张美龄的身体在剧烈地颤抖。但已不是初次相见时的颤抖。张美龄上次是因为不安与恐惧而身子发颤,现在的颤抖却是由于激动和羞涩。

那一夜,林尚沃是和张美龄一块度过的。关于那一夜发生的事情,没有任何人知道。林尚沃是出于一个男人而不是一个义人的本能占有了张美龄的身体,还是一直保持理性为张美龄保住了处女之身,200年岁月已逝,准确实情已无从得知。

不过由前因后果来推断,有一点非常明确,那就是林尚沃对张美龄始终是作为一个女人来尊重,作为一个人格载体而对待的。

更重要的是这样一个事实——

天亮之际,张美龄向林尚沃问道:"您贵姓?"

林尚沃马上答道:"我们一旦分手,反正不会再次相见的。我这一走,何时再来北京是说不定的事情,你就是知道了我的姓名,又如何能够再相会?"

张美龄急忙用手捂住林尚沃的嘴,不让他继续说下去,催问道:"您高姓大名,贵乡何处?"

"我叫林、尚、沃。"

林尚沃一字一字地说,张美龄一字一字地跟着学,然后又问:

"您府上住什么地方?"

"我的家在2000里外的朝鲜,在平安道的边陲小城义州。"

躺在床上的张美龄突然站起来,开始脱自己的衣服。林尚沃被女人突如其来的行动搞得惊慌失措。张美龄一丝不挂地双手捧着自己的白色绸缎内裙对林尚沃说:

"大人,请您在上面写下您的名字和故乡。"

见张美龄要求自己在她的白绸内裙上写下自己的姓名和家乡，林尚沃慌极了。他只是听别人说过，有过恋情的人们在分手时，为了表示有情有意，要留下信记。在读书人圈子里，男人在女人穿着的裙幅或是内裙上写下自己的姓名或是一首咏别诗，被视为一种风流。

"没有用的，就算我写上我的名字和家乡，我们也是无法再次相见的。"

张美龄马上抬起沾满泪水的脸开口说："我这样做，不是为了与您再次相见。我要知道大人的名字，是为了对大人永生不忘，我要一辈子记住大人对我的恩情。"

林尚沃无奈地接过张美龄的白绸内裙，从随身携带的笔筒里抽出毛笔，蘸上墨汁。他犹豫着，不知道该怎么写自己的住处，也曾想到过洪得柱的门商店名，但最终还是写道：

"义州商人林尚沃"

在白绸内裙上写完"义州商人林尚沃"这七个字后，林尚沃再也无话可写，就这样算是交了差。

天一放亮，林尚沃立即离开了北京。据有关记载，此时是1801年（辛酉）9月。

2000里的返回路程比来时更加艰难凶险，因为满洲的九月已是冬将军肆虐的季节，稍有意外就会冻死旷野。

九月。一行人日夜兼行，千里奔波，直抵山海关。

过了山海关，进入东北地界，已是北风呼啸，大雪纷飞。经苏凌河、汝阳抵辽东，已近10月。当年唐朝大军从高句丽铩羽而归，与其说是败于高句丽的兵力，毋宁说是九月后的寒流与风雪的作梗。

关于唐军败走高句丽的这段历史，史籍中有这样的记载：

"……入九月，辽东淫雨秋深，河水冻结，度一夜，冻死者不知其数。归程无非泥泞沼泽，车马不通。九月已雪。割街中乱草以填泥途，水深处则以车为桥渡兵马。入十月，突起风暴，扬大雪。

军士唯图奔命，弃刀枪于雪路，勉行队伍中。然天湿冷已甚，病困冻死者大半。

队伍疾行,虽死不得入山为葬,弃荒野,为豺狼餐,群兽觅食,尾行退兵之伍不绝。……"

被暴风雪和沼泽、流行病夺去生命的士兵要远远多于在同高句丽打仗时战死沙场的将士。正如这段记录所言,辽东的寒雪是恐怖的象征。

除了寒雪,四处寻觅食物的猛兽也防不胜防。

与寒冬与猛兽相比,还有更可怕的,那就是人。

过了辽宁进入边陲,是一片无法无天的地界,那里是罪犯的发配区,也是凶悍的群盗横行无忌的天堂。最可怕的是那些匪贼,中国人称之为"绿林"或"响马",后来因为他们经常骑马行动,而且骑术娴熟,又被称为"马贼"。林尚沃作客商的时节,正是马贼猖獗的时节,他们经常袭击村落,将村民洗劫一空,甚至逢人便打,肆意杀人。

那些带着贵重贡品的客商是他们袭击的主要目标。在这冰天雪地、无法无天的地界里,他们便是法,便是王。

林尚沃等客商一行五人冒着生命危险,穿越死境,10月底抵达鸭绿江畔。离开时还是淫雨连绵的八月,鸭绿江水汹涌急湍,而归来时已是将近11月的寒冬,鸭绿江已是冰封江面。

在离开三个月后,他们总算回到了自己的家乡,而且人人安然无恙,带去的货物已高价出手,需要的货物都已拿到,尽管他们并没有真的穿上绸衣缎裳,去时的目标却没有落空,也算得上"衣锦还乡"了。

一行人砸开河冰,祭过守护鸭绿江的河伯,向关防提出回国申报。尔后,五人渡过冰封的鸭绿江,踏上了朝鲜的土地。离开时江水满槽乘木排而去,归来时江水冰封踏冰而回。

往返路程4060里。

长达三个月的长征就此画上一个圆满的句号。

唯独林尚沃,这种艰难辛苦仍不能彻底结束,更大的痛苦与煎熬正在前面等着他。从这个意义讲,林尚沃的安全归来,正是一个更大痛苦的开始。而这悲剧的祸根,正是起于张美龄。

第五章　起死回生

1

从北京回来，林尚沃陷入一场一生一世都难以忘却的危机。对这一时期的痛苦，他在《稼圃集》序言中是这样写的：

"……义州城南的居所，是祖先世代居住的地方。从六七岁起师从外祖父，至十五岁略通经书，始有文理。或从名师，或读于寺刹，日积月储，花自开、月自圆，文章自通，日有进境……"

在简短回忆过儿时的成长过程后，林尚沃在自传中继续写道：

"……当此之际，父亲已近年老，家中颇多愁烦。上无以奉老父母，下无以养众兄弟。十八岁始知，欲养家口，唯经商一途为捷径，遂从父走北京。不幸父亲弃世，天为苍黄泪为涌。然家道倾落，俗务如山，不敢坐视，以丧服未除之身再投商界……"

四世同堂、兄弟众多的经商世家长孙林尚沃，在描述过自己惨淡的青年时代后，继续讲道：

"……流行病发，甲戌年失大弟，己卯年复失幼弟，兄弟皆殇，独剩余身，其情可哀，其景可叹，其悲罔测。几度欲死而不得，其时之艰难辛苦殊不可言……"

林尚沃集自咏唱和诗单独为集，成诗集《稼圃集》。这部诗集的序言，就是林尚沃借此写下的自传。

林尚沃在自传里这样写道：

"……因始料不及的事情而起死回生，从此在生意场上乘胜长驱直入……"

在这段短短的自传式告白里,找不到一丝悲观失望的影子。从整个序言可以看出,林尚沃性格开朗达观,任何情况下决不会沮丧绝望。只有一个地方提到"几度欲死而不得,其时之艰难辛苦殊不可言",那么,那个时节林尚沃所遭遇的"不测之情和几度欲死而不得的痛苦",其原因何在?

此外,林尚沃紧接着写道"……因意想所不及的事情而起死回生,从此在生意场上乘胜长驱直入……",那么,这意想不到的事情又为何事?绝望到几度欲死而不得的青年林尚沃起死回生的机缘是什么?

这种逆料所不及的起死回生的机缘,终于给林尚沃无可阻挡的商运,使他"在商场上乘胜长驱直入"。

林尚沃——后来成为朝鲜这片土地上最大的贸易大王,他所自称的"使人想自杀的艰难辛苦"与"意想不到的起死回生机缘"究竟所指为何呢?

2

1806年(纯祖六年)七月。

义州门商洪得柱的店铺迎来一位客人。从他的行止装束可以看出,这是一位刚刚从大清国首都北京返回的松商。

所谓"松商"即开城商人。生意场上,人们把义州商人称作"湾商",而开城商人则称"松商"。

义州商人与开城商人之间,有着极其密切的关系。义州商人们直接来往于朝鲜与中国之间同大清国做贸易,开城商人则通过分布于全国各地、被称作"松房"的分店网络控制了商业流通。

因而,义州商人的举止风格是粗犷甚至粗暴的,而开城商人一举手一投足都透着老练和精干。开城商人是转手贸易的开拓者,他们也亲自远走北京,售出人参买进绸缎,然后倒卖给日本人。

从高丽始祖太祖年间起,松商就成为朝廷认可的市廛商人,因而他们自视甚高,从心底里暗暗瞧不起义州商人。但前来拜访洪得柱店铺的这位松商,却态度庄重,彬彬有礼。

见到洪得柱,寒暄过后,客人开始做自我介绍:"小人是开城生意人朴钟一,刚刚从北京回来的。"

亮明身份后,松商朴钟一作为进见赞礼向洪得柱送上一顶鬃笠。当时的开城商人有个习惯,会见贵客都要送上一顶鬃笠。这种鬃笠一般由马鬃或马尾制作,主要产地是济州岛。济州岛所产的鬃笠称"马尾笠",被送过大海,在康津和海南集散,运往全国各地,而垄断马尾笠生意的组织就是被称作松商的开城商人。洪得柱接过开城商人朴钟一赠送的济州鬃笠,满面欢喜地问:

"不知大人何事大驾光临敝店?"

"小人唐突造访,不是为了生意上的事情,而是要找一个人。"

既然来访的是一位开城商人,洪得柱自然认为来者是为了谈生意,听对方说是要找人,不免有些惊讶。

"您是来找人的?"洪得柱说道,"敝店可是没有什么人值得来找啊。"

"小人要找一个姓林的人。"

洪得柱思忖片刻,然后答道:"敝店没有什么姓林的人,您大概是找错了地方。"

朴钟一马上接道:"小人要找的人姓林,名尚沃。"

"林、尚、沃?"洪得柱面有不豫之色。

"是的,大人。"朴钟一答道,"小人拜访贵号,正是要见一个名叫林尚沃的人。我向别的生意人打听过,说是很早以前在贵店做过店员。"

"林尚沃这个人的确是在我手底下当过伙计,"洪得柱含含糊糊地说道,"不过……现在……不是了。"

"那么,"朴钟一看着洪得柱,"现在他在哪里?"

洪得柱显得有些窘迫:"……不……不晓得。"

林尚沃被赶出洪得柱的店铺,已经是很久以前的事情了。刚刚从北京回来,林尚沃就被扫地出门,说起来,离开这里已有五年。

其实，他所遭遇的还不止这些，洪得柱不但把他赶出了自己的店铺，而且把他赶出了义州商界。

洪得柱发出一纸通告，将林尚沃贪污公款的事情在商界里大肆渲染。这无疑是一种破产告示，因为在以信为本的商人圈子里，私吞钱财、招摇撞骗或是贪污公款都是致命的犯罪行为。

林尚沃刚从北京返回时，洪得柱并没有丝毫起疑，因为当初就讲定那300两是属于林尚沃的，这一笔钱林尚沃自己怎么用已与洪得柱全不相干。但林尚沃从北京一回来，马上就对洪得柱依实相告：

"东家，小人借用了大人的250两银子。"

就在林尚沃毫不隐瞒地把自己借用了250两银子的事情如实相告时，洪得柱也丝毫没有怀疑林尚沃，因为林尚沃从北京贩回的绸缎转手卖了天价，让洪得柱赚了一笔一辈子从未赚过的大钱，他非但不会怀疑，反而对林尚沃心存感激，就算林尚沃借用了自己的钱，也不会让其产生不信任感。他坚信，既然林尚沃那么做了，自然有那么做的理由。

这种信任被打破，还是后来的事情。

和林尚沃一道走北京的客商中，有位年长的客商偶尔过访洪得柱。因为彼此年龄相仿，又是朋友关系，两人见面后喝起酒来。酒到酣处，那位客商聊起了走北京的旧事。

就在这其中，那位客商把林尚沃的事情也抖搂出来，一番天花乱坠地神侃，说什么林尚沃年轻心盛，血气方刚，居然买下了一个中国女子做妾，而且那中国女子简直有倾国之色，只要是男子汉大丈夫，没有一个不愿为跟她销魂一夜而一掷千金的。

尽管对方是一番乘着酒兴夸夸其谈的不实之词，但说者无意，听者有心，洪得柱的醉意顿时荡然无存。待客人走后，洪得柱把林尚沃叫来问：

"听说你在北京花钱买下个中国女子，这话可当真？"

林尚沃不言不语，沉默良久。

"为什么不回答我？听说你在北京买了个中国女子做妾，是真的吗？"

"不……不……是的。"林尚沃答得结结巴巴。

"那么，那些话都是瞎话，都是胡编乱造的了？和你一道走北京的人一个个都看得清清楚楚的，他们的话难道是瞎话吗？要不，他们都是睁眼瞎？"

在洪得柱一再追问下，林尚沃答道：

"小人花钱买了个中国女子，这话不假，但说小人把她收了做妾，这话却是千不该万不该。"

"什么？"洪得柱怒气冲天，"你居然真的花钱买下个女人！你这混蛋，既然花钱买了女人当然就是拿来当妾了，还有什么千不该万不该的？"

事实上，洪得柱对林尚沃的行为感到如此愤慨，倒不是出于道义之心要谴责这个后生小子刚刚混得勉强糊口就去玩女人，而是心里别有隐衷。

通过长时间的考察，洪得柱已经看上了林尚沃，内心里十分希望林尚沃将来能够做自己的入赘女婿。洪得柱没有儿子，只有一个女儿，对他来说林尚沃是一个求之不得的东床佳婿，而且正思量着挑个黄道吉日把婚礼办了，孰料这个林尚沃居然在北京买下个女人，花钱玩玩也罢，还要买下来做妾，听到这样的消息，也难怪洪得柱要怒气冲天了。

"你这混账东西为了买个女人居然随便动我的250两银子？"

林尚沃依旧默不作声。

"我在问你，你这混账，是不是花我的钱玩娘们儿去了？"洪得柱气得眼前发黑，"为什么不回答，鼻子下有个窟窿你倒是给我出声呀！"

"大人，"林尚沃没有开口为自己作无谓的辩解，而是双膝跪地，磕头请罪不已，"小人死罪，请大人宽恕。"

洪得柱本指望林尚沃说点什么为自己辩解，没曾想对方居然直认不讳，这不能不教他怒发冲冠。

"滚，给我滚！"他狂吼着，"不要让我看到你的影子，不要跨进这里半步，赶快给我滚！"

当时，义州商人有"三戒"，以"亲"、"信"、"义"为商道必守之戒律。如果受雇的伙计触犯了其中的一条，东家就可以当即向整个商界发出通告，伙计则从此再也不能踏进店家一步。

"亲"、"信"、"义"三戒，是义州商人人人必守的天条。做伙计的，如有私吞东家的金钱、秤上欺人、以假货蒙骗顾客的行为，当即会被赶出商店，并从此不得在商界立足。

林尚沃并非不清楚这些戒律。相反，他很明白，自己被洪得柱赶出后将绝无可能重返义州商界。所以，今天我们依然不能够理解，林尚沃当时为什么不把在北京发生的一切如实说清，而是自始至终默不作声，不肯为自己辩解半句，以致惹来更大的灾难。

但无论如何，随着洪得柱"赶快给我滚"的一声狂吼，林尚沃即被赶出了店门。尽管其他门商中有人眼热林尚沃的经商才能和高人一筹的中国话实力，但洪得柱随即发出了一道署有本人手记的通告，使得林尚沃永远被排挤出了生意圈子。事情已过去了四五年之久，这期间洪得柱再也没有听到任何关于林尚沃的消息。

"这么说来，朴大人是来寻找我原来的手下伙计林尚沃的喽？"洪得柱满面窘色地看着朴钟一。

"是，是的。"朴钟一明明白白地告诉他。

"您找他有什么事情吗？"洪得柱很奇怪。

"这件事，只能找他本人，别人告诉不得。"

"……是件重要的事情？"

"是件非常重要的事情，一件对林尚沃性命攸关的大事。"

"可是，"洪得柱打断了朴钟一的话头，"那货现在已经不在这里了。以前是在我这儿干过，现在他在什么地方我就不知道了。"

"您派他去做什么事情了？"

"派他做事？"洪得柱索性亮底，"赶出去了。"

"赶走了？"

"我带了他三年左右，见他有点经商的才干正想让他独立，发现他手脚不干净，竟敢贪污公款，就赶了出去。"

老底已揭,洪得柱又试探着问:"朴大人找他,难道是因为林尚沃让您也蒙受过损失?"

洪得柱这话一出,朴钟一连忙摆手:"哪里哪里,我可不是为这种事找他的。"

"不管怎么说,现在您在这里是找不到林尚沃的了。"

"是,是吗?"朴钟一失望地起身要走,又看了看洪得柱,"方才您说过,他手脚不干净动过公款才赶他走的,那笔公款的数目?"

"……也不是什么大数目。"

事情虽说已过了五年的时间,洪得柱对林尚沃仍耿耿于怀。但当着一个初次见面的陌生人,"林尚沃在北京玩女人把钱挥霍了"这话却不好出口。

"那笔公款是多大数目?"朴钟一再次和颜悦色地问。

"也不是什么大数目,不过您为什么问起这个?"

朴钟一马上笑着接道:"……我想替他还上。"

"替他还上?"洪得柱大惑不解,不由得提高了声音。

"是的,"朴钟一点点头,"如果您愿意,我可以连本带利一块儿还您。林尚沃这个人,究竟挪用了您多少?"

"这个……是250两。"洪得柱无可奈何地说。

朴钟一慢慢地说道:"这样好了,我替林尚沃把钱还上,250两的本,再加上50两的利钱,我总共还您300两。"

朴钟一说着,立即从随身携带的笔筒里抽出毛笔,另外又掏出一张银票。与义州商人不同,当时开城商人中已正式使用这种类似于现今的汇票的银票。这种被称作"鱼验"、"音票"的票据,是在一定期限内支付一定金额的承诺。

掌握着全国流通网的开城商人以自己的信用为据开出这种票据,主要是为了代替货币。当时的货币是银子,又大又重,携带起来极不方便,作为一种自由方便的信用转让工具,银票已开始广为流通。

朴钟一拿出一张长六七寸、宽二三寸的银票,给毛笔蘸了墨,在上面写道:给银300两。在银票中间写完金额,又在右侧写上日期和姓名：七月十二，开城商人朴钟一。

银票的左侧，一般要注明支付日期，但朴钟一并未加注日期，也就是说，他开出的是一张特别银票，持票人只要需要可在任何时候要求支付。

银票填完，朴钟一从中间以"Z"字形撕开，两人各执一半。注有债权人姓名的一半称男票，另一半则称女票。男票的执票人要求付款时，债务人会拿出自己所保管的女票与男票对验，并支付票面金额的现金。

朴钟一将写有本人姓名的男票递给洪得柱，说道：
"无论何时，只要您需要，小人将随时为您足额支付。"
洪得柱不敢相信。

开城商人开具的银票，都是十足金额的信用凭证，而300两也绝非一个不起眼的小数目。不，就算抛开金额的大小不说，这个朴钟一究竟出自何种原因要自愿为几年前被扫地出门的林尚沃还债呢？不但代还本金，还附上了足够的利钱。而且，洪得柱问他究竟何事找林尚沃，得到的回答却是"必须见到本人"。

当天傍晚。朴钟一替林尚沃还完债，就走出了洪得柱的店面。

洪得柱一面送客人出门，一面对客人说："在这义州城里，您恐怕是见不到林尚沃的，不过听说在南城根下的村子里，有一些林姓人家世世代代聚居在那里，您不妨到那儿看一看，或许能找到林尚沃的住处……"

出了洪得柱的店铺，朴钟一开始在各个市廛间走动，打听林尚沃的下落。但正如洪得柱所言，林尚沃音讯渺然。无奈，朴钟一只好按照洪得柱指的那条道，去城南根下找林姓人家聚居的那个村子。

林尚沃的家族代代为商，是一个传统的生意世家，因而南门城外聚集的林姓人家大多也随使臣队伍做杂役或行商。前去寻找林尚沃下落的朴钟一在林家村听到了一些大出意表的故事。

林尚沃被从洪得柱那里赶出后，再也无法回到义州的生意圈子。他上有老母，下有年幼的兄弟，为生计所迫不得不去做沿街叫卖的货郎，肩背木梳、搪瓷、木器、农具等手工产品和盐巴、山参之类的地方特产奔走于各集市之间，沦落为赶集卖货的小买卖人。

雪上加霜的是两个年幼的弟弟，大弟弟在甲戌年因传染病死去，接着小弟弟也以同样的原因夭折，生活对于林尚沃简直就是人间地狱。

父亲悲惨地结束了自己的生命之后，不到几年的时间里，林尚沃先后又失去了两个兄弟，而且，由于他们是患传染病而死的，连坟也没有，只是草草地将尸体用麻袋裹起来，含泪将他们悄悄地埋进了野山，准备将来再将尸首起出来正式举行葬礼。

在埋葬着因落入鸭绿江而死于非命的父亲和因传染病夭折的两个弟弟的家庙前，林尚沃曾经放声痛哭，心痛不已。

他什么指望都没有了。

在中国的门户山海关，林尚沃曾经仰望着门楼横匾上"天下第一关"的字句，发誓要做"天下第一商"，但那只不过是南柯一梦，现在他非但不是什么"天下第一商"，就连一天天的生计都难以为继。他甚至产生过像父亲一样投身鸭绿江水结束自己的生命的想法，但他不能真的去那样做，因为他家中还有位老母在等他奉养。

骨肉之亲的接连亡故，使林尚沃痛感人生无常。虽然他的身体在无可奈何之中重新背起了背架奔波于集市之间，但他的心却已远离了世俗。这时，林尚沃年方26岁。

在高岭地方，自古流传着一首《地神谣》，其中有一段描写了集市货郎的凄惨与悲哀：

> 肩背背架，到处流浪，
> 起早贪黑，四季奔忙。
> 偶有疾患，徒唤爷娘，
> 吃人白眼，跪拜无方。
> 一朝闭眼，落入鸦肠，
> 悲呼哀哉，人生苦长。

以货郎之身空耗着青春岁月，备感人生无常，林尚沃终于下定了一个决心。

对于他来说，人生就是一场虚梦，街上叫卖的过活方式就是艺人们的粉墨登场。

每年五月的乡村集市，到处是在人群中挤来挤去高声叫卖的货郎和胡乱吆喝的贩牛客，自然也涌集了众多前来赶集的人们。于是，小丑们和杂耍客们也活动起来，欺行霸市的地痞无赖们也纷纷前来凑起热闹。林尚沃每次在集市里看到小丑们的表演，都深有感触。

在集市上表演的艺人，有表演假面戏的，有踩钢丝的，有翻地滚的，玩杂技的，也有说打鼓书的，林尚沃最爱看的是假面戏。每次看到戴了面具扮作两班和新娘的小丑玩大变活人戏法，林尚沃心里总是抹不去那种浓浓的感觉，似乎人生就是一场戴着面具你来我往的假面戏。

戴上两班的面具就成了两班，戴了新娘的面具就是新娘。所谓人生亦不过是这样一场假面戏而已。每次在集市上看到戴着假面的小丑艺人，林尚沃都会陷入一场深思。

人生不过是一场假面戏。而每个人就像魔术师手中做着各种无稽游戏的傀儡。想到这些，林尚沃突然抛掉了装满了盐巴、鲜鱼之类特产的背架，神不知鬼不觉地消失了踪影。

林尚沃所去的地方不是别处，正是金刚山中的秋月庵。

10年之后旧地重游，感觉大不相同。这座寺庙，以前是他读书的学堂，而此番归来已成为寻求真谛领悟人生的道场。当年教他识字的法天师傅仍在，驻锡秋月庵的石崇大师照旧住在那个偏僻的小房子里。

10年之后重逢，石崇面对倒地三拜的林尚沃依旧视而不见地原地坐着问道：

"你的刀还在吗？"

10年过去，人已老，身已瘦，唯有声音依然那么洪亮。

"在。"

"没有生锈发钝？"

"锋利如旧。"

起死回生

"那你拿给我看看。"

俯跪在地上的林尚沃听了石崇的话,马上直起身子,呼地放下了双手。屋里的石崇马上又问:

"你那把刀究竟杀过几个人?"

"尸首我已给您带来了。"

"既已带来,那就拿到这里来。"

林尚沃从身后的网兜里掏出一双草鞋,双手捧着,登上台阶,走到廊下。进得屋来,把一双草鞋双手献给静静坐着的石崇,石崇却大声叫道:

"去关门,你这小子,凉风都刮进来了。"

第二天,林尚沃以法天为师剃度受戒,法名道元。这个法号,却是破例由石崇大师亲自为他取的。于是,世界上再也没有了林尚沃这个人,而诞生了一个新的修炼者道元。时间是1804年,林尚沃年方26岁。

3

开城商人朴钟一找到南城门下的林家村,终于打听到了林尚沃的下落,第二天他就上了金刚山。他有义务在义州找到林尚沃,无论发生了什么事情。这事情对于朴钟一太重要了,一天找不到一天就不能离义州,直到找到为止。能不能找到林尚沃,关系到他作为商人的命运。他身上有件东西,必须找到林尚沃,当面交给本人。如果找不到林尚沃,从而又不能把那件东西亲手交给本人,朴钟一作为商人的能力将会不被承认。

经历千辛万苦,朴钟一终于获知林尚沃已在一年前出家为僧。这一年间,或许林尚沃又到了其他寺刹,但朴钟一只能到金刚山的秋月庵去找。

沿着陡峭的山路,朴钟一终于登上了山顶。据记载,朴钟一见到林尚沃是在7月14日。7月正是酷热的盛夏。朴钟一顶着盛夏的炎炎烈日登上金刚山顶,用手擦着汗水,远眺山下一望无际的满洲大地。

山顶上兀然立着一座由五六间精舍组成的寺刹。沿着陡陡的台阶拾级而上，寺刹的正门挂着一个写有"秋月庵"三个大字的横匾。这座寺庙大约已有五百多年的历史，考较起来颇有渊源。据传，长期在妙香山修行、号称西山大师的清虚休静法师年轻时曾修炼于此。

在此修炼的休静法师，得知义州是高丽时期姜邯赞将军率军抵抗来犯的契丹将领萧排押率领的10万大军，并获大捷的地方，曾为姜邯赞将军题赞诗一首：

扫电胡尘土，

天山一挂弓。

铁心今不死，

应作射天虹。

赋这首诗时，西山大师休静驻锡之处正是这秋月庵。

开城商人朴钟一稍事休息，歇歇脚，息息汗，一面仰望着秋月庵暗自思忖。

林尚沃真的就在这庙里吗？他上山出家为僧已是一年前的事情，僧人生来就是无家无庙四处云游，他该不会已杳无踪迹，到了别的山、别的庙了吧？

朴钟一与林尚沃素昧平生，从未谋面，对于林尚沃究竟是一个怎样的人、曾经做过什么事情一无所知。他所见过的只是林尚沃写下的七个字："义州商人林尚沃"。他对林尚沃所了解的全部事情仅此而已。就是要凭着这七个字，他必须想尽办法找到林尚沃，找不到就不能离开义州这块地方，不管是几天几旬，也不管是几月几年，他必须一直找下去，直到找到为止。

歇息片刻，朴钟一走进了秋月庵。秋月庵恰巧正处于坐关期。从阴历四月十六到七月十五，这期间全寺法师聚集在一起进行集体修行，称为夏坐关，朴钟一来到秋月庵的时候适逢其会。这个时节是禁止外人前来造访的，所以朴钟一进去的时候，整个庙宇处于一片寂静之中。

起死回生

朴钟一探访秋月庵的时间，恰恰是夏坐关还有一天即告结束的7月14日。一般而言，坐关开始的头七天是进展艰难的拮据期，而将告尾声的后七天则是众僧坐禅的精进期，在这种关头法师们是连觉也不睡的，尤其不能出关会客，除非出现父母或师长作古之类万不得已的情况，方能在取得操实法师的许可后外出办理俗务。

坐关期间，只有维那能够在寺院中自由走动。维那是群僧坐关期间负责处理寺中一应杂务的法师。

在远离禅堂的执事堂，朴钟一单独见到了维那法师，先是一番寒暄，寒暄过后又作了自我介绍，告诉对方自己是来自开城的松商朴钟一，刚刚从大清国京城北京赶回，到这里是来找人的。

听说朴钟一到这里是来找一位法师，维那遂问起他要找的那位法师的法名。

朴钟一只好回答："法名……法名我不清楚，我只知道他的俗名叫林尚沃，出家前曾在集市上做过小贩。"

出家之前在尘世的一切被佛家视为前生之事，僧人从出家为僧的那一天起必须全部丢弃。尘世的职业，尘世的因缘，尘世的姓名，一切都是生到这个世间来之前的前世的事情，这些事情是禁止询问的。

所以，维那立即面有难色地说道："您要寻找一个僧人而只知道他的俗名，这可就难了。再说，今天是坐关的最后一天，您最好还是先下山去等明天再来，到时候我再看情况让您见到他。"

朴钟一却不想就此退却。他不能按照维那的吩咐先下山去等明天再来。在以精明著称的开城商人中，朴钟一是个有着独特的商人气质的松商。

开城商人有个习性，他们惯于把世间万事看作一笔笔的生意。商人秉持一种"该买的东西舍命也买该卖的东西舍命也卖"的哲学，而松商则把"该买的东西亏本也买该卖的东西亏本也卖"视为恪守不渝的生意经。

如果说义州商人把"信用"视为经商的第一要旨，开城商人心目中做生意的首要精髓则是"讨价还价"，因而，如果称义州商人是视"信义"为生命的理想主义者，那么开城商人就是信奉"成交至上"的现实主义者。

义州商人看重"商道"，而开城商人看重"商术"。

朴钟一觉得有必要设法打动维那的心，于是便决定施展一下他那高超的生意手腕。他提出布施一大笔钱给秋月庵。熟谙生意经的开城商人有一个至上的信条，那就是"钱能通神，它比任何东西都能够打动人心"，像当今政经勾结现象中以金钱贿赂官府的幕后黑钱交易，开城商人们会乐此不疲。正是由于这种为达目的不择手段的商业手腕，使他们得以尽享开城市廛特权和借用官库放款的好处。

朴钟一布施的数目令人瞠目。当时，大部分寺庙都非常清贫，甚至清苦到要靠草根树皮勉强度日的地步，因而僧人们一项最重要的日课就是托钵化缘，这也就难怪在日子拮据的寺院中独撑局面的维那要对重金布施的朴钟心生感激。

朴钟一果然在当天下午就见到了林尚沃。为了避开众人的耳目，会见是在庙后的树林里秘密进行的。尽管朴钟一已经得知自己要找的人已然出家为僧，也清楚对方在出家之前还一度做过生意，但当一个业已剃度的僧人出现在面前时，他依旧慌张异常。

"请问您找谁？"

僧人双手合十，手握念珠，一边和朴钟一搭着话，一边还在不停地捻动念珠。

"我找一位曾在义州做过商人的人。"

僧人马上接过话头，说道："要谈论一个生意人，您该到集市去，何必到这儿来？这里住着的，只有剃了头的僧人。"

朴钟一却敏锐地捕捉到了年轻僧人脸上那一闪而过的动摇之色："法师，我来到这座庙宇，是为了找一个名叫林尚沃的人，无论如何也要见他一面。"

"不认识，"僧人双手合十答道，"我不认得一个叫林尚沃的人，南无观世音菩萨。"

僧人做出马上就要转身走掉的姿势，可朴钟一哪能就此罢休：

起死回生

"法师如何称呼?"

"……小僧法名道元。"

"我问的不是法师的法名,是法师的俗名。"

僧人转过身正面盯住朴钟一的脸,目光炯炯,仿佛能看穿人的心灵。

"施主何故问起出家人的俗名?一个出家为僧的人,既然出了家,出家前的事情和出家前的因缘,都是前生虚事。这些前生虚事,问来何用?南无观世音菩萨。"

"法师或许可以那么想,可这件事对我却至关重要。为了找这个叫林尚沃的商人,我找遍了义州城里所有的商家,包括一个叫洪得柱的人所开的店面,最后在南门楼下的林家村找到了林尚沃的老母亲,这才得知他落发在秋月庵。"朴钟一有意提起林尚沃老母亲的事情,想出此来打动他的心:"林尚沃那人的老母亲可真惨,正在挨家挨户地上门讨饭呢!"

说着,朴钟一故意瞟了僧人一眼,但僧人依旧表情淡然。

"究竟,"一阵长长的沉默之后僧人终于开了口,"施主找那名叫林尚沃的人到底有什么事情?"

"有件要紧的东西急着送给他。"

"是件什么东西?"

"不见本人是不能说的。"

"就那么重要?"僧人紧盯着朴钟一。

"当然重要。这件东西对我来说固然非常重要,但对于那个叫林尚沃的人就更重要了。法师,我是刚刚从大清国京城北京回来的,当年法师不也跑过北京吗,您肯定清楚跑北京的路是多么危险,多么辛苦。"

"是的,"僧人捻动念珠的手停下了,然后嘴里吐出了沉重的一句,"小僧正是林尚沃。"

僧人亲口说出自己就是林尚沃,朴钟一马上追问了一句:"您就是在义州做过生意的林尚沃?"

"是的。"

僧人吐露自己身份的话音甫落，只见朴钟一猛地站起来，在林尚沃面前跪地行礼："大人，请受小人一拜。"

这回轮到僧人道元，不，是林尚沃，张皇了。虽说林尚沃已削发为僧，但毕竟朴钟一看上去年龄要大得多。一个素昧平生、初次见面的人向自己行如此大礼，使林尚沃颇感手足无措。

"您这是……快请起！"

林尚沃上前扶起，朴钟一又弯腰行礼道："终于找到大人，真是不胜荣幸之至。"

朴钟一在背篓里摸索着，掏出一件什么东西，双手递到林尚沃面前："大人可知道这东西是什么？"

林尚沃接过一看，原来是件绸缎缝就的衣物。一件白色的绸衣，还散发着幽幽的香气。闻到那香气，林尚沃忽然有一种似曾相识的感觉。把衣服打开，林尚沃一眼看出，这白绸衣是中国女子常穿的内裙。

林尚沃突然慌了起来。

一个已脱离尘世的僧人手中怎能拿着女人的衣服，况且还是留有女人体香的内裙？

"请把它拿走罢，"林尚沃把衣服递回给朴钟一，"我现在已是个出家的沙门。"

朴钟一也慌了，双手急摆着说："不……不是这个意思。"

然后，朴钟一双手合十虔诚地说道："请您把衣服完全打开。"

林尚沃重新把衣服打开。因为是女人的贴身猥衣，手感很柔，似乎还带着女人的温热体温，散发着女人的幽幽体香。曾经久在人参与绸缎里浸淫的林尚沃自然能够看出这衣服的料子用的是高级服装专用的朝霞锦。等把衣服完全打开，林尚沃大吃一惊：白绸内裙上的字迹怎么如此眼熟？那显然是自己的笔体，自己的亲笔。

"义州商人林尚沃"

林尚沃马上知道了这内裙的主人。张美龄，没错，这衣服的主人就是张美龄。

林尚沃看看朴钟一，这白绸内裙怎会到了这位开城商人的手中？五年前，与张美龄分手的前一夜，作为信物在这衣服上留下了自己的名字，可它怎会到了这人的行囊中？

"到底，"林尚沃面带惑色地问朴钟一，"这件绸缎内裙是如何到您手中的？"

"先别说这个。"朴钟一显然答非所问，"我倒是想先知道，这内裙的主人是谁，内裙上的字又是谁写下的？"

林尚沃慢慢地答道："这七个字是我亲手写下的。"

"我本来也是这样想的。"朴钟一拍膝大笑，"这下好了，现在该我做的事情总算做到了。我要做的事情，就是找到一位家住义州、名叫林尚沃的商人，然后把这内裙还给他。但我还有件事必须做到。"

说着，朴钟一从行囊中拿出笔筒，又掏出一张银票，在中间填上"纹银伍仟两出给票"，并在银票的右侧写上当天的日期和债务人，也就是他本人的名字。开具银票，一般只消写上自己的姓氏即可，朴钟一不但写了自己的全名，还在手记的位置上加盖了印章。银票开完，从中间按Z字形撕开，盖有本人印章的一半交给林尚沃，另一半则自己收起。

跑过很长一段时间生意的林尚沃知道，开城商人开出的银票是一种具有十足信用的有价证券，也就是说，凭票能够如数支取与票额相等的现金。

朴钟一开出的5000两在当时是一个天文数字，如果以米价计，可以买到四五千石大米。

纹银5000两，朴钟一为什么会豪爽地支付给林尚沃这样一笔巨款？

"我来见林大人是为了两件事，一件是还这件内裙，一件是向您转交这笔钱。现在，我在义州要做的事都做完了，现在，我可以放心回老家了。"

"且慢，"林尚沃一把拉住转身就要下山的朴钟一问道，"究竟为什么要给小僧送来这东西还有这钱，其中情由小僧还蒙在鼓里呢！"

"个中就里，敝人同样一无所知。"朴钟一笑道，"我只知道，在北京有人一直在寻找林大人,见到来自朝鲜的使臣和商人,逢人便问是不是林尚沃,如果不是,便问认不认识林尚沃。一连几年寻林大人而不得,最后终于托我来办这件事了,说是找到林大人必有重酬。如果我找到林大人并转交了内裙,拿到内裙的人前往北京,确认就是林大人本人,我可以在北京商界得到很大的好处。那个一直在北京寻找林大人的人还拜托我,见到林大人代付5000两银子。所以,林大人也不必犯什么思量,我支给您的5000两银子并不是我自己的钱,我只是代人垫付而已。那人还希望林大人接到衣服和银子立即带着衣服赶往北京,他非常渴望见到您。"

"到底,"林尚沃打断朴钟一,"找小僧的那位究竟是谁?"

"我也是不甚了了。托我找林大人的人,是北京的一个药材商,长期做中药生意,他也是受人之托,一再嘱咐我悉心查访林大人的下落。如果您愿意,不妨和我一道去北京。我也丝毫不知内情,但归根结底,北京有个人把林大人视为终身恩人,而且那人说不定是个控制着北京商界的头号大人物呐!"

生意手腕超越流俗的朴钟一,眼光果然锐利。虽然自己无从得知其中隐情,却已推测到北京有人把林尚沃视为终身恩人,而且那人说不定是个控制着北京商界的头号大人物。后来发生的事实证明,他的判断是正确的。

"林大人既然已拿到衣服和银子,应该马上起程去北京。您如果去北京,那里一定会有上天厚赐的机运在等着您。"

"可是,我现在已是出家人之身,尘世的些小因缘、金钱财宝都已经与小僧全不相干。所以,这些我不能接受,还是请您把它们带回吧。"

林尚沃刚要把手中的银票和作为信物的内裙退回,朴钟一一蹦老高,两手直摆:

"衣服扔掉也罢,烧掉也罢,那是林大人的自由,因为那已经不为我所有了。另外,那银票也随您扔掉、烧掉,或是布施给佛刹,与我无涉。不过,"朴钟一笑容顿失,一脸郑重,"我四处奔波寻找林大人,最后找到林家村,得知林大人府上是四代相传在义州做湾商的生意世家，而我也是一个做松商的生意人的儿子，祖上生意传家已历五代。您也知道，所谓士农工商，我们这些买卖人因为是做不得官的贱民，一向不被当人看。一朝生于商人家，永生只能做生意。林大人现在已经脱离繁杂的尘世出家修道，悟道成佛固然是件重要的事情，但佛岂能只存于深山，闹市、酒家、欢乐场里也有佛有道。所以，像我们这样的贩夫走卒，买卖货物的行为也是一道。就算林大人出家穿上僧服做了法师，把姓名改了法名道元，可您那叫作林尚沃的俗名却不会因此而永远消失的。"

朴钟一的话滔滔不绝："林大人现在的确是穿着僧服出现在我的面前，但在我的眼里，您的形象仍然不是一名法师，而是一个辗转满洲大陆的湾商。我是说，不仅仅佛道为道，我们这种生意人也自有其道。再说，我到南城门外林家村所看到的，是一幅非常凄惨的景象。"

说到这里，朴钟一不由得顿了一顿，沉默半晌后才把话接下去："我不知道该不该对林大人讲，但作为一介生意人，我觉得还是说给您听才心安。到林家村去找林大人的时候，我遇到了林大人的老母亲，当时别人指点给我，告诉我那就是林大人的老母亲，我却简直不忍上前打听林大人的下落。您可知道那是为什么？"

林尚沃默不作答，眼睛透过丛林里茂盛的枝叶，呆呆地望着山下无边无际的满洲大陆那重峦叠嶂的山山野野。看看林尚沃的动静，朴钟一又说了下去：

"那是因为，林大人的老母亲正在挨家挨户地上门讨饭。人们指着林大人的老母亲说的话，我全听到了，说是这老奶奶的儿子们都死了，她的丈夫也早已故去，剩下唯一的儿子有一天也从集市上销声匿迹，出家为僧……法师，"

朴钟一忽然一改"林大人"的称呼，径呼"法师"："法师自己想想看，究竟是哪种做法更对？是让老母亲挨家挨户上门乞讨苟延性命，自己却把它当作前生之事而一概视而不见，一头扎进深山老林出家为僧，屏心悟道，口诵南无阿弥陀佛、南无观世音菩萨，还是马上脱掉这身僧衣，下山奉养老母以尽孝道，两肩挑起一个经商世家的重任，使它成为当代朝鲜首屈一指的商人家族？孰对孰错，何去何从，请法师自斟自量。"

朴钟一站了起来。

朴钟一这一席话，成为林尚沃人生中的一道分水岭。

假如没有朴钟一出现在林尚沃的生命里，朝鲜王朝史中又多一位高僧亦未可知，但假如没有朴钟一出现在林尚沃的生命里，朝鲜王朝史上却注定要损失一位富甲一方的贸易大王。朴钟一之于林尚沃，不但是一次起死回生、在商场上东山再起的机会，而且是终生教之以商术的导师。

朴钟一又说道："您也明白，5000两银子，这不是个小数目。5000两，足以让您再次独立为商，东山再起。人生在世，机会只有一次。开城商人中有道谜语，您不妨猜上一猜——前脑门长头发，后脑勺光秃秃，这是什么东西？"

出完谜语，朴钟一盯着林尚沃。林尚沃却一手捻着念珠，不做任何答复。

"……猜不出？"

"……猜不出。"

"前脑门长头发后脑勺光秃秃的，是机遇。所谓机遇，就是做各种事情的最佳时机。机遇不是常有的。人们常说，人生一世，机遇不会超过三次。机遇到来时，应该抓住它的头发不放。机遇这东西，只有前脑门长着头发，一定要在它向你走来时把它抓住。机遇稍纵即逝，等它眨眼间溜走的时候，他的后脑勺已变成光秃秃的，就算你想抓，也抓不住了。"

朴钟一的话可真不简单，看来他不仅精通经商之道，而且生来能说会道，善于雄辩。

"有些话本来我是不准备讲的，但既然话已到此，我还是干脆说了吧。在我四处打听林大人消息的那段时间里，我遇到了一个叫洪得柱的人，还到过他的店里。从他那里，我听说林大人因为挪用公款而被赶出了义州商界。听说之后，我已经替您还上了那笔公款，而且加算了利息，现在再也不会有人来追究您要把您赶出商界了。您已是自由之身，尽可以无所顾忌地再次出山经商了。"

朴钟一挺身，整衣，一脸庄重："我替林大人还债，不过是个礼节，从现在起我要奉林大人为生意场上的兄长。小人就要告辞了，今后林大人就是小人的兄长，小人的东家。大人请看——"

透过浓密的树丛，朴钟一看着远方一望无垠的满洲原野和重峦叠嶂的群山，说道：

"听说，林大人年轻时就餐风露宿，屡走北京，经商大才世所罕有。我还听说，林大人尤其精通中国话，这对以后同中国做贸易是至关重要的。单凭精通中国话这一项，译官们现在就有了自己的天下，发了大财，还对我们这些生意人颐指气使，使唤人就像使唤下人。可是，林大人有什么理由要让您身上的才能烂在深山无人知呢？难道您不想一展才华，做一个号令天下的第一商人？您看，"朴钟一指着莽莽满洲原野说道，"大人，您看到山下的满洲大陆了吗？我听说，您对走北京的2000里路程了如指掌，难道您就不想再到那片大陆上穿梭驰骋？难道您不想做朝鲜第一商？"

林尚沃晚年在《稼圃集》序言中写道："几度欲死而不得，其时之艰难辛苦殊不可言。后因意想所不及之事而起死回生，从此在生意场上乘胜长驱直入……"

其中说到的使林尚沃起死回生的"意想所不及的事情"，现在终于真相大白。所谓"起死回生"的秘密，就是得遇朴钟一。但与朴钟一的相见，只是起死回生的开始，而林尚沃后来所有的机遇，可谓天佑神助，不可思议。

第六章　天佑神助

1

1806年8月仲夏,林尚沃离开了义州。从鸭绿江中的沙洲乘木排渡江,林尚沃回忆前事,感触良多,心头涌起阵阵撕裂般的痛楚。适值淫雨季节,江水腾浪,呼啸有声。

五年前从义州启程,也是在这样的淫雨季节,仲夏八月。那时,林尚沃还是一个刚交20的青年,雄心勃勃地要做天下第一商人。五年的岁月转瞬即逝,林尚沃却经历了生来从未经历过的事情,各种痛苦的历练和人生逆境一齐袭来。两个兄弟因传染病少年夭折,自己也为商界所驱逐,感悟到人生不过一场浮梦,认为纷扰于集市上的叫卖生涯不过是疯狂的小丑们所演出的一场假面剧,于是在两年前脱离尘世,出家为僧。

林尚沃出家后,法名道元,甚至摩顶受戒,成了一名正式的沙门。对他来说,外界的一切完全是已死去的过去,已成前生之事。

是开城商人朴钟一彻底改变了他的内心。朴钟一突然出现在他的面前,把张美龄那写有林尚沃名字的内裙和一张面额为纹银5000两的银票交给他,又突然消失而去。朴钟一走后,林尚沃的心无以自抑,开始动摇。

朴钟一离去的第二天是7月15日,正是夏坐关结束的日子。坐关已毕,为了慰问众僧的辛苦,寺里特意做了米糕分来吃,刚刚结束坐禅的僧侣们也有了一些自由,可以不待在一个地方而去云游四

天佑神助

方,做一个周游修道的行僧。

林尚沃身穿僧服,头戴竹笠,下了金刚山。

竹笠由细细的竹篾编成,通常被女子们用作出门时遮盖面容的工具,而林尚沃戴上竹笠,也是为了遮盖自己的面目。

这是相隔两年之后林尚沃首次下山步入闹市。下山的目的自然是肩背网袋,手敲木铎,挨户挨户托钵化缘,而内心深处则是希望能够从远处偷偷看一看老母亲的身影。

"我不知道这话该不该对林大人讲,但作为一介生意人,我觉得还是说给您听方才心安。"

朴钟一撇下的这句话,始终在林尚沃的心上萦绕不去,让他不能忘怀。听到母亲在挨家挨户上门讨饭的消息那一瞬间,林尚沃感到了一种信念的崩塌。既入沙门,固然是要寻觅"父母未生前"的世界和"天地未生前"的世界以修炼道行,但听到对自己有养育之恩的母亲正在沿街乞讨,林尚沃立即感觉到一种强烈的畏惧和自责:正如朴钟一所说,如果让生我养我的母亲饿死街头而我自己却独自修身悟道,纵然成佛,又有何用!

我要去看一看,哪怕是从远处,也要亲眼看一看母亲的样子。

为了亲眼看到母亲的境况,林尚沃终于竹笠遮颜下山来了。

两年之后再回市场,闹市的街道依然眼熟,然而,作为前世的世界里一条绝了因缘的街道,一切又是那么陌生、扎眼。

担心有人会认出自己,林尚沃避开镇子里的大街,急急匆匆地绕道向南城门外的村子赶去。

要走到母亲居住的南门楼,林尚沃本应抄近路穿过整个镇子,可他担心在镇子的市场街上会遇到相识的商人,有意走城外绕远路,经过乙波苏祠堂和瓦窑场,向南门楼外走去。

途中,林尚沃挨家化缘。虽然闹着饥馑,人心惶惶,但人们依然厚待出家的僧侣,所以,林尚沃肩上的网袋还是逐渐装满了食粮。

他终于到了林姓人聚居的村落。这里居住的都是血脉相连的族人,林尚沃把竹笠压得更低,也不再手敲木铎上门化缘。而是屏住呼吸，大气不喘地来到了自己曾经住过的房前。房子本就破旧，一年之间几乎已完全变为废墟，就像一座断了人气的凶宅，行将倒塌。林尚沃对着打开着的门小心翼翼地打量半晌，家里却始终不见人影人声。

瞅个没人看到的机会，林尚沃走进家里。小小的院落里杂草丛生，台阶上放着一双熟悉的草鞋。那分明是母亲的草鞋。家里全然不见有人居住的痕迹，但台阶上依旧摆放着母亲穿过的旧草鞋，从这一点判断，母亲显然还住在这里，守着这座行将倒塌的破房子，等着自己唯一的儿子有一天归来。

林尚沃在草鞋前双膝下跪，无声啜泣起来。心冷，冤痛。他啜泣着打开屋门看了看，屋子里同样空空如也，给人的感觉好像是压根没有什么人在居住，只是墙上还挂着一套补丁摞补丁的旧裙子，告诉来人这里是有人居住的人家。

林尚沃走进厨间，解开网袋，把里面的粮食全部倒进缸里。

化缘得来的粮食是应该全部带回寺庙供僧人们度日用的，而惑于一己私缘，把化来的粮食施给予寺庙毫不相干的地方，显然是一种有悖道理的行为。但林尚沃一边把网袋里的粮食倒向粒米不沾的空缸，一边在想：

"把食粮送给行将因饥饿而就死的人，不就是慈悲吗？佛祖曾舍身以飨前生世界里行将饿死的使者，如果说舍身以飨前生世界里行将饿死的使者是大慈悲，那么用化来的粮食解救即将饿死的母亲，当然也是大慈大悲的布施行为。"

把网袋里的粮食全部倒进缸里，林尚沃走出了院子。他已经没有理由继续在家里待下去。

有那些粮食，母亲至少可以在一段时间内不用再为吃饭发愁了。

可是，等这些粮食没有了，母亲再到哪儿找吃的东西呢？

一阵心情轻松之后，林尚沃离家越远，脚步越重，双腿好似灌了铅。

忽然，从村口水井旁经过的林尚沃僵在了那里。

井边老老少少聚集着的村妇中,有什么吸引了林尚沃的目光。村妇们正围坐在井边,用辘轳打水洗衣。她们中间有一个身影像一块强烈的磁石般吸引了林尚沃的目光。

林尚沃看着那身影。

是母亲。

两年不见,母亲已完全变成了一位老妇人,让人怀疑时光绝非仅仅过了两年。她已然满头白发。老太太夹在女人们中间,正在洗衣服。

林尚沃屏气望着母亲。大概是衣服已洗完,母亲站起身,把洗好的衣服放进篓子,顶在头上,开始移动脚步。母亲不但已白发皓然,连腰也弯了,从背影看去,不像是人的身影,倒像是不能直立行走的猿猴。

林尚沃不由自主地随着母亲的背影走去。

母亲正在朝着自己刚刚走出的家走去。这个家,连个像样的篱笆墙都没有,院里的景象从外面一览无余。母亲不仅仅是背驼了,大概眼睛也花了,耳也背了,既没有发现儿子在身后尾随而来,也没有察觉儿子在隔墙看自己。

母亲走进院子,抖开洗好的衣服,晾到晾衣绳上。看着母亲抖落衣服上的水滴,林尚沃的心脏似乎停止了跳动:母亲放在井边洗的,是自己原来穿过的衣服。

为什么?

林尚沃感到喘不过气来。

母亲为什么要把我的衣服洗来晾在太阳下?我已经销声匿迹,对于母亲,我是一个已经死去的儿子了;而对于我,与母亲则早已断缘,成为一个前生的存在。但在母亲看来,儿子依然是活着的儿子,她一直在等着,希冀着儿子突然会从哪里冒出来,把儿子根本不会再穿的衣服洗得干干净净,浆得板板正正,放得整整齐齐,等儿子回来穿。

隔着院墙看到母亲晾起的衣服,那一瞬间,林尚沃忽然感到一阵撕心裂肺般的疼痛。脑海里浮出一段中国的禅语。

很早以前，中国唐朝有个人名叫杨补。杨补早年醉心佛法，一直下决心有一天要出家修道。恰巧听说四川有一个叫作无际菩萨的法师精于佛法，杨补觉得天赐良机终于来临，便离开家门，启程到遥远的地方去寻找无际菩萨。

路上，杨补走进一家茶馆，要了些便饭聊以充饥。正在吃着，过来一位老人，向杨补问："年轻人，你这是到哪里去？"

"去四川。"

"去四川做什么？"

"四川有一位很棒的法师叫无际菩萨，我正在去找他。"

"找他做什么？"

"我想悟道成佛。"

老人听了不由哈哈大笑："要想成佛，去见佛祖以佛祖为师就可以了，为什么非要远远地跑到四川去找菩萨呢？就算你找得到菩萨，那又怎么比得上去见佛祖？"

听老人这么说，年轻人高兴地问："老人家知道佛祖在什么地方？"

老人笑着答道："当然知道。"

"那是什么地方？"

"你现在赶紧回家，会有个身裹棉被、倒穿鞋子的人冲出来与你相遇，那就是佛祖。"

听了老人的话，杨补觉得很有道理，与其找菩萨拜菩萨为师，当然不如亲自拜佛祖为师的好。于是，他改变主意，开始往回走。

杨补赶到家时已是深夜，正在敲门，果如老人所预言，他见到了佛祖，佛祖连衣服都没穿，身上裹着棉被，赤着双脚跑了出来。

佛祖原来就是自己的母亲。

杨补恍然大悟，脱口说出："佛在家中。"

想起杨补的故事，想起由那故事而来的"佛在家中"的禅语，林尚沃忽然觉得，墙那边正在晾晒自己长久未穿的衣服的母亲，仿佛就是佛祖的化身。

林尚沃转身回到了秋月庵。回到寺院里，他苦恼，烦闷，一连几夜不能成眠。是这样忘掉母亲，忘掉世俗的一切专心修道成佛，还是脱掉僧衣重回闹市再登商途，完成祖先未竟的愿望？林尚沃处在了两者必择其一的人生歧路上。

师父法天察觉了林尚沃的苦闷。

这天，轮到林尚沃去寺院种菜的小菜园里做活。正在收拾菜地，法天走过来问："我看你好像有什么心事？"

林尚沃一声不响，默默地看着菜地。

"自从出去一趟化缘回来，你看上去话少了很多，整日无精打采。"

"师父，"林尚沃终于决定向师父摊开一切。对于林尚沃而言，法天和尚有一种亦师亦父的地位。

林尚沃开始把埋在心底的一切讲给法天师傅听。这些话，还是他平生第一次向人透露。他说起五年前在北京发生的事情，讲到与张美龄的相遇，讲到花500两银子替她赎身使她成为自由之身，讲到因此而被赶出商店的前前后后，讲到被永远驱出义州商界不得不到乡村小集市上做一个沿街叫卖的货郎，还讲到父亲的惨死和两个弟弟的先后夭折而亡，讲到几天前前来相访的开城商人朴钟一，朴钟一带给自己的5000两巨款以及靠那笔巨款足以使他成为一个独立的湾商，等等，一一地详细道来。

最后说起外出化缘从远处看到了自己的母亲，林尚沃忽然泪如泉涌，无声而泣。

"那么，你现在所苦恼的，是拿不定是下山还俗还是留在山上继续修炼，对吗？"

听了法天的询问，林尚沃依然一声不响，只是一个劲地用僧袍的袖子抹着泪。得知了弟子的心事，法天对林尚沃说道：

"你该怎么办，我也说不清。只是，就算你想由僧还俗，也并不是件能由着你随心所欲的事情，还得经过大师的允许方可。"

还俗虽然是僧人的个人自由，但首先还是应征得寺中长者石崇大师的同意。

"我先代你向大师禀告一声，你就静候消息吧，我想大师会做出一个英明判断的。"

当天晚上，林尚沃被叫到了大师处。石崇大师的居处位于秋月庵最偏僻的角落，林尚沃走进院内问了安，石崇在屋里大声说道：

"进来吧。"

傍晚做供奉法事之际，法天把林尚沃的事情原原本本地向石崇大师做了禀报，并告诉林尚沃马上就会有回音，林尚沃却没有想到大师当天晚上就会传唤自己，所以，往大师屋里走的时候他的心情紧张异常。进得屋内，林尚沃跪行三拜大礼，石崇大师却仰脸观天，睬也不睬。

屋里，只点着一盏油灯，昏昏暗暗，寂寂静静。屋外，夜风起劲地刮着，吹过松林，发出"呜呜"的声音，远远听去好似万马奔腾。

这时，一只苍蝇不知从哪里飞进屋里，"嘤嘤"地拍动着翅膀，飞来飞去。指着苍蝇，石崇打破沉默，突然发问：

"那飞着的是何物？"

"是苍蝇。"

"苍蝇能看到吗？"

"能看到。"

"苍蝇能抓住吗？"

"能抓住。"

"那你把它抓来。"

林尚沃手拿蝇拍，高高举起，待苍蝇停下来暂时休息时，上前把它打死。把打死的苍蝇扔到门外，正在返回屋里，石崇出其不意地手指虚空问道：

"这是何物？"

林尚沃看了看石崇手指所指之处，那里一无所有。于是，林尚沃答道：

"是虚空。"

"虚空能看到吗？"

"虚空是看不到的。"

"既然看不到，那么还有虚空吗？"

"有是有的。"

石崇这才抬眼看了看林尚沃，问道：

"那么，你可能抓住虚空？"

"我抓抓试试。"

"那你抓抓看。"

林尚沃拿起方才打苍蝇的蝇拍，呜呜有声地在虚空里挥动着，突然用蝇拍"嗒"的一声在虚空中击了一下。

"抓到了。"

"既已抓到，把虚空拿给我看。"

林尚沃举起蝇拍递过去，石崇却大喝一声："虚空在哪里，我怎么看不到？"

蝇拍猛地抽在林尚沃的后脑勺上。林尚沃羞愧难当，怯怯地问："那么大师您可以抓到虚空吗？"

"我自然可以抓到得。"石崇答得非常干脆。

"那您抓抓看。"

"这就抓给你看。"

石崇挽起袖子，两手由虚空中向外划，突然，他的手如电光石火般以极快的速度向林尚沃的脸直插而来，拧住了林尚沃的鼻子："这就是我抓到的虚空。"

石崇的手无情地抓住林尚沃的鼻子，拧来拧去，好像要把它扭掉，林尚沃无意识间"啊呀"惨叫起来。

"我抓到的才是真正的虚空，你看它不是'啊呀'惨叫了一声？"石崇死拧着林尚沃的鼻子，直到听他惨叫一声才松开手，一脸调弄的神色：

"疼吗？"

"不疼。"

石崇的手忽地又抓上了林尚沃的耳朵。这次当然也不会手下留情，林尚沃又"啊呀"惨叫起来。石崇下手别提有多狠，林尚沃的耳朵简直要被揪下来似的。等林尚沃惨叫一声，石崇方才罢手再问：

"疼吗？"

"疼。"

石崇好像等的就是这句话，马上又捏住了林尚沃的嘴猛拧起来。力气很大，林尚沃的嘴唇简直要被撕下来，想惨叫，可嘴唇被拧着，呻吟不得。

见林尚沃扭动身体挣扎，石崇放开手问道：

"疼吗？"

"不疼。"

林尚沃生怕石崇再来抓住别的什么地方乱拧一气，一边回答，一边倒退而逃：

"您这是为什么，大师？"

"如果我拧到你不疼的地方，就放了你。你要有挨了揍不喊疼的地方，我就答应你随心而去。可你身上有拧了不疼的地方吗？"

林尚沃静静地想了想。我的身上有没有一块挨了拧不疼的地方？鼻子、耳朵、嘴唇都拧过了，疼得直叫，那么不疼的地方难道是手指？难道是脚趾？不会的。记得有一次手指尖儿化脓，疼得钻心，指甲虽然没有痛感，但手指分明是疼痛的。要么是头发？头发虽然也是身体的一部分，但其自身是不会感觉疼痛的，法师们不就是用戒刀削发的吗？

于是，林尚沃回答道："我身上有个地方，是拧了不疼的。"

"有？是哪儿？"石崇莞尔一笑。

"是头发。"

林尚沃话刚出口，石崇立即举起蝇拍向他头上狠劲抽去。林尚沃惨呼着，抱住了自己的脑袋。

"嗨，你这小子，"石崇怒喝一声，"不疼你叫什么？！"

石崇忽地站起身来，上前一步挥手狠抓林尚沃的脑袋。"哎哟"一声，林尚沃倒在地上。石崇的大手抓住林尚沃的头一连气地又扯又拽，林尚沃"哎哟，哎哟"地痛呼着抱头满地打滚。

"怎么样，怎么样，"石崇追问，"这样还不疼吗？"

"疼，疼啊！"

听林尚沃满嘴喊疼，石崇这才罢手不再进行雨点般的攻击，气喘吁吁地问："除了头发，还有？"

"不，不知道了。"林尚沃答道，"我真的想不出什么地方是拧了也不疼的。"

石崇马上回到自己的座位正襟而坐："那好，你回去想好了，明晚再来！"

石崇再次恢复仰脸观天的状态，对林尚沃不理不睬。无可奈何地，林尚沃一边退步出屋，一边向石崇道安：

"祝您晚安。"

那天夜里，林尚沃翻来覆去地琢磨着，怎么也搞不清自己何以会又是鼻子又是耳朵地挨大师一阵痛揍。难道真的如大师所言，人的身上会有挨了打却不感疼痛的地方？如果有，又是哪块？如果不能找到这个地方，即使去了也无非一次次挨顿臭揍而回，答也挨揍，不答也是挨揍。那么，会是牙齿吗？拔牙或是生了牙病的时候牙齿也会疼痛，但那是牙床而不是牙齿本身在疼。可如果回答是牙齿，大师一准会让自己张开嘴去拔自己的牙齿的。

第二天，仍是轮到林尚沃做工。正在平整菜地，给菜田施肥，师父法天走过来问："大师都说了些什么？"

林尚沃把昨晚的事情原原本本地告诉了师父，包括拧鼻子，扭耳朵，撕嘴唇，击脑瓜的情节，并告诉师傅今天晚上还要再去一趟，但在此之前必须先想好答案，可自己实在不知答案是什么，正在为此苦恼。听了林尚沃的话，法天对林尚沃说道："大师对你采取这些行动是在答复你，你可以脱掉僧衣，下山还俗。"

林尚沃一头雾水："大师又拧又扭的，怎么会是答应我可以还俗呢？"

法天马上解释道："中国先代有位法师，法名半山。有一天，他走到闹市，在市场上看着卖猪肉的场面发呆。这时，有个客人走过来对屠户说'给我来一斤猪肉'，屠户问'要什么地方的'？买肉的人回答说'我要最好吃的上等肉'，屠户马上笑了，指着满案子的猪肉说'客官你看，哪块肉又不是最上等的肉呢'？听了这句话后，半山法师大有所悟，终于成佛。是啊，哪块肉又不是最上等的肉呢？如果佛只存在于经堂将会是怎样的呢？正如任何部位都是味美的上好猪肉一样，佛当然也能存在于淘粪勺中。大师拧你的鼻子，扭你的耳朵，击你的脑袋，就好像屠户回答'哪块肉又不是最上等的肉'是一样的启示。十指连心，没有哪一个咬一口不疼，我们的身上也没有任何一个部位是挨了打而不疼的。所以，大师是在喻示你，你无须留在山里修道成佛，可以脱下僧衣下山还俗，到闹市经商，做一个商界的商佛。"

"可我该怎么办呢？回答也是挨揍，不答也是挨揍……"

见林尚沃问起，法天师父如此这般地告诉他一个办法。

那天晚上，过了晚供奉，林尚沃又去了大师的居所，走到屋门前打了个招呼："弟子见大师来了。"

屋里马上传出石崇的大嗓门："进来！"

林尚沃脱草鞋，登台阶，入廊下，推开屋门，一只脚迈进去，另一只脚却留在廊下，就这样既不进也不出地站在那里。

石崇见状问道："你在那里到底在干什么？"

林尚沃似乎早就在等待大师的问询，对石崇说道："大师，我是在进屋呢，还是在出屋？"

听了这个问话，一直两眼望天不瞅不睬的石崇忽然眼睛一亮，欣然地在林尚沃身上打量了半晌，然后才说："晚风凉着呐，快进来坐！"

见石崇大师说晚风凉，林尚沃把门关上，走进来跪坐在地上。

"怎么样，知道还有什么地方是挨了打却不疼的吗？"

"知道了。"

"知道了，那你告诉我是哪儿？"

林尚沃马上站起身来，把随身带去的蒲团展开，铺在地上，然后走到上面行三叩大礼。

林尚沃拜完三拜，石崇突然说道："你这个家伙简直是拿我当木佛呢，快给我滚，你这个盗贼一样的家伙！"

石崇暴跳如雷，林尚沃却站起来平静地说："请恕我就要告辞了，大师，多谢您的一向照拂，祝您万寿无疆。"

林尚沃当即倒退着出了屋子。就这样，林尚沃还俗的事情就算定了下来。

通过一种奇妙的方式，石崇大师让林尚沃悟出，不由佛道而经商道也能成佛，成为一个商佛。

心既定，林尚沃再无必要继续淹留秋月庵，哪怕是一天。

几天后，林尚沃离开了秋月庵，这时，他入山为僧已整整两年零两个月。和留在寺中的一众僧人一一道过别，来到师父法天面前，恭恭敬敬地屈膝三叩。法天抓着他的手，口宣佛号：

"南无阿弥陀佛观世音菩萨，但愿你能够历练成佛。"

"成佛？师傅，我现在不过是一个刚刚见性之身，就像一个孩童刚刚学步啊。"

历练成佛是对一个法师最良好的祈愿。从15岁开始就教林尚沃识文断字的法天不但是林尚沃的师父，更胜似亲生父亲，听了他的祈愿，林尚沃心痛如割。

最后，林尚沃来到石崇大师面前告辞。同石崇话别只是短短的片刻，但这片刻，对林尚沃的一生却起到了莫大的影响。或许，从林尚沃15岁那年以一个少年之身来到秋月庵学识字时起，石崇就已预知这个年轻的行者将来必非池中之物。

到石崇处作最后一次告别的林尚沃，三拜谢恩。叩谢完毕，石崇忽然发话道："给我取朵花来！"

林尚沃以为自己听错了："花，什么花？"

石崇却不回答林尚沃的问话，只是重复道："叫你给我取朵花来！"

石崇的吩咐简直让林尚沃丈二金刚摸不着头脑。

他凡事都是这样的，特别是对林尚沃，一举一动，一言一语都内含禅机，迸发着禅玄的神光。

大师的吩咐就是天下至高无上的纶音。无奈，林尚沃只得退出房间去找花。外面正下着雨，寺院的前院里盛开着水菊花。

寺院里种着许多水菊花。水菊花是一种观赏植物，因其花瓣呈紫色，又称紫阳花。院子里除了水菊花，还种着忘忧草，是百合花的一种，花瓣呈黄色。夏日的雨点就急促地打在花瓣上。一年前，有一次林尚沃从山上打柴回来，不慎从陡峭的山坡上滚下来被摔伤，法天师父把忘忧草捣成汁给他涂满全身，居然颇有神效，身上的青瘀之处随即全部消失。

冒着大雨，林尚沃四处打量，看看院里除了这些有没有其他的花。

石崇大师要他摘花固然是个令人摸不着头脑的吩咐，但既然这吩咐已出口，林尚沃务必要为大师取一朵，不管是什么花也罢。

除了水菊花和忘忧草，院子里还盛开着红色的芍药花。

头上淋着雨，林尚沃呆呆地望着这些花，暗自思量："该采哪一种呢？忘忧草，还是芍药花？"

林尚沃领悟不出石崇的意图。事实上，自古以来道家就流传着一种习俗，弟子要远行或重逢遥遥无期时，就会吩咐弟子去摘一朵花来，然后从弟子摘来的花上占卜弟子的福祸吉凶。这种习俗叫作"花卜"。

石崇吩咐林尚沃摘一朵花来，正是为了要为他做一次花卜。但林尚沃没有摘得任何一朵花，因为大师的吩咐是"取朵花"而不是"摘朵花"。为取一朵花而摘下一朵花，就是褫夺花的生命，而很早以前就从大师处通悟了"杀人刀"与"救人刀"之内涵的林尚沃内心非常清楚，即令是摘一朵花，也是一种杀生行为。

水菊花摘不得，忘忧草摘不得，芍药花也摘不得。无论哪种花，都不能为了献给大师而将它摘下。

林尚沃只能空手而归。

"花取来了？"仰脸观天的石崇问。

就在这时，林尚沃忽然发现石崇的座位后方有一张小小的几案，几案的花瓶里插着一束红花。

林尚沃知道那花的名字。那花叫作"百日红"，又名"紫薇花"，是一种木本花，名副其实，能够从七月开到十月，百日间常开不谢。因为用手一搔动树皮,树叶就会随之瑟瑟而动,法师们都叫它"怕痒树",花期又长,开得又漂亮,是寺院中最有代表性的庭院观赏树种。

一见到那花儿,林尚沃马上有了主意:就是它,我就把那花瓶里插着的百日红献给大师罢,两全其美,既不用亲手毁掉一朵花的生命,还能够献花给大师。

"我在问你,花取来了吗?"石崇再次大声催促着。

"花取来了。"

"那就拿给我看看。"

林尚沃大步走过去,从花瓶里抽出一枝百日红,恭恭敬敬地双手递过去。石崇却只是瞟了一眼,并没有伸手去接的意思。林尚沃只得将花插回花瓶,然后转身在大师面前跪下。

屋外,雨越来越大,劲风挟着雨声从松林"唰唰"吹过,整个寺院仿佛被带到一望无际的茫茫大海,与世隔绝。

"你给我好好听着。"一段长长的沉默之后,石崇终于直视着林尚沃开了口,"想不想来碗茶?"

说着,石崇把茶壶茶碗逐个摆到面前。自从来到秋月庵,林尚沃从未听到大师一句和颜悦色的话,也从未见过大师有一次正眼相看,忽听大师让他喝茶,再见大师亲手摆茶,一时间竟自手足无措起来。

石崇把事先备好的一只茶碗摆到林尚沃面前,然后亲手为他斟上了一碗茶水:"来,喝吧。"

大师亲手为人斟茶,这可是前所未见,也是前所未闻的事情。林尚沃心下惶悚,双手捧碗,轻啜香茗,石崇开口对他说道:

"你一定要好好记住我说的话。你不忍用你的手去摘花而伤害花的性命,足见你胸怀慈悲。做生意也是一个道理,不能去做那种残酷的事情,为赚钱而践踏别人,为追逐利益而伤害他人性命。你既有怜悯他人的慈悲之心,将来做生意定然会有大成。你还从屋里取到了花,这说明你有眼光,能够就近取得所要的东西而不必为取花而远走。世上一切财物,都不是靠远远地四处奔波求来的,它就在你的身边。成功并不在遥远的地方,它就在你身边。你已明白自己身边的最近处充满着福禄与财物,而且在实践着'家和万事兴'这句古来至理名言,这也是一种福兆。你在屋里找到了花,那么你这一生是断不会因寻花问柳和酒色杂事而虚度岁月的。"

林尚沃喝完一碗茶,把茶杯放下,石崇又为他斟满,继续说道:

"你还把从房间找到的花放回了原处,足见你懂得凡人凡事皆有其定位,也说明你能够守住方寸,这样去做福祉自临。你把花为我取来,让我看后又插回原处,这说明你明白天下万物皆有其位。生意也是这样。生意是人来做的,凡人无分高低贵贱,世上之人无尊无卑,没有天生贵贱之别。用人不要有歧视,待人切勿论尊卑。你所选择的花是百日红,这种花在各种花卉中是开得最长久的。百日红能够从死掉的花叶中生出新芽,每到秋季花开不谢。这预示着你的财富将会源源不断,你的生意会永远兴旺隆盛。"

林尚沃的碗又空了,石崇再次为他倒上,继续自己的训导:

"……可是,也有美中不足。百日红不是果树,不能拿来食用。也就是说,你的运道与荣华会与日俱增,但只限于你自己这一代,而不能在子孙身上结果。所以,从现在起你要给我好好地记着。"

石崇咳嗽了一声,清了清嗓门。

屋外,暴雨越加来势汹汹。一道闪电平空划过,又是一阵撼天动地的雷声紧随而来。石崇话锋一转,开始讲述他对林尚沃前途中各种不测与危机的预见。林尚沃把大师所讲的一字一句全部铭刻在心,终生不敢有片刻忘记。石崇对林尚沃的人生预卜,后来一一应验,丝毫不差。

"你这一生,将遭遇三次大的危机。每次危机来临,你都要设法克服它,否则,你就会在朝夕之间招来灭门之祸。"

石崇说这话时的语气,充满自信,不容置疑。林尚沃大气不敢喘,紧张得似乎被冻结在原地,侧耳聆听大师的教诲。

"……怎么才能摆脱这些危机呢?"林尚沃问道。

石崇双唇紧闭,半晌不作声。沉默良久,突然盼咐林尚沃:

天佑神助

"给我研墨来。"

林尚沃按照吩咐研好墨,石崇神色凝重,浓墨饱蘸,提笔铺纸,一笔一画地写下去。林尚沃看了看大师写下的字。只有一个"死"字。

石崇写完,抬头问林尚沃:"知道这是什么字吗?"

"知道的。"

"那么,这是个什么字?"

"死亡的'死'字。"

"对,"石崇点点头,说道,"正是这个死亡的'死'字,将解救你脱出第一次危机。只有这个'死'字,除此之外别无办法。但第二次危机就不同了,没有任何妙策可以帮你躲开。"

林尚沃浑身发抖。他害怕极了。

"如若你不能逃脱这次危机,必遭凌迟处斩。问题是,第一危机来临的时候,你能够觉察到危机临身,而第二次危机会在你浑然不觉间悄悄逼近。如果凭直觉感觉出危机,一定就会有渡过危机的办法,可是如果认识不到危机,就会在不知不觉中走上灭门之路。所以,你一定要牢牢记住,百事顺遂的时候或许就是可怕的、危险的关头。"

"觉察到那危急关头后,我该怎样做才能得以幸免?"

听了林尚沃的问话,石崇盯住林尚沃的脸看了看,微微一笑,转过身去,提笔在纸上又写下了什么。等纸上的墨汁晾干,石崇把写着字的纸叠了又叠,而后才回过身来,对林尚沃说:

"死里逃生的办法,我已经写在纸上了,但你要切记,这张纸可不能随便打开来看,否则您就会泄露天机,定会受到上天的惩罚。只有在感觉到身处莫大危机时,你才可以打开来看。你会得到一个死里逃生的妙计的。我的话你听明白没有?"

"听,听明白了。"林尚沃双膝跪地回答。

"你能做到吗?"

"我一定照办无误。"

石崇把那张层层折起的纸递给林尚沃。林尚沃双手接过,藏到衣服里面。

"但这还不算完,"石崇看着林尚沃把自己写了字的纸珍藏在怀里,再次开口道,"现在,还有一次危机。"

"这次危机又如何脱解?"

石崇一言不发,伸手拿起了林尚沃方才喝茶用过的茶杯。茶杯已空,石崇把它递给林尚沃:

"拿去吧,这杯子是我送你的。"

自己询问摆脱危机的办法,大师避而不答,却送自己一个喝空了的茶杯,林尚沃对大师的态度颇自不解。

"这杯子,你一定要好好保管,它不但会助你渡过最后一次危机,而且还会使你成为前无古人后无来者的巨富呐。"

石崇像是在阐发玄奥的禅语般说完这番话,把杯子递了过来。林尚沃双手接过。这是一只再平凡不过的杯子,它的形状又细又深,简直称不上是一只茶杯,更像是一只高脚酒杯。这样一只毫不起眼的杯子,如何能够成为解救林尚沃于倒悬的秘器?

"现在,你可以走了。下得山去,马上忘掉这里,永远不要回来。"

林尚沃非常珍重地把石崇大师作为礼物送给自己的杯子放进网袋。

"最后我要告诫你,如果你在生意场上出现完全出乎预料又非你所愿的亏损,哪怕这种亏损只是一分半文,那么你必须明白,你的商运已经到头,必须散尽所有,急流勇退。明智的人,看到从屋顶落下的一滴水就能立时预知房屋不久即将倒塌。我再说一次,你万万不要再到这里来找我,如果你胆敢再来,我会敲碎你小子的脑瓜。你这家伙,已经在这山里死掉,复活在闹市,山里的一切对你而言已是前生之事。前事莫究,懂吗?"

"我已经记下了。"

石崇立即闭上了嘴。一切都结束了。他又恢复了两眼观天的状态,不复对林尚沃说一字,瞅一眼。林尚沃屈膝三拜,称谢退出,石崇全然视而不见,充耳不闻。

天佑神助

雨已停。从石崇那里出来，林尚沃立即离开了秋月庵。此时，林尚沃入山为僧整整两年零两个月。

在出家两年零两个月之后，僧人道元离开寺院，重新成为湾商林尚沃。回到家中，他所做的第一件事就是派人寻找朴钟一。

是朴钟一给林尚沃一笔5000两银子的巨款，使他东山再起，重返生意场。临别时，朴钟一曾整衣肃容对林尚沃说过这样的话：

"从现在起，林大人就是我生意场上的兄长。以后，林大人就是我的兄长，就是我的东家。"

他还对林尚沃说：

"如果您愿意，不妨和我一道再赴北京。"

林尚沃想起朴钟一，是因为朴钟一是一位以开城为地盘做生意的松商。虽然朴钟一已代林尚沃偿还了洪得柱的公款，使他恢复了在义州商界立足的权利，但义州的商人们仍在疏远林尚沃。林尚沃需要新的生意伙伴。

林尚沃最需要的是一个像朴钟一这样的开城商人来做自己新的生意伙伴。当时，开城商人与义州商人完全不同，他们已掌握了全国性的商业流通网络，不但同中国商人打交道，而且同日本的贸易也搞得红红火火。同日本的贸易本是以倭馆通商市场的东莱商人为中心展开的，但开城商人在其中插手很深。因此，与中国、日本的一切对外贸易都是由开城商人控制的，松商成为三角贸易的主角，三角贸易成为松商的独角戏。林尚沃恢复湾商身份后，在生意场上正是需要一个这样的新伙伴，一位拥有全国商业流通网络的精明强干的开城商人。

朴钟一正是一个合适人选，而且是头号人选。他不但祖上代代在开城为商，而且作为一个私商之家，拥有着颇有组织、颇具规模的商业流通网络，一度控制了开城的市廛，尽管市廛在正祖年间因朝廷采取辛亥通共政策而消失。朴钟一是一个典型的开城商人，凭借着松房这个庞大的组织网，他既能够以低廉的价格成批购进各地货物到其他地方转手高价售出以获取可观的利润，又可以迅速获取各种商业信息使自己经营的买卖周转灵通。

林尚沃与朴钟一的相聚，是一个奇妙的天作之合。林尚沃是一个外贸奇才，朴钟一则有内销天赋；林尚沃在对中国贸易方面拥有他人所不能望其项背的才能，而朴钟一在组织与经营上有着无与伦比的手腕；林尚沃是商道的达者，朴钟一则是商术的化身。

对于林尚沃的提议，朴钟一自然没有任何理由不欢迎。以朴钟一而言，也需要林尚沃精通中国话的本领。他已经洞察到，如果没有天字第一号的中国通林尚沃，在同中国贸易中就难有立锥之地。

于是，1808年8月仲夏，两人并肩登上了前往北京之路。这已是林尚沃第五次踏上走北京之路，但这次，是他恢复生意人身份后第一次走北京，从某种意义讲也算是初行。

林尚沃用朴钟一给他的5000两银子采购了200斤红参。当时，红参生产不旺，甚至进献皇上的御参也有缺货之虞，所以，红参的出口是有一定限额的。林尚沃能够到手200斤红参，多亏了朴钟一的手腕。

在寥无人烟的荒野上露宿两晚后，林尚沃和朴钟一抵达栅门，雇下了车马和搬运贡品的四名大清脚夫。

朴趾源在他的《热河日记》中是这样描写栅门的异国风情的：

"满洲人吃高粱米饭用筷子夹，生葱就那么嚼着吃。养鸡，把翅膀和尾巴上的羽毛拔光，说是这样鸡身上就不会长虱子，而且长得快，有的人甚至把鸡尾和鸡身的羽毛全部拔光，干脆让鸡们露着红肉到处走动。"

正如朴趾源的描述，这是一个连鸡都光着身子的陌生国度。林尚沃又踏上了远行之路。按照朴钟一的请求，他把张美龄那套内裙带上，在贡品深处藏得严严实实。林尚沃此次北京之行的主要目的，与其说是去做生意，莫如说是去会见一个人，一个把林尚沃当做终身恩人的人，一个据朴钟一推测应当是现居北京、可能身为大清国头号商人的人。

要见到这个人，最关键的是要收藏好自己写给张美龄的见证信物。

"义州商人林尚沃"

这七个字,是曾乞求救命的15岁少女张美龄请求他写在她的白绸内裙上的,只有拿着这绸缎内裙,才能证明自己就是林尚沃。

林尚沃的怀里还揣着另外两件东西,这两件东西都得自石崇大师,被林尚沃珍藏终生:一个是一张纸,石崇大师在上面为林尚沃写下了帮他摆脱第二次危机的锦囊妙计;一个则是只杯子,石崇大师送给林尚沃的礼物。林尚沃把那张纸珍藏在绸袋里,因为石崇大师说过那纸上写的是天机,万万不可事先打开偷看,否则会受到上天重罚。杯子就不同了,大师把杯子送给林尚沃时,只是说过:

"这杯子,你一定要好好保管,它不但会助你渡过最后一次危机,而且还会使你成为前无古人后无来者的巨富呢。"

对这只杯子,石崇大师并没有特别提出什么禁忌事宜,因而林尚沃虽然同样地珍藏在怀中,却时常拿出来留神察看。

为什么?这小小杯子,为什么大师竟然说它可以帮我度过危机并为我带来幸运?它不就是一只平凡不过的高脚杯吗?这样一只不起眼的杯子,如何能够使我成为前无古人后无来者的巨富?难道,它像兴夫(朝鲜半岛古典名著《兴夫传》中的主人公,译注)的燕子为兴夫衔来的葫芦一样,只要你求它,里面会涌出无穷无尽的金银财宝?

横看竖看,无非是一只寻常杯子。和其他杯子相比,只有一点不同之处,那就是他的内壁上刻着一行字。

刻在杯子内壁上的这行字实在太小,不留心细看是很难发现的。整个只有芝麻粒大小,虽然林尚沃一有空就把它拿出来把玩,但发现杯子内壁上刻着字,也是件非常偶然的事情。开头,林尚沃还以为那字迹不过是陶匠塑制杯子时不小心留下的瑕疵。但他错了。等他把杯子拿到亮处对着阳光照时,发现原以为是个小洞的瑕疵居然很明显地呈现出文字的轮廓。林尚沃逐字逐字地读了下去。

第一个字是"戒"。第二个字却一时辨别不清,凝神盯视良久终于发现,那是个"盈"字。第三个和第四个字很容易辨认,是"祈"字和"愿"字。四个字合起来,凑成一句"戒盈祈愿"。

杯壁上所刻的字还不止这些,接下去还有四个字,"与尔同死"。

总共八个字，合起来就是："戒盈祈愿，与尔同死。"

这话究竟是什么意思？每次拿出杯子来看，林尚沃都会陷入沉思。这句话字面并不难解，照直解释起来就是"但愿你饮时不要斟得太满，但愿和你死在一起"。

可它究竟含义何在？

字面易懂，含义难解。"但愿你饮时不要斟得太满"意味着什么？是说无论是水还是酒都不要倒得太满来喝吗？"但愿和你死在一起"又是何所指？是谁希望和谁死在一起？是以杯子相赠的石崇大师要和受赠的自己死在一起么？

2

从义州启程四十多天后，林尚沃与朴钟一终于顺抵北京。动身时还在八月，到达目的地时已是九月下旬。

五年之后再赴北京，一切都没有变，北京还是那样光彩夺目，那样豪华灿烂。五年前林尚沃来北京时红参还是一种试销货，短短五年过后红参已完全取代了白参，人参买卖已跨入红参时代。红参的人气已达到顶峰。而且，林尚沃去北京的1806年适值人参歉收，出现了绝对的供不应求，红参极为抢手，几乎是不管出多高的价都不会被打驳回。

五年之后再赴北京，原来的销售网络依然故我。在熟悉的小客店里落下脚，跟原来打过交道的药材商取得联系，马上涌来一群中国商人。林尚沃落脚的地方照旧是前门大街。

生意两天即告了结。

本来，生意是一天即可了结的，但为了卖上更高的价钱，林尚沃把出价一抬再抬，最后谈定价格自然就推迟了一些。

等林尚沃以超出预想的高价将红参全部出手的那天晚上，早就等待这一时刻的朴钟一对林尚沃说道：

"现在，兄长应该去一个地方，和我一道。"

天佑神助

一道出门在外四十多天,开始朴钟一仍在尊称林尚沃为"大人",慢慢地终于改为兄弟相称了。

"应该去一个地方?"

"兄长,"朴钟一微笑道,"现在难道不是应该揭开那一直非常想见您的谜一般的人物的真面目的时候吗?"

朴钟一讲的是事实。

朴钟一给了林尚沃一笔白银5000两的巨款,使他得以起死回生,重返商界。但细究起来,送给林尚沃那笔巨款的并非朴钟一本人,而是一个尚未露出庐山真面目的谜一般的人物,朴钟一不过是受人差遣而为之。那么,这人究竟是谁呢?这个人,三年来在北京见到朝鲜商人逢人便打听林尚沃的下落,甚至秘密指使朴钟一出巨资资助林尚沃。

林尚沃从贡品中取出深藏在里面的那件张美龄的内裙,单独包好,随着朴钟一上了街。

朴钟一带他去的地方是一家叫作"同仁堂"的中药房。这家药房颇有历史,创于17世纪,林尚沃走北京的当时仍是北京规模最大、最有名气的药房。

今天的北京,中药房中仍有"同仁堂"这个字号。地方还是老地方,顶街是杂技团。但当时杂技团所在的地方,只有一家简易剧场,里面上演的是中国的传统相声。中国人,特别是汉人非常喜欢相声,因而这一带经常人流拥挤,熙熙攘攘。

走进药房,朴钟一对林尚沃说:"您先在此稍候,大哥。"

朴钟一走到柜台前,和伙计说了些什么,然后从后门消失而去。朴钟一会说一些中国话,至少可以应付简单的日常对话。

经过一段比预想要长得多的等候,朴钟一才再次露面。他看上去颇为激动,整个脸都涨红了:"早就听说这些家伙们疑心重,没想到居然……大哥,您随我来吧。"

朴钟一满脸不快,嘴里嘟嘟囔囔地在前面带路,两人打开后门,沿着一条窄窄的通道走过去。通道的尽头有间房子,看上去像是药房掌柜的个人办公室。里面坐着一个肥胖的男人,身穿传统的中国服装，后脑勺结着长辫子。

"大人，"朴钟一操着生硬的中国话首先开口，"我把林大人请来了。"

胖男人却一动不动，就那么坐着，大剌剌地打量着林尚沃，脸上的表情充满怀疑。这怀疑的神色又让朴钟一涨红了脸，不满意的话险些出口：

"这位就是居住义州的朝鲜商人林、尚、沃，就是大人一直在寻找的那位。"

朴钟一补充过后，胖男人依然表情木然地盯着林尚沃的脸一言不发。朴钟一有些发急，连忙催促林尚沃："大哥，您把带来的衣服拿出来给他看看。"

林尚沃拿出随身带着的张美龄的内裙，放在桌子上，朴钟一马上上前，一字一字地指点着内裙上的七个字大声说道：

"大人，这位就是上面所写的义州商人林尚沃！"

胖男人依旧默不作声。

"真要气煞我了！"

朴钟一气呼呼用朝鲜话嘟囔起来。就在这时，胖男人向林尚沃开口发问：

"您就是林大人？"

"是的。"

"到眼前为止，我已经见过三个自称是林尚沃的朝鲜人，但他们都不是真的林尚沃，全部是冒牌货。所以，大人能否在这里把这七个字重写一遍？自古道，脸面骗得过去，字迹却骗不了人。笔体和手记这些东西，别人是无法模仿的。"

听胖男人说居然先后见过三个冒名顶替的林尚沃，倒觉得他那一脸不信的神色不无道理。而且，这正意味着这位身为中药房掌柜的中国人为寻找林尚沃想尽了各种办法，达到了不择手段的地步。

林尚沃理解胖男人的意图。他决定按照中国人的要求将内裙上的七个字在纸上重写一遍。似乎早有准备，桌上摆放着纸和笔。

"写就写吧，大哥。"朴钟一在一旁指着纸笔催促着，自尊心被伤后的愤然、怏然全部写在脸上。

林尚沃提笔。

林尚沃是以生意人终其一生的，但论起书法却也是一代名家，甚至可以超过当时的一般文士。这种书法功底，都是拜秋月庵的恩师法天所赐。

林尚沃开始写内裙上的七个字。

"义州商人林尚沃"

林尚沃刚刚写完，等在一旁的朴钟一马上指着放在桌子上的绸缎内裙上的字迹率先开口：

"看吧，大人，难道这不是一样的字，一样的笔体？"

多血质的朴钟一人一激动，嗓门自然大了起来，但中国人的表情却丝毫未变，依旧是一副漠然、不满的样子。

"怎么样？"

经朴钟一再次敦促，中国人终于慢慢抬起头说道："您带来的这个人不是林尚沃大人。他也不是真的林尚沃，而是一个冒牌货。"

中国人慢悠悠地倒上一碗热茶，一边品一边说道："您带来的这人，是我见到的第四个冒牌林尚沃。所以，还是请回吧。"

主人慢吞吞却又斩钉截铁地把话说完，朴钟一异常生气，用朝鲜话高喊起来："哎呀，真真气死我也！"

朴钟一心急地看看林尚沃：

"还是您来说点什么吧，大哥，我可真要气疯了！"

朴钟一平时还能用结结巴巴的中国话勉强表达自己的意思，可事情到了这个地步，他仿佛再也忍无可忍，只好向林尚沃求援。

"您为什么这样讲？"林尚沃终于操着流利的中国话开了口，"凭什么说我不是您要找的林尚沃？"

林尚沃的中国话比起中国人来也毫不逊色。见林尚沃开了口，主人这才表现出一丝关心的意思：

"那是因为您写的字与衣服上的字笔法不符。如果不信的话，希望您自己亲眼仔细看一看。"

林尚沃忽然有些惶惑。

我写的字与绸缎内裙上的字笔法不符？这怎么可能？这绸缎内裙，显然就是五年前我和张美龄分手时写下我故乡和姓名的那件内裙嘛。

那时，张美龄一丝不挂地双手捧着自己的白色绸缎内裙对林尚沃说：

"大人，请您在上面写下您的名字和故乡。"

这内裙不正是当时那件吗？虽然灯光昏暗不能看清，而且见到一丝不挂的裸体后心下惶恐未曾留心察看，但这白绸内裙显然就是那天夜里张美龄递给他的那件衣服。这遮掩女人胴体最隐秘部位的内裙，意味着一个女人的名节。

那么，这究竟是怎么回事？

林尚沃这才对着放在桌上的内裙上的字仔细打量起来。林尚沃只是从朴钟一手里接到了这件内裙，却从未正正经经地打开核实过自己写下的字迹。因为那时林尚沃还是一名出了家的沙弥，查看女人内裙是比贪恋女人肉体更为严重的事情，所以不敢存一丝要打开来看的念头。

仔细察看过绸缎内裙上写着的字迹，林尚沃忽然大吃一惊。

"不，"林尚沃叹息道，"这究竟是怎么回事？"

"怎么，有什么问题吗？"一直在一旁注视着林尚沃一举一动的朴钟一性急地插嘴问。

"这字迹，不是我的笔体，这字不是我写的。"

林尚沃低声自言自语。这下，朴钟一可真给闹懵了："真是匪夷所思。您说什么？这字居然不是大哥写的字？"

那字迹显然不是林尚沃的笔体，虽然已极尽模仿之能事，但毕竟不是林尚沃自己的笔法。

"您再仔细瞅瞅，大哥，别是您看错了吧？！"

"你看我像个连自己的字都不认识的人吗？"林尚沃淡淡地反问道。

朴钟一气得脸色一阵红一阵紫：

"这到底是怎么回事嘛！这绸缎内裙，可是我千真万确地从那中国老头手里接过来的，而且他确确实实是托付我帮他寻找写在衣服上的'义州商人林尚沃'的,还要我找到林尚沃开一张期票代支5000两银子,甚至出具了一张契据,明确表示如果把大哥找来会给我加倍的补偿。可是,您居然说这字不是你的字,天下怎么会有这种千奇百怪的蹊跷事?!"

两个人你一言我一语地用朝鲜话交谈着,胖男人却一副毫不相干的样子,独自在那里默默喝茶。

林尚沃双目直视一直沉默不语的中国人:

"大人,衣服上的字的确不是我写的,所以,这件绸裙也不是我所遇见的那女子的那件内裙。"

听了林尚沃的解释,中国胖男人依旧默默喝茶,一声不应。

"如果是大人把这衣服交给他的,那么,大人才是真正行骗的人。您给他的不是原来那件内裙,而是一件冒牌货。这衣服上写的字,也是模仿了我的字迹,虽然模仿得很妙,但的的确确不是我写下的。"

林尚沃口气温和地继续问道:"那么,真的内裙究竟在何处呢?"

听到这里,一直在默默喝茶的中国人慢慢站起身来,走到房间一个角落的壁橱前,打开橱门,拿出三四件没有叠起的散乱衣服,走过来放在桌上。林尚沃与朴钟一见到那些衣服,不由得愣住了:桌上散乱地摆开的,是些一模一样的内裙,同样的颜色,同样的衣料。中国人随意地把那些衣服翻了翻,每件衣服的同一个部位都写着字体相同的七个字。都是一些冒牌货,不过上面模仿林尚沃笔体的字却唯妙唯肖。

"要找到义州商人林尚沃大人可不是件容易事。"直到这时,中国人才面现微笑,"我叫王造时,很抱歉迟迟未能向您致意问候。最终您会明白,寻找林大人是件非常重要的事情。可是,要在朝鲜找到一位林大人,其难度不亚于在黄河的沙滩上寻找一枚小针。何况,还有若干人都自称是林大人,我又从未见过林大人,难以辨别孰真孰假。出于无奈,我才想起了这个办法。"

他指指那些复制得一模一样的衣服:"来到我面前的那些冒牌

林大人，只懂得模仿写在衣服上的假字迹，能够说出衣服上的字不是自己的真迹的，只有大人你一个。"

中国人特有的疑心表现为中国人特有的审慎。中国人的商业触角之所以能够伸遍全球，正是由于这种审慎。中国人的商业手腕中有一条就是慎重。所以，同中国人相见，最初会因这种不能敞开心扉的试探而迟迟不得进展，但一旦过了这一阶段而产生了友情，就会建立起一种胜于血缘的深厚关系。

"不过，还有件事情。"

药房掌柜再次从座位上站起来，走到壁橱前，打开橱门，从深处掏出一只木盒，走回来把木盒放在桌面上。从他那轻拿轻放的小心劲儿不难看出，盒子里存放着什么重要的物事。他打开了盒盖。

林尚沃朝他打开盖子的盒子里看了看。

里面是一套雪白的绸衣。这内裙才是真本，才是真正属于张美龄的内裙。林尚沃一眼看出，那才是张美龄那天晚上所穿的内裙。

中国人展开衣服，露出写在内裙上的字迹，仔细查对林尚沃方才所写的字是否与内裙上的字笔体相符。

"贾道"

中国人将经商之道称为"贾道"。我们把从商称作"商道"，中国人则把它称为"贾道"。这是中国商人们自古就使用的用语，特别是明朝以后，"贾道"已定位为一种价值观。朝鲜商人视信用为商道第一要旨，中国商人的贾道的第一要旨却是审慎。中国人有个特点，即便是自己的亲属也不轻易相信。他们对待商人，首先察看他是否具备商人的资质，而察看的手段则是反复不断地观察、怀疑、试探。因而，中国人是把"良贾"与"鸿儒"相提并论的。他们认为，信用可经日积月累逐步培养，而察看一个人是否具备商人的资质，却可以洞穿一个商人的天性。

把林尚沃刚刚写下的字与写在真正绸衣上的字迹做过缜密甄别之后，中国人终于露出了满面微笑：

"终于找到林大人了！大人，真没想到，我四处奔波寻找林大人整整三年，却这样与大人见了面。"

3

　　第二天下午，事先约定的时间。

　　林尚沃落脚的小客店前，如约来了一辆人力车。这种人力车，在当时是很少见的。林尚沃与朴钟一坐上人力车，车夫马上拔腿拉车前行。这人力车与我们今天所能见到的人力车大不相同，它的轮子是一种很原始的轮子。轮子是马车用的轮子，车却不是由马而是由人来拉的。

　　当时的中国，车轮很发达，几乎可以说已形成了一种车轮文化。从马车到普通百姓的手推车，车轮是司空见惯的日常工具，故而这种罕见的人力车早已经出现在北京街头。

　　人力车拉着林尚沃与朴钟一，经过箭楼进入城内，马上就看到了前门。

　　人力车在守卫正阳门的护门军卒面前停了下来。

　　林尚沃与朴钟一感到非常紧张，但拉车的苦力上前跟军卒说了句什么，林尚沃一行当即被顺利放行。

　　人力车拉着林尚沃与朴钟一，大摇大摆过了正阳门。过了正阳门便是禁区，别说平头百姓，就是那些家境颇不一般的汉人也不得随便出入。内城完成于明代，以皇城为中心，居住在这里的主要是那些达官贵人或满洲皇族。对于这些情况，林尚沃是非常清楚的，所以当人力车进入内城，接近皇宫时，他的心里感到一种莫名的紧张。

　　进入内城，可以看到远处皇帝的庭院景山园的石山。这石山原是元世祖忽必烈建造的人造假山，山顶共有六个，每个山顶上都建有亭子，最高处的亭子名为"万春亭"，正是北京内城的中心。石山的高度为43米。从古到今，内城的瓦都以金黄色著称。人力车拉着林尚沃经过这里的时候正是夕阳西下之际，黄色的瓦片金碧辉煌，在阳光下熠熠闪光。

　　"我们不是在做梦吧，大哥，这究竟是梦还是现实？"

　　坐在前座的朴钟一望着夕阳照射下发出灿烂光芒的金瓦，不由得感慨万分："听说那些瓦一个个都是用黄金做的，这话可当真？"

在来自朝鲜边陲的乡巴佬商人眼中，皇帝居住的北京大街就是一座金殿。

人力车在那条街的一个府前停下。

府里早有人站在大门前等待迎接两人，他就是两人昨晚见过的同仁堂中药店掌柜。他的头上结着满洲人特有的发辫，实际却是一个不折不扣的汉人。征服中国定都北京后，清世祖曾颁布蓄发令，命令国内一切百姓人等发型一律效仿征服者满洲人。不少汉人为表抗议遁入空门去做僧侣或道士，但大势趋，异族的风习很快即成为普遍的习俗。

药房掌柜站在门前两个对望的石狮之间，见两人来到，急忙趋前相迎：

"快请进，林大人！"

林尚沃随着引路的王造时走进府内。这时，天色已晚，套院的石灯已被点起。通向内房的套院里，有一湾大大的莲池。水下，五颜六色的金鱼在闲适地游来游去；水上，莲花和各种珍贵的名花在争奇斗艳。院里还栽培着来自南方的竹子。

连接套院与内房的中门是典型的中式月拱门。走到这道门前，王造时看看两人说：

"请在这里稍候片刻。"

林尚沃和朴钟一在中门前等待，王造时独自一人走了进去。等王造时的身影完全消失，朴钟一压低声音说道：

"大哥，这究竟是什么地方？是不是只有死后才能到达的极乐世界？这是梦还是现实？"

朴钟一喋喋不休，林尚沃却站在那里默默不语。他知道，发生在面前的事情将是难以理解、超乎想象的。昨晚，同仁堂中药房掌柜王造时在确信自己就是他们寻找了三年之久的义州商人林尚沃之后，曾满面微笑地说：

"终于找到林大人了！大人，真没想到，我四处奔波寻找林大人整整三年，却这样与大人见了面。"

林尚沃简直不能理解。他究竟是谁？是什么缘故使他以中国人特有的审慎寻找自己三年之久？他不但到处寻找自己，并且斥巨资帮自己恢复了商人身份，走上了起死回生之路。他请开城商人朴钟一开具了一张5000两银子的银票，并承诺如果能把真的林尚沃带来还会加倍补偿。

"究竟，"林尚沃问王造时，"为什么下这么大力气找区区小人？是什么缘故？"

听了林尚沃的问话，王造时只是说："明天，一切您都会明白的，大人。我不过是受人之命，跑腿而已。"

这个人究竟是谁？这个不露真相的人，能把北京头号中药房掌柜王造时像下人一样支使，还住着如此富丽堂皇的府第——要知道，北京城正门正阳门以内的内城是清廷皇族居住的特别区域，住在这里的都是治理大清国的达官皇族。这样的皇亲国戚，和遥远的朝鲜边陲小城一介小小生意人，会有何关联，以致他们执着地寻找三年之久？

这时，天色已黑，王造时从中门内走了出来：

"不好意思，大人，让您久等了。"

王造时手里提着一盏引路灯：

"我们进去吧。"

两人经过中门，走进内院。内院里有一排石灯，里面的长明灯把黑暗中的院落照得透亮。

内房的装饰更是极尽豪奢，王造时把两人引进堂内，说道："朴大人先在此稍坐片刻，请林大人一个人先随我来。"

朴钟一只好单独留在那里，林尚沃一个人随着王造时沿着长长的走廊走去。不知从哪儿传来纤手拨弄的琵琶声。走廊的尽头是一间宽敞的大厅，屋顶装饰着鳞光闪烁的金箔，大厅里放着一只用白蜡做成的烛台，烛台上点着红色的蜡烛。

王造时指了指一张空椅子："请坐在这里稍候。"

林尚沃在那张椅子上坐下。

"请稍坐，一会儿就会来人的。"

王造时郑郑重重地说完这话,便径自走到什么地方去了。偌大的大厅里只剩了林尚沃一个人。大厅宽敞而豪华,可能是用来接见客人的。屋顶贴着一些写着"福"、"富"、"贵"之类的红纸,这些红纸,是中国人每到新年来临时才张贴的吉祥字。大概是白蜡做成的烛台上面燃烧的红蜡烛里含了芬芳的香料,大厅里一片香气氤氲。

就在这时,林尚沃座位后面垂挂着的门幔被掀开,从里面走出一个人。因为是在座位的后方,林尚沃开始丝毫没有察觉到。没有人的喘息,也没有脚步的声音,所以林尚沃并不能察觉有人已经走进房间,但发觉红蜡烛的火苗在随风摇摆时,他马上知道,有人进来了。林尚沃扭头看了看身后,有个人正在撩开紫色的绸缎幔帐悄悄走进大厅。

林尚沃下意识地离开椅子,躬身就要站起来。影子般无声无息溜进大厅的那人却马上低声开口发了话:"别起来,林大人,您就那么坐着罢。"

林尚沃保持着那种非坐非立的姿势,转身与来人打了个照面。那里站着一个团扇遮面的女人。

女人的脸被团扇遮掩着,林尚沃虽然看到了女人的一双眼睛,却完全看不到她的面容。女人的一双眼睛也直视林尚沃的面孔。

"大人,"女人依然以扇遮面,站在那里,娓娓说道,"这么多年过去了,您一点也没有变,大人,不,您看上去比以前更健壮、更威风了,大人。"

女人的声音在微微发颤。林尚沃心中忐忑不安地看了看女人。那是一个典型的美人形象,长长的秀发从中分开飘向两旁,精美的饰物缀于发间,身着一袭以长袖闻名的传统宽袖旗袍。这种旗袍,是一种大清特有的服装,从腋下开始是用一种特制的绳扣扣起来。

"您是——"

林尚沃问话时依然保持着那种非坐非立的姿势,而女人的回答的声音也在微微发抖:

"……您不认识我了吗,大人?我可是一眼就认出您来了。虽然已过去了五年,但五年的岁月并没有改变大人的容貌。"

直到此刻，林尚沃才发觉女人的嗓音如此耳熟，女人的体香如此熟稔。但女人仍旧以团扇遮掩着自己的面容，又身穿完全出乎意表的衣服，让他不敢确切判断这女人究竟是谁。

"五年了，这五年里，我不曾有一天忘记过大人。五年的岁月已然流逝而去，但大人却仍是我的先生，我的主人。"

女人把遮面的团扇慢慢移开，走到正在白色烛台上燃烧的红蜡烛前，让林尚沃把自己的面容看个清楚："难道这样您还看不出我是谁吗，大人？"

林尚沃看看女人取掉团扇后露出的脸，突然感到心脏仿佛停止了跳动。

张美龄，撩开幔帐走出来的女人是张美龄。没错，正是她。

林尚沃呆呆地看着张美龄。

初次与张美龄相遇时，她还是个15岁的姑娘，但已出落得倾城倾国，美丽的容姿堪称天下绝色，所谓天上可有，人间难寻。五年的岁月过去，张美龄美丽如昔，而且，由少女而贵妇，身体不再那么单薄，更显一种丰腴之美。

"大人。"

女人的脸上有什么发亮的东西在滴下。那是泪水。

"大人怕不是已经把我忘掉了吧。还认得我是谁吗？"

"……当然认得的。"

"那么，"女人双手合十，"请受小女子一拜。"

张美龄双手合十，身体深深地俯了下去。林尚沃慌忙地上前拦住："千万别这样，这怎么使得。"

张美龄抬起被泪水打湿的脸，看着林尚沃："大人，五年前，是大人为我赎身，救下我一条性命。如果不是大人相救，我恐怕早已投河自尽成了冤鬼。我的人永远是大人的，无论是生是死。大人永远是我的主人。大人对我的恩德，我可是未曾有一天忘记。"

施恩于人绝非易事，但更难的是对他人的恩德永志不忘。从这个意义讲，张美龄也是一位重恩重义之人，一个义人。

"既然大人仍是我的主人，那么就应该受我一拜。您请坐。"

林尚沃在椅子上坐下。张美龄马上恭恭敬敬地屈膝跪下，在没有铺垫任何物事的地面上深深地俯身行礼。林尚沃想去阻拦，已来不及。行过大礼，张美龄在林尚沃对面的椅子上落了座。

"大人临别前送我银两，让我回老家，但我当时却无法回家。"

林尚沃离开北京后，她没有像林尚沃想象的那样返回老家，而是继续留在了北京。她决定，无论如何也要在这人地两生的北京独自支撑下去，因为只有这样才能迟早有一天找到自己的主人林尚沃，他兴许什么时候会再次作为商人从朝鲜再来北京。

不知不觉中，张美龄心中对救命恩人的感激之情已发展为爱恋之情。于是，张美龄把临别前最后的一夜林尚沃留给她的信物珍藏起来。

"义州商人林尚沃"

林尚沃在她的绸缎内裙上留下的七个字，成为唯一能够使张美龄睹物思人的信物。

但林尚沃留给他的银两，不到几个月很快就用完。张美龄在北京东奔西走，希图有个落脚之地，但四处碰壁，始终没有找到一份工作。她的面前只剩了一条路，那就是给年老的餐馆掌柜们去做妾，以得吃饱肚子，苟延生命。当时，女人们大多是缠足的，女孩子生下地来三四岁上就得用布把脚紧紧裹起来，固定在一双小鞋里，让大脚趾以外的其他脚趾全部向脚板方向扭曲发育。这种奇异的风俗几乎每个女人都难逃过。缠过的脚被称为"小脚"，没有缠过的则被称作"天足"、"大脚"，是要受到歧视的。幸运的是，张美龄因为从小就失去了母亲，并没有缠足。如果她是一个缠足，被卖到欢乐场时的价钱或许会更高一些，但也就根本没有了开辟自身命运的机会。

北京的确是天下第一大城，但在这中国的都城，到处充斥着男尊女卑的思想，女人只能被看做男人的玩物，孑孑孤身的张美龄是不能在这里得到自立的。张美龄绞尽脑汁，终于福至心灵。她决定女扮男装去试一试。如果能够打扮成男人，去店里做伙计是轻而易举的事情。张美龄马上买来男人们常穿的长袍。她虽说身材纤细而高挑，是典型的中国美人，一经打扮，马上由一个豆蔻年华的美少女变成一个长衫美少年。

问题是头发。

当时，中国人大多留的是满族的发辫。好在张美龄留的也是长发，可以分成三股垂到脑后，梳成马尾式的发型，困难是，要做成只留后脑部分，其余必须全部剃掉。当时在北京，由于这种发式极其复杂，出现为数不少的理发店，替顾客把发辫梳理停当，用带穗的黑线绳扎起来，然后再把前脑门上的头发全部剃去。但这些地方，张美龄是去不得的。

生性泼辣的张美龄买来一把剃刀，开始自己为自己剃光头。她对着镜子，把自己前脑门上的头发全部剃去。作为一个女子，除非要脱离俗世走入空门，否则没有谁会把自己的头发剪掉剃光的。但为了活下去，张美龄知道除此之外别无他法。

剃去前半部，再自己动手把后半部分成三股，顶端用带穗的黑线绳扎起来，张美龄顿时变成了一个美少年。看看照在镜子里的模样，连张美龄自己都觉得那是一个漂亮的美少年。

现在所需要的是一副粗嗓门。

张美龄本是那种珠圆玉润、清雅明亮的嗓音，要变成男子的嗓音的确十分麻烦。但聪明的张美龄努力模仿男子说话的声音和男子说话的语调，很快就适应下来。处在变嗓期的少男的嗓音与少女是没有什么大的区别的，重要的是说话时语调要像男子。张美龄把乳部用布紧紧地束住，穿起胡服，垂着发辫，走上北京街头，像一个少男那样游来逛去。

终于，她在同仁堂中药房前看到了药房里贴出的要雇用一个跑腿伙计的招贴。招贴的内容让她眼睛一亮。同仁堂中药房是北京首屈一指的大药店，如果能在那儿找份差事儿，不就更容易遇到说不定什么时候会再来北京的义州商人林尚沃吗？

但要在举目无亲的陌生城市北京让人挑中自己做店员，难度不亚于登天摘月。思来想去，张美龄决定先设法打听中药房掌柜的姓名。当她得知掌柜叫王造时后，马上将自己的名字改为王冠英。因为，中国人特别重视血缘或家门之类的东西，对于同姓人有一种无由的好感。

由少女张美龄改变为少男王冠英，她非常顺利成为一名中药房的伙计。

她之所以能够顺利中选，当然也有预先算定的掌柜王造时对同姓的王冠英的照顾因素在内，但更主要的是因为她作为一个美少年的出众容貌。当时在中国，固然有众多的人们追逐美貌的女人，但喜爱漂亮少年、偏好男色的也大有人在，并形成了一种相当普遍的社会风尚。

张美龄很快就在中药房里打响了。她所做的事情大部分是那种研药、称秤之类不起眼的事情和里外打扫庭院的杂活儿，但她做事诚实勤快，不久即被掌柜王造时看中。王造时决定，改派王冠英，也就是张美龄，去做为主顾送药的差事。

自古以来，中药店便盛行一种订购送货制。药房为上门求医的病人把脉断病，开出处方，柜台上则照方调药，所以病人到中药房来过一次之后就不再登门，只是派人把药方拿来，由药店按方抓药直接送货到家，并取回药钱。

在王造时眼里，张美龄最适合做这种事情。他聪明机灵，懂分寸，算账又快又准。而且，他还是个颇通文字的美少年。王造时觉得，如果让张美龄这样的美少年做送货的伙计代表本药房的形象，将对本店的信誉大有裨益。更何况，本人不来药房而派下人持药方抓药的人们大抵不是腰缠万贯的财东，就是身居要位的满族贵胄。

王造时所料不错。

张美龄做这份差事做得比预想还要好得多，而且给主顾们留下了深刻的印象。很快，张美龄就成为王造时手中割舍不得的宝中宝。

张美龄还一度被差遣独自一人在药房守夜。这样的日子大约过了一年左右的光景，张美龄开始有了一种难以言喻的烦恼。作为女性性征的乳房尽管用布紧紧束裹住，但她毕竟是一个豆蔻年华的16岁少女，那日渐成熟的女性魅力，但凭一袭男装，是无论如何都不能再遮掩起来了。臀部在增大，作为一个男子已属不可想象；更惹眼的是，周身已溢满了女性的媚态。

就在这时节，新的机遇向张美龄走来。

居住内城的一家大夫府上，有人对张美龄宠爱有加。这是一个名门望族，府上的主人本是汉人，明朝年间曾为诸侯，明亡后成为清朝的功臣，自降为大夫。虽然从诸侯降为大夫，但作为光禄大夫之一，在战败亡国的汉人中也算是最高的品节了。

这位光禄大夫名叫周炳成，他有个病弱的正房夫人。夫人姓宋。

因为体弱多病，周夫人经常差人到张美龄做事的中药房取药。但她的病情已深入骨髓，连中药房里那些非常了不起的名医都交头接耳地声称周夫人将不久于人世。

为周夫人登门送药，自然是张美龄的份儿。因为周夫人住在内城，每次进出都要一次又一次地报请批准，最后索性从朝廷办来特别准行证，以便张美龄随时出入。周夫人对张美龄特别宠爱。她虽已动弹不得，终日卧病在床，但每次张美龄来到，她都会欣喜异常，满脸含笑。

周夫人从未生育，周炳成虽然另娶过两房侧室，但二妾只生下一群女儿，没能为周家生下一个传宗接代的儿子。为此，周夫人非常难过，同时还对丈夫感到十分歉疚。她心里明白，作为正房夫人自己非但注定不能为丈夫生个儿子而且不久即将离开人世。每次张美龄送药来，周夫人都会和颜悦色地对她说：

"……一个男孩子怎么会长得这么俊呢？"

一个暖意融融的春日，张美龄送药到周大夫府上，适逢周夫人正由婢女们陪着在鲜花盛开的庭院里赏花。望着满园迎春怒放的牡丹与梅花，周夫人命令婢女们收起了平日遮挡阳光的阳伞，开始尽情沐浴春天那暖洋洋的阳光，终于筋疲力尽，昏沉中不省人事。

守侍夫人的婢女们这下可慌了神。恰巧在这时赶到周府的张美龄，看到周夫人满脸是汗，浑身已被汗水打湿，忽然想起小时候母亲讲过的一个救急处方，马上令人烧来热水，在热水里兑了醋，用醋水轻轻地为周夫人擦脸擦身。

张美龄知道，用兑了醋的热水擦拭出过汗的身子，皮肤会因醋的挥发性而骤然紧张引起收缩，从而产生降低体温的效果。

周夫人苏醒过来，见张美龄正在为自己擦身，便问：

"热水加醋擦汗的办法，你是从哪儿学到的？"

"小时候，"张美龄为周夫人擦拭着身上的汗水，顺口便答，"跟母亲学的。"

话一出口，张美龄马上意识到一件令人懊恼不已的事情。方才，因为情况紧急，居然忘记自己不是女人而是男人。张美龄犹犹豫豫的神色马上被周夫人敏锐地看在眼里。小时候，母亲到财主家去做佣人，在财主家听说过人喝醉了或是过于劳累的时候可以用热水加醋洗身，张美龄又无意中听母亲说起过这个方法。可她做梦也没想到，一时的疏忽竟然使她的身份露了馅。

又过了几天。

一辆人力车来到中药房门前。是光禄大夫的正房周夫人传话，让张美龄坐人力车速到周府。张美龄赶到时，周夫人已进了浴室。

"太太吩咐，让你到浴室去。"

张美龄按照婢女的传话走进浴室一看，周夫人已经脱得一丝不挂，木式浴室里灌满了热水，热水里倒进了许多食醋。

"我叫你来，"周夫人泡在热水里，看着张美龄，"是想让你给我洗洗身上。自从前几天你用兑了醋的热水为我擦身之后，我的身子感觉轻松多了，心情也好了许多。所以，我想让你再为我洗一次。"

"可是……"张美龄欲言又止。

如果都是女人，女人为女人擦身当然算不得什么难事。可自己毕竟还是男装打扮呀！

"还犹豫什么？你也把衣服脱了吧，要不，你怎么来替我擦身？"周夫人催促着犹豫不决的张美龄。

周夫人发出的让张美龄脱衣服的命令充满了威严，尽管张美龄身着男装扮为男人，尽管男女有别，张美龄却无法抵抗这命令，让她脱也就只能脱。可是，张美龄紧张了。

如果脱了衣服，自己也就露出了真面目，自己以女儿之身扮作男人的秘密也就不揭自破了。

"你还在那儿磨蹭什么呢?"周夫人的声音像锋利的箭矢刺了过来,"你是不愿给我擦身是不是?"

事实上,周夫人的身体确也难看之极:瘦骨嶙峋,如同枯木;因为长期患有肝病,肤色黧黄,周身发出一种难以卒忍的恶臭;因为腹水淤积,肚子也是胀鼓鼓的。

"不,不是的。"张美龄连忙矢口否认,"我怎会那样想呢,太太?"

"那你为什么不脱衣服?"

"太太。"

张美龄近乎哀求般地看着周夫人,夫人却故意高声道:

"上次我可没让你做,是你主动用醋水替我擦身的。多亏你,我才从昏迷中醒过来,现在我不过请你像上次那样再为我擦一次,你又有什么好犹豫的?"

"太太,"张美龄说道,"擦身,我会为太太效劳的,只是千万不要让我脱衣服。"

"为什么?"周夫人尖声问,"难道你是觉得我是不相干的女人才不愿脱衣服的?如果这么想,那就更没有必要怕羞。我要是生过孩子,那孩子早就是像你这么大的小伙子了。所以,你把我当成妈妈不就行了吗?快,快脱衣服!我衣服脱得太久,都打寒噤了。"

张美龄实在是进不得退不得,难堪之至。一旦脱下衣服,自己的女儿身就要暴露,女扮男装欺骗光禄大夫正房夫人之罪也就暴露无遗。

就在这时,周夫人忽然哈哈放声大笑起来:"你为什么不敢脱衣服,真正的原因我是知道的!"

一忽儿一本正经,满脸怒气,一忽儿又乐得开怀大笑,周夫人的样子真让张美龄琢磨不透。

"把你的手伸给我看!"

周夫人一边伸出自己的手,一边命令张美龄。张美龄把手伸过去,周夫人一把抓住,抚摸着说:"这么秀气的手,我还是头遭见呢!"

"你这手哪里是手,简直就是精雕细刻的工艺品。这样的一双手,怎么会是男人的手呢?"周夫人眯着眼,打量着张美龄的脸,"不光是手,哪一块又不秀气呢?看看这脸蛋儿,这身条儿,这屁股儿!还有这嗓音,这走相!"

周夫人忽然用力攥住张美龄的手,好似抓住一个企图逃跑的人一样让她动弹不得,而后一字一字地说道:

"你骗得了别人,可糊弄不了我这双眼!"

面带笑容,周夫人用手掬了一把热水,戏谑地朝张美龄脸上撩去:"你不敢脱衣服的真正原因,是不是怕脱了衣服别人就会看出你是女人而不是男人?"

张美龄顿然原地僵住。

"就算你留了辫子,穿起长袍,扮成男人,也逃不过我这双眼。你那鼓胀胀的奶子是用什么束起来的?就算你把胸紧紧地束起来扮成了男人,可用兑了醋的热水擦身能解乏这种过日子的偏方,若非女人哪能知道?现在,你还有什么犹豫的,还有什么担心的?快在我眼前脱了衣服,还你本来的女儿面目罢。"

那天,张美龄终于在周夫人面前脱下了衣服。衣服脱下了,她也就从王冠英重新成为张美龄。这时,张美龄已女扮男装一年零五个月。沐浴完毕,周夫人问起张美龄女扮男装的缘由,张美龄把自己家在绍兴,家中有一个酒鬼父亲,自己如何在15岁上被卖入娼家,以及被卖到北京之后的一切事情,原原本本地告诉了周夫人。

听了张美龄的诉说,周夫人长叹一声,对张美龄说:"现在,你不必去药房了,我会对药房掌柜说的。从现在开始,你就待在我家里。所以,从现在起,你也不必再女扮男装了。"

从那天起,张美龄就不再去中药房,留在了周夫人身边。在周府,她不是下人,而像养女一样和一家人一道生活。

与幸福不期而至地降到张美龄身上相反,周夫人的病一天天沉重起来,各种良药几乎吃遍,病情却丝毫不见好转。几度昏厥醒来后,周夫人把张美龄叫到跟前,让她坐到自己身边。因为腹水淤积,她的肚子已然涨得像锅一样大,因而说起话来气喘吁吁:

"趁我还没死,有句话我要对你说。"

"妈妈，"张美龄不呼太太而称妈妈，带着哭腔说道，"您不会死的，您会很快好起来的。"

"我的病，我自己清楚。"周夫人叹息着，"要不了多久，我就要死了。在病床上躺了这么久，什么死呀活的，现在我心里也淡了。如果我死了，你能到庙里为我烧烧香，我也就心满意足了。可是，我却有件心愿未了。"

"您说吧。"

"你愿听我的吗？"夫人睁开沉重的眼皮，直盯着张美龄。

"我会舍身舍命去做的。"

"我16岁上嫁到周家。虽然现在已降为大夫，可周家的前辈也是一时诸侯，属于名门显族。可很惭愧，我未能为周家生一个传宗接代的儿子，无颜面对周家的列祖列宗，虽然我让老爷赶紧娶了两房姨太太，可就是只生女儿，不生儿子。"周夫人长喘一口气，继续说了下去，"身为周氏家族的正房，因为身体病弱而没能生下一个承继香火的儿子，这是个大罪过，我恐怕死后也得坠入阿鼻地狱，不得解脱。所以我想，我死后，你能不能做周府的偏房，代我为周家生一个儿子传宗接代？"

周夫人要张美龄做周家的偏房，也就是请她做自己的丈夫周炳成的第三房姨太太，代自己给周家生一个儿子来承继香火。

周大夫经常过来看望卧病在床的正房夫人，所以，张美龄也从远处看到过这位周大夫的身影。他已经年过50，是一个典型的肥胖型中国男人。

"如果你能够代我生一个儿子，我一定会恳求老爷，把你扶正，不再做偏房而做堂堂正正的夫人。这样，就算我死了，你也会成为周家的正房夫人。"

要张美龄去做偏房为周家生一个儿子，这不啻是周夫人的遗言。对这遗言，张美龄是无法拒绝的。一个制作酒罐子的卑贱工匠之女、一个酒鬼的女儿，即便是做妾，能够被光禄大夫娶到家中也算得上是一种莫大的荣幸了。

但是，张美龄的心，已经为爱情所占据，而这爱情的对象却是另一个人。那人是深深打动过张美龄心灵的主人，是张美龄的先生也就是丈夫。林尚沃出了500两银子买下自己，使自己成为自由之身，对他的爱，又如何能够轻易抹去？

自己女扮男装，咬紧牙关挺着一定要在北京活下去，不就是为了一线希望，为了迟早有一天能够见到作为客商从朝鲜而来的林尚沃吗？

"可是，妈妈……"

看到张美龄欲言又止的样子，周夫人马上拉住她的手说：

"你要说什么，我已经知道。我知道你的心，你是在为那位曾救过你性命的朝鲜商人的恩德而犹豫。你曾经给我讲过，你穿上长袍，女扮男装，全是为了将来有一天会遇到那个男人。可是，你听我说，一边是你在这里守身如玉，空自等着那个不知何时才能相会的男人；一边是你做了光禄大夫的正房夫人，十倍、百倍地去报答你所受过的恩德，究竟哪一边更称得上大义？听我说，古言道'天地始者，今日是也'，良机莫失，失不再来。"

周夫人劝告张美龄不要拘泥于过去，拘泥于因缘，应该抓住眼前的这一刻。这番忠告打动了张美龄的心，她决定接受周夫人的劝告。

知道自己已生命无几的周夫人，自然希望自己的丈夫趁自己还活着赶快与张美龄圆房。

到了合卺的日子，周夫人亲自为张美龄开脸化妆。化完妆，两人来到后院里供奉着地神和列祖列宗的祠堂。周夫人是由侍女搀扶着勉强到达祠堂的。祠堂分为两间，分别供奉着地神和周家的祖先，每年都要请工匠来用白灰粉刷一新。祠堂的中央，端坐着地神和地神夫人的圣像，圣像披着用带金箔的红色布料缝就的僧袍。整个祠堂里整理得干干净净，一尘不染。

周夫人和马上就要度过初夜的新妇张美龄双双拜过地神和守护家门的祖上神灵，然后点上了线香。自古以来，中国人就有个习惯，无论做什么事情，一定要先到祠堂去拜地神，特别是婚礼前，这是一道最重要的仪式。因为地神是一位生命之神，不但能够带来粮食让世间万物得以生存，而且能够帮助人类繁衍子孙，传宗接代。

由于民间传说如果线香在拜地神之前断掉就不会有好的运气，侍女们侍弄线香时小心翼翼地，唯恐把香弄断。

取出火镰，点着干草，再用干草点燃线香，把香插到盛满香灰的香盒里，周夫人低声对张美龄说道：

"快向神求告，求神佛保佑你生一个儿子！"

那天晚上，张美龄成为光禄大夫周炳成的第三房侧室。当时，张美龄年方17。初夜平安过后，周夫人随即进入昏迷状态，而且再也没有醒过来，几天后就魂归西天。

张美龄失去了她的第二个恩人。办完丧事，张美龄已经成为周府实质上的主人。下人们开始称张美龄为太太，而丈夫周大夫也对张美龄宠渥有加。

"去一人得一人，好像一个人死了而另一个人转胎而生。所以，既无死，亦无生。"

就像周大夫所说的，既无人死，亦无人生，张美龄顺理成章地成了周府新主人。成为周家新主人的张美龄，在家中第一个召见的是同仁堂掌柜王造时。

对于张美龄来讲，王造时也算是恩人之一。当时，北京的商人分为三类。最大的商人称大贾，中等商人称中贾，最小的商人称下贾。王造时虽是有名中药房的掌柜，称得上是大贾，却缺少一个背后撑腰的硬气后台。于是，像他这样的人，往往要买一个记名的虚职，叫作"空名帖"。张美龄从中说项，让自己的丈夫给予王造时特别的关照。

"谢谢您，太太。"

在一度在自己手下做伙计、而今却已是光禄大夫夫人的张美龄面前，王造时恭恭敬敬地行礼道谢。

但帮助王造时弄一个空名帖只是一种听起来堂而皇之的理由，张美龄传见王造时却是另有缘故的。她把自己一直珍藏在身边的绸缎内裙交给王造时，委婉地说：

"请您帮我寻找衣服上写着的这个人，花多少钱都没有关系，不过不要透露是谁在找他。"

王造时看了看写在绸缎内裙上的字：义州商人林尚沃。

"不管有什么事情，"王造时抱拳说道，"我一定会把这衣服上写着的人找到，带到太太这里来。"

……

"那已经是三年前的事情了，大人。"讲完别后发生在自己身上的一切，张美龄长叹一声说，"和大人分别已有五年，这五年里我没有一天忘记大人。可您是怎么回事？这期间，北京您来过几次？"

张美龄抬起泪眼，看着林尚沃。

"北京，我一次也没能来过。"林尚沃答道。

"您是说，这是您五年来第一次来北京？"

"是，是的。"

"这么说，难道是发生了什么糟糕的事情？"张美龄似乎猜到了什么。

林尚沃没有回答张美龄的问话。正是为了张美龄的缘故，自己以贪污公款罪被赶出商界，沦落为沿街叫卖的小货郎，后来又在四面楚歌中不得不上山修道。可这些事情已经过去，林尚沃觉得自己没有什么必要在张美龄面前提起它们。

"费了多少周折都找不到大人，我还以为大人说不准再也不会来北京，永远不能再见大人一面了呢。可毕竟再次见到了大人，小女子虽死无憾。虽则已然嫁作他人妇，但我终于有机会报答搭救了那个一无所知的小女孩的人的大恩大德，真是谢天谢地。"

双手合十，恭恭敬敬地向林尚沃行礼谢恩后，张美龄拿起了放在桌上的铃。那铃是呼唤家中下人的一种信号。张美龄轻轻一晃，嘀铃铃的铃声传了出去。果然马上就有人答应。一个侍女从门里走出来，低头恭问："是您唤我吗，太太？"

张美龄扭头看看侍女："快去带公子来。"

"知道了，太太。"侍女随即退出。

待侍女的身影消失后，张美龄打开桌子上一个小匣子的盖子，从里面掏出件什么。

林尚沃看看她掏出的东西。

天佑神助

"知道这是什么吗,大人?"张美龄指着那东西问。

那是一只鸡蛋,但不是寻常鸡蛋,而是一只染红了的鸡蛋。

"这不是鸡蛋吗?"

见林尚沃回答,张美龄笑出了声:"是的,大人。这是上了颜色的红蛋。您应该知道这红蛋是什么意思罢?"

张美龄把那只红蛋递给林尚沃:"大人,这只红蛋我一直特意保管着,打算有一天见到大人时把它献给您呢。"

红蛋。

染了颜色的红纸与鸡蛋同锅煮出的红蛋。生了儿子做红蛋分给四邻八舍,是中国特有的风俗。

那么,林尚沃想,是张美龄已经为光禄大夫周炳成生了一位公子?

"……是的,大人,"露着满面骄傲的微笑,张美龄开了口,"两年前,我生了个儿子。我马上就会把儿子抱给您看的。"

帐幔的后面传来婴儿哭闹的声音,随后,侍女怀抱着婴儿出现在大厅里。张美龄将婴儿接过来抱在怀中,脸上洋溢着幸福的喜悦,一种母亲怀抱着世界上任何东西都不能换走的宝贝儿子的喜悦,充满母爱的喜悦:

"这就是我的儿子,大人。我生了个儿子,正像已经过世的太太所说的,我已经生了儿子,周家已经有了传宗接代的血脉。"

孩子在她的怀抱里哭闹起来。张美龄把怀里的孩子递到林尚沃手中:"您不想抱他一抱吗?我生下这个孩子,但让这个孩子有幸来到这个世上的,不正是大人您吗?"

林尚沃接过孩子抱了抱。孩子穿着红衣裳。红色是中国人传统上喜爱的颜色。红色是一种咒术性的颜色,能够替人驱邪避鬼;红色又是一种幸运的颜色,能够为人带来幸福美满。孩子的脚上穿着一双绣有虎的身姿的皮鞋,这同样有一种咒术的意味,是在祈祷孩子百病不侵,借虎的力量驱除厄运。孩子的头上还戴着一顶绣着金箔的小帽,上面绣着佛祖的神像,帽檐的后边开着一个小小的口子。

"是的,大人。我生下了一个儿子,完成了对已过世的太太许下的愿,而我自己也不再是周家的一个小妾,而已成为正房夫人,大人。"张美龄双手合十,恭恭敬敬地望着林尚沃说,"大人,出身微贱的我,一个70两银子就被卖掉的酒鬼的女儿,现在已是光禄大夫的正房夫人,而所有这一切幸福,全都是托了大人的恩德。"

抱在林尚沃怀里的孩子又哭闹起来,张美龄马上笑着说道:

"快哄哄孩子吧。只要您一叫孩子的名字,孩子马上就不会再哭的。我告诉您孩子的名字。"张美龄看着林尚沃,继续说下去,"孩子的名字就是大人的名字。连光禄大夫也说再也起不出比这更好的名字呢!孩子的名字就是大人写给我的那个名字,他的名字就叫尚沃。"

起死回生。

林尚沃在《稼圃集》中自述的"意料不及的事情",正是与张美龄的重逢。

人的一生,命运就是这样玄妙,这样不可思议。

林尚沃曾因为张美龄的缘故而一度厄运当头,用他自己的话说,尝尽了各种艰辛苦涩,经历了各种苦痛悲伤。但也正是因为张美龄的缘故,林尚沃又得遇起死回生的机缘。如果从未遇到过张美龄,或是即使曾经相遇却不过把她仅仅视为一个欢乐场的女人,林尚沃或许能够得免一时的痛苦,但也就只会在洪得柱的店铺里做一辈子的伙计,直到晚年才拥有自己的店面,以一个平凡的生意人终了一生。

而张美龄,如果不是在娼家的第一个晚上遇到了林尚沃,显然将终生做一个人尽可夫的卖身女人,而最终将像她自己所说的那样投河而死,悲惨地结束自己的一生。

林尚沃或许因为邂逅张美龄而平空尝尽了各种艰辛苦涩,经历了各种苦痛悲伤,但他最终成为朝鲜首屈一指的贸易大王。同样,张美龄也经历了被父亲抛弃、被卖入娼家的一时苦楚,但正因为与林尚沃神奇的邂逅,终于为光禄大夫周炳成生下一个儿子,又从而得以成为光禄大夫的正房夫人。

张美龄之于林尚沃,是生命中的大恩人;而林尚沃之于张美龄,也是一生中的最大恩人。

两人都曾对对方做过义事，但又压根没有认为自己曾施惠于对方。在佛教里，施人以恩德称布施。但人类，无论是谁都喜欢记住自己为别人做过的善事，而且经常把它拿出来炫耀。因而，认为自己曾施恩于人的人会指望从受惠人那里得到些回报，而一旦得不到回报又会产生引为憾事的心理。

阳光普照，使谷物成熟，使果木结果，它自己并不认为向人类施予了什么；甘霖湿润干涸的大地，使河水川流不息，使大海永不干枯，但甘霖也不会认为向人类施与了什么。世上万物中，唯有人会有自己曾施恩于人的念头。

施惠于人而不以为是施惠，这种善行的施与在佛教中称为"不住相布施"。这是一种真正了无痕迹的布施，佛教的核心就在于这种无相布施。

《金刚经》是佛祖教诲中的宝中宝，记录佛祖与弟子须菩提之间的诘问，其中，关于"不住相布施"，佛祖是这样教诲的：

"是这样的，须菩提，人当行布施而不执于留痕之念。"

佛祖接着解释道："为什么呢？须菩提，因为人如果能够行布施而不执，这种布施的功德就会层层积累以至数不胜数。你怎样认为，须菩提？东方的虚空，它的量是能够轻易测得的吗？"

须菩提回答道："不，释尊，那是多不可测的。"

佛祖马上又问："同样，南、西、北、下、上等，如此十方的虚空，它的量有多少，是可以测得的吗？"

须菩提又答："不，释尊，那是多不可测的。"

最后，佛祖讲道："须菩提，道理是一样的。如果人能够行布施而不执，这种布施的功德就会积聚无限，乃至数不胜数，计不胜计。所以，须菩提，人必须学会布施而无留痕之念。"

佛祖这段谕示，是对真谛的阐释。人的一切行为，自有其因果业报。即便是小善，那善行也具有善的价值；恶也是一样的，即使是小恶，也一定会为之付出代价。如果人们能够学会布施于人而不执于留痕之念，其功德就会接近数不胜数、计不胜计的虚空。林尚沃相救张美龄并无任何代价，他没有将张美龄据为己有，甚至施惠于张美龄时没有一丝要留下痕迹的念头。因为这一布施行为，林尚沃得到过痛苦。这是非常自然的事情，因为一切的慈悲必伴以牺牲与痛苦。

但这种"无相布施"的结果，是使林尚沃身上积聚了数不胜数、计不胜计的功德。

天佑神助。

得到上天与神灵的帮助，正是缘于这种不着痕迹的无相慈悲。

天佑神助，正是通过张美龄，林尚沃得到了上天的帮助与神灵的庇佑。

人不能总想得到别人的承认、尊敬，留下些什么痕迹。那种死后留名的想法是要不得的。因为，一旦有这样的欲念，就会使自己的功德成为一时性的或是有时限的。

林尚沃之所以能够成为巨商，正是因为他赚了钱却不执于金钱，获得了荣誉而不享受荣誉，愉悦于风流却不贪溺于快活。生平财富万千，却从不把它当做自己的东西。他是一名修炼者，通过商业走着道人之路。

从这个意义讲，林尚沃是一位上天造就的巨商。林尚沃因为对张美龄的相救，走出一条一活俱活的活人之路。所有这一切，皆因他使用了手中那把"既可以杀人亦可以救人的刀"。而这把刀，是他以一个15岁少年之身到秋月庵做行者时，经过石崇大师扫帚把的敲打、拳头的攻击之后最终悟出的。

正是用了那把救人刀，林尚沃才终于选择了张美龄得生、自己亦得生的道路。与张美龄重逢，使林尚沃作为商人起死回生，而且从此在生意场上乘胜长驱直入，日益发达。

与张美龄戏剧般重逢之后的故事，已远远地消失在历史长河之中。张美龄以后再也没有出现在林尚沃的人生之中。从这个意义讲，张美龄或许就是那为求得父亲重见光明而以300石大米自卖其身的孝女沈清（韩国历史名著《沈清传》中的主人公——译注），林尚沃或许就是因为张美龄而得经商之正途的沈奉事。

暴风前夜

暴风前夜

第七章　戒盈杯

1

  一大早,天就阴沉沉的,乌云密布。果然,刚上路就飘起了细雪。早知道这样,真该提前一个钟头起程,免得不能准时赶到。我心里有些懊悔,虽然这种懊悔为时已晚。

  大街上,车来车往,已十分拥塞。可没办法,既然已约好,贞陵无论如何都要去的。

  没关系。好在约好见面的韩基哲知道我的手机号码,如果堵了车不能及时赴约,他会设法同我联系的。这么一想,我的心就放宽了许多。

  前天晚上,我接到韩基哲打来的电话,说是我托他找的东西已经找到了。在这之前,我曾经托他打听一件东西。

  这是麒坪集团的金起燮会长去年圣诞节因车祸死于非命后我同韩基哲的第三次见面。第二次见面时,我曾告诉韩基哲,经过一段时间的调查已经查清,金起燮钱夹里那句话的作者是林尚沃,金起燮对林尚沃一直景仰有加,甚至特地从那句话里取了两个字,作为自己的名号。

  韩基哲听说后感到非常好奇:"真叫人奇怪,已故的会长先生居然还会有一个打心眼里感到崇敬、处处效仿的师表。据我所知,这世上没有一个会长先生内心爱戴的人,除了他自己。对于会长先生来说,只有他自己才配得上做他的朋友和他的师尊。"

韩基哲说已故金会长的朋友和师尊只有他自己，这话我非常赞同。听起来，这似乎不无批评他性格倨傲、刚愎自用之嫌，但同时也意味着，金会长就是这样一个苛求自己完美的人。

无论是在哪个领域，大凡在自己的领域里有所建树、深有道行的人，都有这样的特点：他们决不去走别人走过的路，而会另辟蹊径，走出一条自己的路，即所谓"无路之路"。

"如果郑先生所说的那位名叫林尚沃的人是一个生于斯世的现代人，我想会长先生是不会尊敬他、效仿他的。正因为他是一位距今二百多年的历史人物，会长先生才会服服帖帖地尊敬他、效仿他。会长先生本来就是个嫉妒心特别强的人呢，哈哈……"

韩基哲痛快地大笑起来，笑过后又接着说："我跟随会长先生已经很久了，可我仍然不敢相信，会长先生居然还会发自内心地对别人无限崇拜，把人家的座右铭放在钱夹里随身带着，甚至会从人家的文章里取出几个字作为自己的名号，真是叫人不敢相信！"

韩基哲说的是心里话。

"所以，"韩基哲当即提议，"会长先生生前景慕的林尚沃这个人物，您来探究一下如何？今年秋天纪念馆开馆后，如果能把会长先生心仪已久的林尚沃先生的遗物陈列到馆里，可算是一种继承会长先生遗愿的行动，同时也是向世人宣传会长先生形象的绝佳机会。"

韩基哲这个建议很有见地。其实，即便没有这个建议，我也在考虑这件事。我还有个问题需要解决，那就是设法找到林尚沃晚年的著述。据说，林尚沃曾在晚年写过两本书。

身为贸易大王兼诗人的林尚沃，晚年以诗酒安度余生，著有诗集《寂中日记》，并写下了由诗篇与记录自己生平事迹的文章编录成集的《稼圃集》。

要追踪林尚沃的人生足迹，完成韩基哲所提议的对林尚沃这个人物的研究，林尚沃生前所著《寂中日记》与《稼圃集》这两本书是不可或缺的。

但它们却无处可寻。

去国立图书馆、国会图书馆或是汉城大学图书馆，或许能够有

暴风前夜

所发现。但我想，如果金起燮真的像我所发现的那样终生景仰着林尚沃，或许他的手中已经收藏有林尚沃的生前著述，哪怕只有一部。

以我对金会长平素性格的了解，我觉得，只要他一旦盯上了什么目标，肯定会投入巨大的热情，以那种火一般的推进力去争取。金会长既然对林尚沃如此心仪，以至把林尚沃诗篇中的字句亲手抄来做自己的座右铭，深藏在钱包里随身带着，而且从那字句中取出两个字来做自己的名号，那么，像记载着林尚沃生平事迹的著述之类的东西，他一准会不择手段地搞到手的。

说不定，他早已把林尚沃的遗物弄到手，作为个人收藏品珍藏起来了。我这么想。

于是，第二次同韩基哲见面时，我曾对他说：

"韩主任说得对，探究已故金会长所崇敬的林尚沃这个人物，对提高金会长的形象会大有裨益。纪念馆的确应该展出甚至收藏林尚沃的遗物，所以嘛……"我试探着把话题道了出来：

"我们能不能从金会长的遗物中去找一找，看看有没有与林尚沃有关的遗物？譬如林尚沃生前所写的两本书，要不就是林尚沃在世的时候本人使用过的陶瓷器之类的东西。就算没有这些东西，也可以退而求其次，看看有没有笔、墨、砚台之类的文房四宝。尤其是林尚沃的著述，对追踪林尚沃的一生行迹，肯定会有莫大的帮助。"

韩基哲马上说："可是，您又不是不清楚金会长的平时脾性，什么古董呀，有美术价值的画作、雕刻呀，这类东西跟会长先生的口味是风马牛不相及的。"

韩基哲的话倒也是事实。

金起燮其人，是一个完全没有情调的人。他唯一的兴趣就是工作，尤其是为汽车而工作。

所以，韩基哲那句"您又不是不清楚金会长的平时脾性"的反诘不无道理。

"不过，"分手时，韩基哲一边同我握手道别一边说，"既然是郑先生有吩咐，我会同遗属商量商量，整理一下已故会长先生的遗物的。或许，整理过程中就会发现郑先生说过的那些林尚沃的著述，或者其他可能是林尚沃遗物的东西，到时候我会同您联系的。"

我并没有抱太大的指望。

没想到，前天晚上意外地接到了韩基哲的电话，告诉我一个喜讯：在金起燮会长的遗物中发现了一本旧书，是林尚沃的最后一部著作《稼圃集》，正是我极力寻找的两部林尚沃著作中的一部。

对我来说，这可是个意外的收获。

《稼圃集》是林尚沃自述生平行迹的记录，比起他的另一部纯诗文集《寂中日记》来，更有助于对林尚沃这个人物的研究。

不但如此，韩基哲还说了一通谜一般的话："在和金会长的遗属一道整理会长先生的遗物时，我们不但发现了这本《稼圃集》，同时还发现了一只古杯。这杯子既像酒杯又像茶杯。因为它是对古旧玩意儿丝毫不感兴趣的金会长所拥有的古董，我想，对郑先生或许会有些用处。于是，我同遗属商量过了，把这本《稼圃集》和这只谜一般的杯子借您一段时间。反正得到11月3日'如水纪念馆'开馆仪式时才需要展出，在这之前您就借去用吧。"

对古董丝毫不感兴趣的金会长所拥有的古物，照韩基哲的话就是一只"谜一般的杯子"。这同样是一个意外收获。

一度中断的细雪又开始飘起来。打开车窗上的雨刷，扑簌簌不停飘落的细雪却凝固在车窗上，不能完全除去。在通向贞陵的十字路口，车被死死地堵住。我看了看手表。

已经超过约定时间30分钟。

我现在要去的这个寺庙，年初时已经去过一趟。金起燮会长的尸首被运回国内后，遗体告别仪式就是在贞陵庙里举行的。因为已经走过一趟，要找路并不是难事，可一动身就飘起了细雪，而且寒流从早晨就涌了过来，大街上已化作一片冰的海洋。

韩基哲先告诉我要向我转交《稼圃集》和那只来历不明的谜一般的杯子，然后又告诉我，见面的地点在贞陵庙："后天下午要为已故的金会长举行七七四十九祭，地点是贞陵的经国寺，也就是去年年底为会长先生举行遗体告别仪式的那家寺庙。下午三点钟,在寺里举行祈祷会长先生安息的最后一次斋祭。我们在那儿见面怎么样?就算是参加会长先生的最后一次斋祭。"

我没有什么理由拒绝。虽然不是佛教信徒,但对佛教仪式我并无反感。

四十九祭。

佛教中又把它叫作七七祭。人死后,在通过投生获得来世之前有一个为期四十九天的中阴状态期,这段时间决定着来世因缘。所以,要以七天为单位请法师诵经念佛以求超度,并向佛祖供奉牺牲。要使死者来世投到一个好的去处,前后要举行四十九天斋祭。

今天,就是这四十九天的最后一天。

大概是业已凝固的交通信号勉强有了松动,被死死堵塞的车终于又一点点开始挪动。那已凝固的信号系统大概是因为警察的手动指挥才有所松动的,因为我听到了从什么地方传来的哨子声。

不错。

雨刷辛苦地工作着,吃力推开拥挤而来的细雪,露出一片扇形的车窗。透过那车窗,我驾车沿陡峭的贞陵山坡爬行着,心里在想,今天可不就是金起燮会长去世整整四十九天的日子吗?

今天,对已故金会长生前所有业报的各种审判即告结束。

今天,是金起燮会长的灵魂经历过四十九天的各种审判后,根据其因果报应决定其来生的日子。

轮痴,迷于车轮的轮痴金起燮。

他即将投胎转世的来世在哪里?

很明显,他来世投胎的地方只有一个,那就是人界,因为这里有他前生里为之奉献毕生的轮与车。假如有汽车存在的地方是饿鬼府,他将投生为饿鬼;假如有汽车存在的地方是畜生的世界,他会投生为牲畜。

通向寺庙的林间公路上堆满了积雪。汽车拐入林间公路,眼前马上展现出一片银色,仿佛来到了另一个世界。

寺庙山门前的空地上有一个停车场。大概是时间已晚,祭祀将要结束，要走的人们都已急着走掉，停车场比预料中要空闲得多。

在停车场停了车，走进寺里。寺里疏疏落落地还聚集着一些人。

四十九祭中规模最大的是灵山祭。偶尔可见身披红红绿绿大袈裟的法师们在手舞足蹈地做着法事，点缀着肃穆的灵山会气氛。

大雄殿前，两座石塔和石灯迎雪而立。

忽然，从后边传来一阵仿佛唱歌的声音。那声音里偶尔还夹杂着一两声手铃声，听来像是法师们在诵经。

我向着声音传来的地方慢慢走去。

离开大雄殿稍远的地方，有一座小小的经堂。经堂的旁边，参差不齐地聚集着一伙人，透过人群可以看到有火苗在燃烧，似乎在焚烧什么东西。在摇着手铃诵经的法师后边，有一个熟悉的身影。韩基哲。

我正要走过去，忽然又停下脚步，退到一旁。祭祀活动似乎还没有完全结束。宾客齐聚的荐度祭（佛教中祈祷死者平安度入来世的一种祭祀活动——译注）已举行完毕，但佛教仪式尚余尾声。

经堂的门敞开着，从外面可以看到能够解救人的灵魂脱出地狱的地藏菩萨和他主宰来生世界的手下，也就是主宰冥府的十大金刚。

我袖手而立，悉心听辨火苗前法师所诵经文内容。虽说不是佛教信徒，但我平时就对佛教很感兴趣，法师所念的经文内容倒也颇知一二。

《佛说无常经》

法师所诵的经文正是《佛说无常经》，内容是向死去的灵魂宣示人生的无常，祈愿死者的灵驾皈依佛法，投生到一个好的去处。所以，抚慰灵魂的无常戒又被称为"通向涅之门，脱出苦海之舟"。

身倚经堂，我聆听着那清雅而悲怆的诵经声。

"……倘万劫尽而末世临，大千世界将为之燃烧，须弥山和大海也将为之翻倾，此身又何能独幸而得免于衰老、疾病、死亡，又何能得免于生死的烦恼？"

暴风前夜

法师手中的手铃快速地摇动着,在虚空中画着一个又一个的"心"字:

"空寂乃世上万物之本,但愿你来世能皈依我佛,修道成佛。啊,一了百了,人生如浮,无死无生,是为涅槃之愉悦……"

身倚经堂,袖手而立,静听法师诵经的我,忽然被法师的经文箭矢般刺中了心脏。

"啊,一了百了,人生如浮;啊,一了百了,人生如浮……"

一生迷恋于汽车并成为一国首富,死时钱包里却不曾有一张小小的万元钞票的金起燮会长,他的肉身已化为尘土,已化为水滴,已化为烟火,已化为轻风。质本洁来还洁去,唯余一"无"。

正在这里兀自冥想,仪式已全部结束,正在诵经的法师们也在合十为礼后离去,只剩下韩基哲等四五人。我这才走下台阶,拍拍韩基哲的后背。

"哦,是您,"韩基哲看看我,满面堆笑,"您是什么时候到的?"

"有十来分钟吧,一直在经堂旁边看法事来着。"

"您算是做对了。"韩基哲用戴着白手套的手拍打拍打头上的积雪,"现在,所有的祭祀活动都已经结束了。"

燃烧的火苗也在渐渐地熄灭。究竟在焚烧什么呢?我仔细看了看那燃烧过的痕迹。因为没有完全烧掉,方才焚烧的东西还依稀可辨。

那是一套白色的衣服和一双白色的胶鞋。

衣服残余的一角正在完全烧去,而胶鞋因为不易燃烧,还留着一些残骸。

这白衣、白鞋,是死去的灵魂为迎接来生而远行时穿的新衣,面向来生迈出第一步时穿的新鞋。

焚烧完白衣白鞋,无论是阴间还是阳界,金起燮都将不复存在。

一个看上去像韩基哲手下职员的人,见火苗即将熄灭,马上给火苗泼了些汽油。熊熊火焰马上再度燃起,白色的胶鞋刹那间被大火吞噬。

戒盈杯

"现在，我们走吧。"

韩基哲摘下手套，交给手下人，和我一道抄近路向山门走去。

四十九祭总算顺利办完，韩基哲脸上闪过一丝踏实感，不过他看上去有点倦态。

"您是开车来的吧？"

"是的。"

"我是坐公司车来的。您看这样好不好？我让他们一道走，我自己和郑先生同车回城，这样好吗？"

"好的，就这样吧。"

我们一起来到停车场。刚刚消停了一会儿的雪又开始下起来，而且雪花更大了。因为天气不佳，时间虽然不过刚刚傍晚五点钟，夜幕降临，天色已是黑黢黢的了。

越接近市区，交通越拥挤。韩基哲却一副轻松自得的样子。祭祀顺利做完，一天的任务即告完成，他提议去找个地方喝一杯。

知道韩基哲是一个喜欢喝酒的人，对他的提议我无法拒绝。我想，既然我还要开车，只要意思意思，聊以作陪，他就会满意的。

在上次去过的那家饭店的停车场泊了车，我们来到日本料理屋。恰好还有一个小单间空着。坐在屋里，可以看到屋外的日式小庭院里已经像上次一样堆起了积雪。

叫了生鱼片，要了酒，既能喝上一杯，也算用了晚餐。韩基哲端起加了冰的酒杯，满满地斟上一杯威士忌，一口闷了进去。暴饮似乎是他的一种乐趣。

"我呀，"将一杯浓烈的威士忌仰脖而尽之后，韩基哲才开口说话，"我可不信人会有什么来世，也不信人死后能到天国，当然更不相信人会投生到另一个世界的轮回之说。我觉得，死就是死，一死百了。"

"啊，一了百了……"

我的耳畔忽然回响起法师一边摇动手铃一边诵念的无常戒。

一了百了，人生如浮。

他眯缝着眼看着我，好似在享受一种快感，一种猛喝威士忌后

暴风前夜

酒气迅速向周身血管扩散的麻醉的快感。从那样子我就能猜出,他患有轻度酒精中毒症。韩基哲又亲手为自己倒了满满一杯威士忌:

"趁我还没有喝得烂醉,先把该办的事办完才成啊。"

把随身带来的手包放在桌上,他拨动密码,"咔嗒"一声打开锁,翻开手包的盖子,从里面掏出什么放在桌上。

"这就是郑先生要找的那本书,林尚沃的《稼圃集》。"

韩基哲把书递过来。我接过来。只消一眼就可以看出,是一本有将近200年历史的古书。书的封面用厚厚的韩纸糊了一层又一层,它的本来面目看上去像是用颜料染就的黄染草注纸。这种纸又叫云龙纸,因为年深日久,原色已褪,变成了灰色。

封页上竖写着书名:《稼圃集》。

是《稼圃集》,林尚沃晚年所著的《稼圃集》。一个意外的收获。

林尚沃生于1779年,故于哲宗六年即1855年。虽然是200年前的人物,但去世不过150年。说起来好像是久远的历史人物,细究起来却是个近代人物,离我们并不遥远。但他的一生行迹流传下来的却只有几个支离破碎的逸事,其中原因,大概还要归咎于半壁江山的分裂现实,因为林尚沃是平安北道人,南北分裂使有关他的故事的传播受到了阻隔。

所以,林尚沃亲手写下的自传体著作《稼圃集》,成了研究林尚沃唯一可信的证据。

"谢谢。"我双手接过。

"谢什么。书这种东西,应该有它自己的主人。对我们这些生意人来说,这种书简直等于是破旧的废纸。不过我还有件事情要拜托您呢。"

他忽然收起满面笑容,正色道:

"这部书,请您切勿让他人传阅,只能郑先生您自己看。"

我本以为他是在乘着酒兴开玩笑。但不是,他一脸认真、严肃。

"您能答应吗?除了郑先生自己外,千万不要把这书给别人看,甚至不要告诉别人这本书的存在。您能答应吗？"

透过眼镜片，他的眼神冷冷的飘忽不定。这时，我又有了一种当年在法兰克福与他初次见面时那种感觉：那滴水不漏、毕恭毕敬的态度给人的印象，似乎他不是贸易公司的驻外人员，更像某种情报机构的谍报员。

"当然，"我回答说，"我保证。"

他一本正经地接着说道："希望您千万不要把这本书的存在泄露给任何人。关于这本书，请您务必严格保密。"

我感觉到了一种心理上的压迫感："……这是自然。"

我向空着的杯子里倒了些威士忌。喝上一杯半杯的，是不会影响开车的，更何况，只有威士忌沾唇我那种心理上的压迫感才能稍得缓解。我的犹豫，马上引起机敏的韩基哲的反应。

"……您不高兴了？"

"有一点儿。"我据实相告。

"那真不好意思。至于原因，日后我会详细告诉您的。请您拿去吧。"

韩基哲指了指放在桌上的那本书。我把书拿过来，装进事先准备好的手包里。直到这时，韩基哲才重新愉快地喝起酒来。

我却被他的态度搞蒙了。因为，约会的内容被弄错了。

两天前，韩基哲曾在向我转告在金起燮会长的遗物中找到了我正在寻找的《稼圃集》这个喜讯后，还向我提起过另外一件事：

"在和金会长的遗属一道整理会长先生的遗物时，我们不但发现了这本《稼圃集》，同时还发现了一只古杯。这杯子既像酒杯又像茶杯。因为它是对古旧玩意儿丝毫不感兴趣的金会长所拥有的古董，我想，对郑先生或许会有些用处。于是，我同遗属商量过了，把这本《稼圃集》和这只谜一般的杯子借给您一段时间。反正得等到11月3日'如水纪念馆'开馆仪式时才需要展出，在这之前您就借去用吧。"

韩基哲言之凿凿地对我说过的，要把那只"谜一般的杯子"暂借给我用。

暴风前夜

于是，我小心地试探着提了出来：
"您答应借给我的就这本书吗？"
"是的。"
他好像不明白我为什么会这样问。
"韩主任可是有言在先的，说是与这本书一道发现的，还有一只古杯，一只既像酒杯又像茶杯的谜一般的古杯。"
"哦，您是指那只杯子吗？"韩基哲好像大梦初醒地点点头，"是的，整理金会长遗物时，是发现过一只古杯，和那本书一道发现的。最初觉得或许会对郑先生有点用处，所以才想借给您，后来又觉得没什么必要，就没有带来。您还是将它忘了吧，那个杯子也不是什么大不了的东西，什么都不是。"
"什么都不是？"
见我不肯轻易让步，韩基哲只好说了实话："开头还以为是什么有价值的遗物，后来才知道是一只毫无用处的杯子而已。"
"您说毫无用处？"
"那杯子已经破了。还不是裂了缝或是稍有损坏的那种破，而是开裂了三分之一，而且已经丢掉不见。一只破杯子会有什么价值呢？"
韩基哲的话倒也有理。如果一只杯子已经不止有了裂缝或是小小的损伤而是已碎掉了三分之一，也就不成其为遗物，而只能是一些破旧的碎片而已。
我轻易地同意了韩基哲的话，但内心里还是有一丝失望，因为我对那只和《稼圃集》一道发现的古杯很感兴趣。韩基哲不就亲口说过，那是一只"谜一般的杯子"吗？
那天夜里，我们直到很晚才分开。
酒，基本是韩基哲一人在喝，我只是喝了一些冰镇水；话，也是韩基哲在说，我在听。因为猛灌了大量的威士忌，韩基哲已经醉得很深，但他最后还是另要了瓶啤酒，沉到威士忌里制成炸弹酒，独自一人喝了下去。
但韩基哲浑身上下却不显一丝松垮的。夜里10点钟左右，韩基哲被手下职员用车接走,我们就此作别。

2

当天夜里。

我独自坐在书斋里,浏览刚刚从韩基哲手中拿到的那本书。书保存得不是很好,偶尔可见因岁月的流逝而破损的痕迹,甚至间或还有缺页的地方。但不容置疑,这是研究林尚沃不可或缺的珍本。

不出所料,《稼圃集》开篇就是林尚沃自述一生行迹。

"……义州城南的居所,是祖先世代居住的地方。从六七岁起师从外祖父的师傅,至十五岁略通经书,始有文理。或从名师,或读于寺刹,日积月储,花自开,月自圆,文章自通,日有进境……"

这一夜,我发现了一个完全出乎意外的事情。当时我正在读着林尚沃自作的序文,读到序言的末尾,我的目光偶然停在这样一段文字上:

"……庚辰年,迁新居,百鸟筑巢林池花石之间,足为晚年读书休息之所。老来以歌客赋诗自娱,凡事顺遂平安。回首往事,生我者父母,成我者一杯也。"

我的感觉像是心脏突然停止了跳动。

真是一句无头无脑、无因无由的话。我又重新读了一遍。

"生我者父母,成我者一杯。"

意思简单而明了。"生我者父母",是任何人都可以理解的真理。但"成我者一杯",又是指什么?

究竟是什么样的一只杯子,居然和父母相提并论?

当然,这十个字的句子并非林尚沃的独创,而是显然出自《史记》。

《史记》中的"管晏列传"有一段记述管仲与鲍叔牙友谊的文字。中国有个成语,叫作"管鲍之交",就是讲这两个人之间的深厚友谊的。管仲在回忆到自己的朋友鲍叔牙时曾有一段这样的

暴风前夜

述怀：

"吾始困时，尝与鲍叔贾，分财利多自与，鲍叔不以我为贪，知我贫也。吾尝为鲍叔谋事而更穷困，鲍叔不以我为愚，知时有利不利也。吾曾三仕三见逐于君，鲍叔不以我为不肖，知我不遭时也。吾尝三战三走，鲍叔不以我为怯，知我有老母也。"

后来成为一代宰相的管仲，在如此表达了对朋友的感谢之后，以一句名言结束了对故友感情的追忆：

"生我者父母，知我者鲍子也。"

这句名言，后来演绎出一个用来表达人与人之间莫逆之交的成语：管鲍之交。

显然，林尚沃正是在引用《史记》中的文字。

"……老来以歌客赋诗自娱，凡事顺遂平安。回首往事，生我者父母，成我者一杯也。"

《史记》中的"生我者父母，知我者鲍子"，在这里变成了"生我者父母，成我者一杯"。前半句一丝不差，只是后半句中的"知"变成了"成"，鲍子变成了"一杯"。

我觉得，这是林尚沃刻意如此措辞的。鲍叔牙之于管仲，是一种亦师亦友的关系，这种珍贵的关系是生命都不能换取的。同样，这句话是在暗示，那只谜一般的杯子对于林尚沃，其重要的程度可比鲍叔牙。

那么，我合上书，心中暗想，这"一杯"究竟指的是什么？"生我者父母，成我者一杯"，这显然是林尚沃的个人独白，但书中没有任何一处提到过这只杯子。忽然，我灵机一动，想到了韩基哲说过的那只杯子。

或许，这"一杯"指的就是那只谜一般的杯子？

可是，当我问起能否一道借那只杯子一用时，韩基哲却不以为然，认为那是个无用之物。

诚如韩基哲所言，一只破损了三分之一的古杯，难道还会有什么价值不成？

但那肯定是一时的错觉。我轻易同意了韩基哲的话，也是受到

戒盈杯

了他所说的"破损"这个字眼的迷惑。那只杯子的价值,不应在于它能否用来沏茶斟酒的实用性,也不在于它是否保存完整的文物价值。如果说那只杯子的确是和《稼圃集》一道发现的,也就是说那杯子是曾经沾过林尚沃汗迹的,别说杯子本身已有破损之处,即使坏成了碎片,也自有其不菲的价值。

倘若那只杯子的的确确是林尚沃用过的东西,显然,它就是林尚沃的培育者,就是像鲍叔牙之于管仲般的良友与导师。

我兴奋得再也不能安坐斗室。走出书斋,打开阳台门,点上一支烟。

金起燮会长一生景仰林尚沃,从他的平素秉性看,搜求林尚沃的著述和林尚沃用过的遗物,对于金会长来说是一件极其顺理成章的事情。这样看来,那只破损了的杯子正是林尚沃所说"成我者一杯"中的那只杯子的可能性就更大了。

天亮后,一定要打电话给韩基哲,问问能不能一睹那只业已破碎的杯子。

也就在这时,又一个新的疑点划过我的心间。

那不是韩基哲的一贯作风。韩基哲出借《稼圃集》时叮嘱我的话,口吻酷似一名情报机构的谍报员。

仔细察看到深夜,总觉得《稼圃集》不过是一本普通的古书,而不是什么秘密文件,值得韩基哲千叮咛万嘱咐地要我切记保密。可韩基哲何以非要我对这本书本身绝对保密?顿然间,一道灵感划过脑际。

曾记得,金起燮会长去世后,我和韩基哲有过一次单独密会。那是在金起燮会长为之试车而死的新车"伊卡罗斯"发布会之后。当时,韩基哲曾向我出示过一张面值贰角的中国钞票,那钞票是从金起燮会长空钱包的暗夹里发现的。韩基哲说,这张钞票本是20世纪90年代初一个偶然的机会在北京的公厕里得到的找零小钱,自从金起燮会长从上面发现"朝鲜女人"的面孔后,一直像护身符一样随身携带。听了韩基哲的话我曾经问起当时金起燮会长身上发生了什么事情。

暴风前夜

那时,韩基哲一时语塞,面现尴尬。我记得清清楚楚,韩基哲面有难色地沉吟片刻,才说道:

"金会长从奥运会结束后不久的80年代末开始就去过朝鲜了,是经过国家当局和安全部方面点头才去的。现下说来当然无妨,要在当时,到朝鲜访问这种事情本身就是生死攸关的绝密。我所知道的并不十分确切,当时金会长好像已到朝鲜访问过三四次。在平壤逗留的10天里,金会长先后三次面晤金日成主席。"

我忽然感到一丝寒意,全身打战。为了放掉吸烟后的烟气,我打开了阳台的窗户。秋夜的凉风从窗缝里袭了进来。直到这时,我才感到,迷雾终于拨开,那支离片断、模糊不清的情况清晰地一一衔接起来。

韩基哲借给我的《稼圃集》大概是金起燮会长应朝鲜的金日成主席之邀数次秘密到北方访问过程中得到的。

林尚沃的籍贯是全州。

林姓人氏后人繁多,是一个在全体姓氏中排名前十位的大姓,但其最大支派却是从平泽林氏中分流出来的,流传到今天有平泽、镇川、蔚珍等三十余支,而林尚沃所属的全州林氏是一个十分罕见的姓氏,在韩国几乎没有。全州林氏虽然籍贯在全州,却世居平安北道义州,形成聚居部落,后代中几乎没有什么人居住韩国。

林尚沃本人也在《稼圃集》中写道:

"义州城南的居所,是祖先世代居住的地方。"

正如他本人的自述,林尚沃家住义州城南的全州林氏群居的村子,是一个四世与中国做生意的湾商之后。

这样来看,在韩国发现林尚沃留下的《稼圃集》的可能性微乎其微。像这样的古书,极有可能是由他的后人作为传家之宝代代相传下来的。

那么……

我感到浑身一阵战栗。

如果是这样,《稼圃集》无疑是金会长数次访问朝鲜时通过金日成主席得到的一种战利品。金会长当时可能正在同朝鲜进行某种商谈，而那谈判的结果使金日成主席将《稼圃集》作为礼品赠给了金会长。

尽管政治体制不同，林尚沃的祠堂、故居之类的东西可能已经荡然无存，但他的后人显然还会生活在那里。

他的后人们会本能地把自己的祖先林尚沃的著述视为传家宝而珍藏起来，也会留藏着他用过的几件遗物。金起燮会长得到的《稼圃集》应该就是从林尚沃生活在朝鲜的后代手中搞到的。

直到这时我才明白，韩基哲和我一道回到城里喝酒时何以会有那种行动。因为韩基哲十分清楚，这本书是来自朝鲜的一种战利品。他那谍报人员般的口吻，那番叮嘱我切勿向任何人泄露这本书的来源的话，正是因为这个缘故。

纵使金起燮会长秘密访问朝鲜与金日成主席进行数轮晤谈是经过国家事先允许的，但假手金主席搜求林尚沃的遗物，却已然不是公务，而属私事。

不管怎么说，金会长私下接受了这些东西，似乎有义务向国家机关汇报或将物品上缴。但他并未履行这种义务，而是将东西私自收藏起来，韩基哲所顾忌的正是担心这一事实为外界知获。

所有的事情都变得清晰起来。

林尚沃的著述《稼圃集》无疑是林尚沃的后人们作为传家之宝珍藏着的遗物，而林尚沃的这些后代，目前显然是生活在因分裂而阻隔的那片土地。

卧室墙上的挂钟连续发出三声厚重的报时声。

已是深夜三点钟了。汝矣岛广场那边又飘起了鸟羽般的东西，大概是一度停下的雪又开始下了。细碎的雪片在广场的长夜灯光里飞虫般闪着耀眼的白光簌簌落下。

那么，我想，韩基哲所说的已经破碎的杯子当然也是林尚沃的遗物，当然也是由林尚沃生活在朝鲜的后代保存着的。

对这只杯子，韩基哲心下颇不以为然，觉得这个谜一般的杯子既然已经破碎，就等于是一只毫无价值的普通杯子而已。但细究起来，金起燮会长为什么要特地把一只破碎的毫无价值的杯子同《稼图集》珍藏在一起呢？

理由是显而易见的。

那只破碎的杯子也是林尚沃的后人们珍藏的传家之宝。林尚沃自述"生我者父母，成我者一杯"，这"一杯"所指正是这只破碎的杯子，金会长显然对此知之甚详。

我呼吸急促，感到一阵兴奋。

如果这只破碎的杯子正是使林尚沃终有所成的杯子，那么，对于金会长而言，它无疑就等于是林尚沃的化身。

这杯子不可能一开始就是破碎的，其破碎的时间，要么是在林尚沃在世时，要么是在其后代上。如果林尚沃在世时它还是一个没有任何破碎之处的完整的杯子……

我的呼吸急促起来，心中又感到一阵兴奋。

如果是那样的话，就应该是在后人相传的过程中不小心打破的。但究竟会有这种可能吗？

大概不会的。倘若是后人不小心打破的，显然应该找到破碎的部分，恢复原样。这么说来，答案也就出乎意料地简单了——杯子是在林尚沃生前打破的，而且还不是裂了缝或是有一点点破损，而是碎掉了三分之一左右。杯子的破碎，自然应该有其原因。或许，不是杯子成就了林尚沃，而是杯子的破碎成就了林尚沃？

那么，这杯子显然是谁故意打破的。无论打破杯子的人是不是林尚沃，杯子的破碎必有其因。所以，林尚沃的自述，准确地表述起来应当是这样的：

"生我者父母，成我者破杯。"

3

甩开向南通往防波堤的公路干线，折入通向南阳湾的岔路，透过右侧的车窗，远远地即可看到大海。

虽然是冬日，阳光倒还算明媚，大海呈现一片蔚蓝。通往海滨的公路两旁，是镜面般平坦的平原地带。开头还以为是秋收后空闲起来的农田，细看去却是盐场。

这里是天然盐场区，每到涨潮时，海水被围起来并加以浓缩，然后进行自然蒸发。一到冬天的结冰期，盐场就会关闭。眼下季节倏然已至二月下旬，虽然猛烈的海风还在强劲地吹着，但凛冽的风中已透出春日的温暖，冰雪融化的季节已经来临，所有的盐场都已经开了张。

盐场是地势平坦、一望无际的干泻地。这里，阳光格外强烈，简直到了耀眼的程度。一方方盐场旁边的海水干涸处，是沙金般的海盐结晶体，在阳光的照射下闪着雪白的光芒。

越过宽阔的盐场，是碧波荡漾的大海。

偶尔，从公路的对面开来一些大型拖挂车，车上装着五六辆汽车。显然，海滨一带有座汽车厂。

在沿西海岸南行的国道上，也曾有过指向"梅花里麒坪汽车厂"的路标，看来我走的路方向是正确的。

因为不是周末或节日的下午，公路上车辆稀少。凑巧是退潮时间，海水一退而去，滩涂上到处是一湾湾黯褐色的海水，仿佛上天不经意间吐下的唾沫。一湾湾的海水上面，成群的海鸥在飞翔。

"麒坪汽车厂5公里"

公路旁边立着这样的里程碑，上面用箭头为过往车辆指示着方向。到厂子还有5公里，也就是说，最多再有10分钟，我就可以到达约会的地点了。

我看了看表，时间是4点45分。比和韩基哲约定见面的时间提前一个小时到达了工厂。

这是我第一次走访麒坪集团的母公司汽车制造厂，因为担心赴约会迟到，上路时我特意留足了时间。

四五天前，我费尽周折和韩基哲通过一次话。当时，韩基哲正因公司事务逗留香港。通过秘书室打听到他再过二三天就会回到国内，但我心急之下，哪里容得等他回来。

很显然，《稼圃集》是经朝鲜金日成主席从林尚沃的后人那里得到的林尚沃的遗物。我觉得，如果那只破碎的杯子也是从林尚沃

暴风前夜

的后人那里得到的遗物，我就应当亲眼看一看。

如果那只业已破碎的杯子正是林尚沃在自传中提到过的谜团般的"成我者一杯"之杯，我必须亲眼看上一看方能罢休。

费尽周折，四处打听，终于打通了韩基哲的手机。没想到，韩基哲答应得非常痛快：

"如果那只破碎的杯子真的那么重要的话，让您看一看或是暂借给您用一用并非难事。我一回到汉城，会马上打电话到您府上的。"

于是，我就等他的电话。

直到昨天晚上，韩基哲的电话终于来了，比原来约好的时间推后了一天。

"因为事情没有及时办完，在香港不得不多留了一天，联络迟了真不好意思。"说了迟迟才联络的理由，韩基哲又道：

"怎么样？明天下午有时间吗？我想明天下午让您看一看那只杯子。"

我答应了。

他马上告诉我，傍晚六点之前到京畿道华城郡梅花里的麒坪汽车厂。我感到有些意外，为什么要那么老远跑到麒坪汽车厂去看那只破碎的杯子呢？而韩基哲似乎猜到了我的想法，连忙对我说：

"汽车厂的一个角落里，建有已故金会长先生的宿舍。在汉城时，金会长经常每周到厂里住上一天。劳资纠纷比较严重的80年代，他甚至在那个宿舍里住过四五年的光景呢！从某种意义来讲，那个宿舍才称得上是会长先生的家。"

韩基哲接着说道："郑先生吩咐我寻找的《稼圃集》那本古书，就是在厂里的宿舍里而不是在家里发现的，您现在想要见到的那只破碎的杯子也是在这宿舍里发现的，现在还原封未动地放在宿舍里。如果郑先生和我一道去会长先生的宿舍，说不定在那里还会有什么其他发现呢。我们这帮门外汉眼里自然看不出什么，但像郑先生这样的专家，说不准就会发现什么新遗物的。"

我自然不能拒绝。

戒盈杯

也许真如韩基哲所言,到了那里,不但能够亲眼看到那只破碎的杯子,没准还会发现与林尚沃有关的更多的遗物。

转过沿着海滨蜿蜒伸展的野山,山下汽车厂的全景突然展现在眼前。厂子建在一片干泻地上,而这片干泻地是填海造地的结果。

虽然时间很宽裕,但我还是决定径直去约好的见面地点,先到汽车厂去。韩基哲说过,下午三点钟起厂里有一个重要会议,会议大约在六点钟结束,现在他肯定已经先期到达,正在参加会议。

我开着车,沿着通向海边的坡路徐徐行驶。越驶越近,这才发现,汽车厂的规模比方才在山上所看到的要大得多。一条防波堤横拦海边,车厂蹲踞在那里,仿佛一艘浮在海面上的巨型航空母舰,又像一个与外部世界完全隔绝的独立王国。

车到正门,保安室里马上有人走了出来。

验了身份,他开给我一张出入准行证:"顺着路一直开过去,您会看到一个办公室。您先到那办公室去,林英俊次长正在那里等您。"

我把出入证挂在胸前,以便别人容易看到。正门打开了,我驱车进入厂内。按照门口警卫的指点,径直前行,果然有一座小型广场,广场上有一座作为公司象征的造型。

那是一座用花岗岩制成的雕塑。不,与其说是雕塑,毋宁说是一件艺术作品,两个巨大的圆形造型物叠放在石座上。那圆形意味着什么,是一眼即能看出的。

那是车轮的象征。

两个轮子寓示着竞争的意态与速度,还预示着痴迷于车轮的金起燮会长的哲学。这是一种空间艺术。

广场的后侧,有一个宽敞的停车场,停车场上整齐地停放着刚刚生产出来的新车。那阵势,像是在搞阅兵式,整整齐齐,有条不紊。在刚刚开始西斜的下午的阳光照射下,那些各式各样的新车散发出耀眼的光芒。

我知道新车的名字——伊卡罗斯。

在下午的阳光照射下,那些色彩缤纷的伊卡罗斯新车整齐地列

暴风前夜

队于宽敞的露天货场上,那情景看上去,用金会长的话说,就是一群奋蹄扬鬃意欲绝尘而去的骏马。

按照门卫的指点,我向第一个建筑走去。停了车,走进办公室,找到了林次长。

"这该怎么办?会议还没有结束呢。虽然已经知道您就要来……"年轻的林次长身穿印有公司标志的蓝色夹克,"韩主任吩咐,让我在会议结束之前陪您在厂内考察考察,不知您意下如何?"

离约定的见面时间还有一个钟头。与其无聊地等上一个钟头,还真的不如客随主便,在厂里看看倒也不错。

于是,我们一道坐到了车上。行前,林次长还特意嘱咐我戴上安全帽。

汽车厂以工序流程分为若干分厂。有铸造发动机附件的铸造厂,生产车体部件的锻压厂,生产汽车心脏——发动机的发动机厂,生产车身、车架的铸模厂,为卧车车身与货车车架上漆的喷漆厂,还有集中数万种零部件于一体的组装厂。

我最感兴趣的是组装厂。一条300米长的传送带在巨大的工厂内部传来传去,几万种部件被组装、结合,终于成为一部部新的伊卡罗斯成车,仿佛人之诞生于一颗精子,数万种零部件凑到一起,一部部汽车——这现代人跨下之骏马终于面世。

那是一种奇迹。

在不到五分钟就有一辆汽车面世的车厂里,我又一次切身体会到,汽车是现代文明之花和科技文明之宠儿。

在组装厂,正在为我做向导的林次长忽然拿出手机开始与谁通话。因为厂内噪声太大,我无法得知他在说什么。

匆匆走出组装厂,他才对我说:"说是会议刚刚结束,主任正在办公室等您。"

我们又乘车回到办公室。韩基哲果然正在那里等着。

"好,我们走吧,先到会长先生的宿舍怎么样?"

这次,我们没有乘坐没有车牌、只在厂内开来开去的公司内部车,而是开着我的车子出发的。

太阳已经落下地平线,鲜血般的红霞弥漫在西天。穿过工厂内部的深处,我们来到延伸到海边最狭、最深处的海角。这里已是陆地的尽头。

因为是陆地的最尽头,所以三面环海。围海造就的干泻地上,建有一座类似大型综合体育馆的建筑。正奇怪什么体育馆会建到人家工厂内部,仔细一看,原来有巨大的跑道。不是人跑的跑道,而是供汽车跑的圆形跑道。大概是研制新车时用来测试新车性能的试车场。

试车场的后边,连着崎岖陡峭的山坡。厂区的大部分是填海造地的结果,为了确保足够的地皮,连伸向海边的荒山也已经人为地夷为平地,唯独这里还保持着原来的自然风貌。郁郁葱葱的松林间,面海坐落着一栋房子。

"就是这儿,"来到石子砌就的停车场,韩基哲说道,"请停车。"

因为急刹车的缘故,石子被车轮激起,打在车身上。我们下车。

"这里就是已故会长先生的宿舍。"

韩基哲指了指那座房子。

我顺着韩基哲指的方向看去。这是一座旧平房,面积也很小,让人难以想象这居然是金会长的宿舍。房子的颜色本来漆的是一种明快的色调,但因为海风的侵蚀,已变成了灰色。

"不过,这地方说起来,与其说是金会长的宿舍,倒不如说是他居家过日子的地方。会长先生每年年初都要到这里来过新年,以便制订新的计划。每逢这种时候,金会长唯一的业余娱乐就是在那边那个试车场上亲自在跑道上驾车疾驶。"

面海而开的窗子被窗帘严严地遮住,根本看不到屋子里面什么样子。房子的前面,地面业经平整,形成一个庭院,可甚至连棵极普通的庭院观赏树木也没有栽种,只有几株歪歪斜斜的松树裸露在海风中。院子里看上去一度植过草皮,但因为海风中盐分次浓,草坪里的草大都已经死去,只剩下毫无生息的黑土。

院子里唯一称得上有些风趣的东西要算是一把伞,一把插在最易看到大海处的观海阳伞。阳伞的颜色特别花哨,与周围的景色格格不入,颇不协调。冬天了,这里阳伞本应折叠起来的,可依旧不合时宜地打开着。阳伞的下面是一张简易的椅子,是叠起来可以坐、打开来可以躺的那种。椅子就那么长长地打开在那里,似乎有谁刚刚在那里躺过。

"会长先生在这里逗留的时候,请了一位村里的大嫂来做饭,照顾会长的起居。会长先生喜欢一个人待在这里,连随行秘书们也是在山下的宿舍里候着,不能到这儿来跟会长一块过。"

韩基哲向房子走去。好像在办公室就已经准备好,他掏出了一把钥匙。

就在这时,我发现,在面海而开的窗口之上,有一个看似标牌的东西。在遮挡阳光直射的遮阳布下,有一个木制的标牌。

我抬头看了看。牌子上写着这样三个字:

"戒盈堂"

那牌子是一块木板,是用古树的树根刮去外皮,然后剖开打平,在上面用毛笔写就的。字迹最开始当然是清晰的,但因为海风的腐蚀,字迹的颜色已消退殆尽,难以辨认。我猜,这牌子正是这所房子的名字。如果确如韩基哲所言,这所简陋的房子是金会长最喜欢的居所的话,这标牌上写着的名字显然就是金会长亲自为这所房子起的屋名。

但标牌上的这屋名究竟是什么意思?

"戒盈堂",如果硬要解释的话,不就是"谨戒盈满之家"的意思么?"谨戒盈满之家"又是何所指?

我举手指着那块牌子,问韩基哲:"这三个字是什么意思?"

韩基哲顺着我手指的方向看了看:"这个……说实话,我可是一直不知道那地方还挂着这么块牌子。在您告诉我之前,我从未注意到。"

韩基哲和我一样对牌子的来历不甚了解:"不管怎么说,这是会长先生居所的名字,而且显然是会长先生自己起的,因为会长先生经常说,在他一手操办着建起来的这座汽车厂里,这房子就是他的安乐窝。会长先生或许把这里叫作'戒盈堂',但我们都把它称为'青松台'。"

把地平线上的天空染得绯红一片的晚霞已渐渐消失,夜幕在飞快地到来。头顶上,成群的海鸥鸣叫着,在海风的吹动中像纸风筝一样飘到一边去了。

"来,我们进去吧。"

韩基哲把钥匙插进锁孔一拧,"咔嗒"一声,锁被打开了。

打开玄关,我们走进黑暗的室内。外面余晖未尽,依稀仍可视物,走进屋里却是漆黑一片,伸手不见五指。

"等一下,好像什么地方有个开关来着。"

自言自语着,韩基哲在墙上摸索起来。摸索片刻,大概开关终于给他摸着了,只听"啪嗒"一声,屋里的灯一闪随即亮了起来。灯一开,屋里的情形一目了然。室内的情形也极其寻常,地上摆着一组招待客人的沙发,墙上的壁橱里插放着几本书。大致浏览了一下书目,都是些专业书籍,没有什么娱乐逗趣的书。

房子这东西,大概也会因为失去了主人而渐趋颓败的罢。房主金起燮去世不过刚刚两个月,满屋子里已弥漫着清冷的寒气和呛人的灰尘味道。

韩基哲急忙打开窗子。暮色已经降临,越过傍晚的海面,还没有完全消失的夕阳余晖透过窗口射进来,那金黄色的晚霞居然还有些耀眼。窗外,西海全景尽收眼底。好像感觉到了屋里那压抑的氛围,韩基哲打开窗口是为了透口气。

就像它那破旧、简陋的外表一样,房子的内部也简朴至极。根本看不到什么用来增添情趣的家具或是装饰之物。屋子里所有的,也就是生活中不可或缺的物品。不过,沙发对面却并排放着三部电视机。三部电视机个挨个地排放着,与屋里的氛围颇不协调,简直就是怪物。

就像猜透了我心里在想什么,韩基哲对我解释道:"会长先生有个奇怪的癖好。他虽然并不喜欢看电视,体育比赛或新闻却是必看的。而且这时候,还有个奇特的习惯:他并不拘于一个节目,而是同时观看几个电视台的节目。这里摆放了三部电视机就是因为这个缘故。"

冷飕飕的海风通过敞开的窗口一捅而入。堂屋里没有那种寻常住家里司空见惯的花盆,由此即可窥见金会长平时性格平淡无趣之一斑。

"想到会长先生的卧室里看看吗?"

韩基哲又从衣袋里掏出一串钥匙。屋子里虽说没有什么贵重的东西,但为防万一,每个房间还是装上了安全装置。直到这时我才想起,进屋之前他还曾拿出一个什么卡,做出一副要解除什么安全装置的动作。

打开房门,走进金会长的卧室,里面依旧是漆黑一片。在墙面上摸索着,打开开关,房灯闪了几下终于亮了起来。

卧室里面比堂屋更加局促。这屋子太小了,简直让人怀疑这不是一家国内头号企业的老板每周必在这里过一次夜的地方,看上去就像大学旁边供学生寄宿的小排房。墙上开着一个挂衣物的壁橱,一张可供一人睡觉休息的小床空落落地摆在中间,可以望到大海的地方放着一张写字台和一把方凳,这就是房间里的一切了。写字台上毫无陪衬地放着一个与这狭小的房间极不相称的大地球仪。

"先生吩咐我们寻找的林尚沃的著作,就是在这个写字台里发现的。"

韩基哲指着写字台说。顺着他手指的方向看去,我发现在写字台一头的台灯旁放着一个小小的陶器。那是一只用黄土陶冶出来的平凡的古杯。但见到那只杯子的一瞬间,我凭直觉猜到,那就是韩基哲说过的杯子。我用手把杯子拿起来看了看。

果然,杯壁部位碎去了三分之一左右。那杯子一看就是只本来很结实的器皿,让人觉得它碎成这样,肯定不是失手掉落在地上打碎而是有意去摔才弄破的。

这只杯子看上去并不华丽,但也不至于寒碜。不不,乍看去仿佛很简单,但细看来杯子的整体却非常自然、耐看,甚至有一些风韵,倘若不是因为破碎了,肯定是一件价值不菲的古董。我断定,这就是金会长经朝鲜的金日成之手,从林尚沃居住在义州的后人那里直接找到的遗物,因为林尚沃是金会长终身景慕的导师,如果他曾经把导师的著作珍藏在写字台里,也就会把导师的遗物放在最显眼的写字台旁。

这破碎的杯子显然是林尚沃亲手使用过的遗物。如果确属林尚沃用过的东西,或许就应该是他在《稼圃集》里所描述的"生我者父母,成我者一杯"中的那只杯子。否则,金会长怎会这样看重一只破掉了很大一部分、毫无用处的杯子呢?

"这就是我给您说过的那只杯子。"韩基哲在一旁插嘴道:"如果您需要,可以借给您。这只杯子要在今年秋天开馆的纪念馆展出,在此之前您可以一直带着它。不过我要再次请求您,千万不要把这杯子的存在泄露给任何人,千万拜托。"

我不经意间拿起杯子,看了一下杯子的内部。这只杯子究竟是用来斟酒的还是用来斟茶的,一时判断不出,但不经意间的一瞥,我发现杯子的内部留有一种什么痕迹。

仔细看去,那显然是芝麻粒大小的文字。我打开台灯,察看那文字的究竟。灯光照射下的那痕迹,显然是特意镌刻上去的几个字。但字体本来就很小,任台灯再亮也无法清楚地判读。多亏我发现写字台上放圆珠笔和钢笔的笔筒里居然插着一只放大镜。

我掏出放大镜,细看那文字。

第一个汉字是"戒"字。第二个字看不太清楚。凝神屏气细瞅,终于看出那是个"盈"字。剩下的两个字一气呵成,读出来是"祈"字和"愿"字。

四个字合起来,组成一句"戒盈祈愿"。

但杯子的内壁上刻的字还不止这些。接下去还有几个文字刻在上面,遗憾的是因为文字排列的关系,有两个字恰巧刻在碎掉的部分,大概是杯子破裂时一道毁损了。余下的两个字则是"同"字和"死"字。

整个句子合起来是:

"戒盈祈愿××同死"

暴风前夜

我突然感到一阵心脏几乎要停止跳动般的冲击。怎么会！！！

我险些把杯子掉在地上,再次把它打碎。看到我握着杯子的手在不停地剧烈颤抖,韩基哲大吃一惊,非常担心地问道:

"您这是怎么了?哪儿不舒服吗?"

"不,不是的。"

我喘息着回答,心头的兴奋却难以平静。

奇迹,简直是奇迹。真没想到,这样的事情居然活生生地发生在我的现实世界里。我举起那只破碎的杯子,再次小心翼翼地打量起来。那一瞬间我忽然明白原来刻在碎片上的两个字究竟是什么。那是"与"字和"尔"字。

这样,重新把整个句子串连起来就是:

"戒盈祈愿。与尔同死"

那意思直译出来就是:"但愿你饮时不要斟得太满,但愿和你死在一起。"

这意思究竟是在说什么?"戒盈祈愿"似乎还比较容易懂,照字面解起来就是"这杯子里不管是酒也好茶也罢还是别的什么东西,千万不要倒得太满来喝"。可"与尔同死"又何所指?"但愿和你死在一起",是和谁死在一起?

更令人诧异的是,怎么就会有这种奇迹发生呢?

这破碎的杯子正是林尚沃的遗物"戒盈杯"。

林尚沃自己为这只杯子取名"戒盈杯",无时无刻地随身携带着。

关于戒盈杯的故事,只不过是一种只有野史里才会出现的民间传闻。所以,林尚沃所拥有的戒盈杯应该是实际并不存在的一种浪闻虚说。可事实却并非如此。传说中的戒盈杯居然活生生地存在着。

林尚沃居住平安北道的后人们作为传家宝珍重地代代相传的戒盈杯,现在已经游出野史的深渊,浮出正史的水面!

戒盈杯,石崇大师预见到林尚沃将来会遭遇到的三重危机,为使林尚沃逃脱危机作为秘器相授的那只酒杯。

正是这只杯子。

林尚沃为这只杯子取名"戒盈杯",终其一生始终时刻带在身边。无疑,这戒盈杯就是林尚沃在自传中剖白的那"一杯"。

我又想起来到金会长这座住房前在窗口上方发现的标牌上刻着的屋名:

"戒盈堂"。

金会长为自己唯一的安乐窝取了这样一个名字,并将它刻在木板上,挂在它那简陋的屋檐下。

那么?

我感到了一阵战栗,似乎全身冒起了鸡皮疙瘩。

金会长显然已经洞悉了戒盈杯的秘密,洞悉了这看上去毫不起眼的杯子里所蕴藏的天大的秘密。他清楚地知道这戒盈杯与林尚沃九死一生的身世有着不可分割的关系,知道这戒盈杯的一切秘密。于是,他把这只业已破碎的杯子珍藏起来,而且还把这只成就了林尚沃一生伟业的杯子中所包含的一切渊源当作自己经商的他山之石。

于是,金会长把自己构想一切事业的唯一的安乐窝取名为"戒盈堂"。

金会长把自己的居所冠以"谨戒盈满之家",并将这个牌子挂到居室的屋檐下,显然是要汲取与戒盈杯大有瓜葛的林尚沃之教训,作为自身的经营哲学。

我一时难以抑制心底的兴奋。韩基哲大概是看出了我的心情,默默地看着我,沉默良久才开口说:

"这只破碎的杯子看来是件非常重要的遗物?"

"是呀……"因为还不能具体地揭出戒盈杯里所隐藏的秘密,我只有含含糊糊地回答他,"但不管如何,这杯子我要暂借一下。"

"当然可以。"韩基哲慢吞吞地回答。

我把杯子装进手包里。窗外已完全黑了下来。透过打开的窗帘,汹涌的海涛声传了过来,像是被关押在黑暗中的野兽在吼叫。

"怎么样?"在房间里东翻西找一番后,韩基哲开了口:"现在

暴风前夜

该办的事情都办完了，是不是该到哪儿去用餐了？"

"好的。"

见我答应，韩基哲又说："厂子附近有个小渔村，它的形成完全是因为要做在厂里做事的员工们的生意，那里的鱼脍（鱼脍系韩国一种鲜鱼料理，类似于日本的生鱼片——译注）挺有味道，我们就到那里吃顿便饭，顺便喝上两杯吧。"

我们无言地走出了房间。

韩基哲关掉了屋里所有打开的灯，重新拉上打开的窗帘，锁上堂屋的窗子，然后又细心地一一察看了一遍。韩基哲嘴里说着没有什么贵重的物品，但他生性沉稳，直到确认安全装置完好无误后方走到漆黑的屋外。

大概是入夜后海风开始肆虐的缘故，一走出屋子，海风卷着沙尘像蜂群一样直袭向松林和房子。海风扫过松林，发出脚踏风琴般"嗡嗡"的鸣叫。

那天，我和韩基哲在渔村的一家小鱼脍馆喝酒喝到深夜。开始，我酒不沾唇，还担心开车回家的事，韩基哲却劝我晚上就在工厂的宿舍里一道过夜，等第二天一大早再回家也不妨。经不住韩基哲的诱惑，我终于决定敞开来喝它一把。事实上，不喝点酒，我在神志如此清醒的情况下无论如何也是坐不下去的。

渔村本是个不算小的渔港，渔民们一向靠下海打鱼为生，但自从开了汽车厂，不少渔民迁往他处，已经显得有点荒凉。靠海一带，鱼脍馆一家挨着一家，客人主要是在汽车厂做工的工人们，既是酒家，也算饭馆，到处聚集着一堆堆身穿印有车厂标志的蓝夹克的小伙子们。黑暗中，灯光把酒家饭馆的门口照得通亮，更增添了一种渔村情调。防波堤的那边，泊着一些为鱼脍馆供应鲜鱼的渔船，海涛击打着防波堤，海水泡沫翻飞，雾雨般滋润着渔港。

我们去的那家鱼脍馆似乎是韩基哲经常光顾的地方。在馆子前面盛着各种水族的玻璃缸里选好做鱼脍的鲜鱼，韩基哲冲着店老板耳语片刻。

"就我们俩人儿干坐着喝酒那多没劲，您等着瞧吧，一会儿就有好戏了。"

我和韩基哲都是喜欢喝急酒的那种人，推杯换盏间一瓶烧酒就要见底。这时，从防波堤前面的路上开来一辆摩托，车手是一个戴着头盔的年轻人。他在饭馆前停了车，摩托的后座上下来一个女人。放下女人，年轻人随即又驰车而去。

年轻女人向我们走来，高高的个子，大冬天里依旧穿着短裙。女人手里提着一只装东西的包袱，机械地走过来，机械地说着话，机械地坐下后又机械地解开了包裹——包裹里露出来的是一只保温瓶和两只杯子。女人开始把保温瓶里的咖啡往杯子里倒。

"你要了咖啡？"我不明白个中就里，懵懵懂懂地问。

"当然，先从咖啡喝起才是酒中君子之道嘛。来来，这边坐，你叫什么名字？"

"李香兰。"女人机械地回答。

"别说什么假名，你真名叫什么？"韩基哲又死乞白赖地追问。

"我的真名就叫李香兰。"女人仍是机械地回答。韩基哲却马上哈哈大笑起来："好，好好，香兰就香兰，香丹就香丹。来，我们先干杯酒吧。"

女人倒好的咖啡谁也没动，却先喝起酒来。女人每劝必喝，每喝必干。女人还相当年轻，却一脸饱经世故的样子，眼睛、鼻子、嘴唇没有一个地方不是经过人工修饰的。虽说是饱经世故，可年轻的天性就是乐天开朗，稍有酒意就开始暴露无遗。

女人好像是在渔港里为数不多的咖啡屋里做事的服务员，是被以招租女郎的身份招来的。客人按待在一起的时间向咖啡屋付费，而这些女郎要做的事情就是在客人付费的时间里使客人感到愉悦。

喝了酒，女人的身上忽然不见了那种机械的、公事公办的态度。手拍着韩基哲的肩，娇痴地称他为"哥"。而韩基哲似乎也不以这种称呼为忤，每一声"哥"都会爽快地碰杯，然后一干而尽。

稍有酒意，韩基哲就让女人唱个曲子来听。也许是事先就关照店老板找个会唱歌的女人来，一经要求，女人马上毫不迟疑地唱起来：

暴风前夜

"艄公的船歌唱起来,大海的波浪涌起来……"

女人的歌声颇有味道。她一唱起来,韩基哲马上也用筷子敲打着餐桌击节应和。

直到这时,我才明白韩基哲为什么一定要从咖啡屋里招来这样一位年轻的女子。

饭馆的窗外,夜幕下黑洞洞的大海不停地发出波涛的吼声。夜已深,三三两两的工人们的影子早已不见,渔港里一片空空荡荡的。只有照亮街道的保险灯,散发着昏暗的光线,仿佛孤独地高悬于旷野的风灯,照在矿井般黑暗的海面上。

海风挟着汹涌的波涛而至,已经分不清哪是大海哪是陆地,房子也仿佛顷刻间就要被海涛击碎,卷到不知何方去。透过清冷的海风,幽灵般的涛声,在这一切都已倒塌、一切都已死去的海洋公墓里,女人的歌声似乎已成了唯一有着生命力的事物。女人的歌,一字字一节节,棘刺般活生生迫入我的醉怀。女人唱"男人是船女人是港",我就感受到男人是船女人是港;女人唱"爱情比喇叭花更短暂易失,爱情如无情流水叫人无奈",我就随着想到爱情比喇叭花更短暂易失,爱情如无情流水叫人无奈;女人唱"因为爱情而沉默我是你的女人,只要我记忆仍存,你永远是我的男人",我则不住地点头,心想,是啊,只要记忆仍存我永远是你的男人。

最后,连韩基哲也开始唱起来。他已不再是平日司空见惯的那个样子,不再是那种整洁利落、无懈可击的形象。脱掉上衣,只穿衬衫,把筷子当作麦克对着嘴唱,好像这样子才是他被掩饰起来的本相。

"宽阔的海边,有一座茅屋,打鱼的父亲,童稚的女儿。我的爱,我的爱,克莱门泰因我的爱,丢下年老的父亲你去了哪里……"

他几乎是在挣扎着唱歌。那已经不再是歌,而是喊叫,是发狂。他紧闭双眼径自唱着,额头上却已经暴起青筋。

我从随身带着的手包里掏出那只破碎的杯子,放在餐桌上,往里面斟上些酒。就像它那"千万不要斟得太满"的名字一样,这杯子已经不能再斟满。因为他已经破掉了一部分，要想斟满就会溢出。

就在这时，我端详着那斟了酒的杯子，发现了一件令人瞠目的事情：杯子里刻着的芝麻粒大小的字好像要漂出水面，看上去也大了许多，平时小得难以用肉眼看清的字迹已无须借助放大镜即可看得清清楚楚！斟了酒，在光线的折射下，小如芝麻粒的文字看上去非常清晰。

"戒盈祈愿"

醉眼蒙眬中，我盯住浮现在酒杯里的头一句话。其余的文字，因为恰巧刻在杯子已经破掉的部分，只能看到剩下的两个字。

"……同死"

"但愿你饮时不要斟得太满，但愿和你死在一起。"

我自言自语。

是的，这杯子是石崇大师传给林尚沃的秘器。200年后，这杯子又从林尚沃那里传到了金起燮手中，最终又从金起燮那儿到了我的手里。就像接力赛中选手接棒一般。

韩基哲已酩酊大醉。不，与其说是已经大醉，毋宁说是看上去像是一个正在故意撒酒疯的人。我和他一道喝酒也已经有过三四次，有时候喝过更烈更多的威士忌，但他一次也没有失过态，从来没有把衣服弄得乌七八糟，所以我只能认为他是在故意撒酒疯。

女人和韩基哲站起来，一块唱着，相互搂抱着跳起舞来。那是一曲年轻人们爱唱的快节奏歌谣："空达利，挲巴拉，空达利，挲巴拉，巴巴巴巴，空达利，挲巴拉，巴巴巴巴巴巴……"

韩基哲闭着双眼狂乱地随着曲子唱着，女人也径自扭动着身体跳着。饭馆偌大的空间除了我们三个外再无别人。我们在一起闹着，却又各行其是。女人在起劲地跳舞。韩基哲趁着醉意仿佛是正在进行着什么激烈斗争的工人，挥动着拳头，高声嘶叫着。我则在用那只戒盈杯自斟自饮，似乎这一切与我全不相干。

喝了很多的酒，醉得也很厉害，奇怪的是我的神志却出奇地清楚。我把他们又唱又跳的两个人完全抛在一边，杯子空了就自己倒

暴风前夜

上一杯，倒上了又把它独自喝掉。

内心的深处，有一个执着的念头萦绕着，挥之不去。

那是一个与戒盈杯有关的疑问。石崇大师把这只戒盈杯作为礼物送给即将重返俗世的林尚沃，为的是让林尚沃用这秘器克服最大的危机。但这杯子在石崇大师送给林尚沃时是完完整整的，没有一个地方有裂缝或是破损，而林尚沃对这只杯子也一直珍之又珍，重之又重，像随便放置以致产生把杯子打破的危险这类错误他是绝对不可能犯的。可事实上这杯子已经破了，不但是破了而且破得很惨，三分之一的部分已经不再存在。那么，是谁打破了这杯子？是林尚沃的后人吗？不，这不可能。这杯子显然不是不小心失手落地打破的。从杯子的形状看，它应该很结实，这种小小的失误它足以经得住，连缝也不会裂的。何况，他的后人们也不会这样疏忽地对待这个代代相传的镇家之宝。从杯子破碎的形状看，显然是有意要把它摔碎，用力扔出去才破成那个样子的。

那么……

我盯着杯子陷入了沉思。

夜已深，码头上的灯光也接二连三地熄灭了。一直桀骜不驯地狂哮的海水终于转入退潮，涛声像笼了辔头的野马逐渐平息。席终客散，渔村也似乎已经打烊。涛声一息，疯狂的海风也失去了威风。大海的景色就像刚刚撒了个弥天大谎却根本不记得前时的疯狂的人，摇身一变，显得格外清宁。明亮的月光就轻轻地泻在海面上。

月夜。

就像平息了的海涛，韩基哲和那女人也平静下来，正在一杯杯地饮着剩下的酒。

盯着戒盈杯，我在想，显然不是这戒盈杯像石崇大师所预言的那样帮助林尚沃摆脱过一道危机，而是这杯子不得不破掉的不为人知的缘由使林尚沃逃脱了一劫。

同样的道理，并非这戒盈杯使林尚沃成为前无古人后无来者的巨富，而是这杯子不得不破掉的缘由使林尚沃成为朝鲜王朝首屈一指的贸易大王。

那么，是什么样的缘由使得戒盈杯非破掉不可呢？

个中缘由，金会长可能知道。所以，他才会仿着那业已破碎的杯子的名字为自己的住所取名。

"我得走了。"

好像是事先约好的，月光弥漫的蓝色防波堤那边，原先将年轻女人送来的戴头盔的小伙子从刚才起就骑着摩托来到饭馆外，发着了车。大概是有意给女人信号，小伙子给车挂了挡，让摩托发动机一个劲发出隆隆的声音。

"要走的就走吧。"慢吞吞地掏出钱包，付了小费，韩基哲好像大梦初醒般独自呓语着。

"今晚很愉快，晚安。"

女人走了出去。

透过窗口，我们默默地看着那女子在梦幻般的蓝色月光下跨上了摩托车后座。女人的一只手刚搂住男人的腰，摩托车马上发出"突突"的轰鸣消失而去。

无言地，我们把瓶中酒互相倒向对方的杯子里。各自勉强倒满一杯，瓶已经见底。

为了让食客看到鱼脍是由鲜活的鱼儿做成的，盘子里的鱼原本是肚子向上眼睛仍在动的，但现在鱼的眼睛也已经合上了。

喝完最后一杯，我们起身离座。韩基哲买单。找到皮鞋穿上，先来到码头边，我对着大海小解。一轮大得超出想象的月亮悬挂在夜空，月光洒在平静的海面上，大海仿佛一方巨大的花圃。

"男人是船，女人是港。"

我忽然想起方才女人唱过的这句歌词，颇有感触地自言自语起来。

是的，又到了出发的时候，就像扬帆出海的船儿。

追踪林尚沃生平足迹，考证林尚沃与戒盈杯之间那千丝万缕、不为人知的渊源的工作，就这样又重新开始。

暴风前夜

第八章　蚂蚁与蜂蜜

1

1807年，也就是年仅11岁就登上王位的纯祖即位第七个年头的九月。

林尚沃与朴钟一急急匆匆赶往京城汉阳。

当时，林尚沃年方29岁。

林尚沃与朴钟一风风火火地急赴汉阳，是因为当时炙手可热的权臣朴准源刚刚以68岁之龄作古。

朴准源，朝鲜王朝后期的文臣、大学者，自幼通六艺，谙百家，女儿成为定祖的夫人后进入当时的权势中心。

第三个女儿被选为正祖的姝嫔后，朴准源一跃龙门，仕途畅通，飞黄腾达，扶摇直上。后姝嫔生元子，朴准源成为太子的外祖父，并因辛苦护产而擢升通政大夫，经常淹留宫掖，保护元子，为太子之辅。

1801年，外孙纯祖终于承大统登王位，朴准源被垂帘听政的贞顺王后重用，历任户曹、刑曹、工曹三曹判书，并任禁卫大将，掌三营兵权长达八年之久，权倾一时，成为权势的核心。

在今天的骊州，仍保留着歌颂其业绩的神道碑。据传神道碑的碑文是由纯祖亲自撰写的，足证朴准源当时权柄之重。

那么，林尚沃与当时处于权势核心的朴准源究竟有何种渊源，使他为奔丧而从义州到汉阳，2000里日夜兼程而来？

坦率地说，林尚沃此行并非为死后追赠"领议政"、谥"忠献公"的朴准源奔丧而来。林尚沃急火火地来参加葬礼，有一个明确的目标，那就是朴准源的儿子朴宗庆。

朴宗庆与他那廉洁方正的父亲迥然不同，是当时尽尝权力滋味的头号权臣。当时，朝中权柄在握的有两个人，一个是朴宗庆，一个是金祖淳。

四年后发生洪景来之乱时，洪景来曾传檄天下，鼓动暴乱，檄文劈头就提到了这两个人：

"方今海内，纯祖皇帝年少稚幼，金祖淳与朴宗庆之流欺天子而弄权柄。"

从引起西北的革命派洪景来的传檄声讨来看，不难推断，朴宗庆和另一个人物金祖淳可谓纯祖王朝权倾一时的权贵。

朴宗庆以及他的父亲朴准源属于大王纯祖的外戚，而以金祖淳为首的安东金氏一族则是纯祖时期垂帘听政的英祖继妃贞顺王后的近亲。贞顺王后属庆州金氏，自她垂帘听政之时起，就开始把自己的亲戚一一提拔到各种要职上。到纯祖年满15岁，贞顺王后撤帘还政时，金祖淳的势力已达到无以复加的地步。

朴准源是大王的外祖父，而金祖淳因为是太后之父，人称国丈。

所以说起来，朝鲜王朝后期的一切混乱与弊害，全部是拜大王与太后的亲戚所赐，因而我们不得不铭记这样一个历史教训：无论古今，哪里有权力哪里就有近亲与家臣，而权力的腐败皆因这群近亲与家臣而起。

总之，林尚沃面临着一种非常急迫的局面，使他不得不在两大权臣朴宗庆与金祖淳之间选择一个。因为这一时期，朝廷颁布了新的政策。

过去，无论是谁，只要有意，都可以自由地出口人参；只要纳税，都可以毫无约束地收到货款。可自从人参生意从白参跨入红参时代，每年的人参贸易额已突破白银百万两，成了国家已不能继续放任自流的财源。

暴风前夜

于是，朝廷想出了一个办法，这就是人参交易权——说起来叫作交易权，实则是一种人参垄断权。尽管此时，林尚沃已成为义州最大的人参王，最大的湾商，可如果拿不到人参交易权，就会在一夜间沦为靠零售维持的小店铺。

"大哥，"经商手腕高出林尚沃一筹的开城商人朴钟一对垂头丧气的林尚沃开了口，"光这么干坐着，难道就能坐出什么妙策不成？"

"那么……"

"不入虎穴，焉得虎子嘛。"

"虎穴？"

"古时候有个故事，说的是孔子有一天得到了一个稀世宝珠，宝珠上有一个九道弯的孔。孔子想给宝珠穿上线，可一次都没有成功。他想，像这样的事情妇道人家可能会有办法，于是便去问一个在附近采桑的妇女。那妇女却要他好好想想，对他说'密尔思之，思之密尔'。孔子想了又想，终于明白了那妇女的意思，回头捉了只蚂蚁，在蚂蚁的细腰上系上细细的丝线，把蚂蚁放进宝珠孔的一头，在另一头抹上蜂蜜，引逗蚂蚁。果然，蚂蚁带着丝线从珠孔的这头爬到了另一头，就这样把线顺利穿好了。孔子是从妇人对他讲的'密'字想到了蜂蜜的"蜜"字，才有了这个办法。现在，大哥也已经得到了稀世罕有的珠子。古言道'玉不琢不成器，珠不缀不为宝'，而您如果想把这稀世罕有的珠子缀起来，就得有蚂蚁和引诱蚂蚁的蜂蜜。"

朴钟一讲的是一个有名的成语故事，叫作"孔子穿珠"。对于这个成语，林尚沃不会不知，但他并不明白朴钟一对他说这些话的意思：

"我不懂你说这些究竟是什么意思。"

朴钟一马上说道："大哥是天下第一的商家，怎么会不明白我的意思。大哥手里已经得到了一只带九曲孔的珠子，您必须像孔子那样从珠子的孔里缀上丝线，而这是人力所不能及的。您必须按照采桑女所说的办法去抓只蚂蚁，在蚂蚁的腰里系上细丝，把它放进珠孔的一头,在另一头抹上蜂蜜。以后的事情就无须大哥您费心了,蚂蚁自己就会找到出口,替您把丝线缀起来的。"

蚂蚁与蜂蜜。

这就是开城商人朴钟一告诉林尚沃的商技第一要诀。林尚沃一向只重商道,而朴钟一又为他传授了作为经商手腕的经营哲学。

朴钟一是个崇尚现实主义经营哲学的人。见自己做了这么多的解释林尚沃依然猜不透,朴钟一又对他补充说:

"无论做什么样的生意,都需要权势的力量。小生意需要小权势,大生意则需要大权势。所谓生意,不就是一种追求利润的事情么?所以,追求利润的生意和追求力量的权力能够结合在一起,就会产生利益和权势。过分倚重权势会招致灭顶之灾,可如果离权势太远就不会有兴旺的日子。所以生意与权势的关系,就如同嘴唇与牙齿的关系。嘴唇与牙齿虽在一起,却是各行其是的,它们之间的关系可以用一句话'不可近不可远'来形容。"

朴钟一接着说道:"有句老话叫'唇亡齿寒',就是说如果没有了嘴唇,牙齿也会感到寒冷。这是一种比喻,是说彼此间关系很近,互为倚重,如果一方完蛋了另一方也难以求全。权力和商业的关系犹如嘴唇与牙齿的关系:远不得,近不得。既不更远,也不更近。权力有力量而没有金钱,商业有金钱却没有力量。说到这里,我要再对您细讲一下我对您讲过的蚂蚁与蜂蜜。"

朴钟一商技的第一要诀是"蚂蚁与蜂蜜",其蕴意是这样的:"蚂蚁就像是权力。大哥完全没有必要辛辛苦苦地自己去穿线缀珠,您只消像在蚂蚁的腰里系上丝线那样暂时依附于权力。剩下的一切,蚂蚁是懂得如何为您钻孔引线的。这里面的关键是需要有足以诱惑蚂蚁的诱饵,这诱饵就是蜂蜜。"

蜂蜜是用来诱惑象征着权力的蚂蚁的,那么蜂蜜又该是什么?朴钟一微微一笑,说道:"用来诱惑蚂蚁的蜂蜜就是金钱。大哥,眼下朝廷就要搞一个什么交易权,全国的商人中只挑五个人,交易权也只给这五个人。名义是交易权,实际说起来是一种垄断权。如果大哥您就这么袖手旁观,别说什么交易权,恐怕连人参生意也不得做,只能乖乖地干看着,然后成为一个穷光蛋。俗话说,要抓老虎,就得钻虎穴,现在我们就得去钻虎穴了。"

林尚沃马上问道:"虎穴究竟在何处?"

"这您都不懂吗?"朴钟一觉得林尚沃可真是不开窍,"虎穴就在皇上所在的汉阳。权力有个特征,它源自有力量的人。越能接近皇上,权势也就越大。您也知道,人参交易权是利权中的利权。所以八道江山所有的人参商都会云集汉阳,削尖了脑袋,睁大了眼睛,争取拿到这只有五份的交易权中的一份。"

然后,朴钟一做出了结论:"当今天下有两大权势中心,其一是金祖淳大人,其二是朴宗庆大人。两个人的力量之源,皆是因为他们是皇上的姻亲。金祖淳大人是太后的近亲,而朴宗庆大人是皇上的外戚。这两个人才是虎中之虎。能够将交易权玩弄于股掌之上的也只有这两个人。"

金祖淳与朴宗庆。这两个人就是朴钟一所洞察到的权力的核心,也就是拥有权力的力量的蚂蚁。

"可是,我跟这两个人素昧平生,一点也不相识呀!巧妇难为无米之炊,我是赤手空拳,没有什么体面的人来帮我,也没有个什么大官人可商量……"

朴钟一接口说:"金祖淳大人老家是安东,恐怕不大会相信西北人,但朴宗庆大人老家在骊州,大概不会有什么地方偏见。再说,您看看我的名字就可以知道,我也可以算是朴宗庆大人的远亲呐。我的本贯(韩国人家谱用语,类似于我国的'祖籍',指某一姓氏或姓氏分支的发源地——译注)是在潘南,据我所知,朴宗庆大人的本贯也是潘南。据说,本贯为潘南的朴姓是一个稀有之姓,几乎所有潘南朴氏都是同一个血脉。"

"不过,"一直在静听对方讲话的林尚沃终于开了口,"光凭这个可是门儿也没有,别说晋见朴宗庆大人,恐怕在门口就会吃闭门羹,让人给赶出来。"

"大哥,"朴钟一忽然抓住林尚沃的手,说道,"我刚刚接到一位在汉阳的松商的传报,说是朴宗庆大人的父亲朴准源大人今年68

岁,已经卧病很长时间,难有起死回生之望,估计数日内就会西归。如果这传言是真的,那可是千载难遇的良机。如果朴准源大人故去,朴府上的大门自然会为吊丧的客人们敞开着,要见到他的公子朴宗庆大人也不会太难。这是兄长您唯一的机会,是第一次,也是最后一次。"

当时开城商人们拥有一个独特的组织叫作"松房",正是通过这松房,开城商人们得到了比其他地方的商人更多更快的经商信息。松房是开城商人所独有的组织,其他地区的商人则享受不到类似的好处。

朴钟一告诉林尚沃的所谓"既是第一次也是最后一次"的千载良机,即朴准源大人病危的消息,就是通过松房传递给朴钟一的快讯之一。

朴钟一的信息很准。

当年九月,一代权臣朴准源病故,享年68岁。

"机会终于来了。"朴钟一对林尚沃说。

朴钟一对林尚沃所说的"机会终于来了"这话,当然就是意味着,这位天下第一权贵的故去,使得对其子朴宗庆进行攻心战的大好机会从天而降。

从古到今,冠婚丧祭一直是人伦之大事,而丧事又被认为是四礼中的重中之重。

如果私下里单独晋见朴宗庆,赠送巨款以打动他的心,就是一种明明白白的贿赂行为。可是,如果趁为一代权臣朴准源举丧之际以巨款为赙仪,则无论如何都不能算是不正当的黑钱,而可以视为人之常情的礼俗来往。

"到我们入虎穴抓老虎的时候了。"朴钟一怂恿林尚沃。行前,他又悄悄地问林尚沃:"现在蚂蚁已经有了,蜂蜜您打算怎么办?"

林尚沃对朴钟一的话马上心领神会。这蜂蜜当然是指送给朴宗庆的赙仪。

"是呀,该怎么办才好呢?"

至今为止,林尚沃还从未依靠过官府,也决不知特权与照拂为何物,事实上他的确对处理这样的事情茫然无措。

朴钟一马上回答他:"蜂蜜自然是越甜越好,因为蜂蜜越甜,蚂蚁就会越快为您穿线缀珠。"

林尚沃又问:"要甜到什么程度才行?"

"大哥,"朴钟一对林尚沃说道,"朴准源大人是权倾一时的重臣,他的丧礼上会有来自全国八道的各方豪士,八道的官员和首富们会成群结队地涌去。何况,朴大人的公子朴宗庆大人现为摠戎使,步其父之后尘掌握着天下权柄。不仅是八道的守令与幕僚们会献上各地的特产,而且还会有各种蔚为大观的蜂蜜从全国各地被送到京城。照我看来,如果不是远远超出别人的数目是不可能打动朴宗庆大人的心的。"

"那么具体该多少才成?"林尚沃又问道。

但朴钟一并没有说出什么具体的数额,只是做了这样一个答复:"那在大哥的心里。"

听了朴钟一的话,林尚沃掏出银票,提笔在中央写下了一个数目:"这个数怎么样?"

朴钟一淡淡地说道:"照这个数,去做一个八道守令倒还行。"

林尚沃听了,马上将那张银票撕掉,再掏出一张,写上新的数额:"这个数呢?"

瞟了一眼林尚沃伸手递出的银票,朴钟一答道:"这个数,可以做到全国各道的方伯。"

见朴钟一如此回答,林尚沃又把这张银票也撕掉,挥笔开出另一张银票:"这个数呢?"

如此三番,林尚沃开出最后一张银票递给朴钟一,朴钟一看了看那数目又递回给他:"所谓商业就是追求利润,权力就是追求力量。商业要得到力量,就必须保证给权力以利益,这就叫利权。商业与权力结合在一起还会产生商权。我们生活在一个'窃钩者诛,窃国者为诸侯'的世界里,要得到更大的商权就必须借助更大的权力的力量,而要借重更大的权力的力量就必须有谁也没尝过的蜂蜜。何况,大哥您现在面临着一种生死危机,必须在全国只有五份的人参交易权中拿到手一份。"

当天夜里，林尚沃苦思再三，终于开定了一张银票。然后，林尚沃和朴钟一起匆匆一道赶往京城汉阳，但朴钟一再也没有向林尚沃打听过银票上开出的出款数目，林尚沃同样对自己开出的数目三缄其口，只字不提。

到了汉阳，林尚沃与朴钟一径直去了正在举丧的朴府。真不愧是一代权臣朴准源的丧事，来自全国八道的吊客把个朴府挤得水泄不通，几乎没有落脚之地。林尚沃与朴钟一排队等候上前凭吊，可来客太多，直到下午很晚的时候，才好不容易挤进殡仪场所。

殡仪场所前，一群账房先生坐在那里接受吊客的赙仪。这些账房，大都是住在厢房的书生。林尚沃把带来的银票交给了他们。正在收钱并草制清单的书生见到林尚沃递过来的银票不由得瞠目结舌，以不敢相信的眼光把银票再次打量了一番。林尚沃与朴钟一却不管账房吃惊不吃惊，走进殡仪场所，五体投地地行了大礼，哭悼死者。

从那天晚上起，林尚沃就在位于今天汉城火车站上方的市场街七牌投了宿，无所事事地等待着。朴钟一则为买通管家和守门的奴才们而马不停蹄地出入各种商家。他给厢房的书生们又是送小钱，又是买酒，甚至还出钱让他们去嫖，同时还要买一些狗皮、烟袋、烟荷包之类的东西送给那些奴才们。

朴钟一心里很明白，"宰相府里的奴才比宰相更会欺负人"，而千求人万求人不如浑到一锅里去求人。为了达到目的，当务之急是先收买下人和奴才。于是，朴宗庆手下那些吃夜草而肥的下人们很快便无人不知"义州姓林的"，而且都知道林尚沃就住在七牌的小旅馆里。他们不禁纳闷：林尚沃究竟在等待什么？他在小旅馆里一天天无所事事地究竟在等什么？手握天下权柄的朴宗庆和这个家在平安道义州边陲小地的买卖人有何渊源，居然让他在那里漫无目的地空等着？

也就在这时，顺利办完丧事的朴宗庆开始整理清单。清单上一一记载着前来参加葬礼的吊客们的名字和他们所献赙仪的数目。

暴风前夜

名义是赙仪,实则为贿赂,所以,最寻常的是几百两,超过千两的也不在少数。

朴宗庆的心里非常惬意。

父亲朴准源的葬礼办得体体面面、风风光光,外加上这些已达天文数字的赙仪,真是一举两得,不由人不欢喜。

正在打量来客清单的朴宗庆,视线忽然停在一个人的名字上。他定睛对着清单记载的名字又看了一眼。清单写着:"平安道义州商人林尚沃"。

这是一个朴宗庆完全陌生的名字。朴宗庆就是朴宗庆,作为一个摠戎使,他对全国八道官员们的名字以及那些在地方颇有势力的人的名字是了如指掌的。可是,林尚沃,这个买卖人的名字压根就没听说过,也从来没有见到过。

朴宗庆本能地去找林尚沃进献的赙仪。他找到了林尚沃进献的银票,等看到银票上所开出的数目,朴宗庆的脸忽然抽动扭曲起来。要知道,朴宗庆是当代头号权臣,寻常的事情从没有让他这样吃惊过。这样一个朴宗庆,究竟从林尚沃的银票上看到了什么,居然一惊如斯?

"喂,"朴宗庆马上叫来了下人们,"你们有谁知道来访的吊客中有一个义州姓林的商人吗?"

"小人们知道。"

朴钟一早就把所有的下人买通,几乎没有一个当差的不知道林尚沃的名字。

"那人现在在哪里?"

"住在七牌街的小旅馆。"

"你们知道那小旅馆吗?"

"我们知道的,大人。"

"那快去把林尚沃叫到厢房来,就说我要见见他。"

下人奉着摠戎使的钧旨,兴头十足地找到林尚沃投宿的小旅馆,对林尚沃说道:"我们家大人要见您呐!"

该来的终于来了。林尚沃马上整肃衣冠,随着当差的走了出来。事实上，林尚沃是相当有信心的。他早就预见到，这个权倾天下的人物迟早会来找自己的。

林尚沃和朴钟一立马随着下人来到了朴宗庆的府上。朴府的厢房里挤满了前来造访的客人。朴宗庆就在那些人中间，坐在褥垫儿上懒洋洋地与人们闲聊着。

"给大人请安。"

作为一种初次见面的礼节，林尚沃屈膝为礼。朴宗庆本应该面对林尚沃还礼才是，可他照旧斜躺在那里，嘴里叼着烟袋，倨傲地发问：

"你是谁，家住哪里？"

林尚沃答道："我是家住义州的商人林尚沃。"

"坐吧。"

分明是自己亲自下令请来的客人，朴宗庆却只是用他那须髯稀疏的下巴冲着炕沿轻轻一点，示意林尚沃坐下，然后又继续和先到的客人们漫无边际地闲聊起来。

从古到今，大权在握的实权派的厢房，总是熙熙攘攘得浑若闹市。挤在这里图谋攀缘的人，不是指望权贵者有一天能够看上自己从而飞黄腾达，便是腆然行贿思谋利权。这些人，就是古来所谓政商掮客之流。

朴宗庆斜躺在大炕的最里头，嘴里含着一个长长的烟袋，正在"吧嗒吧嗒"地吞云吐雾。那是一只极其珍稀的烟袋，烟管烟锅由白铜制成，上面还饰有乌铜与黄金花纹。因为座中地位最高的朴宗庆在吸烟，房间里就再没有一个人胆敢去吸。

主人烟袋锅儿里的烟抽完了，通常应该是由伺候在旁边的下人给装上烟叶，再打着火镰为其点烟的。朴宗庆的情况就不同了，一袋烟抽完马上就有人争先恐后地抢着像奴才一样为他装烟、点火。

厢房里本是禁谈与政治有关的沉重话题的。这里只有谈笑，要么是市井里飞短流长的轻松话题，要么是猜枚破谜的游戏。聚集在厢房的人中，常常出现一个人给出谜语由另一个人来猜的场面。这种谜语，通常就是有人问"吃了会瘪下去，不吃就胀起来"，然后

暴风前夜

有人回答"是孩他妈的奶子"的那种。也就是说,这里你来我往的谜语大都是能够让人轻松一笑的黄色下流段子。

有人问"十个家伙拽着五个家伙进",有人便去揭谜底"是穿袜子",然后聚集在厢房里的人们便发出一阵哄堂大笑。

林尚沃坐在离朴宗庆最远的炕边上,怔怔地注视着眼前客人们的游戏。明明是朴宗庆让下人把自己叫到了厢房,可他现在就好像忘了这码事,眼睛连瞟也不朝林尚沃瞟一眼。就这样,林尚沃和朴钟一压根没被正眼看上一看,到了午饭时间,就在厢房里和客人们一道吃了专门为客人准备的午饭。下午,朴宗庆又来到厢房,情景却和上午没有什么两样。他依旧斜倚山墙,只顾一个劲儿地抽烟,对林尚沃与朴钟一的态度不咸不淡,不置可否。急性子的朴钟一心里一个劲儿地蹿火,林尚沃却不慌不忙,不为所动。

终于到了太阳快要下山的时候,朴宗庆起身说道:"今天就到这儿,我先回去了。"

说完这句话,朴宗庆又说:"可在我走之前,我要给大伙儿出个谜语。以前各位出的谜语我都听过了,到现在为止还没有一个人能够给大家出一个谁也猜不出的谜。所以,我也要出一个谜语,谁能猜就猜猜看。如果有人能够猜中这个谜语,我会大大地有赏。"

听朴宗庆这么一说,整个厢房里一阵喧哗骚动。

"大人要出的谜语是什么?"

来客中有人急不可耐地问。朴宗庆轻抚着稀疏的须髭说道:"这段时间以来,我一直担任着摠戎使之职,负责汉阳的治安,保护皇宫的安全。我最想知道的是每天究竟有多少人出入崇礼门。但我不知道。于是我纳闷,便吩咐守门的军卒数一数究竟有多少。谁承想,有的家伙说是一天大约有3000人,有的家伙则说一天有7000人。那些给我回话的家伙,每个人说出的数字都不尽相同,叫我捉摸不定。所以,在座的各位如果有谁知道那准确的数目,明天来说说看吧。"

说完,朴宗庆又补充了一句:"谁猜中了我大大地有赏!"

留下这样一个没头没脑的谜语,朴宗庆径自走出了厢房。无奈，林尚沃和朴钟一只好也走出厢房回到客店。

"这到底算什么玩意儿呀！"急性子的朴钟一非常窝火地说，"明明是差了下人叫我们马上去一趟，去了却视而不见，睬也不睬，怎么能这样呢？您到底在银票上写了多少，让人家叫你坐得远远的，话也不递一句，眼也不瞟一下。怎么会这样！还有那乱七八糟的谜语，猜什么一天到晚出入崇礼门的人有多少，哪里会有人知道这些玩意儿！"

林尚沃马上接口说："这里就有人知道。"

朴钟一以怀疑的眼光瞅了瞅林尚沃："难道大哥知道那数目？"

"这个……自然。"

"那么到底有多少人？"

"现在还不能告诉你。"林尚沃莞尔一笑。

2

第二天早晨。

林尚沃和朴钟一再次来到朴宗庆府上的厢房。朴宗庆和昨天一样，斜躺着，嘴里叼着烟袋，一个劲儿地抽烟，大口大口地吐着一个又一个烟圈。

"大人，给您请安了。"

林尚沃还是像昨天一样，五体投地，跪行大礼。没想到，朴宗庆居然傲慢地发问："叫什么？哪儿的人？"

分明是昨天原原本本告诉过的，朴宗庆却像初次见面似地直盯着林尚沃的脸问他的姓名。

"小人叫林尚沃，家住平安道义州。"

"做什么的？"

"做买卖。"

"做买卖，做什么买卖？"

"是一个和中国做人参买卖的湾商。"

"哦，是吗？坐那儿吧。"

暴风前夜

朴宗庆又是用下巴示意了一个空位。这次如果说和昨天有什么不同的话，那就是昨天是离上座最远的地方，而今天则让林尚沃坐在了自己身边的位置。

但也只是坐得离朴宗庆近了一些而已，朴宗庆依旧全不理睬，瞟也不瞟一眼。但因为坐得近，朴宗庆的烟抽完了，朴钟一就有机会替他装烟点火，也许这就算一种幸运？

终于到了厢房座无虚席的时候，朴宗庆这才开口说道："昨天下午，我给各位出过一道谜语。我还有言在先，谁猜中了这个谜语，我会大大地有赏。我的谜语是，每天出入崇礼门的人到底有多少？这个谜底，谁知道就说说看。我想你们昨天夜里肯定会翻来覆去想过了，那就不妨说说看嘛。"

说这话时，朴宗庆斜躺在那里，似乎觉得很有趣，脸上露出了一丝笑容。可是，厢房里的客人们面面相觑，大眼瞪小眼，却没有一个人开口回答。

的确，正如朴宗庆所言，这些客人们昨天夜里都在通宵辗转反侧地仔细琢磨这个谜语。从朴宗庆平日里一言九鼎的脾性看，这位朴大人说要重赏猜到谜底的人绝非一句虚言。

可是，客人们想，那玩意儿又有谁会知道。每天出入崇礼门的人有多少，这样的数字又有谁能够猜准？朴宗庆自己说，连把守崇礼门的军卒都弄不清楚，说是有时候3000有时候7000。

崇礼门，朝鲜王朝代表性的城门。据说，城门匾额上写着的"崇礼门"三个大字系世宗大王的长兄阳宁大君所书。别的城门上的匾额均是横书，唯独崇礼门上的匾额是竖写，据称，这是为了挡住冠岳山的火气。

总之，没有人猜得准每天究竟有多少人出入崇礼门。

朴宗庆环视座中，见没有人来回答，就干咳一声说道："难道竟然没有一个人能猜出来？"

就在这时，静静地坐在朴宗庆旁边的林尚沃开了口："大人，请让小人来说说看。"

林尚沃一开口，座中立即变得鸦雀无声。说起来，聚集在天下第一权臣朴宗庆大人府上厢房里的这些人，都是一些自命不凡的文人墨客，在他们的眼里，一个来自边陲小处的买卖人实在有点微不足道。可这样一个买卖人居然也敢来回答朴宗庆大人的问题，真让人有点儿不可思议。

"嗬嗬，你说你要来说说看，这么说你能猜到每天出入崇礼门的有多少人喽？"

"小人会尽心中所知回答大人的问题。"林尚沃低着头，恭恭敬敬地说。

"嗯，那你就来说说看，每天出入崇礼门的到底有多少人？"

"就……就两个人。"

林尚沃抬头盯住朴宗庆的脸，清清楚楚地回答道。一直在等林尚沃说出谜底的客人们顿时发出一阵哄堂大笑。太离谱了，每天出入崇礼门的居然只有两个人，这人莫非在头脑发昏？

奇怪的是朴大人却不再发笑。原本半躺着一口接一口地抽烟的朴宗庆忽然起身正坐，而且，还把身子与林尚沃靠得近近地，接着问了下去：

"那么你知道那两个人姓什么吗？"

"知道。"

"那我问你，每天从崇礼门出入的那两个人姓什么，你给我说说看。"

"一个姓李，另一个姓海。"

林尚沃的回答听起来实在是荒唐无稽之谈。他不但指称每天出入崇礼门的只有两个人，还说什么这两个人一个姓李一个姓海。李姓是一个大宗姓倒也还罢，可姓海的是一个稀少到近乎没有的姓氏。

朴宗庆似乎觉出了众人的怀疑心理，又问：

"你说那两个人中有一个姓李倒还说得过去，可说另一个姓海就让人不敢相信了，天下究竟有没有这个海姓？"

"小人所说的姓氏指的不是这样的李姓和海姓。"

"那么是……"

暴风前夜

"待小人写给大人来看。"

当时的风俗,厢房里通常是备有文房四宝的,因为聚集在这里的大都是些精于书画的文人墨客。

林尚沃浓墨饱蘸,提笔写下了两个大字。这两个字是:利害。写完这两个字,林尚沃又解释道:"我所说的两个人的姓氏,是一个姓'利',而另一个姓'害'的意思。"

朴宗庆听了,忽然提起烟袋在桌子上敲着,粗豪地哈哈大笑起来:"你再详细解释解释,让我听个明白,也让这里所有的客人听个明白。"

林尚沃接着说道:"每天出入崇礼门的人,不管其数目是3000还是7000,就算一天超过一万,对于大人来说,这众多的人只有两个,一个是有利的人,一个是有害的人。而那种既无利又无害的人,当然就是毫无用处、于大人全不相干的人。所以就只有'利'和'害'这两个人。"

朴宗庆微一抬手,指了指聚集在厢房里的客人们,又问:"这么说,来到这厢房里的人不论一天有多少,最终也只有两个人喽?"

"是的,大人。"林尚沃回答得非常干脆,"就算大人府上每天有几百名来客,最终也只有两个人,一个是有利的人,一个是有害的人。"

林尚沃的话听在聚集在厢房里的人们的耳朵里不啻平地里一声惊雷。朴宗庆大人的府上就算每天有几百名来客,最终也只有有利的和有害的这两个人。林尚沃的话切中要害,一语道破了天机。

这些人都是来追逐名利的,要么是想捞取一官半职,要么是想挣些蝇头小利。所以,他们看上去是在对朴宗庆大加颂扬、奉承,骨子里想的却是要捞走一些利益。

书生重名,商人重利。文人如果贪图利益,当然就是要沽名钓誉;商人贪求利益,就是与权力野合形成商权,从中获利。听了林尚沃的话,朴宗庆抬起一只手,指着厢房里所有的人们说道:"原来这里会集的人对我来说不是有利的便是有害的!"

朴宗庆这话当然是以开玩笑的口吻说出来的,但在厢房里那些心有不端的人们听来，却足以感到胆寒。

"那么，"朴宗庆抬眼看看林尚沃，又问，"对我来讲，什么样的人是有利的，什么样的人是有害的？"

"有利的人有三种，有害的人也有三种。"

"请道其详。什么样的人对我是有利的？"

"小人这就禀告大人。"林尚沃开口说，"有利的人有三种，第一种是正直的人，第二种是诚实的人，第三种是博学多识的人。"

"那么，"朴宗庆以手抚须问道，"对我有害的又是什么样的人呢？"

"对大人有害的人同样也有三种，第一种是阿谀奉承不够正直的人，第二种是狡诈无信的人，第三种是没有真知灼见只会油嘴滑舌的人。"

林尚沃所回答的内容，出自孔子的《论语》。

孔子在《论语》季氏篇中说："益者三友，损者三友。友直，友谅，友多闻，益矣；友便辟，友善柔，友便佞，损矣。"

中国有句俗话叫作"近朱者赤，近墨者黑"，对于孔子这段教人注意"益友损友"的话，几乎无人不知。但林尚沃的回答，却像给厢房的客人们头上泼了一盆冷水，引起一阵沉默。是朴宗庆打破了这种沉默。

"哈哈……"一阵突然爆发的豪爽大笑，令人们魂飞胆丧地抬头望着这位朴大人，他接着说道："我真没想到，居然有人这么容易就猜中了我出的谜语。没错，没错，就连进出我家大门的也只有两个，有利的和有害的，只有这两个，哈哈……"

那天傍晚，当聚集在厢房的客人们纷纷告辞的时候，林尚沃再次给朴宗庆磕头道别：

"大人，小人告辞了。"

正大剌剌地斜躺在那里接受人们行礼道别的朴宗庆忽然拔出烟袋，磕了磕烟灰，对林尚沃说："别忙，别忙，你再留一会儿，我还有话要单独对你说呢。"

林尚沃按照吩咐在厢房留了下来。人们都走光了，连朴钟一也

暴风前夜

退了出去，屋里只剩下林尚沃一个人。

天刚一擦黑，马上有个下人来到厢房，对林尚沃说："先生大人，我家老爷叫您呢，请随我来。"

林尚沃随着当差的，从套院穿过回廊来到里院。

朴宗庆已在内室里相候。酒饭已备好，房间里再无别人。这是天下大权一手握的朴宗庆与义州商人林尚沃之间的一次一对一晤见。

朴宗庆什么也没说，只是把酒杯倒得满满的，一股劲儿地劝林尚沃喝酒，林尚沃则是来者不拒，斟而必饮，饮而必尽，干脆利落。直到酒过数巡，微有酒意，朴宗庆这才对着林尚沃开了口：

"对我来说，你又是怎样一个人？方才你亲口说过什么，现在你亲口回答我，对我而言，你是个有利的人，抑或是个有害的人？"

"小人既非有利者，亦非有害者。"

"那你岂非成了一个对我毫无用处的人？！"

"不是的，大人。"林尚沃回答说，"假如小人是一个对大人有利的人，也许有一天就会变成对大人有害的人。利益这东西，归根结底就是为了自己，因而也就必然会给别人带来损害。正所谓哪里有利益，哪里就会有怨恨。"

"那么，你对我来说究竟是一个什么样的人，如何说既非有利亦非有害？"

"大人，"林尚沃说道，"有句老话说，君子喻于义，小人喻于利。"

君子图义，小人谋利。听了林尚沃这话，朴宗庆不由得提高了声音问："那么，你所说的义与利又有什么不同？"

"信义，是以对方为出发点，因而绝对不会有不义；而利益，是以自己为出发点，只会产生不义与怨恨。"

"那么你又是谁？来我家走动的两个人，你既不姓利又不姓害，那你究竟是什么？"

林尚沃明明白白地回答："小人既不姓利，也不姓害，而是另有一姓。"

"那你姓什么？"

"小人姓义。"

听林尚沃说自己既不姓利也不姓害而是姓"义"，朴宗庆不由得又把林尚沃重新打量了一番。经过前面的一番诘问与对答，朴宗庆已经看出林尚沃绝不是那种从穷乡僻壤来的鸡毛蒜皮的小买卖人，而听了这"姓义"的答复，朴宗庆更加明白，林尚沃绝非凡人。

朴宗庆打开文契匣的盖子，从里面掏出一张纸，展开看了看。那是林尚沃作为赆仪进献给朴宗庆的银票。

"前些日子，家父不幸弃世，本人收到了这张银票。等看了来客清单，才知道送银票的是你。"

"是的，大人，这银票正是小人所献。"

"那么，"朴宗庆欲言又止，很认真地问林尚沃，"你送来的这张银票，是一张空白银票。也就是说，上面没有写上支付银两的数目。所谓空白银票，就是持票人可以任意填写数目，就算他在上面写上1000万两，出票人也有义务照付，难道不是这样吗？"

林尚沃最后具体开出数目的那张银票，面额是一万两。白银万两，这并不是什么小数目，但还是被朴钟一一口否决。朴钟一还对他说：

"要得到更大的商权，就得借重更大的权势的力量。而要借重更大的权势的力量，就得有谁也没有尝过的蜂蜜。"

那天夜里，林尚沃辗转反侧，思索再三，终于做出一项重大决定。

空白银票。

他决定开一张空白银票，那是一种出票人给予收票人的完全任意权利，金额、给银地点、期限，一切都可由接受这张银票的人自己任意决定。从这种意义上讲，林尚沃大概能算得上我国商人中出具空白银票的第一人。

收到空白银票的人，可以随意在上面填写自己想要的金额，他可以填上区区一两，也可以填上千万两。不管他开出多大的数目，林尚沃都有义务如数给付。

暴风前夜

当时，林尚沃觉得，除此之外别无选择。

"假如我开千两，就有千两的回报；开万两，有万两的回报。不管我开出一个什么数目，只要我写得出，就能够得到相应的回报。这样做，终不过是一笔交易。但如果我献上一张没有数目的空白银票，我就能够得到对方的真心，这就不再是交易，而是友情。"

林尚沃的想法果然奏效。朴宗庆这位天下第一权臣，正是被这张空白银票打动了心。

一张空白银票，赤裸裸地表现着一个人的无边欲壑，也终于打动了这位天下第一权臣的心。

"是的，大人。"

"是什么缘故让你给我开出这样一张空白银票？"

那一刻，朴宗庆突然双眼精光暴射。那须髯，那脸相，完全是一副虎相，盯视着林尚沃，好像要把林尚沃扑倒。

但林尚沃毫不畏惧，娓娓道来："最开始，小人并没有想到要给大人献上一张这样的银票。可对这银票的数额琢磨来琢磨去，无论如何也定不下来。说实话，第一次我写了1000两，然后第二次填了5000两，最后开了10000两，仍是不得不把那银票撕掉。"

"为什么？"

"理由是这样的。"林尚沃端起酒杯一饮而尽，接着说道，"小人觉得，填千两会从大人这里得到千两的关心，填5000两就得到5000两的关心，填万两就得到万两的关心。所以，小人就明白了，无论小人填多大的数目，也只能得到与那数目相应的关心。于是，小人最终想出来的就是空白银票。"

"那么，"朴宗庆问，"你想得到什么？"

"小人想从大人这里得到的，不是大人的关心，而是大人的真心。大人，人的好奇心与关心虽然用金钱可以买得到，但真心是任何金钱都不能买到的。"

"那么，"朴宗庆把空白银票扔到林尚沃面前，"把你想在银票的空白处写的东西写出来看看。"

林尚沃毫不犹豫地提起了毛笔，一口气在银票的空白处写下了两个字。等银票上的字迹晾干了,林尚沃双手把银票递给朴宗庆。朴宗庆接过去,看了看林尚沃写在上面的字:"赤心"。

所谓赤心,也可称为"丹心",就是没有一丝虚与委蛇的真心与忠心。朴宗庆把林尚沃刚刚写过的银票放回文契匣,重新盖上盖子,说道:

"现在你的心就属于我了。不管我什么时候出示这张银票,你可得把你的心掏给我喽。"

"我会的,大人。"

朴宗庆和林尚沃一直喝到深夜大醉。两个人简直是意气相投。终林尚沃之一生,这是他所思谋的第一次也是最后一次政经勾结,而这仅有的一次却充满着信义之美。

政经勾结,这条经济用语所指的是那种黑色的幕后交易,那种本应保持距离的政治与经济为了各自的利益而密切结合的情景。但严格地讲,这唯一的一次,林尚沃也没有动用政经勾结惯用的那些不道德手段。因为他并没有在银票上填写具体的金额,并不是接受黑色交易的回报,而只是打动了朴宗庆的心。

酒足饭饱,就要撤席的时候,朴宗庆悄悄地问:"差点忘了,我不是对你许过什么吗?"

"许过什么?"

"怎么?这么快就忘掉了?我不是曾经出过一道谜语,让人猜每天出入崇礼门的人有多少吗?我还说过,谁猜到了这个谜语,我必有重赏?"

"是的。"

"猜中谜语的只有你一个人,我不是得按照我许下的诺言给你施赏吗?"

"谢大人赏赐。"

朴宗庆问:"说说看,你想得到什么样的彩头?"

朴宗庆也看穿了林尚沃的心理。如果说林尚沃是一匹名马,那么识得这匹名马的朴宗庆也就是一员名将。透过那张空白银票,他已经洞察了林尚沃那颗卓尔不凡的心。

暴风前夜

林尚沃这才对朴宗庆开了口,坦率地告诉朴宗庆,过去人参买卖是自由的,可从现在开始朝廷就要公布实施交易权制度,让少数几个人垄断人参交易,而自己如果能拿到这个交易权当然再好不过了。

人参交易权。

朝廷开始实施这种人参交易权制度,是缘于正祖末年一位备边使的上疏。那位备边使所上的条陈名字叫作"参包绝目"。

备边使是主管国家防务的衙门,经常派人到边关点验边塞的戒备情况。这些被派去检查的人回来后所汇报的内容,重点却是有关人参商人的问题。

迄今为止,人参主要是由来往中国的驿官和湾商来买卖的,因而有不少人私自越境,边防也就自然变得形同虚设,而国家也减少了大量的税收。有鉴于此,备边使在上疏中建议:"以律令设交易权,使权出于朝廷而开贸易之路,行财货之管制。"

于是朝廷决定,将全国的人参流通网缩小到五个,由朝廷控制,让众多想做人参买卖的人们通过这五个窗口进行人参出口,而朝廷则通过这五个窗口及时、准确地收取税金。

那天晚上,林尚沃从朴宗庆这位天下第一权臣那里拿到了人参交易权。

这是林尚沃一生中唯一的一次权钱交易,但因为他并没有在空白银票上填写具体的贿赂金额,也就没有沾染上黑色幕后交易的污点。在这一点上,天下第一权臣朴宗庆也毫无二致。朴宗庆虽然把人参交易权许给了林尚沃,但并非以交易的方式,而是作为对林尚沃猜中自己所出的谜语履行自己本已做出的承诺来实现的。两个人之间,保持了一种不远不近、若即若离的关系。

但无论如何,从此朴宗庆就成了林尚沃的后台人物,而林尚沃也像他在献给朴宗庆的空白银票上写下的"赤心"二字一样,终其一生对朴宗庆信义不改。林尚沃曾对朴宗庆说过自己姓"义",正是这个"义"字,使朴宗庆在许久之后从林尚沃身上得到了命运性的回报。

后来，在洪景来之乱发生后，朴宗庆立即成为口诛笔伐的众矢之的。这时，他还受到了大司宪赵得永的弹劾。弹劾的内容是这样的：

"朴宗庆以帝之姻亲作威作福，淫乱不堪，唯知贪赂，以一己之私怨而杀人，作恶多端。"

为此，朴宗庆被贬为扬州牧使，政治生命就此完结，又不得赴任，只有黯然下野。

他的起死回生，是因为皇上忽然患了一种奇怪的急病。那是一种无名重病，在死亡的边缘几度徘徊的皇帝，吃了朴宗庆为他煎熬的汤药，居然很快得以康复。因为侍药有功，朴宗庆终于得以尽洗因洪景来之乱而蒙受的耻辱，官复原职，再度成为天下炙手可热的权臣。

正是林尚沃，在这个节骨眼上把珍稀的人参送给朴宗庆，使他得以救下了已临近死亡边缘的皇帝。就这样，林尚沃实践了自己的承诺，成为一个对朴宗庆信义不改的人，一个守住了空白银票上白纸黑字写着的"赤心"的义人。

暴风前夜

第九章　联合抵制

1

1809年，纯祖九年。

以礼曹判书金鲁敬为陈奏使的使臣一行，离开汉阳，前往北京。

所谓陈奏使，不同于每年定期派往中国的使节，而是一种因临时有事情要通告才加派的不定期使节。

当时，朝廷每年都按定例向清朝派遣使臣，这种定期使臣，通常是冬至前后派遣，因而又称作冬至使。冬至使的使臣队伍，冬至前后起程，年底之前抵达北京，在北京逗留40天至60天不等，然后翌年二月出发，三月底四月初左右返回汉阳。这已成为常例。出使队伍的人员构成，因目的不同而异，但大都是在250人左右。当然，有时候也会超过500人。至于礼品，送给大清皇帝的是各种花色的布匹绸缎、花纹席和白棉纸，送给皇后的则是螺钿梳盒与各种花色的布匹绸缎和珠宝。有时，还会特别地加送20张水貂皮给皇帝。

除了这一年一度的使节外，朝廷还经常会特派一些使节前往大清。譬如，有时候，有关王室或国家的重大事件被讹传到了中国朝廷，或是发生了一些问题有可能引起彼此间的误会，为了开释、订正，就有了派遣特使的必要。

特使队伍的规模大都大于作为定期使节的冬至使队伍，而且，由于所担负使命的重大性,陈奏使的官阶是冬至使远不能望其项背的。但因为不是定期使节,陈奏使这种差事是没有什么人愿意担当的,官员们纷纷借故绕开,避之犹恐不及。

这次前往北京的陈奏使也非例外。那年的《承政院日记》甚至记载着这样的内容:

"拟派北京的陈奏使,已经有五人称病推托,希望别人能够代之远行。视重要的使节之行直同儿戏,为有国以来所未见。先后有沈相奎、郭尚佑、李相横、洪义信、金鲁音等上书请免,一一削职为民,最终钦定铨官金鲁敬出使中国。"

金鲁敬系朝鲜王朝后期文臣,早年经常作为冬至使兼谢恩副使出使北京。他还是一位声名素著的文章名家,从现存的《新罗敬顺王碑》即可窥其文采之一斑。但其最知名之处,乃是因为他的儿子金正喜。金正喜,号秋史,是李氏朝鲜时期无人能出其右的大文豪。

金鲁敬的文章底蕴,遗传给了他的儿子金正喜。而金正喜通过早年随出使队伍频访北京的父亲金鲁敬接触了实学,这为他在学问的道路上开阔眼界提供了良好的契机。

也就在这个时候,年方24岁的秋史金正喜成为父亲金鲁敬出使清朝的队伍中的一名随员。

林尚沃也随着这支特使的队伍一道起程前往北京。当时,林尚沃已经是当时最大的巨贾富商。他借助于通过第一权臣朴宗庆拿到的人参交易权垄断了人参贸易,一跃而为名列第一的贸易大王。

但这都不算什么。林尚沃此次随出使的队伍前往北京,最大的收获乃是与秋史金正喜的邂逅。他们之间命运般的相遇就是这样开始的。那年,金正喜是一位年方24岁的青年,而林尚沃比金正喜年长七岁,是一位30刚刚出头的壮年人。两人虽然年龄上有着七岁的差异,却因为一道随使节队伍出行而萌发了特别的友情。

林尚沃已经有过十几次远赴北京的经历,是出使队伍不可或缺的中国通。他不但比任何人都精通中国话,而且深谙中国人的心理,每一次有使节出使北京,都要到林尚沃这里来求援。林尚沃当

暴风前夜

然没有理由回绝这种求援,因为随出使的队伍到北京做人参买卖,既能保障人身安全,又可以借助官方贸易而非私人贸易的形式在交易中获取更为丰厚的利润。

林尚沃知道,较之冬至使,陈奏使一行会受到大清朝廷更为隆重的接待,所以这次他带的人参比平时都要多得多,在马车上装了5000斤人参,登上了远赴北京的漫漫路途。当然,是和朴钟一道。

林尚沃与朴钟一被一个梦想激动着。

如果这次出行能够把买卖做成功,不但能够得到难以想象的巨额利润,甚至可以控制中国的人参市场。这绝对是一个绝好的机会。

和中国人做生意的人,经常会陷入一种在糨糊里刷糨糊式的糊里糊涂、不知所适的状态。

但这次却不同。

林尚沃手头的人参之多已是史无前例,而且拥有了独家销售的最佳机遇,处在唯一的制高点上,足以同中国人展开激烈的商战并获取胜利。

金正喜本是金鲁敬之子,但刚一呱呱落地,便被过继到了金鲁敬那没有子嗣的兄长府上。过继,当然就是作为养子为他家传宗接代。因而金正喜有两个父亲,一个是给了他生命的生父,一个是养育他成人的养父。

金正喜自幼聪明过人,六岁起即能诵诗作画。当时第一大学者朴齐家看了金正喜的书画册子,当即预言金正喜将以学与艺扬名海内,并表示"吾将教而成之"。

果然,待金正喜长到15岁那年,朴齐家亲自收之为门人,开始耳提面命,躬自为教。

朴齐家,金正喜之师,朝鲜王朝后期实学家,尽管学问造诣与才艺卓尔不群,但身为侧室庶出之子,终身压抑,难申其志。后来,受益于正祖为安抚庶子长期积压的不满而颁布的政策,他得以供职于奎章阁,尽情披览那里的藏书,学问大增。尤其是,自从有机会来往于朝鲜王朝与大清朝之间后,他成为一名实学派的先觉者,撰写了《北学议》,在书中宣传实学思想,主张"要打破身份差别,鼓励工商,使国家富强,百姓生活水平得到提高,当务之急乃接受清朝先进文化"。

金正喜自15岁那年起开始师从朴齐家,接受他的思想熏陶。正如朴齐家所发之宏愿,在他的教导下,金正喜终有大成。朴齐家一生中曾四次到过北京,他的实学思想即是萌发于在北京所学到的知识,并逐步发展成为一个思想体系。

作为朴齐家的弟子,金正喜也一直渴望着能够像自己的导师那样,远赴北京,体验并学习那里的新学问。

尤其是,四年前,作为导师的朴齐家受人诬告而遭到流放,并于1805年悲惨地结束了自己的一生。此后,金正喜的胸中一直燃烧着一股火热的激情,发誓要沿着老师的路走下去,到北京去继承《北学议》之遗业。

对于金正喜,林尚沃当然也有所耳闻。终生经商的林尚沃,对于大学者金正喜,有一种由衷的尊敬。虽然论年龄金正喜比自己要小七岁,只能算是一个小老弟,却是林尚沃内心尊敬的唯一书生。

关于生具异禀、被称为神童的金正喜的传闻,林尚沃耳熟能详。

朴齐家看过年仅六岁的金正喜的书画后拍岸叫好、赞不绝口的事情,曾在京城被传得沸沸扬扬。

但让金正喜更为出名的是文章大家、朝鲜王朝名臣蔡济恭。早年曾被英祖盛赞为"真朕无私之臣下,汝(正祖)耿耿之忠臣"的老宰相蔡济恭,有一天从金家的门前经过,看到大门上挂着一幅字:

"立春大吉"

这是一种为迎春而挂到门前的立春帖。尽管那只是四个寻常可见的字,但据传,一向与金鲁敬不睦的蔡济恭惊叹于那书法之老到酣畅,居然特意来到金府,对金鲁敬说道:

暴风前夜

"大门上挂的立春榜是谁写下的?请让我见上一见,以慰慕怀。"

听了蔡济恭的话,金鲁敬欣然答应,马上让人把写字人叫了来。谁知来人竟然是只有七岁的金正喜。见了这尚在童稚的少年,蔡济恭犹自不敢相信:

"难道写那字的真的就是这样一个孩童?"

当他获知写字人的的确确是眼前这个七岁少年金正喜后,蔡济恭预言道:

"这孩子,将来必会作为一代书法名家名播四海!但他会因书法而命运多舛,所以最好还是干脆不要让他拿笔。倘若他能够以文章而邀世道之宠,必有大贵。"

很久很久以后,蔡济恭的预言果然应验不爽。秋史金正喜以其书法闻名遐迩,但其晚年却极其悲惨。

对于青年金正喜而言,林尚沃是一种非常特别的存在。

因为,金正喜根本不懂中国话,只能靠笔谈与中国人交流,而要开口说话必须借助林尚沃的翻译。

据记载,金鲁敬一行1809年(乙巳年)10月28日离开汉阳,12月抵达北京,在北京逗留两个月左右,于翌年2月初复从北京出发,1810年(庚戌年)3月17日回到朝鲜。这是一次漫漫长征,从起程到返回足足用了5个月的时间。

金正喜和林尚沃心中都有一团渴望的烈火在燃烧。金正喜渴望着到北京发现一个广阔的新天地汲取新学问,而林尚沃则梦想着打开一个广阔的新商界,在那里与中国商人们展开生死相搏的商业大战。尽管目标有所不同,但金正喜与林尚沃一个要追求书道,一个要追求商道,都是要求达到"道"的境界,从这个角度讲,这次远赴北京正是一次求道之行。

使臣的队伍从10月28日起程,当年12月22日终于抵达北京。一行人在专为各国使节准备的客馆卸下了行装。

在来访的外国使节们下榻的客馆里,供奉着一个刻有"阙"字的木牌,叫作"阙牌",是皇帝的象征。使臣们要对着这个阙牌行

联合抵制

跪礼，禀告自己已平安到达北京，并开始在北京的正式外交活动，这叫"望阙礼"。不但初履北京之地和最终离开北京之时要举行，而且在北京逗留期间每个月的初一和十五都要举行这种仪式，由使臣带领所有的随员向阙牌行礼，仿佛那就是真正的皇上。

作为出使队伍的一员，朴尚沃自然要下榻客馆，而朴钟一每次来北京总是投宿前门大街的小客店。朴钟一住到这里，不但是因为与林尚沃交易的老主顾们大都聚居在这一带，一个更主要的原因是，同仁堂老板王造时也住在这里。由于林尚沃与张美龄的关系，每次林尚沃到北京，王造时都会到现场帮忙交易。

自从通过张美龄结识林尚沃后，王造时就做起了林尚沃实质上的"伙计"。伙计这种制度，为当时中国商人所独有。在当时的中国商界，老板通常不会出头露面。他们一般都会按照清朝流行的做法，花钱去买官沽名，表面上是官员的身份。用钱买官的制度被称为"捐纳制"。而生意，实际是由这些被称作"伙计"的代理人来负责的。伙计，说起来就是一种包揽金钱出纳的会计业务与管理事务的职业经理。由于有这些相当于现在职业经理的伙计出面，中国的商业圈子益发富有组织性和体系性，因而也就更具有竞争力。

从这种意义上讲，同仁堂的老板王造时就是在北京当地替林尚沃出面的代理人（即伙计）。同时也可以说王造时是帮林尚沃做贸易并从林尚沃那里获得一定佣金的贸易经纪人。

这时的林尚沃已是名满北京。林尚沃带来的红参质量最佳，而其手头的货量别人也望尘莫及，加之北京的人参非常紧俏，林尚沃的人参在同中国商人交易时经常处于非常有利的地位。尤其是，去年人参歉收，整个北京已经货源告罄。

就在这个时候，朝鲜的人参贸易大王林尚沃带着5000斤上好的人参随着陈奏使的队伍来到北京。这一消息经由王造时的一纸通文，马上传向北京所有的药材商们。药材商们立即涌向朴钟一投宿的小客店。这些药材商也大都是些作为代理人前来谈价的伙计，老板则另有其人。因而，林尚沃自然也不会出面，实际来操作买卖的是朴钟一和王造时。

暴风前夜

药材商们可以先看林尚沃带来的红参货样。这群长期与人参打交道的商人,只消一眼就本能地感觉到,林尚沃这回带来的人参是上品中的上品,也就是极品。他们都急切地想知道,这极品的人参究竟会开出一个什么样的价钱。

当时,与中国人做交易,并不是一对一去单个做,而是买卖双方的代表经过激烈的讨价还价最终定出一个公告价,以一揽子交易的方式进行的,觉得那价格不合适的人就不参加这笔交易,而到别人那里去成交。

"究竟带来了多少人参?"

"价钱是一斤多少?"

中国商人们已经禁不住心中的揣测,不住地向朴钟一和王造时问这问那。

等第二天中国商人们来到同仁堂门前看到那里张贴出来的公告价时,忽然齐刷刷地愣住了。他们简直要怀疑自己的眼睛是不是看错了,因为那告示上写着:

"人参一斤,银40两。"

中国商人们瞠目结舌,张大的嘴惊得再也合拢不起来。

过去的人参价格都是一斤25两银子,而眼前这价格简直是贵得离谱。纵然是人参歉收,缺货走俏,到目前为止也从未出现过一斤超出30两的情况,这几乎已经成为长期的惯例。

但现在,这长期的惯例竟然被打破了。他们堂而皇之地贴出了每斤40两的公告价。即便每斤要价30两,也算得上几百年来的最高价了,可眼前居然一次要价40两,难怪中国商人们会目瞪口呆。

中国商人与来自朝鲜的人参王林尚沃开始暗中较劲。

其实,这次林尚沃一次要到每斤40两的天价,乃是事先谋划好的。因为迄今为止,来自朝鲜的人参通常都是以相对较低的价格成交的,尤其是相对于中国巨大的需求量相比。

人参交易主要是由译官们经手的,而每斤25两的人参交易价格始于17世纪,这样算起来,在近二百年的漫长岁月里,人参的交易价格是一成不变的。其中的原因很简单:人参交易一向大都是

联合抵制

由驿官和湾商们经营的,而他们的经营规模通常又都是少量、零散的,因而朝鲜商人们不具备足够的组织力量在价格上统一口径,即便有几个商人合起伙来试图提高价格,也因为每个人本钱微薄,压根没有余力同中国商人们打长期消耗战而告败。于是,来自朝鲜的客商们只能打掉牙齿肚里吞,乖乖接受这二百多年来的老行市。

但现在情形有所不同了。由于朝廷宣布实行人参交易权,几乎所有的人参都已被林尚沃垄断。个别的私下贸易成为非法,所有的人参贸易权都已归到林尚沃手下。人参交易窗口的一元化,使人参贸易自身的组织力量得到了加强,并在价格上获得了竞争力。

林尚沃觉得,打破长期惯例的绝佳机会业已来临。尤其是,他对因去年人参歉收北京一带已无存货的情况了如指掌。

机会终于来临。林尚沃觉得,现在正是孤注一掷的绝好时机。这次林尚沃一次贩来足足5000斤上佳人参,正是经过了周密的盘算,要先发制人占领有利地形,同中国商人们决一雌雄。

"人参一斤,银40两。"

从这个意义讲,同仁堂前贴出的高得超出想象的价格公告,当然也就是林尚沃向中国商人们发出的宣战书。

宣战书。

宣布开战的布告。

林尚沃的宣战书,意味着一场以命相搏的彻底拼斗,也就是说,作为一个商人,要么就此消亡,要么借此成为一个天字号商人。这个宣战书,立即在北京的药材商中引起轩然大波。一直到1809年岁末,没有一个中国商人造访朴钟一投宿的客店去买人参。

这是前所未有的事情。

通常,大部分的人参都是在贴出公告价后两三天内悉数销完。林尚沃抵达北京的时间是冬至前的12月22日,照往常情景,年底之前所有人参自然会销售一空。过了年关就是新年,中国人过年要花上大约一个月的时间去吃喝玩乐,因而照例会有一个漫长的节庆打烊。

好在这时的人参已是红参,不会腐坏,因而不用担心时间久了会出问题。但按惯例，出使的队伍通常都是二月初就要登上回国之路，因而人参的主要出手时间应该是冬至到新年的这段时间。

但眼前发生的事情实在让人难以想象——没有一个人来找朴钟一，因而也就没有成交一笔买卖。

朴钟一心急如焚。为了查个究竟，他让王造时出面去察看中国商人们的动静，没想到王造时见过几个老主顾后带回一个惊人的消息。

"大人，"王造时开口对林尚沃说道，"发生了一件颇不寻常的事情，大人。"

"不寻常的事情？"

"怎么看，都像药材商之间事先已有过什么约定。"

"约定？这是什么意思？"朴钟一在一旁忍耐不住插嘴问道。

"这个……说起来很是惶恐，似乎商人们都约好了，发誓无论是谁一个人都不要来买兄长的人参。"

王造时虽然把话掏了出来，一时间却难以再继续讲下去。

"说到底……"

心中憋闷的朴钟一又急火火地催问，王造时这才答道：

"说到底，好像就是商人们订下了联合抵制的盟约，也就是说，他们已约好任何人都不来进货。"

联合抵制，作为一种对生产者的制裁手段，是消费者抱起团来商量好不买某种货物的一种共同约定。这个约定要成功，一个首要的条件就是向生产者施压的组织有很强的抱团精神。从这个意义上讲，当时的中国商业已足够发达，以致商人们已拥有了为共同利益而结下联合抵制盟约的意识和力量。

王造时的话并没有到此为止。

"如果说他们订下了联合抵制的盟约，那么他们究竟有什么样的企图？"朴钟一急三火四地问，"究竟他们想干什么？"

"商人们的要求很简单，"王造时的答复异常简洁，"商人们要求林大人降价到以前的水平。"

沉默，死一般的沉默。沉默片刻，林尚沃开口道："假若我拒绝这个要求的话……"

王造时马上回答："那就难说了。大概林大人在北京会连一斤人参也卖不出去的，最终只好把带来的5000斤人参原封不动地运回朝鲜。"

王造时转告的实在是一个沉重的消息。

这几乎就是一个要求无条件投降的单方通告。不是通过价格谈判重新协调公告价格，而是直接单方面要求接受原价，这里面的意思很明显，就是要林尚沃挂起白旗俯首称臣，倘若林尚沃回绝这个条件，他们就会停止一切交易迫使林尚沃把带来的人参原路运回。这就意味着林尚沃将破产倒闭，被永远赶出北京商界。而这一旦成为事实，林尚沃从此在北京商界就会再无立足之地。

"我说王大人，"意识到事情的紧迫性，朴钟一拍着王造时的肩膀说道，"我们不是还可以靠王大人出面去说服他们嘛！王大人和我们不一样，您是中国人，您可以去见那些同样是中国人的商人们，敞开胸襟去劝说他们，让他们回心转意嘛！"

朴钟一说的是实话。王造时乃是北京头号中药店的掌柜，在药材商中算是最有影响的头面人物，如果他能够出面说项，肯定可以让很多商人改变念头。

但说到底，王造时也不过是一介伙计，表面看上去他是同仁堂的东家，实际上同仁堂真正的东家是张美龄的丈夫、光禄大夫周炳成。

"大人，"王造时微笑着说，"有句话道，一个女人一旦嫁出门，就是死了也算是夫家鬼。我虽说是个中国人，但既然来到了林大人这里，也就算是林大人的鬼，所以，他们是不会听信我的话的。不但不会听我的，而且连见也不想见我。"

王造时接着说道：

"再者，尽管我是和林大人在一起，但归根结底仍是中国人，对您来说是'远水'。有人失足落进了水里，如果这个时候要从遥远的月宫请人来救他，不管那月宫里的人水性多好，游水多快，总是迟的。如果有个人家失火了，而打算从遥远的大海汲水来灭火，

暴风前夜

纵然海水再多,也是为时已晚。同样的道理,我看上去虽然和林大人离得很近,实际上却不过是遥远大海里的水而已,因而是不能用我来为林大人灭火的,我甚至根本没有为林大人灭火的资格。"

王造时所讲的,是一个有名的中国故事。这段故事出自《韩非子》的"说林"篇,它告诉人们不管一个人多有力量,如果某处发生了急事而他又身在远方,也是无济于事的,"远水救不了近火"。

王造时把自己比作"远水",非常贴切得体地道出了自己无力解救林尚沃之急的处境。这样,林尚沃就等于完全陷入了四面楚歌之中。林尚沃贴出宣战书,还没有来得及开战,就引来了四面包围的敌人,从而陷入孤立无援,面临着一种自取灭亡的最大危机。

孤立无援。

现在摆在林尚沃面前的只有两种选择:要么答应结成联合抵制同盟的中国商人们的要求,降低公告价格,恢复原价;要么把带来的人参原样运回。但对林尚沃来说,这两种选择都无异于一种破产。如果把公告价格降到原来的水平,带来的货物当然可以全部出清,但那就意味着屈辱,日后林尚沃同北京商人们做买卖就只能捏着刀刃而不能抓住刀把子。只要一次失去信用,商人也就不再是信商。完全放弃作为商人的自尊而举起投降的白旗,就不是死一次,而是死上二次:死后再加鞭尸。这样去做,倒毋宁倾家荡产,舍命一拼。

宁可站着饿死,也不能屈膝求生。

不过,如果只顾和中国商人斗气,连一斤人参都卖不出去,就这么原封不动运回朝鲜,自尊心或许可以得到维护,生意可真的就要完全破产了。

"该咋办才好呢?"朴钟一本能地觉出了事情的严重性。

林尚沃默默不语。

"办法不是没有。"朴钟一观察着林尚沃的眼神变化。

"办法?什么办法?"

见林尚沃发问,朴钟一答道:"我们可以借助张美龄的力量。她的丈夫不是光禄大夫吗?光禄大夫可是个大官儿,势力大着呢。"

再说，张美龄曾经受过大人的大恩。既然您把您看作自己的恩人，只要您找她去说说情，无论如何她都会助您一臂之力的。"

"纵算有恩，一次就足够了，如果指望得更多，那就不是接受别人的报恩，而是乞求别人的施舍了。"林尚沃毅然决然地说道："我相救张美龄，并非指望得到什么回报。她也是一样的。如果我去请她帮忙，借助清廷的权力解决问题，这次或许尚能奏效，但以后在北京也就失去了立足之地，这样活下去，也就不再是一个活人之身，而无异于行尸走肉。何况，杀鸡焉用宰牛刀呢！"

"如果您没有杀鸡之刀，"朴钟一不服气地说，"又何妨用一下宰牛之刀？"

林尚沃似乎决心已定，不再开口说什么。

"这次，如果我们不能凭借自己的力量冲破难关，那就死定了！"朴钟一叹口气说。

"我们死定了"，朴钟一无意中说出的这句话，深深地刻进了林尚沃的脑海。

北京商人们发起的联合抵制运动是林尚沃人生中第一次危机。中国商人的联合抵制，把林尚沃推上了生死抉择的歧路。林尚沃一连几天彻夜不眠，冥思苦想却难出良策。

他只有两种选择，要么按照中国商人们的愿望降低公告价格，要么带着人参原样返回朝鲜。但这两种做法都是林尚沃所不能接受的。

也就在这时，林尚沃的脑海里忽然回想起朴钟一的一句话：

"这次，如若我们不能凭借自己的力量冲破难关，那就死定了！"

最后这句话，一股脑儿地在回响着，掀动着林尚沃的心。

"死定了，死定了，死定了……"

朴钟一这句话为什么像毒刺一样钉在脑际不肯离去，连林尚沃自己也不明白。

死定了，我们死定了。

暴风前夜

在度过了几个不眠之夜后,林尚沃的脑海里突然响起一个炸雷般的声音。那是秋月庵的石崇大师的喊叫声。在林尚沃就要离开秋月庵下山还俗之际,石崇大师曾对林尚沃说过这样的话:

"……你这一生,将遭遇三次大的危机。每次危机来临,你都要设法克服它,否则,你就会在一朝一夕之间招来灭门之祸。"

当时,林尚沃曾问大师:"怎样做才能摆脱这些危机呢?"

听了林尚沃的问话,石崇沉默良久,突然要林尚沃为他研墨,然后提笔在纸上写了一个大大的"死"字。

写过字,当时石崇又问林尚沃:

"知道这是什么字吗?"

"知道的。"

"那么,这是个什么字?"

"死亡的'死'字。"

"对,"石崇点点头,说道,"正是这个死亡的'死'字,将解救你脱出第一次危机。只有这个'死'字,除此之外别无办法。"

林尚沃苦苦思索。难道这次发生的事情就是石崇大师所讲的我人生中注定要遇到的三次危机中的第一次吗?经过长长的思考,林尚沃断定中国商人们发起的这场联合抵制就是自己一生中遭遇的第一个危机。难道还有比这更大的危机吗?这场危机,正如朴钟一所言,如果不能好好应对,就只有一死。

第一次危机。那么,石崇大师应该是留了度过危机的秘方的。那秘方只有一个字,就是"死"。

林尚沃当即研起墨来,在纸上写下一个大大的"死"字,贴在墙上,然后开始参详大师留给他的这个"死"字究竟含义何在。

一个代表死亡的"死"字如何能够使人逃出死地?分明是走着走着走进了必死之地,一个已处于死地的人还有什么死不死可言?既然面前剩下的两个办法都是死,把人参价格降下来是死,把带来的人参原样带回也是死,横竖都是必死无疑,石崇大师为什么还要留下一个"死"字让我去猜?

思量再三,林尚沃始终不能领悟这个"死"字所蕴含的真意。

联合抵制

是金正喜为林尚沃解开了心头的闷葫芦。

适逢初一,使臣一行聚集在客馆,向客馆里供奉的那块阙牌行完礼后开始稍事休息。林尚沃简单地带了些酒菜,去了金正喜居住的房间。凑巧的是,房间里只有金正喜一个人。

"什么风把您给刮来啦?"见林尚沃来访,金正喜很高兴地迎接他。

"肚子有点饿,想喝杯酒,就找你来了,生员大人。"

"好,好极了,大人。"

当时,金正喜刚刚考中生员。虽然通过了朝廷开办的小科试,但当时儒生们通常要走的道路是考完小科再入成均馆科读,然后应文科试,文科中试后再去做官,所以,金正喜只是一介儒生,一个雏儿而已,但"生员"这个称呼却是对书生的敬称。林尚沃虽然年长七岁,毕竟只是一介商人,照常理是不需要使用敬称的,但金正喜对他却礼敬有加,径直以"大人"相称。两人开始推杯换盏地喝起来。那年,北京的冬天冷得刺骨,而客地恰逢新年,无论是身体还是心情都自有一种寒意,林尚沃带来的酒就成了两人聊破客寂的佳物。

等酒喝到稍带醉意,林尚沃开口道:

"金生员,我有件事情要向你请教呢。"

"您要问什么?"

"有人登上了百尺竿头,既不能上,也不能下,处于只有乖乖地等死的境地。"

百尺竿头。长达百尺的竹竿的尽头,意指非常凶险、窘迫的处境,林尚沃是在借这个措辞来描述自己所处的危急境况。

"那么,那个人该怎样做才能从百尺竿头上下得地来?"

"百尺竿头是下不来的。"金正喜脱口而出。

"那该怎么办?人在百尺竿头上,上不得,下不得,动不得,在竿头上怎样才能求生?"

"纵然是百尺竿头,也不是没有求生的办法。"

暴风前夜

"这办法是什么？"林尚沃精神为之一振，高声问道。

"中国古时候有位禅师叫石霜和尚。这位大师教给了人们从百尺竿头活下来的办法。"

金正喜拿起随身携带的毛笔，在纸上奋笔疾书，一挥而就。那运笔的气势、笔下倾泻而出的遒劲的字迹，林尚沃以前只是有所耳闻，眼前看来，果然是名笔中之名笔：

"百尺竿头坐底人，

虽然得入未为真。"

挥毫写罢，金正喜说道："这句话是说，即便是坐在百尺竿头上的人，也还算不得真人。"

"那又该怎么办？"

虽然林尚沃也曾离开俗世在佛门修行，但这故事却是前所未闻。

"在百尺竿头，求生的办法只有一种。"

秋史说着，又在纸上写道：

"百尺竿头须进步，

十方世界现全身。"

写罢，金正喜又说道："石霜和尚是这样说的，在百尺竿头上继续往前走，这样就会十方世界尽收眼底。也就是说，在百尺竿头上求生的办法，就是从悬崖绝壁再向前一步。"

"从百尺竿头上再向前一步，那不就是死吗？"

"能够使人摆脱死亡的只有死。在百尺竿头上坐在那里，是不能使死亡退却的。"

林尚沃却听不懂秋史的话。

"百尺竿头上唯一的求生之路就是再向前一步？"林尚沃依然是一头雾水。大概是看出了林尚沃的困惑，金正喜复又提笔写道：

"必死即生，必生即死。"

这句话的意思，林尚沃是明白的：抱定了必死的念头，即可求生；好歹都要求生，就只有一死。

"这句话是谁说的，您应该知道吧？"金正喜问。

联合抵制

林尚沃没有回答,只是点了点头。

"说这句话的是李舜臣大人。正如李大人所言,能够击退死亡的只有'必死'一途。同样,摆脱百尺竿头的办法,也只有更进一步。"

蓦然间,林尚沃脑际如电闪雷击。他抬起手,"啊"的一声,拍膝大叫起来。那一瞬间,林尚沃忽然明白了石崇大师写给他的"死"字意味着什么。

据传,等林尚沃悟出了那"死"字的意义,竟自放声哈哈大笑起来。笑了一阵,他突然又扶正衣冠,在金正喜面前连磕三个响头。

"您这是干什么,大人?"

金正喜惊慌不迭地去阻止,林尚沃却不想停下来:

"生员大人给了我教诲,从此您就是我的师尊。"

金正喜慌忙与林尚沃对拜:

"您这究竟是为了什么?"

"生员大人诲我以摆脱困境的办法,对我来讲,您就是我的救命恩人。我因为您的教诲而得以摆脱死境,又怎能不屈膝三拜,略尽弟子之礼呢?"

林尚沃终于明白了石崇大师写给自己的那个"死"字所隐藏的含义。

第二天早晨,林尚沃单独叫来了朴钟一,对他说:"昨天夜里,我想了整整一个通宵,决定把人参价格调一调,你把这个交给王造时,让他发布这个新价格。"

说着,林尚沃把一张新写的纸递给朴钟一。朴钟一接过去,看了看林尚沃的眼色,小心翼翼地问:"您是说您接受了那帮人的要求吗?"

朴钟一不能理解林尚沃的态度。中国商人们要求林尚沃将"人参一斤银40两"的公告价格降到原来的每斤20两到25两的水平上。

"你只管好好按我的话去做就行了。这是我经过很长时间的深思熟虑才做出的决定。既然我已经定了,你们就照办吧。"

暴风前夜

林尚沃态度很坚决。朴钟一再也不能说什么,拿着那张纸就出了客馆。一出客馆,朴钟一马上看了看写在纸上的最终公告价格。看了一眼,大吃一惊。他简直怀疑是自己看错了,又看了第二次、第三次。但那的确不是梦。朴钟一想回去找自己的东家林尚沃,脚步却不能向回转。因为他想起了那异乎寻常的果断声音:

"既然我定了,你们就照办吧。"

朴钟一马上去同仁堂找王造时。和朴钟一一样,王造时也大吃一惊,一副惊疑不定的表情,但最后还是决定照林尚沃的决定去办。

听说同仁堂中药店前换上新的布告牌,中国药材商们激动得欢呼雀跃。通过这次空前的团结,他们形成了强大的抵制联盟,他们非常自信地认为,他们终于扳倒了朝鲜参王林尚沃。

赢了。

中国商人们欢呼起来。

终于赢了林尚沃。不但赢了,而且挫了林尚沃的自尊心,从今往后人参的价格就可以由中国商人们任意操纵了。

中国商人们三三两两地走上了前门大街。正是过年时节,街上到处在燃放爆竹。他们不约而同地来到同仁堂前。

但那一瞬间,他们却再一次惊呆了!的确,以前的告示牌已被取掉,又挂上了一个新的告示牌。但那新的告示是这样写的:

"人参一斤银45两"

人参的价格非但没有降回原来的25两,反而又涨了5两,从40两升到了45两。一斤40两的公告价格本就是几百年来前所未有的天价,可现在,这天价之上又添了5两。

"鬼子!"

人群中不知是谁和着唾沫吐出了这样一句话。"鬼子",是对像鬼一样肮脏的人的诟骂。马上,又有谁"呸"了一声骂道:

"偷儿!"

"偷儿",指盗贼,是对偷窃他人财物的卑劣的盗贼的骂语。

他们一个个唾沫飞溅地大骂着，骂过后再次商定坚决把这个朝鲜人参贩子林尚沃赶出北京商界，做完这个决定后，他们就离开了那里。

但真正的当事人林尚沃却稳如泰山，不为所动。他已从石崇大师留给他的"死"字里谋到了收拾乱局的秘方，因而决心既定，天下太平。贴出了更高的公告价后，林尚沃压根就不再理会买卖的事儿。他向朴钟一和几个跟随自己的下人撒出大把大把的银子，让他们去喝酒，去解闷，痛痛快快地去玩一通，自己则和金正喜双双遛起了北京城。

2

当时，北京住着两位巨儒，一位是翁方纲，另一位是阮元。他们两位是中国清朝知识界的精神领袖。

秋史金正喜受过朴齐家的北学思想熏陶，但他的成就却是缘自清朝代表性的实学家翁方纲与阮元。金正喜师从翁方纲，学经学、书画、金石学，尤其是随精于篆、隶、楷、行诸体的翁方纲精研书法，创造了独特的、金正喜特有的秋史体书法。而阮元是当时中国考证学派的泰斗，中国代表性的思想家，作为一个大学者，他博于经史，在金石学方面也有着极深的造诣。

秋史在北京逗留的时间不过是短短40天。据记载，金正喜10月28日随父亲金鲁敬为陈奏使的出使队伍起程，12月22日抵达北京，次年即1810年2月1日，阮元率弟子朱鹤年、洪占铨、金勇、李林松、刘华东为即将离开北京的金正喜设宴钱别。从这个记录来看，金正喜在北京逗留并同这些巨儒交游的时间不过月余而已。但就在这一个多月的短暂交游中，金正喜大开眼界，而且声名大振。

梅花的怒放并不需要太久的时日。只要到了春季，有和煦春风的吹拂和温暖阳光的照射，它就会在一瞬间突然开放。从这一意义讲，如果金正喜是一束梅花，那么翁方纲和阮元就是这束梅花的春风和暖阳。

暴风前夜

金正喜的才华,因为导师朴齐家在北京的数度盘桓早已在北京的学者间广为传扬。因而,他们对随出使队伍前来的金正喜已耳熟能详。据记载,当时的少壮派学者曹江曾这样描述金正喜:

"东国有金正喜先生,号秋史,年方24岁,慨然有行四方之志。曾有诗云'慨思四海结知己,寻觅同心愿为死,但闻天涯多名士,对酒当歌羡不已',以此足见其大家气象。据称,其独标高于世,不为现实所羁绊,善赋诗、善饮酒。常称景仰中国,于东国无可相与之士子,方今随使臣而来,愿交天下名士,效古人为情谊而赴死之风范。"

比这篇文章更让金正喜声名鹊起的是当时的另一件逸闻。

据说,当时观像监每年也随使臣的队伍前往北京,他们的任务是从中国取走时宪历。自古以来,我国就取中国之历法作自己的标准历。随着天主教的传播和西洋文化的东渐,清朝已经开始采用亚当·绍尔(中文名字为汤若望)的时宪历,我国自然也就取时宪历为用。因为这个缘故,观像监每年都要派使臣随冬至使前往北京,从中国的钦天监处接受新的时宪历,这已成为惯例。可是,金正喜在翻阅新接收的时宪历时发现每月第二个节气的顺序搞错了。观像监的书吏们不敢自专,遂拿到北京的钦天监要求辨正,中国的天文学者们直到这时才发现了自己的错误,并叹息道:

"如此上通天象下通地理之人,如何会出于东国?!"

来自海东的青年金正喜纠正了钦天监的时宪历的舛误。这个传闻很快就在北京的学者们中间传开了。于是,他们纷纷图谋想亲见金正喜。

金正喜首先拜访的是翁方纲。因为,翁方纲不但是北京的头号巨儒,而且是北京学者中的最年长者。

翁方纲,顺天府大兴人,字正三,号覃溪,当时最大的思想家,在北京开办了一座叫作"石墨书楼"的书院,亲自教授全国各地慕名而来的门徒。

金正喜与林尚沃一道前去拜访翁方纲,是在新年过后的第二天。因为金正喜对中国话非常生疏,自然也就需要精通汉语的林尚沃相陪，而且林尚沃作为一名富贾大商，还会经常为他备妥送给拜访对象的礼品。

金正喜去拜访翁方纲时，翁方纲正在聚精会神地做着什么事情。他虽然已是78岁的耄耋老者，但童颜鹤发，眼睛上连眼镜都没有戴。

"您是在做什么？"行完弟子之礼，金正喜问翁方纲。

"过年了，写一些春联。"

翁方纲明明回答的是在挥毫作书，可是他的手上并没有拿笔，而且也看不到纸张。他的手里捏着的，不是毛笔而是一件小工具。金正喜留心看了看那工具，是一把小刀。原来翁方纲不是挥毫写字，而是在刻字。

"您在往哪儿刻呢？"

明明小刀在手，却不见雕刻的对象。于是金正喜想，翁方纲先生别不是在虚空中刻字罢？

"想看看吗？"

翁方纲忽然大笑着从指缝里掏出点什么。那是一个小小的种子，是粒芝麻。

芝麻，中国称为白油麻，小小的籽粒，可以炒来榨油或做麻盐调料。

翁方纲是在芝麻粒上镂刻春联。

"那不是芝麻吗？"金正喜大为赞叹。

"是的，就是芝麻。"

"那么您是在这芝麻粒上刻字喽？"

"当然是。"翁方纲又说道，"想看吗？"

"想。"

翁方纲马上递过一只放大镜。金正喜接过放大镜，仔细地观察着那芝麻粒。忽然间，他感到一种不可思议的惊诧。小如尘芥的芝麻粒上，清清楚楚地刻有文字，而且不是一个字，而是四个小字。金正喜把这四个字读了出来：

"天下太平"

暴风前夜

金正喜曾这样记述此时的感怀:

"我去拜访的时候,翁方纲先生刚刚在芝麻粒上写完他的新年春联,写的是'天下太平'四个字。那时,先生已是78岁高龄,所刻文字小如蚊脚,先生却连眼镜也没有戴,真是件教人惊异的事情。"

与翁方纲的初次见面时这令人吃惊不已的场景,记载于金正喜一篇叫作《古人书法论》的文章里。

翁方纲在芝麻粒上镂刻"天下太平"四字,是一种与佛教颇有渊源的行动。他虽是一时巨儒,却醉心于佛。佛教《维摩诘所说经》说"以须弥之高广内芥子中,无所增减",而翁方纲正是用自己的行动向人们示范这句话的含义。

佛教认为须弥山位于世界的中心,而关于"以须弥之高广内芥子中,无所增减",有一个著名的传说故事。

唐朝学者李渤酷爱读书,因其涉猎书籍逾万,人称"李万卷"。有一天,他问智常大师:

"大师,《维摩经》说'须弥入芥子中',可是那么大的一个山怎么会容在一个小小的芥菜籽里呢?"

智常大师马上回答他:

"李渤呀,人们不是称你为李万卷吗?那么,你又是如何将那万册书卷放进你那小小的脑袋里去的?"

初次见面就看到老师翁方纲在芝麻粒上镂刻"天下太平"四字的秋史金正喜感触良多。从这些感触中,诞生了金正喜被称为"秋史体"的独特书法。集汉隶之长,他创造出独树一帜的秋史体。后来,有人问金正喜:"先生是怎样创出秋史体这种独特的笔法的?"

金正喜则答道:"如果不是胸中有万卷书、腕下有三百碑,这是无论如何也做不到的。"

看到老师翁方纲在只有芥菜籽大小的芝麻粒上镂刻"天下太平"四字的情景,金正喜联想到中国唐朝李勃读书破万卷被称为"李万卷"的故事,从而彻底感悟到,如果自己不能做到胸有万卷书,是不可能达到"须弥山存于芥菜籽"的境界的。正如金正喜自己所言,如果不是读了万卷书在胸,如果不是曾反复练习《汉隶字原》中收录的中国汉代309种书碑,是不会有秋史体诞生的。

金正喜前去拜访翁方纲时,翁方纲还在沐浴斋戒,肃服正冠,以金笔抄录佛经。从新年那一天到正月三十,翁方纲要每天抄录一章佛经,布施给附近的寺庙。当时,翁方纲正在抄录《般若心经》。他每抄一个字,都要向书院里供奉着的佛像三拜致敬,这情景使金正喜感铭至深。

在今天的北京,有一座寺庙叫作法源寺,据说当年就曾接受过翁方纲以金笔亲手誊录的佛经,而且至今仍作为镇刹之宝珍藏着。

巨儒翁方纲对金正喜也有所耳闻,他一眼就看出了金正喜不同凡响。他问金正喜:

"你看到这里的兰花了吗?"

在正以金笔抄录佛经的翁方纲身旁,养着一株兰花,是一株春兰。

"看到了。"

"那你就来画画这兰吧。"

春兰,金正喜是很熟悉的。这种兰,比其他种类的兰开花要早,故而也被称为"报春花"。但当时正值严冬雪寒之际,春兰尚未开花。听了翁方纲的吩咐,金正喜马上轻车熟路地画起来。林尚沃坐在一旁看金正喜画兰,心里暗自惊羡不已。随着金正喜的笔在白纸上一笔笔地点画,那兰也一点点茂盛地成长起来,转眼间一株生机勃勃的春兰跃然纸上。

金正喜作完画,放下笔,翁方纲走过来看了看,问道:"你画的兰为什么不开花?"

金正喜笑着回答:"开花?现在是严冬腊月,离开花还早呢!"

"我的眼里明明看到了花,为什么你的眼里就看不到?你是只会画兰,不会看兰啊!看来,你是一个看不到面前东西的瞎子。"

"那我就来画上花。"

金正喜再次提笔在手。对翁方纲的话,他百思不得其解。那春

暴风前夜

兰分明只有一些茂盛的枝叶，根本没有开什么花。虽说春兰开花早，毕竟还没到时令，连花骨朵也还没长出。可翁方纲非说他看到了花。于是，金正喜开始想象着为兰添上花。平时，金正喜经常画春兰，这时候提笔作画，可谓驾轻就熟。先画上花茎，再画花朵，最后又画上花萼。林尚沃屏住呼吸，看着金正喜行云流水，走笔如飞。刹那间，原本枝叶茂盛的春兰怒放起朵朵鲜花。金正喜刚画完，翁方纲走过来，凝神看了看，说道："花终于开出来了嘛。"

说着，翁方纲拿起金正喜所画的春兰图，一边做深呼吸，一边嗅着春兰的气味：

"可是，你画的这花，没什么香气吗！"

金正喜困惑地望着翁方纲。

"看来，你会画兰却没见过花，会画花却没闻到过花的香气。"翁方纲指指自己金笔抄录的《般若心经》，"如果我现在只是在一字一字地抄录佛经，那我就只不过是在做誊誊写写的事情。但我并不是在抄字，我是在揣摩它的真意。同样的道理，如果你是在临摹兰的样子，你就只不过是一个模仿别人画作的画工，而实际上，你既然要画兰，就得画到开花，既然开了花就要有香气。没有香气的兰花只不过是一棵死兰，是不能称得上活兰的。"

听了这话，金正喜恍然大悟。

作为一个思想家，翁方纲当时非常注重修炼正道。譬如诗道，即以杜甫、苏东坡为正统，只有到了他们那种境界，方能称得上修成了正道。翁方纲主张，诗道的价值在于文字香与书卷气。

"文字香"与"书卷气"，这就是翁方纲所追求的最高理想。换言之，他认为诗道的极致便是一篇美丽的文章自有其趣，一本有内容的书自有其气。

金正喜日后彻底接受文人画风，正是得益于良师翁方纲。受翁方纲的熏陶，金正喜终生致力于追求有文气的画即文人画，就像他在写隶书时一样，以笔墨之美为精华，让自己的心意在古朴、简洁的笔势中自然流淌。

金正喜尤其擅长画兰。他经常把画兰比作写隶书，强调一个人的心里必须没有虚假和粉饰。金正喜最厌恶伪善，因此他经常借曾子"十目所视，十手所指，其严乎"的话对别人说：

"画兰，哪怕你只是在一枝花茎、一个花叶上有自欺的心理，你就不可能得到一张完美的画。所以，画兰决不能有自欺之心。"

金正喜和自己的导师翁方纲第一次见面时，就于顷刻间明白了一个真理。于是，他便成了翁方纲的入室弟子。而且金正喜回国两年后，翁方纲还亲自致信于他，认定他是继承自己法统的正法弟子，并亲自写了一道匾额，为金正喜取号为"诗庵"。从此，金正喜开始使用良师亲自为他取的"诗庵"之号，尤其是在画兰以及画那些文人画风的画时特别喜欢用这个号，以彰良师之意。从这里可以看出，得遇翁方纲对于金正喜有着非同寻常的意义，使金正喜嬗变为一名艺术家。

后来，有一个名叫朴百惠的人曾经问金正喜的书法是如何有此大成的，金正喜回答说：

"我自幼就有志于书法，24岁赴北京，拜会了不少有名的巨儒，听了他们的谈论，才知道他们从指法、笔法、墨法到一点一画、谋篇定势，都与我们东国之人迥然有别……"

正如金正喜在这里所说的，自从得遇翁方纲，金正喜就完全放弃了自己一向所练习的指法、笔法与墨法，改弦更张，面目一新。

当然，有收获的并不止金正喜一人。因为偶然的机会得以为金正喜做翻译的林尚沃也收获颇丰。因为眼前的一切对林尚沃来讲，都是以前从未经历过的新天地、新世界。林尚沃从小就开始跟随父亲走北京，但终不过是一介商人，金正喜与北京这些巨儒们所展现的学问与经学世界，实在令林尚沃惊奇不已。

通过金正喜，林尚沃彻底领悟了石崇大师留给自己的"死"字的含义，也就再也不必为北京商人们的联合抵制而操心，每天只是专心陪同金正喜一道走访北京的学者们。见东家这种态度，朴钟一心急如焚。他一有空就来找林尚沃，可林尚沃却经常杳无踪迹。

朴钟一清楚地知道，北京商界的气氛已经变得颇不寻常，大有凶险，因此，他整天提心吊胆，火急火燎。北京商人们已是群情汹

暴风前夜

涌,照这样下去,他们作为商人而破产自然难免,恐怕要活着离开北京也很成问题。

好不容易才找到林尚沃,朴钟一问:

"这些天,您究竟在做什么?"费了好多周折才得以见面,却发现林尚沃的态度居然非常安适、泰然,朴钟一备感不可思议,"怎么找都找不到您,连打个照面都这么难。"

"我们这不就打了照面吗?你看,我们这不是很好吗?"

"大哥,"朴钟一抓住林尚沃的手,"您这究竟是想怎样?到离开北京只剩10天的时间了,难道您不知道再过10天我们就得离开北京了吗?"

"我当然知道。"林尚沃微微一笑。

"可是,您知道现在北京商界正在发生什么事情吗?"

"不……不晓得。"

"大哥刚重新出了告示,北京商人们就来了,可人家看过后都吐着唾沫骂您'鬼子'呢!"

"鬼子?我不是鬼子,他们才是鬼子。"林尚沃笑着说道。

"您以为就这些吗,他们还骂您是'偷儿'。"

可是,林尚沃却丝毫不为所动。莞尔一笑,他对朴钟一说:"你回罢,莫担心。痛痛快快去喝酒吧,再找个中国女人乐上一乐。"

知道朴钟一性好女色,林尚沃便拍拍他的肩膀,然后又说:"他们马上就会回到他们曾经破口大骂的那个地方,口口声声'大人大人'地叫着求我们宽恕的,这个时刻就要到了。"

说着,林尚沃又掏出一把零钱揣到朴钟一怀里:"不用那么过于害怕。穷则变,变则通,天无绝人之路嘛。"

朴钟一简直无法理解林尚沃的态度。可不理解也没办法,他只好去青楼找女人,聊以打发时间。

送走朴钟一,林尚沃又随金正喜出了门。他负责为金正喜要拜访的学者准备礼物,而那礼物就是人参。中国学者们对人参也早有所闻,所以金正喜作为礼品带去的人参非常受他们欢迎。

拜访过翁方纲，金正喜下一个拜访对象是北京名气最大的学者阮元。当时，阮元虽然刚刚47岁，却已是名满京城的学者、政治家、书法家和文学家。

阮元，字伯元，号云台，作为政治家曾遍任朝中要职并升至两广总督，但他更是一位大思想家，门下学者辈出，成为振兴学术的先驱。

翁方纲与阮元，是金正喜终有所成的两大根源，因此，金正喜常以"翁阮"来对他人称呼自己的两位导师。

很久以后，被发配到济州岛的金正喜追忆两位导师，用一句话道出了两位导师的差别："翁方纲老师常说'我喜欢古代经典'，而阮元老师常称'我不喜欢人云亦云，拾人牙慧'。两位老师的话，正是我一生的写照。但我为什么会成为孤岛笠翁，仿佛元丰的罪人？"

在这段附于自画像上的文字中，金正喜把发配济州的自己比作中国宋朝元丰三年蒙冤的诗人苏东坡，而自叹身世。从中可以看出，翁方纲和阮元对金正喜的精神世界带来两种巨大影响，其一是自称"我喜欢古代经典"的训古精神，另一个是声称"我不喜欢人云亦云拾人牙慧"的批判精神。

"喜欢古代经典"的翁方纲，使金正喜潜心"考证学"，竭力效法杜甫、苏东坡的正统诗道精神。当时，翁方纲正在探索一些考证学的方法，企图从古文献中找到切实的证据，以实证的方式从事研究。

而"不喜欢人云亦云拾人牙慧"的阮元，又在正统的考证学中引入了实学思想。继清朝的京学之后，阮元力倡经世治民，他所提出的"实事求是"对金正喜的思想起过决定性的影响。实事求是，以事实为依据探求真理或真相，这就是阮元大力提倡的经世济民方法。

如果说翁方纲是一个效法古典的理想主义者，那么阮元就是一个立足于实际的现实主义者。

金正喜前去拜访阮元的时候，阮元正在和弟子们一道开办一所

暴风前夜

名叫"泰和双碑之墩"的书院。阮元在中国全境到处开有书院。在广东开有学海堂,在浙江办有诂经精舍。

他正在和学者们一起编纂一本书,这本书的名字叫作《经籍诂》。

正巧返回京城北京逗留的阮元,非常高兴地接待了前来拜访的金正喜。当时,他正和严杰、朱鹤年、洪占铨等几十位弟子在一起,待金正喜行完三拜大礼,便问:

"你看到那株兰了吗?"

阮元的手指着书院旁边栽培的一株兰花。那兰花也是一株春兰,和翁方纲书院里那株一模一样。

"看到了。"

"经常听人说你的笔下功夫乃天下之逸品,你不妨把这兰画来看看。"

这场面和拜访翁方纲时毫无二致。金正喜拜访翁方纲时,翁方纲的第一句话也是要金正喜画兰。

金正喜开始提笔画兰。严冬腊月时节,春兰尚未开花,但金正喜刚刚从翁方纲那里得到指点,知道画兰就要有花,有花就要有香,于是便毫不犹豫地为兰画上了花朵。

既然是重心意胜技巧的文人画风,当然应当画得有花有香。

金正喜笔下的春兰绚烂多姿,美如仙子,一旁观看金正喜作画的林尚沃看得如痴如醉,心驰魂夺。等金正喜画完,阮元走过来,看了看金正喜的画作,说道:

"本来是没有花的,你为什么画上了花?"

金正喜慌了。

"我的眼里是看不到花的,你的眼怎么能够看到花呢?本来没有的东西你却骗自己说有,这无非是一种虚伪。一句话,你不是在画兰,而是在虚构一幅假兰给人看。"

一句话,顿显两位老师各执一端的观点。但两位老师这截然不同的观点,最终却成为金正喜的成就之源。翁方纲强调心意之花,成就了金正喜的艺术;而阮元强调实存之花,成就了金正喜的思想。

一见面就将金正喜批评了一番的阮元,随后提笔在纸上写下了四个字。金正喜看着阮元写的是"实事求是"。这句话正是阮元思想的核心,也是金正喜思想的精髓。

就这样,金正喜从两位导师身上接受了两个极端的影响。翁方纲传授给金正喜的是"文字香与书卷气",也就是主张"一篇美丽的文章自有其趣,一本有内容的书自有其气"的思想,是"重心意"胜"重技巧"的诗道。阮元传授给金正喜的则是"实事求是"思想,这种思想彰显一种批判精神,主张与其崇尚空洞的理论、囿于虚浮的学风,不如"从实际存在的事物中寻求正确的道理并付诸实践"。

金正喜的秋史体是在其晚年流放济州岛的九年期间终其大成的。当时,他曾为自己画了一幅肖像,并在肖像的旁边自题一段文字:

"是我亦我,非我亦我。是我亦可,非我亦可。是非之间,无以为我。帝珠重重,谁能执相于大摩尼中,呵呵呵。"

金正喜在虚无的心意之花与现实中的实存之花间苦苦寻觅真正之花,终于创造了别具一格的秋史体。由此,金正喜不但成为翁方纲的正法弟子,同时也成为阮元的首座弟子,而且阮元送给金正喜一个"海东第一通儒"的美称。海东即朝鲜,这个美称自然就是盛赞金正喜乃"朝鲜第一通儒"。而"通儒"一词,自古以来就是指那些穷通世间万事、有知有行的儒学家。对于老师阮元赠给自己的这一美称,胸中充满自信的金正喜毫不推辞,慨然笑纳。

被誉为"海东第一通儒"的金正喜,为报答老师阮元的垂青,返回朝鲜后开始自号"阮堂"。"阮"自然是老师阮元之阮,再附以"堂"字,遂成"阮堂",从这个名号不难看出,金正喜正是以继承阮元思想的衣钵弟子自居的。翁方纲赠以"诗庵"之号,而金正喜为感谢阮元的导师之谊又自号"阮堂",使用这两个字号,说明他时时刻刻不敢忘却翁、阮两位老师的大恩。

逗留北京这短短的月余时间,不仅使金正喜看到了一个新学问的世界,而且使他初具一个大思想家、大艺术家的风范。

暴风前夜

在金正喜在探究学问的道路上大开眼界的同时，林尚沃又是怎样作为商人冲开一条活路的呢？他是如何运用石崇大师留给他的那个"死"的秘器，击垮北京商人向朝鲜商人发起的第一次联合抵制的？他不但击垮了北京商人们的联合抵制，而且由此起死回生，成为朝鲜王朝最大的贸易王，使危机化作机遇，那么，林尚沃的商道又是什么？

阮元为即将启程回国的弟子金正喜设宴饯别的第二天，也就是2月2日，正是林尚沃与北京商人之间的商战终于迎来生死一搏的决战之日。

3

那天早晨，天一放亮林尚沃就命令手下的朴钟一等人做好准备，打点回国。下人们马备鞍、货入包，马上开始了行动。因为再过一天就是2月3日，就是陈奏使金鲁敬率领的出使队伍离开北京回国的日子。

北京商人们虽然没有一个人露面，但私下里，他们一直在派人探听着林尚沃的一举一动。他们已经接到线报，称包括林尚沃在内的出使队伍明天就要离开北京。那么，他那五千多斤人参会怎么处理？难道会像来时那样原封不动地装上马车运回朝鲜？

林尚沃的人参，如果不能在北京出手，到其他任何地方都是卖不掉的。这一点，北京商人们当然心知肚明。他们放出密探，监视着林尚沃的一举一动。

等做好回国的一切准备，朴钟一察言观色地问林尚沃：

"大哥，您打算怎么办？"

"什么怎么办？"明明知道朴钟一在说什么，林尚沃却佯装不知。

"人参呗，我说的是我们带来的五千多斤人参呀。"

"哦，原来是说这个。"林尚沃拍了拍膝盖，好像直到现在才想起这档子事，"人参还原封未动地放着，看我都忘得一干二净了。"

联合抵制

朴钟一看看林尚沃,想确定一下对方的精神是否还属正常,然后又问:

"怎么办才好呢?难道要让他们把那一捆捆的人参再装回马车?"

"人参既然运来了,当然不能原封不动地再运回去。"

"那该怎么办?"

"既然运来了,就放在北京吧。"

朴钟一感到不可思议:

"放在这里?没一个人来买,一斤也没卖出去……"

"我说,"林尚沃对朴钟一的回答根本不加理睬,"让他们把人参都堆到院子里去。"

朴钟一投宿的会同馆院子里,整整齐齐地堆起了五千多斤人参。见人参堆好,林尚沃又命令道:

"在院里堆一堆劈柴。"

"堆劈柴?"朴钟一满脸疑色。

"叫你干你就干,问什么问?"

林尚沃的脸上挂上了怒气。一般的事,林尚沃是不动声色的。但此时林尚沃的脸上还显现出一种毅然决然的意志。按照林尚沃的吩咐,院子里又堆起了一堆劈柴。

"现在该做什么?"堆好劈柴,另外一个下人问林尚沃。

"给劈柴点上火。"

直到这时,朴钟一才明白林尚沃要做什么。他看了看林尚沃的脸色,见林尚沃还是一副不可动摇的神态,便既不敢搭话,又不敢参言。他只能像林尚沃一样,默默地注视着这一切。

按照林尚沃的吩咐,下人们在劈柴上点起了火。火遇干柴,立即升腾起熊熊火焰。北京最有名的客店前院大白天忽然点起劈柴,浓烟滚滚,火焰冲天。这场玩火的游戏可不是时候,马上引得人们云团般涌了过来。劈柴点着了,大火猛烈地燃烧起来,下人们又问林尚沃:

"劈柴堆已经点着了,下面该做什么?"

林尚沃脱口而出:"把人参扔到火里去!"

"您说什么?"下人几乎不敢相信自己的耳朵,"您说把人参怎么着?"

"我让你们把人参扔到火里烧掉。"

下人迟疑了。这时,一直在一旁沉默不语的朴钟一大声喊道:

"你们耳朵难道聋了不成?吩咐你们怎么做你们就怎么做,哪来那么多废话!大人是让你们把人参扔到火里烧掉。"

朴钟一马当先,抱起一捆人参扔进了火里。熊熊火焰开始吞噬被扔进去的人参。随即,人参也燃烧起来,和着呛人的烟气散发出人参特有的芳香。既然有人开了头,下人们也只好抱起一捆捆的人参朝火里扔去。前来观看的看客们顿时愣住了。等他们得知朝鲜商人往火里扔的不是别的什么而正是人参的时候,他们个个都呆若木鸡。北京商人们派出的密探,夹杂在这些看客中。他们都是北京商人的掮客,一直在严密注视着林尚沃的一举一动。见到林尚沃这么做,他们连忙跑到自己的主人那里,把这里发生的一切一五一十地报告给药材商们。

"朝鲜商人点起大火,正在烧人参呢!"

接到密探传报,北京商人们全部一口气赶来了。他们要察看林尚沃究竟是不是真的在烧人参。走北京的人参贩子们从老年代起就经常准备着假人参,也就是桔梗,为的是旅途中一旦遇到盗贼就让盗贼们把桔梗当作人参偷去。药材商们在留心察看,林尚沃是不是也在假装焚烧人参而实际焚烧的是桔梗。

不是。

被扔到火里的显然是人参,而且是几年来轻易不见的红参精品。人参的主要成分是皂角苷,中国药材商们管它叫配糖体。常年与人参打交道的药材商们清楚地知道,这种略带苦涩的香味正是人参特有的味道,也是人参中起药理作用的主要成分。人参如果燃烧起来,其皂角苷成分就会在火的作用下燃烧,散发出只有人参才会拥有的独特味道。于是,药材商们通过自己的眼睛,从翻腾的滚滚烟气的味道本能地断定,大火中焚烧的正是人参。

联合抵制

这一来，北京的药材商们顿时被林尚沃这始料不及的狂气震住了。他们知道，林尚沃焚烧的不是人参而是自己的身体。

北京商人们都明白，作为一个商人，首先会把人参视为自己的生命，而焚烧人参，正是一种烧掉自己的身体以供奉佛祖的"焚身供奉"式的行为。

焚身供奉，就是自己投火赴死以供佛祖。林尚沃焚烧与自己的性命相若的人参，就如同在自己的身上点燃大火，以求焚身供奉。

北京商人们先是被林尚沃做出的决断震住了。继而，他们又突然愤怒起来。因为，人参对于北京的药材商们而言，也是像生命一样的东西。人参，不光是朝鲜贸易商的生命，对于买进它们的北京药材商们来讲，人参也是生命，是神灵的药草。中国商人们把人参称作"活人草"，这可以救活人命的药草，岂能烧成一堆烟灰？北京商人们被林尚沃要把人参这天下名贵药材付之一炬的做法激怒了。

"怎么敢这样，居然敢烧人参！人参是可以救活人命的神药，怎么可以烧成灰烬？"

但北京商人们的愤怒，旋即为一种迫切的危机感所代替。他们已不能只是袖手旁观，责骂林尚沃焚烧与自己的生命无异的人参是一种疯子般的狂气。因为，倘若就这么眼睁睁地看着这许多人参被全部烧掉，化为一堆灰烬的话，很显然，今后几年内不管你把眼睛睁得多大，在北京都不会发现一棵人参了。

急躁起来的反而是北京商人们。如果人参全部烧掉，不光林尚沃，他们自己也得跟着倒霉。

当时，中国医学发达，名医辈出，其中葛可久、李东垣、牟丹溪三人最为驰名，被称作神医。这三位名医，均把各种疾病的根源归结为虚、劳、吐、血四症，并提出一种阴阳说，认为只要能够补足气虚、疲困、吐泻、血亏就能祛除百病。他们还开出一个新的处方，主张人参对治疗虚、劳、吐、血有特效。由此人们开始公认，"不加朝鲜人参的中药算不得药"。

如果没有了朝鲜的人参，将会变得百药无效，所有的药材商与

暴风前夜

中药房也都会关门大吉。中国商人们只是想到了要结盟联合抵制，给林尚沃一个教训，却完全忘掉了这样一个事实：因为这个食物链的关系，他们自己也已经与林尚沃形成了一个生命共同体。

北京商人们马上一个个争先恐后地出了头。

"林大人，您这究竟是为什么呀？"

"林大人，何必这样呢？"

"林大人，快让他们把火灭了吧，让他们灭火啊！"

林尚沃却置若罔闻，一个劲地大声向下人们吆喝："磨蹭什么磨蹭，没看到火都要灭掉了吗？快添劈柴！"

下人们又开始往火堆里添劈柴。这样一来，又燃起了熊熊的火焰。林尚沃又高声命令："再往火里扔人参！"

眼睁睁地看着五千多斤人参已经有一半化为灰烬，中国商人纷纷走出来说项。

"灭火吧，快让他们灭火吧！"

因为王造时当时也在现场，中国商人们争抢着企图说动王造时。王造时却沉默不语。无奈，他们只好去找真正的东家林尚沃：

"林大人，快让他们把火灭掉吧！"

"你们干吗要我灭火？你们不是都觉得不需要我的人参，要联合抵制吗？这没人要的人参留它何用！原封不动地运回去是没用，留在这里也是扔，当然只有烧掉。"

"哎哟，林大人，您别再烧了。快灭火吧，先把火灭了我们再说话！"

据传，灭火的不是林尚沃而是朴钟一。林尚沃当时就离开了现场，躲得无影无踪，是朴钟一和王造时留在现场和中国商人们开始了新的谈判。

当时，中国商人的圈子里，有一条金科玉律，那就是"六字诀"和"四字诀"。早年，中国商人中有个传奇式的人物名叫何心隐，有个买卖人曾向他请教挣钱获利的秘诀，他首先给那人写了一个"六字诀"，叫作"买一分，卖一分"。

买卖人又问："挣钱的办法，除了这些还有其他的办法吗？"

联合抵制

何心隐马上又给他写了一道秘诀，不过这次却是四个字，称"四字诀"，内容则是"趸买零售"。

买卖人听了这两道秘诀，又问："挣钱获利的第三种办法是什么？"

何心隐回答得非常干脆："十字足矣，岂有更多？"

何心隐的"六字诀"和"四字诀"被中国商人们奉为金科玉律。"买一分，卖一分"的六字诀，就是要人们"买了就卖"，而"趸买零售"的四字诀则是要人以低价大量进货，然后连着利润零卖出手。

中国商人们"买了就卖"的商业哲学有一个特点，那就是讨价还价时可以不去精打细算，但买卖却要一气呵成。于是，他们就地和王造时与朴钟一进行了新的洽谈。这是因为中国商人们有一种特有的老练与城府。

在中国商人看来，面子并不是什么大不了的事情。对他们来说，利益高于一切。林语堂就曾说过，中国人的性格中有三个十分明显的特征，那就是"有耐心"、"冷静"与"老练城府"。

尤其是中国的商人，已经把这种老练与城府发挥到了极致。他们彻底守着作为商人的处世信条——"大事化小，小事化了"。所以，他们能够忍辱负重，把大事也就是昨天的意气之争看作小事，仅仅是利益之争，而把今天的屈辱小事看作无事。

总之，仅仅2月2日这一天的时间，林尚沃就把烧剩的所有人参全部出清了。火烧人参所造成的损失全部由中国商人包下，按照第二次每斤45两白银的公告价格，林尚沃一个子儿不少地照单收进，只用一天时间就卖掉了所有的人参。搭上被大火烧掉的人参，算起来，中国商人们为这笔人参买卖付出了每斤90两的破天荒的代价。这个价钱，几乎是以往的四五倍。

但问题不在于林尚沃通过一场商战挣下了大笔的金钱，取得了辉煌的胜利，更大的意义在于，林尚沃以高超巧妙的手段击垮了中国商人前无古人后无来者的联合抵制，展示了一种无与伦比的商业哲学。

暴风前夜

借助于石崇大师留给自己的一个"死"字，林尚沃获得了更为广阔的生存空间。

而且决不仅仅局限于生意。他已经彻悟，一切政治、一切宗教、一切艺术，人类社会所有的一切只有抛却自身，通过死亡的"无"才能得到生的愉悦和存在的"有"。这就是真理。

通过秋史金正喜，林尚沃得到了李舜臣"必死即生，必生即死"的名言，又从这句名言里领悟了石崇大师留给自己的"死"字的真实含义，从而痛快淋漓地击破了人生中第一次危机。不但闯过了第一道坎，而且转祸为福，一跃而成为朝鲜王朝首屈一指的贸易大王。

机遇与危机并存，林尚沃就这样名扬朝鲜和北京商界，达到了游刃有余的地步。

4

1810年2月3日。由陈奏使金敬鲁率领的出使队伍终于离开北京踏上了归国之路。来时把5000斤人参运到北京的马车，现在又装满了金正喜的东西。车上装着翁方纲在法源寺送给金正喜的400卷佛经，还装着阮元送给即将远行的弟子金正喜的《皇清经解》未完手稿。另外，金正喜不但通过翁方纲的门徒叶志诜得到了几百件画作，而且从导师翁方纲那里得到了收录在《汉隶字源》中的几百个汉碑的拓本。

金正喜甫一回国，便远赴咸兴黄草岭，到那里考释新罗真兴王的巡狩碑，然后又到北汉山，考证出北汉山碑峰的石碑并非朝鲜王朝建国时期的舞鹤大师所建而是新罗真兴王的巡狩碑，而且还考证出"真兴"的称号也属真兴王生前所用。所有这一切，都是因为金正喜从导师翁方纲那里学到了建立在考证学基础上的金石学，开拓了新的视野。

朝鲜王朝养育的第一大思想家、艺术家金正喜在北京拓宽了学问视野，而朝鲜王朝养育的第一大贸易王林尚沃也在同时同地粉碎了中国商人们的联合抵制,迎来了成为巨贾大商的转机。

离开北京一周后,出使队伍来到了山海关。山海关是军事要地,也是万里长城的起点,更是中国的门户。在人们的传统思想中通常都认为进了山海关才算真正到了中国的地界,出了山海关就算离开了中国的地盘。

"天下第一关"

每次为了生意到北京,经过山海关,林尚沃都会充满揪心的回忆。如果哪次在山海关逗留一天,林尚沃一定会提上一瓶酒,独自坐到一个可以清清楚楚地看到山海关门楼的地方,一边喝酒一边追忆往事。

"天下第一商。你一定要像这块匾额上所写的'天下第一关'一样,做一个'天下第一商'。"

父亲指着山海关门楼上的匾额说的这句话,现在已经成为父亲的遗言。就在说这话的那年,父亲从北京回国后醉酒失足,落江而死。

手提酒瓶,乘着月色坐在可以看到山海关门楼的地方,林尚沃自言自语:

"父亲,现在我终于实现了我对您的承诺。我终于成了'天下第一商'。"

大滴大滴的泪珠从林尚沃眼里流了出来。

终于实现了父亲的遗言,成了天下第一商。巧妙地击溃了北京商人们的联合抵制,瞬息间一获千金,瞬息间挣到了连做梦都未曾想到过的天文数字般的金钱。完全按照悲惨地死去的父亲的愿望,化解了祖上的遗憾。

林尚沃走到门楼周围,酹酒相告,以抚慰父亲的在天之灵。

就在这时,一个洪亮的声音传进了林尚沃的耳朵:

"你在这里干什么?"

林尚沃朝着声音传来的地方看去,但没有发现任何人。忽然,林尚沃的脑海里浮现出一个人的身影,很久以前林尚沃曾作为客商与那人一道跑过北京。

暴风前夜

李禧著。十数年前与林尚沃一道走过北京的李禧著。正是李禧著带着林尚沃走进了北京的红灯区,并在那里与张美龄有了宿命般的相遇。

李禧著。

5

李禧著目前在做什么?

林尚沃经常听说,李禧著开矿发了大财,成了一方巨富,几乎可与自己并驾齐驱,遥称双璧。虽然从来没有碰过面,但不时派人通问,一直保持着友情。

10年了,10年过去了。

10年前,林尚沃平生第一次向他人透露藏在心底的秘密;10年后,林尚沃终于实现了"天下第一商"的梦想。

山海关门楼前,林尚沃正沉浸在无边的遐思中,忽然有人自黑暗中出现并同他打招呼:

"您在这里干什么呢?"

林尚沃朝声音传来的方向望去,金正喜正独自一人站在那里。天一亮就要越过山海关,朝着广袤的满洲大地出发了,金正喜也同样感触良多,辗转反侧不能成眠,于是便走出来吹吹风。

见金正喜不期而至,林尚沃非常高兴:

"您来得正好。我有点饿了,正巧又带了些酒来,来一杯怎么样,生员大人?"

金正喜是一个酒中豪杰,非常喜欢喝酒,在这一点上林尚沃也毫无二致。于是,两个人就坐在山海关门楼旁,用林尚沃带来的酒对酌起来。

满满一瓶酒一口气干完,两人不觉就有了些醉意。金正喜忽然一脸正色地看着林尚沃说:

"一个月前我走过山海关的时候还是只不知有海的井底之蛙。"

一会儿,金正喜又笑着说道:

"古话说'井底之蛙,不知有海'。一个月前,我还像老话说的那样,是一只不知有大海存在的井底之蛙。在北京逗留的这一个多月的时间里,我终于看到了大海。可是,明天一早我就要离开中国,重新成为一只蛙。不过这只蛙已经不复为以前那只井底之蛙。真有一种古时禅师说禅的感觉。一个人说'山即山,水即水',但等他有所醒悟,他就会说'山非山,水非水',待他终于彻底大悟,他又会说'山即山,水即水'。但这时,他的境界已自不同以往。这时的山依旧是山,但已不复为以往之山;这时的水依然是水,但已不复为以往之水。我也是这样的。明天一早,我就要离开中国回到我自己的国度去了。但现在,我已不再是过去那只'井底之蛙',而是一只'大海之蛙'了。"

金正喜继续说道:

"覃溪老人在我行前送了我化度寺碑帖的拓本,这大概算得上我在北京得到的最为宝贵的礼物之一了。"

化度寺碑帖拓印的是中国唐初贞观五年(公元631年)为邕禅师建舍利塔时74岁的欧阳询题写的字。

欧阳询,中国大书法家,尤擅楷书。他生来身材矮小面貌丑陋,为众人所歧视,自小生活在一个不幸的环境里,但最终在隋炀帝年间荣登高位,成为朝中太常博士。金正喜的导师翁方纲特别崇拜欧阳询和欧阳询留下的化度寺碑帖。翁方纲认为楷书是一切文人画之本,并盛赞欧阳询的书法乃是楷书之极致,并在自己的弟子金正喜即将回国之际将自刻的欧阳询《化度寺碑帖》拓本作为特别礼物送给了金正喜:

"我不能算是你的老师,只不过是走在你前面的前辈人。你真正的老师应该是它。你就把它当作你的老师吧。古话说,遇佛杀佛。但愿你能以它为师,并最终超过这个老师,达到登峰造极的地步。"

金正喜没有辜负导师的期望。借助翁方纲赠给他的《化度寺碑帖》拓本,他创出了别具一格的书体。

已有酒意的金正喜忽然站起来,仰望着山海关门楼:

暴风前夜

"天下第一关,看到山海关门楼匾额上刻着的这几个字,我想起了我的两位导师的话。阮元老师在我临行前曾亲自为我题字,称我为'海东第一通儒'。"

"海东第一通儒",金正喜举手指了指匾额上的字:

"既然是老师送我的溢美之称,我当然只有拜领,但一看到山海关门楼上的横匾,我就感到有一股难以自抑的激情在迸发,大人。"

金正喜看着林尚沃,放声哈哈大笑:

"这股激情一直在涌动。既然要做通儒,就不要做什么'海东第一通儒',索性就做'天下第一通儒'不更好吗?我还有一种难以自己的冲动,我要像翁方纲老人说的那样,拆下那门楼上的匾额,在那地方挂起另一副横匾,匾上的字体是唯我独有的书体,而不是欧阳询或其他什么人的。"

第十章　燎　原

1

1811年，纯祖11年，辛未年。

阳春三月。

白马山城西，三峰山下，林尚沃的家里来了一位陌生的客人。客人像是刚刚赶过很远的路，看上去疲惫至极。他虽然身材矮小，但望上去刚毅果断，气度不凡。

"出来，快出来啊。"

林尚沃府上的门，永远是打开着的。因为，有不少所谓门人食客会随时出入。当时，有一种招待过客的风俗。无论是擅长围棋的棋手、可以吟几行诗的书生，还是过路的歌客、巧舌如簧的风客，都可以到厢房里小作停留，伴主人聊聊天，或是陪主人下下棋，受到丰厚的招待，然后得到一些路资或衣物，再到其他的村子去。

但今天这位游客却不同于其他客人。在大敞的门前，他放开喉咙，高声喊叫着，像是要把大门震倒。

"出来，快出来啊！"

一个不明就里的下人跑出来，见那行客头戴竹笠并不是什么贵人，而不过是一介布衣，心里就有些生厌：

"你到这里来找谁？"

"这里不是林大人府上吗？"

"对。"下人一脸不满地瞥了来客一眼，来客马上又喊起来：

暴风前夜

"你去告诉一声,就说是贾山的李大人有信来。"

下人并不知贾山李大人是谁,但他本能地感觉到,面前这个行色疲惫、衣服褴褛的来客,并不是那种过一夜就走的云游食客。于是,就先把他引到厢房,卸了行装。

这个时节,也就是那位来客身揣贾山李大人,即李禧著的信件找林尚沃的这个时节,天下形势,一片混乱。

以11岁的稚童之身初登王位的纯祖有王名而无王实,安东金氏把持朝政,朝廷完全陷入混乱。混乱中,从中央官署到地方衙门,到处是腐败在蔓延,贪官污吏视国家行政与税捐为儿戏,百姓涂炭,民不聊生,各种始料不及的天灾人祸接踵而至。

大权旁落,朝政紊乱,贪官污吏大行其道,加之一连串的天灾地变,在绝望的百姓中引起了反抗的火焰。这反抗的火焰如荒原野火,渐成燎原之势。

也就在这个时节,儿童们中间开始流传起一首怪诞的歌谣,并迅速传遍全国。那歌谣的歌词是这样的:

"李家大树倒了,郑家公子来了。"

这歌谣起源于《郑鉴录》。《郑鉴录》是自朝鲜王朝开国以来民间广为流传的一本预言书,书中有"李氏王朝灭亡后郑姓真人将继开新世界"的内容。乱世当头,这预言更是越传越广。

儿童们中间流行这种歌谣的同时,大人们中间也在流传这样一句谶语:

"木子亡,尊邑兴。"

不管是孩子们的歌谣,还是大人们的谶语,都是在预告一个不祥的消息:朝鲜王朝行将崩溃,代之而来的将是一个郑公子的新天下。于是,朝廷开始到处打探这样的流言蜚语究竟起自何处。

终于,朝廷在1804年查出,是黄海道安岳郡的李达宇编了这样一首怪诞的歌谣教给儿童们流传,而长安百姓张义纲随声而应,暗自筹备武器与军粮,企图聚集黄海道和平安道的百姓们掀起叛乱。那年9月,官兵抓到了叛党魁首李达宇,并当即押赴京城,凌迟处斩。叛乱总算被平定,但自此人心惶惶,天下大乱,正所谓乱世中之乱世。

但随即又流行起另一种谶语。这个歌谣主要流行于包括平安道在内的关西地方。

"李姓大树倒，水姓大河流。"

还是几年前流传过的那支童谣，只是歌词做了改动，这歌谣到处流传，发布着一个不祥的消息。这条流言蜚语告诉人们，李氏王朝即将崩溃，代之而来的是一个水氏新王朝。

不但如此，在这首童谣四处流传的同时，一个更为具体的秘密传言开始飞遍天下，传言的内容是"西北地方将出现一个拯救乱世、平息混乱的大英雄"。

据说，这个大英雄的名字叫作水平汉。

"平汉"，是平安道人对自己的蔑称。所谓"平汉"，也叫"西汉"，是一种卑称，意指"平安道的家伙"。但这是汉字的说法，按纯粹的朝鲜语来说，就是"平崽"或"道崽"。但现在，传言居然称在这平汉也就是"平安道的家伙"中将出现一位拯救乱世的水姓大英雄。

转过年来，到了辛未年春天，这来历不明的谶语传得更加具体翔实了。传言说，那位英雄已经出世，早在30年前就来到了人间，这位真人出生于宣川郡剑山日出峰下的君王浦。

传闻在平安道一带口口相传，越传越盛，林尚沃也有所耳闻。也就是在这个时候，一个当差的带着李禧著的信件来到了林尚沃府上。接到下人传信，林尚沃特意摆了桌酒席，把那位差人传了进来。

贾山的李禧著派来的差人来到了已备好酒席的厢房。传递私信的人称作"封人"，封人是下人中最受信任的职位，嘴也严，是经过一挑再挑才选中的。

封人来到林尚沃面前，行了大礼，屈膝跪坐。林尚沃先吩咐封人随便一些，接着满满地为他斟上了一杯酒。

"李大人可安康？"

"托庇安好。"尽管林尚沃吩咐过不要拘谨，但封人依然在跪

暴风前夜

坐着。

"说是李大人给我来信了?"

"是的,大人。李大人吩咐我给您送信来了。"

封人恭恭敬敬地双手把信递上去。林尚沃打开信封,掏出信笺,看了起来。的确是李禧著那熟悉的笔迹,信件的末尾还画着李禧著特有的手记。所谓手记,也就是写信人在名字或职衔之下用以代替手戳的一种字符。见了那手记,即可明确无误地判定信件确系来自李禧著。

信的内容很简单。开头是礼节性的寒暄,正文却有些特别,像是一封推荐信,请林尚沃将前来送信的人收在手下,权作一个写写算算的账房或管家。信中称,送信人不但聪明正直,而且明于数理,长于计算,颇有可用之处。

看过信,林尚沃有些不知所措。这还是他头一遭从李禧著那里接到这类信件。

既然聪明正直,而且明于数理,长于计算,那李禧著自己那里也做着买卖,也会需要帮着写写算算的账房,可为什么他自己不用,非要把人支到这里来,向我推荐?商人与商人之间,互相借贷的事情是有的,但这种为人推荐或作担保的事情本就被视为禁忌。因为金钱的来往尽可以止于金钱,而人的来往却有可能招致一方受损,从而产生变友为仇之虞。故而,林尚沃放下手中的信,仔细打量起李禧著推荐的这个汉子来。

林尚沃看人,别具慧眼,关于他慧眼识人的传闻逸事,至今仍有流传。看到这汉子的那一瞬间,林尚沃忽然有一种想法:这样的人应该是身在王家,而不该混迹商界。

这汉子虽然身材并不高大,但骨骼粗大,看上去像条硬汉,不过总体看来,姿态端正,气概不凡,虽说衣衫褴褛,却是一副贵相。

读了李禧著要他把来人留下来做个账房的信,林尚沃忽然想起了中国商人。当时,林尚沃对中国商人那独特的伙计制度产生了浓厚的兴趣。中国的伙计制度后来流传到了我国,被称为"会计"。

会计主要负责的事情，是计算金钱的收支，从事财产、收入、开支之类的财务管理。本来，林尚沃就打算效法中国的伙计制度，找一个明于数理而且颇可信任的人来做账房，李禧著的推荐信可巧也就在这个时候来到了林尚沃的面前。

林尚沃再次正面打量着面前的汉子。从外表上看，这人形象端庄有度，属更适于到朝廷做事，不应在商界谋生的那种。但那眼神就不同了。整体看去文静儒雅，唯独那双眼炯炯有光，像是一眼就能把人看透。举止彬彬有礼，但大方有度，没有一丝卑躬屈膝之处。一打听年龄，比林尚沃还小一岁。老家在平安道龙冈。

龙冈，早年林尚沃被赶出义州商界舍身为僧之前，曾经作为走街串巷的小商贩到过那里。于是，林尚沃又问：

"龙冈什么地方？"

"小人的老家是龙冈郡多美面细洞花庄谷。"

"姓什么？"

"姓洪。"

"姓洪，本贯是哪里？"

"本贯南阳。"

"叫什么名字？"

"小人名叫景来。"

姓洪名景来。这个叫作洪景来的汉子不卑不亢，对答如流。

"认字吗？"

"文章也还读得来，写也算能写得两手。"

既然李禧著已经推荐过来，而自己心里又一直有打算，林尚沃就想按照中国商人的做法让面前这个卦人做自己的伙计。但要替当代甲富林尚沃管理财产，首要的条件当然是应该精通文字、擅长数理。

"文章是在哪儿学的？"

"小时候跟舅父学的。"

"参加过科考吗？"

"……"洪景来忽然语塞，沉默许久才回答道，"19岁那年曾经

暴风前夜

考过一次,但说来惭愧,名落孙山。不过我敢说,我的落榜并不是因为我实力不够,而是因为朝廷有政策限制任用西北人,还因为阴谋、中伤、阿谀横行,门阀与党争泛滥。"

正在喝酒的林尚沃注意到,汉子的双眼中闪动着愤怒的火花。初次见面就敢于在人前直披胸襟,这究竟是勇气,还是冒失?林尚沃不由心中一顿。

"以后呢?"

"一回就足够了。"洪景来回答说,"从那以后我打定主意,再也不参加什么科考。"

"哦,为什么?"

听了洪景来的话,林尚沃感到这人很合口味。自斟自饮,这时的林尚沃已微有酒意。看着背后的屏风,他又说道:

"既然能读会写,19岁上还参加过科举,文章当然是会做的了。那就当场做一篇来看看。"

林尚沃看着身后低垂着用来挡风的屏风。屏风上是一幅《秋耕图》,《秋耕图》的上方写着一首圆鉴大师的禅诗。圆鉴是高丽王朝时期的一代大师,自幼通文,19岁上试文科而状元及第,成为一代文章名家,但有志于佛,出家为僧,又成为一代高僧,曾应元世祖之邀远赴北京,受上宾之礼,赐金兰袈裟与白拂尘。

屏风上画有秋景,写有圆鉴的禅诗《秋日偶书》:

绕罩竹密雨声惯,
满洞枫殷秋色多。
艳艳黄花啼晓露,
萧萧赤叶下庭柯。

林尚沃手指那首诗的题目说道:

"这首诗的题目是《秋日偶书》,你就来作一首二行诗罢,诗里要有'秋'和'日'两个字。"

"就在这里?"洪景来浓眉一挑,望着林尚沃问道。

"对,"林尚沃大笑,"就在这里。"

"遵命。"洪景来不慌不忙地说道,"敢请纸、笔。"

从屋子的一个角落里准备着的砚台里倒了些墨汁，洪景来浓墨饱蘸，铺开纸张，欣然命笔，不假思索间主人命题的二行诗一蹴而就。单这文才，已足以惊人。

惊叹于洪景来一挥而就的笔下功夫，林尚沃又去观看他写下的文字：

秋风易水壮士拳，
白日咸阳天子头。

林尚沃不由得再次为之大吃一惊。第一次是惊于洪景来酣畅淋漓的笔下功夫，第二次却是惊于他所写下的两行诗的内容。那诗是在说"秋风瑟瑟，易水壮士高举刚劲的拳头；白日昭昭，窥视咸阳天子的头颅"。

要理解洪景来的诗，还需弄明白一个典故。诗中所谓"易水壮士"，是指中国春秋战国时代的荆轲。

荆轲，是司马迁所著《史记》中的一位刺客，魏国人，喜读书，好使刀剑，是一个文武兼备的人物。当时，燕国太子丹与后来成为秦国皇帝的太子政原是两小无猜的好友，但政成为秦王后，背弃昔日的友情，不断蚕食燕国的领土。

为此，丹曾发誓说：

"背信弃义，禽兽不如。过去我并没有亏待过你，你以为燕国弱小，就该受你这般欺凌威胁吗？此仇不报，誓不为人。"

为了报仇，太子丹选择了刺客荆轲。正巧，这时秦国将帅樊於期因得罪了秦王逃到了燕国。荆轲说：

"要取信于秦王，需要樊於期的头颅和燕国良田督亢地方的地图。请务必备妥这两件东西。"

荆轲终于得到了樊於期的头颅，把它装进匣子里用蜡严严地封起来以防腐烂，然后又设法买到一把赵国刀匠徐夫人打造的号称天下最锋利的匕首，事先淬好毒，带着督亢的地图，前往咸阳刺杀秦王政。关于这个情节，司马迁在《史记》中是这样写的：

"……遂发。

太子及宾客知其事者，皆以白衣冠以送之。至易水之上，既祖,取道,高渐离击筑,荆轲和而歌,为变徵之声,士皆垂泪涕泣。又前而歌曰:'风萧萧兮易水寒,壮士一去兮不复返!'……"

正如荆轲所料,靠了樊於期的头颅和督亢的地图,他终于成功地得以晋见秦王,但功亏一篑,他并没有能够用藏在地图中的匕首刺杀掉秦王,而是惨死咸阳,成为一个悲剧式的人物。

洪景来的两行诗,正是借用了这个典故。这首即兴诗虽然是引经据典而作,但那内容却是桀骜不驯之至。

如果"易水壮士"指的是洪景来,那么"天子头"又指的是什么?林尚沃忽然感到不寒而栗,但他不动声色,哈哈大笑着为洪景来满满斟上一杯酒:

"看来你的文才不错嘛。失敬失敬,先前我还没看出呢。那就罚我斟三杯,请干杯!"

就这样,洪景来终于被提拔为管理林尚沃财产的会计,也就是管家账房,进入林尚沃门下。

这是洪景来的周密策划取得的大成功。

时代的叛逆者,梦想打破腐朽的"天子头",推翻朝鲜王朝掀起新时代革命的风流人物洪景来,在他举大事的一年前,自愿投身林尚沃的商家做一介账房,这究竟是为了什么?

这里,我们不妨回顾一下洪景来的过去。

2

正如洪景来所言,正祖四年,也就是1780年,他出生于平安道龙冈郡多美面细洞花庄谷。

洪景来的故乡花庄谷,一个名副其实的花园山村,春天一到,金达莱漫山遍野,整个村庄宛若一个花的海洋。洪景来自幼身材矮小,得了个"地蹦子"的绰号,但他从不服输,是孩子们中间的头领。

据说,这个孩子头不但善于玩打仗游戏,而且读书也颇有天赋。至今,还流传着一个关于少年洪景来的故事。这表现了洪景来的超常胆量的故事发生在他9岁那年,在平安道一带被传为神话。

那是一个晚上。据说是洪景来在私塾里的先生见他头脑聪明长相又不同一般,遂决定试他一试。先生告诉他邻村碑石街有一棵参天古树,古树上有个洞,洞里有个什么东西,并要他去把那东西掏来。

年幼的洪景来马上向那棵古树跑去。穿过一片坟场,越过一段黑漆漆杳无人迹的旷野,洪景来到邻村一看,那里果然耸立着一棵参天古树,不过那棵大树已经开始枯死。洪景来脱掉草鞋,打着赤脚,爬上树干,把手伸进树洞里。这里面究竟有什么东西,先生会让我把它掏出来?他把手伸进去正自摇晃着,洞里忽然有个什么东西紧紧抓住了年幼的洪景来的手。

"谁?快放开我的手!"

洪景来一喊,洞里马上传出一个声音:

"小子,你以为这是什么地方随便就把手伸进来?我是鬼,吃人的鬼。"

这情景,要是换了普通孩子,早就被吓得灵魂出窍,但年幼的洪景来却没有一丝胆怯。

"你说什么?你是鬼?可是,你这鬼的手怎么是热乎乎的,一点也不凉?我看你不像是鬼,那么你到底是谁?"

无奈,抢先跑来躲进树洞里装鬼的私塾先生马上现出原形,举手投降。这个故事,正是少年洪景来性格的写照。

"地蹦子"孩子王洪景来随即离开了家乡,前往住在中和的舅父家求学。洪景来的舅父柳学权是当地妇孺皆知的著名学者,但因为出生在平安道,作为一个平崽,这个儒学家连科考也没有参加过,只能满足于作一介书堂先生。

从洪景来的故乡花庄谷到舅父所住的中和,只有70里的路程,却是洪景来第一次离家远行。

柳学权倾其心中所有悉心教导少年洪景来。他惊奇地发现,小景来脑瓜特灵,往往能够授一知十,举一反三。学生进步神速,老师心里当然高兴。但伴随这种喜悦的另一种心情是,柳学权居然有

暴风前夜

些怕小景来，因为这孩子的身上有一些难以言喻的东西与他那小孩子的身份格格不入。柳学权是一位学者，一位儒生，但也仅此而已。他虽然有很高的学问，写得一手好文章，可毕竟只是一介村塾先生，一介平民而已。洪景来就不同了。

洪景来虽然不过是个八九岁的儿童，但他却有着令人吃惊的野心。舅父柳学权察觉到小景来有种非常出格的野心，是在洪景来八岁那年，当时柳学权无意中吩咐洪景来做一篇简单的文章来，而洪景来却写出了这样一首诗，这首诗至今仍被完好地保存着：

"踞坐海鸭山，

洗足腰浦江。"

梦想推翻腐朽透顶的旧王朝让江山社稷易姓的革命派洪景来，他的政变造反梦就这样在他小时候就开始萌芽了。八岁少年洪景来要雄踞的海鸭山，位于中和，海拔332米，是中和一带最高的山。而洪景来要浴足的腰浦江，是一条重要的大河，原名文浦川，与坤阳江一道横穿平壤平原，滋养了一方肥沃的土地后汇入大同江。

八岁小儿作出"踞坐海鸭山，洗足腰浦江"这样的诗来，使得身为舅父的柳学权不由不为其率然明志的冒失而哑然失色。但更令人惧怕的事情还在后边。

在中和，有一座坟茔，传说是高句丽的开国大王东明圣王的墓地。洪景来偏偏喜欢到这里玩耍。这座王陵，当地称其为真主墓，这墓名也是有一定来历的。

传说高句丽的始祖东明圣王经常骑着麒麟马到天界去禀报国事，但40岁那年，东明圣王升天后却再也没有回来。无奈，太子只好把父王留下的玉鞭埋进龙山，并起名为"东明圣王墓"。也就是说，东明圣王墓里并没有高句丽开国始祖高朱蒙的尸首，所埋的不过是他驾驭麒麟马的玉鞭。

高丽文臣李承休（公元1224年~1300年）曾在东明圣王墓前留下过这样的诗句：

"升天云骈不复返，

独留玉鞭为王冢。"

洪景来长到10岁上,柳学权曾经问他:
"将来,你想做什么?"
说心里话,柳学权一直殷切希望头脑聪明的洪景来能够在文章上再加一把力,以便科举及第,步入仕途,代自己扬名立万。
柳学权教授洪景来已有三个年头。三年来,洪景来的实力与日俱增,已远非昔日的吴下阿蒙,柳学权甚至觉得自己再也没有什么可以教他的了。可是,洪景来的回答却大出意外:
"我的梦想是寻觅玉鞭。"
这毫无来由的"玉鞭"让柳学权如坠五里雾中,他又问:
"玉鞭,玉鞭指什么?"
洪景来毫不犹豫地答道:
"高丽文臣李承休的诗中说东明圣王墓中埋的是玉鞭。"
"那又怎样?"
"我要挖开东明圣王墓,找出埋在里面的玉鞭。"
"找玉鞭去做什么?"
柳学权暗自心惊,洪景来却犹自滔滔:
"有了玉鞭,才能够驰麒麟马升天嘛!"
"乘了云䡖直上九天,然后挥玉鞭、乘麒麟再回人间,这就是我的梦想。"
这话出自年方10岁的洪景来之口,真是一个令人生畏的宣言。平安道的人们,自古以来就认为高句丽是他们的根。特别是朝鲜王朝成立后,平安道人无缘无故地受到冷落和歧视,被排挤在仕途之外,他们就有了一种不着边际的期冀,希望有朝一日能够恢复高句丽王朝,开辟一个新天地。洪景来声称要找到埋在东明圣王墓里的玉鞭,乘云䡖上天,驰麒麟马回人间,这个梦想可谓意味深长。

洪景来以玉鞭喻指生活在平安道的百姓。他知道,在坟墓般死寂的平安道,民众心中深藏着愤怒火花。他要像寻找玉鞭一样发掘出这种愤怒的火花,借以推翻腐朽的王朝,乘云䡖赴九天,驾驭着高句丽始祖东明圣王的坐骑麒麟马回到一个全新的天地,这不是要开天辟地,使死去的高句丽王朝复活而建立一个新的王朝吗?

暴风前夜

这是一种叛逆的抱负!

听了洪景来的话,柳学权觉得自己再也不能继续收留洪景来做学生了。他开始暗自担心,如果就此下去,总有一天会使自己惹祸上身。

"现在,你书也读得差不多了,回家自己继续学罢。"

柳学权盼咐洪景来回乡后,又悄悄地写了封信给自己的妹夫,洪景来的父亲。信的大意是这样的:

"洪景来的确文才非凡,但其志不顺而逆,切切留意。"

就这样,洪景来在时隔三年之后重新回到了自己的故乡。在这里,靠自学,他又苦读10年。他明白了一个事实,那就是他只能靠自己。只有自己才是自己的老师。洪景来硬是靠自学通读了所有的经典,而且特别喜读兵书。

非但如此,他还在早晚间修炼跳跃腾挪和剑术。他特别擅长跳跃。据传,洪景来一回到家乡,马上就在院子里的水沟旁栽下了一棵垂柳。种下垂柳后,他开始一早一晚间在柳树上跳来跳去。人们感到奇怪,问其缘故,他回答说:

"别看现在这柳树这么小,可它会一年年地长高。就这样一天天地在柳树上跳来跳去,最后,就算它长得像山一样高,我也会轻而易举地跃过去的。"

洪景来说的颇有道理。

三年后,柳树已长大,树尖超过了房顶,洪景来的腾越功夫也达到了令人吃惊的地步:他可以轻而易举地跳过房顶。后来,柳树树龄越来越长,树身也越来越高,但洪景来每每在地上轻轻一顿足,就可以直冲上天,毫不费力地跃过柳树。于是,人们都管洪景来叫洪吉童,因为他的武术就像传说中的主人公,已达到出神入化的境界。他的脚力也相当有功夫,一天可以轻轻松松走上二三百里路。

"通于文辞的人,一定要精于武备。"

文武兼备,就是洪景来心目中大丈夫所应具备的条件。

据传,洪景来枕边常有各种经书,案头总备三尺长剑,出门时

也总会书剑在身。但他心中的理想却始终没有丝毫改变,那就是《史记》中所载的一段话:

"壮士不死即已,死即举大名耳,帝王将相宁有种乎?"

正祖22年,也就是1798年。

19岁的青年洪景来远赴汉阳,去赶三年一次的正规司马试。这是洪景来平生唯一一次参加科举考试,但就这唯一的一次科考却使洪景来备尝苦涩,伤痕累累。

洪景来名落孙山,而且跌得很惨。当时,安东金氏把持朝政,飞扬跋扈,官员唯门阀与党派是问,只关心贿赂的薄厚,哪管实力的有无。只有那些畿湖(指朝鲜半岛南半部的京畿道与忠清道——译注)的贵族子弟才有可能金榜题名,像洪景来这种平安道人纵然成绩再好也休想通过科举赢得尺名寸利。

科举失利的洪景来一回到家乡,马上就烧掉了所有的书籍,折断了舞文弄墨的毛笔。做完这些,洪景来说:

"从现在起,我将不读一书,不写一字。"

也就在这个时候,洪景来的父亲去世了。洪景来把父亲葬在善山,并发出了第一道预言:

"这里就是宽阔无比的大地,它将产生巨大的荫庇。"

为父亲办完丧事后,洪景来立即离开了家乡,当时年方21岁。他头戴斗笠,扮作道人、术士,走遍了平安道的村村庄庄、角角落落。虽然是漂泊无定的游子之身,但他却有两个明确的目标:一是要调查和熟悉平安道的地形地理,二是要寻觅和纠合意气相通的同道。

他还四处云游,不断发出各种预言。他向因接连不断的灾年与贪官污吏苛敛铢求而处于水深火热之中的百姓们宣称,天地就要改变,很快就会有一个天翻地覆的大变化,一个全新的世界即将展现在面前。

在四处云游之际,洪景来来到嘉山郡的青龙寺,并在那里遇到了决定其命运的终生友人。

洪景来因为暂时寄身青龙寺,吃住全赖寺中,于是闲暇的时候

暴风前夜

就到山上砍柴,贴补寺院的生计。说起来,等于是做起了伐木以贴补寺用的劈柴工。

有一天,洪景来正埋头劈着劈柴,忽然感觉到有人在一旁长时间地盯着自己。他停下手,迎面看到了那个正在注视自己的人。那是一个披着长发的矮个子,正自言自语地说:

"可惜好端端一把斧头就要烂掉了。"

当天晚上,洪景来到僧人们所住的寮舍去找那人。那是一个风水先生,四处游荡着为财主家相看茔地,只要手里有了几文钱,就立刻跑到酒馆里大喝一通。

洪景来走进去,劈头就问:

"你说斧头就要烂了?"

见洪景来发问,那人抚着长须说:

"不该劈死树的人劈起死树来了,斧头自然只能烂掉。"

"那么,"洪景来问道,"要想斧头不烂掉,该劈什么样的木头?"

"不要去劈死树,得去劈活树。难道不是吗?"

"什么样的树是死树,什么样的树又是活树?"

见洪景来这么问,那人哈哈大笑:

"我能知道什么!我不过是一个给人看阴宅的风水先生而已,人间的事情我哪里晓得?不过,要摘得紫桃子就得砍倒紫桃树,如果你去砍风马牛不相及的老松树,怎么能够得到嘉庆子呢?"

洪景来不理解那人的话,翻来覆去琢磨了整整一夜才明白那话的真意。

所谓嘉庆子,指的便是紫桃,用纯粹的朝鲜话来讲就是李子。这里的李子树指的就是李氏王朝,因为姓李的"李"字在朝鲜语中的训读解法就是"李子树的李"。那人的一番话,显然是在暗示洪景来不应该去砍死树,而应该去砍活着的李子树,也就是李氏王朝。

一眼便从洪景来劈劈柴的身姿里看出他是一个可以推翻朝鲜王朝的革命派,这个很不简单的风水先生名叫禹君则,论年龄比洪景来年长四岁,后来成为洪景来之乱的挑头人之一。作为洪景来之乱中的一名谋士，他策划了暴动的一切。关于他的为人，后来的《关西平乱录》曾有这样的记载：

"洪景来为魁首，禹风水为谋士。禹君则智赛诸葛亮，洪景来勇比赵子龙。"

禹君则原是平安道泰川人，虽是名家子弟，却是由侧室所出的庶子。因为这庶子的身份而备受歧视，禹君则愤而离家，四处漂泊，靠作风水先生给人看阴宅维持生计。

两个人一见如故，一拍即合。

尽管眉目间志气相投，但毕竟为局势夹拶，当时两个人并没有坦诚相见，一吐情怀。真正敞开胸臆，正式密谋反叛，却是一年以后的事情。

一年后，两人在青龙寺再次相遇。这一年间，洪景来走遍鸭绿江上游的江界、延间等地，到处广交人才，甚至渡过鸭绿江和中国的马贼们也套上了交情。一年之后再次相遇的洪景来与禹君则已经不复是昔日的他们。一见面，他们就从各自的眼神中看出，彼此的大志丝毫未变。

洪景来单刀直入地挑起了话头：

"我已决定，不再去砍死树，而去砍活着的李子树，请你告诉我砍李子树的办法。"

禹君则终于接受了洪景来的提议，开始向洪景来传授"砍伐李子树"的方法。第一是资金。不管是什么样的革命，都需要大量的资金来支持。谋取资金的对象则正是李禧著。

为了把李禧著拉进来作同伙，禹君则使了一计。他决定先让自己的妻子扮作云游四方的算卦人到李禧著府上去。李禧著平时就对占卜之术颇感兴趣，见到扮作算卦人的禹君则的妻子后果然毫不犹豫地让她为自己算了一卦。禹君则的妻子先为李禧著占了个字，然后对他说：

"二三年之内，您肯定会发大运的。"

"发大运？"李禧著好奇地问。

"已经有一条青龙来到了多福洞。"

暴风前夜

多福洞就是李禧著居住的大宁江边的一条深山沟,正是这个地方后来成了洪景来起义的大本营。

"看起来,青龙升天的时机已经成熟,大人就要官运亨通,成为大贵人了。"

虽说是一代巨富,但毕竟出身卑贱的驿奴,如今听说自己这个驿奴出身的人就要官运大发成为贵人,李禧著高兴极了。临走,算卦的女人没有忘记叮嘱李禧著:

"青龙要升天,还得有水。您一定要接近姓水的人。"

因为是出自云游四方的算卦人之口的浮言浪语,李禧著并不特别地当真,但女人临走前扔下的那番话却已经埋进了他的心底。

随后,禹君则出现在嘉山,来到了李禧著家中。禹君则同李禧著先前就有过几面之交。当时恰巧李禧著正要为父亲选择茔地,便请禹君则代择风水宝地。禹君则为他选了一方茔地,并对他说:

"我是个看风水的,五湖四海没有我不曾去过的地方,但我从来没有见到过这样一方风水宝地。如果您能在这里建起坟茔,肯定会荫庇子孙的。"

那地方原本曾有人作过墓地,但因有人说它是一块凶地,原来葬在此地的人已经移葬而去。

"你说这是块风水宝地?"李禧著生气地责问,"你不是在耍我吧?"

"不是的,大人。这里的确是风水宝地中的风水宝地。古时候有个叫郭璞的人在他的《葬经》里说人死后他的葬身之地必须有生气。但生气是遇风而散、遇水而流的,因而必须设法让生气留住,不被风吹散,不被水冲走。这地方充满生气,如果把阴宅定在这里,冥府人可以直接从地下吸其生气,正是一块大吉大利之地呢!"

"可是,"李禧著又说,"这里不是曾经有人下过葬吗?而且下葬后后人身上发生了许多倒霉的事情,才被视为不吉不利之地,连坟都迁走了。"

"不是这样的,大人。"禹君则接口说道,"自古以来,选择墓地的事情就被称作'堪舆'。堪为天,舆为地,所以选择茔地是一种揭示天地调和的事情。这块墓地虽然已经有人下过葬，而且因为被认为是不祥之地迁棺而去，但这里确非凶地，各种变故的发生是由于它的地运未到，而且死者也与这块地相克。"

接着，禹君则又对李禧著说：

"如果您能将尊翁的茔地定在这里，一准会福气发动的。福气一发动，官运必定随之而来，那时候您就成了大贵人了。"

听了禹君则的话，李禧著马上想起了云游四方的算卦女人说过的话。那个算卦婆不也是说自己会官运亨通成为贵人吗？

"官运发，能发到什么程度？"李禧著半开玩笑半认真地问。

"您可以升到统帅天下军兵的官位。"

"统率天下军兵，那不就是可以升到兵曹判书吗，哈哈哈哈……"

李禧著当然是在开玩笑，但又不尽然是玩笑。为了作为武将升官发迹，李禧著可是早年就中过武举的。据传，后来李禧著与洪景来意气相投，两人共商造反大事时洪景来曾试探着问他，如果革命成功掌握了政权建立起新的王朝，那么你李禧著在新王朝中想做什么？这时，李禧著是这样回答的：

"我想掌兵权。"

梦想掌握天下兵权指挥天下官兵的李禧著，最终成为指挥洪景来叛军的总兵官，指望以此实现其勃勃的野心，却遭到了一个悲惨的下场——但这是后话。禹君则对于李禧著的野心洞若观火，于是才使出这个计策，先让自己的妻子打前站吹吹风，而后又亲自出马借看阴宅之机打动他的心。

"不过，"禹君则也没有忘记留给李禧著这样一番话，"这块墓地虽说是宝地中的宝地，有一点您却必须铭记在心。这里有水在流动，生气不能停留，正在一点点地流走。所以你得想办法留住那生气，别让它流失而去。"

"怎样做才能留住那生气呢？"

"自古道'水来火挡，火来水挡'。用不了多久就会有一个姓水的人出现，您一定要设法接近他。只要能拉住他，在您这一代就会

暴风前夜

福气大发,青龙升天,终为贵人。"

从禹君则那里听了一番关于风水宝地的说辞后,李禧著当然就只有去等待那个姓水的人出现的份儿了。要使父亲的茔地成为风水宝地,只能指望这个姓水的人来保住生气不会流失。

果如禹君则所言,几个月后一个陌生的道人出现在嘉山。李禧著把道人请到家中,问道:

"您从何方而来?"

"我从青龙寺来。"

青龙寺是青龙山里的一座古刹。头戴斗笠的洪景来一说出这话,李禧著心里暗自称快。不仅云游四方的算卦女人曾经预言说"已经有一条青龙来到了多福洞",为自己寻下了一块风水宝地的禹君则不也有过一道谶语,说"您这一代就会福气大发,青龙升天,终为贵人"吗?青龙寺,千真万确,不正是名叫青龙的古刹吗?

"请问高姓大名?"

"鄙姓洪,名景来。"

听了汉子的话,李禧著顿时拍起了大腿。姓"洪",这不就是带"氵"边的水姓吗?算卦的女人说过"青龙要升天得有水,您一定要接近姓水的人",禹君则也说"要想留住风水宝地里的生气就一定要设法接近姓水的人",如今这个人已经出现在自己面前。

想到这里,李禧著马上抓住洪景来的手说:

"我盼您这贵人已经盼了很久了,请您跟我一道在这里长久地住下去吧。"

就这样,李禧著与洪景来一见如故,彼此投契异常。所谓造反核心三人帮也就此结成。李禧著早就梦想成为"天下第一王",胸怀独揽"天下第一大权"的野心,自然不会反对洪景来那"砍倒腐朽的李子树"建立新王朝的叛逆性革命。

终于,洪景来、禹君则、李禧著三人在1802年(壬戌年)的阳春三月,效仿刘备、关羽与张飞的桃园结义,在位于大宁江江心的薪岛义结金兰。

三人聚义的大宁江,古称皆沙江、博川江。关于它的名字的来

历,《东国舆地胜览》是这样记载的:

"高句丽始祖朱蒙自扶余南逃,至此江,游鱼聚而为桥,使朱蒙安然得渡,遂为之取名'大宁江'。"

早年就声称要找到埋在东明王墓的玉鞭,乘云辒上天,驰麒麟回人间,使舅父柳学权大惊失色的洪景来,如今又在东明圣王逃亡时游鱼为之搭桥的大宁江中一个小岛上结义为盟,从而为自己找到了一个正名的契合点:他的革命不是谋反,而是旧高句丽王朝的复活,他本人就是朱蒙的化身。

洪景来、禹君则和李禧著三人在薪岛上杀掉一匹马,歃血为盟。洪景来亲手砍下了马头,三人一道喝了从马脖子里流出的鲜血,并将马血涂于额头,发誓要同生同死。

这个位于流经多福洞前的大宁江江心的薪岛,后来成为叛军的大本营,也成了叛军起兵造反的第一个地方。这里是李禧著的家乡。在嘉山,李禧著一面经营着金矿,一面同清朝进行着贸易,最终成为富甲一方的大财主。作为革命的大本营,嘉山是最佳的选择。

李禧著白天让矿工们去开采金矿,晚上就开始让他们秘密进行军事训练。时逢连年大旱,谷米歉收,靠种地无论如何也无法维系生命的农民们为了混得一日三餐纷纷云集多福洞,一支叛军轻而易举地招募起来了。

洪景来得禹君则,有了智慧的头脑;得李禧著,有了起兵的资金。

但仅仅有了这些还不够。

在举事前亲赴义州,主动投身林尚沃门下去做一个商家的账房,是洪景来的最后一个选择。因为在洪景来的眼中,林尚沃是一个举足轻重的人物。

林尚沃是关西首富,朝鲜第一大贸易王。他不但是走遍全国无出其右的甲富,而且还是一个幕后实力派,当代第一大权臣朴宗庆是他的后台。他还是一位出色的外交家,与清朝商界保持着密切的关系。林尚沃一个人的影响,远远胜过洪景来10年来煞费苦心地

暴风前夜

拉拢、纠合起来的任何儒士、任何商人，甚至远远胜过这些商人儒士的总和。

如果能够把林尚沃拉进来……

事实上，洪景来早就看好了林尚沃，一直在寻找拉拢林尚沃的办法。

如果能拉拢林尚沃，革命便能顺利成功。

对洪景来要把林尚沃拉进革命军的计划，禹君则大为赞同。他说：

"一定要拉拢林尚沃。林尚沃不但是海内首富，而且姻亲族戚遍及全国各地，影响力太大了。"

"可是，我们有什么妙计可以拉拢住他？"

洪景来问计于禹君则。禹君则是洪景来的诸葛孔明，曾为洪景来设计拉拢了平安道第一大儒金昌时。

"自古道，'不入虎穴焉得虎子'嘛。"

"不过，"听了禹君则的话，洪景来又问，"就算要抓虎子得入虎穴，可我们如何才能闯虎穴呢？"

妙计来自一个完全意外的地方。李禧著听说洪景来和禹君则有意结交林尚沃而不得其径，笑着对他们说：

"林尚沃可是我莫逆之交的老朋友哟！"

经三人合计，这才有了洪景来携李禧著的介绍信亲赴林府的事情。他们觉得，林尚沃见了李禧著的介绍信，大概不会将洪景来拒之门外的。这样，洪景来就可以首先在林家谋得一个账房的职位，伺机打动林尚沃的心。李禧著告诉洪景来：

"林尚沃虽说现在成了朝鲜首屈一指的大富人，丰衣足食，但他的内心里肯定对当今朝廷抱有很多不满。"

"何以见得？"

"因为他父亲的惨死，这一点我心里有数。"

洪景来本人当年参加司马试，也是仅仅因为自己是平安道人而名落孙山。有过这种苦涩的经历，自然不难想象林尚沃心中对朝廷的怨恨。

"不过，"禹君则提醒洪景来，"作为朝鲜甲富，我们对林尚沃不能指望得太多。因为父亲的惨死并不见得就会让他敢于拿自己的性命来行叛逆之事。否则，结局也许是空自泄露了天机，坏了我们的大事。"

以洪景来为大元帅的革命军决定举事起义的日子是壬申年正月初一，还有短短10个月的时间。10年来，革命的事情进行得神不知鬼不觉，如果被林尚沃走漏了风声，那可真是功亏一篑，10年功夫毁于一旦了。

"如果林尚沃不动心，到时候该怎么办？"

"如果我不能说动林尚沃的心，"洪景来开口说话时双眼精光暴射，"那我就会割下他的舌头，让他永远开不了口。"

禹君则马上接了过去：

"光这还不够。就算您割了他的舌头，让他不能说话，也不能保住天机不泄露。"

"那么……"

洪景来看了看禹君则。禹君则干脆地回答说：

"如果不能说动林尚沃，您应该割的不是他的舌头，而应该是他的人头。只有割下脑袋，才能守住天机。我的话，您可得千万记住。"

是说动林尚沃将他拉进革命军，还是像禹君则所忠告的那样砍掉林尚沃的脑袋以求保住天机不泄，洪景来面临着生死攸关的最后一搏。为了这最后一搏，造反家洪景来以身相试，来到林府做起了账房。

此时，正是辛未年阳春三月。

第十一章　暴风前夜

1

经李禧著推荐来到林府做账房的洪景来,事情做得极为出色。会计账目滴水不漏,财产收支一目了然。林尚沃无须查问每一笔资金的出入情况,只消把洪景来做好后报上来的账册过过目就万事大吉了。

洪景来到林府做账房一个月后,就完全掌握了林尚沃的所有买卖。每天,他比谁起得都早,比任何人都睡得晚。看到他出色的能力,林尚沃庆幸自己凭空得到了一个得力助手。

尽管洪景来有着出色的数理与业务能力,林尚沃却不能完全信任他。这当然还是因为洪景来给他留下的那个印象:洪景来看起来似乎不应该混迹商界,而应该投身朝廷。

林尚沃有一条彻彻底底的商道哲学叫作"商即人"。他认为商业最大的资本是人,最大的投资也是人。林尚沃这人,有一种与生俱来的相面能力,一眼就能把人看穿。

尽管洪景来手持李禧著的推荐信前来投靠时衣衫褴褛,行色憔悴,但见到洪景来的那一瞬间,林尚沃一眼就看出,他可不是那种能够甘心混迹商界的池中之物。

至今人们仍流传着关于林尚沃慧眼识人的传说。

有一天,一位过客来到林府造访林尚沃。但这位客人完全不同于其他来客。别的客人,要么是会下棋吟诗的读书人,要么是擅于说唱的歌客,要么是口若悬河的风客,可这位来客却一天到晚一声不吭,人们都以为他是个哑巴。可这位不会说话的客人一见到林尚沃马上就开了口。自称姓崔,在全罗监营里做吏房(当时掌管吏治的地方官员——译注),因亏空了五万两公款已成必死之身,希望林尚沃借银五万两,救一救他的性命。

五万两,这是一个大得难以想象的天文数字。一个素昧平生的过客出口要借如此一笔巨款,林尚沃居然毫不变色,只是问那人:

"可你为什么要跑这么远的路?从完山到义州足足有2000多里呢!"

来客马上回答说:

"除了林大人外,走遍朝鲜八道江山,还有谁能有这么一大笔钱?都说朝鲜的甲富是义州的林大人,所以我就不远千里地找您来了。"

"是吗?"林尚沃自言自语片刻后,又点点头,说道,"的确是这样的。既然这样那就没法子了。"

说完,林尚沃当场开给那来客一张五万两的银票,让他到汉阳去兑现。客人马上跪下说:

"我给您写张借据吧。"

林尚沃让人取来文房四宝,以便对方写下借据,保证在约定的期限内偿还五万两银子。写完借据,来客匆匆地走掉了。客人走后,林尚沃马上把他留下的借据撕成了一条条的碎纸片。

一旁负责记录的师爷吃惊地问:"您怎么把借据撕掉了?"

林尚沃笑着说:"瞧你这伙计,那是个压根就不会还债的人,留着他的借据又有什么用?这不是张借据,只是一张废纸片而已。"

听了林尚沃的话,师爷更是一脸迷惑:"既然知道他根本就不会还债的,为什么还要借给他那么多银子?"

按当时的行市,五万两银子可以买得到2000斤红参,是一个难以想象的大数目。这么一笔巨款,又明明知道对方是不会还的,怎么可以借给他呢?

林尚沃的回答就像一团迷雾:

暴风前夜

"你知道什么！我明明知道那人是不会还的，也知道那五万两可以买到2000斤红参，但我仍然借给了他，那是因为两生两死。"

"两生两死？"

"也就是两个人一生俱生，一死俱死。"

见师爷依然丈二和尚摸不着头脑，林尚沃不由得哈哈大笑着问：

"你呀，你说是五万两银子重要，还是人的性命重要？"

"当然是人命重要，别说是五万两，就是5000万两也还是人命要紧哇。"

"如果我不借给他那五万两，我和他都免不了一死的。因为，那人满脸杀气。如果我不给钱，他会把我杀掉的。那样的话，我死了，他也活不成。可是，我把五万两银子借给了他，我自然不再被杀死，他拿了钱还上公款也可以活命了。难道这不是两生两死吗？一生俱生难道不比一死俱死强多了吗？做买卖，当然会有赚有赔，所以钱并不是多么重要的事情。"

据野史传言，师爷听了林尚沃的话后，无论如何也不相信，便立刻乔装打扮，尾随而去，一直追到完州，四天后才返回林府，对林尚沃说：

"大人的话果然不错。那人说，他自己想来想去，横竖左右总是一死，最后就怀揣匕首来找您了。他坦白说，如果大人不借钱给他，他就会当场把匕首刺进您的胸膛，然后再杀死自己。我亲眼看见他把揣在怀里的匕首丢进河水里。"

关于林尚沃看人看得准的这段轶闻，揭示了他的"两生两死"的奇特经营哲学。这一经营哲学的内涵是：生意并不是一种为获取利益而毁掉对方自己独存的行为，而应是人与人之间的往来，故而，只有谋得共存共生方为正道。从这个意义讲，一生俱生一死俱死的"两生两死"经营哲学才真正是林尚沃的商道精髓。

有着一双识人慧眼的林尚沃对洪景来的印象自然也不同于众。

林尚沃再次得以证实洪景来有一种不向世流妥协的气质，是在洪景来成为林府账房一个月后的事情。

暴风前夜

有一天,一名来自义州府的吏房慌慌张张地来到林府,说是前往清朝的使节所佩戴的玉鹭突然不见了。

玉鹭是一种系在斗笠上的饰物,却又不仅仅是一种装饰品。它是一种身份的象征,大臣的玉鹭是金的,到正三品是银的,观察使、节度使则是玉做的。自高丽恭愍王19年(公元1370年)7月始,为区别百官的品阶,朝廷开始让官员们佩用玉质、水晶质之类顶戴,这个制度一直延续到朝鲜王朝。

玉鹭是代表外交使节权威的装饰物。

自古以来,边境城市义州就是出使清朝的外交使节们出境前的最后一站,因而义州府使迎接使臣一行为其摆宴饯行已成惯例。欢宴之际,照例要招来妓女图个热闹,有兴趣的话还可以让妓女陪着过上一夜,聊解客地寂寞。没想到曲终宴罢,早晨醒来一看,陈奏使的玉鹭居然神不知鬼不觉地不见了。

义州府顿时像炸了锅。搜遍了宴会场所的角角落落,甚至对夜里相陪的妓女们也一一搜过了身,仍然未能找到玉鹭。情急之下,吏房匆忙来到了林府。因为人们都说,林尚沃的仓库里应有尽有,无所不藏。

在义州,流传着一个真实的故事。每年的阴历六月或腊月,朝廷都要派人到各地考察官员政绩,这种活动叫作"都目政事"。有一次,一位来义州考察吏治的钦差在义州摔断了所拄的珊瑚拐杖。因为那位钦差是由宗亲府派来的,义州的官员们顿时吓得面面相觑,没了主张。就在这时,林尚沃从自己的仓库里拿来十几只完全相同的珊瑚拐杖,让他挑了一只中意的,打发走了钦差,这才免去了一场危机。打那以后,人们纷纷传说,林府的仓库是要什么有什么的藏宝之处。

听跌跌撞撞跑来的吏房讲完事情的原委,林尚沃马上吩咐下人:

"陪吏房大人到仓库,把所有的玉鹭都拿出来让大人过目,如果中间有哪个和丢掉的那个一模一样的话,只管拿走。"

原本被惊吓得脸色发灰的吏房,立即面露喜色。既然林尚沃许

暴风前夜

了诺，他的仓库里一准有与丢失的玉鹭完全一样的存货。

吏房随着下人来到了仓库，可仓库的门紧锁着。钥匙是由账房先生洪景来保管的，下人就去找洪景来，把事情原原本本地告诉他，然后请他去打开仓库。

谁知洪景来却说：

"自古以来就没有开门纳盗之理。如果真的想拿走的话，就让他来偷吧。"

听了洪景来的话，下人吓得四肢发麻，浑身打战。这吏房，在义州府的官位仅次于府使大人，洪景来居然敢随随便便地称其"盗贼"，如果这话传到吏房耳朵里，短不了会被拿到衙门吃一顿棒打。

下人再三央告洪景来，洪景来却丝毫没有松口的意思。无奈，下人只好转回来找林尚沃诉苦。

"洪管家不给开仓库，小人进不去。"

"你说过是我的命令了吗？"

"说过的。小人说过是大人的命令，可他就是不听。"

"那你去把洪管家叫到这儿来。"

下人急忙跑去把洪景来传来。洪景来来到林尚沃面前，脸不变色心不跳，一副若无其事的样子。

"你有仓库的钥匙？"

"钥匙是我保管着的。"

"那你为什么不给打开库房的门？"

"我跟他说，自古以来库房的门就是不能随意打开的。库房就如女人的身体一样是不能给外人看的。"

"我是库房的主人，连我都准许给人家开门了！"

"您当然是库房的主人，但即便是作为主人的林大人许了诺，这门我也不能开。"

"为什么？"

"因为那些人都是些盗贼。"

"盗贼？"林尚沃一脸正色地说，"这些大人们可是掌管国家大事的官员呐！"

洪景来嘴里忽然冒出一声冷笑:"所以,他们是更大的盗贼。"

说着,洪景来的双眼忽然冒出火花来:

"这些大人们,本应是为饥饿的百姓们掌管国家大事的,可他们却背地里干起盗贼的勾当,只知中饱私囊。大人,自古以来,开门纳盗的事情是做不得的。既然是盗贼,就得穿门越墙,使用偷盗的办法。所以,您就是把刀架在我的脖子上,我也不能替您打开库房的门。"

一听洪景来说刀架在脖子上也不能开门,林尚沃笑着说:

"没法子,既然你不去开,只好我亲自去开。我自己去开无妨吧?"

"大人是库房的主人,您要为盗贼们开门,就不关我的事了。"

"那你把钥匙给我吧。"

洪景来把自己保管的钥匙串交给了林尚沃。林尚沃亲自来到仓库,开了锁,打开了库门。据人们后来说,林尚沃的宝库里收藏着几百个宝贝玉鹭,吏房从那几百个玉鹭中找出一个完全一样的,神不知鬼不觉地缀到使臣的官帽上,躲过了一场危机。

2

当晚,林尚沃摆上一桌酒席,让人把洪景来叫来。

正是春深时节,院子里樱花盛开。虽然没有风,但樱花似乎不能承受自身的重量而乱纷纷地飘落满地。细雨沥沥,这是一个充满浓郁春意的夜晚。北方的春夜,尚有微微的寒意,林尚沃却把屋门大开着,欣赏着细雨中盛开的樱花,一个人在自斟自饮。

"您是唤我吗?"洪景来冒雨而至。

林尚沃把洪景来叫进屋里,连斟三杯让他喝了下去,也给自己倒了酒,饮了起来。人已叫来,可林尚沃似乎全然忘了这回事,无言地喝着酒,只顾出神看着院子里的纷纷落英。洪景来也只是喝酒,一言不发。沉默许久,林尚沃首先开了口:

"有句话,不知你知道不知道?"

"什么话?"

"狡兔三窟。"

"我知道的。"洪景来一扬脖,一杯酒一饮而尽。

"这话是什么意思?"

"聪明的兔子会有三个洞穴来供它藏身。"

林尚沃无声地自己给自己的空杯里倒上酒,一边喝着,又问:

"聪明的兔子会有三个洞穴来供它藏身,这又是什么意思?"

"古言称'狡兔有三窟,仅得免其死尔',也就是说,聪明的兔子拥有了三个赖以藏身的洞穴,就能免掉灭顶之灾。"

洪景来对答如流。

"狡兔有三窟,仅得免其死尔"这句话出自《战国策·齐策》春秋战国时代孟尝君吩咐门下食客冯谖到一个叫作"薛"的地方去收账这件事引出的掌故。冯谖到那里去收账,却把百姓们交来的借据统统烧掉,空手而归,孟尝君十分生气。一年后,孟尝君开罪了皇上,被罢掉宰相职位,回到老家,受到了家乡百姓的保护。之后,孟尝君还三次受到家乡父老的保护,这才明白是食客冯谖预先替自己准备了赖以藏身的三个"洞窟"。就这样,孟尝君连任宰相数十年,却没有遭受什么灾殃。由此,作为乱世的处身术,产生了"狡兔三窟"的成语。

林尚沃默默听完洪景来的回答,问道:"那么,你拥有几个洞穴?"

洪景来答道:"我一个也没有。"

"那么,你算是聪明的兔子呢,还是愚蠢的兔子?"

"我既不是聪明的兔子,也不是愚蠢的兔子。"

"那你究竟是什么兔子?"

"大人,"洪景来大笑起来,"我是一只无处可藏的兔子,一只难免一死的兔子。"

林尚沃不动声色地向洪景来问起"狡兔三窟"这个成语,本是想借早晨发生的有关玉鹭的事情来探听一下洪景来心底的打算。见到洪景来竟然嘲讽义州府尹派来的吏房为"盗贼",不愿为之打开库房的门，林尚沃有心让他明白，要在这样一个乱世中生存下去，就得有一种融通性，像聪明的兔子那样拥有三两个藏身之所。可洪景来就像猜透了林尚沃的心思，一口对林尚沃咬定自己是"一只无处可藏的兔子"。

在洪景来的心目中，那些官员不是盗贼却甚于盗贼，朝廷让他们身居官位本是要他们为忍饥挨饿的百姓们掌管国家大事，可他们却背地里干起盗贼的勾当，只知中饱私囊，因而他才会表现出一种强硬对抗的意志，"刀架到脖子上也不会为盗贼打开库门"。现在，自称是"一只无处可藏的兔子"的洪景来，默默无声地看着院子里雨中的樱花。细雨斜侵，一群鸟儿停在樱花的枝梢上，乱糟糟地鸣叫着。淅淅沥沥的春雨中，不觉间已落英满地，仿佛刚刚下过一场细雪。

林尚沃忽然春兴大发，提笔录诗一首：

"春眠不觉晓，处处闻啼鸟。

夜来风雨声，花落知多少。"

这首诗是中国唐代诗人孟浩然幽情诗中颇有代表性的一首，也是一首描写春夜的绝妙好诗。

写罢，林尚沃扔下手中的笔，对洪景来说：

"聪明的兔子也好，愚笨的兔子也罢，春天就是春天。这是一个多么美好的春夜啊！"

凝神关注林尚沃挥毫作书的洪景来待纸上的墨迹完全干了，才说道：

"可是这一夜过后，也会有很多花儿因风雨而以身委地的。"

"有风雨，就有花落，这不是很自然的事情吗？"

林尚沃已有醉意，手执空杯就要去喝。洪景来连忙端起酒瓶，为林尚沃满上一杯：

"大人好像还没有从春日的酣睡中醒过来吧？现在，天就要亮了，黎明就要到了，您也应该从春眠中醒来起床了。难道您就这样沉于酣睡，大梦不醒吗，大人？"

洪景来接着说了下去：

暴风前夜

"现在外边流行着这样一支曲子。曲子的内容是:'一士横冠,鬼神脱衣,十匹加一尺,小丘有两足。'"

"那究竟是首什么曲子?"

"曲子的大意是这样的:一个书生斜戴着帽子,鬼也脱掉了他的衣裳,绸缎十匹加一尺,小丘的下面长了两只长长的脚。"

林尚沃不再喝酒,侧耳细听洪景来吟唱的这首稀奇古怪的歌谣。等洪景来唱完,林尚沃又问:

"这曲子究竟是什么意思?'一个书生斜戴着帽子,鬼也脱掉了他的衣裳',这哪是什么歌谣,简直就是鬼哭哇!"

"是的,大人。"洪景来答道:"这歌谣的的确确是一种鬼哭声。大人所吟的是孟浩然的《春晓》,那是一种适于太平盛世的春夜诗,但现在可不是什么太平盛世,而是乱世中的乱世。于是,外面的世界里流传着鬼哭一样的稀奇古怪的歌谣。就像孩子们唱的这首童谣里所描述的,'一个书生斜戴着帽子,鬼也脱掉了他的衣裳',是一个混乱的世道。所以我也要问一声大人,大人又有几个藏身的洞穴呢?"

林尚沃举杯一饮而尽,哈哈大笑。他已经醉得相当厉害。

"我是只聪明的兔子,经常有三两个洞窟来供我藏身。"

"就算那样,您恐怕也难以逃生。纵算是有三个洞窟可容藏身的兔子,如果原野上燃起了熊熊大火,火海一片,它也是无处逃生的。别说是三个,就算有10个洞穴,也会被燎原之火烧死的。大人,现在是乱世中之乱世,外面的世界已经是遍地野火。熊熊燃烧的野火是扑不灭的,既然它已经烧了起来,你就只能任其烧开去。只有这样,才能够烧掉各种草木,把那些聪明的兔子和愚笨的兔子统统烧死,在那片化为灰烬的废墟之上发出新芽,长出新生命,最终迎来一个新世界。"

林尚沃忽然爆发出一阵哈哈大笑:

"你呀!中国唐代有位禅师,名字叫作曹旦。有一天,他的一个弟子来问他'大难到来,如何回避'?你可知道曹旦是如何回答这个问话的?"

林尚沃已经醉了。他用手掌拍打着酒桌,瞅着洪景来,见洪景来默不作声,马上又自问自答起来:

"曹旦是这样回答的:'恰好'。那意思是说'我正等着呢!',也就是说,他正在等着弟子所说的大难。他的答复是说'大难到来,不必回避。我正自等待着大难的到来,乱世不正是一个好时机吗'?"

洪景来低声问:"难道大人是在等待这种乱世的到来?"

林尚沃猛地掌击酒桌,出声大笑:"乱世,当然就是我所等待的好时机。"

林尚沃的手拍得很重,酒桌上的酒瓶、酒杯,以及几个盛着菜肴的器皿全部跌翻。林尚沃彻底醉了。从来没有见过东家醉成这个样子的洪景来连忙从座位上站起来说:

"大人醉了,我们就这样撤了席,小人送您回去安歇如何?"

林尚沃醉眼蒙眬地直视着洪景来:

"对,我是醉了。但我有话要对洪先生说。今天,我让人把洪先生叫到这里来,并不是打算像这样磨嘴皮子的。"

"那您叫小人来是要做什么?"

见洪景来问,林尚沃马上回答:

"倒不是别的。听说,洪先生是一个看风水的名家,我还听说洪先生甚至精于《周易》。也就是说,洪先生通易经,能知天地之万千造化,窥人间之吉凶祸福。我把你叫来,为的是让你为我算上一卦。"

林尚沃说的是实话。

洪景来最初来林府时,带着李禧著给自己写就的推荐信。李禧著在信中介绍洪景来时写道:洪景来不但精于数理,能读善写,而且长于风水之道,尤其通于易经,如能加以善用,可避凶趋吉,买卖兴隆。当然,这是禹君则为激起林尚沃的好奇心,设法与林尚沃套近乎而定下的策略。

林尚沃亲手拿起酒瓶,为洪景来满满斟上一杯酒:

"洪先生,你就给我算上一卦吧。我早就想拜托洪先生为我算

暴风前夜

上一卦了,只是因故一拖再拖,就到了今天。你来给我看看命相吧,我会给你厚厚的卜彩。"

《周易》本是儒教经典之一,也是人类卜筮的原始经典,甚至是蕴含东方智慧的宇宙论之哲学。

《周易》起于伏羲氏。当年伏羲氏得到一匹出自黄河的龙马,龙马的背上刻着各种图案,伏羲氏对照这些图案察看天文地理,考察万物之变化,率先创出了八卦。八卦后来发展为64卦,将天地万物分为阴阳两极,将阴阳的变化规律应用于人类历史,进行比较阐述,这就是《周易》。

洪景来的确精通《周易》。司马试落榜后,他蛰居故乡,精研易经,成为易经中的先达。当时,有很多人对《周易》抱有浓厚的兴趣,以致在1808年即纯祖8年出版了丁若镛编著的《周易司笺》。相传,孔子也对《周易》推崇备至,爱不释手,曾以牛皮筋来做装订《周易》的绳子,但这绳子居然被他磨断了三次,从而产生了一个"韦编三绝"的成语。

洪景来从腰间掏出一件什么东西。

林尚沃看了看,原来洪景来从腰里掏出来的东西是算筒。算筒是算卦时使用的一种道具,里面装有竹片做成的卦签。从洪景来经常把算筒挂在腰际随身携带这一点看,李禧著说他精于易经应当不是夸大其词。

算筒里装着50支被称作筮竹的卦签。50支,这本是卦签的定量,但其中一个象征着太极,搁在一边从不动用,占卜时只用其余的49支。这是因为,人们一直认为太极乃天地万有之源,是决不发动的。洪景来正襟危坐,虔诚地将49支卦签分别握在两只手中。叛逆儿洪景来的占卜就这样开始了。

林尚沃表情严肃地凝神注视着正在卜筮的洪景来。

洪景来将卦签分到两只手中后,从左手中抽出一支,夹在小指和无名指中间,然后又从右手中按一组四个一次次抽出,余下的夹到小指和无名指中间,开始算起卦来。

这样的过程,洪景来反复做了若干次。

周易本是效法天地自然的正确法则，顺其理而得启示。所以，如果要问的事情是取巧舞弊的宵小之事，违反周易的原理，就不能够得到正确的回答；如果对占卜的结果不满意而产生怀疑，一而再再而三地反复去占卜，那就是亵渎神灵，也不能得到正确的启示。这些，都是被视为禁忌的。

占卜，只有一次。

洪景来按次序一步一步地做着，一出结果就写在纸上，先分为八卦，然后再将八卦做成大成卦。过了许久，他才抬头正视着林尚沃说：

"大人的卦出来了。"

洪景来提笔在纸上写了些什么，等墨迹完全干掉后才把那张纸递给林尚沃："这就是我给大人算的卦。"

林尚沃接过那卦一看，纸面上写的并不是什么文字，而是画着一种图案。

洪景来把占卜的结果递给林尚沃后，又说：

"这两个卦，第一个象征着火，第二个意味着木。这个卦是64卦中的第50卦，是以木生火时的形象。《周易》中对这一卦是这样解释的：此卦寓大发。木生火，火可蒸熟，圣人以蒸熟之物祭天，天复生大感应，养天下之良民。兼听则明。有德者在上，与有能之臣互为呼应。此卦是一个上上之卦。"

解释完卦意，洪景来又在纸上写下一个"鼎"字，然后把写着字的纸递给林尚沃：

"鼎即锅，大人的命运是一个鼎卦。以木生火，以鼎蒸煮，象征大发，这就是大人的命相。这在《周易》中叫作'木上有火鼎，君子以正位，凝命'。解释起来就是：木生火之卦相，君子得此卦，可守其正，应天命。"

"你说我是鼎命？"林尚沃收起洪景来递过来的纸。

"是的，大人的卦相是鼎。木生火，大人则是火上的鼎命。这是一种一切大兴大发的吉相。不过，《周易》中却警告过一件事。"

"什么事？"林尚沃醉了的身体东摇西摆着。

暴风前夜

"为了将鼎里的食物煮熟,鼎的把手也被烧热,产生了变异。《易经》里是这样说的,'鼎耳革,其行塞,雉膏不食'。也就是说,锅的把手被烧热了,无处下手,鼎里虽有煮熟的肥美的鸡肉却吃不得。"

"你是说,只是把锅里的鸡肉煮熟了,却没有口福吃得到?"林尚沃讷讷地问。

"是的,大人。"

"如果想吃到热锅里肥美的鸡肉,该怎样去做?"

"易经里指示了一个办法,靠这个办法就可以吃到热锅里肥美的鸡肉。"

"那办法是什么?"

"雨。如果下了雨,把锅的把手重新浇凉了,就可以去取锅了。这样就可以掀开锅盖,吃到里面的美味。易经说'方雨亏悔',也就是说,下了雨,锅的把手凉了,就不用担心了。"

生了火,锅的把手被烧热,只有下了雨把它浇凉,才能掀开锅盖吃到锅里的鸡肉。洪景来解卦的这番话,颇值玩味。

洪景来又说:

"《周易》中还说'鼎颠趾,未悖也,利出否,以从贵也'。也就是说,应该把锅倒扣过来,这并不是教人去做违背常理的事情,因为只有把锅底上的渣滓除掉,那里才能重新容得下新的更宝贵的东西。"

洪景来收起卦签,放回算筒:

"按照《周易》的说法,大人的命运是一种天运。就是刚才我给您说的,木生火,火又把锅里的祭品烧熟,这就是一种天运。那祭品是为天帝准备的配享,而'鼎'自古以来又是象征天子地位与国家威信的神器。古来就把王位称作'鼎祚',而把国运称为'鼎运'。大人既为祥人,倘若有意于国事,即可登帝位,引领朝廷。但易经也给大人提出两种要注意的事情。一是要除掉锅里的渣滓去煮熟新的食物,就得把锅倒扣过来;另一个就是,要吃到盛在锅里的肥美的鸡肉,须待能够把热锅柄浇凉的雨来过之后才能高枕无忧。如果您一次也不把锅倒扣过来,那就只能吃一辈子带旧渣滓的食物;如果没有雨,那您就等于枉自把锅里美味的鸡肉煮熟而没有福气来消受。这就是大人的命相。"

洪景来把算筒重新放回腰间,打住了话头。一直在默不作声地听洪景来解卦的林尚沃马上又为洪景来满上一杯酒,问道:

"那么,洪先生,如果说要吃到鸡肉就必须等待下雨的话,要等到什么时候才会有雨呢?如果等不来雨,那又该怎么办?"

"大人,"洪景来双眼直视着林尚沃,"这雨已经开始下起来了。"

洪景来目现精光,神采飞扬。林尚沃避开洪景来的视线,透过敞开的屋门看着屋外怒放的樱花,放声大笑:

"是呀,雨已经开始下起来了。春雨已经开始下起来了。"

一直在淅淅沥沥着下个不停的春雨无声地侵入樱花的肌肤,醉于肉欲的花朵自动脱下了衣服。落英满地乱纷纷。见林尚沃故意躲开自己的视线佯作不解,洪景来引入正题:

"我所说的雨,不是指这打湿樱花的春雨,这样的雨无论如何是不能把锅柄浇凉的。"

"那么……"这回林尚沃开始正视洪景来,"你所说的雨又是什么样的雨?"

"我说的是一种红雨。"

"红雨?"

"就是血雨,就是用鲜红的血形成的雨。要浇凉锅柄,一定要等到下起红雨。同样,要把锅倒扣过来除掉里面的渣滓,也必须等到下起红雨。而现在,这雨已经下起来了。"

"哈哈哈哈……"林尚沃忽然爆发出一阵大笑,推开酒桌说:

"对我来说,你就是红雨。洪先生不是姓洪吗?姓洪的'洪'字不就是带水字边的大水吗?何止这些,'洪'还与红色的'红'字同音,姓洪的'洪',也就是红色的大水嘛。看来,洪先生就是能够把热锅柄浇凉的红雨呀!"

林尚沃的话,当然是一种充满机智的笑谈。但这笑谈里却暗藏玄机。洪景来忽然感到毛骨悚然,对林尚沃不由得产生了一种不寒

暴风前夜

而栗的感觉。他马上察觉到,林尚沃是一个令人恐怖的人物,绝非凡人。

林尚沃在空杯里倒上酒,递给洪景来:

"那么我想问,你自己的卦相又是怎样的?既然如此精通《周易》,我想洪先生自己通过《周易》早该把自己的命运看透了吧?"

林尚沃说的是实话。洪景来也像孔子那样,一本《周易》翻来覆去读了无数遍,达到了韦编三绝的地步。等读通了《周易》后,他第一个占卜的就是自己的命运。这是非常自然的事情。

"当然,"洪景来回答说,"通过《周易》,我也知道了我自己的命相。"

"那你的卦又如何?"

林尚沃问是问过了,可洪景来闭口不语。

"我在问你,你的命相又是怎样的?"

林尚沃自斟自饮,含混不清地问。他已经醉得相当厉害,因为他几乎独自把瓶里的酒喝了个底朝天。

"我无法回答您,不过,"洪景来断然说道,"迟早有一天我会告诉您的。"

林尚沃慢慢地端起了酒杯,可杯中已无酒。斜着酒瓶看了看,所有的酒瓶都已经一干二净。

"喂,有没有人呢?快去拿瓶酒到这里来!"摇晃着身子,林尚沃大声嚷起来。

"大人,"洪景来站起身来,"您还是不要再喝了吧。大人已经完全醉了,夜也深了,您还是去歇息吧,我扶您去。"

就在那一瞬间,林尚沃突然把手中的酒杯扔到院子里,高声叫道:

"喂,来人哪,一个都不在吗?"

空杯子落在下着春雨的院子里,碎掉了。接着,林尚沃又把空酒瓶也扔到屋门外。伴随着噼里啪啦的响声,酒瓶也碎了。突如其来的声音惊动了歇在樱花花枝上避雨的鸟儿,鸟儿们止住了鸣叫,扑愣着翅膀,消失到黑暗中去了。

东家林尚沃的喊声和酒瓶破碎的声音也惊动了下人们。他们急急忙忙跑过来，一看到东家醉成这个样子，都愣住了。东家虽说是个酒中瘾君子，几乎每天都要喝酒，但从来没有像今天这样醉得出乖露丑。

"你们这些小子们，"林尚沃胡乱抓起酒桌上的杯呀盘的东西，向院里扔去，一边还在高声嚷着，"没听见要你们拿酒来吗？"

默默看着这一切的洪景来见状连忙上前说道："夜已经很深了，大人。现在您该去安歇了，让小人来扶您去吧。"

"扶……扶我去？"醉中的林尚沃多少有些消气了。

"到小人背上来吧，小人背您回去。"

洪景来屈下双膝，把自己的背掉转向林尚沃。一听身材矮小的洪景来说要背自己，林尚沃突然没头没脑地哈哈大笑起来。

"洪先生要背我？那可就没法子了。"

林尚沃摇摇晃晃地把自己的身体俯在洪景来的背上。洪景来马上轻轻地将林尚沃背了起来。真是想不到，他的力气大得出奇。林尚沃的身材要比洪景来高出两拃，体重也远远重于洪景来，可洪景来就像背一捆轻轻的稻草一样毫不费力地把林尚沃背起来，走到正在下雨的院子里。

"掌灯！"

洪景来冲着慌慌张张的下人们发了令。一个下人点起灯笼在前面引路，洪景来轻手轻脚地朝着内院走去。伏在洪景来背上的林尚沃忽然有一种完全从醉中醒来的感觉。

的确，洪景来正如自己原来想象的那样，绝不是个寻常人物。

洪景来是鲜红的血雨。红雨的确已经开始下起来了，在我家中下起来了。这事将来如何处理是好呢？

林尚沃故意做出大醉的样子撒着酒疯，实际上神志却清楚得很。今天，他的确是比平日里多喝了许多酒，但他却是有意喝下很多酒装出已经大醉的样子，撒着酒疯来试探洪景来的内心的。

林尚沃伏在洪景来那比想象中要宽阔得多的后背上，任洪景来背着自己向卧房走去，心下却甚是复杂。从见面的第一眼就有一种意外的感觉，单从他的形象看就不应混迹商界而应立于庙堂之上。之后又看到过洪景来的即兴诗"白日咸阳天子头"，更有一种不祥的预感。今天，这种预感已经明明白白地应验在自己眼前。

洪景来梦想谋逆。很久以前，李禧著远望着山海关门楼上的"天下第一关"匾额，就吐露过一种叛逆的梦想，说自己要成为"天下第一王"，而当年心怀叛逆野心的李禧著推荐而来的这个洪景来，的的确确是一个梦想造反的叛逆者。

林尚沃喝在肚中的酒一下子猛地全部醒了过来。

我现在是被背在一个绝世罕有的叛逆者的背上。如果把我背在背上的这个汉子真是一个绝世罕有的叛逆者，那么被背在他的背上的我也会因叛逆罪被诛灭九族的。不过，如果把我背在背上的这个人是一位革命派，情景自然也就不同了。如果这条汉子掀起一场造反式的革命并最终推翻了腐朽的旧王朝，开天辟地建立起一个新王朝，从而成为一位名垂青史的英雄，被背在他背上的我到那时也就顺理成章地成为开创新世界的一等功臣了。

"哎哟！"

伏在洪景来背上的林尚沃忽然发出了沉重的呻吟。

怎么办？

是让这汉子继续背下去，还是从他的背上溜下来？

3

那天夜里，洪景来将林尚沃送回卧房回到自己的屋里，感到心情特别复杂。正如林尚沃对洪景来有一种不寒而栗的感觉一样，洪景来对林尚沃也有一种不寒而栗的感觉。洪景来已经察觉到林尚沃是有意把自己叫去共谋一醉的。他已经看破林尚沃是为试探自己的内心才摆下了那桌酒席。

洪景来清楚地知道，林尚沃和自己就"狡兔三窟"的成语展开争论，并借着《周易》的卦相和自己玩起玄虚的禅理，实际上也是一种试探对方内心的高级心理战。

不过，洪景来应林尚沃之请依据《周易》替他看过的卦相，却是丝毫不打折扣的真实情况。洪景来简直不敢想象林尚沃会有如此好的命相。

林尚沃那一卦是火风鼎卦，与64卦中的第一卦"乾为天"并为上上吉祥之卦。洪景来醉心于《周易》，对《周易》所给出的卦相是深信不疑的，因为那是上天给予的启示。洪景来对林尚沃卦相的解释，也就是所谓"做买卖生意兴隆，到朝廷可登相位"云云，并非故意夸张浮饰，而确实是对卦相自身的真实解释。

如果能够把林尚沃拉到革命里来！

洪景来以臂为枕躺在床上想，如果能够把林尚沃这样一个秉承天运的人物拉到革命中来，这场革命也会受到上苍帮助的。

在户外传来的淅淅沥沥的雨声中，洪景来的耳畔回响起方才林尚沃对他说过的话：

"那么我想问，你自己的卦相又是怎样的？既然如此精通《周易》，我想洪先生自己通过《周易》早该把自己的命运看透了吧？"

洪景来清楚地知道那暗示自己的命运的卦相。

当年，洪景来到河水中把身体洗得干干净净，然后努力保持平心静气，向着天地与东西南北恭恭敬敬磕过六个响头，才摆开竹签，开始为自己册卦。他坚信，那卦相将是上天启示给自己的天运。

"天地神灵，请让我得知我与生俱来的命相吧！"

虔诚祈祷后得出的卦相让洪景来不敢相信自己的眼睛，因为那卦相的前一部分象征着水而后一部分象征着火。水火并存，则只能是水火相争相克，这在《周易》中叫作"泽火革卦"。

见到启示本人命运的卦相，洪景来惊呆了。火在水中燃烧的卦相，代表着水火相争，寓示着造反与革命。对这种卦相，《周易》中是这样解释的：

沼生火，为革卦。君子有此命相，策划改革，重修历书，待时而动。

这个卦是一个"革"卦。所谓"革"，就是改革、变革，《周易》

暴风前夜

中指造反或革命。

造反、革命,这就是上天对自己的命运的启示,这就是从上天卜知的自己的命相。得知自己是一个造反、革命的命相,洪景来的心彻底豁亮了。

革命,长久以来梦寐以求的革命。推翻腐朽的旧王朝,建立一个新王朝,掀起一场开天辟地的大革命。现在,它已不再单单认为那是自己的个人野心,上天已经通过《周易》明确昭示,那是上苍的命令。

洪景来仰望长天,对自己说:我是受命于天的天子,我的革命是奉天之意。

但《周易》中还说:

"坚守如韦,切忌妄动。"

《周易》还告诫道:

条件既已完全成熟,就要果断发动革命。积极向前,所有百姓都会额手相庆。大吉,无碍。

洪景来为上天启示于自己的卦相作了解释:

"不要轻举妄动,轻举妄动会遭殃。革命是正义之事,但轻举妄动有害无利。要等到要求改革的呼声响遍世间,才可以果断举事。如果改革的呼声响遍世间,将别无选择。"

洪景来心里清楚,上天通过《周易》向自己指示的革命有一个条件,那就是待时而动。

即"已日革之(等待时机)"。

关于革命,上天指示给洪景来的唯一条件是坚守,切勿妄动,待条件充分成熟后,伺机果断发动革命,革命就一定会成功。《周易》还作出了这样的结论:

没有什么可后悔的,人民会信赖你,坚定信心果断革命,一切会大吉大顺。

《周易》是在发出一个明确的昭示,只要相机发起革命,革命一定会取得成功。

洪景来心里非常清楚。

"我一直在等待机会。"洪景来头枕双臂躺在床上,又自言自语地说,自从上天通过《周易》将泽火革的卦相启示于我,已经十多年了,这十多年我一直在等待上天预先告知的天时。

窗外,春雨还在淅淅沥沥地下着。虽然和林尚沃一道喝了不少酒,洪景来却清醒异常,毫无醉意。

现在,时机终于来临了。百姓备遭涂炭,天心彻底离开了腐朽的朝廷。现在,机会成熟了,再过几个月就是新的一年,到了新年也就是壬申年的大年初一,我梦想已久的革命的火焰就要熊熊燃起了。

大概是天已放亮,窗外透进了熹微的晨光,远处不知什么地方传来了报晓的鸡鸣。

洪景来潜藏到林尚沃的家中来做一介账房,也是为了待时而动。这是走向革命的最后一个行动。从这种意义讲,林尚沃是革命造反派洪景来瞄上的最后一个人物。但今天夜里洪景来彻底领教到了,这个林尚沃可不是轻而易举就可以拉进革命的人物。他把自己叫过去,喝了那么多的酒,可他的眼神却显示他的头脑依然非常清醒。他还故意做出一副烂醉的样子,撒着酒疯,往屋外乱扔酒杯酒瓶。但林尚沃趴在自己的背上时,洪景来虽然没有开口说话,却通过对方的体温和肢体进行了一场对话,清清楚楚地读懂了林尚沃的内心。

"是在这背上继续让他背下去,还是从他的背上溜下来?"

林尚沃内心里在苦苦思索着这个问题。

洪景来自言自语地说,他最终会让我背下去的。

洪景来确信林尚沃最终会走到自己的麾下参与革命,因为他从进入林府的第一天起就开始实施起一个秘密的计策。这条计策,是他和禹君则经过充分酝酿后才定下的。

几天后,这条密计即将开始发动,它将迫使林尚沃不得不做出抉择。洪景来相信,林尚沃最终将不得不作出参加革命的选择。

洪景来咬牙切齿地想,决一雌雄的时刻正在到来,动用那悲壮的武器以打动林尚沃之心的决战时刻正在到来。如果那一瞬间林尚

暴风前夜

沃决定参与革命,他就算捞了一命;如果他拒不入伙,就将身首异处,惨死于非命。

带着李禧著的推荐信来林府前,洪景来和禹君则就商量过了,为了避免泄露天机,如果他不答应,就不得不将他处死。

洪景来用手摸了摸藏在枕头里的匕首。他有个习惯,睡觉时一向在枕头里藏有一把匕首,以备万一。

匕首分明还插在枕头里。

洪景来摸着匕首自言自语地说,倘若不听我的话,林尚沃必将被此刀刺中心脏而死。

4

果然,几天后,洪景来为拉拢林尚沃而事先准备下的悲壮的计策终于发动了。

林尚沃忽然接到了一份急报,说是前往大清首都北京的朴钟一等一行三人,在北京成功出手了所有的人参,并用出售人参的钱采购了包括绸缎在内的进口货,返回途中过了栅门行至金石山附近时却不幸遇到马贼,所有的货物均被夺走,朴钟一本人也被作为人质扣押起来。

金石山一带是一片无人区,也是个无法无天的地方。在这里,无论是大清国的法律还是朝鲜的法律都是行不通的,它是马贼们统治的地界。

马贼因主要活动在马上而得名。他们最初是村村落落为保护自身的安全而组织起来的武装自卫集团,后渐渐沦入匪流,成为贼寇。林尚沃尽管与这个群体保持着一定距离,但始终维持着比较友好的关系。因为,要和清朝做贸易,不和这帮人搞好关系,就不能保证经商道路畅通无阻,也就难免遭到抢劫,不能指望贸易取得成功。为此,林尚沃一直定期给这些割据一方的马贼集团的头目们进贡。

可还是发生了意外的事情。

暴风前夜

最近，在从栅门至鸭绿江方圆120里的辽阔土地上，出现了一个新的马贼团，它的头目叫作郑时守。郑时守是一个传奇式的人物，原系平安道江界人，身负命案逃往清朝，凭仗着自己的机灵与残忍不久就当上了马贼的头目。

新兴马贼团伙头目郑时守当然不会放过闯进自己地盘内的朴钟一一行。马贼们原有一条不成文的规矩，那就是只越货不杀人。这次他们违例把朴钟一以及其他两名商人扣为人质，却是另有所谋。

洪景来事先就内通郑时守，双方串通一气设下了一个严密的圈套。早在十几年前，洪景来每年都要到鸭绿江上游地区云游，遍访各地，结交人才，同时还渡过鸭绿江，和马贼头子郑时守套上了交情，结拜为盟兄弟。洪景来之所以同郑时守套交情，原是打算一旦自己日后作乱失败，可以越境而逃，到那里养精蓄锐，以图东山再起，好歹也算是有个跳板。

马贼郑时守扣下朴钟一和另外一名商人，却把一名商人放回来向林尚沃传话。

"嗯，他说什么？"

林尚沃问得以生还的商人，那商人马上哆哆嗦嗦地说：

"要当面见。"

"当面见？到底是谁去见谁？如果……"林尚沃说道，"如果我不去见他，那又会怎样？"

"他说，如果大人不愿去见他，到时候就把这个给大人看。"

"那又是什么？"

商人脱下了上衣，露出了光着的上身。那样子实在惨不忍睹：是用针在皮肤刺了字，然后又在字上蘸了墨。商人的胸膛上，被刺了一个大大的"杀"字。刺字用的手法，乃是马贼杀人时所用的最残忍的手法，即用利刃剥去皮肤、剜出人肉的手段。

这是一道寓意颇深的最后通牒，暗示着如果林尚沃不去见他，朴钟一以及另外一名商人就会像这位商人胸膛上所刺的文字一样被剥皮剜肉，最终一死。不但两个商人不免一死，从此经商的通路也将随之堵死，林尚沃的买卖也会因之而困死。

暴风前夜

林尚沃别无选择。

"他说什么时间在什么地方见?"

"小人知道他所在的地方。"

"那是什么地方?"

"过了枸橼城,就在金石山山里。"

林尚沃做湾商期间,走北京就像是到邻居家串门一样的平常小事,对那一带的地理方位也了如指掌。

"他们想要什么?"

"他还说,要您另带白银5000两。"

"我去。"林尚沃毅然决然地说道。

出面劝阻林尚沃的是洪景来。正在一旁默默注视着这一切的洪景来见林尚沃说要亲自去见马贼,连忙开口说:

"大人不必亲自去的。"

"为什么?"林尚沃以惊讶的声音问,同时眼睛盯住洪景来,"难道你没有看到他身上被刺下的字吗?难道你不明白他们刺下的这个'杀'字是一种威胁,假若我不亲自去的话,马贼就会要他两个人的命呢!"

"他们要的不是大人,而是银子。其实,他们要的也不是大人,不是银子,而是定期进献贡品的承诺。所以,如果送上万两银子,超过他们所要数目的一倍,再保证日后经过时拿出一定的买路费,他们也不见得非要单独见大人不可。"

"不过,"林尚沃摇了摇头,"有谁能替我到那里走一趟呢?那可是个有生命之虞的险地,又有谁会愿意代我去走一趟呢?"

"我愿去,"洪景来大声回答,"我愿意代大人到那地方走一趟。"

见洪景来坚定地回答说要替自己走一趟金石山,林尚沃有些半信半疑。洪景来马上又说:

"古话说,只要有三寸之舌,就算身处死地也能求得生存。我想用我自己的三寸不烂之舌去说动他们。"

所有这一切,都是洪景来精心策划出来的计谋,目的是要打动林尚沃的心将他拉入革命队伍。这计谋,正在一步步有条不紊地实施着:马贼头目郑时守预先接到洪景来的传报,俘获了回国的朴钟一一行,并将他们扣为人质,要求林尚沃出大钱赎人,同时还发出了威胁林尚沃生命的最后通牒。

如果洪景来情愿以性命作赌注代林尚沃去闯马贼的老窝,那他无疑就等于救了林尚沃一命,从而成为林尚沃的恩人。如果林尚沃受此救命大恩,也就负上了将来搭救洪景来的义务和责任。

报恩的义务与责任。

要报恩,只有一条,那就是参与洪景来的造反。

第二天,洪景来由生还的商人带路,渡过了鸭绿江。乘船过江的洪景来身上带了万两白银,这个数目是马贼索要数目的两倍。因为情况特殊,林尚沃专程将他送到江边。

直到渡船载着洪景来冲破鸭绿江的激浪远远地消失而去,林尚沃这才掉转脚步回城。这是一个微风和煦的春日。林尚沃经过统军亭,走进义州城,无意中听到在大街上玩耍的孩子们拍着巴掌在唱歌。

听了那歌声,林尚沃让下人把那些孩子们叫到自己面前。孩子们一到,他马上掏出一把铜钱,给孩子们每人分了一个,然后说道:

"你们的歌唱得很棒嘛!我给你们一人一只铜钱,再来唱一遍好不好?"

兴高采烈的孩子们马上大声唱了起来:

　　一个书生斜戴着帽子,
　　鬼也脱掉了他的衣裳,
　　绸缎十匹加一尺,
　　小丘的下面长了两只长长的脚。

是洪景来所说的鬼哭声。孩子们唱的这支歌,不正是洪景来所说的鬼哭声吗?"一个书生斜戴着帽子,鬼也脱掉了他的衣裳",正如洪景来所言,这歌的确已经流行开了。

林尚沃沉思着,走在城里的大街上。春正浓,春风和煦,沿江而筑的防水大坝上杨柳葱茏,樱花盛开,正是一个百花齐放的

暴风前夜

季节。

横穿义州城的南东川江两岸，洗衣服的妇女们手持棒槌"啪、啪、啪"地捶打着换洗的衣服。春天，大概就是在妇女们此起彼伏的捶衣声中渐渐显出了盎然的春意。

林尚沃一边走在大坝上，一边思索着。

只有国家到了极度混乱的地步，才会流行这种虚妄的歌谣。据史书载，早年西周灭亡时，就盛行过一个不知所云的歌谣，那歌谣的内容是"月升日落，桑木箭筒"。

溪水边，孩子们把裤角高高地挽到膝盖，正在水中嬉闹着打水仗。

林尚沃让下人把那些戏水的孩子叫到自己身边。孩子们一过来，林尚沃又一次给孩子每人分了一只铜钱，问他们：

"有首歌你们知道吗？就是那首'一个书生斜戴着帽子，鬼也脱掉了他的衣裳'？"

"知道，当然知道啦！"

孩子们每人得到一个铜钱，又听对方问的是自己知道的歌，都兴冲冲地高声回答林尚沃的问话。

"那你们能不能给我唱一遍听听？"

"是在这里唱吗？"

"对，就在这里。"

孩子们似乎都很腼腆，你看看我，我看看你，谁也不说话。林尚沃马上又掏出一把铜钱，在孩子们面前晃了晃，说道：

"你们要是肯唱，我就再给你们一人一只铜钱。"

听了林尚沃的话，孩子们马上一起起劲地大声唱了起来：

> 一个书生斜戴着帽子，
> 鬼也脱掉了他的衣裳，
> 绸缎十匹加一尺，
> 小丘的下面长了两只长长的脚。

那天夜里，林尚沃久久不能成眠。其中缘故，当然是白天听到的孩子们所唱的那首古怪荒诞的歌谣。当年的西周不就是在流行过一阵虚妄的歌谣之后，真的灭亡了吗？这么说起来，孩子们所唱的这内容古怪荒诞的童谣的确是蕴含了某种值得玩味的深意。洪景来就亲口说过，那歌谣是鬼哭声。

没错，洪景来早就清清楚楚地了解了那歌谣中所蕴含的深意。

洪景来有意在林尚沃面前亲口背诵那歌谣的歌词，为的就是要把那歌谣中的暗号传递给林尚沃。

林尚沃铺开宣纸，提起了毛笔。

那歌谣中隐含的暗号究竟是什么呢？

从孩子们的歌声中，林尚沃已经完全记住了那歌谣的歌词。那首歌的开头一句是"一个书生斜戴着帽子"，借用洪景来的话说就是"一士横冠"。

林尚沃写下一个意为书生的"士"字。然后，他又想，一个书生"斜"戴着帽子，这句歌词的妙趣一定是在书生斜戴帽的"斜"字上。他在"士"字的上方斜斜地写了一画，那"士"字马上就变成了天干第九干的"壬"字。

"没错！"林尚沃拍了拍膝盖，自言自语地说。

歌词开头一句中所包含的暗号就这样解开了。所谓"一个书生斜戴帽"，就是个"壬"字。

那么第二句歌词中又隐含的什么字呢？林尚沃回想着孩子们的歌声，"鬼也脱掉了他的衣裳"，洪景来则把它解释为"鬼神脱衣"。

想来想去，林尚沃无论如何也不能解读这句歌词里所隐含的密码。鬼神脱衣。鬼神脱衣。林尚沃念叨着这句不知所云的歌词，反复地琢磨着。

"衣"字本是汉字中的一个偏旁部首，通常写为"衤"字。可无论是"鬼"字还是"神"字，都看不出是"衤"字的变异体。"神"字看上去虽然有些想象，但准确地考究起来，它是一个"礻"字边，而非"衤"字旁。

突然，林尚沃好像捕捉到一种灵感。他猛然想起，对汉字进行拆分或合并而破解字谜时，经常会有一些夸张或变异。猜字时，往往会出现借用相近汉字字型或借用谐音的情况。所以，林尚沃猜

暴风前夜

到,"鬼也脱掉了他的衣裳"这句歌词中的"衣",是指"神"字的"礻"字边。

如果鬼神的"神"字脱掉了衣服……

林尚沃在纸上写下一个"神"字,又用墨汁涂掉了"神"字的"礻"偏旁,剩下的是一个"申"字。

林尚沃恍然大悟地拍起了膝盖。

林尚沃解开了两个字:"一个书生斜戴帽",是"壬"字;"鬼神也脱掉了他的衣裳",是"申"字。两个字合起来,组成"壬申",指壬申年。

壬申年,是60甲子中的第九年。今年是辛未年,壬申年也就是明年。

现在只剩下两个字没有解开。

林尚沃重新为毛笔蘸上墨汁,自言自语地说:"只要揭开其余两个字的秘密,我就可以破解那谜团一般的歌谣中所隐藏的密码了。"

但剩下的这两个字,却大费周章。

"绸缎十匹加一尺。"

洪景来把它叫作"十匹加一尺"。

十匹绸缎中的"十匹"("匹"亦可写作"疋"——译注"),是汉字中的"走"字。但"十匹之外加一尺",必须在这"走"字上再加一"尺"字,方能解得其中隐藏的密码。这里的"走"字,当然也是汉字中的一个偏旁部首。

林尚沃用笔试着在"走"字边上加了一个"尺"字。出现了一个"走尺"字。

林尚沃从未见过这样的汉字。尽管他的汉文造诣已自不低,但这样的字却从来没有遇到过。但他觉得,自己不认识,但字典里兴许有,于是便去查字典。但字典里显然也没有这样的一个汉字。

林尚沃忽然有一种如临深渊的感觉。

如果这第三个字解不开,与其揪着它不放,那还不如先把第四个字解来看看。林尚沃这样想。

于是，他回想起孩子们所唱的第四句歌词。

"小丘的下面长了两只长长的脚。"

按照洪景来的说法，则是"小丘有两足"。

这个密码也难啃得很。但眼睛锐利的林尚沃很快就猜到了"长了两只长长的脚"的意思。"丘"的意思，本指低矮的山包，并没有什么必要非加上一个"小"字。问题是"长了两脚"。这两足的"足"字，并非指腿脚的"脚"，而是一种表意文字。猜字游戏中，有一个重要的手法，那就是联想事物的形象或根据视觉去传达某种意义。

这样一来，"小丘的下面长了两只长长的脚"这密码就迎刃而解了：它是在"丘"字的下面带一种颇肖两只脚的象形文字。带两只脚的"丘"字，当然就是军兵的"兵"字。

至此，那谜一般的歌谣所隐含的四字密码，已经被林尚沃解开了三个字。

林尚沃将自己解出的三个汉字一一写到纸上。

"壬申〇兵"

由于有关第三个字的秘密还没有解开，这四个字究竟是什么意思，根本无从获知。

林尚沃又开始向第三个字发起了挑战。

不觉中，黑夜过去，天色放亮，晨色穿过窗户透进了房间。整夜未合眼去探求那歌谣中所包含的字谜，林尚沃已经非常疲倦。但他已下了狠心，决不就此罢手。他发誓，不解开这鬼魅般的童谣里所隐藏的秘密，就决不走出屋子一步。

他再次回想起孩子们所唱的童谣中那第三句歌词。

"绸缎十匹加一尺。"

这里的"十匹"显然是个意指"跑动"的"走"字。关键是"加一尺"。

如果到字典里把带"走"字边的所有汉字都找出来，然后把这些带"走"字边的汉字一一代入"壬申〇兵"中那第三字的位置，能不能得到正确的答案呢？所幸，字典里带"走"字边的汉字只有

暴风前夜

几个,全部列出来就是:赳、赴、起、超、越、赵、趣、趋。

林尚沃把从字典中找到的汉字按照笔画的多寡依次写到纸上,然后开始把他们一一代入"壬申○兵"的空白处。当他把第三个汉字,也就是起立的"起"字代入空白处时,忽然有一种钥匙开锈锁的感觉。

就是它!

这第三个字谜的谜底定然是起立的"起"字无疑。这谜一般的童谣,它里面所包含的密电的全文是这样的:壬申起兵。

林尚沃马上明白了,歌中的第三句"绸缎十匹加一尺",原来就是一个"起"字。和"兵"字一样,它也是以形传义的,只是为了表达这样的形义而借用了"尺"字。几经周折,林尚沃终于得出了密电的全文并慢慢地把它写到纸上:壬申起兵。

那一瞬间,林尚沃感到一种头皮发乍、毛骨悚然的恐惧。

这古怪荒诞的歌谣,原来是以一种字谜,用谜一般的密码传达着一个"壬申起兵"的密电。

破字,类似字谜,要领是把汉字的笔画分开或合在一起,去解释事物或占卜吉凶。《郑鉴录》中经常用到这种手法。

《郑鉴录》是洪景来和禹君则最为推崇的秘籍。书中往往避开直抒其意,而采用隐语、曲语、破字等手法,因而解释起来常常出现艰涩隐晦、模棱两可的地方。

《郑鉴录》的主要内容是借助破字形式提出了"三绝运数说"。"三绝运数说"预言,朝鲜王朝将遭遇三次内忧外患从而气数断绝。这三劫中,第一劫是壬辰倭乱,第二劫是丙子胡乱,第三劫则是一个即将到来的未知灾殃。作为国家摆脱三劫求得生存的方法,《郑鉴录》以破字的字谜方式作了暗示。

关于第一劫壬辰倭乱,《郑鉴录》预言说:"杀我者谁,禾人有女;活我者谁,十八公。"这里的"禾人有女"即是"倭","十八公"则是"松"。这道预言的寓意是,"杀我者倭(日本),救我者松(明朝将帅李如松)"。

关于第二劫丙子胡乱,《郑鉴录》预言道:"杀我者谁,雨下横山；活我者谁，豕着冠。""雨下横山"是"雪"，"豕着冠"则是"家"，它是说"死于雪，活于家"。这个预言暗示，丙子胡乱发生于冬季，冻死的人远远多于战死者，反而是那些没有外出逃难的人躲过了生死之难。

对于即将到来的最后一劫，《郑鉴录》做出了一个谜一般的预言："杀我者谁，小头鱼足；活我者谁，身入穴。""小头鱼足"是"党"（繁体是"黨"），"身入穴"则是"穷"（繁体"窮"字）。解释起来，这个预言是在说"政治上的朋党之争导致人死非命，幸存者是那些放弃财产安守清贫的人"。

洪景来把这最后一劫看成即将由自己发动的革命的预言。自己将要挑起的这场战乱，是为了推翻以金祖淳、朴宗庆为首的专权当道者的独裁政治，发动贫苦农民揭竿而起的革命，因而，洪景来坚信它完全符合《郑鉴录》中"死于党活于贫"的预言。

从《郑鉴录》中的偈语中衍生、又为孩子们传诵的谜一般的童谣，包含着一种壬申年即明年正月兴兵举事的秘密含义。它不仅仅是一曲流行的歌谣，而是一种有预谋的谶语，是要告知天下人壬申年将要爆发的革命乃是上天之命。

林尚沃明白了，这位洪管家为什么要拿着李禧著的荐书来到自己府上。第一眼就有一种印象，洪景来可不是个应该混迹商界的人物，他应该立于朝廷，而且在朝中也有出将入相之能。这样一个洪景来却来到自己的府上做一名管家，他的用意显然是想拉自己入伙。

洪景来。

正如林尚沃的第一印象，他绝不是个寻常人物。林尚沃费了整整一夜功夫才破解出隐含在那支童谣中的秘密"壬申起兵"，而洪景来正是要把这"壬申起兵"付诸行动的叛军总帅。

林尚沃直到这时才明白，以前在即兴诗中写下"秋风易水壮士拳，白日咸阳天子头"的洪景来，究竟是在觊觎谁的头颅。"天子的头颅"，当然是指腐朽的朝鲜王朝统治者的项上人头。

洪景来是一个在青天白日下觊觎天子头颅的叛逆儿，是染红乱

暴风前夜

世的血雨。这样一个首领级的人物,在即将于几个月后发动的"壬申起兵"前夕冒着随时有可能泄露天机的风险投上门来,而且还以性命作赌注代林尚沃独闯贼穴。如果能够顺利地把被扣作人质的朴钟一等三名商人解救出来,洪景来就成了林尚沃的救命恩人。既然洪景来为林尚沃押上了自己的性命,要报答洪景来的恩情,林尚沃也得押上自己的性命。

要对洪景来报恩,只有一条路,那就是参加洪景来所梦想的革命。

俗话说,马既然跑了起来马背上的人就休想下来,雨既然下起来就休想让它停下。现在我已经骑到了奔跑着的马背上,行走在已经开始的大雨中。想从奔跑着的马背上跳下来,就有坠地丧命之虞;同样,雨既然已经下了起来,也就无法躲过,让它停下来的唯一办法就是等待它自己慢慢消停。

几天后,洪景来奇迹般地带着朴钟一和另外两个商人安然返回。行前,为防万一,他在马贼们索要的5000两之外又添了备来应急的5000两,带着万两银子动了身。可现在,他只付给马贼5000两,其余的5000两一文未动地带了回来。

非但如此,连朴钟一一行在中国卖掉人参后采购的绸缎等的一应货物,都原封不动地带了回来。

更令人吃惊的是,朴钟一离开贼穴前还以林尚沃的名义与马贼头目郑时守签下了协议,协议的内容是郑时守保证林尚沃经商路途的出入安全,林尚沃则定期向郑时守缴纳一定数额的买路费。这样就使林尚沃得到了一条穿过无法无天的地界,直通栅门的安全通路。真可谓"福自祸生"。

"那究竟是个什么人?"在这之前从未和洪景来谋面的朴钟一咋着舌惊叹地对林尚沃说道:

"我这一辈子,还是头一次见到胆量这么大的人。"

被当作人质扣押期间,朴钟一一直处于死亡的恐惧中。对于前去营救自己的洪景来那惊人的胆量与如簧巧舌,不由得赞叹不已。但林尚沃的心里却没有这么轻松。

暴风前夜

该来的终于来了。

见到朴钟一等三人安然返回,林尚沃放了些心,但另一方面,他的心里又产生了许多复杂的东西。

洪景来终于成了我的救命恩人。现在轮到我来报答洪景来的恩情。

当天晚上,林尚沃为得胜归来的洪景来摆宴接风。这桌酒席,是专门为慰劳刚刚从九死一生的险地胜利归来的洪景来和朴钟一而办的。洪景来来了,手里还举着件什么东西。

"那是什么东西?"

见林尚沃问起,洪景来急忙答道:"这东西是我从马贼头目郑时守那里得到的,郑时守要我转交给大人。郑时守说,希望大人能够将这东西收下,就算他的信物。"

林尚沃看了看洪景来拿来的那件东西,因为是用白布包着的,无法看到里面究竟是什么东西。

"郑时守拿出很多东西来给小人看,并让小人挑一个中意的作为礼物送给大人,小人就从里面挑了这个。"

洪景来打开白布,露出了白布里所包的东西。那是一个用青铜打造的鼎。

"小人之所以挑中这件东西,是因为用《周易》给大人算卦时得到过一个鼎卦,大人的卦相正是'火风鼎'。"

林尚沃当然还记得洪景来当时说过的话。他伸手摸了摸那铜鼎。因为是青铜造就的,鼎的表面已经生锈。在手上使些劲推了推,那鼎却动也不动。这个青铜制作的器皿不大不小,高度刚好能够达到成人的膝盖,重量却很大,像块岩石一样纹丝不动。这是个浑圆的圆鼎,表面镂刻着一圈动物花纹。但从那古朴的形状和生锈的程度就可以判断出,它肯定是个足有千年历史的古董。大概是马贼头子郑时守从过往商人手中掳得的战利品之一。

"小人选中这东西完全是因为大人的卦相是鼎卦,可以把它经常放在身边,以为教训和鞭策。"

洪景来的话却不尽为实。作为郑时守相赠的礼物,他选来这件

暴风前夜

古董铜鼎,还有另一层意思,那就是向林尚沃发出最后通牒,逼迫林尚沃作出抉择。

虽然是专为慰劳得胜归来的洪景来摆下的宴席,林尚沃的心情却始终复杂万端。在洪景来离开义州去和马贼头子郑时守谈判的这段时间里,林尚沃偶然在城里听到了孩子们口中的童谣,并解开了那童谣中隐藏的谜团般的秘密,明白了洪景来就是那头领。

洪景来是个大逆不道的人。

明年,也就是壬申年的新年伊始,这个旷世稀有的大叛逆者即将兴兵动武,作乱犯上。同情或参与洪景来的革命,就会被朝廷指称为谋逆罪人,诛灭九族,招致灭门之灾。而就算不同情或参与他的革命,单单雇他作过自己店里的伙计、放任他造反这一条,就足以使林尚沃成为朝廷重犯,丢掉所有的家产,并沦为奴婢。

明白了这一切,林尚沃无论如何也高兴不起来,尽管自己面前是平安生还的朴钟一和洪景来。

夜阑人静,酒席将罢之际,林尚沃对洪景来说:

"洪管家,这次发生的事情,你让我受了大恩。要不是洪管家,说不定我现在已经不能活着在这里喝酒了。"

朴钟一也在一旁附和道:

"是呀,如果不是洪管家,我恐怕早就在马贼们的老窝里被扒皮剜肉,死得跟狗一样卑贱。我能够得以生还,全赖洪管家大恩大德。"

洪景来却双唇紧闭,一言不发,只顾低头喝酒。

"所以呀,"林尚沃不动声色地为洪景来斟上一杯酒,"此恩此德,我真不知道该用什么来报答才好。嗯,洪管家,你简直就是我的救命恩人,你倒说说看,我该拿什么来报答你?"

洪景来依然默默不语,接过林尚沃递过来的酒,慢慢地喝着。沉吟半晌,他才看着林尚沃沉重地开了口:

"小人是一个无足轻重的人,大人居然称小人是恩人,真叫我无地自容。不过,如果小人斗胆开了口,无论小人提出什么要求您都会答应吗?"

该来的终于来了,林尚沃心里想,洪景来终于要全部抖搂出来了。

"那是自然。"林尚沃认真地说,"洪管家救了我的性命,不管你提出什么样的要求我都会答应的。"

可洪景来刚把话开了个头,又不再开口,只是一个劲地喝着酒。一旁的朴钟一实在再也忍耐不住,催促道:

"瞧你这人,真急死人!大人不是说过了吗,不管你提出什么要求大人都会答应的。大人是一个讲信用的人,既然答应过决不会食言的。可你倒快说说看啊!"

洪景来这才闷声闷气地开口说道:

"我想要的只有一件。"

"那是什么?"林尚沃问。

"是它——"

洪景来抬手指了指房间里的一个东西。林尚沃顺着他所指的方向看去,原来洪景来指的是他刚刚带来的鼎,马贼头子郑时守作为信物送给林尚沃的那只铜锅。作为救人一命的回报,只要这样一个破旧的青铜锅,坐在一旁的朴钟一一时忍俊不禁,放声大笑起来。

"你这个人呢!你以为现在是开玩笑的时候吗,只要那么一只小锅?"

洪景来马上斩钉截铁地说道:"我不是在开玩笑,我想要的就是这个锅。这个锅就足够了。"

"那么,"朴钟一大笑起来,"你可以立马把这锅拿走。难道不是吗,大哥?"

朴钟一看看林尚沃,征求他的同意。

"不过,"洪景来打断朴钟一,"大人得先弄清这锅的分量。我想请问大人,这只青铜锅是轻还是重?轻轻到什么程度,重重到什么地步?"

真是一个出人意料的问题。只有林尚沃弄清这铜锅的分量,洪景来才会把它拿去,这个问题颇含玄机,令人茫无头绪。

朴钟一马上接口说:

暴风前夜

"瞧你这人,一个锅的轻重有什么打紧的?这锅是轻是重,拿到秤上称一称不就清清楚楚地知道了吗?"

洪景来马上又开口说道:

"我不愿看到别的什么人用秤来称量这锅的重量。我所希望的是大人自己弄清这锅的大小和轻重。仅此而已。所以,我要再次请问大人,这锅是轻是重?这锅多轻多重?这锅的大小尺寸是多少?"

一直在一旁保持沉默的林尚沃这才开了口:

"好吧,我就按照洪先生的愿望,一定亲自弄清这锅的分量。等我搞清了铜锅的尺寸大小和分量轻重,我一定会告诉你的。"

夜深宴罢,林尚沃径回卧房,却久久难以成眠。他在脑海中反复琢磨着洪景来提起的话头。

当被问及希望林尚沃拿什么来报答救命之恩时,洪景来出人意料地回答,他想要那只青铜鼎,而且还声称在获知铜鼎的大小轻重前绝对不会接受那只铜鼎。他还附加了一个条件,那就是必须由林尚沃本人弄清那鼎的大小和分量。

也就是说,洪景来是在向林尚沃探问那鼎的轻重程度。

他提出这样一个疑问真意何在?林尚沃已经解开了隐藏在那谜团般的童谣中的秘密,对于洪景来的身份,对于洪景来即将于明年也就是壬申年作为叛军首领发动叛乱的计划已经心知肚明。同样的道理,洪景来向林尚沃索要那只铜鼎,而且要在接受铜鼎前探清鼎的大小轻重,这就同那只谜团般的童谣一样,其中必有某种深意隐藏在内。

林尚沃辗转反侧,反反复复地思来想去,直到天明,却始终猜不透洪景来提出那话题究竟是何用意。

但有一点已确定无疑,那就是洪景来正企图通过这一发问逼迫自己做出选择。林尚沃已本能地觉察到,那青铜鼎具有一种最后通牒的意味,这道最后通牒就是要逼迫自己做出一个二择一的决断:要么帮助洪景来造反参加他的革命,要么去秘密告发这个大逆不道的叛逆者。

林尚沃目不转睛地看着已经被搬进自己卧室的铜鼎。这铜鼎,虽说是马贼头子郑时守作为信物送来的，选择它作为信物的却是洪景来。洪景来已通过《周易》得知林尚沃的命相是一个鼎卦，那他会不会是想以探问这鼎的大小轻重来强迫自己做出命运的选择呢？

林尚沃再次用手摸了摸那只青铜鼎。这只看上去有上千年历史的铜鼎，分量重得出奇，像个石块，无论怎么用力都推它不动，看上去足有几千斤重，恐怕几个壮汉加在一起才能勉强挪得动。可如此沉重的铜鼎，没有任何帮手，洪景来居然独自一人将它高高地举起，移到了林尚沃的卧房。

洪景来为什么要问这青铜鼎的重量？其动机何在？

不管他的动机是什么，现在摆在面前的道路只有两条，自己必须选择其中的一条。明年正月，洪景来这个叛军头领就要起兵造反，难道自己应该帮助洪景来，置身于谋逆行动之中？

在林尚沃身上，也有对朝廷的反感，也有过因为是西北人而备遭冷遇的苦涩经历。他的父亲林凤库，就因为自己是一个平安道人而屡屡应试不中，在百般沮丧之后酒醉失足，跌入鸭绿江，凄惨地结束了自己的生命。林尚沃本人早年不得不去做货郎，也许正是因为仕途的完全阻塞。一个平安道人，无论你的学问有多渊博，无论你的人品有多高尚，文官充其量做到持平，武官最高做到金使，在人才录用上必然要吃大亏。

就像洪景来所说的，朝廷是盗贼的世界。在这个盗贼的世界里，本应保持距离的政治与经济为了各自的利益而紧密勾结，大大小小的官员就是一群大大小小的盗贼，居高位者为大盗，居末位者为小贼，盗行无忌，形成一个乱世中之乱世。

民心已经远离了朝廷。连年歉收使民心惶惶，浮动不定，四处流行的传染病和无由的火灾使民生沦于涂炭。

倘若我在这种时候帮助洪景来，万一起兵失败，我将成为一个大逆不道的罪人。那将是天下无出其上的重罪，我将成为人神共愤的罪人。因为那是侵犯王权，杀父弑母的罪行。犯下谋逆罪，是要诛灭九族的，而且犯人本身也要被处以凌迟处斩的极刑，头足四肢被大卸八块，并遭千刀万剐，死亦不得全身。

暴风前夜

不过，万一这造反取得成功，大逆不道的罪人就会在一夜间化为大英雄，化为靖社功臣，而享受册封授勋的殊荣。这样的史实，并不需要到久远的历史中去寻找。历史上著名的"仁祖反正"的故事就发生在200年前的光海君时期，西人（朝鲜王朝朋党政治中的一个派别——译注）叛乱成功，废旧立新，拥绫阳君为王。历史已经让人看得清清楚楚，即使是臣子驱逐君王的行动，也会因其成败而出现迥然不同的结局：失败了，就是大逆不道的千古罪人；成功了，就被封为名垂青史的靖国功臣。

就在此时，林尚沃忽然听到一个晴天霹雳般的声音：

"你这小子，我手里拿的是什么？"

林尚沃忽然精神为之一振。几乎就在同时，他的耳边响起了石崇大师的当头猛喝。他马上起身下床，在伸手不见五指的一片黑暗中找准方向屈膝三拜行弟子之礼，长跪而坐。耳边，再次响起了石崇大师栩栩如生的教诲声：

"正是这个死亡的'死'字，将帮你摆脱第一次危机。只有这个'死'字，除此之外你别无选择。但第二次危机就不同了，没有任何妙计、任何办法可以救得了你。"

那时，林尚沃因为恐惧而浑身颤抖着，等着大师的下文。

"如若你不能逃脱这次危机，必遭凌迟处斩。问题是，第一次危机来临的时候，你能够觉察到危机临身，而第二次危机会在你浑然不觉间悄悄逼近。如果凭直觉感觉出危机，度过危机的办法总会有的，可是如果认识不到危机，就会在不知不觉中走上灭门之路。所以，你一定要牢牢记住，百事顺遂的时候一定要想一想，那或许就是可怕、危险的关头。"

林尚沃跪坐在那里，回想着石崇大师的话。正如大师的预言，靠着一个"死"字秘诀，自己躲过第一次危机，也就是北京商人们发动的联合抵制。

难道石崇大师所预言的第二次危机正在悄悄来临？

难道正像石崇大师所预言的那样，眼下这道危机正是面临灭门之灾的第二次危机？

难道这就是石崇大师预言中的那道躲不过就会惨遭极刑,被凌迟处斩的第二次危机?

忽然,林尚沃感到全身一阵战栗。

眼下正是石崇大师所说的第二次危机,正是大师提醒他百事顺遂时一定要想一想那或许就是可怕、危险的关头的第二次危机。洪景来来到府上逼迫自己作出抉择的这一刻,正是一个躲不过就会惨遭凌迟处斩的时刻,一个躲不过就会惨遭灭门之灾的第二次危机到来的时刻。

林尚沃全身心地努力搜寻着对石崇大师的记忆。

"……觉察到那是一个危急关头后,我该怎样做才能得以幸免?"

听了林尚沃的问话,石崇盯住林尚沃的脸看了看,微微一笑。那微笑,林尚沃至今仍历历在目。微微一笑后,石崇背转过身去,提笔在纸上又写下了什么。等纸上的墨汁晾干,石崇把写着字的纸叠了又叠,而后才回过身来,对林尚沃说:

"死里逃生的办法,我已经写在纸上了,但你要切记,这张纸可不能随便打开了看,否则你就会泄露天机,泄露天机一定会受到上天的惩罚。只有在感觉到身处莫大危机时,你才可以打开来看。你会得到一个死里逃生的妙计的。我的话你听明白没有?"

想到这里,林尚沃连忙起身,从挂在墙上的裤子里取下一只用绸子做成的荷包。那是一个红绸荷包,荷包里装着石崇大师写给他的秘招。

躲不过就会惨遭凌迟处斩、躲不过就会惨遭灭门之灾的第二次大危机。是参与叛军头领洪景来的造反,还是到朝廷去秘密告发?荷包里藏着一个天大的秘密,这秘密将帮助自己躲过一场生死危机。是生存,还是死亡?是做英雄,还是成为谋逆的罪人?荷包里藏着一个来自上天的启示,这启示将帮自己在命运的歧路上作出最终的抉择。这绸缎荷包里所藏的,正是一道可以帮助自己摆脱重大危机的天机。

现在是时候了,是该打开荷包去拜领石崇大师留给自己的秘招

暴风前夜

的时候了。林尚沃解开了绸缎荷包的带子。带子系得很结实。解开打了节的带子,然后用手一拉,荷包口马上就张开了。

把手伸进荷包,摸到了一件什么东西。林尚沃把那件东西掏出来一看,原来是一张小小的红纸。打开红纸包,里面是一个小小的豆粒,一粒红豆。当时的人们有一种迷信的信仰,认为在荷包里装上一粒红纸包起来的红豆随身带着,可以常年祛鬼神、祈万福。

尤其是每年正月的第一个亥日,人们都要用红纸里包上一粒红豆送给自己的亲朋好友。这在当时是一种风俗,因为人们相信这粒红豆会替人驱鬼退魔,作用等于是一个护身符。特别是那些出生入死的客商,为了祈求人身的平安,经常要把包在红纸里的红豆装到荷包里随时带在身上。

林尚沃重新把手伸进荷包里,这次,他的指尖碰到了一张层层折叠起来的纸。林尚沃把它掏出来,放在桌子上。五年的岁月流逝而去,那纸已经变旧褪色。

"……觉察到那是一个危急关头后,我该怎样做才能得以幸免?"

林尚沃急切地询问,石崇大师却拈须微笑,只字不答,然后掉转过身去,重新提笔蘸墨,写下了什么。石崇大师写给自己的秘诀,就记在这叠了又叠的纸上。

林尚沃开始慢慢地、小心翼翼地打开石崇大师层层叠起的那张纸。那纸叠了又叠,折了又折,结结实实地打了三四道结。终于打开了,呈现在眼前的是一张不过一鸠大小的纸片。

林尚沃合上双眼,深呼吸,努力使心情保持平静。

深呼吸三四次,屏息静心,林尚沃睁开双眼,去看面前铺开的纸上的字。

那上面写着一个字,是石崇大师那熟悉的笔迹。

为了能够看清纸上所写的字,林尚沃走向放着灯盏的桌子,仔仔细细地打量起来。

纸上写着一个"鼎"字,只有这个"鼎"字,意指饭锅的"鼎"字。

那一瞬间，林尚沃感到头皮发乍，全身一阵战栗。几天前，自己刚刚从洪景来那里得知，《周易》中显示给自己的卦相是鼎卦，一个"火风鼎"卦，自己的命运和鼎有着密切的关联；而且，从马贼头目郑时守那里安然返回的洪景来作为礼品代自己选来了一个青铜鼎，并给自己出了一道谜，询问自己那青铜鼎的大小轻重。洪景来询问鼎的大小与轻重，当然是要逼迫自己作出性命交关的选择。

现在，又出现了第三只鼎。避不开就会惨遭凌迟处斩，躲不过就会惨遭诛灭九族之祸，而作为留给自己摆脱生死危机的秘诀，石崇大师写下的竟然也是一个没头没脑、谜团般的"鼎"字！

那是什么？

大师的意思究竟是什么？

林尚沃牙关紧咬，两眼死盯着纸上写的"鼎"字。摆脱危机的妙计显然就在这"鼎"字里。上次中国商人们挑起联合抵制时，林尚沃就是靠解读了那没头没脑的"死"字中隐藏的含义而终于明白只有"死"才是唯一的办法，并最终选择了火烧人参的"死"的手段，灭了中国商人的气焰，从而转祸为福。同样，这次要摆脱危机，秘密显然也藏在这"鼎"字中。

那是什么？

大师的意思究竟是什么？

林尚沃陷入了沉思。

接踵而至的三个"鼎"。

一连几天，林尚沃都在苦苦思索着，为解开石崇大师作为救命秘诀写下的这个"鼎"字而搜索枯肠。可是，越是往深里琢磨，林尚沃就越感觉像坠入无底深渊，越想越感觉眼前一片漆黑。明明知道击退第二道危机的活路就隐藏在石崇大师留给自己的"鼎"字里，可就是猜不透那"鼎"字的寓意，简直就是一个睁着眼的瞎子。

苦思几日的林尚沃忽然有了一种灵感，好像蓦然间拨开迷雾看到了一片光明天地。

秋史金正喜。

对呀，金正喜！眼前浮现起青年金正喜的影子，他猛地拍起了

暴风前夜

大腿。

不错,秋史金正喜,林尚沃不由出声地自言自语起来,是他,解开了石崇大师留给自己击退第一次危机的"死"字。那么,能够解开化解这躲不过就会诛灭九族、避不开就会惨遭凌迟处斩的第二次危机的"鼎"字秘诀,当然也非他莫属!

金正喜已经是我的救命恩人,我的师傅。我已经在金正喜面前行过三拜之礼,他就是为我指点迷津的导师。

去找金正喜,他一定能为我解开这"鼎"字的秘密。

除了去找秋史,计无所出;除了金正喜,别无选择。

据载,林尚沃马上收拾行装,动身前去拜访金正喜。

相思別曲

第十二章　鼎的秘密

1

纯祖11年，1811年辛未年5月，林尚沃为拜会金正喜来到了忠清道礼山的金府。金正喜与家人居住的这所老宅是祖上传下来的，据说是金正喜的曾祖父金汉辛驸马所建，如今已然成为古迹，完整地坐落在韩国礼山郡新安面龙宫里。当时金正喜的父亲金鲁敬正在汉阳任礼曹参判任上，金正喜留在礼山老家埋头研究金石学与书法。在北京滞留期间他曾师从当时的金石名家翁方纲、阮元两位大师，在书法与金石方面已有了深厚的根底。

林尚沃动身来礼山前并没有与金正喜联系过，金正喜突然见到千里迢迢从义州来到礼山的林尚沃又惊又喜：

"大人，这到底是怎么回事？我不是在做梦吧？"

林尚沃也同样非常高兴，同金正喜北京一别不过几年光景，但因素来敬佩眼前这位比自己年轻的青年，所以心里一直非常想念。

几天前金正喜去附近的麻谷寺进香，盘桓数日，今天刚好返回。说起这麻谷寺倒是与金正喜有些宿缘，他每年都要去麻谷寺住上一段时间。金正喜喜欢佛门的幽深空寂，曾将从北京带回的翁方纲赠送的数百卷佛经全部转赠给麻谷寺，这进一步加深了他与麻谷寺的渊源。金正喜此次之所以在麻谷寺停留这么长时间是因为其第一位夫人韩山李氏的缘故。金正喜与李氏同岁，两人结婚很早，但李氏不久因病去世，那年金正喜刚刚21岁。几年后金正喜再婚，娶的第二位夫人是比他小三岁的礼安李氏。每逢前妻祭日，金正喜都要到供有前妻灵位的麻谷寺上香，即便是娶了继室以后依旧不改其衷。第二位妻子礼安李氏和金正喜也未能相伴偕老，到金正喜晚年被流配到济州岛的时候，她已经去世14年了，生前大概也没有享受到作为金正喜妻子的幸福，至于金正喜是否在她身上得到幸福也没有人知道其中的秘密，但有一点可以肯定，他对前后两个妻子的感情是截然不同的。韩山李氏夫人的突然去世使年轻的金正喜开始深深思索着生与死的奥秘，这使他与佛教结下了不解之缘。

林尚沃立刻被领到客房解下行装。当天晚上，金正喜在家中设宴为林尚沃洗尘，他知道林尚沃非常喜欢饮酒，准备了精致的菜肴和美酒。金正喜本人也喜爱饮酒，两人对面而坐，一边饮酒一边谈笑风生。

金正喜非常了解林尚沃，认为他不仅是朝鲜当代最杰出的商人，而且是朝鲜的一代巨富。朝鲜自古以来便有士农工商这种严格的社会等级存在，商人和农民属于社会末流。金正喜在北京期间对林尚沃的人品非常了解，从心底里尊敬林尚沃，所以对林尚沃一直以"大人"相称。

酒过数巡之后，两人都开始有了些酒意。金正喜首先开口说道：

"义州离礼山有千余里路，大人不远千里来看我，一定是有什么原因吧？"

一听此言，林尚沃大笑着说：

"我来这里是因为你曾对我说过'适千里说'，你不会忘了你在北京跟我讲过的这句话吧？当时你不是说，如果有谁要行千里路，他首先必须判断路在何方，因为只有这样，他才能确定自己该从哪里出发。今天我不幸而被你言中，心中迷惑不知路在何方。此次专程来府上拜访，就是为了寻找路在何方。"

先前两人在北京相遇时，林尚沃曾惺惺相惜地问金正喜，为何要随入京使臣一行不辞辛苦到北京，金正喜当时回答说：

"古人曾经说'路在眼前'，还说'千里之行始于足下'。可是

相思别曲

当我走出家门时却不知道应该往哪里走,这使我顿时觉得前路漫漫而前景黯淡,我很想知道自己的路该怎样走。因此,我决心一定要找一个识途的人向他请教,我来北京就是为寻找能为我指点迷津的人。为了寻找他,别说行千里路,就是万里路我也不会嫌远。"

从这个意义上来讲,金正喜可以被称为求道者,为了寻找真理可以不远千里乃至万里去找寻。今天林尚沃引用了金正喜当时在北京所说的话回答金正喜的问话,其实就是指自己不远千里来找金正喜也是因为自己不知怎么办,特来向金正喜请教。看到林尚沃仍记得自己在北京时说下的这番话,说是为寻找出路才来的,金正喜不由得哈哈大笑。

"无论怎么说,大人您能来到我家里真是太好了。不过,您究竟有什么疑问呢?"

听了金正喜的话,林尚沃并未马上开口回答,而是从腰间掏出一个锦囊,石崇大师亲手所书、帮助他度过第二次危机的秘诀就在这锦囊之中。金正喜停止饮酒,目不转睛地注视着林尚沃的举动。林尚沃解开锦囊的带子,从里面取出一张折了又折的纸,然后小心翼翼地一层层把它展开。当这张纸最终完全展开时,石崇大师的墨迹便赫然露出。

却是单单一个"鼎"字。

一直默不作声的金正喜首先开口说:"这是谁的墨宝?"

林尚沃回答说:"这是我很久以前的一位长辈为我写的字。"

听了林尚沃的话,金正喜说:"这不是普通的字体,这是禅体,一般练习书法的人是写不出这种字的。"

金正喜一眼便窥破了石崇大师的笔致,林尚沃不得不惊叹于他敏锐的观察力。

"登门拜访全为此字。"

听了林尚沃的话后金正喜流露出惊讶的神情。

"这个'鼎'字是仿照中国古代常用的一种锅的样子造出来的汉字。具体来说,'日'字也就是太阳,两边有两只耳朵,底下是两只脚,这种锅很久以前是烹煮食物的主要器具,到了殷周时期,鼎

鼎的秘密

作为祭祀上天的祭器又成为天子的象征。难道大人就是为了这个字不远千里来这里找我吗？"

到了这个份儿上，林尚沃索性单刀直入地说道："我来这里找你就是想知道这'鼎'的重量。"

说着，他拿起石崇大师的字给金正喜看："你知道这'鼎'的重量吗？"

"这么说来，"金正喜微微一笑说，"大人您不远千里来找我就是为了要问这鼎的重量了？"

"是这样的。"

听了林尚沃的话，金正喜将写有"鼎"字的纸拿起来掷到空中："众所周知，这鼎的重量有时可以说是轻如鸿毛。"

纸从空中掉到地上，金正喜又接着说道："但有时又重如泰山，甚至比泰山还要重。"

说完，金正喜突然放声大笑，问林尚沃："大人，你为什么突然问起鼎的轻重呢？"

"如果我知道鼎的轻重就不会到这儿来找你了。"

瞬间，金正喜脸上的笑容消失了，他拿起身旁的纸笔，浓墨饱蘸，提笔在纸上一口气写下四个字。林尚沃上前一看，原来是"问鼎轻重"四个字。

金正喜写完后笑着说："大人，您来问我这鼎的重量，我一定尽我所知为您解答。这句话出自《史记》中的《楚世家》。"

金正喜再次为林尚沃把酒斟满后讲道："春秋时代，楚国出了一位明君，他就是楚庄王，名侣，是楚穆王的儿子。这位楚庄王甫即位时，连续三年没有发布一道政令，不分昼夜地大摆宴席，饮酒作乐，而且广选天下美女充实后宫，每日只沉溺于酒色。曾有大臣进谏，但楚庄王砍了他的头，并下令再进谏者杀无赦。在他砍了那位进谏大臣的脑袋后，很久没有人敢再批评楚庄王的举动，也没有人敢入宫进谏。大臣中有一个叫伍举的人，其家世代为楚臣，他决心冒死入宫进谏。当伍举入宫之时，楚庄王左抱郑姬右拥越女，坐在那里欣赏鼓乐。《史记》中对当时的情景有如下记载：

庄王问伍举：'你有什么事？'

伍举回答说：'我来给大王献上一个谜语。'

'那好，你说吧。'

得到楚庄王的允许后，伍举便开始讲他的谜语：'有一只大鸟落在小山丘上，连续三年不飞也不叫，请问大王，这是一只什么鸟？'"

"大人，您能猜出伍举给楚庄王出的谜语吗？"说到这儿金正喜嘿嘿一笑，看着林尚沃问道。

两人都已有些醉意了，但酒兴正浓的金正喜再次将酒杯斟满放到林尚沃面前，不等林尚沃回答又继续讲下去："楚庄王马上意识到伍举所说的这只大鸟指的是自己，于是庄王便答道：'伍举啊，寡人知道你的谜底了，你放心回去吧。这只鸟虽然三年不飞，但一飞便会冲天；三年不鸣，一鸣便会惊人。'"

金正喜再次一饮而尽，接着讲道："但几个月过去了，这位楚庄王反而更加沉湎于享乐。大夫苏从看不下去了，入宫向庄王进谏。庄王唤来武士，命令将苏从推出斩首。

'你难道没有听到寡人的训令吗？'

苏从回答：'如果我的死能使大王您醒悟，那么我死而无憾。'

听到苏从的话后，庄王立刻振作起来，停止了持续三年的无休止的宴席，开始处理政务，撤掉了几百名不称职的官吏，擢升了一批有才干的人，任用伍举和苏从管理政务。此后，楚庄王果然实现了猜伍举谜语时的豪言，显示出'三年不飞，一飞冲天；三年不鸣，一鸣惊人'的气概。当年楚庄王便消灭了庸国，庄王六年，楚庄王又攻打宋国得到500辆战车。庄王八年，楚庄王讨伐长久以来威胁楚国的陆浑地区戎族。在得胜回师抵达洛水附近时，为向周天子炫耀武力，庄王在洛水之北周天子的都城洛阳郊外举行盛大阅兵式。当时的周天子周定王派大夫王孙满去犒劳庄王和他的军队。王孙满看出，楚庄王在周边境阅兵，意在通过施加军事压力暗中胁迫周王朝。

果然不出王孙满所料，楚庄王一见到周定王派来的使者王孙满，便问起九鼎的情况。这九鼎乃是古代尧舜禹时期由禹主持铸造而流传下来的九只大鼎，象征着天子的仁德，是国家的神器，作为天子代代相传的镇国之宝经夏、殷传至周王朝。

楚庄王问王孙满：'九鼎究竟有多大？'

王孙满不愿回答，缄口不言。楚庄王只好又追问道：'先生不知其大小，总该知其轻重吧。九鼎到底有多重呢？有人说很重，那么到底有多重，又有人说很轻，那么到底又有多轻呢？'"

说到这里，金正喜看着林尚沃问道："大人不会不知道楚庄王为何要向周大夫王孙满询问天子所持九鼎的大小轻重吧？"

"是不是想得到周天子的九鼎呢？"

听了林尚沃的回答，金正喜笑道："正是如此。楚庄王向王孙满询问九鼎的大小轻重，即是表明自己欲把九鼎据为己有，取代周天子登上天子之位的野心，这其中，实际暗藏了对周天子的胁迫之意。

已看透楚庄王野心的王孙满回答说：'您怎么想起来要问鼎的大小轻重呢？实际上鼎的大小轻重并不重要。'

'为什么不重要？'楚庄王对此很不解。

王孙满回答：'因为有比鼎的大小轻重更为重要的东西。'

'那是什么？还有什么能比鼎的大小轻重更重要呢？'

'德。'王孙满回答楚庄王，'鼎的大小轻重完全取决于天子之德，而不在于鼎本身。'

王孙满的这番话实际是暗含深意，意思是能不能成为天子，不在于是否拥有九鼎，而在于是否有德。

楚庄王闻听此言很生气：'我不明白先生所谓的德是什么，我只知道只要将我们楚国的戈尖搜集起来将之熔化，便可以铸成比你们的九鼎大很多倍的鼎。'

听楚庄王如此说，王孙满回敬道：'大王啊，您怎么能这么说呢？'王孙满接下来回答楚庄王的一席话后来被载入《史记》，成为《史记》中非常有名的篇章。"金正喜说到这里停顿了一下。

此时，林尚沃正凝神静气地倾听金正喜的话，他一边听着一边想起洪景来让选择鼎作为马贼头目郑时守送给自己的礼物，还问自己鼎的大小轻重，他这样做的目的究竟是什么呢？听完金正喜讲述的故事，林尚沃对洪景来的用意豁然大彻大悟。洪景来问自己鼎的大小轻重也是像楚庄王一样意在窥视帝王之位，企图通过造反取得统治天下的权力。

金正喜又接着讲了下去："《史记》是这样写的——

王孙满回答说：'呜呼？君王其忘之乎？昔虞夏之盛，远方皆至，贡金九牧，铸鼎象物，百物而为之备，使民知神奸。桀有乱德，鼎迁于殷，载祀六百。殷纣暴虐，鼎迁于周。德之休明，虽小必重；其奸回昏乱，虽大必轻。昔成王定鼎于郏鄏，卜世三十，卜年七百，天所命也。周德虽衰，天命未改。鼎之轻重，未可问也。'

王孙满这番话中不但道出了鼎的制作和传承经过，更阐述了治理天下在于德而不在于鼎本身，现在周朝虽已衰败，但还未到灭亡之时。楚庄王听了王孙满的话无言以对，悻悻然收兵返回了楚国。"

讲完这段故事，金正喜拿起自己先前写下的"问鼎轻重"四个字接着说道："这之后'问鼎轻重'便成为一个古代成语流传下来，正像最初庄王表示其觊觎天子之位的野心那样，这个成语被用来形容那些暗中觊觎现政权的实力与内部情况，在摸清其弱点后准备伺机发起进攻的阴谋行径。大人您不远千里到我这里问鼎的轻重究竟是为什么？"说到这里金正喜放声大笑说："您问我鼎的轻重不会是想约我一起进行鼎革吧？"

金正喜这里说的"鼎革"是指通过起义造反推翻腐朽的王朝建立新王朝。

"在庄王询问王孙满九鼎轻重之后，鼎已变成帝位的象征，帝业也被称作鼎业，帝位被称为鼎祚，定鼎则是选定国都建立新的国家，'鼎折足，覆公餗'就是指鼎脚断而献给天子的食物被倾覆，意指身处帝位之人治理国家不力而使国家处于危险之中。但是大人，还有这样一句话。"金正喜又一次提笔蘸墨在纸上写了一句诗，林尚沃凑上前一看原来是这样一句话："茶热香浓石鼎雯。"

写罢投笔，金正喜接着说道："无论人们怎样推崇鼎，把它当作帝王的象征，但就鼎本身来说它仍不过是烹食煮茶一种锅子罢了。同样道理，即便作为天子象征的九鼎仔细推究起来也不过是陈旧的青铜锅而已，什么有德即重无德便轻，说来说去它也只是一个锅子。深谙此理的南宋诗人范成大写下了这句诗。范成大字致能，号石湖居士，是南宋最有名的诗人之一。他曾经身负君王重托出使金国，在那里他严词拒绝金人的无理要求，自始至终保持了南宋使臣的气节而不辱使命，是一位得到史家高度称颂的南宋杰出政治家。他这句诗从字面理解就是铜鼎中煮的茶散发出浓郁的香气，意思是全天下的权势也比不过一盏香茶啊。的确是这样的，大人，象征天子天威的九鼎说到底就是用来煮茶的器具而已。"

2

那天夜里，林尚沃到夜深人静之时才躺下就寝，可躺在床上却难以入眠。晚上与金正喜两人你来我往不知不觉之中喝了不少酒，但随着时间的流逝，醉意渐消，头脑也越来越清醒：千里迢迢来找金正喜为的是解开石崇大师为自己所写"鼎"字的真意，虽然通过金正喜的讲解明白了"问鼎轻重"这句话的深意，但禅师所写"鼎"字的秘密仍然没有猜度出来。当然，在金正喜的帮助下，林尚沃明白了洪景来的用意，他表面上是在向林尚沃询问鼎的大小轻重，实际上是在劝他一起谋反起义，共谋帝王之位。

林尚沃心里非常清楚自己的回答只能有两个：鼎轻或者鼎重。若回答鼎是轻的，表明自己欲与之共谋造反；若回答鼎是重的，则是暗示自己不愿参加他们的造反。

金正喜帮自己解开了洪景来"问鼎轻重"之谜，但却没有解开所有的秘密。禅师所写的第二个秘诀"鼎"字的秘密到底是什么呢？禅师当时说得非常清楚："如果你无法从这次危机中解脱出来，定遭凌迟处斩。"

那么，禅师所写的"鼎"字，真正含义到底是什么呢？

林尚沃眼睛盯着禅师所写的"鼎"字陷入了深思之中，但始终

相思别曲

不解这"鼎"字究竟要告诉自己什么秘密。不过有一点他坚信不疑：螺蛳壳里藏着须弥山，这个汉字中一定隐藏着事关自己生与死的重大机密。

正当林尚沃躺在床上苦思冥想之时，不知从何处飘来一股浓郁的香气。林尚沃小时候曾在寺院中作为童僧读书识字，青年时代又在寺院中过了一年多的僧侣生活，本能地蓦然意识到这是焚香的味道。

林尚沃只知道金正喜是个虔诚的佛教信徒，却不料他在家中还建有佛堂。林尚沃被这焚香的味道所吸引，打开房门走了出来。

黎明尚未来临，天边泛着鱼肚白，焚香味透过黑暗传过来，显得格外浓香。林尚沃循着香味，穿过客房，走到宅子的后面。在一面陡峭的山壁之上，建有一座小小的庙堂，上面挂着一块匾额，上面写着"永慕庵"三字。

那个小庵便是个小庙堂，这不是向信徒们开放的寺院，只不过是家族祈祷的地方。此时庙堂里面没有拜佛的人，不知是谁早早起来在佛堂点了炷香，香气正是从这半开半掩的庙堂中飘散出来的。

林尚沃顿时感觉尘封已久的记忆像潮水般涌上心头。这久违的香火的味道多么熟悉，这是林尚沃离开秋月庵下山还俗后再也没能闻到过的，此后俗务缠身的林尚沃再也没有重温过那段回忆。

刹那间，林尚沃突然感觉石崇大师的手从黑暗中伸了出来，一把捏住自己的鼻子用力地拧。

"哎呀呀……"，林尚沃惨叫着捂住了脸。

"疼吗？"黑暗中仿佛听到石崇大师近在咫尺的声音。尽管林尚沃高声喊叫，石崇大师仍揪着林尚沃的耳朵，捏住他的鼻子，还用拳头击打他的头部。

"疼死我了。"林尚沃忍不住大叫起来，石崇大师立即抓住他的嘴巴向两边撕扯。十多年前的场景不知为何在此时突然重现在眼前。

不知什么时候那只手松开了。林尚沃睁开眼睛发现，四周哪有石崇大师的影子，头顶上只有一片黑暗的天空。林尚沃又陷入沉思之中：石崇大师曾经撕我的嘴，拧我的鼻子，借此让我明白不一定要在山中修行才能成佛，到集市之上做生意同样也可以成为商佛。我如今真的下山还俗做了一名商人并成为一个人人羡慕的巨富，不过短短数载便成为朝鲜第一大商人，天下所有可以找到的东西都可以弄到手，任何想得到的东西都可以买来据为己有。但是，成为这样的巨商就意味着我成为商人中的佛了吗？石崇大师送给自己的秘诀"鼎"字的秘密是为了让自己从迷惘之中醒悟过来，如果不能参透这个偈语，那我永远只能是一个寻寻常常的小商人，为锱铢小利而四处奔波。

想到这里，林尚沃走进庙堂，合掌站到佛像前，点燃一炷香，垂首行礼。他将香双手举过头顶后又移至胸前，然后把香插到香炉内，开始祈祷："南无阿弥陀佛，观世音菩萨。请您帮助我，哪怕豁出自己的命来我也要参透石崇大师交给我的这个'鼎'字的真意。南无阿弥陀佛，观世音菩萨。"

林尚沃怀着急切的心愿来拜访金正喜，但金正喜并没有帮助他完全解开这"鼎"字的秘密。林尚沃有些茫然不知所措，他不断地问自己，难道就这样揣着这个谜团回去？

离别的前夜，金正喜又摆上酒席，为即将远行的林尚沃送行。金正喜开口说道："大人为知鼎之轻重而不远千里来到寒舍，这回应该已达到了目的了吧？是否已知鼎的大小轻重呢？"

林尚沃答道："是啊，鼎的大小轻重我已知晓。"

听了林尚沃的话，金正喜又不解地问："但是，大人既然已知鼎的大小轻重，为何还像来时一样愁容满面？难道还有什么不解之谜？"

话已至此，林尚沃便直言相告："实不相瞒，事情是这样的。"

林尚沃取出几天前给金正喜看过的禅师亲笔所写的字："我来府上正是为了纸上这个字，来的那天晚上我已说过，一旦解开这'鼎'字之谜，就会将这张纸烧掉。但现在还未烧掉它，是因为心中的谜团仍未完全解开。我又怎能欢快起来呢？"

金正喜干掉杯中的酒，伸过手去："让我再看一下那张纸。"

相思别曲

　　林尚沃解开锦囊取出那张纸递给金正喜。金正喜接过那张纸，展开看了看，然后一言不发将纸放在了燃烧的蜡烛上。金正喜的动作那么突然，林尚沃连劝阻的机会都没有，纸片在蜡烛上一经点燃，瞬间便化为灰烬，在空中飘落。金正喜"呼"地一下吹了口气，纸灰四处飘散，荡然无存。

　　这可是解除灭门之灾的唯一出路，金正喜居然将它烧掉了！林尚沃被金正喜的举动惊呆了，一时间说不出话来，只是怔怔地看着金正喜。

　　但金正喜却大笑起来："大人为何如此震惊？您刚才不是说过了吗？解开这'鼎'字之谜便可将这纸烧掉，我只是提前替您把它烧掉了而已。"

　　林尚沃仍是不解："可是，我不是说过我还未完全明白那'鼎'字的秘密吗，心中还有些疑问。"

　　金正喜接着他的话说道："是啊，大人，若我不将那张纸烧掉，您还会对它念念不忘，那又怎能解开心中的疑问呢？"

　　金正喜斟满一杯酒，双手递给林尚沃，接着说道："我还要为大人讲上一段故事。德山禅师的大名您一定有所耳闻吧？他平生提倡用棍棒来教导弟子，因其独特的传教方法，世人又称之为'德山棒'。故事是这样的：

　　德山禅师幼年出家，精通经律，贯通旨趣，尤其擅长讲解《金刚经》，无人能望其项背，并编书注解《金刚经》，书名为《青龙疏钞》，他的《金刚经》造诣之深，以至于人们称他为'周金刚'。后来他听说南方禅宗倡导'见性成佛'、'顿悟法门'，便以为这是魔说邪教，决心向南方禅宗挑战。于是他担着自己所写的《青龙疏钞》径往南方，走到半路遇到一位在路边卖油糍的老婆婆，因肚中饥饿，欲买油糍点心吃，于是他坐到老婆婆的摊前歇歇脚。老婆婆问他挑的是什么书，他自恃精通经文，便洋洋自得地告诉老婆婆是《青龙疏钞》，专门用来注解《金刚经》的。

　　老婆婆说：'我有个关于《金刚经》的问题，你若答得上

来，我就布施油糍给你，若答不上来，就请到别处去买吧。'

德山禅师便很爽快地答应了：'那您就请问吧。'

老婆婆说道：'《金刚经》云：过去心不可得，现在心不可得，未来心不可得。不知大师点哪个心呢？'

德山禅师原以为自己早已通达《金刚经》中的奥义，不料却被老婆婆问得哑口无言，呆呆地站在那里，半天都回不过神来，过去、现在、未来，都被切断了，还能往哪里走呢？

老婆婆说：'既然你答不上来，就请到别处去买油糍吧。'

德山禅师没有办法，只好空着肚子继续赶路。这番对话，德山的最大失误是"妄起分别"，他沿着老婆婆的过去、现在和未来的思路，将"心"作部分、抽象地理解，因此无路可走。

德山所受到的第一次点化是一个老婆婆向他发出的挑战，第二次则是德山主动出击，向龙潭禅师挑战，但这次输得更惨。

龙潭崇信禅师在湖南澧县龙潭寺弘法，时称"龙潭"和尚，是当时很有名气的老禅师。德山虽然被老婆婆问得哑口无言，但傲性犹在。他昂昂然来到龙潭寺，直接走进法堂，一见到龙潭禅师便说：'久闻龙潭之盛名，为何到了龙潭，却是既不见潭，龙亦未现？'他的意思是说，南禅无非是徒有虚名，并无什么佛法，同时也是对龙潭禅师的一种嘲弄。龙潭禅师没有理会德山禅师拐弯抹角的嘲弄，只避其锋芒，有心开导他，如果将"龙潭"比喻为佛法的话，那么佛法只有一种，心即是佛，人即是佛。既然你已经来到这里，那佛法也就随之而来了，怎么还说没有看见呢？因此，他把这些意思凝练成一句话——'你不是亲身到龙潭了吗？'只此一句话，便将德山的锋芒牢牢地钳制住了。德山是佛不知佛，反把'我'与'佛'分隔开来，又犯了'妄起分别'的毛病。所以他听了龙潭的话后，好不尴尬。到了晚上，德山禅师入室参问，他讲了许多《金刚经》的义理，龙潭禅师只是唯唯诺诺地应付。天色已晚，龙潭禅师便说：'今天就到这里，你也暂且回房休息去吧。'德山禅师行礼后往外走,外面已是漆黑一片,伸手不见五指,便又退回来说:'大师,外面太黑。'龙潭禅师便卷了个纸卷当蜡烛,点着了递给他,德山禅师刚接到手里,龙潭禅师却又'扑'地一下把火吹灭了,四处又陷入一片黑暗之中。但德山禅师的脑子里却刹那间一片空明澄澈。他明白了老禅师的用意,这分明是暗示他:'佛性是一个整体。它包容一切,却又超越一切,一片空明,一片宁静,永恒存在。无内无外,无边无际,无明无暗,无生无来,无垢无净。你不要妄起分别,何来什么黑?何来什么明?何需纸烛?一切现成,只需自证自悟,何必借他人之光呢?你自己就是佛啊!德山豁然顿悟,立即向龙潭禅师施礼道:'从今以后我再不怀疑天下老和尚的话。'随后,他拿了一支蜡烛到法堂之上把带来的《青龙疏钞》一把火烧了。他感叹道:'穷诸玄辨,若一毫置于太虚;竭世枢机,似一滴投于巨壑。'意思是穷尽了经书佛典,也不过像放在虚空中的一根毫毛;用尽了世间机巧,也不过像投入巨壑中的一滴水珠。"

金正喜讲到这里,顿了顿,喝杯酒又接着说:"大人对鼎字总是念念不忘,便永远也无法解开其中的奥秘,要想解开心中的谜团,就要像德山禅师焚烧《青龙疏钞》一样,不要总在心里惦念着它,烧掉便一了百了。"

林尚沃听了金正喜的长篇大论后,久久没有说话。

"来来来,忘掉这一切,我们喝酒,来个一醉方休。"金正喜将林尚沃的酒杯斟满,两人推杯换盏,又喝得酩酊大醉。正如金正喜所言,烧掉了大师所赐的偈语后,林尚沃果然觉得舒心许多。

顺其自然吧,醉醺醺的林尚沃想。若真要被凌迟处斩,那就被斩好了;若真要遭灭门之灾,便让它灭门好了。

酒到半酣,金正喜说道:"大人是否还记得我所讲的'楚庄王问鼎轻重'的成语典故?王孙满说鼎之轻重不在其本身,而在于仁德的大小,庄王当时也因此而声名狼藉。但您可知这楚庄王最后又有何作为吗?被王孙满斥为无德小人的楚庄王最终却成为一代名君。虽然未能登上当时的天子之位,但却成为春秋五霸中首屈一指的贤明君主。楚庄王最终能晋身齐桓公、晋文公之列与他们并称为'春秋五霸',这到底是什么原因呢?"

不等林尚沃回答,金正喜又自顾自地接着说了下去:"楚庄王之所以能成为春秋五霸之一,是在问鼎轻重遭王孙满指责后才开始有所作为的。他原想直接通过夺取周国的鼎而登上天子之位,但听了王孙满的话后便幡然醒悟。此后,他相继征服了郑国、晋国等具有悠久历史与传统的诸侯国,但却没对这些国家进行镇压,即使在这些国家降服后也不使之灭亡。他从王孙满的话中悟到,一统天下的梦是很幼稚的。现在,我想请问一下大人,"金正喜正视着林尚沃问道,"楚庄王开始只关心鼎的大小轻重,但却是在不关注鼎的大小轻重后才有所作为。他从那次事件中悟到了什么道理?他看重鼎的什么才使他从一个冒失的君王成为一代霸主?"

金正喜和林尚沃都已喝得大醉,林尚沃已无法坐直,晃来晃去地回答道:"这个嘛,不……不知道。"

金正喜自己回答道:"楚庄王开始只关心鼎的轻重,他听了王孙满的话后发现更重要的是鼎的足。众所周知,鼎有三足,因此古代又称之为'三足器'。因此,后来引申出'鼎谈'指三个人围坐一起谈论,而'鼎立'则指三个国家相互对立,所有这些都因为鼎有三只足。也就是说,楚庄王意识到,治理天下的品德不在于鼎的大小或轻重,而在于支撑它的三只足。一只鼎再大,如果没有三只足来支撑,是不可能立得住的;同样的道理,再重的鼎,如果三只足不能均衡地支撑,也必然会翻倒在地。"

金正喜停顿了一会儿,不再说话,斟满酒杯又开始向林尚沃敬酒。林尚沃已然酩酊大醉,但对金正喜递过来的酒仍是来者不拒,双手接过酒杯便一饮而尽。金正喜又接着说下去:"因此,古人常借鼎的三只足来比喻人的三种欲望。人呢,都有三种欲望,一个是名誉,一个是地位,也就是对权力的追求,第三个是财富。这三种欲望人皆有之,谁也不例外,所以也称作人的'三欲'。与老子、庄子并称的列子也曾对此做过论述,只不过他在三欲之外又加了渴求长寿这一欲望。他说人的繁荣兴败都是由于这无形的欲望所致,

相思别曲

人们因为有这些欲望而敬畏鬼神,畏惧他人,惧怕权贵,慑于刑罚,一心想满足欲望逃避灾祸,连生老病死这些自然规律也置之不顾的人便被称为'遁人'。但也有人不被这些欲望所驱使,生也罢,死也罢,完全把自己的命运交给上苍安排,这些顺从于自然规律的人则被称为'顺民'。照顺民的想法,不愿违抗天命又怎么会妄求长命百岁,不羡慕显贵又怎么会贪图名誉,不追求权势又怎会贪图地位,不追求富贵又怎会贪图财富呢?人只有在超越了欲望之后才能够享受真正属于自己的、有意义的人生。在道家看来,人的三种欲望就好比鼎有三足,人欲追求长寿、享受名誉与地位、聚敛钱财乃是人之常情,但如果一个人欲壑难填过分追求这些身外之物,譬如富有之人垂涎于名誉与权势,而有权有势的人又想得到名誉与财富,这些都是违背天命的事情,想满足这三种欲望,恨不得全天下都属于自己一个人,这与渴求仅有一只足的鼎不要翻倒一样都是不可能的。"

停顿片刻,金正喜笑问林尚沃:"大人,现在您明白楚庄王是如何成为'春秋五霸'中首屈一指的名王贤君了吧?楚庄王不再在乎鼎的大小轻重,而发现了鼎要有三只足保持平衡才能支撑,由此明白了人都有追求名誉、地位与财富的三种欲望,他欲夺天子之位也正是要最大限度地满足自己的这三种欲望,就好比指望用一只足来撑起一只鼎,显然是不可能实现的。因此,他在征服了具有悠久历史与传统的郑国和晋国后,并没有把它们消灭。正是由于他所表现出的高尚德操,才使他终成一代霸主。"

金正喜意犹未尽:"老子也有同样的思想,他在《道德经》中说:'不尚贤,使民不争。不贵难得之货,使民不为盗。不见可欲,使民心不乱。是以圣人之治,虚其心,实其腹,弱其志,强其骨。常使民无知无欲,使夫智者不敢为也。为无为,则无不治。'因此,就像鼎拥有三只足一样,人无论是谁都有想拥有地位、名誉和财富的三种欲望,而只有圣人才能够做到无知、无欲、无为。"

第二天早上,林尚沃离开了金正喜的家。他在金正喜家中仅停留了三天,因为他要到汉阳去拜见朴宗庆大人,不能再在金正喜处继续逗留下去。

　　与金正喜分手之后，林尚沃心情依然沉重。前夜与金正喜一番痛饮，至今宿酒未醒，只觉身有千斤重，而心情尤为沉闷。他仍未能完全解开禅师所赐"鼎"字的秘密。为摆脱灭门之灾，他不远千里来找金正喜，难道就这样离开了吗？虽然他已明白洪景来问鼎轻重的本意，但禅师所写"鼎"字之谜却无论如何也参它不透，在没搞清楚这偈语之谜之前就把禅师所授机密给烧掉了。

　　林尚沃一行早上离开礼山，下午抵达江景附近。两个下人在前面带路，林尚沃骑在马上慢慢前行，路边的稻田里不时可看到正在插秧的农夫的身影。江景到处是一马平川，自古就是富饶的稻米之乡。当时正值五月的插秧季节。林尚沃从马上跳下来，抽着烟袋，懒散地望着远处的田野。这时，一群鸟像约定好了似的一起展开双翅飞向天空。江景位于锦江上游，又靠近大海，是各种候鸟栖息之地。林尚沃坐在田头，细看惊飞的鸟群，原来是一群野鸭。望着在天空中飞翔的鸭群，林尚沃突然感觉到虚空中出现一只手捏住他的鼻子使劲拧。

　　"哎呀！"林尚沃忍不住大叫起来，抓住自己的鼻子低下了头。

　　真是太奇怪了。林尚沃突然想起到达金正喜府上的第一天夜里，偶然被焚香的气味所吸引到外面寻找飘香之处时也经历了同样的事情。那天夜里在黑暗之中也感觉到石崇大师伸手抓住他的鼻子拧了一番。

　　同样的事情何以在这几天之内接二连三不断发生？林尚沃大惑不解，捂住似乎疼痛未消的脸陷入了沉思之中。

　　这怎么可能呢？

　　石崇大师并不在眼前，但为何每次都像真的一样，石崇大师的手在虚空中出现，抓住自己的鼻子拧呢？林尚沃嘴里衔着烟袋又陷入回忆之中。下山之前到石崇大师处请求还俗的那天夜里的情景又浮现在眼前。

　　屋里，只点着一盏油灯，昏昏暗暗，寂寂静静。屋外，夜风起劲地刮着，吹过松林，发出"唰唰"的声音，远远听去好像万马奔腾。

这时，一只苍蝇不知从哪里飞进屋里，"嘤嘤"地拍动着翅膀，飞来飞去。指着苍蝇，石崇打破沉默，突然发问：

"那飞着的是何物？"

"是苍蝇。"

"苍蝇眼能看到？"

"能看到。"

"苍蝇能抓住吗？"

"能抓住。"

"那你把它抓来。"

林尚沃手拿蝇拍，高高举起，待苍蝇停下来暂时休息，上前把它打死。把打死的苍蝇扔到门外，正在返回屋里，石崇出其不意地手指虚空问道：

"这是何物？"

林尚沃看了看石崇手指所指之处。那里一无所有。于是，林尚沃答道：

"是虚空。"

"虚空能看到吗？"

"虚空是看不到的。"

"既然看不到，那么还有虚空吗？"

"有是有的。"

石崇这才抬眼看了看林尚沃，问道：

"那么，你可能抓住虚空？"

"我抓抓试试。"

"那你抓抓看。"

林尚沃拿起方才打苍蝇的蝇拍，呜呜有声地在虚空里挥动着，突然用蝇拍"嗒"的一声在虚空中击了一下。

"抓到了。"

"既已抓到，把虚空拿给我看。"

林尚沃举起蝇拍递过去，石崇却大喝一声："虚空在哪里，我怎么看不到?"

蝇拍猛地抽在林尚沃的后脑勺上。林尚沃羞愧难当,怯怯地问:"那么大师您可以抓到虚空么?"

"我自然可以抓得到。"石崇答得非常干脆。

"就请大师指点。"

"好,我抓给你看看。"

石崇挽起袖子,两手由虚空中向外划,突然,他的手如电光石火般以极快的速度向林尚沃的脸直插而来,拧住了林尚沃的鼻子:"这就是我抓到的虚空。"

石崇的手无情地抓住林尚沃的鼻子,拧来拧去,好像要把它扭掉,林尚沃无意识间"啊呀"惨叫起来。

"我抓住的空气才是真正的虚空,你哎哟哟地叫什么?"

真是钻心的痛,为了还俗来求得石崇大师许可,林尚沃不得不经受这鼻子都差点被拧掉的刻骨铭心的疼痛。

从石崇大师的屋子里走出来时,林尚沃心情沮丧至极。第二天到菜地里施肥拔草时,他把前夜在石崇大师屋中发生的事情向法天大师一一道来,法天大师听了之后给他讲了个故事:

"马祖禅师有个弟子叫百丈,他是马祖禅师所有弟子中被公认为最出类拔萃者。有一天,马祖禅师带着百丈禅师外出,两人坐在田间,恰好一群野鸭受惊向天空中飞去,马祖禅师就问:'看,那是什么?'

'一群野鸭。'百丈立即应道。

'飞到哪里去了?'马祖禅师又接着问。

'飞过去了呀。'百丈不解地回答道。

百丈话音刚落,马祖禅师忽然用力捏住百丈的鼻子,疼得他哇哇直叫。马祖禅师笑着问:'你不是说飞过去了吗?怎么还在这里?'"

法天大师讲完,又对林尚沃说:"马祖禅师为了开导百丈,捏住他的鼻子。方丈不是也捏了你的鼻子了吗?他是在启发你呢。"

林尚沃坐在旷野中,望着西下的斜阳,十几年前石崇大师的教

相思别曲

海又栩栩如生地浮现在眼前。或许是方才石崇大师的手再次从虚空中出现使劲捏住林尚沃的鼻子，又看到一群惊飞的野鸭的缘故，潜意识深处几乎已被遗忘的关于马祖和百丈的故事又突然冒了出来。

林尚沃抬手摸了摸自己的鼻子，真像是刚被人毫不留情地拧过一样，鼻尖还有些疼痛的感觉。

就像是约好了一样，刚刚飞走的那群野鸭在空中盘旋了一圈后又飞了回来，落在田野里。看到那群野鸭，林尚沃突然来了灵感，猛然醒悟过来。马祖禅师扭弟子百丈的鼻子，是在启发他，野鸭象征一个"常"道，这个本来如是的"常"，是不会"飞走"的；"飞走"的是假象，其实并没有飞走，还在百丈的鼻子上。同样，禅师扭林尚沃的鼻子也是为了告诉他，鼻子即是虚空，鼻子位于脸的正中央，它既不会移动，也不会飞走，只会老老实实地待在人的脸上。因此，即使平时不注意它的存在，但用力捏总会疼，石崇大师扭他的鼻子，让他感到疼痛，以此来点悟他，鼻子位于离眼睛最近的地方。原来如此，真理不是远在天边而是近在眼前，就像离眼睛最近的鼻子一样存在着。林尚沃此时才明白了禅师所写"鼎"字的真正含义。

林尚沃站起身，开始在原地一圈圈地转起来，高兴得手舞足蹈。下人们看他方才还郁郁寡欢，转眼间却变得兴奋异常，见了他的样子都很吃惊，担心他是否有些精神失常，就劝他停下来，可林尚沃不予理会，继续边歌边舞。田间插秧的农夫们都以为出了什么事情，伸着脖子向这边张望。林尚沃毫不在意，仍目无他人地在田间放声高歌，转着圈跳来跳去。

唱完跳完，林尚沃让下人们拿来坐垫，找准方位，面向正北，将坐垫放在面前铺好，肃衣正帽，虽然眼前看不到石崇大师，仍恭恭敬敬向着石崇大师所在方向拜了三拜，以此来感激石崇大师赐给自己的"鼎"字，在攸关生死的人生重大关头帮助自己做出正确的决定。

"方丈大师，"行罢三拜之礼，林尚沃开口道，"大师的恩情真是没齿难忘，望您能保重贵体。"

鼎的秘密

向石崇大师叩拜之后,林尚沃又拿起坐垫铺向金正喜所在的方位,冲着那个方向很郑重地也叩了三个头。

"金大人,"林尚沃拜过之后,说道,"大人使我明白了鼎的秘密,您也称得上是我的老师,请您也一定要保重身体。"

就这样,在田间休息之时偶然看到一群野鸭飞过,使林尚沃悟到了禅师所写"鼎"的秘密。

3

林尚沃再次回到故乡义州,已是天气渐趋炎热的初夏。回到家中,顾不上旅途的鞍马劳顿,当晚就摆上宴席请洪景来和朴钟一前来共商大事。

"大人,"洪景来端起酒杯开始敬酒,"这一路上一切都很顺利吧,该办的事都办妥了吗?"

"嗯,"林尚沃高兴地回答道,"这段时间家里有什么事情吗?"

朴钟一马上插话进来:"能有什么事,有洪先生把一切都打点得有条有理,不会有什么事的。"

"言之有理。"

三人很久不见,各怀心事,但谁也不道破,只是推杯换盏互相敬着酒,主要是林尚沃讲一下旅途中的见闻,与洪景来、朴钟一谈笑风生,开怀畅饮。

夜已深,酒将足。林尚沃郑重其事地问洪景来:"我一直把你当作我的救命恩人,希望有机会报答你的恩情,你仍把拥有青铜鼎作为自己一生中唯一的追求吗?"

"是的,大人,"洪景来低头回答,"大人您不是和我约好的吗?您准备亲自告诉我鼎的轻重。"

"当然了,那是自然,"林尚沃笑道,"先前我的确是跟先生约好,待我了解鼎的大小轻重后一定将结果告诉你。"

"现在大人可是已晓得鼎之轻重?"洪景来双目精光四射,急切地问。

林尚沃看着目射精光的洪景来相当平静,从容不迫地答道:"当然已经知道,鼎的轻重并不重要,重要的是是否有德,若德深仁厚,即使鼎本身轻如鸿毛也可重当天下;若德薄义寡,即使鼎本身重于泰山也会被一只手掀翻。"

"这么说,大人您已经知道鼎的大小轻重了?"洪景来两眼依旧闪亮,又接着问道,"当今之鼎有德无德?"

这问题真是问得太露骨了,若说象征当代王朝的鼎中有德,那就是可继续维持下去,若说无德将亡,便是要参加洪景来的造反,建立新王朝,问题问得真是巧妙。林尚沃笑着答道:"回答之前,我想先请教一下洪先生,您是怎么想的?您认为这鼎是轻还是重呢?"

洪景来毫不犹豫地回答:"我认为,这鼎确是轻如枯叶一般。"

短暂沉默之后,林尚沃又接着问道:"古语道,若德深仁厚,即使鼎本身轻如鸿毛也可重当天下。先生认为这鼎之德如鼎般轻如鸿毛,还是仅仅是鼎本身虽轻但德却仍是很深厚?"

"既是轻如枯叶,哪里还有什么仁德可言?"洪景来双目如电,熠熠生辉。

"哦,是这样,"听了洪景来非常果断地回答,林尚沃仍是一脸平静地接着说道,"洪先生怎么认为我就怎么认为,我们的观点是一致的。如果洪先生认为青铜鼎已是无足轻重的话,那我的看法也是这样的,鼎既轻且无德。"

"谢谢,谢谢。"刹那间洪景来目光里充满了希望与期盼,他暗暗想,"大功告成了!"

这是自去年春天他持李禧著的推荐信以商人身份为掩护投到林尚沃门下起便欲达到的目的,现在一个愿望终于实现了。

刚才林尚沃说的那番话,不就是同意自己的观点,认为可以携手推翻这轻而无德的朝廷的表示吗?同时也是同自己一道谋逆造反的盟誓。现在要把林尚沃拉到自己造反的阵营里举事已是唾手可得。

在旁边听着两人的问答,不明就里的朴钟一被搞得一头雾水,好不容易插进话来:"你现在要把这鼎拿走吗?"

"当然。"

"那你就拿走呗。"

洪景来迅即从座位上站起来,走到房间一角,将盖在青铜鼎上的白布掀开。立在墙角的青铜鼎体积并不大,但重量却不轻,至少也要三四名壮汉才能抬起来运走。

就在洪景来伸手抓住鼎的瞬间,支撑鼎的三条腿中的一只突然断了,洪景来吓了一跳,赶紧松开手闪到一旁,但那只鼎已像一个瘸腿之人般无法立在那里,"咕咚"一声翻倒在地。

这鼎明明刚才还好好的,怎么会突然间断了一条腿呢?洪景来满脸狐疑地盯着林尚沃,慢慢地仿佛明白了什么,他默默地捡起青铜鼎的那只断腿看了看,说了声:"拜君所赐,不胜感谢。"

言毕,洪景来便夺门而去。

屋里只剩下林尚沃和朴钟一两人,朴钟一先开口说道:"咦,这是怎么回事?这青铜铸的鼎应该很结实的,怎么会突然断了腿呢?前几天还好好的,难道是青铜融化了不成?"

洪景来将青铜鼎拿走后,地面上还剩下那只断掉的鼎腿,朴钟一走过去,将那只断腿拿在手里:"真是活见鬼,这么结实的青铜鼎腿居然像是麦芽糖做的,这么一下就断掉了。"

朴钟一自然不会明白,青铜鼎的腿前几天还好好的,竟然会出人意料地断掉。连一向目光敏锐的朴钟一也没能发现这青铜鼎的腿早已被林尚沃做了手脚,他让人将青铜鼎的腿锯断后又小心地将其拼好摆在那里,林尚沃将坏的部分伪装得非常巧妙,表面上看不出来,但一旦有人稍稍一碰,那鼎就会突然倒掉。朴钟一断然不会想到这一切匪夷所思的事情是林尚沃精心策划的,这也正是林尚沃从石崇大师给他写的"鼎"字中悟出的真意。

当初,林尚沃为破解石崇大师"鼎"的秘密不远千里到礼山寻访金正喜,但却未能如愿,反而在归途中在郊外的田野看到飞起的一群野鸭而突然感到石崇大师又揪住他的鼻子不放痛苦难当,在强烈的冲击中才恍然大悟。

相思别曲

其实与金正喜分别前的最后一个夜晚，金正喜已道出了"鼎"字的真意，只是林尚沃当时并没能听进去。真理远在天边，近在眼前，就好像是人的鼻子，它位于人面部的正中央，有时能看见，有时却是视而不见，当别人揪住你的鼻子感到疼痛之时才会豁然发现其实鼻子就在眼前。真理也是如此。石崇大师通过行动使林尚沃瞬间领悟了"鼎"字的真意。

石崇大师之所以让林尚沃自己去参悟"鼎"字的真意，实际上是想告诉他，要对人自身的欲望保持一份警醒。他想让林尚沃明白，正如金正喜所说的一样，人都有想拥有地位、财富、名望的三种欲望，犹如鼎有三足一般，现在林尚沃已拥有其中的一足——财富，成为全朝鲜最富有的人，如果自己要帮助洪景来，参与其谋反，那就是另外一个欲望——权力的欲望在支使他的行动。

石崇大师借金正喜之口告诉林尚沃，不论是谁都会有拥有地位、财富、名望三种欲望，并通过对三个人的剖析为林尚沃做出了极为明白的阐述。这三个人便是金正喜、洪景来和林尚沃，金正喜渴望成为天下第一巨儒，是醉心于研究学问的文人学者，属于追求"名望"的一类人；而洪景来所想的却是推翻腐朽的王朝进行翻天覆地的变革，属于追逐"地位"的一类人。那么林尚沃又属于哪一种人呢？林尚沃一直渴望成为天下第一大商人，属于希望拥有"财富"的那类人。从这一点上来看，金正喜可谓是名望的化身，洪景来是地位的化身，林尚沃则是财富的化身。

因此，如果一个人有了名还要贪图钱财就好比折断鼎腿弄翻了鼎，也就是说如果拥有名望的金正喜想成为林尚沃这样的人是违背天意的事情。同样的道理，拥有了财富的林尚沃也不应觊觎权力，如果此时林尚沃参与造反，想同时集财富与权势于一身，那也是违背天意的事情，必遭上天重罚。

这便是石崇大师为自己指出的万万走不得的凌迟处斩诛灭九族的身败名裂之路，这其中的道理林尚沃在江景野外才悟到，顿悟的喜悦曾使他当场手舞足蹈并向石崇大师和金正喜所在方向连行三拜大礼。正因为事先弄明白了禅师所赐偈语所含玄机，林尚沃才作出

鼎的秘密

了明确的选择，他不想参加洪景来的造反，要从洪景来的造反队伍中抽身出来。但向洪景来声明自己不参加他们的造反运动，应该用什么方法呢？当然不能跟他当面挑明，否则就会伤了洪景来的自尊心。从初次见到洪景来起，林尚沃就感觉到洪景来的眼中有一种不同寻常的气色，时常让人感觉到他的眼光中蕴含着杀气。这些图谋造反的人肯定是不怕死的，为防天机泄漏，他们会杀人，置自己于死地，洪景来正是这样一种人。因此，林尚沃需要很巧妙地把事情安排好。

林尚沃已是心中雪亮，洪景来身为革命起义军的领袖，持李禧著的书信来到林尚沃府上到他的店铺里来做伙计，正是为了拉拢林尚沃参加他们的造反。

洪景来到林尚沃的店铺来，也正是应了那句"不入虎穴，焉得虎子"的古话。现在林尚沃面临的问题是，怎样才能不费吹灰之力地把"深入虎穴"的洪景来从洞穴里赶出去。方法只有一个，借助鼎的断腿来向洪景来暗示自己的意思。

洪景来通过询问青铜鼎的大小轻重来打探林尚沃是否有意参加造反起义。是或否，林尚沃必须在这两个选择中作出抉择。因此，林尚沃决定用青铜鼎作比喻巧妙地向洪景来表明自己的意思。既然洪景来用鼎来探问，那么林尚沃就应该也用鼎来作答。而用鼎来作答只有一种方法，即事先将青铜鼎的一只腿锯断。

洪景来不愿通过自己的嘴来让世人知晓其欲发动造反的意图。天机不可泄露，他只是很隐晦地询问林尚沃鼎的轻重。林尚沃也不能直截了当地予以拒绝，他事先将青铜鼎的一只腿锯断，断了腿的青铜鼎一触即倒，借以向洪景来表明自己不愿参加造反起义运动，告诉洪景来造反对林尚沃来说就像是那断了腿而翻倒在地的青铜鼎一般，是林尚沃力所不逮的事情，也是大违其愿的事情，林尚沃没有这种欲望。

林尚沃回家之后，马上亲自将青铜鼎的一只腿锯断，并把那只锯断的腿又极其小心地安好将鼎支撑住。然后才设宴请洪景来和朴钟一来饮酒。

林尚沃早已想好，若洪景来说鼎是重的，那他就随着也说重；若洪景来说鼎是轻的，那他就随着也说轻。洪景来听了林尚沃的回答非常高兴，他移动那只青铜鼎时看到翻倒在地的鼎和那只断腿之时脸上那沉重的表情，林尚沃也看得清清楚楚。

在看到洪景来脸上闪过的极其微妙的愤怒的瞬间，林尚沃高兴地想，现在一切就此了结了。

但是，事情果然会如他所愿吗？事先将青铜鼎的一只腿锯断就会使所有的事情恭然了结吗？

4

当天夜里，子夜已过，万籁俱寂，人们早已进入梦乡。一个黑黝黝的影子在林府内宅的围墙上探头探脑东张西望了一番，因为时常有下人在府中巡视，那黑影见四处无人，又竖起耳朵仔细倾听了一会，确认没有任何动静后迅速翻墙进来，毫不犹豫地穿过庭院。这时，月亮从云中钻出，释放出皎洁的光辉，照得四周明亮如昼。那黑影很敏捷地上了楼梯，到了楼上。他连鞋也没有脱，看来是光着脚走过来的。

这是林尚沃就寝的地方。林尚沃在离家人住的房间不远处单独盖了间房子，主要在这里起居。那人在此之前曾经有一次将醉得不省人事的林尚沃背回这里，因此很清楚林尚沃居住的地方。

"得在天亮之前离开这里，"那人将叼在嘴里的匕首握在手里，心想，"城门一开就离开义州。"

那人踮着脚小心翼翼地从地板上走过，因体重的缘故每走一步木质地板就会发出细微的嘎嘎吱吱的响声。离开之前，该了的事情一定要了。

洪景来春天来林府之前，禹君则用很果断的语气告诉他："万一无法说服林尚沃，就要把他干掉。不要心慈手软，只割掉他的舌头是没用的，必须把他杀死，以免他泄露天机，我的话你一定要记住。"

禹君则的话有道理。为了保住秘密,不能只割掉林尚沃的舌头,那样并不能保证他不会泄露天机。为了保住造反的秘密,必须斩草除根把他干掉,以免后患。

洪景来将青铜鼎搬回居住的地方,仔细察看了只剩两个脚的那只青铜鼎,马上明白是林尚沃事先将青铜鼎的一只腿锯断了,同时也意识到林尚沃无意与他们共同谋反。

搞清了林尚沃的意图,洪景来也意识到自己再也没有必要继续在这里逗留下去了。他决定按照禹君则的建议将林尚沃杀死,以保证秘密永远不会被泄露出去。如果林尚沃反抗的话,就刺穿他的心脏,无论如何也要把林尚沃干掉。

洪景来悄悄伸手去抓房门的把手,幸运得很,房门居然没有插上,还留了个小缝。因天气比较炎热,外面的门没有关。今晚的运气真是太好了。房门无声无息地打开了一条仅容一个人挤进去的小缝,洪景来将匕首握到右手,屏住气息进到房间里。

正在那时,黑暗中传来林尚沃低沉的声音:"是不是洪先生?深更半夜来此有何贵干?"

洪景来吓了一跳,借着窗外透进的月光,一眼看到了坐在那里的林尚沃。

"深夜里声音总是会传得很远,我已听到了有人上楼的声音。"林尚沃低声说道。他在晚宴结束时已经察觉到洪景来眼里的杀气,预料到会出现这种情况,已经有所戒备。

"我,我,我……是来取一件非常重要的东西。"毫无准备的洪景来没有想到林尚沃居然没有入睡,他的声音听起来有些慌张。

"先生要取什么东西?"林尚沃的声音压得很低,"如果这儿有你想要拿走的东西就言语一声。是钱吗?还是别的什么东西?"

洪景来说:"我想要拿走的既不是钱也不是什么东西。"

林尚沃佯装不解,接着问道:"那会是什么呢?既不是钱也不是什么东西的话。"

"我来这里是为了取你的性命。"说着,洪景来动作如电,刀已横上了林尚沃的脖子。

就在这千钧一发之际，屋子里陷入了一片寂静之中。这时，不知从哪儿隐隐约约传来公鸡报晓的声音。不知是不是因为听到了晨鸡报晓的声音，洪景来心中有些着急："我要割断你的脖子。"

林尚沃闻言一顿，平静地问道："先生说要取我的性命，为什么？"

洪景来喝断林尚沃的问话："我为什么要取你的性命？这其中的缘由你真的不知道吗？"

"不知道。"林尚沃很果断地回答，"自古以来，将死之人都有权知道自己被处死的理由。我不想死得糊里糊涂，你若真想杀死我，也应该让我在死之前知道为什么。"

这要求似乎并不过分。但洪景来没有料到，面对即将到来的死亡，林尚沃既没有苦苦哀求洪景来饶他一死，也没有丝毫畏惧，态度居然十分泰然。

面对毫无惧色的林尚沃，洪景来有些心动了："既然你问了，我也就实话告诉你。"但他并没有将横在林尚沃脖子上的匕首拿开："你错就错在看到了不该看的，听到了不该听的，你知道了太多不该知道的事情。仅仅是割下你的舌头难保秘密不会泄露。我深更半夜来此就是为了取你的性命，只有这样才能够保证万无一失。"

林尚沃听后马上接着说道："我不知道你在说些什么，我既没有看到什么也没有听说什么，我什么也不知道，你是什么人我也不知道，你现在离开这里要去哪儿我也不清楚。但是万一你杀死了我，那就太愚蠢了。别人发现我死了，你就会作为杀死我的凶手而被追捕，这样你的处境就会很糟，所有的事情都会暴露。古语说得好，你为了堵住我的嘴而杀死我，那么'天知、地知、你知、我知'，但如果你无声无息地离开就此消失，那么'天不知、地不知、你不知、我不知'。两条路任你选，要么杀死我，将会是天知、地知、你知、我知；要么放过我，就会天不知、地不知、你不知、我不知。一切都由你来选择。"

林尚沃为了说服前来刺杀他的洪景来，动用他的三寸不烂之舌侃侃而谈，不禁让人想起古代那些说客。

但仔细想想，林尚沃的话却是一点也不错，为了堵住林尚沃的嘴而杀死他，林尚沃固然再也不会泄露秘密了，洪景来却会成为杀人犯在全国遭到通缉，更容易暴露所有的秘密。倘若果如林尚沃自己所说的什么也没看到什么也没听到不知道洪景来是什么人，把洪景来看作是来无影去无踪的人的话，那就真的是"天不知、地不知、你不知、我不知"了。

洪景来也意识到林尚沃的话确实很有道理，把横在林尚沃脖子上的匕首移开了。

"从现在开始我不知道你是谁。"林尚沃低声说道，"我以前什么也没看到，什么也没听到，从来没见过你，你也没见过我，你对我来说是个来无影去无踪的人。快走吧，离开这里，在天亮之前出城门。"

黑暗之中又传来了公鸡报晓的"喔喔"声。但为了取林尚沃的性命冒险而来的洪景来又怎么能轻易地离开呢？

"那么，一旦你食言，把事情捅出去，我一定会来报复的，记住我的话。"

"我已经是刀下的鱼肉般任你宰割，你就当我已被你用匕首杀死了。死了的人又怎么能开口讲话呢？又如何会背信弃义呢？"

洪景来听了林尚沃的话，目光闪动，眼里又重新充满了杀机："在我离开之前，我还有件事情要做。"

说着，他又举起了手中的匕首。

洪景来看了看林尚沃坐的床，被褥的一头放着被整理得整整齐齐的衣服、纱帽等衣物，洪景来伸出手提起林尚沃的衣服、纱帽扔到了地上。

"古人说，一个人所穿的衣服里有这个人的灵魂，他所戴的帽子中有这个人的魂魄，所以人们把自己的穿戴都看作是一种神物。我现在不取你的性命，但是要割断你的衣服，戳烂你的帽子，以此来象征取走你的性命。从今以后，我们之间的缘分与情义将一刀两断，你要闭上你的嘴，不要泄露秘密。快点发誓！"洪景来吼道。

"我一定信守诺言。"林尚沃一字一顿地说道。

洪景来的手在空中挥舞着,闪电般挥来挥去,将衣服割得一条条,然后将匕首不偏不斜地正插在林尚沃的帽子上,像是在跳舞一般将林尚沃的帽子戳得乱七八糟,仿佛是一场不见血的杀戮。

"好了。"

洪景来发泄一通后,心情也放松许多。他又看了一眼林尚沃,然后如猛虎下山般打开房门冲了出去。

林尚沃起身走出房门向远处望去,月亮又穿云而出,皎洁的月光把四周照得如同白昼,到处都亮晃晃的。

林尚沃看着洪景来一阵风般从房间里夺门而去,影子很快在天边消失,远远望去不像是人影,倒像是一只展翅高飞的大鸟。

林尚沃站在楼上,看着洪景来跃身爬上围墙,两人的目光对视片刻,洪景来一副欲言又止的样子,但又很快收回视线跳下围墙消失在夜色中。这是林尚沃最后一次见到洪景来,朝鲜王朝最有名的造反派。

看到洪景来消失之后,林尚沃返回屋中,又看到了那把插在被割得乱七八糟的衣服上的匕首。洪景来冒险来杀林尚沃,最后却被林尚沃说服改变了主意,但那插穿帽子的匕首深深地插入了地板,似乎要让林尚沃屈服。

"过一会儿天就亮了,下人们就会出来了,必须在他们起床之前把所有的东西都处理掉。"林尚沃想。他拿着那堆衣帽走到院子里,点起火来,在一边看着把那堆东西烧成了灰烬。林尚沃边烧着自己穿戴过的衣帽边想:"这些衣服就是我虚构的灵柩。"就像洪景来所说的一样,在这些衣服里有我的灵魂,在这顶纱帽里有我的魂魄,这是一堆神物。烧掉了这些衣物,对于洪景来而言,我已经是一个不存在的生命了。

所有的衣物被烧掉,只剩了洪景来那把匕首。这该如何处理呢?这把匕首是洪景来来林府后一直带在身边以备不测之用的,很多人都知道这是洪景来的东西。该怎么处理掉这把匕首呢?

林尚沃的目光落到后院的那口井上,那是一口很深的井,即使是在非常干旱的季节里井里的水也不会干涸。林尚沃拿着那把匕首向井边走去,把匕首扔到这口井中,这样就永远不会有人找到洪景来的匕首了。

林尚沃向井口内看了看,井深不可测,水满井眼,在月光的照射下,水面上泛起鱼鳞般的亮光。把匕首投到井内,发出了一声清亮的响声,水面泛起轻轻的波纹,随后一切都恢复如初。

现在,所有的一切都结束了。

林尚沃拍了拍手,穿过院子又走到了楼上。

第二天早上,林尚沃的店铺里闹翻了天。这一切都是因为洪景来悄无声息地离开了。这段时间以来,一直都是由洪景来替林尚沃打理店中买卖,所有的事情都由他一手操办,掌管着各处的钥匙。平时,洪景来比别人起得都早,但今天却迟迟不见他的身影,这可是以前从没有过的事情。下人们都在等着洪景来起床开始办事,但直到日上中天也不见洪景来从房间里出来,于是有个下人便到洪景来居住的房间去找他。在门外大叫了三四声,也听不到里面有人回答,房门仍紧闭着,于是这个下人就从外面将门打开了。推开门一看吓了一跳,房间内空无一物,不仅洪景来不在,房间里用的、穿的,所有的东西也都在一夜之间消失了,就连洪景来穿过的草鞋也不见了踪影。真是太奇怪了。

下人们立刻报告朴钟一,朴钟一带人四处转了转,查看是否丢了什么贵重物品,但是除了洪景来本人不见了之外,并没少了其他什么东西。

朴钟一马上去找林尚沃。

"你说这事怪不怪?"性急的朴钟一一看到慢腾腾打开房门的林尚沃就叫了起来。

"什么事情呀?"

"昨晚出了件怪事。"

"什么怪事?"

"洪先生不见了。"

林尚沃穿上另外从房间里取出的衣服,戴上帽子后走了出来,很平静地接着问道:"说什么,洪先生不见了?"

相思别曲

"是的,这个洪先生仿佛钻天入地般突然杳无踪迹,真是见鬼了,到处都查看了一下,倒是没有丢什么东西。"

"你这个人啊,"林尚沃开始训斥朴钟一,"洪先生是那种贪图别人财物的人吗?"

"是,话是那么说,但这就更奇怪了。真是活见鬼。"

"前面带路,我们一起到洪先生的房间看看。"

朴钟一在前边带路,两人一起来到洪景来曾经住过的房间。到屋里一看,果如朴钟一所言,洪景来的房间已是空空如也,只有从林尚沃那里拿回来的那只青铜鼎,因为一只腿断掉了,静静地躺在地上。

"到底跑到哪里去了?"朴钟一观察着林尚沃的脸色自言自语地嘀咕着。

"哦,我明白了,"走出房间,关上门,林尚沃说道,"他这人,来时就不知从哪里来的,这一走,自然也没人知道他到哪里去了。"

"洪景来这回真的从我身边消失了。"林尚沃离开洪景来曾居住过的房间,心中暗想,"我就当从没见过他,也没听说过关于他的任何事情,也没跟他说过任何事。洪景来压根就没来过,自然也谈不上离开了。"

第十三章　造反的结局

1

纯祖11年，也就是1811年的12月18日，洪景来率领的革命军二千余人终于从位于多福洞的大本营出发开始进军。革命军将领阵容如下：

平西大元帅洪景来
总军师禹君则
幕祝金昌始
先锋将洪聪珏
先锋将李济初
后军将尹厚验
都总管李禧著
副元帅金士用

对于这样的安排，内部还是有一些不满的，但这是大元帅洪景来的决断，所以也没有人敢于表示异议。不满主要来自禹君则和金昌始，他们认为血气方刚但有勇无谋的洪聪珏难以担当先锋将的重任，但洪景来却坚持按原计划行事。

黄昏傍晚时分，革命军在多福洞前川流不息的大宁江江心小岛举行誓师大会。洪景来身穿大元帅服登上祭台，祭过天地，幕祝金昌始开始宣读檄文。这篇檄文被后人认为是檄文中的杰作，其内容如下：

相思别曲

西北地方自箕子、檀君时代起便已名扬天下，很久以来，其衣冠文物便已光芒四射，即便是在经历了壬辰、丙子两次国难后，其成就仍难以泯灭。壬辰倭乱时期，这里曾涌现过有再造之功的襄武公、月浦等一干才士，朝廷却不重视他们，甚至连权门世家的奴婢也蔑称西北人为"平虏"。四百多年已逝而这种局面没有丝毫改变，不能不使人感到愤怒。更可叹，方今海内，纯祖皇帝年少幼稚，金祖淳与朴宗庆之流欺天子而弄权柄，政事紊乱，民不聊生。而今，真人已现于宣川郡剑山日出峰下君王浦中的红衣岛，真人早年远赴中国，修习道术，修成正果，返回朝鲜，统率十万铁骑，誓为东国涤污荡垢。但西北乃我等之故乡，岂容他人兵马践踏，为救西北百姓，西北英雄豪杰义军揭竿而起，所到之处百姓都应听此号令调遣。

但是，12月18日起兵的洪景来大军仅仅在五个月之后，也就是翌年4月19日，随着定州城的陷落和平西大元帅洪景来的死亡而迅速成为历史陈迹。

"万古逆贼"，《纯祖实录》对洪景来只用了这样一句话加以描述。

就在这不过五个月的短短时间内，虽然革命仅仅波及清川江以北的有限地区，但"万古逆贼"洪景来却在农民和平民中播撒下了反抗的火种，他们的反抗最终成为腐朽王朝走向没落的主要推动力，这也使洪景来作为一代枭雄载入史册而获得永生。

2

造反失败后，洪景来、李禧著的尸首被送往平壤，被生俘的禹君则等人也被押往平壤作为大逆罪人被凌迟处斩。这种残酷的刑罚是首先将犯人身上的肉一片片割下来或是用刀将犯人身体特定部位割伤，然后让其慢慢受折磨却不让他死掉，最后再割断喉咙，犯人死后首级还要被砍下挂在竿头示众。

林尚沃因在洪景来之乱中镇守义州城有功而被朝廷任命为五卫

将。五卫将为从二品官员,是世祖三年(1457年)修改旧军制时新设的官职,全国共设12名,为地方军事长官,大致相当于现代的师长,林尚沃被任命为义州和全罗监营的中军兼五卫将。从当时的情况来看,林尚沃虽说是朝鲜第一巨富,但在士农工商这样的严格等级制度下,一名商人能够被任命到五卫将的高职,仍可谓前无古人。

林尚沃在接到五卫将任命的当天夜里,悄悄拜访了新上任的平安监司郑晚锡。林尚沃非常谦逊地对郑晚锡说:"大人,小人以卑贱之身却被朝廷任命为从二品五卫将,真是没齿难忘。"

郑晚锡对林尚沃的名字早有耳闻,他不但是义州有名的商人,而且也是全国首屈一指的富豪,更为重要的是,他是一名得到当今权臣朴宗庆庇护的商人。

"过谦了,我倒以为,即使授予你正二品衔也毫不为过。"

"哪里,哪里,"林尚沃小心翼翼地回答,"我实在无法接受朝廷授予的五卫将衔。"

"此话怎讲?"郑晚锡一脸不解,接着问道,"你觉得凭你的功劳,得到这样的官位还远远不够,是吗?"

"不,不,我不是这个意思,"林尚沃道,"朝廷授五卫将这样高的武将官衔给我这样一个不懂行军打仗的商人,实在是不敢担此重任。战乱时期虽说做过防戍将,也只是徒有虚名,实际上真正指挥打仗的是已战死的许杭。"

"那当然,现在谁不知元淑公的忠贞不贰?"

元淑是死去的许杭的字。

"正因为如此,朝廷才追授许公为右林长,而且已有士民要求修建祠堂以永远铭记元淑公的忠节,相信这样会使元淑公在九泉之下得以瞑目。"

表节祠是朝廷根据平安道士民的意愿准备建立的祠堂,以此来纪念在洪景来之乱中以身殉国的甲山郡守郑时等"壬申七义士",配享该祠堂的其他六人是许杭、韩浩遵、白景翰、林之焕、诸景彧、金大宅,祠堂将建在洪景来负隅顽抗的定州。

相思别曲

林尚沃开口说道:"正如我刚才给您说的,我只不过是一个商人,不擅行军打仗之事,因此,皇上任命我为五卫将,实在是勉为其难,实在难以领命。但为了报答皇上的恩情,纪念元淑公等人的功绩,我愿一人承担为'壬申七义士'所建表节祠所需的全部费用。"

听林尚沃说愿承担修建祠堂的全部费用,郑晚锡十分高兴,因为长达六个月的叛乱已使平安道破败不堪,为募集修建祠堂的费用郑晚锡已费尽了九牛二虎之力,但数目仍远远不够。

"你连这都想到了,真不知该如何感谢才好。"郑晚锡拍案大笑。

林尚沃小心翼翼接过话头:"我还有一个请求。"

"什么事,请讲。"听了林尚沃的话,郑晚锡一脸严肃地问道。

林尚沃低头道:"这真是个不胜惶恐的请求。"

"什么事,你快说。"

在郑晚锡的再次催问下,林尚沃才小心地说:"实在是不胜惶恐,难以启齿,我请求为在洪景来之乱中被凌迟处斩的一位罪人收尸。"

"你说什么?"林尚沃的话大大出乎郑晚锡的意料,郑晚锡着实被吓了一跳,声音也一下子高了起来。

郑晚锡很清楚,参与洪景来之乱的禹君则等人将被押送平壤凌迟处斩,他们的首级将会和已在叛乱中死掉的洪景来、李禧著的首级一起挂在高杆上示众。

"你要他们的尸首干什么?"

朝鲜律令,叛逆罪处死的罪囚,尸首是不许埋葬的,他们的尸体将被弃之荒野,让饥饿的野兽吞噬,或让飞禽啄食。

"我想埋葬他。"

四目相接,郑晚锡定定地看着林尚沃,那神情仿佛在问这个人莫不是脑子有什么问题。他紧盯着林尚沃的眼睛问道:"你简直是疯了,我不明白你在说什么,你难道不知道为叛逆之贼收尸是要被以同谋罪论处的吗?"

造反的结局

"我当然知道,所以我这才来请您帮忙嘛。我并不想为他举行葬礼,只是希望得到您的许可使他的尸首入土而已,既不立坟头也不竖墓碑,不会留下任何标记。"

"你究竟想要谁的尸体?"郑晚锡盯着林尚沃再次问道。

"您放心,不是洪景来他们的,我只想要李禧著一个人的尸首。"林尚沃回答。

"李禧著的尸首?"郑晚锡问道。

"对,您只要把李禧著的尸首给我就行了。"

"你们俩究竟是什么关系?"

"这个嘛,"林尚沃小心翼翼地回答道,"他曾是我的莫逆之交,我俩曾结伴到大清国做过生意。"

与死去的叛贼李禧著是莫逆之交,这个秘密极有可能会被人误会,万一被人告发很可能会引来杀身之祸。一般人避之犹恐不及,担心被牵连进这桩叛乱谋逆案里,林尚沃却把自己与叛逆之人是朋友这种秘密很坦然地向郑晚锡和盘托出。郑晚锡死死地盯着林尚沃,但林尚沃脸上的表情却丝毫不为所动。

"林尚沃真是个恪守信义之人。"郑晚锡心中一动,也被林尚沃感动了。

"虽然他谋反犯上,大逆不道而被处斩,但对我而言,他仍然是我的朋友。依他所犯的罪行,被凌迟处斩也是理所当然的。但他也是个人,死了之后连尸首都不能入土为安,实在是太可怜了。"林尚沃小心翼翼地再次说出自己的请求。

郑晚锡在一旁默默听着林尚沃的话,沉默良久终于回答说:"好吧,就依你说的办。但千万别让别人知道,这对你我都没有任何好处。以后说话也要小心,千万别将此事泄露出去,万一被别人知道,会出大乱子的。"

第二天一早,天还未亮,悬在城门外杆头上示众的李禧著的首级被放了下来,虽然是一个没有尸身的首级,林尚沃还是非常认真地将它放进一口棺材里。当然,守卫尸首官兵的口袋里都装满了沉甸甸的银子。

相思别曲

所有这一切都办得神不知鬼不觉,迅速而秘密地完成了。

李禧著的首级连同那口薄棺直接被运往他的故乡甲山。因为甲山曾是叛军大本营所在地,官军已将这里完成变成一片焦土。特别是李禧著曾经经营的那片位于山谷中的矿山更是被焚烧破坏,变成了一座废墟。

林尚沃把李禧著的棺木运到大宁江江心的小岛上,那里曾是洪景来的革命军起兵点燃第一支火炬的地方,也是洪景来身穿大元帅服命金昌始朗读檄文祭祀天地的地方。

林尚沃让两个下人在能够看得到湍流江水的高岗上挖了一处墓穴。正值四月下旬,被官兵纵火焚烧过的光秃秃的大地又获得新生,到处是一片春意盎然的景象,青草绿树绽发出的新叶格外清新茂盛,仿佛这里不曾发生过那样的悲剧。大宁江江水绕着小岛周围流过,发出欢快的声音。落日时分,夕阳西下,天空中红彤彤的晚霞把江水映照得一片火红。不一会儿,下人们已挖好了可容棺木的大坑,林尚沃亲手将棺材放了进去。怕被别人发觉而将李禧著秘密埋葬,没有举行任何仪式便匆匆下葬了。

林尚沃事先和平壤监司郑晚锡约定好不留坟头不立墓碑,也不做任何标记,因此棺材放进墓穴后只是用土埋了埋,掩上土后,林尚沃将带来的酒洒在坟头上。生前嗜酒如命的李禧著啊,今后又到哪里去找你对饮呢?林尚沃坐在没有坟头的坟上,自斟自饮着,心里默默回想着和李禧著在一起的往事。他每喝一杯就洒一杯酒在坟上,就好像李禧著就坐在他的对面。"来,再喝一杯。"林尚沃翻来覆去只有这一句话。一杯接一杯,林尚沃渐渐有了些醉意。天空的晚霞像是在天空中燃起了一团火,江面在夕阳映照下也染上一层血色。林尚沃默默地端着酒杯,出神地看着这一切。岛上树丛中的鸟儿贴着江面飞来飞去,似乎十分留恋这日落的景象。看见向西边落日飞去的鸟儿,林尚沃又陷入了回忆。

那是第一次和李禧著一起前往中国,走到山海关的那个晚上,林尚沃想起死去的父亲,发誓要成为天下第一大商人,这时拎着酒瓶的李禧著不期而至,听到林尚沃的志向后对他这样说道:

造反的结局

"如果你的志向是这个,那可就麻烦了,因为我的梦想也是做一个'天下第一商'呐!看来我们两个得有一个死掉才行,天上不可能有两个太阳,天下不可能有两个英雄嘛。我也想把'天下第一商'这几个字像山海关的横匾一样铭刻在我的心里,这可怎么办?"

李禧著的话当然是在开玩笑。

"我们俩今天在这说的话到死也不能和任何人说,天知地知,你知我知,你要发誓。"

在林尚沃发过誓后,李禧著才袒露了自己的志向。"天下第一王",这就是李禧著的梦想,成为普天之下第一人君是他期望已久的事情。

林尚沃像是要抚慰长眠于地下的好友,一边用手抚摸身下的红土一边说:"唉,禧著,如果我也像你一样参加谋反的话,我也会像你一样落个身首异处悲惨而死的结局,难道不是这样吗?来,禧著,再喝一杯。"

因为没有墓碑,甚至连坟头都没有,林尚沃只能用手抓着红色的土块自言自语。他将自己喝干的酒杯又一次斟满酒,自斟自饮,慢慢地喝着。是啊,李禧著不仅希望拥有财富,还想攫取号令天下的权力。他被凌迟处斩悲惨地死去,不是因为造反失败,而是因为他欲壑难填。地位与名声引起无穷的争斗,财富也同样引起人们无尽的贪欲,无穷无尽的争斗与贪欲最终使人深陷其中不能自拔,并引起社会动荡。因此,无知、无欲、无为这是人类理想中最高的三种品行。

林尚沃再次在空杯中斟满酒,然后将空酒瓶扔到了一边,将这最后一杯酒放在了李禧著的坟前。做完这一切后,林尚沃开始在坟前给自己曾经最要好的朋友磕头。这是林尚沃最后的致意,以后不可能再来此地了。李禧著的家人已遭灭门之祸,被满门抄斩。即使知道这坟的位置,也不会有人来这儿扫墓祭拜,即便是有人来,这里连个坟头都没有,不过一年的时间便会杂草丛生,根本分不清哪里曾是埋过棺木的地方,来扫墓又有什么意义呢?这座没有墓碑没有坟头的土堆,或许还可称之为坟,但埋在里面的李禧著的尸首终

相思别曲

将随着岁月的流逝而腐烂,骨肉脱离,最终化作泥土。

"好了,禧著,安息吧。"林尚沃将坟前放着的最后一杯酒泼在了那块土地上,就这样结束了全部的葬礼。

林尚沃的心情轻松了许多。他站起来,虽然喝下很多酒醉得有些支撑不下去,但心里却非常清醒。顺利地完成了朋友的葬礼,满足感油然而生,林尚沃转过身来望着脚下流淌的江水,残阳西下,乌鸦发出"嘎嘎"的叫声飞过。林尚沃突然想起金蔦的诗:

小路漫漫石门远,
下马已是家门前。
庭院梨树初结实,
满院芍药已开半。
石间山风喧瀑布,
江云迷漫海雾浅。
向晚闲坐登楼阁,
夕阳西斜送秋雁。

"安息吧,禧著,我走了,"林尚沃自言自语道,"是你救了我,是你替我去死我才能得以苟活至今。谢谢。"

夕阳的余晖洒在江面上,林尚沃脚步踉跄地走下高岗,一直在等候的下人们赶紧迎了上来。林尚沃想,自己与李禧著的缘分到此为止,全部结束了。但埋葬了李禧著的尸首后,难道这段因缘真的会就此全部结束了吗?他全然没有想到的是,他与李禧著的因缘并未就此结束,而是在意想不到的地方重新接续,这也许是他与李禧著前生结下不能割舍的缘分所致。

第十四章　传奇之杯

　　仁士洞大街上人流熙熙攘攘，春节即将到来，各处都在举办各种展示会，电线杆上挂着或贴着各种各样的宣传横幅和展览会的海报。仁士洞的每一个胡同都挤满了画廊和古董铺，中间还夹杂着一些专门从事古书收购的专业书店、咖啡店，这些胡同给人的感觉已有些破落，却依然保持着其固有的韵味。朴在正经营的"古艺馆"在仁士洞一条最偏僻的胡同里，朝南的展示窗内挂着几幅旧的民俗画。朴在正在圈子里是公认的专家，但他的店面却很小，推门进去，门边的铃铛叮叮地响了起来，可能是因为刚从阳光明媚的室外突然走进室内的缘故，感觉四处黑乎乎的，一时分不清哪儿是哪儿了。

　　"欢迎光临。"有人招呼我，是一个清脆的女人的声音。狭窄的小屋里堆满了各式各样的古董，一个女人坐在角落里喝茶。向阳处摆了张书桌，上面放着一个小小的花瓶，花瓶里的花在那些古旧的古董中间闪耀着一种梦幻般华丽的色彩。

　　女人听我说明了来意，立即说："请您稍候。"

　　说完，就走到里面的一间屋子里去了。

　　我坐在椅子上静静地等着。我此次来古董店，是因为那只在金起燮会长汽车厂寓所里看到的"戒盈杯"，杯上刻有"戒盈祈愿，○○同死"几个字，从这几个字的内容分析，我怀疑这杯就是传说中或野史杂谈中出现过的林尚沃曾用过的有名的"戒盈杯"。但果真如此吗？那个破裂的杯子真的是传说中的戒盈杯吗？或者仅仅只是戒盈杯的仿制品？

我觉得有必要弄清楚那个戒盈杯究竟是不是林尚沃的遗物真品,千方百计打听之下,有人介绍我去找经常在电视等公开场合鉴定并给古董定价的朴在正先生,他在古董鉴定方面有"显微眼"之誉。对古董我是一窍不通,但对朴在正这个名字还是有所耳闻的,我的大学学弟在向我介绍时特别强调朴在正是当今古董界的权威。

朴在正在仁士洞亲自经营这么一家不起眼的小古董店。我先通过电话预订好见面时间后才来到他的店中拜访他。

"朴先生在里面,他请您进去。"

那女人从里屋出来招呼我。推开偏门,眼前出现一间小小的内室,走进去,朴在正起身相迎。这间店面兼居室大概是由传统韩式房屋改造的,因为我看到内室的天花板上仍然保留着一些橡木。先前招呼我的那个女人看上去像是朴在正的夫人,隔了一会儿,她送了绿茶过来。我和朴在正相对而坐一起喝着滚烫的茶。沉默片刻,朴在正终于开口问道:"那东西你带来了吗?"

"带来了。"我从随身带来的包内取出了戒盈杯,这东西从韩基哲那里借来后一直由我单独保管。

我将杯子递给他,他用双手接了过去。不知什么时候他的双手已戴上了白手套。看来,这人对古董是十分珍视的,举手投足都显得非常周到。相比之下,我为自己刚才随意而轻率的动作感到很不好意思。

他仔细地观察手中的杯子,屋子里仅有一扇小窗是冲街开着的,明亮的阳光照射进来,屋里的光线很充足。他仔细看了看,好像发现了什么问题,又找来放大镜再次仔细观察。朴在正除了穿着一身便装韩服使他看上去像是上了些年纪,其他各方面看起来都比我年轻。一个比我年轻的人居然成了鉴定古董的专家,真叫人不由得不暗自佩服。

过了一会儿,大概鉴定已经结束,朴在正将杯子放到桌上,重新端起茶杯喝了一口,看着我问:"你想知道什么?"

"首先我想知道这杯子大约是什么时候制成的,也就是说它是什么年代的东西。"

"这杯子大约有200年的历史。"朴在正答道。

我松了一口气，放下心来。林尚沃生于1779年，卒于1855年，准确地说是200年前的人物。既然朴在正说戒盈杯是200年前制作成的，这杯子也就更有可能是林尚沃的遗物真品。但仅凭这一点，还不能作结论。

"那么，这杯子又是什么地方制造的呢？"

"造杯子的地方嘛，"朴在正喝了口茶，慢慢道来，"大概是在当年位于京畿道广州郡一带的分院所做的东西。当时，广州郡一带有个司瓮院，是一个官营的瓷器作坊。朝廷为满足御用陶瓷器的需要，将全国有名的瓷器匠集中到这个地方，让他们完成司瓮院指定的任务，制作皇帝或宫中使用的器具。这个杯子很显然是那里制作的比较特别的东西，至于它为什么特别，待会儿我再告诉你。"

朴在正用戴着白手套的手小心地拿起杯子，用非常肯定的语气接着讲下去："当时广州司瓮院中设有燔造所，这是专门为宫中制作瓷器的手工作坊，这里有宫中派来的燔造官，是从八品的奉事，直接监督瓷器生产。据载，肃宗20年，也就是公元1694年，这里共向宫中进献瓷器1300余族，这里所说的一族是指10件瓷器，这样算来，一年共交纳13000余件瓷器，这是一个相当惊人的数字。"

"那么，可不可以说，这杯子就是那13000件瓷器中的一件呢？"我问道。

"不是那样的，"朴在正摇了摇头，"据载，当时司瓮院属下的瓷器匠有380名，他们有着非常严格而细致的分工，各人只专心致志地负责干好交给自己的那一道工序。譬如说，瓷器匠中有负责作业监督的监工，有负责制模的造器匠，有负责打磨的磨造匠，有负责炼土的炼匠，有负责修补的站役，有负责燔造的燔造匠，还有做辅助活计的干火匠、水飞匠，等等。负责燔造的总负责人叫作釜户首，观察和掌握燔造火候的是监火匠，画工则被称为画青匠，负责调制釉料的称为炼正，而施釉人则被称为养水匠。负责给制品分类的是破器匠，不一而足。在这种严格的分工体制下，瓷器匠们有的可能一辈子都只负责看火，有的人可能一辈子都只做瓷坯，因此可以说，他们每个人都是自己这一领域中的行家里手。这些瓷器匠大多是在夏季被集中起来为宫中制作瓷器，其余季节里他们做一些碗、碟、砂锅之类的陶瓷器皿直接通过陆路或水路运往全罗道、庆尚道、江原道等地出售，没有现金的农家还可以以赊账或分期付款的方式，到秋收季节用粮食或其他农作物付清。这件瓷器的各项做工都十分精良，肯定是那个时期最有名的工匠们制造出来的，这是广州分院制作的器皿，这一点毋庸置疑。但严格说来，却不是御用瓷器，因为御用瓷器上都有专门的标识，以示为宫中所专用，而这件瓷器上却看不到这样的标识。因此，这个杯子肯定是为当时名流中的某人作为个人用品制造出来的，和御品没有关系。"

朴在正接着说："我之所以认定这不是御用瓷器，还有另一个依据，那就是杯子内刻着的字。我查了查，一共是六个字，前四个字是'戒盈祈愿'，另外两个字是'同死'。本来杯子里刻了八个字，坏掉的那部分上还应有两个字。因为宫中用的瓷器决不会刻上非常个人化的这种题字，有这种题字的瓷器也不可能进献到宫中。所以说，这杯子虽是广州分院所出，但绝对不是宫廷用的瓷器。"

朴在正打住话头，往杯子里添满滚烫的茶水，刚才说话的工夫杯中的茶已有些凉了。

我又一次地问道："在您看来，这杯子的价值如何？"

"一句话，它肯定是一件手艺极好的作品，但可惜的是，杯子有破损的地方。"

"作为古董来说，这杯子能值多少钱？"我用充满好奇的语气问道。以前在电视上看过古董鉴定节目，主持人喜欢让观众作趣味竞猜，估计古董的价格，我此时也对此产生了浓厚的兴趣。

"这个嘛，"朴在正脸上浮现出一丝微笑，"虽然杯子本身是一件珍品，但作为古董来说，因为有破损的地方，却值不了多少钱了。"

我对这杯子的价值很好奇，继续追问道："那如果没有破损呢？"

"哦，即使那样，这杯子的价格也不会很高，它只是件历史不超200年的朝鲜后期作品，而且仅是个小小的酒杯而已。"

"那如果真要给它定价的话,能值多少钱?"我执着地问。

朴在正听了我的话忍俊不禁地笑出了声,这是我到他店中第一次看到他笑出声的样子。

"您一定是在开玩笑。"

"不,不,"我稍微严肃了一点,"我真的想知道它的价值。如果不是这样的话,我怎么会经人介绍拿着它来找您呢?"

朴在正这才回答我说:"论它的价钱嘛,估计不会超过8美元,如果没有破损的话,大概能值160美元。但它对某些人来说,却可能是千金不换的宝贝,可能是祖上代代相传记载很多故事的传家宝,那样的话,它的价值就无法估算了。"

8美元,原来这只破杯子仅仅价值8美元。如果朴在正的判断无误,这杯子是200年前广州分院制作的,那它肯定就是林尚沃曾用过的戒盈杯,就这么一个不到8美元的破杯,却被林尚沃视为命根子,珍视程度甚至超过了亲生父母,我不清楚朴在正究竟知不知道这杯子与林尚沃的关系。

"这杯子上刻的'戒盈祈愿'是什么意思?"

朴在正回答我说:"这个嘛,你看是不是这个意思,'但愿你饮时不要斟得太满',大概是当初订制此杯的人平时随身携带这个杯子,刻上这样的警句是为了饮酒时提醒自己饮酒要适量有节制。"

"那剩下的两个字'同死'又该做何解释呢?"

"这个嘛,可就很难说了。"

"或许,"我直视着朴在正说,"这破损的部分刻的是'与尔'两个字,这样后面四个字就是'与尔同死',也就是'但愿和你死在一起'的意思。您认为呢?"

"这个嘛,"朴在正又带出了他的口头禅,"您这么认为有什么依据吗?"

朴在正的提问也在情理之中,破损的部分刻的字如果是"与尔",那么合起来是"但愿和你死在一起"之意,这看法在他人看来无疑是很不吉利的随意解释。如果他这样认为,或许是因为他不了解野史中林尚沃有名的戒盈杯的故事。

"或许您知道林尚沃这个人吧?"

朴在正并未直接回答我的问题,而是又慢慢地为自己倒了杯热茶:"这个嘛……"

沉默了一会儿,他回答说:"你是说朝鲜王朝末期出生于义州的巨商林尚沃?"

"是的,您没听说过他曾经用过名叫'戒盈杯'的酒杯吗?"

"这个嘛,"朴在正仍旧一副模棱两可的神情,"我可是第一次听说。"

根据朴在正先生的鉴定,这个杯子虽然是二百多年前司瓮院广州分院的制特品,但由于有了破损,价值不会超过8美元。这时我真想告诉朴在正,虽然放在他面前桌上的这个破杯子在他看来连8美元都不值,但却是林尚沃生前一直随身携带,时刻使自己保持警醒的那个传说中的杯子。我好不容易抑制住了自己的冲动。在古董鉴定专家朴在正看来这也许真的不过是件普通古物,可实际上这个杯子却是林尚沃的师父石崇大师送给他的一件从不示人的心爱之物,正是这个杯子帮助林尚沃躲过他人生中的一大劫难。不仅如此,这杯子还时刻督促他奋进,使他成为朝鲜王朝前无古人后无来者的一代巨富,使他实现了年轻时想成为天下第一商人的梦想。

"那又怎么样,"朴在正喝着茶问我,"你是说这个破杯子和林尚沃有瓜葛吗?"

"这个嘛,"我也用模棱两可的话回答他,我想还是点到为止吧,通过朴在正简洁明快的分析,我已经可以百分之百地确认这个破杯子就是林尚沃的戒盈杯,这就足够了,我也达到了此行的目的,"我也只是揣测而已。谢谢您了。"

我把桌子上的杯子放回包中起身告辞。朴在正一直将我送到古董铺大门外。离开这家古董店走出胡同,我点上一支烟叼在嘴里。

"现在剩下的事情,"将第一口烟深深地吸进肚里,我自言自语道,"我要揭开这个谜底,为什么戒盈杯使林尚沃摆脱了一生中最后一次大危机?"

石崇大师曾经预言林尚沃一生要经历三次劫难:"死"字使林

尚沃摆脱了第一次危机,"鼎"字又使他躲过了第二场灾难,戒盈杯究竟是怎样使林尚沃度过了人生的最后一坎的呢?林尚沃面临的人生第三次危机又是什么呢?就这样,我又开始了对林尚沃后期生活的探寻。

相思别曲

第十五章　好事多磨

　　1832年壬申年，林尚沃被授郭山郡守一职，这对于一个商人来说是一件不同寻常的事情。辛未年，林尚沃因在洪景来之乱中守城有功，朝廷曾任命林尚沃为五卫将，但林尚沃坚辞不受。辛巳年，林尚沃作为办务使出使北京为朝廷建功，被除授莞营中军之职，再次坚辞不就。

　　但被授予郭山郡守是皇帝亲自下的御旨，林尚沃无法推辞，如果再推让就是违命逆上了。小城郭山隶属定州郡，洪景来叛军最后被迫转入防守时，从定州城退到郭山并在这里负隅顽抗四个月之久，直到林尚沃赴任时，这里仍没有摆脱叛军之城的恶名。

　　尽管洪景来之乱已经过去了二十多年，郭山仍没有完全从那次惨痛的叛乱所造成的创伤中恢复过来，到处是一派萧条的景象。林尚沃时年54岁，正处于如日中天之时。

　　林尚沃任郭山郡守时的一则逸事流传至今，从这则故事中可以看出林尚沃对经商独到的见解，同时也从侧面反映出其商业哲学。古谚有云："小富勤劳出，大富天成就。"但林尚沃又是怎样区分谁能成为小富，谁能成为大富的呢？他是根据怎样的标准来看待这个问题的呢？自林尚沃到郭山任郡守之日起，府上的厢房无时无刻不是挤得满满的，其中大部分人是为向林尚沃借钱而来的。

　　一天，林尚沃走进厢房，发现有三个陌生人坐在那里，便问他们为何事而来，三人异口同声地答道："我们来是想请大人借钱给我们。"

　　于是，林尚沃问第一个人："你借钱要做什么？"

这人答道:"小人想借来做生意本钱。"

林尚沃再问其他两人同样的问题,他们的问答同第一个人如出一辙,都说要借钱去做生意。

林尚沃看着三个人很长时间没有说话,最后突然放声大笑:"哈哈,你们三个人都想做生意,这真是个好主意。好吧,现在我借给你们每人一两银子,你们拿这一两银子去,五天之内尽力而为,看能挣多少钱回来,我会根据你们挣钱的情况再决定借给你们多少钱。"

就这样,林尚沃让下人给这三个初次见面的人每人拿了一两银子。

五天后,借钱的三个人非常守时地又来到林府。林尚沃首先问来自咸镜道的商人:"你挣了多少钱呢?"

咸镜道商人很谦逊地说:"我用这一两银子买了些草绳,做成了五双草鞋,每天拿到市场去卖,一天卖一双,一双挣一分银子。"他说着从口袋里掏出了五分银子:"就这样,五天一共挣了五分银子。"

第二个人是平安道人,当林尚沃问他挣了多少钱时,平安道商人说:"我用一两银子买了竹子和窗纸,用一天时间做了五个风筝,第二天赶上春节,一会儿就都卖光了。现在我除了一两银子的本钱外,还挣了一两银子。"

五天之内,不但能捞回本钱,而且还能挣到一两利钱,这个商人可以说是非常成功了。

林尚沃又接着问第三个人,这是个黄海道人:"你用这一两银子干了些什么呢?"

而这个黄海道商人以一种很不屑的神情回答:"大人,您觉得一两银子能做些什么生意呢?"

"这么说,你是一分钱也没有挣到了?那你这几天干什么去了?"

"我拿这一两银子喝酒去了。喝了一天,花了九分银子,只剩下一分了。"

相思别曲

"那你又拿这一分银子干什么了?"

"我用这一分银子买了一张白纸。"

"白纸?"林尚沃仿佛不相信自己的耳朵,不解地问道,"你买一张白纸做什么生意?"

那人哈哈大笑:"一张白纸能做什么生意呢? 我只不过从酒保那儿借来笔墨在这白纸上写了封所志。"

"什么内容的所志?"

"是这样的,我说我目前正在一所寺庙里攻读四书五经,请义州府尹老爷为我提供一些读书期间的开销。"

"原来如此,那结果呢?"

"府尹老爷差人给我送来10两银子,我把它带来了。"黄海道商人说着从口袋里掏出了10两银子,放到林尚沃面前。

所志,是指呈给官府的诉状。在古代朝鲜,当人们的生活中出现一些事情需要官府裁决或需官府帮助时要给官府写诉状,相当于今天的陈情书或请愿书。"所志"一旦呈给地方长官或有关官府衙门,就由专门负责的官员浏览具体内容并对其做出批示,所做出的批文又称"题音"。那个黄海道商人正是用这个办法从义州府尹那儿得到了10两银子。

五天之内,三个人都用一两银子作本钱,一个编草鞋挣了五分银子,一个做风筝挣了一两银子,第三个人用常人意想不到的方法弄到了10两银子。

当初借给每人一两银子给他们五天的时间去挣钱,并没有规定是做生意还是用其他别的什么方法,现在到了林尚沃履行自己诺言的时候了。根据自己的观察与询问,林尚沃做出了令人摸不着头脑的决定:借给编草鞋的咸镜道商人100两银子,借给做风筝的平安道商人200两银子,借给写所志的黄海道商人却一出手就是1000两银子。

借给三人钱后,林尚沃让他们各自写下借据,并对他们说:"你们拿着这些钱去吧,给你们一年的时间尽你们所能去做生意,一年后的今天再到这里来。"

好事多磨

三人拿着银子走了，一个在旁边目睹了这一切的书生问林尚沃："大人，您为什么给编草鞋的100两银子，而给做风筝的200两银子呢？"

林尚沃对做生意自有其独特的看法，他是这样回答的："编草鞋的人兢兢业业，不会浪费一点钱，但做生意不能用一两去挣一分，那种做生意的方法就像农民种地一样，播下的是麦子，收获的还是麦子，他这种人肯定饿不死，但也决不会成为一个富人。古语云'勤快的人虽然饿不死，但也成不了富人'，正是这个道理，所以我只给他100两银子。"

"那您为何要给做风筝的200两银子呢？"

"那个做风筝的人比编草鞋的聪明，有头脑。他能够很巧妙地利用春节人们要放风筝这个机会，说明他擅长观察时机，但做生意仅看到眼前的时机还是远远不够的，这样很可能有一天陷入被动一蹶不振，也就是说只看到眼前的机会的商人可能会一时成功，也可能会一败涂地，所以他们之中确实有一些人成了富人，但不可能成为巨富，因为他们在做生意时只讲究商术。事实上，经商绝不是投机取巧，也绝非仅仅是一种技术，而是一门学问。"

"那么，"那个书生一副迷惑不解的样子问林尚沃，"您为什么要给写所志的那个人1000两银子呢？他完全是一个游手好闲的家伙，根本不肯下力气去挣钱，是一个借了钱只知道喝酒的懒鬼。为什么大人要把1000两银子借给一个喝酒喝到最后只能买一张白纸写所志给府尹的人？"

对于书生尖锐的提问，林尚沃是这样回答的："我之所以借给那人1000两银子，是因为这个人不是那种为钱所累的人，为了钱而去拼命挣钱的人根本挣不到大钱，一个人只有把挣钱作为一项事业，顺其自然而为之才是挣钱的最高境界。如果过分追逐钱财，他的事业肯定要失败，所以俗语讲'钱就像女人一样'，女人越漂亮，你越要经常训斥她，冲她发火。"

一年以后，在约好见面的那天，三个人又一次聚集到了林府。曾经编草鞋的咸镜道商人还清了他所借的100两银子及利息，并告

相思别曲

诉林尚沃："我这辈子只会拉风箱打铁，也不会做别的买卖，我用从大人这里借到的钱开了一间铁匠铺，这一年来制作出各种犁啊、铧啊等工具拿到市场上去卖，挣了一些钱。"

"那么，你在这期间又干了些什么呢？"林尚沃问曾经做风筝的平安道商人。

"我用您借给我的钱在沿海四处收购盐和干海货，然后运到内陆地区卖掉，再在内陆购买一些农产品和药材运到全国各地出售，挣了不少钱。现在我已经开了五家店铺，这全是托大人您的福啊。"

林尚沃最后问那个用一张白纸给府尹写所志的黄海道人："这段时间你做了什么生意？"

与其他两人不同，这个人行动举止显得极为落魄："大家也都看到了，我这次是空着手回来的。我本想就此走掉不回来的，可是想起与大人您订下的约定，我不能就那么偷偷地逃走。"

"究竟发生了什么事？"

见林尚沃问起，那人回答说："我拿着大人您借给的1000两银子去了平壤，本来想做一次贩马的生意，但在一次很偶然的机会里我被一个漂亮的妓女迷住了。唉，男人一旦与妓女厮混到一起注定是什么也干不成了。人都说这妓女啊就是一座销金窟，我当初就想知道这窟究竟有多深，便开始将银子投了进去。"

这人居然面不改色地继续讲了下去："可是一个月时间都不到，我还未搞清是怎么回事，那1000两银子已经全部进了洞，一点痕迹都不留，消失得无影无踪。唉，我第一次发现原来再深的洞穴也比不上女人的洞深啊。"

"那后来呢？"林尚沃又接着问。

那人回答道："与大人约定的时间临近了，我请求那个妓女看在这段时间结下的情分上给我一点盘缠，最后她给了我五两银子，我才得以回到此地来见大人。"

"那么借我的钱，你打算怎么办？"

"还债得有钱才行啊，我现在是身无分文。实在没有别的办法的话，我只能留在大人府上当个下人来抵债了。"

好事多磨

这个人真是厚颜无耻，江山易改本性难移。俗话说"二流子装相装不了三天"，这家伙拿着别人的1000两银子说是去做生意，现在居然混成这个样子，当初就应该把他扫地出门赶出去。

屋子里的人都屏住呼吸竖起耳朵听着他们的对话，看林尚沃如何处置这个人。谁也没有料到，林尚沃只是淡淡地问："我不用你留下抵债，你今后有什么打算？"

"如果再给我一次机会，我还想向大人借点钱去做生意。"这个人的回答出乎所有人的意料，简直有些近乎无赖了，借别人的钱无力偿还，居然还好意思再接着借。

但林尚沃并不介意，竟然又借给他2000两银子，他对这个人说："拿这钱去做生意吧。记住，一年之后要回来见我。"

这个人拿到钱后很快便离开了。旁边的人看得目瞪口呆，禁不住问林尚沃："您究竟为什么要再借钱给他呢？这家伙不过是一个沉湎于酒色之中的二流子而已。这次他拿到钱后，肯定又要去花天酒地，这回不知要拜倒在哪个妓女的石榴裙下了。"

林尚沃笑着回答说："你们有所不知。古语说得好，麻雀会为放在眼前的食物欢欣鼓舞，叽叽喳喳地围上去吃，而大鹏却是吃一次东西后五年内不吃不喝，待在一个地方一动不动。这话最早是庄子说的：'北冥有鱼，其名为鲲。鲲之大，不知其几千里也。化而为鸟，其名为鹏。鹏之背，不知其几千里也。怒而飞，其翼若垂天之云。是鸟也，海运则将徙于南冥。南冥者，天池也。'谁知这人是不是也会变成一只大鹏呢？"

"您是说那个二流子也能成为一只大鹏？"

听到此话，林尚沃禁不住乐了："燕雀安知鸿鹄之志哉！"

林尚沃或许是从这个人的所作所为中联想起自己早年在北京的那段经历。那还是二十多岁时，年轻的林尚沃跟着李禧著在北京的一家妓院里偶然遇到了绝色美女张美龄，不忍心拒绝女人"救救我吧"的哀求，不仅倾其所有还私自挪用东家的钱，出资500两银子为那女子赎了身。林尚沃也因此而遭到义州商界的排斥，一度沦为为人所不齿的小货郎。虽说没有像那个黄海道人一样在一个妓女身

相思别曲

上一掷千金,林尚沃当时不也是为挽救一个女人的生命而甘心情愿地放弃了自己的全部财产吗?这段经历常人难以理解,但正是在那个转危为安并因此得福成为高官夫人的张美龄的帮助之下,林尚沃最终控制了北京的整个商界。或许那个人的荒唐行为使林尚沃回想起往事亦未可知。

不管怎样,所有的人都知道了林尚沃借钱的故事,大家都拭目以待,想知道那个二流子这一年里究竟会拿那2000两银子干出些什么名堂。

但一年过去了,到了约定的日子里,那个黄海道商人影踪全无,压根没有露面。很快,林尚沃被一个骗子骗走一大笔钱的消息传遍了整个义州城。

一晃数年过去了,已被大家忘得一干二净的那个黄海道人又出乎所有人意料地出现在林尚沃面前,他见到林尚沃就笑嘻嘻地磕头行大礼:"大人一向可好?"

"你这是怎么回事?你看现在都过去几年了?"

"回大人,现在准确地说,已经过去八年了,"那个人毫无愧色地说,"过段时间我会把这些年来的事情向您禀告明白。但这次来找您是又想求大人一件事。"

"又要我做什么?"林尚沃故意以一副很吃惊的表情问,"难道还要借钱不成?"

"不,不,大人,这次不是向您借钱。"

"哈哈,我谅你也不会再借了,那你求我什么事?"

"请您为我准备好10头牛和10辆结实的牛车,以及赶车的人。"

"你要这些东西干什么?"

"大人先不要问,等我10天后回来您就明白了。"

林尚沃二话没说,吩咐下人照黄海道人的要求备好牛车交给他,黄海道人带着这些牛车和人便离开了,谁也不知他要去哪里。

消息很快又传遍了义州城,这次大家都说林尚沃第三次被那个二流子给蒙了。但10天以后,那个黄海道人回来了,而且令人惊讶的是,离开时空空的10辆牛车回来时已装满了人参,并且都是质量上乘的六年根参。

"这究竟是什么东西?"这次轮到林尚沃大吃一惊了,看到10车上好的人参,他简直不敢相信自己的眼睛。

那个黄海道人笑着回答说:"大人名扬天下,见多识广,又是鉴定人参的法眼行家,难道连这个都不认识了?"

"啊,这10车装的全部都是人参?"

"大人真是会开玩笑,不是人参是什么?我难道会挖一堆不值钱的桔梗运回来给您吗?"

林尚沃真是没有想到会是这个结果。当时满满一牛车货物称为一驮货,一驮人参粗略地估算一下至少值一万两银子,这个黄海道人运回来的10牛车人参,那就是10驮人参。10驮人参,数量真是非常惊人,换算成现钱的话将会超过白银10万两,这在当时可是个天文数字。在把所有的人参交给林尚沃后,那个黄海道人说:"这些都是大人您的了,我终于能在八年后还清欠您的债务了。"

这人竟然是要用这10车人参来还八年前借的债,但是当初第一次借了1000两银子,第二次又借了2000两,加起来也总共只欠林尚沃3000两银子,他现在竟然要把这10车人参都送给林尚沃。

"这八年来你究竟都干了些什么?说来我听听。"林尚沃摆下丰盛的酒席来招待这个黄海道人。

几杯酒下肚,黄海道人开始侃侃而谈:"八年前我从大人这里借到2000两银子后,又回到平壤去找那个妓女,还是想搞明白那个妓女的洞穴到底有多深。第一次借您的1000两银子在一年之内一点痕迹都没留消失得无影无踪,我最终还是控制不住自己的好奇心,想再去看个究竟。于是下定决心,这次一定要弄清楚那个妓女的洞究竟有没有底。拿着2000两银子,我又一次扎进那家妓院在那里过了一年,很快到了和您约定的日期,但我除了又往那个妓女的洞中塞了1000多两银子外,其他仍一无所获,也没搞清那洞到底有多深。所以我只好失约了,没有回来见您。第二年,我又将剩下的不足1000两银子往那个妓女的洞里塞,但那洞似乎仍是深不见底。一天晚上,我数了数剩下的钱,发现剩下的银子已不足100

两。我下定决心要振作精神，这样下去怎么能行呢？不但自己最终搞得身无分文，而且还成了吞掉别人钱财的大骗子。于是我离开平壤去了开城，一路上都在琢磨用这100两银子干些什么，最后终于想出了一个主意。"

"什么主意？"

"我决定把剩下的100两银子全部买成人参种子，最终在市场上买了三斗人参种子。"

"买人参种子干什么用？"坐在酒席上一同饮酒的朴钟一早已听得不耐烦，催着那人快点讲，"快给大家说明白。"

那人却丝毫不急，兴致勃勃地继续讲下去："我背着买来的人参种子到了江原道三陟郡，然后一直走到没有人居住的长白山深山老林里，到了山里，一个山谷一个山谷地到处察看，终于选中了一处面北背阴山坡，把人参种子随风撒下，这样我又成了一文不名的穷光蛋。没有办法我只能顺着原路返回平壤又找到了那所妓院，那个妓女起初看到我很高兴，可一旦发现我钱袋里空无一物便看不起我了。于是我对她说，你现在也不是什么妙龄女子了，过不了多久你就会年老色衰，现在你也到了该找个丈夫的年龄了。当然，她对我的话嗤之以鼻，可实际上她也确实是接近人老珠黄，来找她的人也大不如从前了。不久，我就成了这个曾经是绝色名妓的女人的丈夫，我们搬到平壤城外开了一家酒馆，她在前面卖唱招揽过往的顾客，我负责照料她的生活，就这样打发日子。岁月转眼即逝，直到有一天，我忽然发现离开义州城已有八年了。"

听到这里，人们才注意到，这个人正如他自己所说的，不再是八年前那个鲁莽的年轻人的模样了，经历了酒、色和世间的许多风浪，他俨然已成了一个成熟的中年人。他接着讲了下去："于是我又打起精神回到了义州城，这就有了10天前我来向大人请求借我10辆牛车的那一幕，大人不顾有第三次上当的危险，不问缘由就答应了我的请求，真让我很感动。我带着那些人赶着车去了六年前我到过的长白山山里，那里依旧没有人烟，甚至连野兽都很罕见，我在崇山峻岭之中凭着记忆和六年前所做的记号找到了当初撒人参种子的那片山坡。到那儿一看，那些人参种子都长得很好，山坡已经变成了一片参田，我让人把这些参挖了出来全部运到这里，您也看到了。"

这个人很骄傲地说："大人您不是天下最有名的参商吗？您来鉴定一下这些人参的质量如何？"

"从药用的角度来说，六年参是质量最好的，而且这些参又长在人迹罕至的长白山深山老林中，不假人手，沐浴山中风雨自然长成，药效已接近野山参，真可谓参中上品。"林尚沃对于这些参也是赞不绝口。

"大人，您认为这些参能够值多少钱呢？"

"一牛车为一驮，一驮人参至少值一万两银子，这10牛车人参加起来价值10万两银子。"

这个人又问："大人认为我用这些参来还八年前欠您的债够不够？"

林尚沃听了他的话笑了："这是哪里话，这些参都是你的，都是属于你的财产，我只收回本息就行了。"

那人提高声音说道："大人，您太客气了，我是用您的钱才做成这笔生意，这些参怎么能说都是小人的呢，这些参都是大人您的。"

一直在一旁的朴钟一忍不住又插了进来："这位客官说的也有道理，这本钱呢是兄长您的，生意呢是这位客官做成的，人参当然也是这客官的。要不，这样办好不好，大家对半分，如何？"

于是两人依朴钟一的建议达成了协议，林尚沃付给这个黄海道人五万两银子买下了这批价值10万两银子的人参，两人各取所需，成了对半分成。由于林尚沃慧眼识英雄才做成了这批大买卖，八年之内用3000两银子挣来五万两，而这个人也因为遇到林尚沃才使自己的生意获得成功成了大富翁。这也应了我们平时常说的"商道即人道"这句话，意思是经商实际也是投资于人，林尚沃的这则逸事为这种商业哲学即商道作了极好的诠释。

那个人拿到五万两银子后即刻打点行装准备上路，林尚沃问他:"现在你准备去哪里?"

那人笑着回答说:"我还有些事情需要处理。"

"什么事?"

"我还没搞清楚那个妓女的洞到底有多深,现在我又有了五万两的巨金。我倒要看看,她的洞有多深,需要多少钱才能填满。我准备再试一把。"

"这么说,你还是要回平壤?"

"是的,这之前刚好那个妓女年老要退出妓籍,因为没有钱办'代婢定属',只好作罢,这次我回去,路上正好可以买一个年轻漂亮的女孩子把她替换出来。"

所谓"代婢定属",是旧时朝鲜妓女生病或衰老要退出妓籍时,通常要找一个年轻的女孩来代替自己入妓籍。没有钱的妓女可能会让自己的女儿或是侄甥女来顶替,有钱的则到贫穷的人家买一个女孩顶替,这样她们才能脱离妓籍还良为民。

那人拿着五万两银子去找与自己相好的妓女去了。他走后,人们纷纷问林尚沃:"大人,您差点被那人骗了三次,第一次借给他1000两银子,第二次又借给他2000两银子,第三次他债还没还您又借给他10辆牛车和10个赶车的人,您为何屡屡相信他呢?"

林尚沃回答说:"很久以来,中国人把游走全国各地做生意的商人称为行商,这些行商做生意有两条铁打的规矩,一个是诚信,一个是不欺,就是不欺骗别人的意思。中国商人把诚信与不欺称作天道,认为这是商人最重要的品行之一。中国近代第一巨富樊现为后人留下了这样一段话:'谁说天道不可信,我南至江淮北至汴京,走南闯北,也曾遭遇过盗贼,也曾重病缠身,却从未有过一丝担心与忧愁,因为我知道上天了解我做生意时讲究诚信不欺骗他人。做生意时有人盘算如何骗我,我却以不欺待之,所以我的财富总在与日俱增,而整天只想骗别人的商人却是每况愈下。'你们说那个人差点骗了我三次,但实际上他并没有骗我。这人虽沉溺于酒色,但却没有对我说谎,他可能不是个诚实的商人,但也绝不是一个撒谎欺骗他人的人。"

说完这番话，林尚沃提笔在纸上写道：
"唯不欺二字，可终身行之。"

写完后，林尚沃问周围的书生："你们谁知道这句话是什么意思？"

一个书生答道："只有坚守'不欺'两个字，一辈子照此去做，定将会受用不尽。"

林尚沃点点头说："这句话是中国北宋著名政治家和文学家范仲淹说的。人们很容易将经商理解为这样一种职业，即为了赚钱可以不择手段，缺斤少两或是漫天要价都属家常便饭。因此，很久以来，人们都把经商之人称作'奸商'。但实际上，经商的天道就蕴藏在范仲淹的这句话里。这就是不欺，欺骗别人可能会一时获利，心理上有一时的满足。但靠欺骗经商的人绝对做不了大生意，为什么呢？原因很简单，欺骗别人就失去了信誉，而信誉却是为商之人最大的资本，也是最大的财富。"

说到这里，林尚沃并未打住："此外，商业还有一个特点，这就是变化，无穷无尽的变化，这就需要一个商人能够洞察未来可能发生的千变万化，以此来决定自己的进退。第一次拿着一两银子做了五双草鞋的那个人虽然也挣了五分银子。但是，他还算不上是个商人，更像是个农民。为什么这样说呢？因为用一两银子去挣一分绝不是商人所为，商人的经营哲学不应是'种瓜得瓜，种豆得豆'的农民哲学，商人应当能够做到'种瓜得豆，种豆得瓜'。从这一点来看，农民一年收成的好坏很大程度上取决于'天运'，而对于商人来讲，更重要成败的因素是'人运'。相比之下，那个做纸风筝拿到庙会上去卖的人确实有眼光，懂得观察时机，能够照自己的预想从海边贩盐到内陆出售，然后又在内陆收购农产品到海边去卖，从而获得丰厚的利润，照他自己的话说已经开了五家铺子，做生意也算是相当成功。但这个人的财运也就到此为止，此后不会再有大的发展了。"

林尚沃的评论戛然而止，他的口气是那样的不容置疑。

在旁倾听的书生们都迷惑不解，他们再次向林尚沃发问："这是为什么呢？这个商人不但诚实没有欺骗别人，也没有失信于大人。"

听了书生的问话，林尚沃这才又开口继续讲下去："这个人是典型的逐利之人，哪里有钱就往哪里去，属于那种看到下雨就去卖雨伞，看到天晴就做木屐卖的商人，只盯着眼前的利益，并以此作为他们的经营之道，实际上做生意并不是这样一种投机取巧的行当。"

说到这里，林尚沃才开始切入正题："一个做大买卖的人是那种不管下不下雨雨伞照卖木屐照做的人，这是因为，无论刮风还是下雨都只不过是一种自然现象，只热衷于追逐这种表面现象的商人挖空心思地去追赶市场潮流，常常在这种追赶流行的过程中遇到挫折，所谓'聪明反被聪明误'，所以说，如果要做大买卖，至少要能够根据五年之后的情况来确定自己的经营策略。第三个人虽然有沉溺于酒色，有二流子之嫌，但却能看到六年以后的事情发展，买了人参种子撒到长白山深山老林中去，最终获得价值10万两银子的巨额收益。从前有句老话，'最贤明的人是那些看起来最愚笨的人'。《史记·货殖列传》中也说：'渊深而鱼生之，山深而兽往之，人富而仁义附焉。'也就是说凡是想挣大钱的人首先要使自己心胸、视野变得比山高比海深，只有这样才会有更多的野兽和鱼，人的修养达到这种程度，富贵就不难求了。"

林尚沃话音刚落，有个书生在旁边大笑着说："水深自然会有鱼，司马迁这话讲得太对了。那个客人不是说为了知道那个妓女的洞有多深就一直往那里填银子吗？我这儿有句话，不知是否恰当？"

那书生笑着在纸上写下这样一句话：

"穴深则货生之，淫深则财往之。"

这个书生写的这句话是顺着林尚沃的话调侃一下，大意是：洞越深则财宝聚得越多，女人越淫荡自然就能得到更多的金钱，在座的人无不哄堂大笑。

从这则发生在林尚沃身上的真实故事中，不难窥见林尚沃商业哲学之一斑。诚实而不欺骗他人,以及具有透视未来的眼光,这就是林尚沃所主张的商道。另一方面,从侧面也反映出林尚沃任郭山郡守之时是其一生的鼎盛时期。正像故事中描述的林尚沃如何对待来访的三个人不同的态度那样,林尚沃看待人生和人的眼光已达到其人生的顶峰。此时的林尚沃,生意蒸蒸日上,仕途也是一帆风顺。但是,谁也没有想到,表面看来无所不能的林尚沃却开始祸事缠身了。

古来就有好事多磨的说法,即一个人如果好事不断的话,同时也为自己埋下了灾祸的种子。这方面佛教中也有一段广为流传的故事:

一个美丽的女人来到一家虔诚信佛的人家请求借宿,这家主人问这女人是做什么的,这个女人回答说:

"我是专门为家庭带来金钱、富贵、长寿的善神。"

主人听了非常高兴,赶紧把她请进屋,说:"您想在这儿住多久就住多久。"

漂亮女人刚进门不久,又有一个丑陋的女人也来敲门请求借宿,这家主人又问这女人是做什么的,女人回答说:

"我是专门为家庭带来灾祸的恶神。"

主人闻言马上一口回绝了那个女人,他说:"我们家不会让恶神进来的。"

但女人却开口说道:"我和先前已进门的善神是孪生姊妹,你不能只单独接纳善神,有善神的地方必定有我。"

正如这则佛教故事所警示的那样,善神总是与恶神同行,一场对林尚沃一生有着决定性意义的危机正逐渐向如日中天的林尚沃逼近,这也就是石崇大师所预言的第三次也是最后一次危机。

在《朝鲜王朝实录》关于这一时期的记载中,找遍整个朝鲜王朝也无人可望其项背的甲富林尚沃仅仅被提及了一次,正是这段内容暗示出了林尚沃将要面临的人生第三次危机。

当时,皇上欲将林尚沃由郭山郡守擢升龟城府使,知边事为此上了一道奏折:

"都政昨除前郭山郡守林尚沃为龟城府使,是乃本司回启圣上林尚沃在去年湾府水灾义捐财物有功,都政承传圣意将林尚沃调用外职。"

"回启"在古文中是指为回答皇上的问话经过必要的调查与审查后上奏皇上的意思。从这段奏折中可以看出,林尚沃曾得到皇上不同一般的宠爱。"承传"则是指转达皇上的旨意,这段话也表明了林尚沃被授予龟城府使也是根据纯祖的特旨而促成的。

但知边事的奏折上接下来还有这样的话:

"窃思府使、郡守事关升迁大事,林尚沃前任郭山郡守,甫于腊月殿会中师,任职不过数年即由郡守而擢府使,既无先例可循,亦有悖于朝廷重考绩慎升迁之旨意,故请吏府详加推考,免其新授之职。"

向皇上呈上奏折的知边事隶属当时的备边司(注:朝鲜时期负责国内军务的部门,初创于朝鲜第11代皇帝中宗三浦倭乱之时,13代明宗将其升格为常设机关),这些人常隐瞒身份前往各边境地区微服私访,察看那里的防御准备情况,行使一种暗访御史的权力。他们通过备边司向朝廷发奏折,要求对林尚沃的升职进行重新考虑的奏折正属于这种情况。从这封奏折中也可以看出,林尚沃当时的处境已相当危险了。

当然,之所以出现这样的情况,也是因当时正处于纯祖和宪宗政权交替之际。但无论如何,由于备边司的奏请被批准,林尚沃升任龟城府使之职的命令也在一夜之间被取消了。

当时的记录,只有《朝鲜王朝实录》中有这样简单的一句话:"准备边司所奏,林尚沃改派他职。"

但仅仅因为没有在短短几年便从郡守升至府使的先例这么一个简单的奏折便取消对林尚沃升迁的旨意,而将其改任他职,这几乎是不可能的事情,其中肯定还有其他缘由。

当时的情况的确不是这么简单的。《朝鲜王朝实录》中的这段记载只不过对此做了些许暗示而已。当时,林尚沃不仅是一夜之间由龟城府使改任他职,而且被行使暗访御史权力的知边事关进了监狱。

隐藏在史书记载背后的剥夺林尚沃官职的真正原因究竟是什么呢？

根据林尚沃在其所著的《稼圃集》一书中自述，其被削官入狱的一个原因是他在家乡义州邑三峰山下建了一所豪宅。

林尚沃所述的原文是这样的："别人都很容易把我的房子想象成宫阙一般，但实际上只是几根椽子大小，建房子的本意也只是为了能够早晚看到父母的墓祠。"

照林尚沃所述，房子并不算大，但在巡视边境的暗访御史看来，林尚沃不过是汴京一个大富商，却建了这么豪华的房子居住，实在有僭越之嫌。

当时的国家律令，各个阶层的人所居住的宅院规模和房屋大小都有明确规定，就是两班贵族也不能违反。即便林尚沃的房屋没有超过规定的规模，也有可能是院落过大或过于豪华，在备边司看来过于扎眼。

但同建房这件事相比，有件更重要的事才是让备边司对林尚沃不满的主要原因，那就是林尚沃金屋藏娇。林尚沃被备边司弹劾，由龟城府使改任他职，个中缘由确实是大有文章，那么这段隐情究竟是什么呢？究竟是什么原因让处于人生鼎盛时期的林尚沃从此步入低谷，并且在一夜之间从郭山郡守沦为阶下囚？表面罪状是修建豪宅违反国家律令，但那段没有提及的隐情才是导致其入狱的主要原因。当时到底发生了什么事呢？一切都源于林尚沃金屋藏娇的那个女人。

这是林尚沃面临的人生第三次危机，石崇大师曾预言过林尚沃此生中最后一次危机是因为一个女人，那么这个女人究竟又是谁呢？为了这个女人林尚沃抛弃了贵为天下第一商人所拥有的一切财产、名誉和权力等，将荣华富贵弃若弊履，这个有如此魅力的女人到底是个什么样的人物呢？

这段情史开始于1832年，林尚沃最初到达郭山任郡守的那年春天。当时，林尚沃接到消息说巡抚使一行在前往汴京巡视途中将

相思别曲

经过郭山。巡抚使是负有王命的特使，是拥有莫大权力的钦差，地方官员都将接待巡抚使作为一件非常重大的事情。在举行为巡抚使接风洗尘的宴会之前，地方官员首先要做的一件重要事情是要对隶属本地官府的官妓进行一次查点。那些为官府歌舞弹奏的官妓在古代朝鲜统称"一牌妓女"，能够在酒席和宴会上为官员们助酒兴，调动起宴会的气氛，其作用是不可小觑的，因此她们也被称为解语花。义州的妓女，以表演驰马舞剑的歌舞而闻名。

郭山郡共有12名官妓，大部分已有丈夫，年龄也很大了，但其中也还有一个年轻貌美的官妓。林尚沃看到这个年轻的官妓时不禁眼前一亮。他平生喜欢饮酒，对女人却一直保持着一定的距离，但一眼见到这个年轻的官妓时居然感觉眼睛像是突然被针扎了一下似的。

"你叫什么名字？"

"小女名叫松伊。"她的声音非常温柔，行动举止也十分端庄，别有一番风味。她今年只有20岁，但不知为什么，林尚沃见到她第一面便觉得特别眼熟，有似曾相识的感觉。这肯定是初次见面，但却没有一点生疏的感觉，就像是见过几十次面的人那样熟悉。

当时官妓是连一般良民也不如的贱民，和奴婢一样，一旦入了妓籍便终生打上了贱民的烙印，虽然《经国大典》上明文规定官员不得与官妓淫乐，但实际上官妓以地方长官或其他官员为主要服务对象，为这些官员侍寝是她们的义务。

平生远离女色的林尚沃怎么也无法相信自己会对这个叫松伊的年轻妓女感觉这样亲近，她的容貌是这样熟悉。不知是不是年轻时短暂的僧侣生活的经历使然，林尚沃一生好酒，但却养成了不近女色的习惯。虽说英雄多好色，但林尚沃却是个例外。他曾在北京倾其所有为当时天下绝色美女张美龄赎了身，却没有碰她一指头，显示了自己坐怀不乱的品性，况且林尚沃当时才刚20出头，正值血热情浓之际。也许正因为如此，林尚沃怎么也无法接受自己竟会感觉对一个地位卑贱的官妓非常面熟这个事实。林尚沃想了又想，是不是自己眼睛出了什么错觉，但仔细思考后他觉得这绝不是错觉。

他越想越觉得自己与这个年轻官妓绝不是初次见面。一连几天，林尚沃百思不得其解，便把典吏叫来盘询："典吏呀。"

听到林尚沃发话，典吏赶紧弯腰作答："您请吩咐，使道老爷。"

林尚沃开始询问典吏这几天来一直困扰自己的所有疑问，主要是这个名叫松伊的官妓的身世，她如何入了妓籍，母亲是做什么的，等等。

典吏赶紧回答道："回使道老爷，据卑职所知，松伊的母亲不是妓女而是官奴，生下松伊后第五年就死去了。此后，松伊成了有夫妓山红的养女，山红今年年老生病退籍时依'代婢定属'的惯例，让自己的养女松伊代替自己入了妓籍。"

"啊，这么说来，松伊是今年才入的妓籍？"

"是的，使道老爷。"

林尚沃又问："那松伊的父亲又是干什么的呢？"

一听林尚沃提起此事，典吏十分惶恐地躬身答道："回禀老爷，松伊的父亲和母亲原本都不是官府的奴婢。"

"不是官奴？"

"是这样的，松伊的父母原来都是良民。"

"良民的女儿怎会成了官妓？"

"这个，因为松伊的父亲犯了大逆不道之罪，结果松伊的母亲也被牵连入了婢籍，这样延续下来，松伊成为官妓也是没有办法的事情。"

典吏的话完全是事实。朝鲜初期死六臣的妻子被分给其他大臣们做奴婢就是很有代表性的例子。这其中最极端的例子是光海君年间曾将仁睦大妃的亲生母亲给济州监营作奴婢，此外还有高丽时代尚书礼部侍郎李需犯下近亲通奸的大罪，结果他的侄媳妇被打入妓籍成为卖笑的烟花女子。总之，朝廷逆臣的妻女被降为奴婢或逼做妓女是常有的事情。

"你刚才说松伊的父亲犯了大逆不道之罪，到底是什么样的罪过？"

典吏告诉林尚沃:"回禀老爷,据说松伊的父亲是在平西之乱中为首的大逆罪人之一。"

平西之乱是指发生于20年前那场由洪景来策划的叛乱。松伊的父亲原来是洪景来之乱的大逆罪人,这话着实让林尚沃吓了一跳。虽然自己在这场叛乱中守城有功被朝廷作为忠臣予以表彰和赏赐,但不可否认的是,林尚沃曾间接或直接地卷入到这场叛乱中。

"那么,她的父亲姓甚名谁?"

"使道老爷,小的只知道这些,这些还都是听别人讲的,更具体的事情我就不知道了。这事毕竟已过去了20年,是小人任职前发生的事情,实在是不知道了。"

是啊,20年岁月流逝,如果照"十年江山改"的说法,20年是足以让江山变两变的漫长岁月,典吏说不清此事也在情理之中。

林尚沃更加多了一层担心,现在他除了知道松伊不是生来就是奴婢,不是妓女母亲带出来的妓女之外就一无所知了,至于为什么松伊的面容这么熟悉,他仍未能找到答案。

过了几天,巡抚使一行到了郭山,林尚沃设下盛大的宴会招待,官府出动了所有的官妓。巡抚使金明斗是当时权臣金祖淳的亲戚,金祖淳任命自己的亲戚作为巡视边境的边府使,是企图将自己的势力扩张到各地,其野心是不言自明的。

那天的宴会上,最出风头的当然是年轻的官妓松伊了。松伊虽然只是一名官妓,但却有着让人爱怜的美貌。那天,松伊让许多人失魂落魄,不仅仅是因为她的美貌,还有她那出众的舞姿。松伊独自表演了剑舞。通常不同地方的妓女都擅长具有地方特色的舞蹈和歌曲,如安东妓女唱《诵大学之道》,咸兴妓女唱《诵出师表》,平壤妓女唱《关山戎马诗》,永兴妓女唱《龙飞御天》,而济州妓女则被称为走马之妓,因为她们擅长骑马玩耍的技艺。以义州为首的边境地区,则把模仿骑马舞剑的舞蹈作为自己的长项。

松伊的单人剑舞技艺绝对称得上一流,这大概是从她的养母山红那儿学来的。林尚沃出神地观赏着松伊的舞姿,同时仍没忘记自己心头挥之不去的疑问,这个女孩的容貌、体态、说话的神态以及行动举止都是那么熟悉，这究竟是何缘故？这一切真让林尚沃无法理解，为什么自己对一个从未谋面的妓女的一切竟会如此熟悉并感到亲切，有时想到这一点林尚沃简直有些悚然。

宴会结束后，林尚沃悄悄地将松伊单独叫到一边，问跪坐在那里的松伊："你以前见过我吗？"

松伊低头答道，"我一个卑贱的小女子怎么会见过老爷您呢？"

林尚沃又问："你叫什么名字？"

"大人不知道小女子叫松伊吗？"

"这是你的艺名，我问的是原来叫什么名字？"

"小女子本是一个卑贱的官妓，哪里配有什么名字，我从生下来就没名没姓。"

林尚沃并没有轻易放弃，又接着问道："虽说是官妓，但你总该有父亲和母亲吧，连那些小狗崽也有生它的爹娘，更何况一个人呢？你不会说连父亲和母亲都没有吧？"

"我的母亲是山红。"

"山红？是不是那个刚退出妓籍的女子？不是说她只是你的养母吗？我是问你的亲生母亲是谁。"

"我自己也不知道。"松伊摇摇头答道，"我也不知道生身母亲是谁，亲生父亲是谁。我只知道我的母亲是山红，其他什么也不知道了。"

正如典吏所说，松伊的母亲在她5岁时便死去了，松伊由官妓山红代为抚养，现在她对自己的亲生母亲已经没有任何记忆了。不仅如此，她不知道因大逆罪被处死的父亲是谁，或许她根本就不知道自己的亲生父亲因参与洪景来之乱而死于大逆罪。

林尚沃询问再三却一无所获。送走松伊后他久久不能入睡：真是太奇怪了，难道松伊与自己前生有缘？林尚沃越发感到这其中定有原因，暗下决心："我一定要将这件事搞清楚。"

第二天，林尚沃又把典吏单独找来，对他说："你知道松伊的母亲山红眼下在什么地方？做什么？"

"小人知道，山红现在年纪已经不轻，退出妓籍后，在城外开了一家酒馆，做了老板娘。"

"你可知那个酒馆在什么地方？"

"当然知道，这个山红是个有夫妓，有丈夫和三个孩子。我和她丈夫关系很好，经常到他家的酒馆和他一起喝酒。"

"那好，你带我到那里去看看。"

"是。"典吏吓了一跳。

林尚沃却并不理会他的反应，继续说道："我们现在就去山红的酒馆，这是属于我和你两人之间的秘密，你要是多嘴把这事说出去，我会狠狠地惩罚你，所以你要守口如瓶，千万要小心，明白了吗？"

"不用大人吩咐，小的知道怎么办。"

于是，典吏在前带路，林尚沃紧随其后出了门。郭山属边远地区，郡守是本地最高长官，简直就同土皇帝一般。作为一方之首的使道老爷只带着一个典吏出门到一介贱民开的酒馆里去见那儿的老板娘，这种事也是非常罕见的。

此时已是日落时分，身穿便服的林尚沃带着典吏来到这家酒馆前。酒馆在山城前的集市上，恰逢开市时间，酒馆里挤满了人。

很久以前，郭山由于依山傍海特产非常多，作为麻、紫草、紫砚石以及海里产的银鱼、清鳞鱼、鲻鱼、虾、偏口鱼等海产品的集散地，这里的市场开市时吸引很多商人来交易，因而也分外热闹。

山红的酒馆前挂着写着"酒"字的红灯笼，为了表明酒馆里酒肴十分丰富，案板上牛头与烧猪头一字排开。这家酒馆还是相当大的，有好几间为游商和旅客准备的客房，甚至还有为客人的马牛准备的马厩。

已经到了集市即将收市的时候，这时酒馆里就更加忙碌了。虽然林尚沃没穿官服，但从举止神色上一看就知道不是寻常人，酒保也很识相地没让林尚沃两人坐在大厅里，而是将他们引到专为两班贵族之类贵宾准备的单间内。

酒馆里卖的酒分为浊酒和烧酒两种，但遇到贵宾来时，酒保会另外端来酒店自制的方文酒，这种酒用很特别的材料和方法酿成，别有一番香味。

林尚沃落了座,由典吏陪着开始喝起来。太阳落山后,酒馆里像是无形之中被清理了一下,客人们该走的都渐渐离开了,只有留宿的还继续待在里面。典吏让酒保去把老板娘叫过来。

不一会儿,山红走进了单间。曾经是一名烟花女子的山红随着岁月的流逝已经变成了一个地地道道的酒馆老板娘。山红一眼就看出林尚沃不是那种经常出入她这种酒馆的客人。

"哎哟,今天刮的什么风儿呀?您这两班大老爷怎么有空儿到我们这样寒酸的小酒馆里来了呢?"山红的头发堆在头上盘了个圈儿,又用一条又窄又短的红色发带扎成一个髻,是当时那种很典型的老板娘发型。

典吏此时已喝得脸有些微红,被山红无遮无拦的一问吓了一跳,慌忙对山红说:"我们这可是尊贵的两班老爷,你这个女人,怎么也不看看你这是在谁面前,说话这么随便!"

山红不愧是经过风浪见过世面的妓女,虽已不操旧业但依然口齿伶俐,面对典吏的大声呵斥,依然不卑不亢半真半假地说:"咦?这么尊贵的两班老爷?难道是皇帝陛下光临敝处不成?"

典吏被气得脸一阵红一阵青,刚要发作,林尚沃用眼色止住了他。

"我来这里找你,是想问一些关于你的养女松伊的事情。"

"啊,是这样,我还以为是哪个两班老爷来找我山红,想看看我的腋窝和丝绸内衣呢。"

山红的话听起来火辣辣的。她这么说也是有缘故的,当时的老板娘通常都穿着袖子很短的圆领短上衣和裹身长裙,袖长不过两三厘米,穿着这种短衫,不经意间就会偶尔露出腋下的腋毛或内衣,老板娘也借此来吸引路人的目光,也算是种以色诱客的手段。

"先给我一杯酒,我们再开始讲吧,老爷。"山红将酒杯推到了林尚沃面前,典吏将空杯倒满了酒,山红毫不客气地端起杯来咕咚咕咚一口气喝干了杯中的酒,然后将杯底的几滴残液泼到了地上,自言自语地说道:"哎呀,这胸中真是憋闷,都快闷死我了。"

相思别曲

当时只不过是晚春时节,天气并不炎热,山红却摆出一副欲火上冲无法忍受的样子,举起一只手来扇风,像是故意要露出腋窝给大家看似的。

酒馆里的客人已渐渐散去,留在大厅里的大部分都是准备宿上一夜明天赶远路到别处赶集的商贩。山红再次将酒杯斟满,把杯子端起对林尚沃说:"谢谢您了,喝了您一杯酒,我来唱一首曲子给您助兴。"

于是,山红开始清唱一首当时很流行的劝酒歌。

　　不老草酿出的美酒啊,
　　斟满万年宝杯。
　　为祝南山寿哟,
　　我摘下药山东台的花,
　　祝君延年益寿。啊……

虽然已因年老色衰退出了妓籍,但山红的唱功还是相当好,林尚沃兴致也很高,在一旁哼着打拍子。

气氛已渐渐热烈起来,林尚沃也暂时将自己此行的目的放在一边。他的酒兴也渐渐被逗了上来,少不了手舞足蹈一番。一曲终了,唱歌的和打拍子的都极尽兴致。山红一边用手帕擦着额头的汗,一边说:"老爷刚才说要问一些关于我养女松伊的事情,现在请讲吧。"

于是林尚沃以很认真的表情问起松伊的生母是谁,什么时候是怎么死的,他请山红把她所知道的一切都说出来。

听了林尚沃的问话,山红一下子站了起来:"您问这些干什么?这关您什么事?我还以为又一位两班大老爷来我这儿想结识松伊,准备替她赎身娶作侧室,谁知道你们竟然问这些事情。真是半夜敲窗没好事,算了,我走了。"

一见山红要走,典吏赶紧拉住她说:"坐下,坐下,有话好好说嘛。"典吏将事先准备好的钱扔到了酒桌上:"我们老爷说了,即便不能为松伊赎身也要重赏松伊,这些钱你先拿着。"

山红瞟了一眼酒桌上的钱,看上去不是个小数目,于是又重新坐下，为自己倒满一杯酒咕咚咕咚喝下去，然后长长地叹了口气。

"老爷想问什么就问吧。除了那些跟我上过床的人的姓名之外，别的我什么都能告诉您。"

林尚沃这才开口问道："松伊的母亲是怎样一个人？"

山红点上一杆长烟袋，吧嗒吧嗒连吸几口，待烟点燃冒烟后，她失神地望着黑暗已来临的窗外，又深深地叹了口气说："唉，我第一次遇到松伊她妈已是20年前的事情了，具体是哪一年我也记不清了。但我还记得那时各地都很乱，那年我好像是十四五岁，老家在铁山，家里穷得揭不开锅，家里人把我卖给了人贩子，几经周折我成了妓女红梅的养女，也就是从那年起我当了妓女。"

说到那段往事，山红一脸厌恶的表情，她实在不想说起那段痛苦的往事："那年，是春天还是夏天我也记不太清楚了，反正有一天，来了个女人，说是官奴。听别人说，她的丈夫是在叛乱中被处死的大逆罪人。那个女人不是普通人家的女人，一看就知道是个有钱人家养尊处优的太太，手白白嫩嫩的，那种纤纤玉手哪里是干什么重活的？身体也柔柔弱弱的，肯定不适应给别人作奴婢。但是当了官奴，还不得听官府的使唤？官府的大小衣物都要洗，还得做饭，把那个女人忙得团团转，吃尽了苦头。这样一个孤苦伶仃的女人，才不过二十五六岁，丈夫被凌迟处死后，她的几个孩子也被卖为奴婢流落四方，真是可怜见。她好像是完全失去了精神支柱，整个人看起来仿佛是一具空壳。我和她认识并逐渐熟悉起来是因为有一天夜里我偶然走到后山上，发现这个女人正吊在一棵大树上，当时我还以为月光下的树枝上挂的是个什么鬼或是山妖什么的，壮起胆子走近一看，原来是她吊在那里，绳子把她的脖子勒得很紧，等我解开绳子把她放下来的时候她似乎已没了气。我赶紧为她推拿全身，又弄来些冷水泼到她身上。最后她终于缓过气来，刚清醒过来就开始哭，还埋怨我为什么要救她。瞧，她还恨我呢！接着，她一边哭一边向我诉说，她说一向喜欢惹事的丈夫的死她还能忍受，但所有的孩子都被卖掉，一个成为驿奴，一个被卖给官府当了官奴，剩下三个连卖到哪里去了都不知道，这让她觉得生活对她来说已经没有任何意义。见她凄凄惨惨哭个不停，我就对她说，不论是官奴还是官妓，反正都是下等人，虽然人的命不好，但如果能挣扎着活下去的话，说不定什么时候还能再见到那些被卖掉的孩子，就这样我好不容易才把她劝过来。从那以后，她把我视作妹妹一般，我也把她当姐姐看待，于是我们两人相依为命，就像亲姐妹一样越来越亲近。"

　　说到这里，山红突然停了下来，又吧嗒吧嗒地吸了几口烟，慢慢地从嘴里吐出几缕烟雾。典吏又为她面前的酒杯倒满了酒，山红默默地干了那杯酒，把杯中的残液泼到了地上，接着讲了下去："从那以后，发生了一件令人难以置信的事情，她的肚子渐渐大了起来，看来是那个犯了大逆之罪的丈夫死前在她肚里留下的种。她曾无可奈何地对我说：'生了男孩得给人家作奴，生了女孩也是人家的婢女，我把这孩子生下来干什么呢？'于是她想了各种办法想把这孩子打掉，曾一口气喝了五六瓢酱油，还故意从台阶上往下滚，也曾用布把肚子紧紧地缠起来，希望这样能使孩子窒息而死。可那孩子真是命大，依旧在她肚里很健康地生长着。那年冬天，她生下了一个女孩子。"

　　"这个女孩就是松伊吗？"山红讲话很有些抑扬顿挫，像是唱戏似的。性急的典吏可能觉得山红讲得太嗦，忍不住插进来问道。

　　"那个女孩子就是松伊。她的母亲生了她后也不尽心地看护她，孩子饿得直哭也不给她喂奶。松伊小时候更多的时间是由我的养母红梅抱着长大的，松伊实际上跟我养母红梅在一起的时间比跟她妈还要长。松伊妈曾对我说，她真想把这孩子勒死，把一个命中注定要一辈子受苦的孩子带到这个残酷的世界上还不如让她死掉，我苦苦地劝她凡事要想开些。有一天夜里，一个男孩来找她，原来是她的一个儿子，被卖给官府作随从奴仆。那孩子思母心切，竟逃出来到这里来找他的母亲。母子相见，自然非常高兴，然而相聚的时间却十分短暂，就在他们见面的第二天，她的儿子就被赶来的捕役抓走了。这以后，松伊妈妈就仿佛灵魂出窍似地迷了心性，谁也不认识了，就连松伊也认不出来了，每天只知道喊着她那被抓走的儿子

好事多磨

和其他几个孩子的名字漫山遍野地游荡。一个疯掉的官奴，又有谁会照料她呢？那年夏天雨季到来之后江水大涨，有一天，有人在江边发现了她那已经被浸泡得发胀的尸体。她的后事是我和我的养母红梅一手操办的，其实也没怎么办，就用一张草席把她卷起来埋在一个阳光可以照射到的山上，连墓碑也没有立。那年我20岁，可怜的小松伊才刚满5岁。"

山红讲完松伊的身世，可能是讲话太多喉咙发干，端起面前的酒杯一饮而尽。夜渐渐深了，集市已完全散去，喧闹的酒馆也慢慢沉寂下来，只有一只老狗在酒馆前转来转去，一个醉汉在酒馆的大厅里大声嚷嚷着什么。

山红又接着讲了下去："松伊一下子连母亲也没有了，我决心领养这个无依无靠可怜的小女孩，把她作为养女抚养成人。我想，这孩子身为一个官奴的女儿，将来只能像她妈一样成为贱奴悲惨地生活在这个世界上，还不如做一个妓女的女儿。妓女的命虽然也不好，但只要在花柳行干一天就能生活得和贵族家的内眷一样，可以身穿绫罗绸缎，可以头戴各种各样漂亮的首饰。倘若混得好能被官老爷看中的话，还可以赎身脱离妓籍。松伊的名字也不是我起的，是我的养母红梅给起的。"

一直坐在那里默不作声只是静静倾听的林尚沃听到这里，突然开口问道："关于松伊的亲生母亲就先说到这儿，那她父亲到底是什么人呢？"

"这个我可不知道，老爷，"山红摇头答道，"只知道他是个带头谋反的大逆罪人，至于叫什么名字，我就什么也不知道了。关于她爸的事，松伊妈从来就没提过一个字。"

"那么，松伊妈有没有说过她是从什么地方流落到这里的？"

"关于过去的事，她什么也不愿说。松伊妈从来没向任何人透露过自己的身世，没有留下一点痕迹便从这世上消失了。对了，她只留下了一件遗物。"

"哦，是件什么东西？"

山红解开自己的头发，取下一支簪子递给林尚沃看："这是松

相思别曲

伊她妈送给我的东西。她对我说，叛乱结束后，她家被抢劫一空，自己也被卖做官奴，只有插在头上的这支簪子没有被抢走，她把这件自己珍爱的东西送给了我。除了这个簪子，松伊妈没再留下别的什么东西。"

林尚沃接过山红递过的簪子仔细看了看，这件东西一看就知道很贵重。自古以来，朝鲜各个时代中尊卑、贵贱、上下的界限是相当分明的，一般百姓家的妇女使用的簪子极为普通，大多是用木头、角骨制作而成，也不用其他东西装饰。而这支贵重的簪子却不是这样，它通常被称作梅竹簪，是用银子和珊瑚制作而成的上品簪子，簪头上有象征祈求富贵、长寿、多子的装饰花纹，做工十分精细。这样奢华的簪子只有贵族家中的妇女才用得起，或许这支簪子已不仅仅是一件饰物，而有可能是一件传家宝，一件象征女子贞节的物品。

林尚沃看过这支簪子就明白松伊的母亲绝不是一般人家的女子，而是出身社会地位相当高的贵族家庭或豪富之门。

二十多年前发生的那场平西大乱实质上是一场农民起义，主谋者除了少数几个人之外，大部分来自贫困农民或无法生活下去的平民阶层。从松伊母亲戴这种名贵簪子这点来看，松伊的父亲很明显是策划谋反起事头目中那几个来自上层社会中的一个。

"我一直在寻思什么时候把这支簪子交还给松伊，到现在为止我从未和她讲过她的母亲是怎么死的，她究竟是谁的孩子，她是怎么成为妓女的。等什么时候她找个好丈夫出嫁要盘头时我就会把这支簪子送给她，并告诉她我所知道的一切。在她出嫁之前，我会一直为她保管好这支簪子的。"山红叹着气说。

又是一阵短暂的沉默。

酒馆的那只老狗四处舔食客人们掉在地上的残汤剩饭，屋里屋外慢悠悠地转来转去。

山红抽了一阵烟后又讲了下去："老爷，我女儿松伊虽说现在还是妓女，但她是因为我年老生病才替我入妓籍的，她现在绝对还是个处女，但以后可不好说了。对她垂涎三尺的人大有人在，新上任的使道老爷以后难免会召她侍寝，其他大官小官的来这儿都有可能会叫她去侍候，这么一来，就好比我手里这只碗，被人用来用去的，难免会豁牙掉口的。"

山红的话没有错，妓女实际上和奴婢一样，一旦进了这个门，那就成了地位卑下的贱民，这种身份、社会地位的枷锁是很难摆脱的，以至于妓女与两班贵族生下的孩子也要依"贱者随母法"的规定来确定其身份，若是男孩子便要去做奴隶，女孩子自然要和母亲一样成为妓女。妓女要脱籍从良只有一条路可走，那就是赎身去做富人或两班贵族的偏房，只有在这种以金钱为代价的情况下，妓女才能摆脱贱民的身份。

"老爷，您看这么着吧。"山红又拿起扇子呼呼地扇了起来，紧盯着林尚沃说道，"趁现在还不晚，您把我们家松伊领走做妾吧。老爷，您一看就是个心地善良、文雅的两班老爷，不会欺负我们松伊的。不是因为松伊是我的养女我才这么夸她，松伊真是个万里挑一的好孩子，原来也是个金枝玉叶，您赶紧把她带走吧。老爷，我也不想要您很多钱，即使不给钱也可以，请您发发善心，娶我们家松伊作偏房吧。"

一直在旁边听他们讲话的典吏这时插话进来："你也不看看你在谁面前讲话，胡说八道些什么？你凭什么认为我们老爷会是那种愿意娶一个卑贱的官妓作侧室的人呢？"

一听这话，山红呼地一下站了起来。

"刚才我还把您视为高贵的老爷，原来您也看不起我们下等人，真是可恶。"山红把林尚沃刚才给的钱"哗"的一声又掷回到桌子上，气呼呼地说，"谁命中注定生来就是王侯将相？"

山红"呸"地吐了口痰，然后大声向外面叫道："酒保！"

一听到老板娘的召唤，酒保立刻跑了进来。

"客人要走了，把鞋都擦干净，拿些盐撒在他们走过的台阶上，对了，院子里也要撒上一些。"

林尚沃和典吏就这样离开了酒馆，不是自愿出来，而是被老板娘赶了出来。

相思别曲

"老爷,"在前面打着纸灯笼照亮的典吏跟林尚沃解释,"今晚可能扫了您的兴,您可别往心里去,山红这个女人原来脾气就很倔强。有一次前任使道老爷召她去侍寝,她居然敢不去,为此还挨了板子。"

"没什么,"一直默不作声的林尚沃哈哈大笑起来,"山红说的也没错,又有谁生下来就是王侯将相呢?她的话没错,她也没做错什么事,错的是你我二人。"

远处的小溪顺着山坡流下,发出哗哗的水声,月光穿过溪边的垂柳显出斑驳的影子。

"这件事就这么算了吗?"林尚沃呆呆地仰望着满天的繁星自言自语地说道。

难道关于松伊的身世秘密到此为止就再也了解不到更多的事情了吗?自己最初来找山红的本意不就是想揭开这个秘密吗?现在通过山红的讲述已经知道了松伊是如何出生、她的生母是怎么死的、她又是如何成为妓女的,但也仅有这些片断的颠沛流离的故事,至于松伊的父母姓甚名谁、是何方人氏仍然没有一丝头绪。

林尚沃醉意朦胧地回到官邸,却无论如何都无法入睡。虽然见到了松伊的养母山红,听她讲了一些事,但这不但没有减轻反而使林尚沃更平添了一份焦虑。更加让他难以忍受的是,松伊的音容笑貌不断浮现在他面前,挥之不去。林尚沃此次到郭山赴任,没有携带妻子儿女,而是把他们留在了义州老家,身为郭山最高行政长官的他现在是个独居的高级单身汉。

躺在床上,林尚沃脑海里闪现最多的还是那天招待巡抚使的宴会上松伊表演剑舞时的优美舞姿。

松伊今年刚满20岁,比林尚沃足足小了30多岁,年龄上就像自己的女儿,但林尚沃却怎么也无法把她从自己的脑海中抹去。

"我为什么非要搞清楚松伊的身世,是想知道为什么会感觉面熟,仿佛与自己前生有缘,还是以此为借口希望更加接近松伊?不是这样的。"林尚沃自言自语道,"这其中肯定还有别的什么东西。"

林尚沃越发相信自己与松伊命中注定前生有缘,这是自己想否认也无法否认的事实。

第二天，林尚沃又把典吏单独找来，悄悄地问道："本地官府的奴婢案宗在哪里保管呢？"

典吏回答说："回禀老爷，奴婢案宗在营库里保管。"

所谓奴婢案宗，是一种奴婢的户籍，古时奴婢有公奴婢与私奴婢之分，私奴婢归私人所有，可以私下依着奴婢身契进行买卖或交换，就私奴婢而言，只要其奴婢身契不存在了，他本人也就可以成为自由人了。同私奴婢相比，公奴婢的情况就不同了。公奴婢一直以来是由战争中的俘虏或是某些特定的犯罪者构成，他们属官府所有，不允许私下买卖，不是轻易就能免除劳役取得人身自由的。古时朝廷将公奴婢都一一登记造册在案，并由官府专人保管。进入朝鲜王朝后，从太祖四年即1395年开始，专门设立了"奴婢办正都监"这样的专门机构来负责记录和保管所有公奴婢的户籍。

在这种制度下，每20年要制作一次公奴婢正案备考，期间每三年记录一次奴婢的生产、死亡等变动事项，作为地方长官的郡守负责追索逃奴并向观察使报告，这也已成为郡守的一项基本职责。

在这种公奴婢户籍制度下，奴婢案宗实际上是一种秘密文件，因为奴婢案宗是国家掌握所有公奴婢身份的依据，是国家财政必不可缺的基本资料。所以，奴婢案宗不仅不允许随意篡改，就连其调阅范围也有严格限制的。

"你去营库把它给我取来。"林尚沃吩咐典吏道。

听了林尚沃的话，典吏吓了一跳："您是说奴婢案宗？"

新上任的使道老爷赴任不到一个月，就下令去取奴婢案宗来看，这真是前所未有的事情。当时公奴婢逃亡或是躲藏起来是很常见的事情。当时的公奴婢又大致可分为两类，一类是"立役奴婢"，一类是"纳贡奴婢"，他们要到60岁之后才能免除贡役，但往往是忍受不了苦不堪言的现役而逃亡或是巧妙地变造户籍以摆脱贡役。

"要我说几遍你才能听明白？我不是说过了吗，去拿奴婢案宗来！"

"知道了，使道老爷。"典吏赶紧跑到营库去取奴婢案宗。

林尚沃避开他人耳目将奴婢案宗藏在衣服里独自一人回到了卧房。

奴婢案宗中记载了隶属本地官府的所有公奴婢的名字，还包括每三年来的变动情况续案，这些续案作为对原案的修改附在原始文案后。

奴婢案宗的每一页上都盖有官印，每个奴婢的记录一般都先是本人的名字，然后是其父亲的名字和目前居住的地方，有时也会记载其母亲的姓名和出生地，但这种情况很少见。

奴婢案宗大致可分为草案、都案和大都案，草案是记载最近一年来奴婢的出生、逃亡和死亡情况，都案记载奴婢的所有亲属情况，大都案则对已变动三次以上的情况继续进行跟踪记载。

林尚沃将奴婢案宗放在桌上，点上蜡烛开始翻阅。

突然间，一个熟悉的名字赫然映入了林尚沃的眼帘："松伊"，就是那个让他整天魂牵梦萦的年轻官妓的名字。林尚沃非常仔细地看下去，松伊的出生年月是这样记录的："癸酉年正月出生"。癸酉年即纯祖13年，也就是洪景来之乱被镇压的第二年。如果山红所说属实，松伊的父亲是参与洪景来之乱的大逆罪人，那么松伊应该是她父亲的遗腹女，而这个记录的出生年份肯定是十分准确的。

松伊的名字后还记有变更事项，内容大致是已由奴婢籍改为妓籍，成为一名官妓云云，而且变动事项上方还有证明此事的官府印记。此外，旁边还有一行字："母，孙福实，丁丑年7月殁。"

林尚沃又搞清了松伊母亲的名字，山红所言不虚，松伊的生母大约是在松伊5岁那年夏天失足落水溺死的。

可是翻到这里仍没有记录松伊的父亲是谁，前后都没发现有关松伊父亲的记载。奴婢亲属的都案部分也未找到有关记录，那里只记有松伊曾由官妓山红收养，是山红的养女。

林尚沃非常失望地合上了奴婢案宗。怎么办？突然间，林尚沃脑中灵光一现：如果从松伊的生母孙福实的记录中着手查找，或许能找到其父亲的有关记录。想到这里，林尚沃一阵兴奋，赶紧又翻开案宗开始查找。

"孙福实"，果然有这个名字，松伊的生母的名字被清清楚楚地记录在官奴名单中，旁边写道"丙午年出生，丁丑年7月殁"。丙午年即正祖10年，这样算来，她在26岁那年沦为官奴，31岁那年撇下女儿松伊横死于江水之中。再往下看，突然间一段文字强烈地吸引住林尚沃的目光，那是关于孙福实丈夫的记录，读了这段记录之后就会搞清楚松伊的生身父亲是谁。林尚沃紧张得心怦怦直跳，眼前那段文字仿佛也在跳动。他定了定神，一个字一个字地读出来："夫，李禧著。"林尚沃手中的奴婢案宗"啪"的一声掉到了地上，他的心脏仿佛已经迸裂，气也喘不上来，感觉要窒息一般。

"李禧著"，难道是自己的多年好友？林尚沃喘着粗气想。他好不容易才渐渐平静下来，重新拾起掉在地上的案宗又翻到刚才那一页继续读下去："夫，李禧著，甲山人氏，平西大乱中与洪景来通谋作乱的大逆罪人，在定州城外被士兵咸义亨用枪刺死，后以谋反的大逆罪名被凌迟处斩。"

现在一切都真相大白了，那个叫孙福实的女人之所以一夜之间成为公奴婢被卖到郭山这里，原来都是因为李禧著。李禧著的女人和孩子都在他死后被卖做公奴婢流落四方，而孙福实被卖到郭山时还怀着李禧著的孩子。李禧著在死于非命之时，肯定也没有想到，妻子的肚子里还孕育着一个新的生命，这就是现在的松伊，遗腹女松伊的出生仿佛就是她死去父亲的再生。

林尚沃此时此刻终于解开了心中的谜团，这段时间一直困扰他的疑问也顿然烟消云散。

合上奴婢案宗，林尚沃又陷入了沉思之中。这案宗上明明白白地写着松伊就是李禧著的遗腹女，怪不得自己从见到松伊第一面开始就感觉很面熟，现在终于明白为什么了。

林尚沃闭上了双眼。松伊居然是自己最好朋友的遗腹女，李禧著的亲生女儿，这该怎么办才好呢？

作为大逆罪人李禧著的女儿，走投无路只能成为官妓在常人看来也属正常，但对林尚沃来说就不一样了，她可是自己好朋友的女儿。难道是残酷的命运在和自己开玩笑吗？难道眼睁睁地看着松伊

相思别曲

就此沦落下去吗？

松伊对自己出生的秘密丝毫不知，可能一直以为自己的父亲本来也是个官奴，自己从小给官妓当养女最终当然也应该成为官妓，总之，她从小到大一直认为自己本来就是卑贱之身。

刹那间，林尚沃脑中闪过一个念头。"如果我趁此机会撕掉这奴婢案宗内某一页的话……"林尚沃紧盯着手中的奴婢案宗想，"如果我将有关松伊的记录通通都撕去烧掉，那松伊一夜之间不就可以从官妓变成良民获得自由了吗？一切能够证明松伊身份的记录都将不复存在。"

但林尚沃马上又否定了自己荒唐的念头，即使是自己将这本奴婢案宗都烧掉，松伊也不可能就会因此在一夜之间脱胎换骨从官妓成为良民，更何况奴婢案宗是秘密文件，是朝廷财政中不可缺少的基本资料，如果随意破坏毁损，是要被问罪的。想到这里，林尚沃无奈地摇了摇头。

整整一个晚上，林尚沃一直都在翻看着奴婢案宗，一边琢磨这件事，直到天明鸡叫时分也没合一下眼。最后，一夜未眠的林尚沃终于想出一个方案，他觉得只有这个办法才能解救松伊，除此之外，他实在没有别的办法了。

"现在要做的是，必须把这个计划付诸实施。"林尚沃想道。

那么，林尚沃苦思冥想了一夜，最后想出的唯一方法是什么呢？

第十六章　相思别曲

1

第二天一早,林尚沃叫来典吏,命令在郊外举行迎春宴会。郭山之北有一处名叫"新亭"的亭子,四周景色优美,是当地的一大春游胜景。

正值春酣时节,各种各样的花开遍山野平原,大小官员都争先恐后地参加了这次盛大的宴会,所有官妓也都携带着伽琴和玄鹤琴前来为宴会助兴。下人们早已预先准备好了各式酒肴。到处是一派大好春光,人人都喜气洋洋。

郡守老爷设宴,对于手下的官员们来说,的确是一个推却一切繁杂公务尽情欢乐的好机会,所有的人仿佛都被这大好春光所感染,开怀畅饮,不久便一个个酒意十足了。这时候妓女们也开始登场献艺了,她们弹着伽琴开始唱起歌来。

很早以来,义州便和平壤、晋州并称为有名的色乡,义州有一首流传很久的打令(朝鲜民间歌谣中的一种——译注),这就是《黄鸡词》。从字面意思来看,"黄鸡"就是指"黄色的鸡",当时屏风上多绘有这种黄鸡,但它又暗指青年男女幽会,《黄鸡词》其实就是一首爱情歌谣:

一朝与君别兮,音信绝。
呜呼,且听我言。
不见君来兮,问若何。

相思别曲

叠屏有黄鸡兮，振双翼。
晓来闻其啼兮，可见君。
呜呼，且听我言。
一夕霞飞落兮，君弃我不顾。
呜呼，且听我言。
春水满四泽兮，隔君探。夏云多厅峰兮，阻君访。
呜呼，且听我言。
君死可为花兮，妾为蝶。生死两相恋兮，三春尽。
呜呼，且听我言。
但见圆月明兮，照君处。
借得明气清兮，妾亦望。
呜呼，且听我言。
挥泪对坐画兰兮，寂寞情。
唯有一声长叹兮，断肠人。
呜呼，且听我言。
六观大师者兮，万圣真。
春风石桥在兮，弄八仙。

所有的妓女都弹起伽琴唱起这首曲子，当歌曲渐入佳境时，在座的官员有的跟着一起唱，有的干脆起身跳起舞来。但是，将宴会的气氛推向最高潮的还是松伊，她提剑登场开始表演剑舞，全场立即静了下来，大家都全神贯注地看她表演。

松伊不仅容貌出众，舞姿更是优美，举手投足简直就像仙女一样美丽，无人能比。就在此时，一直坐在首席只顾饮酒的林尚沃突然站了起来，跳起了耸肩舞，一会儿又踉踉跄跄地走到场地中间开始跳起残人舞，只见他将衣服卷起来堆到后背上，模仿驼背合着松伊的舞拍起劲地跳着。地方长官使道老爷像他这样在这种饮酒作乐的公共场合下与妓女一起跳舞还是绝无仅有的，因为郡守作为所辖地区的最高行政长官，高高在上，在地方上如同唯我独尊的皇帝一般，更何况作为一个新到任的使道老爷，兴致再高也不能当着全体官员的面跳这种滑稽的驼背舞。

在座的官员无不发出啧啧的惊叹声,林尚沃跳着跳着来到松伊的身边,抓起松伊的手。一直盯着他们表演的官员们都乐了,开始"嘀嘀"地为他们打起拍子,明眼的官员立刻明白了,新来的使道老爷非常喜欢这个叫松伊的官妓。

时至傍晚,林尚沃喝得大醉,乘着轿子返回了官邸,其他人也纷纷散去。典吏把松伊单独叫到一边,对她说:"松伊啊,我问你一件事。"

"有什么事,大人尽管吩咐。"

典吏看了看四周,见没有人注意他们俩才悄悄地问道:"现在你没来月经吧?"

松伊一听此话,脸立刻羞得通红,没有说话。典吏见状放下心来,低声对松伊说:"你今天回去后马上沐浴梳妆,打扮得漂漂亮亮地在屋里等我。"

"我不明白大人说的是什么意思?"松伊以前没经历过这种事情,没听懂典吏的话,不好意思地问典吏道。

典吏狡黠地笑着告诉松伊:"今天晚上新上任的使道老爷要召你侍寝。"

典吏早已看出林尚沃被松伊迷住了,在他领着林尚沃避开他人耳目到山红的酒馆暗访时便发现了这个秘密。不仅如此,在今天白天的迎春宴会上,使道老爷借着酒劲儿很露骨地在众人面前与松伊共舞,这些不都表明了使道老爷的心迹了吗?新上任的使道老爷碍于脸面,怎么好主动开口提出要松伊侍寝呢?使道老爷今天的表演难道不是在暗示手下官员应该做些什么吗?再说,使道老爷没有携带妻子儿女孤身一人来上任,一个已有家室的单身男人在寂寂长夜里怎能不饱受相思之苦的煎熬呢?

典吏提着茶壶来到林尚沃歇息的卧房,喝醉了的林尚沃歪歪斜斜地躺在床上。

"老爷。"典吏轻声呼唤道,想看林尚沃到底是睡着了还是醒着的。

"什么事?"林尚沃说道。

相思别曲

本以为喝醉了酒的使道老爷早已昏昏入睡，没想到居然还这么清醒地回答自己。

"我为您送来夜里喝的茶水，我猜您一定会很渴的。"

"好，放在那里，你可以回去了。"

"老爷，"典吏小声问道，"您仅仅只会喉咙干渴吗？"

"你这话是什么意思啊？"

"小人以为，您在寂寞长夜里，不仅嗓子会干渴，身体也不很滋润。"

"那怎么办啊？"林尚沃对典吏的话心里通明，但仍旧面对着墙并未转过身来。

"老爷，"典吏俯下身来对林尚沃说，"一会儿小人给您带个女人过来。小的已吩咐过她了，她现在正在梳洗打扮，听候老爷指示呢。请老爷不要推辞，就让她来为您一解客居他乡的相思之苦吧。"

典吏说的什么意思已经非常清楚，林尚沃却依然在那装糊涂，故意装作没听懂的样子问："你究竟在说些什么啊？"

典吏狡黠地一笑，说："小人已吩咐松伊今晚过来侍寝，大概松伊过了今晚就要盘头了。"

所谓盘头是指女人经过与男人的初夜后，女人就要改变原来做女儿时的发型要把头发盘起来了，这与一般人家闺女出阁新婚之夜后盘头是一样的意思。

典吏的意思是松伊今晚将要和林尚沃一起度过她的初夜，明天开始就可以盘起头来将头发梳成成年妇女的样式了。

"唉，你真是瞎操心啊。"林尚沃叹了口气。典吏明白了林尚沃的真实想法，知道他其实已经同意，于是赶紧出来找松伊。

等典吏出门走远了，林尚沃才起身端起桌上的水咕咚咕咚地喝了起来。他暗暗对自己说，今晚不过是个开始，只是开了个头，为把松伊救出火坑，还有许多事要做。

过了一会，门外有了动静，只听见典吏小声地说："老爷，松伊就要进屋了。"

那是一个月光皎洁的夜晚，如水的月光从门窗泻进屋里，照得屋子里像白天一样，甚至有些耀眼。在月光的映衬下，只穿着布袜站在屋外廊下的松伊的身影显得更加婀娜多姿。

林尚沃故意闭上眼，一时间他还无法正眼面对松伊，因为房间里相对暗一些，自己正朝向光亮的方向，松伊一进来自己的眼睛无法不与松伊接触。房门开了，有人走了进来，林尚沃不用看也知道进来的是松伊，因为房间里顿时飘过一种无以言喻的香气。

"老爷"，门外的典吏躬身小声说道，"小人先行退下，请老爷保重玉体。"

典吏远去的声音消失后，房间里静得连根针掉在地上都能听见，林尚沃甚至有些担心自己的心跳声会传出去，现在听到比喘息稍大一点的声音都感觉像是在地震。

一想到在房间里坐着的松伊，林尚沃就感到无比痛苦，他还从未受到女人姿色的如此诱惑，林尚沃感觉体内的欲望在爆发。他第一次发觉松伊真的与众不同，她使自己燃起了从未有过的热情。他翻来覆去地不停提醒自己："松伊是李禧著的亲生女儿，这是毫无疑问的事实，既然如此，松伊也就相当于是我林尚沃的女儿。我怎能做出冒犯自己女儿的事情呢，那岂不成了千古罪人？"

林尚沃终于鼓起勇气，转身睁眼，面对松伊。松伊就坐在伸手可及的地方，她仿佛已经接受了命运的安排，静静地坐在那里一动不动，连呼吸声都听不到。

这一夜，林尚沃紧咬牙关抑制住了自己的欲望。

时间过得可真慢，仿佛已过去了一年似的，远处终于传来了公鸡报晓的打鸣声，经过一夜煎熬的林尚沃好不容易合上双眼睡着了。天刚刚破晓，典吏就来到了林尚沃的屋外，低声叫道："老爷，该起床了。"

林尚沃已昏昏入睡全然没有听到。也真难为典吏了，既要为使道老爷唤来官妓一解独居异乡的寂寞又要维护使道老爷的体面，一大早便赶来把官妓领走。

"松伊，该出来了。"听见林尚沃呼噜噜的鼾声，典吏只好更加压低声音叫道。

相思别曲

熬了一夜一点觉也没睡的松伊悄悄地打开门走了出来，穿上藏在一边的鞋子。典吏似乎并不急于马上带松伊离开，而是小声地问松伊："怎么样？使道老爷是不是和你缠绵了一夜？"

松伊脸涨得通红，低头不语。

看到松伊这个样子，典吏以为松伊对男女之事羞于开口，便献媚地说："你现在真是捡到天上掉下的馅饼了，以后就可以住大房子过贵妇人的生活了。到时，可不要忘记我的功劳哟。"

典吏的话也不无道理，林尚沃不仅仅是郭山郡守，而且还是朝鲜第一巨富，一旦松伊能讨得林尚沃的欢心，自然就能够过上人人羡慕的幸福生活，这样一来，典吏从中牵线搭桥有功自然脸上有光，此外还能从中捞到一定的好处。

林尚沃对松伊表现出来的"关心"并没就此打住。

过了几天，林尚沃又召集全体官员举行宴会。新上任的使道老爷一上任就频频举行宴会，这可是史无前例的事情，正好端午节快要到了，所以在宴会上大家可一起戏水和做各种端午游戏。中国古代楚国大夫屈原在五月初五这一天投水而死，后人为纪念这位伟大的诗人在端午节这一天举行各种活动，其中一项就是水上龙舟竞赛。在韩国，自古以来龙舟赛又被称作"竞渡会"，重要的不是比赛，而是一种借以欣赏水上风光的郊游。

郭山北面有一个名叫云兴的地方，这里有一条江，江水在云兴回转而下，景色非常优美。

虽然已快到端午节了，但仍是晚春时分，江岸两边开满了各种各样的鲜花。端午节又被称作"水节"，因此每年这个时候女人们都用菖蒲煮水洗头沐浴。

此时的菖蒲也是一年里香气最为浓郁的时候，端午节里人们采来菖蒲，或食之或将其扎成束挂在家中大门上方，据说这样可以驱邪，非常灵验。

林尚沃带领大小官员，抛却公务乘船在江面上游玩，所有的人都兴致盎然。善解人意的典吏特意安排松伊坐在林尚沃身边侍酒。时间长了，所有的人都看出使道老爷的心早已被官妓松伊俘获。林尚沃在众人面前对松伊也很放肆，非搂即抱，周围的人都觉得使道老爷的行为似乎有些过火，有损使道的体统。但大家都装作什么也没看见的样子。酒宴进入高潮之时，林尚沃开口说道："从前，高丽名臣金克己在出使金国返回途中，经过云兴时曾作了一首诗，原诗是这样的。"

所有的人都把目光投向已经喝醉的使道老爷，林尚沃开始提笔在纸上书写金克己当年经过云兴时所写的那首诗。

金克己是高丽时代的名臣，也是当时著名的文学家。在当时农民起义此起彼伏的时代，金克己一直对饱受压迫之苦的农民很同情，积极呼吁改善他们的生活状况，是一个有良知的读书人。

> 卸鞍龙湾几时歇，
> 云兴未到坐骑疲。
> 熔石蒸沙苦天热，
> 渡水攀岩路逶迤。
> 骄阳难为繁兴赋，
> 细雨遥想谢朓诗。
> 车行千里何容止，
> 院君醉卧浓树荫。

林尚沃在纸上写完金克己的这首诗后，说："如果有谁能将这首汉字诗讲给大家听，我就把这只端午扇作为奖赏送给他。"

旧时每逢端午节，宫中有用菖蒲制成艾虎或编成艾扇赏赐给臣下的惯例，这种艾扇也被称作端午扇，据说，拿着这种扇子过夏，既可避邪又可以祛灾免祸。

因此林尚沃此话一出，马上有几个人自告奋勇站起来讲评这首汉字诗，但每当讲到最后一句"院君醉卧浓树荫"时都闭口不再往下讲了。因为这句话的原意是"郡守老爷喝醉了酒一头栽到了树荫下"，这倒没有什么难解释的，但如果照直说出来，就等于辱骂座中的郡守林尚沃在耍酒疯，所以这些讲解的人讲到最后一句都止住了，说句不明白赶紧溜之大吉。

"哈哈哈，"喝醉了的林尚沃舌头已伸不直了，含糊不清地说，

相思别曲

"难道这么简单的一句话就没有一个人能解释出来吗?"

就在这时候,一个为官员侍酒的年长妓女开口道:"老爷!"

大家一下子静了下来,把目光投向那妓女。

"如果我们中某个人能译出这句话的话,您也会把端午扇赏给她吗?"

"那当然。"

见林尚沃点头答应后,那个妓女便说:"松伊认识汉字,能读会写,她肯定知道那句诗说的是什么意思。"

瞬间,大家的视线又都集中到了松伊身上。真是令人难以置信,一个身份低贱、不过是供人玩弄的妓女居然能读写汉字。

"你真的明白这句话是什么意思吗?"林尚沃问坐在身旁的松伊。

"明……白。"松伊的脸早已涨得通红,小声地回答道。

座中的人无不为之一惊。这么多人都没把这首诗完全讲清楚,一个妓女居然说明白这句诗的意思,这真让在座的官员们无地自容了。如果松伊真的把这句诗的意思讲出来,在座的官员们岂非都成了一字不识的白丁,那高高在上的使道老爷也将成为妓女们的笑料了。

"哈哈哈,真的吗?你知道这句诗的意思?来来来,说说看。"

于是松伊回答:"这句话的意思是不是这样的:郡守喝醉酒之后睡倒在树荫下。"

那一瞬间,在座的人仿佛都被浇了盆冷水似的张着嘴说不出话来。松伊能够明白这句诗的意思已让大家吃惊不小,她居然还当着使道老爷的面很坦率地说出这句诗的意思,更是让人佩服。就在众人哑口无言之时,林尚沃率先打破沉默,拿起盖有大红朱砂水印的端午扇递给松伊,并对她说:"好了,这把扇子就归你了。"

松伊双手接过扇子拜谢。

那天宴会结束后,典吏又悄悄把松伊叫到一边问:"你最近没来月经吧?"

松伊像上一次一样羞红了脸没有吱声。

典吏便接着说道:"那你回去赶紧梳洗打扮一下,今晚使道老爷可能还会叫你去。"

到了晚上,典吏又提了一壶茶来到林尚沃的卧房,林尚沃酒还未醒,仍面朝墙躺在那里。

"老爷。"典吏轻声叫道,以确定林尚沃是否已经入睡。

"什么事啊?"林尚沃回答得清楚而迅速。

典吏马上明白了,使道老爷这会儿肯定在想着松伊呢。

"我怕您夜里会口渴,茶壶给您放在桌子上了。"

"好啊,放在那里吧,你可以回去了。"

典吏故意卖关子,将水放在林尚沃床前的桌上之后,便后退几步假装准备离开的样子。这时,面朝墙躺着的林尚沃突然开口,很心急地问道:"没有别的什么了?"

典吏面对林尚沃没头没脑的问话,故意装作没听明白:"老爷说什么?"

"我说你拿来的只有水吗?"

"老爷的意思是……"典吏对林尚沃的话早就心知肚明,但仍旧在佯装不知。

于是,林尚沃咂咂舌头,说:"这漫漫长夜,干渴的又岂止是喉咙啊。"

"老爷,您的意思是……"

典吏的话还没说完,一直面向墙壁的林尚沃突然转过身来,盯着典吏说:"典吏啊。"

"老爷有什么事尽管吩咐。"

"你用手摸摸我这枕头边是什么。"

典吏依林尚沃所言在枕头边摸索起来,原来是林尚沃事先放好的一锭银子。典吏马上明白了林尚沃的意思,麻利地将钱装进自己的口袋。

"老爷,小的马上就去办。为您取来些活水,而不仅是这壶茶水。"

典吏飞一般地去寻找松伊,这时松伊也早已按典吏的吩咐打扮停当。为避开他人耳目,松伊用头巾遮住了脸,悄悄地随着典吏从侧门进入林尚沃官邸,来到林尚沃的卧房门口。

松伊取下头巾进了屋。同上次一样,屋里只点了一支蜡烛,光线很暗。林尚沃也同上次一样躺在那儿一动不动。松伊站在门口一时不知怎么办才好,呆呆地站在那里。

这时,林尚沃开口说道:"你自己把被褥铺开吧。"

松伊照林尚沃的吩咐打开被褥铺好。

林尚沃又问道:"你从哪里学会识字的?"

"跟红梅姥姥学的。"

"你姥姥红梅不也是官妓吗?"

"是的,大人。"

"那她又是怎么识字的呢?"

"这个,我也不知道,反正从小就是她教我认字写字,我的名字也是她起的。"

"唉,真是的。"林尚沃叹了口气,并没有继续说下去,随后是漫长的沉默。

对于松伊来说,这又是一个很尴尬的夜晚。她今年已经20岁了,正是谈婚论嫁的年龄,被使道老爷招来侍寝意味着什么她心里很清楚。虽然她还是没被男子碰过的处女之身,但也知道自己侍寝之后就要盘起头发打扮成一个成年妇女的样子。如果自己命中注定要一辈子做男人的玩物,那第一夜能和使道老爷一起度过,把自己的处子之身献给他倒也不是一件坏事,松伊一直是这样想的。可是,新上任的使道老爷第一夜根本就没碰她一个指头。

"老爷,"沉默了好长一段时间后,松伊终于壮起胆子小声开口说道,"熄灯吗?"

本以为林尚沃已经睡着了,没想到林尚沃马上回答道:"熄了吧。"

松伊"呼"的一声吹灭了蜡烛,屋里顿时陷入一片漆黑之中。与上次不同,今天夜里没有月亮。接下来又是漫长的沉默。松伊又不知该怎么办了,只好坐在一点亮光也没有的屋子里,双手抱膝等着看林尚沃能有什么吩咐。

谁知蜡烛熄灭之后，一阵阵疲劳涌了上来，身体变得越来越沉，松伊忍不住打起了瞌睡，最后竟然不由自主地睡了过去。昏睡中的松伊好像听到了什么动静，她一下子睁开了眼。

天边已泛起一层亮色，夜晚即将过去。映入眼帘的不是自己熟悉的小房间，而是一间陌生房间的天花板。松伊一下子明白过来了，坐起身来，本能地用手摸了摸自己的身上，原来自己竟然和衣睡了一夜，而且不知是谁怕自己被凌晨的寒气冻着给自己盖上了被子。

松伊转头看房间的另外一头，使道老爷仍旧面朝墙躺在那里，似乎还在熟睡。

松伊的心怦怦直跳，好不容易镇静下来，开始回想昨晚的情形。是谁帮我躺在这儿，又是谁为我盖上了被子，难道都是新上任的使道老爷干的吗？也只有这个可能了，房间里除了我就只有使道老爷一个人了。这时，远处又传来了公鸡报晓的啼声，刚才自己也分明是被这鸡叫声惊醒的。不容松伊多想，外面传来很轻的脚步声，好像是怕被别人听见。随后只听见典吏在外面小声叫："老爷，该起床了。"

林尚沃没有回答，他睡得很沉，还发出很响的鼾声。

"松伊，快点出来。"典吏又在外面叫道。

松伊踮着脚出了房间，用头巾遮住了脸和身体后跟着典吏穿过被露水打湿的院子。还没等走出去，典吏便偷偷地问松伊："老爷对你怎么样？他一定是整夜缠着你不放，不，一定是恨不得把你整夜含在嘴里。"

典吏因为已经两次送松伊去给使道老爷侍寝，心里早就认定使道老爷与松伊的感情已到了如胶似漆的程度。俗话说得好，一日夫妻百日恩嘛。

新上任的使道老爷被妓女松伊迷住了的消息很快便开始在郭山传扬开来，虽然松伊两次为使道老爷侍寝的秘密只有典吏一个人知道，但是没有不透风的墙，不久，这件事在郭山已是无人不知无人不晓了。

　　郭山城内街头巷尾都有人在谈论这件事，不但是妇女们聚到一起对此事喜闻乐道，就是男人们凑在一起的时候也议论个没完。总之，这是一件很容易为人们所津津乐道的"绯闻"，似乎没有人发觉所有这一切都是林尚沃早已策划好的。事情如他所愿向着他设计的方向发展，这些传闻当然也是林尚沃计划的一部分。

　　就当这件事情传得满城风雨的时候，松伊的养母风风火火地赶来找松伊。松伊不知出了什么事，只见山红提着裙角气喘吁吁地进了门，喝了一瓢凉水后不管三七二十一，冲着松伊就问道："松伊啊，我听说使道老爷现在被你迷得死去活来的，这是真的吗？"

　　养母山红一惊一乍的问话并没有让松伊感到慌乱，她红着脸但仍很沉着地说："您怎么突然说出这样的话呢？"

　　山红点上一袋烟吧嗒吧嗒地抽了几口，对松伊说："这死丫头，事到如今还跟我装什么蒜？现在全郭山郡的人没有一个不知道这件事了。新上任的使道老爷为了你魂都丢了，得了相思病，你没听别人说过这件事？现在我问你，这个使道老爷是不是已经两次让你为他侍寝了？"

　　松伊想："我两次到使道老爷房里侍寝，这件事只有使道老爷、典吏和我三个人知道，这个秘密母亲山红又是怎么知道的呢？"

　　"我问你的话可要如实回答，这可是我请那个典吏喝酒时他亲口对我说的，你这死丫头想骗你娘我可不行哟？"

　　山红吸了几口烟后又接着问道："我再问你一遍，你已经被使道老爷召去了两次，对不对？还有啊，那个对你一见钟情的新使道老爷还赏了你一把端午扇，对不对？"

　　"您问这些干什么？"松伊有些难为情地回答。

　　"问这干什么？！"山红突然将手中正抽着的烟袋使劲地往地上敲，磕得砰砰直响。

　　"你这死丫头，我问这个干什么？你可真是傻哟，这可是关系到你一生前程的大事，难道你不明白？你这死丫头，人活着为的是什么？人活在这世上有机会就一定要把握住，难道你打算像你妈我一样,一辈子像酒馆里的酒碗似的在这帮臭男人手中传来传去,最后弄得豁牙掉口的?你愿意像我一样最后也变成被人抛在一边的旧玩物吗?"

松伊这才明白养母为什么这样急急火火地跑来找自己,于是便一五一十地把自己已两次被召到使道老爷房内侍寝的事情如实告诉了山红。

听到果有此事,山红欣喜若狂地问松伊:"那么,使道老爷对你怎么样?他是不是很喜欢你?行房的时候他是抱着你呢还是背着你?"

"既没抱着,也没背着。"松伊红着脸回答。

山红一副恍然大悟的样子,一拍膝盖,笑嘻嘻地问:"既没抱着,也没背着,那使道老爷一定不是把你放在他肚子上就是压在身子下了?"山红的提问越发赤裸裸。

当松伊告诉她真实情况是两次侍寝使道老爷没有碰过自己一手指头时,山红怎么也无法相信连续两夜使道老爷竟连松伊的手都没碰一下,更无法相信松伊仍是完好无缺的处女之身。山红惊得不由得叫出了声:"哎呀,怎么会是这个样子呢?"

这下可把山红搞懵了。她解开衣扣,拿起扇子猛扇一通,才渐渐缓过劲来。

"这么说,你这丫头还没破身?"大惑不解的山红连声叹息,"这真是件怪事啊,你说这使道老爷难道是阳痿,那宝贝硬不起来;要不他就是被阉割过的宦官,面对一个如花似玉的姑娘,能在那里一动不动光睡觉?哎,我说你这个死丫头也是死脑筋,你干嘛不主动投怀送抱,去摆弄摆弄使道老爷的宝贝呢?唉,我的命怎么这么苦,我平时教你跳舞,教你唱歌,就算没有教你扭扭腰勾引男人,这个你也应该无师自通呀。唉,你这臭丫头,在使道老爷房里睡了两宿,居然还是处女,天上掉下的金元宝砸漏了屋顶都不知道去捡。"

山红干着急没有办法,嚷嚷了半天才喘了口气,但马上又接着说:"听人说,这新上任的使道老爷是咱全朝鲜最有钱的富翁,这从天而降的机会你无论如何也要抓住呀。你难道不明白这是改变你命运的唯一方法吗？一个妓女想脱籍从民只能用钱来赎身，若能做富人的侧室或小妾，这还不是轻而易举的小事？这道理谁不知道，偏偏你这个死脑筋的丫头……唉，这帮臭男人呢，可能会一时对一个女人喜欢得死去活来，但一旦他尝到了滋味，就开始厌烦了，等到他觉得没什么新鲜感就会溜之大吉，男人都是这个德行。所以，你现在得趁着使道老爷对你着迷的时候，使尽一切方法将他牢牢拴住，这样你才能成为全朝鲜最富有的人的小妾，一辈子不愁吃不愁穿，也只有这样你才能摆脱当妓女的贱命。如果真能成为使道老爷的小妾，你妈我也能跟你享享福，过一过贵妇人的瘾。哎，我说你这个死丫头，你还有什么犹豫的呢？我的话你听进去没有？既然老爷召你去侍寝，当然就得做侍寝的事。新上任的使道老爷可能会碍于脸面不好意思，你这时得主动宽衣解带，那不就成了吗？再不，你可以撒娇让使道老爷为你脱衣，哪个男人能抵挡得住？没有谁是生下来就是阳痿的，你可以装作试试被窝里暖不暖和把手伸到被子下面去抚摸他的宝贝嘛，男人的那个东西，你动动它，它就会一下一下硬起来。唉，你也是20岁的人了，还不明白这个。唉，我怎么摊上你这么个傻丫头，我的命怎么这么苦啊。"

山红像是要宽解自己胸中的郁闷，用手把自己的胸口拍得嘭嘭响，一边自顾自地唠叨个不停。

忽然，她好像想起了什么似的，解开裙子脱去内裤，松伊被她这没头没脑的举动弄呆了。

"大白天脱衣服干什么？"

山红自己也哭笑不得地叹了口气说："现在我要亲自教你怎么才能使男人欲火中烧。"

山红脱去内衣后，从下身隐秘处取出一件东西："你知道这是什么吗？"

仔细一看，原来是一个用马鬃编成的小口袋。

"这是什么？"

见松伊一无所知，山红得意扬扬地告诉她："别看你妈我现在上了点岁数，找的丈夫不怎么如意，钱也没挣多少，但却是命中注定不缺男人。现在那些男人还像牛蝇一样围着我转，这都是这个小东西的功劳。正是因为有了这个东西，那些男人一旦沾上我的身子，一个个迷得骨软筋酥，再也离不开我了。这个东西叫香囊，懂了吧？"

这个马鬃编成的香囊中装有香獐子胯下分泌的麝香，旧时这种香囊十分名贵，寻常百姓家根本见不到，王孙贵族家女儿通常出嫁时将它系在最里层内衣里，实际是一种春药。

麝香的香味可以经久不衰，一个女人如果佩戴这种香囊，便会将这种香气化为自己的体香，但也不宜太浓，否则会发出一种非常腥臊的人粪味儿。所以，这种香囊必须要把口扎紧，让香味隐隐约约地散发出来，这时的香气大概是世界上最为芬芳的气味了。

"这袋子里装的麝香，只要是个男人，无论他是品行高尚，还是学富五车，只要闻上它一次，他们便会像六月发情的公狗一样，伸出舌头，急不可耐地缠住你不放。听人说，曾有一位修行了三十多年几乎已修炼成佛的老和尚在闻到这麝香的味道后居然也破了戒。我就不信新上任的使道老爷闻了之后，他的宝贝会无动于衷？不信你就试上一试。"

这种麝香的确有一种春药的作用，使行房人的性欲格外强烈。此外，麝香也可用于猝发性急病，作为急救药物，它可以使昏迷不醒的男人苏醒过来。人们常说麝香能够起死回生正是这个道理，所以麝香也是一味很名贵的中药材。

"解开裙子，脱掉内衣。"山红断然命令道。见松伊还有些犹豫，山红直催促："还磨蹭什么，我叫你脱了裙子。"

松伊只好脱去了裙子和上身小衫。

"把长内裤也脱掉。"

当时朝鲜族女人穿的长内裤相当于我们今天穿的内裤，是当时女人们最贴身的内衣了。松伊一脱去长内裤，山红就要强行掰开松伊的双腿。

"让我来看一看你的玉门。"

松伊吓了一跳，赶紧合上双腿。山红可不轻易放过，笑嘻嘻地说："我女儿的玉门就像成熟得恰到好处的果子。这么好的东西，新上任的使道老爷竟没有打开来看看，难道他真的有毛病不成？"

山红一边用针线将自己戴过的香囊缝到松伊的长内裤里，一边说："我得到这个香囊大约还是在我20岁左右时，一个派往清朝的使臣在我为他侍寝后给了我这个，他对我说，这在中国也是一个很贵重的物件，这里面装的麝香产于中国云南和四川，中国人把香獐子的这种分泌物称为'当门子'。从那之后，我一直戴着它，进出你娘玉门的人也就从未间断过。有时，这个刚走那个又来，有时是这家主人刚走他家下人又来，至于那些四方游走卖唱的人就更不必提了。那时候家里的大门半夜里都有人进进出出。"

在为松伊缝好香囊后，山红又嘱咐松伊道："以后你就戴着它，但是要牢记一点，那就是你的玉门可以给那些男人看，但这东西却决不可示人，绝对不可以。那些男人闻过这种气味之后，他不觉得是香囊的味道，而是错以为是你体内发出的味道。你要装作不经意的样子，让他们闻到这种气味，他们就会以为这是松伊你身上特有的气味。记住，松伊啊，绝对不可以把这个拿给别人看，即使刀架在脖子上也不行。一定要记住了。"

临走时，山红好像是要做总结似地对松伊说："记住我的话，凡事都讲机遇和缘分。可能过不了多久，新上任的使道老爷又要召你侍寝，事不过三，这是你最后的机会了。花开要看时节，还有一句话，'花无九日红'，现在你面临好时节，如果机会被你一而再再而三地错过，新上任的使道老爷就不会对你感兴趣了。一般来说，男女姻缘关键在双方头三次见面，如果过了三次这姻缘还未结成，双方之间便没有什么吸引力了。你两次给使道老爷侍寝，却没被碰一个指头，这不等于说使道老爷是个阉人或是阳痿什么的，而是他可能打心眼里非常珍惜你，觉得你美若天仙，不忍心破坏心中美好的东西。所以，下次如果使道老爷还召你侍寝的话，可能会是你最后的机会了。你要拿出孝女沈清用裙子蒙住头跳进滔滔江水的劲头扑进使道老爷怀里。使道老爷不是赏你端午扇了吗？你可以拿着它，走到老爷身边假装为他扇扇子，如果不行的话，你干脆直接钻进使道老爷的被窝里，如果他真的训斥你的话，你就哭。只要是男人，没有人能抵挡住女人的眼泪的，在看到他有了反应之后，不要急于委身于他，你还可以闹闹别扭撒撒娇什么的。一句话，你心里欢喜也不能表现出过分喜欢的样子，因为这样可能会使使道老爷觉得你是个很轻浮的女孩，虽说是'一日夫妻百日恩'，但你若没有全身心地投入，也是做不到这一点的。你千万不要忘记这个夜晚可能是决定你生死的重要关头，如果你不能使使道老爷钟情于你，那你以后只能任那帮臭男人们摆布了，最后就像我跟你说过的酒馆里的酒碗一样，落得个豁牙掉口残破不全的下场，像我一样成为一个老妓女。"

养母山红走后没几天的一个傍晚，典吏来找松伊，刚见面又问她最近来没来月经。松伊对这句话的含义已知道得非常清楚了，但仍是羞于开口回答，只是涨红了脸摇了摇头。典吏压低了声音接着说："今晚使道老爷可能会召你侍寝，你先好好打扮一下等我过来领你过去。"

听了典吏的话，松伊的心怦怦直跳，脸发烫，全身也一阵阵发热。

新上任的使道老爷两次与自己同房过夜却没碰过自己一指头，但在松伊心中，对使道老爷的爱慕之情却早已悄然而生，使道老爷已牢牢占据了她的心。虽然没有肌肤之亲，但使道老爷却也是自己生来第一个与之过夜的男人。

对于松伊来说，她只不过是个官妓而已，郡守老爷作为一个地方长官，两人的地位有着天壤之别。

松伊匆忙去沐浴，她用艾草煮过的热水沐浴后坐到镜子前面梳妆打扮。镜子里的松伊是那样年轻美丽，甚至在她本人看来也不禁为之恍惚。

松伊的皮肤很白，而且没有一点瑕疵，呈现一种半透明的样子。朝鲜很早以来便把具有像玉一样洁白透明皮肤的人称作是天生贵人，所以有很多女人把捣碎的蒜搅在糨糊里涂到脸上，以使自己

相思别曲

的皮肤美白，而松伊却天生丽质有像玉一样洁白透明的皮肤。

一般妓女化妆通常化"粉黛妆"，抹上一层厚厚的粉使脸显得很白，把眉毛描得很细很清晰，然后在头发上抹上很多头油使头发看起来非常光滑。这种很有特色的浓妆也叫"妓女妆"。松伊眉清目秀，皮肤又好，没有必要化这种妆，只要化简单的"施粉无朱"妆就可以了，只是略微扑点粉，不用胭脂一类的东西。

松伊照养母山红的吩咐将装有麝香的香囊口稍微打开一点，使香气正好隐隐约约地散发出来后穿好内衣。

松伊想："这次又有机会去给使道老爷侍寝，要像母亲所说的那样，无论如何也要使老爷喜欢自己，这样才能改变自己的命运，说不定真如母亲所说，能有机会成为使道老爷的侧室呢。"

松伊穿好衣服后又坐到镜子前梳头，因为刚用艾草水洗过的缘故，她的头发特别地润泽有弹性，并有一种淡淡的香气。

"今晚或许就是母亲所说的最后的机会了，不管用什么手段引诱使道老爷，我真的要像孝女沈清投江那样毅然钻到使道老爷的怀里，"松伊对着镜子里的自己说，"我一定能行的，今晚哪怕是死也要死到使道老爷的怀里。"

说到这里，松伊惶恐地看了看四周，没有一个人，但她的脸还是涨得通红，心也怦怦直跳。这还是以前的松伊吗？作为大逆罪人的女儿，松伊被迫沦落为官妓，但她的血管里流淌的仍是她父亲的血，那个梦想拥有天下至高无上权力的李禧著的血，她骨子里仍是曾经是关西第一侠客在生意场上无人能敌的李禧著的女儿。不仅如此，英雄难过美人关，李禧著一直喜欢女色与美酒，当年不是他带着林尚沃在北京逛了最好的妓院吗？只要松伊的血管里还流淌着她父亲的血，即使是个女儿身也肯定会有风流的天性。

天黑不久，门外传来细碎的脚步声，接着传来典吏的声音："松伊在吗？快点出来。"

松伊用头巾遮住脸和身体出了屋。这是一个月色撩人的夜晚，春天在不知不觉中过去，已是初夏时节，道路两边沟渠里的水哗哗地淌着，不时传来几声蛙鸣。走在明亮的月光下，松伊感觉像是在梦中行走一般。

快走近使道官邸时，典吏回过头对松伊说："老爷这次召你来可是一杯酒也没喝，老爷对你十分有意，你可要小心侍候。"

典吏自有典吏的打算，每次使道老爷派他找松伊时都会格外赏钱给他。如果松伊能再进一步成为使道老爷的小妾，那就更好了，这样一来自己没准也能交上好运。总之，对他来说此事是有百利而无一害的。为了避开他人耳目，典吏带着松伊从偏门进了使道官邸，正门外巡逻打更的人走来走去，顾及使道老爷的体面，怎么也不能让这些人看到松伊。

新上任的使道屋里灯火通明，松伊已非常熟悉这间林尚沃卧房。

"老爷。"典吏躬腰低声叫了一声。

"谁呀？"屋里传来林尚沃的声音。

"老爷，是我，典吏。"典吏暗笑一下说，"老爷，松伊给您带来了。"

"快进来吧！"

这是前所未有的事，以前来这儿的时候通常只点一支蜡烛，屋里很暗，使道老爷也总是喝醉了酒面壁躺在那里。今天与以往截然相反，屋里灯火通明和大白天一样，使道老爷也没喝醉酒，声音洪亮听起来精神很饱满的样子。

"松伊啊"，典吏温和地对松伊说，"快些进去吧！"典吏明知道即使不说也没什么，但他还像话中有话似的加了一句："老爷，小人先行告退，明天天亮小人再来侍候老爷。"

房里没有任何动静，典吏暗自窃笑着离开了卧房，高兴得边走边唱："哎呀，太好了，可喜可贺呀，新上任的使道原来也是风流种子啊。"

大摇大摆走着，口袋里不时发出银钱撞击的声音，典吏的兴致随着口袋里叮当作响的声音越发高涨，他琢磨着："今晚真是个好日子。对了，如果到山红那里悄悄对她说她女儿又去新上任的使道那里侍寝了，她肯定免费好吃好喝招待我，真是个好日子啊！"

相思别曲

松伊在使道卧房前犹豫了一下，低声说:"老爷，松伊要进来了。"

屋里立刻响起使道的声音:"快些进来，刚才我不是已经说过了吗?"

松伊双手悄然推开门来到屋内。

林尚沃穿得整整齐齐坐在屋子中央，不知何故旁边还摆着酒桌。

"坐吧。"看到松伊手足无措的样子林尚沃温和地说，"我今晚想喝酒了，所以叫你来。"

说着，林尚沃"哗啦"一声将房门大敞开，屋外明亮的月光倏然泻进屋里，此时即便把屋里的蜡烛都熄掉，屋里也会明亮得如白昼一般。

"来，给我斟酒来。"林尚沃端起杯，松伊急忙双手为其斟满。林尚沃一口气饮干了杯中酒。

明亮如水的月光衬托得松伊越发美丽出众，真称得上天下绝色。林尚沃看到松伊多是在宴会这样的场合，还从来没见过松伊此时这般曼妙姿容，仅有的两次夜里单独相处都只看到微弱烛光下松伊依稀的容貌。

在明亮的月光下林尚沃一边细细地端详着松伊的容貌一边想:"松伊的相貌真像自己那个大逆罪人朋友李禧著，简直是和她父亲一个模子刻出来的，挺拔的鼻子，又黑又大的眸子，连眼眉都和李禧著一模一样。"

"你也喝一杯吧。"林尚沃将自己喝干的酒杯倒满后递给松伊。通常情况下达官贵人们是不会劝妓女饮酒的，即使有时会允许妓女饮酒也不会将自己用过的酒杯给她们用，像这样将自己喝过的酒杯递给妓女还为她倒酒的事情只有在两情相悦和喝交杯酒时才可能。松伊并不是不知道这个规矩，因此松伊虽然没有推让，但接过来时却羞红了脸。松伊饮尽杯中酒后将杯子递还给林尚沃。

"老爷，给您的杯子。"一个卑贱的妓女敢将自己喝过的杯子直接还给使道老爷是一件常人所不敢想象的事情，松伊身上这种敢做敢为的气质大概也来自她父亲李禧著的遗传。

林尚沃丝毫没有介意。他接过杯子，松伊双手为他斟满酒，刚刚喝了一杯酒的松伊脸庞便开始微微发红，这更为她平添了几分妩媚之色。

"我记得你会读书写字？"

几杯酒下肚已有些微醉的林尚沃问松伊。

"会一点儿。"

林尚沃指着墙边的屏风说："你念一下那边屏风上写的诗。"

屏风上写有唐朝诗人万楚的一首汉字诗，万楚生时并不为人所知，流传后世的作品也不过七八首，但却被后人广为传诵。屏风上的这首诗是他一首题为《五日观妓》的诗。这首诗是端午节戏水归来林尚沃亲手写在屏风上的，也就是松伊解对了那句"太守喝醉了倒在树荫下"汉诗得到林尚沃赏赐端午扇的那次。松伊开始慢慢地念起来。

  西施谩道浣春纱，碧玉今时斗丽华。
  眉黛夺将萱草色，红裙妒杀石榴花。
  新歌一曲令人艳，醉舞双眸敛鬓斜。
  谁道五丝能续命，却令今日死君家。

念着念着松伊的脸上开始泛起红潮，因为屏风上这首万楚的诗仿佛就是在歌颂自己的容貌。

这首诗首句讲的是西施在溪边浣洗自己亲手织的纱，碧玉则是南朝宋汝南王的小妾，相传她拥有倾国倾城的美貌，曾有一首《碧玉歌》形容美丽的碧玉16岁时便让男人们神魂颠倒，让自己念屏风上这首万楚的诗暗指自己比西施和碧玉更美丽，新上任的使道似乎以此诗向松伊表达自己的爱慕之情。该诗的最后一句更强烈地表达了自己的深深爱意。

"谁道五丝能续命，却令今日死君家。"

相传端午节用五色彩丝缠在胳膊上可以长命百岁，这句诗对这个风俗提出质疑："谁说这五色丝可以延续一个人的生命？我宁愿今天死在你的家中。"这句是说如果能跟自己心爱的人一起，甚至

相思别曲

不愿缠五彩丝线祈求长寿,期望能与爱人在一起同生死,这正是这首诗歌的主题——真挚动人的爱情。

松伊这才明白使道老爷对自己的相思之情,明白了使道老爷愿同自己共生死的心迹。

松伊一口气将这首诗念完,林尚沃一边拍着自己的膝盖一边感叹说:"松伊你怎会这么聪明伶俐呢?"

"老爷。"松伊抬起头看着林尚沃说。

"什么事?"林尚沃醉眼惺忪地问松伊。

松伊有些不好意思地答道:"我想为您献上一首曲子。"

"唱歌?太好了。"林尚沃很有兴致地点点头。

于是松伊开口唱了。歌中唱道:

> 万事为君愁,哀思上心头;
> 人间苦离别,不抵守空房。
> 白日不见君,梦中亦难觅;
> 相思不相见,有情人断肠。
> 心中空惆怅……

松伊唱的这首曲子名叫《相思别曲》,是当时流行曲目中的一首代表性歌曲。它的作者已无从考证,产生年代也不详,是一首歌唱男女爱情的具有代表性的歌。

这首曲子以描述情人离别之苦、独守空房种种相思无法排遣的痛苦为开始,在细微刻画了等待自己心上人的相思之苦后,以人死不能复生,但愿来世能再续前缘作结。

与万楚那首诗不同,这首曲子是从一个女子相思的角度来歌咏忠贞爱情,松伊巧妙地借用这首曲子对刚才林尚沃用万楚的诗间接表达自己爱意作出了酬答。

> 幼时同唱的歌至今还历历在目,声声入耳,
> 看到什么都是你的脸庞,
> 听到什么都是你的歌声,
> 求求你,求求你,
> 老天爷呀,快把心上人送到我身边吧,求求你啦。

相思别曲

前生来世彼此不要会忘记,这是百年的盟约。
……

松伊的唱腔清新悲凉,这首曲词本身已是相当的哀婉,曲词又是那样的悲伤,闻之令人心中愁情顿生,肝肠寸断。

林尚沃双目微闭,凝神静气听松伊歌唱。

林尚沃也听懂了松伊此曲的深意,这首《相思别曲》也确实道出了松伊的相思之情。

明亮的月光透过敞开的大门照进屋内,屋外天空中高挂着一轮圆月,松伊哀绝的歌声回荡于屋子内外,月光里也仿佛弥漫着相思之苦。

越过万水千山,我也要去寻找我的檀郎,
怎奈山峰重叠,高不可攀;
怎奈水流湍急,泥沼隔阻;
望着天空圆圆的月亮我又想起你,
一日离别西归后却再难寻觅。

这天夜里,酒桌撤去了,屋里只剩下他们两人。喝醉了的林尚沃又像以前那样面壁躺在睡垫上,而松伊则和衣抱膝坐在房间一角。

一阵漫长的沉默过后,林尚沃仍一言不发地躺在那里,松伊也一动未动。最后,还是松伊先开了口:

"老爷,我要熄灯了。"

林尚沃随口应道:"你想做什么就做什么吧。"

松伊熄了灯,月光却把屋子里照得通明光亮。松伊铺好被子,又对林尚沃说:"老爷,夜里风凉,您到这里来睡吧。"

松伊服侍醉酒的林尚沃躺到褥子上,为他盖好被子后,自己开始慢慢除去衣物。她没有任何羞涩落落大方地做着这一切,养母山红的那些话也早已抛诸脑后,什么"这是你不容错过的最后机会了"之类的话她仿佛已全然忘记,心里只想着与自己心爱的人共度良宵。正像自己所唱的《相思别曲》中的歌词那样,"怎么看也看不够的是恋人的脸庞,怎么听也听不够的是爱人的歌唱",松伊正是这样心怀爱慕之情心甘情愿脱去了衣服。

松伊除去衣裙,摸索着钻进林尚沃的被窝。此时此刻,松伊和林尚沃的身体都热得像一团火,可林尚沃仍旧连手指也没动一下。

"他还在犹豫什么呢?"松伊想,"他一定为什么事所困扰一直在徘徊彷徨之中,既然新上任的使道老爷这么喜欢我,像他用万楚诗表达的那样愿与心爱的人一同死去,那他还在等什么呢?"

松伊一下子抓住了林尚沃的手,她已经没有任何顾虑,只听她在林尚沃耳边悄悄说道:"老爷您看,躺在你身旁的是野狐呢还是松伊?"

"你为什么问我这个呢?"林尚沃好像有点心烦意乱。

"说不定不是妓女松伊而是化身为人形的狐狸,万一我不是松伊而是狐狸变的,那我屁股后一定有尾巴,老爷您不想摸摸看吗?"

松伊紧抓林尚沃的手将它放到自己身后。冒失的松伊抓住林尚沃的手将它放到自己屁股后,林尚沃的手立刻感受到松伊滚烫的身体。

"老爷,我问您,"松伊吐气如兰,"我屁股后到底有没有尾巴?"

"嗯,"林尚沃回答说,"摸了,什么也没有。"

"那我是松伊还是野狐呢?"

"你不是野狐,你明明是松伊嘛。"

"那么老爷",身体滚烫的松伊钻进林尚沃的怀抱,"您怎么好像觉得我是九尾狐的样子似的躲着我,我明明是没有尾巴的松伊,您却把我当作九尾狐。"

黑暗中,林尚沃脑际突然响起一个声音:

"你在犹豫些什么呢?"伴随这一喝声的还有什么东西狠狠地敲打自己的脑袋,"你这家伙,手里拿的什么东西?"

是久违的石崇大师的大喝之声。

30年前,他和现在躺在自己身边的松伊的父亲李禧著走北京,赚了大钱后去逛妓院,正巧遇到绝色美人张美龄,当听到她哭泣着哀求救救她时,林尚沃脑际也是响起这声大喝,正是这声大喝使林尚沃下定了决心。

当时林尚沃完全可以无视她的哭诉，夺走她的贞操，但这样做无疑将她推上绝路，唯一解救这个女人的办法就是支付赎金将她带出妓院还以自由之身。就这样，林尚沃最终付了500两的巨款为她赎身让她获得了自由。

那天夜里，他躺在张美龄身边一夜未眠，脑袋里被那声霹雳般大喝震得长久不能平静下来。

"你这家伙，手里拿的什么东西？"

30年后的今天，在自己与松伊同床共枕的时刻，这个霹雳般的大喝又一次在林尚沃耳边炸响，但奇怪的是林尚沃今天反而平静舒坦起来。

"你这家伙，我问你究竟在犹豫些什么呢？"

是啊，我究竟在犹豫些什么呢？林尚沃扪心自问，难道是因为松伊是我好友李禧著的女儿的缘故？松伊既然是李禧著的女儿也等于是我林尚沃的女儿，但我现在所做的一切是将松伊从火坑中解救出的唯一办法，只有这样才可以使松伊摆脱卑贱的官妓身份成为良民。我是经过深思熟虑才想出这个计策的，娶松伊为偏房，出钱为她赎身，买个女子来代她继续充当官府妓女，要让松伊恢复良民身份只有这一条路可走。此时此刻林尚沃手中仿佛握着一把利刃，只是这把利刃不是用来杀人而是用来救人的。

想到这里，林尚沃觉得像一下子卸掉了许久以来压在心上的巨石，心情顿时舒畅了起来。他紧紧抱住赤身裸体钻到自己怀中的松伊。

"你问我为什么把你当作九尾狐，"林尚沃话锋一转，"因为我今晚想和你一起死在这里。"

心中已不存在任何芥蒂的林尚沃再也抑制不住自己激情澎湃的心。而此时此刻的松伊虽然还是刚刚年满20岁的处女，但在心爱的人面前已没有了一丝羞涩，虽然是将自己正当花季的身体第一次奉献给一个男人，那也是因为两人前生有约。

此时如果说林尚沃是云那松伊就是雨，凡是被林尚沃所覆盖到的地方松伊便播撒雨露，云雨之情使两人世界里一夜之间开满了鲜花。

"松伊啊",每到情浓之处林尚沃便呻吟般地叫着松伊的名字,"老爷"松伊热烈地响应着。虽然两人已融为一体已到了无法更接近一步的程度却还要一再确定和自己在一起的人是谁,反复地呼唤着对方。

"松伊啊,"林尚沃抚摸着松伊光洁的背部,"你在哪儿?"

松伊娇嗔道:"我不就在您怀里吗?"

"那我怎么看不到你啊,难道你真的不是人?"

"我不是跟您说过我不是人了吗?"

"那你是修行百年的狐狸吗?"

"如果我是修行百年的狐狸怎么会没长尾巴呢?"

"你有尾巴,"林尚沃的手滑向松伊的臀部,他的抚摸令松伊酥痒难忍,"咯咯"笑着扭动着身体。

"太痒了,老爷。"

"你屁股后明明有尾巴。"

"您刚才还说没有呢,怎么这会儿又说有了呢?"

"因为你是狐嘛,百年修行的白狐化为人形时有时有尾巴有时没有尾巴。你肯定是白狐,快从实招来,你化为人形到本大人身边想干什么?"

"小女的确是修行百年的白狐,到老爷这里只为了一件事。"

"什么事?"

"我希望真正脱胎换骨变为人,这是我平生唯一的愿望,不再做狐狸而希望成为真正的人。"

"要怎样做你才能成为真正的人呢?"

"这个嘛,"松伊钻到林尚沃怀里说,"小女我如果能得到老爷您的心肝,吃到肚里去就能真正变成人了。"

"那好啊,"林尚沃袒露出胸膛对松伊说,"真是这样的话你就把我的心肝掏出来吃掉好了。"

"真的吗?"

"真的,来吧,把我的心肝掏去吃了吧。"

于是松伊将头伸到林尚沃怀中，舐咬着林尚沃的胸膛，林尚沃情不自禁地发出呻吟的声音。

"小女不但要吃了老爷的心肝，还要摄走您的魂。"

松伊的嘴吮遍了林尚沃全身各处，真像一只吃人心肝吸人骨髓的狐狸，林尚沃再也捺不住自己抬身紧紧抱住松伊与之融为一体。

"如果你是百年野狐，那我是什么呢？"

"老爷嘛，老爷是……"松伊有些语无伦次。

"我到底是什么？"

"小女是狐狸的话，老爷就是狼。"

"对，你说的有道理，我就是只狼。"

林尚沃嘴里真的像狼一样叫着紧紧抱住松伊。

就这样两人整整缠绵了一夜，一刻也未分开过。时间仿佛一眨眼的工夫便从两人身边溜走，随着第一声公鸡啼鸣的叫声，一夜未眠的两人迎来了晨光熹微的拂晓。

"老爷，小女有个心愿。"

"什么心愿？"

"我希望您能为我杀掉第一个打鸣的公鸡，割断它的脖子。"

就在这时，屋外传来了典吏的声音："老爷，老爷起床了吗？"见屋里一点动静都没有，典吏把耳朵凑到了门边，但还是连喘气的声音也没听到。他将昨晚藏到怀里的松伊的鞋放到了石阶上，再次轻声呼唤，这次他叫的是松伊。

"松伊啊，"典吏一边观察着周围的动静一边轻声喊到，"起床了吗？起来了就快点出来。"

屋里仍旧没有人回答。典吏一时没了主意，很尴尬地站在屋外不知如何是好。

虽然现在天刚刚放亮，但过不了多久天便会大亮，再这样延宕下去，一切都会公之于众。典吏没有办法只得又提高了声音叫道：

"松伊啊，起来了吗？起来就赶紧出来。"

这时，一直寂静无声的房里传来了林尚沃的声音："谁在外面这么大声音啊？"

典吏吓了一跳，赶紧躬身答道："老爷您起床了吗？典吏来给您请安了。"

"有什么事吗？"

"老爷，天快亮了，现在已是黎明时分了。"

"你这个家伙，"屋里再次传来林尚沃的呵斥声，"什么黎明时分？现在还黑灯瞎火的，等天亮了再来吧。"

"老爷，"典吏一着急，连说话也变得结结巴巴，"晨鸡已经报晓，您难道没听见打鸣的声音？"

"我叫你天亮再来，听到没有？"

"知……知道了。"

无奈，典吏只得一边向后退一边说："老爷，小人天亮再来。"

典吏再次拿起松伊的鞋子放入怀中离开了林尚沃的卧房。典吏听了林尚沃的话真是进退两难，他边走边想："使道老爷让我天亮再来，看来使道老爷真是让松伊这个小妖精给迷住了，明明是天都快亮了他却说是黑灯瞎火。"

想着想着，典吏嘴角露出一丝微笑，两人一定是翻云覆雨一夜不曾合眼，现在正是恋恋不舍之时，他俩现在肯定是如胶似漆地抱在一起。想到这里，典吏不由得手舞足蹈，自言自语："真是太好了。"

昨夜送松伊去了使道老爷的卧房后，典吏又去了山红的小酒馆。果然不出所料，山红闻听松伊被召去给使道老爷侍寝的消息，让他喝了一夜的酒也没收他一分钱。典吏在山红的小酒馆里一直喝到深夜酣然睡去，直到黎明前想起松伊还在使道老爷的房中才一下子醒过酒来，赶紧回到林尚沃那儿想神不知鬼不觉地将松伊送走，谁知使道老爷却让他天亮再来。

"哎呀，使道老爷被松伊迷住了，真是彻底迷住了。"典吏继续手舞足蹈地走着。他摇摇晃晃来到府院后门找了个地方盘腿坐下。因为天刚蒙蒙亮也没什么地方可去，他还惦记着过一会儿去叫松伊回去，所以也不敢走远，就那样坐着打起了瞌睡。

松伊见典吏被林尚沃喝退后，开始有些不安："老爷，我该走了。"

"再待一会,我刚才不是说过了吗?现在黑灯瞎火的走什么走。"林尚沃不愿让松伊就此离开,又一次将她抱紧说。

"老爷,"松伊笑着说,"小女是只白狐,天亮之前不能离去的话就会当场现出原形。"

"你昨晚不是已经吃了我的肝变成了人了吗?"

"这还远远不够,"松伊答道,"想要变成人的话还需要足够的真情。"

"我会给你的。不要走,松伊。"

"我不走,老爷。"

"我一会儿就跟他们说我不舒服,我要与你在这儿厮守一天一夜。"

"老爷,"松伊起身说道,"小女现在是早上的'朝云'正要退去,傍晚又会化为雨来找您。"

松伊此话出自中国古典故事。战国时楚国的宋玉在其名篇《高唐赋》序中写到,楚襄王与宋玉游于云梦之台,见高唐之上云气变化无穷。宋玉告诉襄王说那就是朝云,并说了一个故事:"昔者先王(指楚怀王)尝游高唐。怠而昼寝,梦一妇人,曰:'妾,巫山之女也,为高唐之客,闻群游高唐,愿荐枕席。'王因幸之,去而辞曰:'妾在巫山之阳,高丘之阻,旦为朝云,暮为行雨,朝朝暮暮,阳台之下。'旦朝视之,如言,故为立庙,号为'朝云'。"

"唔,你也知道巫山云雨的典故?"林尚沃对松伊能如此博学吃惊不小。

聪明伶俐的松伊通晓古典,将自己比作朝云,以此比喻昨夜云雨之情,再次展示自己的才智。

"对呀,"林尚沃一拍大腿道,"你说得对,你不是白狐是朝云,好吧,你走吧,就像巫山南峰上的朝云漂漂而去,晚上听到我的呼唤就化做雨露来与我相会。"

这时门外又传来典吏小心翼翼的声音:"使道老爷。"

"谁?"

"小人是典吏，您起床了吗？"

"当然了。"

"那您让松伊快点出来吧。"

"知道了。"

不一会，松伊又像来时那样戴上头巾从房间里走了出来。典吏赶紧从怀中取出鞋来递给她。

这时天已大亮，无法遮掩行踪，典吏尽可能地用自己的身体挡住松伊，急急忙忙向府院外走。为避开他人耳目，两人像逃跑一样慌慌张张地出了后院角门。所幸，一路上没有遇到什么人。

一走出府院，典吏感觉心头的一块石头落了地，长出了一口气，急切地问松伊："昨夜怎么样？天都亮了老爷也舍不得让你走，你看他多么喜欢你。"

典吏看了一眼身旁的松伊，虽然松伊的脸仍被头巾遮住，但典吏却感觉到现在的松伊已不容随便侵犯，举手投足间仿佛已不再是过去那个官妓松伊，在与高高在上的使道老爷同床共枕后，松伊似乎也成了使道老爷的如夫人。

如夫人是小妾的别称，不是明媒正娶在家中有稳固地位的正室，朝鲜古时还称为妾室、副室、别室、别家、侧室等，但这些都是一种贱称，如果这小妾已被认为是家中事实上的妻子而加以尊称的话，则称之为如夫人。

"松伊啊，"典吏讨好地说，"你以后要是成为使道老爷的夫人，可是进了豪贵之门，到时候可不要忘了典吏我的功劳啊。你明白我的话是什么意思吗？"

当天下午夕阳西下时分，山红像一阵风一样跑到了松伊居住的地方，像是有什么急事似的三步并做两步来到松伊屋里，脱下鞋子随手扔到一边。见屋里只有松伊一个人在睡大觉，看来松伊昨晚整夜都没有合眼。

山红进屋就赶紧把松伊摇醒，大声嚷嚷道："大白天的你睡得这样死，鬼来了把你背走都不知道。快起来，我的好闺女。"

松伊揉着惺忪的睡眼坐了起来，嘴里嘟囔着："什么事啊？"

"你说什么事？真是我的宝贝闺女。"山红抚摸着松伊的脸，以她女性特有的敏感觉察出松伊昨夜已与使道老爷成其好事，这使山红极为兴奋。

"快，说说看，昨晚怎么样？你按我说的办了吗？"

松伊佯装不解，红着脸看着山红并不答话。

"宝贝啊，"看着松伊在那儿装糊涂山红愈发着急，她用力拍着松伊的肩膀，洋洋自得地说，"好了，你妈我什么都知道了，你千万不要骗我哟，想都不用想，昨天夜里你和使道老爷同床共枕了吧，你妈我早就料到了。"

松伊心里很清楚，一定是典吏早将自己昨夜为使道老爷侍寝的事告诉了养母山红，这个快嘴的家伙，什么事也藏不住。

"好了，乖宝贝，"山红在旁边偷偷地端详着松伊的脸急切地问，"告诉妈妈，怎么样？你按我说的去做了吗？我可跟你说过，再一再二可没有再三再四，这可是关系到你终身前程的大事。无论用什么方法只能成功不能失败，过了这个村可没这个店了。怎么样？你和使道老爷成事没有？你与使道老爷同房时带了我给你的那个香囊了吗？你是像孝女沈清那样用裙子蒙面跳进滔滔江水那样横下心来钻到使道老爷的怀里的吗？哎呀，真是急死我了，你这个死妮子，倒是说话呀！"

山红一急之下，索性分开松伊的双腿低头去看松伊的私处，嘴里还说着："让我看看我姑娘的玉门，使道老爷那个宝贝是不是在这里进进出出忙了一夜？快让我看看。"

松伊赶紧将两腿合起来，红着脸开始一五一十地向山红讲述昨夜发生的事情。松伊的话刚讲到一半，山红就猛地站了起来，高兴得在屋里跳起舞来。似乎还嫌屋里不够宽敞，过了一会干脆一脚踢开房门，穿着袜子在院子里又唱又跳。

山红跳了好大一会才又回到屋里，接着问松伊："嗯，他都怎样同你玩耍的？是抱着你呢还是背着你呢？"

"他把我抱在怀里。"

"他是将你放在身下？还是放到肚子上？"

"有时是压在我身上，有时是把我放到他肚子上。"

"哎呀，我的宝贝闺女，使道老爷让你怎样你就怎样了吗？"

"嗯，他叫我干什么我就干什么。"

"这么说来，你同使道老爷交欢时心里一定非常高兴了？"

松伊没有回答，但她的脸更红了。山红找到火石点上一袋烟，一面抽一面接着问："使道老爷是不是一刻也没有将你从怀里放开？"

"使道老爷在天刚蒙蒙亮时还要和我在一起，把来接我的典吏大人给斥退了。"

"是吗？那你们又弄了一回？"松伊点点头没有说话。

山红简直不敢相信自己的眼睛，不由喊出声来："这老家伙还真有把子力气，他也不怕在你身上下不来，你说说，他也真是的。"

山红将松伊揽到自己怀中，轻轻地拍着她的背说："干得好，宝贝闺女。真是太好了，使道老爷还说了些什么没有。"

"他没再说什么。"

"你们分手时他什么也没说？"

"老爷他说，让我早上化做朝云盘绕在山顶，到了傍晚听到他的召唤就化为雨露下山来与他相会。"

山红可不懂什么意思："这是什么话呀？说得人糊里糊涂，朝云是什么意思？变成雨下山又是怎么回事？他还说了什么没有？"

"别的就没说什么了。"松伊不知道山红到底想知道些什么，只好低头抿嘴笑。

"笑，你这个丫头，"山红不由得又发起急来，用手把胸脯拍得嘭嘭响，"难道他没向你许诺什么时候置办外宅将你养起来？"

旧时朝鲜为小妾置办外宅也叫"妾置家"，这表示小妾的身份得到认可并另外为她置家供养她。

"我的话你可听好了，男人见了自己中意的姑娘就像采集花粉花蜜的蜂蝶一样被迷得忘乎所以，但一旦花粉掉光了，蜜也吸尽了，这蜜蜂蝴蝶就会掉头不顾找别的有更多花粉和花蜜的花去了。男人们都是这德行，你别看现在使道老爷对你如何着迷，整夜寻欢作乐，过不多久他就会心猿意马准备去找更好的花了。而且你不要忘了自己的身份，你还是个官妓，不能像普通良民女子可以做一般人家的小妾，人家那样做了小妾算是良妾，而你最多只不过是个妓妾，就跟人家里的使唤丫头差不多，是没有任何地位的。妓女呀，只是男人们一朝一夕风流的玩物，何况现在使道老爷在义州还有妻室，谁知道那位夫人听到丈夫要纳妾的消息会不会不顾一切地跑到这里来大闹一场。到那时候，宝贝呀，无论是使道老爷把你抱在怀里还是背在背上都没用了。弄不好你就成为被男人玩弄后抛弃的玩偶。所以，从现在开始你要趁着使道老爷倾心于你的时候央求他为你置办外宅。这可是关系你今后一辈子幸福的大事，你要用尽心思才对。"

"可是我，"松伊红着脸打断了山红的话，"我不指望使道老爷为我做任何事，这些我都没有想过。"

"那你想怎么样？"山红一脸愠怒。

"现在这个样子就很好，我不想从他那里再得到别的什么东西。"

"这样就很好？！是啊，你这个死丫头，你现在正当青春妙龄，可是你想过没有，一眨眼的工夫你就会年老色衰，变成我现在的样子，像个豁牙掉口的酒碗，您愿意那个样子吗？"

"就算那样我也没有什么可遗憾的。我真的不图他什么，真的没想过将来会和使道老爷怎样。"

"哎哟，我们家还出烈女了。唉，我的命怎么这么苦啊！"

山红不由得又把自己的胸脯啰啰拍了一通，然后对松伊说道："好吧，我不管你是能做成使道老爷的小妾，还是被他玩过之后被他抛弃，这都是你命中注定，不关你娘我的事。但你无论如何要对使道老爷说，请他付了这支簪子的钱。"

说着，山红从自己的头发上取下簪子递给了松伊。

松伊接过山红突然递过来的簪子，心中很是不解。她压根不知道，这是自己生母生前用过的东西。山红从前曾下过决心在时机到来时将这支簪子交给松伊并把关于她身世的秘密讲给她听。现在机

相思别曲

会来了，松伊面临生死抉择，是能讨得使道老爷的欢心成为他的小妾，还是从此在花柳行中沉浮最终以卑贱的身份死去，此时的松伊正站在决定自己命运的十字路口上。

"我养了你这么多年，花费了多少心血，他总应该付些钱吧。大家都知道你不是我的亲生骨肉，我领养了你这么多年，这世上哪有不花钱的好事？"山红冷冷地说道，"你不是我怀胎十月生出来的，你五岁大时我从别人家把你抱来辛辛苦苦把你养大，从那时到现在你吃的穿的哪一样不是我给你的，这世上可没有天上掉馅饼的好事，当初要不是我收养你，你恐怕连小命都没了，更不用说现在生得花容月貌了。你把这支簪子给使道老爷，就说山红让他买下这支簪子。沈清卖身还卖了300石米，我这花枝招展的女儿被他一口吞掉还想装作若无其事的样子，哪有这等美事？何况他还是当今的首富，起码应该付清这么多年来你的口粮钱。"

山红这样做也是出于多种考虑。通过典吏的讲述山红获知上次登门对松伊生母刨根问底的两班贵族便是新近上任的使道老爷，她是个精明的女人，觉得这刚刚上任的使道老爷肯定就到她的小酒馆里来一定有他的用意。但究竟是什么驱使这新上任的使道老爷这样做呢？他一定是与松伊已死去的父母有着某种关系，否则他不会这样做的。此外，从大家传说的使道老爷上任后与松伊发生的一些故事来看，使道老爷不仅仅是爱慕松伊的美色，而是真的对松伊动了情。松伊前两次为使道老爷侍寝，而使道老爷居然没有动松伊一个指头就把她送了回来，这极有可能是他从心里将松伊看作自己的亲生女儿。现在山红准备抛出决定胜负的最后一招，那就是这支簪子。她回想起自己那天在酒馆里曾给使道老爷讲过这支簪子是松伊生母送给她的礼物，还取下来给使道老爷看过。现在使道老爷若是看到这支簪子的话，肯定会明白自己让松伊转达这支簪子的用意。那天山红已与使道老爷有言在先："我已决定在适当的时候将这支簪子交给松伊，到时我将毫无保留地将她生母如何死去、她究竟是谁的女儿、她为何成为妓女所有这一切都告诉她，让她出嫁时将这支簪子戴到头上，在这之前我将替松伊保存这件东西。"

相思别曲

正因为此前山红已对使道老爷讲明了簪子的故事，相信使道老爷一定能立刻明白她此举的深意。

山红冷着脸将簪子交给松伊并再次嘱咐松伊一定让使道老爷付钱后便离开了。

从那天晚上起松伊便一直等待使道老爷的召唤，但日子一天天过去了，使道老爷那里却一直杳无音信，一次次的期待化为泡影，松伊的思恋却越来越强烈。

那年夏天，平安道一带发生了罕见的特大洪灾。瓢泼大雨连续几天几夜下个不停，大江小河无不泛滥成灾，决堤的江水漫过稻田给百姓带来深重的灾难。面对严重的灾情，林尚沃打开自家的粮仓将储存的粮食分给郭山和自己家乡义州的黎民百姓，最后连作种子的粮食都发放一空。当地的百姓对林尚沃无不感恩称颂。

旧时的赈恤通常是指在发生洪水之类天灾时，官府打开粮仓救济饥民，林尚沃此次没有用官府的粮食而是打开自家的仓库用自家的粮食救济了众多的饥民。由于林尚沃的壮举，郭山与义州两地在发大洪水之年居然没有出现一个饿殍，不能不说是个奇迹。

因为一直忙于赈灾，林尚沃整整一个夏天都没有工夫召来松伊共叙相思之情。林尚沃经常是一天之内几次动了想见松伊的念头，但是公务实在繁忙根本没有时间，他不得不压制住自己对松伊的思念。

松伊每天都想着与林尚沃的巫山之约，像传说中的神女一样等待着与心上人相会，夜晚独自一人时常常暗自垂泪，夜晚醒来泪水常常沾湿了枕巾，但使道老爷却依然没有任何音信。对松伊来说，林尚沃此时已不是什么使道或是什么贵族，而是松伊深深爱恋的心上人。在松伊眼中，眼前的一切仿佛都闪动着林尚沃的面孔，耳边也时常恍惚听到林尚沃的声音。这一切真像极了林尚沃与松伊结下鱼水之欢的那天晚上松伊唱的《相思别曲》描绘的情景。人间万般愁苦最痛莫过独守空房的相思离别之苦，真心相爱的人相思却不能相见，只能将所有的情思与牵念寄于清风，梦中梦到的都是情郎，可是梦醒时却不能看到他，让人黯然神伤。每当思念之情涌上心

相思别曲

头,松伊常独自一人唱起这首曲子。

夜里松伊常常无法入睡,真像是得了相思病。

2

不知不觉夏天悄然退去,草虫鸣叫的秋天到了。夜晚的月光更加皎洁,但黑夜也变长了,无尽的思念使松伊像幽灵似的起床走到院子里站着,望着高挂在空中的月亮长吁短叹。终夜辗转反侧难以成眠,以泪洗面到天明,松伊最后终于病倒了。

到了七月的一个傍晚,典吏来到了松伊的住处来找她:

"松伊啊,这段时间过得怎么样?"看到松伊憔悴的面容他大吃一惊,"这段时间怎么了?你生病了吗?你的气色可是大不如前啊。"

典吏接着又问起松伊那句老话:"你现在没来月经吧?"

见松伊没有答话,典吏又小声说:"老爷今晚叫你过去,夜深之后我来领你。你好好打扮一下等着我。"

听了典吏的话,松伊简直高兴得有些发懵了。典吏前脚刚走,她就一下子瘫坐到地上。这么多天煎熬般的等待,终于等来了心上人的消息。松伊用艾蒿水沐浴之后坐到久违的镜子前,呆呆地望着镜中的自己。古语云:"女为悦己者容,士为知己者死。"这么长时间以来,苦苦等待情郎却杳无音讯,松伊无心梳妆,已经很久没有照过镜子了。

松伊看着镜子中自己的脸是那样地憔悴,宛如大病一场的样子,这全是这么多天来吃不下睡不好造成的。难怪典吏看了会吓一跳。松伊叹口气,开始梳头。还像以前那样,松伊只是简单地扑点粉,没有涂胭脂。无意中突然看到镜子旁边放的一支簪子,松伊拿到手里仔细看了看,原来是两个月前养母山红交给她的那支梅竹簪。

松伊犹豫了一下,还是将自己的头发盘成圆圆的发髻,用那支梅竹簪别好,这样梳妆便完成了。不知不觉中夜已来了,屋外淅淅沥沥地下起了秋雨。这场雨下过之后,估计漫山遍野的树叶也将会变成红色。这时,门外传来了典吏的声音:"松伊在吗?我们该走了。"

松伊穿上油纸做的雨披出了门,雨披很大,将松伊从头到脚罩得严严实实。典吏穿了一件蓑衣,头上戴着一顶油纸帽。松伊紧跟着典吏快步走着,路边的河水哗哗地流。典吏小声对松伊说:"夏天发洪水,老爷忙得很。他很想叫你过去,但一直没有机会。他经常问我你最近好不好,看起来老爷也非常想你,这么长时间对你念念不忘。"

像往常那样,两人悄悄地从府院的角门进去。林尚沃的卧房里只点着一支蜡烛,光线很暗。

"老爷。"典吏在门外小声地叫道。

里面传出林尚沃的声音:"谁啊?"

"老爷,我把松伊带来了。"

"快叫她进来。"

典吏偷偷地看了一眼松伊,狡黠地笑了:"进去吧,天亮时我再来带你回去。"

松伊脱掉鞋子放到地板上,然后又把被雨水打湿的雨披叠好,跪在房门外说道:"老爷,松伊要进来了。"

松伊的话音刚落,房间里就传出了林尚沃的声音:"我不是说叫你进来了吗?"

松伊打开门进到屋里,林尚沃正坐在睡垫上,旁边点着一支蜡烛:"来,过来,到我跟前来。"

松伊犹豫着站在那里没有动,林尚沃示意松伊过去,温柔地说:"好久没见你了,让我好好看看你的脸。"

"老爷,"松伊依旧站在门边动也没动,"好久不见,小女子在这给您请安了。"说着,松伊将手举过头顶,跪下身来给林尚沃行了个大礼。

林尚沃没有作声,默默地接受了松伊的行礼。

"老爷,这段时间您没有想我吗?"

相思别曲

"怎么会不想?"林尚沃笑哈哈地对松伊说,"这些天来我一直对你念念不忘,一天要想你好几次,怎能说我不想你呢?来来来,到我跟前来,让我在亮处好好看看你。"

林尚沃伸手抓住松伊的双手将她拉到自己身边,松伊虽然穿了大雨披,但雨水还是打湿了松伊前面的头发,头发上的水珠在烛光下亮闪闪的。

"外面正在下雨吗?"

"是的,老爷,外面正下着秋雨。"

"时间过得可真快,我记得最后一次见到你还是炎热的夏天,这一晃都到秋天了。"

"是的,在我们分别的这段日子里,夏天已经过去,现在已是秋天了。"

"这段时间我真的非常想念你,松伊。"林尚沃叹了口气,将松伊紧紧地揽进怀里。松伊的身体在林尚沃怀中微微地抽动着,突然之间被日夜思念的心上人抱入怀中,松伊显然控制不住自己的情感,眼泪一下子涌了出来。

"哎呀,松伊,你是不是哭了?"林尚沃吓了一跳,用双手捧起松伊的脸。

"老爷,"松伊已是泪流满面,哽咽着说,"我觉得自己要是再见不到你就会死掉了。"

"别哭了。"林尚沃温柔地抚着松伊的背说,"从现在起我们每晚都可以相见了。"

林尚沃轻轻地拍着松伊的后背使她平静下来,他的手忽然碰到了松伊的发髻,发现了松伊插在头发上的簪子。便问道:"松伊啊,你怎么开始插簪子了?"

当时已婚妇女常用簪子来固定发式,同时也是一种饰物,但没出嫁的姑娘用的不是簪子而是一种类似于簪子但分为二股的钗子。簪子,可以说是已婚妇女的一种标志。

"老爷,"见林尚沃问起,松伊便回答道,"小女子虽说是身为最为天下人所不齿的妓女,但遇到了老爷我不就与那些有了丈夫的妇女们一样了吗?"

"把那簪子拿来我看看。"

松伊从头上拔下簪子双手交给林尚沃,松伊的头发像绸缎般散落到肩上。

"这支簪子是从哪里来的?"林尚沃一眼就看出松伊插的不是一支普通的簪子,而且这支簪子似乎就是那次和典吏一起在山红的酒馆里看到过的山红头上戴的那只梅竹簪。林尚沃对此并不感到奇怪,因为簪子作为一种饰物,在当时经常作为传家宝传给后代子女,它象征着女子的贞节,世人也格外看重它。

见林尚沃问起这支簪子,松伊回答道:"这是小女母亲给的。"

"母亲,你是说山红吧?"

"是的。"

林尚沃一边看着手里的簪子一边想:"难道山红已将松伊出生的秘密和这支簪子的真正主人松伊生母的所有悲剧都已经告诉松伊了?"

林尚沃突然感到一阵不安,于是便问松伊:"她给你这支簪子的时候说了什么没有?"

松伊还没学会撒谎,听到林尚沃的问话后红着脸回答:"老爷,我母亲她在交给我这支簪子时叫我一定要转达一句话给您。"

"她说了什么话?"

"老爷……"松伊有些不好意思开口。

"她说了什么你就照原话说好了。"

"老爷,说来很惭愧,我母亲在给我这支簪子时一再嘱咐我一定要把这支簪子拿给您看。"

"为什么呢?"林尚沃仍未消除心中的疑问,继续问道,"我实在不明白你在说什么,她为什么要我看这支簪子呢?"

"老爷,"松伊的脸更红了,"既然老爷一定要知道,我就如实禀告。小女的母亲说把这支簪子拿给大人您看是希望您出高价买下它。她说您现在是把她多年一手拉扯大的孩子带走,应该把这些年来的饭钱付清。"

相思别曲

听了松伊的话，林尚沃明白了山红的意思。表面上山红是将松伊生母曾经用过的簪子由松伊转交给林尚沃并索要一大笔钱，实际上还有希望林尚沃能够拿出大笔钱来为松伊赎身使其脱离妓籍成为良民，再正式迎娶为侧室并为松伊置办宅院居所之意。

这天夜里，熄灯后两人又交融在一起。男女之间的关系真奇妙，它可以超越年龄和身份的界限，除此之外又能有什么关系能像它一样呢？这一次的相逢使两人达到了更加理想的境界，心灵与肉体完全融为一体。

松伊年轻的身体在林尚沃的怀中逐渐热烈起来，林尚沃也是一样，上次同房交欢时由于还惦记着松伊是好友李禧著的女儿心里或多或少总有挥之不去的负罪感，行动上也不能说没有迟疑，这次则一点这种感觉都没有了。

整个夏季漫长的思念，心心相印的两人都饱受相思的痛苦，松伊仿佛是化为朝云盘绕在山顶的神女一样等待着心上人的召唤，林尚沃又何尝不是天天盼着那朝云下来撒下雨露呢？

"你是谁呀？"经常是在一阵激情过后，林尚沃捧起松伊的脸问。

每当这时松伊总是回答："小女是松伊呀。"

林尚沃又问："松伊是谁呀？"

"松伊就是松伊呗。"

听到松伊的回答，林尚沃总是这样说："你不是松伊，你是菱角。"

"小女是菱角，那老爷又是什么呢？"

"我是水凫啊。"

"老爷是水凫，那水凫是怎么叫的？"

"水凫呱呱叫，它一边叫一边寻觅吃食。"说着说着，林尚沃真的模仿起水凫呱呱叫着在松伊身上用嘴又拱又啄，松伊顿时感到全身都变得炽热起来，仿佛有火在烤着自己。

林尚沃的话出自中国最古老的诗集、被视为儒家经典之一的《诗经》，据说孔子对此书进行了删定，世人对此说法多持怀疑态度。但不管怎样，这首把男人比喻为呱呱叫的水凫而把女人比喻成漂浮不定的菱角的诗篇流传千古脍炙人口。林尚沃就是借此诗来将自己比作水凫，松伊自然就比作菱角。

这首曾被孔子盛赞的诗篇全文如下：

　　关关雎鸠，在河之洲；
　　窈窕淑女，君子好逑。
　　参差荇菜，左右流之；
　　窈窕淑女，寤寐求之。
　　求之不得，寤寐思服；
　　悠哉悠哉，辗转反侧。
　　参差荇菜，左右采之；
　　窈窕淑女，琴瑟友之。
　　参差荇菜，左右芼之；
　　窈窕淑女，琴瑟乐之。

林尚沃与松伊两人就这样借用诗篇中的水凫与菱角而互相表达自己的爱意。

"那么，老爷，"松伊接着问，"您四处寻找，是在找菱角吗？"

"是呀，我是在找。"

"那您找到了吗？"

"我怎么找也找不到。"

"找不到，那您怎么办？"

"找不到嘛，我就不分白天黑夜，不论睡着了还是醒着都想着它啊。"说到这里，林尚沃长叹了一口气，"思念使我夜不能眠，整夜整夜辗转反侧不能成眠。"

"辗转反侧"，用来描述因思念心上人而夜不能寐是最贴切不过了。

"老爷，"松伊已完全沉醉在诗的意境里，林尚沃的手触摸到的地方、嘴唇亲吻到的地方真的好像已变成了菱角，"现在您找到菱角了吗？"

"找到了，当然找到了。"

相思别曲

"那菱角在什么地方呢?"

"它不就在这里吗?"林尚沃用手指着怀中的松伊说,"你不就是我的菱角吗?"

"我不是,"松伊摇摇头说,"我可不是菱角。"

"那你是什么?"

"小女是琵琶。"

"你是琵琶,我就是玄鹤琴。不不不,我不是玄鹤琴。"

"那您是什么?"

"我是纸。"

"那松伊我就是墨。"

"不对不对,松伊呀,你既不是朝云,也不是什么菱角,也不是琵琶,也不是墨。"

"那我到底是什么?"

"你是九尾狐。"

"不是。"

"为什么不是?"

"小女子已经吃了老爷的心肝脱胎换骨变成人了。"

"那你现在是什么呢?"

"我现在是松伊了呀。"

"好吧,就算这样吧。松伊就是松伊,那我是松伊的什么呀?"

"老爷嘛,肯定不是呱呱叫的水凫。"

"嗯。"

"也不是玄鹤琴,也不是纸。"

"嗯,那是什么呢?"

"老爷就是老爷。"

"怎么说来说去我还是你的老爷呢?那样不还是说你是我的纸或者说你是我的下人了吗?"

"那老爷认为自己是什么呢?"

"我不是你的相公吗?"

林尚沃的话犹如石破天惊,因为相公是已婚妇女对自己丈夫的尊称，这么说意味着林尚沃要接纳松伊作自己的妻子，虽然不是正室，但起码也是有名分的侧室。

"还有，从现在开始，不要再喊我老爷，要称我为相公。知道了吗？"

"可是……"松伊一下子懵了，一时不知道该说什么好。

林尚沃紧接着明明白白地讲出了自己的意思："天一亮你就到你养母山红那里去，告诉她使道老爷要出钱买那支簪子，她想要多少钱都行，我都会给她。"

第二天傍晚。典吏又去了山红的小酒馆，因当时正是傍晚时分，客人很多，山红正忙着给客人们上各种下酒菜。但一看到典吏来到酒馆，她马上放下手头所有的事情悄悄地将典吏领到了旁边的单间里。

"昨晚，老爷又叫松伊过去了，你知道吗？"典吏趾高气扬地对山红说道。

"是吗？"山红乍听到典吏的话吓了一跳，但马上装作若无其事的样子，"既然昨晚老爷叫了松伊，现在都过去一天了，你怎么才来告诉我？"

山红知道典吏的心思，每次林尚沃叫了松伊后，典吏都要到山红的酒馆里来报信，然后白吃白喝，于是她说"大人，给您端点酒过来喝吧。"

"不用，不用麻烦了。"典吏很傲慢地摆了摆手，见身边没人，典吏才将嘴凑到山红的耳边悄悄地说，"山红啊，我想问你件事，最近身上来没来月经？"

"这是什么话？你竟然问我身上来没来月经？"山红听了典吏的话先是摇了摇头，随后很生气地叫了起来，"你这家伙安的什么心，疯了还是怎么回事？居然会问这种问题？"

"小点声，小点声，山红。"典吏被弄得很紧张，双手在空中做了一个下压的手势，"不是我问的，是老爷派我来叫你的。"

"什么？"山红更加不知所措了，她将手中的烟袋在炕沿猛敲几下，然后才开口说话，"那个老爷是不是个疯子，他昨天刚叫了我的女儿侍寝,现在又要叫我这个老婆子过去,难道他要把我们母女两个一起抓在手里不成,什么老爷呀,简直是个疯狗。"

"嘘——"典吏四周围看看,非常紧张地制止山红。

"我只是开个玩笑而已。老爷吩咐我今晚把你领到府上,好像有什么急事要跟你说。"

"有急事跟我说?"

"有什么急事要跟我说的话,为什么不在白天叫我,非要我到半夜三更过去?"

"嘘——"典吏又看看四周,压低声音道,"老爷希望你能悄悄地到府上,不要被别人看见。"

"好吧,你就在这儿吃着喝着,等天黑了我和你一起到老爷府上去。"

"好好好。"典吏心想也没必要再回去,到时还得回来领山红,不如就在酒馆里打发时间,到夜里再领山红到老爷府上,便很痛快地答应了。

山红很快给典吏送上一桌酒菜,还特别加了方文酒和骨头汤。骨头汤是将剔去肉的骨头用斧头砍成几段在锅里不停地煮,然后加入酱油和其他调料。酒鬼典吏坐在炕上心满意足开始喝酒。

入夜,酒馆打烊之后,典吏领着山红悄悄向衙门走去。典吏在酒馆里喝得有些醉了,头脑发晕,已经走不成直线,摇摇晃晃地在前面带路。时已深秋,银盘般的月亮挂在天边,月色通明,两个人的影子像是在月光下跳舞。

那天整整一天山红都被这事搞得心神不宁。新上任的老爷不在大白天叫自己过去,非要等到半夜三更偷偷摸摸地跟自己谈,一定是关于自己养女松伊的什么事。就算是对身份低贱的妓女,也得讲点儿法度,自己怎么说也是松伊的母亲。新上任的使道老爷这样避开他人的耳目悄悄叫自己过去一定有他的苦衷。

对,肯定是这个样子,山红继续照着自己的思路想了下去。今天夜里是个关键的时刻,不知新上任的老爷会不会纳松伊为妾,万一他只是想为我们松伊破瓜表示一下,装腔作势地准备一些盘头钱和谢礼之类的东西让我去，我一定要揪下那个老色鬼的睾丸，让这个老头子生不如死。

对，今晚不是你死就是我活。

万一新上任的老爷只是把我们家松伊当作一个妓女想就此罢休的话，我一定要揪下他的睾丸，到时让他叫天天不应叫地地不灵。老天爷呀，快救救我女儿吧，可不要丢开她不管呀。

两人避人耳目从侧门进入官府，林尚沃的房子里还点着蜡烛。

"大人。"酒醉之后站立不稳的典吏像是突然来了精神似的，站在门外敲门。

"谁呀？"

"大人，是我，典吏。照您的吩咐我把山红带来了。"

典吏向山红丢个眼色，山红马上向房间里走去。

"典吏就在那儿先等一会儿吧。"

山红走进房间一看，林尚沃一个人坐在桌边，身上还穿着官服。在这样的深夜里，独自一人在自己的房间里居然还穿着官服，真是很少见。

"大人，"山红一见林尚沃马上行礼，"给大人请安。"

"坐下吧。"林尚沃的声音听起来有些紧张。

山红于是坐下来开始说话："大人，以前小人不认识新上任的大人，得罪了老爷，真是罪该万死，还请老爷恕罪。"

山红是指此前林尚沃与典吏两人隐瞒身份到她的酒馆时，她说什么"原以为是身份高贵的两班老爷，却不过是看不起下等人的家伙"，还告诉酒保"客人要走了，把鞋都擦干净，拿些盐撒在他们走过的台阶上"。山红为此前自己当面冲撞林尚沃而谢罪。

"为了那点小事就罪该万死？山红啊，我叫你来不是为了要问你的罪，因为有事要跟你商量才把你叫过来。"

"不知大人叫小人来有什么吩咐？"山红抬头问。

林尚沃掏出一件东西放在桌上："这是什么东西，你总该认识吧？"

山红仔细看了看林尚沃放在桌子上的那件东西，原来是自己前几天送给松伊的那个梅竹簪："认识。"

"你说要把这簪子送给松伊，可是事实？"

"是的，大人。"山红看着林尚沃很自然地回答。

"我今天叫你来，不为别的，是想告诉你我要买这支簪子。"

"大人。"听了林尚沃的话，山红嘴边露出一丝微笑，"大人当真要买这支簪子？"

"当然了，价钱嘛好说，你要多少我就给多少，但是……"林尚沃突然压低了声音。经过短暂的沉默后，他又接着说道："但是我有个条件，你必须发誓要坚守我们之间的约定，您愿意吗？"

"什么约定？大人，您就放心吧。如果大人真的要出高价买这支簪子的话，就是刀架在脖子上我也什么都不会说的。"

"我只有一个条件，那就是所有与这支簪子有关的秘密都不要告诉松伊，绝对不要告诉她这支簪子是谁的、她的亲生母亲是怎么死的、她的亲生父亲是个谋反的大逆罪人，等等。如此你能发誓信守诺言的话，我就出钱买下这支簪子，你听明白我的话了吗？"

"绝对没问题，大人。"

"那么，你要我出多少钱来买这支簪子呢？"

林尚沃话一出口，山红像是早有准备似地脱口说道："我要大人遵照古代的风俗出300石米来买这支簪子。沈清当时不是也将自己卖身换取300石米吗？大人如果要我的女儿松伊的话，不是也应该给我300石米吗？"

300石米。朝鲜古代传说中有名的孝女沈清为了侍奉父亲沈鹤圭将自己以300石米的价钱卖身给唐朝的商人。

300石米换算成钱又是多少呢？10升为1斗，10斗为1石，而据载18世纪汉阳的大米平均市价为一石五两银子，因此300石米换算起来应该是1500两银子，这可不是个小数目。

"你是说300石米？这支簪子值这个价钱？"

"是的，大人。"

"好，我们成交了。但不是300石米，我要出500石米来买这支簪子。"

山红听了林尚沃的话后,简直不敢相信自己的耳朵。就算林尚沃是当代甲富,可1500两白银毕竟不是个小数目,他居然毫不犹豫地就答应了,不仅如此,还主动提出要增加200石米,那就是要增加1000两银子,这是真的吗?

"当然,我还得再重复一遍,与这支簪子有关的所有秘密你一个字都不要告诉松伊,你必须要遵守我们之间的约定。"林尚沃再三嘱咐道。

山红真是心里乐开了花,拼命忍住不笑出声来。

"还有什么问题吗,大人?"

"哦,你打算用这些钱干些什么?"

听了林尚沃的问话,山红马上回答:"我首先得到下边的村子去,找个吃不上饭的穷苦人家去买个10岁左右的女孩子领回来,当然了,我挑的这女孩子还得有点姿色。"

"把这女孩子领回来干什么?"

"大人,"山红直视着林尚沃回答道,"松伊现在还在妓籍,要想脱籍从良,不得要一个女孩子来替她'代婢定属'吗?"

山红的这番话说得非常乖巧,好像林尚沃要和松伊订婚已既成事实,实际上林尚沃的话还未出口。

"大人,"山红接着说了下去,"我还要用您给的钱在官府附近买上一处院落。府院内无法避开别人的耳目,老爷总在官府里召见松伊也不是办法,如果买上一处院落的话,就方便多了。"

山红仍自顾自地说下去:"我一个老婆子了,哪还有那么贪心?要那么多钱又能干什么?唉,我在老死之前能看着我们家松伊嫁给一个尊贵的两班老爷作个小妾,脱籍为良,这就足够了。像松伊这样苦命的孩子最终能够有这么好的福气,这都是天地神灵保佑。大人,您说要买这支簪子,意思不就是想娶我们家松伊吗?"

山红用充满期待的目光看着林尚沃,嗓子有些哽咽,一时说不出话来。

还是林尚沃打破了两人之间的沉默:"对,我就是这个意思。"林尚沃微笑着回答。

相思别曲

"我这次避开别人叫你过来就是要问这件事。怎么样？你愿不愿意把女儿松伊嫁给我呢？"

那一瞬间，山红简直怀疑自己的耳朵是不是听错了，她实在是不敢相信会有这么好的福气，一副不敢置信的表情看着林尚沃："您刚才说什么？"

"你愿不愿意把女儿松伊嫁给我？让你的女儿松伊作我的小妾。那样的话，您就成了我的岳母，我就是您的女婿了，您答不答应呢？"

山红依然一副不敢相信的表情，只是喃喃地问："这到底是什么意思？"

林尚沃抓住山红的手说道："岳母大人，把松伊嫁给我吧，让您的女儿松伊作我的妾室吧。"

山红这才好像明白了林尚沃的话是什么意思，马上满脸喜色。

"当然没有问题，大人。"

"您还叫我大人？"林尚沃笑道，"从现在开始我是您的女婿了，应该叫女婿才是。"

"那怎么能行呢？"

"有什么不行的，岳母大人。"

山红舞也似的出了林尚沃的房间，典吏见到她那高兴的样子惊得目瞪口呆，便问："到底发生了什么事？看把你乐的。是新上任的老爷抓你的手了？还是亲你的嘴了？"

"你说话给我小心点。"山红的表情突然变得严肃起来，回头看了看典吏，"从今天开始不要再跟我乱开玩笑，别在我面前说这些下流话。"

看着态度突然变得十分正经的山红，典吏有些不知所措，这时山红又加了句："从今往后，新上任的老爷就是我女婿了，我女儿成了老爷的姨太太。以后你给我小心点，我说起来也成了老爷的岳母了。"

送走了松伊的养母山红，林尚沃仍穿着官服在房间里坐了一会儿。

"这样的话,"林尚沃自言自语地说道,"所有的一切都按我的计划发展,今天所有的事也都按我自己的意思办成了。除此我也没别的办法,只有这样才能把松伊从苦海中救出来。"

秋夜明亮的月光照进房间,林尚沃等待的不就是这么一天吗?他深知只有娶松伊为妾才是解救她的唯一方法,但实施过程却并不简单,所有的一切都需要有个说法才行。

作为一个上任时间不久的官员,一来就纳个官妓为妾,很容易成为别人指责的把柄。况且今年夏天发大水造成很大灾害,作为一方长官,他担心会有人指责他不问政事,只是扎在女人堆里寻欢作乐。

凡事都有一定的时机。林尚沃也一直在等待能够迎娶松伊的时机。

"现在,"林尚沃抬头仰望天上玉盘般的圆月,那月亮里好像有老朋友李禧著的影子,他开口说道:"看一下吧,禧著。我要娶你的女儿做我的姨太太了,只有这样我才能报答你对我的恩情。此外,"林尚沃对着圆月开始倾诉心曲,"我现在爱上了你的女儿,松伊也爱我。虽说我应当把你的女儿当作自己的女儿看待,但现在她却成了我的爱人。你愿意把女儿许配给我吗?从现在开始,你不再是我生死相交的朋友了,你成了我的岳父大人了。"林尚沃说到这也忍不住呵呵地笑了起来:

"今天终于完成了从去年春天就开始谋划的所有事情。岳父大人,你不要担心,安息吧。"

3

几天之后,林尚沃与松伊在官府附近的一个院落里举行了简单的婚礼。本来妾的地位很低,不过是丈夫的附属品,为了与妻有所区别,原则上是不举行婚礼的。从朝鲜时期开始,妻妾的地位区别是很严格的,由于妾的出身比较卑贱,又只不过是丈夫的附属品,规定与妾举行婚礼是违法行为。因此,林尚沃虽然是正式纳松伊为妾，但举行婚礼还是不可以的。山红却不这样认为，松伊虽身为官妓地位卑微，但现在已被林尚沃正式纳为小妾又成了良民，即便不办正式的婚礼但在形式上也要把婚礼的一切程序举行一遍。

因此，山红在为养女松伊买的房子里举行"三日于归"。"三日于归"是指新郎迎亲时要在新娘家中停留三日，也叫亲迎。

林尚沃按照山红的安排，到松伊所在的家中醮行。所谓醮行，是指新郎一行前往新娘家。林尚沃避开他人，只带着典吏一人前往松伊家。

在进家之前，山红在大门口点燃了一堆稻草，火苗呼呼地往上蹿。

"大人，"山红站在门旁笑着对林尚沃说，"跨过这堆稻草火进来吧。"

这是结婚时的一种风俗，新郎在进入新娘家时，新娘家人点燃一堆稻草，新郎不能踩到稻草，要从燃烧着的稻草火苗上跨过去，象征把一切不吉祥的事情都烧掉。

林尚沃依照山红的话从稻草火苗上跳过去进入家中。家里既没有参加婚宴的贺客，也没有新郎家里的长辈，新郎只带了典吏一人，再也没有其他客人。

林尚沃将一对木雁交给山红，山红事先在院内铺了张草席，放置了屏风和一张小桌子，桌上铺着红色的包袱皮。山红将林尚沃带来的一对木雁放在桌子上，林尚沃开始行三拜之礼。在林尚沃行礼之时，山红用裙子兜着两只木雁将它们扔到松伊坐着的屋子里。看到扔到屋中的木雁立在了那里，山红兴高采烈地叫了起来："木雁立在那儿了，第一个孩子一定是个儿子。"

按当时民俗，木雁若是立着的，新婚夫妇的第一个孩子会是个儿子；木雁若是倒下的，第一个孩子便会是个女儿。

随后林尚沃走到了举行婚礼的典礼台前，山红搀着穿圆衫、披盖头的松伊站到林尚沃对面。松伊首先行两次礼，林尚沃拜一次。穿着鲜艳的结婚礼服、戴着凤冠的松伊像是画中的人儿一样漂亮。黄、蓝、红色的彩虹袖配上白色的外衫，头上戴着凤冠，前面的发髻高高盘起,头上插着的正是松伊生母留下的那支梅竹簪。

行完交拜礼,再行合卺之礼。山红用一只缠满蓝线和红线的瓢倒满酒递给松伊,松伊放在嘴边呡了一下又还给山红,山红随后将另外一只瓢倒满酒递给林尚沃,林尚沃也只是呡了一下又还给山红,如此重复两次后,第三次两人将盛酒的瓢交换过来,并将瓢中的酒喝干。林尚沃将瓢中的酒一干而尽,松伊分了好几次才把酒都喝了。

行合卺礼、喝交杯酒,象征男女二人合为一体,即确立一种新的关系成为一家人。

婚礼进行得极为简单,到此也就结束了,松伊成了林尚沃的妾室,她的名字也从官奴的记录中删除掉,成了一个良民。

那天夜里。

新房就设在新买的房子里,林尚沃首先进入屋内。夜深之后,身着婚礼服的松伊也进了新房。新房里摆了一张酒桌,林尚沃在此前喝了些酒已有些醉了,他开始掀松伊头上的红盖头。照古礼,新娘的红盖头一定要由新郎来揭开。林尚沃掀开了松伊的红盖头,解开上衣的带子。此时,山红和典吏依据当时的习俗悄悄地在新房外将窗户纸戳出个洞往新房里看。林尚沃解开了松伊的前襟,这时在外面偷看的山红忍不住小声说道:"也太性急了,连灯也没灭。"

林尚沃大概是感觉到新房外偷窥的人的动静,开始试图将蜡烛吹灭。吹蜡烛也很有讲究,不能用嘴吹,否则福气都被吹跑了,应该用衣角扇出的风来将蜡烛吹灭。林尚沃掀起衣角扇了几下把蜡烛吹灭,房间里立即陷入一片黑暗。在外面偷看洞房的山红和典吏随即离开,只剩下林尚沃与松伊两人。

林尚沃张口说道:"从现在开始你就是我老婆了。"

松伊接着说道:"愿与大人偕老同穴,如果大人不相信,我可以对太阳发誓。"

松伊的话出自《诗经》中的"大车"一节,生则同床死则同穴之意。

"怎么可能会一起变老呢?"林尚沃叹息着说道。

相思别曲

当时是纯祖32年即公元1832年,林尚沃时年54岁,而松伊只有20岁,两人相差30多岁,怎么可能一起变老呢?对此,松伊这样说道:"即使不能够一同老去,但是我们死后可以葬在一个墓穴里。"

松伊的盟誓最终成为一纸空言。正如林尚沃所担心的那样,两人未能一起变老,在不久之后就分离了,也未能如松伊所说死则同穴,各自分离后有了不同的命运。

不仅如此,对于林尚沃来说,正如石崇大师早年所预言的那样,松伊成了他人生最后一次危机和遭受灭门之灾的祸源。正是由于松伊的出现,才使处于人生鼎盛时期的林尚沃就此衰落下去,一夜之间从郭山郡守沦为阶下囚。正如古语中所说的,女人是一切祸患的根源所在。

戒盈杯之谜

戒盈杯之谜

第十七章　累卵之危

1

　　乙未34年,即纯祖退位、宪宗登基元年的1835年,令人担忧的事情终于发生了。这年,林尚沃突然被革职罢官,落得个锒铛入狱的下场。对此,韩末史学家文一平这样写道:"林尚沃在洪景来之乱中有守城之功,且身为陈奏使随员出使北京,朝廷封其为五卫将,授职中营中军,林氏坚拒,未履新。54岁时,遵皇上特旨,赴郭山任郡守。在职期间,施行仁政,后因政绩卓著,被擢升为龟城府使。但事隔不久即遭朝廷严查与革职,离开仕途……期间,林氏命运多舛,似临累卵之巅。因置豪宅,与身位不符,有僭越之嫌,遭备边司追查,旋即沦为阶下囚,招致性命难保亦属自然。"

　　文一平在这里记载林尚沃"处于累卵似的不稳定与危险之境地"是其修造的房子过于豪华、奢侈的结果。但对于文一平所说的"豪宅",林尚沃在《稼圃集》序文里却是这样说的:"丁丑年,在先父的坟庙下盖起了房子。房子上的椽子犬牙交错、错落有致,来去过往的人朝夕都能见到。别人觉得房子好像宫殿似的,可我对此称谓却不敢当。房子盖起来了,在房子的周围垒起长长的围墙,这样房子看起来比较壮观、豪华一些,但要满足远亲近戚们居住在一起的愿望,房子还是应当盖得更体面一些。"

　　在文一平校释的林尚沃自传中,林对"豪宅"的描写着墨颇多,称自己将父亲的坟茔移葬到三峰山下,并在其周围建起了宫殿似的房子。对于房子"奢华",林尚沃辩解道:"许多远亲近戚居住在一起,房子盖成这样也是应该的。"但不管如何辩白,林尚沃所盖的房子确实是当时法律所不允许的、拥有99间屋子的"大宅院"。

古言道:"家大必有灾。"尤其不是建皇苑王宫,而是建一般私宅,不管其所有人权势有多大、家产有多富有,他都不可以建造拥有99间屋子的大宅院。因为在当时,大门的宽度是几尺、柱子的高度有多高等等,都有严格的限制。另外,私宅不得建有三门,不得有双梁两层的柱子,也不得使用附椽和刷漆涂彩。不仅如此,在日常生活方面也不能随心所欲,各种规矩繁多,如在吃饭时因身份不同而应分别使用金筷子、银筷子等。同样,头上的着饰也有"程子冠"(儒生平时所戴的帽子)和"平凉子"(平民百姓平时戴的帽子)之分。因此,林尚沃盖起了近百间的私宅就如同让平时戴着"平凉子"的平民百姓戴上皇家贵族的"程子冠",是非常惹眼且有违法度的。

林尚沃却因盖豪华私宅而被投进监狱,甚至差点儿招来杀身之祸。这似乎正像石崇大师所预见的那样,是他命中注定要遇到的人生第三次大危机。但事实却并非如此,林尚沃固然是受到微服私访的备边司的嫉恨而被投入监狱,但导致其陷入灭门之灾的最根本原因却是松伊!

是啊,女人是万祸之源!

林尚沃最终还是栽倒在女色的祸水之中,但他直到被投入监狱时,还未完全意识到自己所犯的罪行。

林尚沃被关进监狱已有月余。监狱里的所有罪犯都要戴上枷锁,也就是脖子上戴上木枷,脚上套上镣铐。他们当中大多是犯有"五刑"之一——杖刑以上的罪。为控制这些罪犯,并使他们饱受皮肉之苦,要用上述的狱具来鞭笞他们。同时,朝廷负责监狱事务的刑曹每月还要向各监狱派遣"月令郎官",以监督罪犯的服刑情况。

林尚沃脚上没戴镣铐,但脖子上却套有枷锁。当时,官位在堂上官(正三品)以上的官吏或有功之臣入狱后享有不戴枷锁的特权。

戒盈杯之谜

林尚沃属于地方首领,又是在洪景来之乱时守城有功的功臣,却无法享受不戴枷锁的特权,仍被划入要戴枷锁的重刑犯之列。

入狱一个月来,林尚沃一直认为自己的罪过只是修造与其身份不相符的豪宅,因此给自己戴上枷锁作为重刑犯论处是不合适的。然而,某一天在狱中无所事事的林尚沃为自己占了一卦后,他对自己的犯罪事实才开始有了新的领悟。他在对含义为"大宅院"的"屋"字占卦时,确认"屋"是"尸至"的意思,即"死之将临";而对含义为"小宅院"的"舍"占卦时,确认"舍"可解为"人吉",即"人吉祥如意"的意思,同时他又感悟到"舍"字又可解为"人舌",即有"人的舌头"含义。这样,他终于明白,即使是拥有小的私宅,也会成为别人议论的口舌。

一个多月后,林尚沃出狱,但他受到"围篱安置"的处罚(这在当时是一种对高官的轻微处罚),即只能在用枸橘树作为篱笆围成的流放所内活动,过一种幽居生活。换言之,他变成了闭门不出之人。因属较轻的处罚,此时的林尚沃能够同妻妾及未婚子女们居住在一起,并且还能与父母和已婚子女们保持来往。在被流放期间,刑曹派出"保授人"对服刑人员的每日活动进行监视。因此,同所犯下的罪行相比,林尚沃所受到的流放处罚属最轻的。出狱后,林尚沃心想自己可在流放所里按照国家的许可,带着妻子洪南顺和小妾松伊共度流放生活。但是,朴钟一却站出来极力反对他这样做。在林尚沃入狱期间,为使他能够早日出狱,朴钟一曾四处奔波。平日善于察言观色、见机行事的朴钟一本来熟人就多,这次能使林尚沃受到较轻的"安置"处罚,都是他四处活动的功劳。可林尚沃对此却一无所知。这时,松伊居住在郭山。一听说林尚沃要带松伊一块去流放,并要和他的妻子正式居住在一起,朴钟一马上进行了阻止,他对林尚沃说:

"老爷。"

不知是岁月的流逝,还是地位的变化,曾几何时与林尚沃兄弟相称的朴钟一这次却称他为"老爷"。

满脸带有怜悯之情的朴钟一接着说:"老爷,难道您真的认为您脖子上戴上枷锁,作为重刑犯入狱,仅仅是因为老爷您盖了个大房子吗?"

"那还有什么?"迷惑不解的林尚沃立即反问道。

"现在已是谣言四起,闹得满城风雨了,怎么就老爷您一个人还不知道呢?"

"什么谣言,能说给我听听吗?"

"老爷!"朴钟一表情严肃地看了看林尚沃接着说,"听说朝廷要对老爷实施'破家潴宅'的处罚,即不仅要铲平老爷家的新房子,还要把宅基变成池塘。所幸的是这一处罚没有实施。老爷您被投入监狱不是因为新房子的事,实际上是另有原因的。"

"能告诉我这另外的原因吗?"

"老爷,这另外的原因就是松伊姑娘!"

此时,林尚沃才大吃一惊。难道自己锒铛入狱,脖子上戴上只有重刑犯才戴的枷锁是因为松伊?

"是因为松伊?"

面对林尚沃的提问,朴钟一默不作声。

"我在问你呢,怎么不回答?"

在林尚沃的一再追问下,朴钟一这才勉强答道:

"是的,老爷。老爷被投入监狱正是因为松伊。"

听到朴钟一说自己入狱就是因为松伊,这对林尚沃来说真是晴天霹雳。

"老爷,"朴钟一平静地接着说,"松伊姑娘出生时不是官妓,这是连三岁毛孩子都知道的事实。她起初当过'官奴',后来成为'官妓',这一点也是路人皆知。还有,老爷,松伊姑娘的生父是平西大乱的主谋,他是被朝廷凌迟处斩、五马分尸的要犯。老爷却将要犯的女儿纳为小妾。"

"这难道有什么罪吗?"林尚沃问道。

"老爷真的一点也不知道松伊的生父是谁?"

"是谁?松伊的生父到底是谁?"

"老爷,"朴钟一两眼直盯着林尚沃说,"松伊姑娘的生父是李禧著。他是您小时候的至朋好友,与您曾有莫逆之交。"

林尚沃大为震惊,差点儿晕倒,但很快又镇静下来。

"李禧著与老爷是至交,关系极为密切,这在平安道是无人不知的。另外,经李禧著推荐,老爷曾让洪景来这个平西大乱的头目作为账房师爷在您身边干了近一年的时间。"

"这有什么错吗?在平西大乱时,我不是守城有功,并得到君王的特旨奖赏吗?这些难道你们不知道?"

"当然知道,老爷。如果不是老爷在洪景来之乱时立下战功,那么老爷早就被抄家和'破家潴宅'了。"

沉默一会儿,朴钟一又接着说:"不知老爷是怎么想的,您怎么能替朝廷要犯李禧著收尸并且偷偷地运回到他的故乡呢?您难道就不知道为朝廷要犯收尸使其免遭乌鸦叼啄是在犯重罪吗?"

这太不可思议了!一时间林尚沃不禁感到毛骨悚然。毋庸置疑,朴钟一说的全是事实。为凌迟处斩的要犯收尸是国法不容的。可是,令林尚沃感到纳闷的是:他所干的那些极为隐秘的事怎么忽然间就大白于天下了呢?知道这些秘密的人只有他和当时担任平安监司的郑晚锡。当然,当时是他的两个下人将李禧著尸体收好运到他的家乡嘉山,并下葬在大宁江畔的。难道是这两个下人嘴巴不严把这事给泄露了?不会的,他们不可能这样,林尚沃摇了摇头。那些下人被蒙在鼓里,根本不会知道自己所做的事。可是,朴钟一却对这个秘密了如指掌啊。

"老爷",正面瞧了瞧林尚沃的脸,朴钟一郑重地继续说道,"老爷为朝廷要犯收尸的事儿备边司都知道,他们对此事一清二楚。"

"可是,"林尚沃开口道,"这事同松伊有什么关系呢?你不是说我入狱都是松伊的原因吗?"

"老爷,"或许是话说得太多,朴钟一的舌头有点儿打结,"松伊姑娘不是李禧著的亲生女儿吗?朝廷认为松伊姑娘是重犯的女儿,已将她的身份由原来的官奴降为婢籍。换句话说,朝廷已把松伊姑娘列入逆臣的家属并将她变成了奴婢。可老爷您却要娶她为小妾,为松伊姑娘赎身,使她由贱民变成了良民。"

朴钟一的语调变得越来越恳切:"过去,朝廷将仁睦王后的亲生母亲降为济州监营的奴婢都无人敢出面求情,可见国法无情。王后的亲生母亲都可沦为奴婢,而大逆不道的罪犯之女却被您纳妾为良,免遭降低身份的处罚,这样做对老爷只能是有百害而无一利。"

细琢磨起来,朴钟一的话句句都非常正确。在滔滔不绝地讲了一大通话后,朴钟一以肯定的语气问林尚沃:

"老爷,现在您明白您入狱的真正原因了吧?您现在该明白您被抓不是因为您修建大宅院,而是因为松伊姑娘了吧?"

通过朴钟一的一番话,林尚沃这才知道他入狱的真正原因。此时,感到气闷的他竟一句话也说不出来。仿佛觉察到了林尚沃的心境,朴钟一看了看林尚沃的眼神又打开了话匣子:

"老爷,这段时间您在流放所里可要谨言慎行。老爷的一举一动都在保授人的监控之下,他们会把所看到的情况一一通报给郎官。此时此刻,虽说老爷受到的是可与妻妾、未婚子女居住在一起的安置刑的处罚,但如果硬要带着松伊姑娘在流放所里共度流放生活,则是万万不可的。"

朴钟一的忠告是非常正确的:"老爷,您暂时忍耐一下。老天保佑,老爷的隐居生活会很快结束的,在此之前还望老爷要耐心等待。我知道老爷内心非常想见松伊姑娘,但这要等到流放生活结束后才行。"

朴钟一就此打住了话头。

2

不知不觉间,春去夏来,满山遍野草木郁郁葱葱。可林尚沃的内心却感到寂寞难耐。满眼所见全是松伊的身影,充耳所闻皆是松伊的声音。因为过着不许出大门的流放生活,林尚沃常常伫立在庭院里观看篱笆旁盛开的鲜花,呼吸着带有花香的空气。可此时此刻、此情此景,却使林尚沃更加刻骨地思念松伊。一想到松伊身上

戒盈杯之谜

散发出来的香味,林尚沃顿感全身颤抖。每当闻到花的芳香,他的眼前就浮现出他与松伊幽会的第一夜令人销魂的情景。松伊依偎在他的怀中,用娇嫩的声音低语道:"愿与大人偕老同穴,如果大人不相信,我可以对太阳发誓。"

有一天,寂寞无聊的林尚沃把朴钟一叫来,对他说:"喂,能不能给监视人送点礼物,让我出去一趟,哪怕只一天的时间?"

"您想到哪里去?"朴钟一冷静地问,"是想见松伊姑娘吗?"

"国法不是也规定可与妻妾生活在一起吗?难道说,我和她只相聚一个晚上亲热亲热还不成吗?"

"不行,老爷。"朴钟一一口回绝了林尚沃的要求,"这样做,不就等于向做好的饭里撒上灰尘,前功尽弃吗?老爷,您再忍耐忍耐吧。夏季过去,当秋天来临时,您就服完刑了。"

无奈中林尚沃只得让步,但却转向了另一个话题:"有件事我想托你办一下。"

"什么事?"

"你代我走一趟郭山去看望一下松伊,见到她后给她足够维持生活的钱物,详细地给她讲讲这期间所发生的事,并转达我的问候。"

朴钟一再也不能拒绝林尚沃的这一托付,便立即出发到松伊居住的郭山去了。

林尚沃像孩童一样期盼朴钟一能够早日回来。每当太阳快要落山时,他就走到院子里不停地朝篱笆外观望,希望朴钟一能出现。两天后的日落时分,朴钟一终于从郭山回来了,见到林尚沃一句话也没说,只是将一件东西交给了他。那是一把扇子。看到扇子,林尚沃的眼前立即浮现出四年前那个端午节的情形。那天,郭山郡守林尚沃率众欢度端午,在做端午游戏时,林尚沃吟诵了一首高丽名臣金克己写的诗,并给在场的人们出了一道题目,说是将其中的一句诗解释清楚就可得到奖赏。没想到只有身为官妓的松伊一人解得了那句诗,从而得到了林尚沃的奖品,即这把扇子。这样,这把扇子就成了林尚沃和松伊间交往的最早信物。

"老爷,"朴钟一只在旁边说了一句,"松伊姑娘说这扇子可以让老爷在凉爽中度过炎热的夏天。"

这把端午扇子产于全州,是用竹子精心制作而成,扇面用大红的朱砂染过,鲜艳而典雅。林尚沃默默地展开扇子,映入眼帘的是松伊清秀的字迹,她在扇面上写了一首汉诗:

"黄云城边乌欲栖,归飞哑哑枝上啼。

机中织锦秦川女,碧纱如烟隔窗语。

停梭怅然忆远人,独宿空房泪如雨。"

这是唐朝诗仙李白按乐府曲调《乌夜啼》创作的一首描写男女之情的恋诗。而松伊把这首诗送给林尚沃,是以诗来寄托和表白她对远方心上人的爱恋之情。

这首诗描写的是中国古代有名的美女苏蕙对遭流放的丈夫的相思之情。据《秦书》"烈女传"记载,苏蕙是当时有名的文章名家。她的丈夫在秦川担任地方长官,后因犯罪而被流放。得知这一消息后,苏蕙在绸缎上绣了一首回文诗寄给自己的爱人。全诗共840个字,诗意缠绵悱恻,可反复循环吟诵。她的丈夫读后颇受感动,于是便将妻子接到自己的流放地共度流放生活。唐朝诗仙李白将此事写成了恋诗,以歌颂男女间坚贞不渝的爱情。

林尚沃读着松伊在扇子上写的恋歌,内心深处感到一阵痛楚,特别是当读到诗的最后一句"独宿空房泪如雨"时,更是感到撕心裂肺般痛苦。毫无疑问,林尚沃是深深理解松伊送李白的《乌夜啼》给自己的用意的:苏蕙在绸缎上绣上回文诗寄给远方的丈夫,看到悲伤哀婉诗句的丈夫把苏蕙接到流放地共同生活在一起,我一想到远方的心上人,就泪如雨注;我也要像苏蕙一样将缠绵凄婉的心思写在扇子上寄给你,让你带我到远方去一起生活。

当他再看一眼端午扇上松伊写的情诗时,林尚沃更加心潮起伏、不能自己。他想,就算一切财产被国家没收,落得个妻离子散、沿街乞讨又怎么样?纵然房子被拆、宅基变成池塘,受到"破家潴宅"的处罚又能如何?即使是失去一切财产、一切名誉,饱受各种处罚,只要能拥有松伊一人,放弃这一切我也在所不惜!只要

戒盈杯之谜

能与松伊在一起,即使被世人抛弃,我也决不放弃!

佛祖曾说,人之不愿放弃财与色,犹如贪舔刀刃上的蜂蜜,其实是根本舔不到的,但就是有人不惜用舌头一再去舔,以致伤害了自己的舌头。情与爱使他们不管招致何种灾难也不愿放弃。人之所欲,莫大于色,色欲永无止境。为爱欲所溺的人如同手持火炬逆风而行,若不放弃,火终会烧灼了自己的手。

的确,正如石崇大师所预言的那样,林尚沃人生中的第三次危机也是最后一次危机已经来临。凭借着石崇大师的"鼎"字秘诀摆脱第二次灭门之灾后,林尚沃的人生第三次危机同时也是最后一次危机又如期而至。这是林尚沃一生中所要面对的最后一个诱惑。这最后一个诱惑就是松伊。

佛祖针对爱欲发出过这样的警策"幸亏爱欲是唯一的,否则就没有人能修炼成佛了"。

爱欲,是很早以前石崇大师所预见的、林尚沃所要遇到的人生最后一个诱惑。

曾记得,下山那天,石崇大师将自己用过的茶杯递给了林尚沃,并说:"拿着吧,这茶杯是我送给你的礼物。"

当时林尚沃询问大师怎样才能避免这最后一个危机,石崇大师避而不答,却将自己刚用过的茶杯当作礼物送给了他。然后,石崇大师对林尚沃说了几句令人不解的话:

"这杯子你要好好保管,它会在你度过最后一道危机时助你一臂之力的。不仅如此,它还会把你变成前无古人后无来者的巨富。"

这就是戒盈杯。它表面上看起来极为平凡,杯子的内壁却刻有谜语般的八个字:戒盈祈愿,与尔同死。林尚沃小心翼翼地将它珍藏起来。对他来说,这杯子作为石崇大师赠给自己的物品,其意义远胜于能使自己摆脱生命中最后一次危机的宝物,他做梦也没想到,戒盈杯这只平凡的茶杯居然能够帮助自己逃脱人生中最后一次危机。松伊,一个爱欲的危机。

终于,解开石崇大师戒盈杯之谜的时候到了。

3

不久，备边司赵相永来到国境线一带巡视国防防卫态势，同时，他还作为郎官要对林尚沃的流放情况进行监察。

赵相永是当时权贵赵万永的至亲，他的势力之大，炙手可热，跺跺脚即可震死天上的飞鸟。

在此之前，纯祖在位的34年间，金祖淳与朴宗庆争霸天下，两人势均力敌，各霸半壁江山。但纯祖驾崩前，将皇位传给了世孙——奂，从而导致天下权柄易人而握。

在这里，我们不妨简单了解一下当时的权势政治版图。纯祖的世子是昊，而昊的世子嫔是丰壤赵氏家族赵万永的女儿。赵万永在自己的女儿被确定为世子嫔后开始得势，一度出任吏曹判书、御营大将，与纯祖王妃纯元王后的父亲、朝中权臣金祖淳争权夺势。但世子昊尚未继承王位就在22岁时夭折，纯祖只得继续当政。而此时，朝廷内权臣相互倾轧、征讨，纯祖皇上非常懊恼和悲伤。当时的《纯祖实录》上曾这样记述："……而今朝鲜物议纷纷，所谈无非弹劾与杀戮，无一人忠心辅朕，所禀只有诛讨……"

在安东金氏和丰壤赵氏的争斗中，以赵万永为代表的赵氏家族赢得了最后的胜利。究其原因，主要是此时金祖淳已死，而8岁登上王位的奂又敦请纯元太后垂帘听政。而纯元太后虽出自安东金氏家族，又是金祖淳的女儿，却为防止自己家族过分垄断权势，而站到了丰壤赵氏家族的一边。这样一来，新皇帝宪宗的外祖父、丰恩府院君赵万永益发得势，他把自己的胞弟赵仁永扶上吏曹判书的职位，从而使天下的权势全部掌握在丰壤赵氏家族的手中。

就在这时，赵万永的至亲赵相永作为备边司来到林尚沃服刑的地方视察。傲慢无比的赵相永此行还兼任监察罪犯情况的郎官，因而他手中也就掌握着对林尚沃的生杀大权。

"老爷，"听到赵相永要来找林尚沃的消息，朴钟一对林尚沃说，"一定要设法拉住备边司的心，如果把他拉住，老爷会立马摆脱囚徒的身份。否则，假如这次不能被备边司看好，老爷您恐怕短时间内是无法结束流放生活的。"

朴钟一的话是对的，作为天下赫赫有名的权门丰壤赵氏家族的一员，赵相永如果看好了林尚沃，对他作出好的评价并呈报给刑曹，那么林尚沃会立即从囚徒之身中解脱出来。反之，如果赵相永对林尚沃作出坏的评价并上报给刑曹，林尚沃就不得不在相当长时间内继续过他的流放生活。

丙申年九月初二，赵相永来到林尚沃被流放的地方。

林尚沃永远也不会忘记这个日子，并且也不能不记住这一天。因为就在这一天，正如石崇大师赠送给他的戒盈杯上所刻的"戒盈祈愿，与尔同死"寓意一样，林尚沃面临了生死抉择。

为迎接备边司赵相永的到来，林尚沃在流放所为嗜酒成癖的赵相永摆上了丰盛的酒宴，并为好色的他叫来了歌伎。

日落时分，赵相永来到了流放所。果然，他给人的第一印象就是傲慢无比，不可一世。肥胖得令人联想到肥猪的赵相永一落座，就贪婪地大吃起来，并且随心所欲地狂饮。酒是林尚沃家乡酿造的家酿酒，可赵相永却无视酒席上相互对饮的习惯，一个劲地自斟自饮。在酒席上自斟自饮是完全无视别人的无礼行为，而赵相永的这种态度是完全不把林尚沃放在眼里。按照规矩，宴席上应该彼此相互斟酒而饮，且一定要把别人敬劝的酒喝干，然后把空酒杯归还敬酒人。然而，赵相永在喝完林尚沃敬的酒后却不归还劝酒杯。这种做法是一种无声的威胁，使林尚沃无法与自己对饮。但是，林尚沃丝毫不露不悦之色，仍然毕恭毕敬地静坐在一旁。酒酣耳热，赵相永突然手指房间角落里摆放的酒柜：

"那酒柜上放的东西是什么？"

角落里摆放着一个三层酒柜，酒柜的顶端放着一盆风兰，风兰正开着白花。

"那是兰花。"

"我说的不是这个，是它下面的那个东西。"

中间一层摆放的是一个杯子，是石崇大师送给林尚沃的那只戒盈杯。林尚沃被流放此地时仍把它带在身边，平时还经常拿出来把玩，因而就把它放在易见的酒柜里，小心翼翼保管着。

"那是只酒杯。"林尚沃淡淡地回答。可是，赵相永却要打破砂锅问到底："什么？酒杯？酒杯怎么不放在酒席上，却放在酒柜里？"

"老爷，"林尚沃笑着说，"也不是什么好东西，只不过是一个普通的酒杯而已。"

"那还不一样！如果是只寻常的杯子，怎么不放在厨房却要放在厢房里？拿过来让我瞧瞧！"赵相永滴溜着眼睛傲慢地说。

无奈，林尚沃只得起身走过去，双手从酒柜里拿出酒杯，然后回到酒席上用双手交给赵相永。

赵相永一只手接过酒杯，眼睛直愣愣地盯着了片刻，又说道："来，林公，就用它来干一杯。"

赵相永将杯子斟满递给林尚沃。快速将劝酒者敬的酒喝完并返还酒杯，这是饮酒最起码的礼节。林尚沃接过赵相永敬的酒后急忙一饮而尽，并重新将酒杯斟满回敬给赵相永。赵相永面前已经有一个酒杯，俗话说"酒无双杯"，按照礼节自己面前不能同时摆放两个杯子，赵相永却全不顾这些礼数。这时，歌伎们开始跳起舞来，赵相永一看到曾遐迩闻名的短裙舞，不禁失魂落魄，神情恍惚，目不转睛地盯视着。

娱乐结束后，赵相永端起林尚沃所敬的酒正要喝，杯到嘴边又突然停住，脸上露出不快的表情：

"喂，林公。你是不是有什么对我不满？"

赵相永的脸色红一阵青一阵。

"大人何故发怒？"林尚沃很惶恐地问。

"难道我是死人？难道我是放在祭桌上的灵位？"

"您说到哪里去了。"

"我不是死人，那你为什么给我个空杯子？"

"空杯子？"

"不是空杯子是啥，你倒自己看看！"赵相永把杯子推给林

戒盈杯之谜

尚沃。

　　林尚沃接过戒盈杯看了看，果然像赵相永说的那样，杯子里一无所有，空空如也。怎么会这样？林尚沃不相信地朝原来放杯子的地方瞧了瞧，心想也许是赵相永在看歌伎们跳舞时情不自禁地手舞足蹈起来，碰洒了杯中的酒。但桌面光光，没有一丝痕迹。或许是坐在赵相永身边的歌伎偷偷地替他喝了？林尚沃瞅了瞅赵相永身边的歌伎的表情。有时，怕客人饮酒过度，眼色快的歌伎们会乘客人不注意偷偷地把酒倒掉或干脆替客人把酒喝掉，这样的事自己以前也曾遇到过。可眼前，面对蛮横无理的赵相永，分明谁也不敢这样做。那么，林尚沃心想，是不是赵相永把杯中酒一口喝掉后而故意找茬呢？

　　"算了算了，"赵相永把杯子倒满酒说，"管他是鬼喝了，还是阴间死人喝了，喝了就喝了吧，现在我来罚酒。"在酒席上对违背饮酒规矩的行为或违反酒令的人要实行罚酒，被罚的人要连喝三杯。

　　"是臣之过，愿受罚。"就这样林尚沃接过赵相永斟的酒，连续喝了三杯。三杯酒下肚后，林尚沃一边又将杯子满满地斟上酒一边说：

　　"臣分明看见自己往杯子里倒满了酒啊。"

　　"你还不相信啊，林公。"赵相永一边接酒杯一边粗鲁地哈哈大笑起来。

　　歌伎们又开始跳起舞来，赵相永仍很痴迷地看着，沉迷于酒色的他被眼前歌伎的舞姿所陶醉。过了一会儿，歌舞结束，酒宴又继续进行。忽然，赵相永的大嗓门又嚷了起来。

　　"真是怪事了！"赵相永猛地踢开椅子站了起来，"杯子又成了空的了。"

　　这次，他再也不能责怪林尚沃了，因为他亲眼看见杯子里倒满了酒，杯子又空了当然不是林尚沃的过错。

　　"那么……"赵相永拿起杯子仔细地看了看杯子的内壁，可杯子完好无损，一丝裂纹也没有，"现在看起来，这里分明有嗜酒的魔鬼。"

赵相永又指着身边的歌伎问道："是不是你这娘儿们趁我不注意偷偷把酒喝了？"

"老爷，"歌伎一副绝对无辜的表情，跺着脚说，"我哪敢碰老爷的酒啊。"

"如果你说的话是实话，那岂不是活见鬼了？"

瞬间，一种莫名的想法在林尚沃的脑子里像闪电一样掠过。这个杯子是石崇大师最后送给自己的礼品，一件奇妙的"秘器"。可自己却一直也不知道它究竟藏有何种神力。也许石崇大师送给自己的这个杯子不是只寻常杯子，而是一个神奇无比的杯子。想到这儿，林尚沃仿佛又觉察到什么，他不由想起那杯子里面刻的八个谜语似的文字：戒盈祈愿，与尔同死。这八个字里，后四个字虽令人费解，但前四个字不是比较容易就能猜出它的寓意吗？"戒盈祈愿"，不就是"希望勿要装满"的意思吗？顾名思义，戒盈杯不就是提醒人不要斟满酒吗？那么，这个杯子会不会带有某种魔法？倒满酒就出现意想不到的现象呢？林尚沃心想。假如只把杯子里倒七成满，杯中的酒会不会消失呢？这种想法激起了林尚沃的好奇心。

"臣再给您斟酒。"林尚沃拿起酒瓶就往杯子里倒酒，可他这次却没有把酒杯倒满。在把酒杯倒到七成满后，他端起杯子敬赵相永。妄自尊大的赵相永接过杯子却没有立即喝，而是把酒杯放在桌子上，又调侃起身边的歌伎来。在与身边的歌伎们狎昵一阵儿后，赵相永重又端起酒杯。可这次正如林尚沃所预料的那样，杯中的酒没有消失，仍保持他所倒的那样多。赵相永一口把酒喝下，对林尚沃说：

"喂，林公。"

"您请说。"林尚沃此时的嗓音有点颤抖，因为他仍沉醉于自己所倒的酒没有消失的兴奋中。

"古话说，姑娘要抱满怀，喝酒须斟满杯，这才过瘾。"

"您这话说得对。"静坐在一旁的朴钟一拍着膝盖接过话头，"老爷，的确是这样的，姑娘要抱满怀，喝酒须斟满杯。老爷您尽管吩咐，您相中了哪个歌伎？卑臣负责安排。"

戒盈杯之谜

"我不是这个意思。"赵相永举着空酒杯说,"怎么不把杯子倒满啊?而只是倒一点儿来敬我?你说,林公。"赵相永责怪林尚沃敬酒时没有把酒杯倒满,又说:"是不是等到天亮时要'借鸡骑还'啊?"

赵相永话中带刺。

"借鸡骑还"是指借用一只鸡骑着回家的意思,这个典故出自朝鲜成宗年间一个叫徐居正的文臣编撰的《太平闲话滑稽传》。该书满篇都洋溢着诙谐的语气,书中有一个怠慢朋友的笑话故事,说的是有一天一个姓金的先生拜访一个朋友,朋友对他笑脸相迎,并摆上丰盛的酒菜加以款待。可桌上摆放的全是素菜,而没有一个荤菜。朋友端起酒杯敬酒并表示歉意时说:

"家境不富,市场又远,只能以粗茶淡饭相待,招待不周,请多包涵。"

金先生点了点头没有说什么,因为彼此都知道家境不太富裕。可抬头往院子里一瞧,见到几只鸡正在院子里到处觅食。金先生不由心里有点儿不高兴,他叹了一口气说:

"大丈夫何惜千金。把院子里我骑来的马杀掉做个下酒菜吧。"

听到金先生突然说出这样的话,朋友瞪大着眼睛问:"把马杀掉你骑什么回家?"

见此,金先生故意地说:"那就借你一只鸡骑着回去呗。"

直到这时,朋友才听出了金先生的话意,不禁大笑起来。于是,到院子里抓了一只鸡杀掉来招待金先生。

"借鸡骑还"是《太平闲话滑稽传》中比较有名的故事,它已成为人们用来讽刺薄待朋友者的笑谈。

"喂,"赵相永看了看坐在一旁的朴钟一说,"马厩里拴着一匹我骑来的马。男子汉大丈夫何必吝啬千金呢?应该去把我骑来的马脖子割下来做成下酒菜,你们看怎么样?"

赵相永大概是想借用"借鸡骑还"这个掌故来嘲弄天下巨富林尚沃。

"老爷,"看到事情发展到这种地步,朴钟一连忙低着头很谦卑地问,"怎么能杀老爷骑来的马当下酒菜呢?应当杀只鸡来招待您啊。不知老爷您哪儿不满意?"

此时,赵相永显得更加蛮横无理,接过朴钟一的话说:"姑娘要抱满怀,喝酒须斟满杯。可林公给我敬酒时为什么没有把酒杯倒满?这不是看不起远道而来的朋友吗?"

"老爷,"朴钟一急忙拿起戒盈杯说,"卑臣来给老爷倒满酒。"

朴钟一满满地倒了杯酒,然后用双手恭恭敬敬地端给赵相永。赵相永很勉强地接过酒杯,然后把酒杯放在桌子上,接着说:

"酒杯已经倒满了,没有必要再借鸡骑回去了,也没有必要割下马厩里的马脖子了。"

"还有什么不满意的地方吗?老爷。"朴钟一在一边凑着趣说,"怎么能让老爷您借鸡骑回去呢?"

赵相永和朴钟一之间的谈话还在继续,林尚沃却一句话也没有听进去。此时此刻,杯子里面的酒成了他唯一关心的对象。通过两次敬酒,现在,他的脑海里影影绰绰地有了一种轮廓,面前正在发生着一种令人不敢相信的事情,只要往杯子里倒满酒,杯子里面的酒就会很快消失,空空如也滴酒不剩,真不知是什么力量在大显神通。自己不顾敬酒之道在给赵相永敬酒时只把酒杯斟到七成满,不也是想验证自己这种想法吗?可最后结果是酒一点儿也没变少,没有出现任何异常吗?

不是,处处找茬的赵相永似乎终于抓住了机会,将林尚沃没有斟满的酒杯当成了挑刺的因由。而对此一无所知的朴钟一却又把戒盈杯倒满递给了赵相永,不知道这回会不会像以前那样出现异常。内心焦急不安的林尚沃,视线完全集中在酒杯上。没错,自己担心的事又在眼前发生了。

"不见了,酒又不见了。"林尚沃微微地闭上双眼。

就在这时,正如林尚沃所预想的那样,赵相永以兴奋的嗓音大叫道:"到底是什么鬼干的事啊?"

赵相永握住酒杯的双手明显地颤抖起来:"瞧,酒一滴也不剩了。"说着,他把酒杯重重地放在桌子上。

"难道会有这等怪事?"朴钟一惶恐地答道,"卑臣分明把酒杯倒满了啊。这个,老爷您不是亲眼看见了吗?"

前两次敬酒时还以为是酒杯上有裂纹酒漏了,或者是身边的歌伎偷偷地把酒喝了,但后来经确认都不是。第三次同样的情况又一次发生在眼前,真是令人感到不可思议的咄咄怪事。

"这究竟是怎么回事?看来我现在是被鬼缠住了。"赵相永踢开凳子站了起来。

该发生的事终于发生了,林尚沃忽然想到。原先心里尚存侥幸,但令人担心的事已经变成了现实。

"老爷,"慌张的朴钟一赶忙站起来极力挽留赵相永,"老……老爷,您请坐啊。卑臣再给老爷斟满酒。"

朴钟一费了不少口舌才让站起来的赵相永重新落座,然后大声地冲着乐手们道:"你们在干什么?还不赶快奏乐。"

为了给就要不欢而散的酒宴助兴,朴钟一命令奏起风乐,然后又开始往酒杯里倒酒。就在这时,赵相永好像抓住了什么,双眼紧紧注视着正在倒酒的朴钟一的一举一动。

"好哇,"赵相永咂着嘴,自言自语道,"我一定把你这个家伙逮住,让你现出原形。"他好像是在显示自己没有醉酒似地振作起精神,聚精会神地盯着正在倒酒的朴钟一。

"老爷,"把酒杯倒满后朴钟一说,"卑臣确确实实已把酒倒满了。"

"再倒。"酒杯分明已经斟满,赵相永却仍要朴钟一继续倒酒。

朴钟一只得又往已经满了的杯子里继续倒酒。酒席上所有人的目光都集中到赵相永面前的酒杯上,乐师们停止了奏乐,歌伎们也不再跳舞、唱歌。唯独林尚沃一个人仍在闭着眼睛。

这是一个令人窒息的时刻。

就在这时,令人难以想象的稀奇古怪的事情开始发生了,满满的酒杯里的酒开始渐渐消失。由于是一点儿一点儿地消失,乍看起来酒杯里的酒瞬间没有什么变化,而随着时间的流逝,酒水却明显地在减少,恰似有人在细细地吮吸。就好像神灵享用祭桌上摆放的贡品，神灵正在飨饮酒桌上的酒水。屋里的人都屏住呼吸，一点儿声也不敢出。最终，渐渐消失的酒杯里的酒完全没有了踪影。就这样，在场所有人亲眼明明白白地看到酒杯里的酒不翼而飞。不是杯子有裂纹酒给漏掉了，也不是歌伎偷偷地喝了，而是在众目睽睽之下自行消失的。

待酒杯里的酒完全消失后，赵相永好像要再确认一下似的，拿过酒杯并把它颠倒过来看了看。杯子里干干净净，一滴酒也没有，甚至没有留下湿的痕迹，仿佛压根就没有斟过酒。

"好。"赵相永环顾一下四周说，"在座的大家都亲眼明明白白地看到了杯子里面的酒没有了。下面再让诸位看看更神奇的魔术。"

赵相永看了看林尚沃继续说："林公，倒酒吧。大家看着，林公倒的酒就不会消失。林公，你来倒酒吧。"

直到这时，林尚沃才睁开眼睛。看来，赵相永在某种程度上已经猜到了酒杯的神秘之处了。

"你倒是快倒酒啊，林公。"赵相永再次催促道。

林尚沃知道自己再无法退让，他感到此时大家的目光全都投射到自己身上。他拿起酒瓶开始倒酒。已经知道杯子神通的林尚沃只把杯子倒了七成满。在一旁一直盯着看的赵相永连忙说：

"怎么不把杯子倒满啊？"

"老爷，"林尚沃答道，"老爷不是已经亲眼看过了吗？倒满了就会没有的。"

赵相永又问："这样酒就不会消失？"

"是的。"

"好，我再瞧瞧。"赵相永又开始注视没有倒满的酒杯。此时此刻，何止是赵相永，参加宴会的所有乐师、歌伎，都不愿把目光离开那个酒杯。

果然，林尚沃的话是对的。杯子里面的酒果真没有消失，即使在过了很长时间后也依然一点儿不少，继续保持原样。

现在，一切水落石出。石崇大师赠给的杯子，正如其名"戒盈杯"所寓含的意义，斟满酒酒会自行消失，而如果斟酒时适可而止

戒盈杯之谜

酒就会原样不动，这分明是一件神器。

"倒满它。"两眼直盯着酒杯的赵相永大声吼道，"再把酒杯倒得满满的。"

"老爷，"朴钟一小心翼翼地说，"老爷您不是已清楚地看到，倒满它酒就会消失吗？"

"不是倒满酒的杯子，我不会接。不是倒满酒的杯子，我也不会喝。"傲慢的赵相永狂言道，"看谁能赢，咱们比一比。孩子，你往杯子里倒酒。"

这话他是对身边的歌伎说的。

歌伎又开始往酒杯里倒酒。接着，令人惊讶的事发生了。虽然歌伎连续往酒杯里倒酒，可叫人称奇的是，一瓶酒都快要倒光了，酒杯仍然没有满。真是让人无法想象，满满的一瓶酒足以能斟满十杯，可一瓶全部倒完后，不要说把杯子倒满，杯底也才刚刚被覆盖。

"老爷，"倒酒的歌伎脸色煞白地说，"真奇怪，杯子倒不满。"

正如歌伎所言，尽管不多时前刚刚发生了酒自行消失的怪事，可先前杯子到底还是倒得满的，可这次就完全不同了，杯子怎么也倒不满，就像往无底的缸里倒水似的。恐慌的歌伎手颤抖着退在了一旁。

"干什么呀？"赵相永厉声呵斥道，"没看到没酒了吗？再拿酒来！"

歌伎们又拿来了几瓶酒。

"再倒。"赵相永对方才倒酒的歌伎命令道。

"老爷，"受惊吓的歌伎搓着双手乞求道，"我害怕，不敢再倒了。"

"好，"突然，赵相永用手敲着桌子说道，"如果谁能把杯子倒满，我赏他百两大银。"

赵相永的豪言一出，贪钱的歌伎们都争先恐后地争着上前倒酒。可是，大大出乎人们的意料之外，没有一瓶酒能把酒杯倒满。

"好啊，"在一旁瞪着眼睛看的赵相永终于按捺不住，呼地站起来说,"看谁能赢。让我来倒一次。"性情急躁的他干脆双手各拿一瓶酒同时往酒杯里倒。可这也无济于事,不管他如何倾倒,酒杯就是倒不满。不一会儿,赵相永手中的酒瓶也倒空了,两眼默默地瞪着酒杯,一言不发。

"老爷,"坐在赵相永身边的歌伎赔着小心问,"还要再拿酒吗?"

赵相永摇晃着脑袋说:"算了吧。"

他感到自尊心受到了伤害。与怎么倒也倒不满的酒杯的神奇相比,他认为自己在众目睽睽之下丢了脸,心中不禁燃起了熊熊怒火。可是,今天的场合究竟不同,他只得咬紧牙关强忍着。就在这时,两眼瞪着酒杯看的他发现杯子里好像有什么东西,就拿起杯子静静地在眼前打量起来。直到这时他好像才发现杯子里面刻有文字。由于字迹细小,赵相永只得眯缝着眼睛看,并出声地一个字一个字地念起来。

"戒盈祈愿,"他自言自语道,"'戒盈祈愿'不是勿要把酒杯倒满的意思吗?"

这时,赵相永已完全醒酒了,他又继续念酒杯上刻的字。

"与尔同死,"他又开始自言自语,"'与尔同死'不就是愿与你一起死的意思吗?原来这一切是这样啊!"

赵相永猛地抬起头,眼睛直盯着林尚沃,说道:"原来是倒满酒来喝就与你一起去死的意思。喂,林公。现在看来这个杯子是诅咒人的东西了。你说,林公。你把我叫来请我喝酒,用这个杯子敬我酒,是为了让我死,借助鬼神来诅咒我吗?"

真是岂有此理!把好好地放在酒柜里的戒盈杯拿过来作酒杯,最初不是你赵相永的主意吗?而对赵相永来说,他无论如何要把在众人面前失面子的责任归咎于林尚沃,并对他大发雷霆方解胸中怒气。

"回答我,林公。这个附有鬼魂的杯子到底从哪儿来的?"

"杯子没有附有鬼魂。"无奈,林尚沃反驳道。

"什么?你说杯子没有附鬼魂?"忽然,赵相永从自己的座位上站起来。他把放在桌上的杯子拿起来,说:"你把人叫来,用诅咒人的杯子敬酒。这个杯子不是丧门星是什么?"

"不,不是啊,老爷。"朴钟一急忙站起来劝慰赵相永。

赵相永使劲地大声叫着并把杯子高高地举到空中说:"躲开!我要把这个妖魔的杯子扔出去。"

转眼间,赵相永把举在空中的杯子扔了出去。当时尽管是初秋,但因天气较热,宴会时门窗都敞开着。所幸的是,赵相永扔的杯子避开了人群,通过窗子飞向了院子里。由于是在突然间发生的事情,在座的人都来不及劝阻,只听到杯子飞出去后碰到了什么东西上,发出"啪啦"的破碎声。

"我走,没有必要再坐在这里。"

真是无礼至极。赵相永带着与自己一同来的官员一溜烟似的扬长而去。

这一切都是在瞬间发生的。这不叫什么宴会,而简直是一场骚乱。

尽管赵相永蛮横无理,但林尚沃和朴钟一还是紧跟着把他们送出了门外。散席的酒桌上一片杯盘狼藉,如同刚刚发生了一场激战。大潮退去,风景大煞!

对此,林尚沃却并不在意,他躬着腰在院子里走来走去。

"老爷,"站在一旁的朴钟一忍不住问道,"您在干什么呀?"

林尚沃马上答道:"我在找刚才扔出来的杯子。"

看到林尚沃朝着杯子扔出去的方向四处搜寻的背影,朴钟一心里不禁感到一阵心酸。这个人真是一个有自控精神的人!不是吗?他所面对的赵相永是一个跺跺脚能震落飞鸟的人,他不仅是权贵家族赵万永的亲戚,而且又是掌握着林尚沃生死大权的郎官。刑曹派赵相永来了解林尚沃的情况,他呈上的有关林尚沃表现的报告既可使林尚沃立即结束流放生活,亦可使他在流放地再度过一段漫长时间。招惹这种权势赫赫者的不满,让他怒气冲天,应该感到十分不安和心慌意乱的。而林尚沃对此却置之不理,淡然处之,竟然开始在昏暗的院子里用双手摸索着找那只被赵相永扔出来的杯子来。

"老爷,"朴钟一也一块帮着找起杯子来,并忍不住问道,"这杯子到底是从哪儿来的?"对林尚沃十分小心地保管着这个杯子,朴钟一是非常了解的。他也一直纳闷林尚沃为什么要那样看重这个十分普通的杯子。而今天所发生的一切使他心中的疑团顿时烟消云散。

林尚沃没有回答朴钟一的提问,而是继续寻找杯子。他听到飞出来的杯子碰到什么东西后"啪啦"一声响,他想大概是杯子碰到了院子里的园艺石。

林尚沃也是直到今天才真正知道石崇大师赠给自己的这只杯子的神妙之处。可大师为什么要把这只杯子作为克服最后一次危机的秘器送给自己呢？正在黑暗中寻找杯子的他默默地想。一旦倒满,杯子里的酒就会消失得一滴不剩,而只倒七成满杯子里的酒就会完好如初。不仅如此,如果贪心不足,非要强行把它倒满,杯子就像变成了无底缸,就是把酒缸搬来也倒不满。为什么石崇大师要把这样神奇的杯子送给我呢？

突然间,林尚沃仿佛悟到了什么点起头来。石崇大师送给自己杯子不正是要用"贪得无厌却反而一场空"的古训警示自己吗？大师是在告诫自己,人生中的一切欲望不正也像这杯子一样：越想倒满它却反而什么也不剩,变得一无所有；反之,倒得七成满就会把酒留住。这种自我满足之心才是人生自然之理啊！林尚沃小声地自言自语道。自己盖起了近百间的大宅院,后又坠入相思河而爱上了松伊。这些不都是在满足自己膨胀的欲望吗？石崇大师不正是为了使自己警惕贪婪之欲而送给自己这个戒盈杯吗？不正是为了告诫自己"一切悉得之日,正是退让之时",石崇大师才会把戒盈杯作为秘器送给自己的吗？

正在这时,同林尚沃一起寻找杯子的朴钟一喊道："老爷,杯子找到了。"

杯子是在被扔出来的相反方向上被发现的。朴钟一双手捧着杯子。林尚沃连忙跑过去看。朴钟一手中的杯子已经破损,变得非常难看。看样子,在被赵相永使劲扔出来的那一刹那间,杯子碰到什么东西"啪啦"一声响时,它的一角就已经破碎了。林尚沃赶忙去寻找破损的残片,可残片已成齑粉,无处可寻。尽管如此,他仍感到一丝宽慰,因为杯子的样子看上去基本上仍算是个杯子。

"老爷,"朴钟一像是发现什么异常似的,用眼神朝着杯子示意了一下,"杯子上有点儿不对劲。"

林尚沃很留心地看了看杯子,一种红色的东西正从杯子的缺口处流出。他想弄明白这红色的东西究竟是什么,便反复地仔细端详着杯子。看到红色的液体慢慢地从杯子的破损处滴下,林尚沃还以为是朴钟一的手受了伤,把血沾在了杯子上。可是并非如此,鲜红的血分明是从杯子的破损处流出来的。

"老爷,"朴钟一说话时的嗓音有些颤抖,"这不是血吗,老爷?杯子在流血呢!"

的确是血。

真是匪夷所思!杯子不是人,它破损的"伤口"怎么能流血呢?林尚沃一再吩咐朴钟一,绝对不要把杯子流血的秘密泄露出去。然后,他把杯子上的血迹擦拭干净,拿着杯子回房去了。

杯子不再流血,林尚沃把破损的杯子——戒盈杯放在桌子上,仿佛石崇大师就站在自己面前,恭恭敬敬地对着杯子行了三拜之礼。而后跪在地上说:"大师在上,直到今天我才明白了大师送戒盈杯给我的深刻寓意。我一定铭记师父留给我的戒盈杯上的警言,实现天道。大师,我会明哲保身的。"

但是,就在那一瞬间,林尚沃是否感觉到石崇大师已经圆寂了呢?他是否已感觉到戒盈杯上刻写的"与尔同死"这几个字,是石崇大师所作的"与戒盈杯同命运"的预言,从杯子破损处流出来的血实际上就是石崇大师的血呢?

所有这一切,都发生在丙申年九月初二。

第十八章　戒盈杯之谜

1

1836年，丙申年10月。

林尚沃服"安置刑"不到一年就被提前释放，重新又获得了自由。

他能如此幸运，主要得益于赵相永向刑曹递呈的一份报告。赵相永虽然是个傲慢十足的人，但他意识到是自己喝醉了酒而失手打碎了别人的传家宝。为弥补自己的过失，他在呈递给刑曹的报告中为林尚沃多多美言了几句。

但归根结底，还是戒盈杯救了林尚沃。正是戒盈杯的显灵才被盛怒之下的赵相永失手打碎，从而救出了林尚沃，应该说他得以摆脱囹圄之身完全得益于戒盈杯的"杀身成仁"。

林尚沃恢复了自由。从流放地回到家中的他，第一件事就是赶紧收拾行装上路。

他在家中没作停留，只带了一个仆人又匆匆上路了。

虽然家人及朴钟一再三追问，他始终对自己的去向缄口不语。

林尚沃走的时候，身上只带了一件东西，那就是戒盈杯。戒盈杯已被赵相永打破，再也无法使用。然而，林尚沃却在临行前小心翼翼地把它包起来带在身上。

林尚沃此行的目的地是京畿道的广州地区，那里是司瓮院下辖的官营瓷器制造厂的所在地。

戒盈杯之谜

司瓮院是专门负责管理皇帝用膳和宫内人员吃饭及相关事宜的部门，它有权指定本国任意一家瓷器或陶器制造厂专门负责制造皇宫内使用的餐具及其他器皿，并直接掌管全国所有的器皿生产。当时，司瓮院还在广州设立了分院，专门负责御用极品器皿的制作。

原来，林尚沃知道戒盈杯产自京畿道广州，所以就直奔那里而去。

戒盈杯产自官窑，毫无疑问它是生产极品的广州官窑的产品。

林尚沃亲眼看见了戒盈杯被打破时流出的鲜血，他把破损的杯子捡了回来，把血迹清洗干净后，恭恭敬敬地摆到桌上，就像面对着活生生的石崇大师一样虔诚地拜了三拜，并发誓：

"我一定要悟出戒盈杯蕴含的禅意，实现天道。"

于是，他获释后没告诉任何人自己的行踪，就直接奔向京畿道广州。

戒盈杯是谁制造的？是怎样制造出来的？这神奇的杯子又是经历了什么样的周折才传到石崇大师手中的？如果在广州能解开这些谜，不就可以按照与石崇大师的约定，破解戒盈杯的禅意了吗？

林尚沃急着赶往广州，还有一个更重要的原因。

一般来说，燔造所每年要制造1.3万件御用瓷器进献到宫中，包括皇上进膳用的碗、皇宫用的普通容器、祭祀用的祭器、太医院的制药容器和皇室办喜事的特殊瓷器等。为此，国家从全国各地选拔出比较有名的瓷器匠集中起来制作这些瓷器。工匠们要从这一年的解冻期一直忙碌到结冰期。

林尚沃被释放的时候已经是10月初，马上就是结冰期。如果结冰期一到，分院将会自行解散，来自全国各地的瓷器匠们将从分院领取俸禄后陆续返回自己的家乡。如果不能在此之前赶到那里的话，就找不到人询问有关戒盈杯的事了。

林尚沃匆匆忙忙地赶到了京畿道的广州。

京畿道广州地区的官窑一般设在广州郡的退村面、实村面、草月面、道尺面、庆安面、五浦面一带。因为在树木茂盛的地区才能寻找到燔木，所以分院一般以10年为期限更换地点。因此，设分院有一个原则，即分院所在地因烧窑而将树木砍伐一光后，一定要等到该地区的树木重新茂盛时方可再次伐木使用。

林尚沃赶到广州的时候，当时的分院正设在庆安川江边附近，即现在的南宗面分院里。

在这个分院，有一名司瓮院委派的奉事作为燔造官长期驻守。奉事虽然只是个八品小吏，却有权管理、调配司瓮院下属的所有陶工。

林尚沃一到就见到了这位留守分院的奉事，这位官员对他的事也是早有耳闻。

林尚沃拿出戒盈杯给奉事看，并说明了来意。奉事面露难色，说道：

"各地的瓷器匠们都已经解散回家了。虽然结冰期还没到，但向朝廷进贡的御器已全部制作完毕，并如数上交，所以就把他们提前解散了。"

林尚沃听到此言自然失望之极。

千里迢迢地从义州赶到广州，结果官窑还是解散了。

"不过，老爷，"奉事欠着身子对林尚沃说，"倒也不是完全没有办法"。

说着，奉事凑到他耳边低声说：

"退村面有一位姓池的老人，已经九十多岁了，一直住在退村的一个窑洞里，你去问问这位长辈，他可能知道这件事。"

京畿道广州地区的分院自古就以出产瓷器而闻名于世，这里的瓷器名气大，品质优，这不仅是因为该分院招募的陶工们技艺高超，也得益于这里的水土比别的地方好。

"老爷，"奉事又说，"这位姓池的老者早在六七十年前就已经是广州分院最有名的陶工之一了，技艺之高超简直无人能及。分院里的陶工没有不知道他的，也都很敬重他，他算得上是这一带的历史见证人了。另外，老人家还曾担任过广州分院的总监督。老爷要想打听瓷酒杯的情况，我看只有找他才行。"

林尚沃只能按照奉事的话去做，因为此时的他也别无他法。

戒盈杯之谜

奉事领着林尚沃来到江边。此时已是黄昏时分,姓池的老者所住的退村在江对面,必须摆渡才能过去。

乌山川在此处变成了水面较宽的江,江面湖水般平静,江对面是锦带般的原野,宽广而美丽。

"老爷,"艄公驾船行在江面上的时候,奉事介绍说,"这儿之所以叫退村面,是由于开国功臣赵英茂大人辞官后隐居在这里的缘故。"

赵英茂,李氏朝鲜初期的开国功臣、著名武将,华裔韩国人的后代,曾经是李成桂的手下,参与过击杀高丽末期忠臣郑梦周的行动。

"赵英茂的墓至今还在退村。"

林尚沃坐在船舷上,眺望着四周的景物,一言不发。海峡山、莺子峰等山峰环绕在低矮的丘陵四周,形成一道天然的屏障,景色旖旎,风光美丽!潺潺江水流向天之尽头,极目远眺,江天一色,美不胜收。

"还有,崔恒大人的墓地和徐居正大人写的神道碑也在退村。"

崔恒是李氏朝鲜建国初期的文臣,是一位在创造训民正音时非常活跃的学者,他是徐居正的姐夫。徐居正在渡此江时曾作诗一首:

> 江边浣女面如花,自幼洗衣江水涯。
> 玉腕如雪赛似霜,朝朝暮暮忙浣纱。
> 水色清澄随人意,无奈白绦成冰碴。
> 夜夜月下摇寒车,织出绸缎赛虹霞。
> 流水归海行匆匆,偶遇雨雪亦无瑕。
> 洗罢颜容映水际,嫦娥逊色江妃讶。

李氏朝鲜初期,最著名的学者和诗人徐居正也格外喜欢这个地方,曾多次来此地游览,死后就葬在了这里。他曾经专门作诗歌颂江边洗衣、织布的女人:

> 狂风大作天地暗,尘土飞扬迷四方。
> 漫天埃里起惊慌,玉饰丢失着衣脏。

洗衣为何去半晌？小姑出门望新娘。
新娘既回掬掌笑，魂飞不似西施装。
小姑芳龄才十三，事理不明情可谅。
小姑小姑汝莫笑，不日便知个中详。

林尚沃坐在渡船上摇头晃脑地默念着徐居正的诗。

徐居正的诗歌颂了江边洗衣浣纱的新娘子的美丽，但同时，这首诗却也暗示了在如狂风般无情的岁月里，美丽的新娘逐渐变成半老徐娘，红颜易逝的伤感。看到新娘那副狼狈不堪的样子格格发笑的十三岁的小姑子啊，虽然你现在讥笑别人，但今后你的人生也是如此！徐居正用一种轻松幽默的方式把"人生无常"这一深刻哲理表现得如此淋漓尽致，不由不让人敬佩。林尚沃一边体味着诗的意境，一边欣赏着江边的风景。

这时，江边果然有女人在洗衣服。西边天空如血的残阳映照在江水中，分不清天是红色的还是水是红色的。不知江边的女人会不会舀出被夕阳照红的江水来染丝绸。

自古以来，京畿道广州地区就以盛产优质大米和绝代美女而遐迩闻名。不单单徐居正的诗里这样写，民间自古流传着广州的美女比西施更美丽、比月宫仙女嫦娥更娴雅、比江中的仙女江妃更妩媚的说法。

林尚沃坐在船头静静地沉思着，如果说戒盈杯真的出自广州分院，那徐居正的诗中歌颂的广州美女与戒盈杯会不会有什么联系呢？

渡船终于到达了退村渡口。

"老爷，"奉事在前边走边说，"这里有一处叫道马里的窑，高丽时期这里的陶瓷器制造业曾兴旺一时，但到了近代，由于交通不便等原因逐渐衰落了。姓池的老人家却一直居住在这里，而且专门在冬天建窑烧陶。他性情古怪，与他交往的人不多。听说也曾结婚生子，但谁也没亲眼见过，只知道现在仍孤身一人。他耳背听不清别人说话，所以不喜欢与外人打交道。人们都说他已经九十多岁了，还有人说他岁数已经过百。"

戒盈杯之谜

翻过了一座丘陵，看到一座座熏得发红的露天窑。露天场地上成堆地摆放着烧制好的陶器和砍来的树木。烧陶需要自然低温的条件，随着氧气的增多，陶器内部的铁成分发生氧化，使得陶器表面呈红色。这些露天窑大部分是附近烧荒垦田的人临时搭建的，主要用来烧制日常使用的粗糙碗碟。

暮霭已悄悄降临，奉事和林尚沃走在一条昏暗的乡间小路上。

"老爷，"奉事说，"老人家一大把年纪了，可精力旺盛得却像个小伙子，烧制的东西都是极品。现在向皇帝进贡的御品都是由他亲手烧制或直接监督完成的。但这个人非常固执，对不喜欢的人，从来都不屑理睬；烧陶也一样，只要自己觉得不满意，就砸个稀巴烂，即使是皇上使用的贡品也不例外。总之，只要是不合心意的东西，他决不拿出手。而且，让人不能理解的是……"

奉事突然停住脚步，压低了声音，看来那位老人家就住在附近：

"他从来不把自己烧的瓷器拿出去卖，而绝大多数人烧陶都是为了赚钱贴补家用。池老人从没离开过这个窑，更不可能去集市卖瓷器赚钱，他仅靠烧制御用贡品领取俸禄维持生活。如果他老人家想赚钱的话，恐怕早就是名满天下的巨富了。"

说着走着，两人眼前出现一片茂密的树林。在当时，退村并不盛行伐木烧窑，所以森林生长得非常茂盛。

密林深处有一间简陋的小茅草屋。天色渐暗，四周黑洞洞的，什么也看不清，只有那间小茅草屋里还透出一丝灯光。

"看来老人家没出去。"

看到房子里有灯光，奉事这才长出了一口气。这时，院子里传来了一阵急促的狗吠声。

"老人家，您在吗？"

奉事站在门口大声叫门，生怕池老人耳背听不见。屋子里没人答应，奉事毫无忌讳地推门而进，屋里根本没有人。

"没人？老爷，池老人大概到窑上去了！"

说着，奉事就走到了房子后面。房子后面有座窑，窑的烟囱旁

戒盈杯之谜

堆放着成垛的木柴，看上去像是烧窑用的。

一来到房后，他们就立即感到一股热浪迎面袭来。窑就建在距房子不远的一个斜坡上，沿着陡坡有一条长长的登窑台阶。窑的四壁开了许多小窗口，不时有火苗从那些小窗口窜出来，他们刚才看到的火光想必就是从这里发出来的。窑的最左侧有一个烟囱，口上正冒着浓烟。

"看来老人家正在干活。"

奉事嘟哝了一句。窑的最下边开了一个灶门，从那里可以清楚地看到窑里熊熊燃烧的火焰。

"您好！老人家。"

看到一个黑影正在往灶门里添柴，奉事忙打招呼。借着灶门里透出的火光，他看清楚了老人家的脸。老人披散着头发，长长的胡须垂到胸口，头上系着一条类似辫节的绳带，脸被火烤得通红，全身湿淋淋的，看上去简直像个疯子。

老人家挽着裤腿，弓着腰，样子像个力大无比的壮士。他一手往灶门里添柴，另一只手拿着拨火棍拨弄着燃烧的劈柴。

老人家听到有人说话，便抬头看了奉事、林尚沃和随从一眼，随即又低下头继续干活儿。即使没有先前的说明，一眼也能看出这是个脾气古怪的倔老头。

"老人家！"

奉事把事先准备好的酒拿出来，摆在老人家窑旁显眼的地方，高喉咙大嗓门地喊起来：

"我专程为您带来了一坛好酒，喝一杯再干吧。"

来之前奉事对林尚沃说，池老人非常喜欢喝酒，用酒做见面礼是接近他的唯一办法，所以林尚沃早就让随从备了一坛好酒，一路背了过来。

老人家又抬头看了酒坛一眼，还是没说话。奉事很随意地倒了一杯酒递到老人家面前。

老人家接过酒杯，但没有喝，而是端着杯子盯着看。忽然"啪"的一声他把酒杯扔了出去，"忽"的一下站起来，用火杖指着

戒盈杯之谜

他们三个怒叱道：

"你们这些混蛋，给我滚！不要让我再看到你们！"

奉事被吓呆了，不由自主地后退了几步。那么洪亮的吼声，怎么也不像是一位九十多岁的老人发出的。

林尚沃原地不动，反倒不像奉事那样慌张。等老人家稍微平静一点儿后，他把头上戴的斗笠摘下顺手靠在火灶旁边，双膝跪地开始行礼。一拜、两拜、三拜，一口气行完了三拜之礼。

但老人家好像对此无动于衷，自顾用火棍拨弄灶内的劈柴。

林尚沃行完礼，起身把老人家扔出去的酒杯拾回来，又满满地斟了杯酒，双手恭恭敬敬捧到老人家面前。老者这次没再发火，而是接过酒杯一饮而尽。这表明老人已经开始接受林尚沃了。林尚沃赶忙把随从背来的酒和肉脯等下酒菜悉数拿出来。他非常理解池老人那份极强的自尊心，尽管人们把陶工当贱民看待，可他老人家却一直保持着艺人所特有的那种自豪和耿直。

奉事只不过是一个小小的燔造官，他刚才过于傲慢的行动恰恰伤害了老人家的自尊心，老人家拒绝他敬的酒也正是为了报复他先前的傲慢行为。

夜幕已完全降临，月光显得更加皎洁。又是一个皓月当空、万里无云的夜晚。林尚沃像刚才连拜三次一样又给老人家连敬了三杯酒，池老人也心满意足地连干了三杯。喝完酒，池老人用手背抹了抹嘴角和胡须说：

"到这么偏僻而简陋的地方来，应该不仅仅是请我喝酒吧。有什么事就直说吧。"

"老人家！"林尚沃又躬身行了一个礼，答道：

"我是为了一样东西才来打扰老人家的。据说它就产自广州分院，我很想知道造这个东西的人是谁，它和它的制作人到底有什么关系。听说老人家几十年来一直在分院担任总监督，对往来的工匠都很了解，所以就冒昧地找来了。"

"是什么东西？"

老人家抬头看看林尚沃。林尚沃开始时怕老人家听不清，说话声音很大,但现在知道没有这个必要。老人家虽然听不太清,但通过看别人的口型完全可以很好地理解别人说的话。

"杯子!"

"杯子?"老人追问道,"是酒杯还是茶杯!"

"都很像,但我觉得更像酒杯。"

"东西在哪儿?"

"我把它带来了。"

林尚沃小心翼翼地把层层包裹的戒盈杯从怀里掏出来。

老人目不转睛地盯着林尚沃,那眼神完全不像一位垂暮之年的老人,而是充满了渴望。

林尚沃小心翼翼地打开包裹,把戒盈杯两手捧给老人。

"就是这个杯子。"

老人默默地接过杯子,把它凑到灶口,借着火光左右查看着。

忽然,林尚沃发现戒盈杯开始不停地晃动,仔细一看发现那不是戒盈杯在晃,而是老人家捧着杯子的手在颤抖。

"这个杯子,这个杯子……"

老人家全身开始颤抖,嘴里反复叨念着这几个字,像丢了魂似的。

"老人家!"

看到老人家这副样子,林尚沃也紧张起来,赶忙喊他,但老人还是在那儿不住地发抖。

"……怎么了?老人家……"

"这个杯子,怎么会打碎了?"

池老人说这话的口气不像是问别人,倒像是在问他自己。

"这个杯子是前不久被打碎的。原来一直都好好的,因为一次意外的事故才变成这样的。"

"来了……终于来了……"

池老人一边自言自语,一边缓缓地端起空酒杯,林尚沃赶忙给他把酒满上,老人一口气连干了几杯。

"来了……终于来了……"

戒盈杯之谜

看到老人家这副失魂落魄的样子，林尚沃忍不住追问道："老人家您知道这个杯子的来历吗？"

老人家点着头答道："当然知道……"

"那它是您老人家制作的吗？"

池老人呆呆地望着灶口里燃烧跳跃的火焰，沉默不语。

老人家自顾低头沉思，甚至忘了往窑里添柴和拨火。

"老人家……"林尚沃提高了嗓门，"它是您制作的吗？"

池老人抬头看着林尚沃，语无伦次地说："这个杯子……它不是人造的，是神灵造的神器。"

又是一句谜团般令人无法理解的话！

"天底下就没人能造出这样的神器杯子！"

就在那一瞬间，林尚沃忽然意识到，这位老人家好像知道戒盈杯的奇妙之处。用它盛酒只能倒七成满，如果再继续倒的话，杯子里的酒会自动消失。不仅如此，如果硬要倒满的话，别说一缸酒，就算把汉江的水全倒进去，也无济于事。

"老人家，您是分院里最好的工匠，难道连您也造不出这样的杯子吗？"

老人家摇着头回答道："是的，跟造这个杯子的人比起来，我只能算是个会制作些粗碗俗缸并在街头巷尾叫卖的陶工了。"

"但老人家您不是专门负责给皇上烧制御器吗？"

"我的确负责烧制贡品，但这不是皇上用的御器，是天上的神器。这样的神器不是人能造出来的，只有神明才做得到。"

"那……老人家知道这件瓷器究竟是谁造的吗？"

老人家没有立刻回答，而是默默地喝了几口酒。

"知道。"沉默许久，老人家又喃喃自语道，"我知道造这个杯子的人是谁。"

老人家的声音略带颤抖，但又似乎带有无限的感慨。

"那个人到底是谁？"

林尚沃直截了当地问。池老人没有回答他，而是开始往打碎的戒盈杯中倒酒。被打碎的戒盈杯已完全失去了灵性，连半杯酒都盛不了就开始外溢。

"你看！看到了吧！"池老人对林尚沃说。

"您说什么？"

"想必你一定见过这杯子的神奇之处了。因为见过了它的神奇，你才不辞劳苦来这里。到这里来是为了见我，见我就是为了打听它的来历。是这样的吧？我知道是这样的。我知道这个杯子迟早会到这里来。这一天终于来了！"

池老人呆呆地望着林尚沃。

"我虽然不知道面前这位大人你是谁，但既然是因为这个杯子找到了这里，那你就是我的贵人，是上天派来的仙人。如果你想知道什么的话，尽管问，我一定尽我所知告诉你。"

好像忽然想起来了似的，老人家往灶门里添了一把柴，原本已十分微弱的炉火一下子又旺了起来。

"老人家！"

林尚沃紧挨着老人家坐下，问道：

"造这个杯子的人是谁？它是怎样造出来的？我想知道其中具体的缘由。"

听到这话，老人家脸上露出一丝难以察觉的苦笑，他喃喃自语道："知道了又有什么用！已经是久远以前的事，而神器反正也已经被打碎了。"

池老人又自言自语地说："全都是毫无意义的事，一点儿用都没有。"

池老人的沉默在经过与林尚沃之间的一番长谈后被彻底打破，慢慢地，老人的思绪被拖回到往事中，他开始讲述他的故事。

那天晚上，老人家的故事一直从明月初升的傍晚讲到月落星稀的黎明，就好像他的一生只是在等待戒盈杯的到来中度过。他坚信戒盈杯迟早会来到他面前，从这层意义上来讲，戒盈杯就仿佛是他的另一个自我，又好似是他所有的信仰和精神寄托。

2

池淳永老人第一次见到禹三耍是七十多年前的事了。

戒盈杯之谜

　　当时，池淳永担任着陶工们的工长，在退村的江边筑窑烧陶。

　　那年夏天正赶上发大水，洪水特别大，几乎要淹到了他的窑。一天，池淳永在家里听到了召集村民集合的鼓声，就赶到门外看发生了什么事。原来是有人在江边发现了一具"尸体"。听到这个消息，他冒雨赶到了江边，发现那里果然躺着一个人。

　　以前发洪水的时候，经常能看到家什、牛、鸡、猪之类的东西从上游冲下来，偶尔也会发现死尸。

　　池淳永认真地查看了那具"尸体"，发现那是一个只有10岁左右的少年，可令人惊奇的是，那个人还没有死，仍有微弱的呼吸，并能感觉到心跳和体温。池淳永就把那个少年背回了家。

　　幸运的是，当时池淳永家里备有一种名叫玉枢丹的药，它对解昆虫、植物、野兽等的毒有奇效，自古就是皇宫内必备的救急良药。出现中了瘴毒、水淹后窒息、受鬼神惊吓等情况，服用这种药是唯一有效的解救方法。池淳永小心翼翼地给少年服下玉枢丹，又让他睡在窑旁，以温暖他的身体。

　　看来人的生死确属天定！一天后，少年出现了吐血和发高烧的症状，由于高烧持续不退，还出现了昏迷和呓语的情况。

　　池淳永每天寸步不离地守在少年身边，煮粥喂他喝，用浸过凉水的毛巾给他擦洗全身，尽一切办法帮他退烧。

　　三天后，少年果然退了烧，神志也恢复了清醒。

　　一打听，少年原来出生在江原道的一个小山沟里，自幼失去父母，过着乞讨和流浪的生活。他主要靠在山上的烧炭棚里干活挣口饭吃，偶尔也到烧荒垦田的村子里帮别人干点儿庄稼活。他曾在通川的陶窑作坊里学过烧窑的手艺，也就在那个时候，他才有了一个真正属于自己的名字——三乭，并随东家姓禹，叫"禹三乭"。

　　三乭活的作坊主要烧制缸、瓮、水罐子等市场上卖的一般家庭日常用的瓷器。那年夏天，三乭和作坊的东家——也是他的养父，两个人把自己烧制好的陶器装在一个小木筏上，沿水路直下到京畿道的安城去卖。

　　安城是有名的商品集散地，各地的瓷器都是先汇集到这里，然后再销往全国各地。

一天，两个人在江上遇上了特大暴风雨，小小的木筏根本不可能在风急浪涌的江上航行。他们当时应该立即弃筏上岸，但东家舍不得丢下那些自己辛辛苦苦烧出来的瓷器，坚持要留在船上。终于，暴雨卷起了大浪，两个人已无路可退，只能随筏顺水漂流，听天由命。

木筏最终被巨浪打翻了，少年眼睁睁地看着东家被大水卷走，接着自己也掉进水里，只是因为被洪水冲到岸上才侥幸活了下来。

看到少年的身世如此悲惨，又没地方可去，池淳永就收留了他。少年正巧以前在窑作坊干过活，对和泥、做瓷器模子、挖土等活儿都很熟练，而且，池淳永很快发现他是个干活很机灵的人。

于是，他决定收这个少年为徒。少年本是个无家可归的孤儿，对这位救命恩人自然感激不尽，就把他成当自己的亲生父亲一样的服侍。

烧制瓷器的过程中最重要的环节是和泥。泥揉摔得越多，黏性也就越强。只有这样，微小的泥土颗粒才能把泥土内的小气泡全部填满。气泡就像泥土内的杂质一样，是影响瓷器质量的最根本原因。但大部分的陶工只重视给陶瓷器上釉和用阳印刻的方法在陶器上刻纹样等看似华丽的表面功夫，不注意和泥、消除气泡这类基础性的工作。

然而，这个少年却能安心于和泥、劈柴、熬夜烧窑之类最基本的工作，而且一干就是五六年。

池淳永让他这样做也是有其良苦用心的。当时，各个地方的很多陶工因久仰池淳永的盛名，纷纷投奔他的名下拜师学艺，但绝大部分只能坚持二三年，因受不了苦而中途放弃。

池淳永认为烧制陶瓷器的技术并非仅仅是一门手艺，而是一种"道"。所以他认为，陶工不能只练技术，更重要的是修炼心性。

但大部分来拜师的弟子从一开始就只想着学艺，对于这样的人，他一概是用火杖撵出门外。

池淳永把生火用的火杖当作惩罚徒弟的戒尺。徒弟们稍有差错,不由分说就是一顿杖责。如此一来,很多弟子们因为不堪忍受他的严厉,就中途跑掉了。

但这个少年却与众不同。

他挨了池淳永的杖责从没吭过一声。尤其是,池淳永要求少年每天清晨在接近烧窑之前,要先到江边沐浴斋戒,而他一天也没偷懒过。

即便是到了冬天,河水结了冰,他就用石头把冰砸破,用刺骨的河水沐浴斋戒,一定要等到身体和精神都洗濯得清清爽爽了,才去烧窑。

就这样,少年一年年长大,个子越长越高,少年变成了青年。

池淳永一开始就是让他学和泥,五年之后才传授他技术。

少年很聪明,学得非常快,更为可贵的是,他有一股不达目的决不罢休的韧劲。

陶瓷器烧制技术中最难的是上釉。如果想上黑釉的话,就要在釉里加入8%的氧化铁,釉会呈现出黑褐色。烧制铁色瓷器首先要用白瓷陶土制模,在它的表面涂一层铁粉,再着上白瓷釉,然后放进窑里烘烤。这样,烧出来瓷器表面会呈现暗红的铁锈色,并很有光泽。

同样的釉,如果其中加入的氧化铁的含量达到15%,瓷器的表面就不能显示出如同玻璃的釉成分,而变成没有光泽的铁锈瓷器了。

也就是说,同样的釉,通过控制釉内添加成分的多寡,就能烧制出完全不同的瓷器,这就是瓷器的烧制秘诀。

当时,最好的瓷器叫作"匣燔"(过去专供皇室用的质量上乘的瓷器),只有池淳永一个人懂得它的烧制方法。

朝鲜白瓷是一种表面纯白但同时又透着淡青色的纯白瓷。它的白色就仿佛旭日照射在雪野上的光芒那样刺眼,这种纯白瓷被认为是最好的瓷器。白瓷的烧制技术是在"回回青"瓷器烧制技术的基础上形成的。"回回青"瓷器最早产于波斯、后经中国传入朝鲜。

在池淳永那个时代,雪白瓷被认为是最好的品种。那种没有任何纹样的纯白瓷,其纯白胚土表面的青色有所减弱。因为要着光亮透明的釉,颜色比纹路更让人伤脑筋。怎样才能使瓷器烧制出更美丽的白色是当时白瓷烧制者追求的最高目标。

雪白瓷也被称为"匣燔"。司瓮院所有的陶工中也只有池淳永一个人能烧制出这种极品"匣燔"。

那个时候,"匣燔"还属仅限于皇宫使用的奢侈品,许多有钱有势的官员和富豪也想得到它,以显示身份,但池淳永就是不肯卖。因此,那些想靠暗地里卖"匣燔"发财的分院长们与池淳永之间积怨甚深。

对池淳永来说,就算给他再多的黄金,也决不做瓷器生意,因为他始终坚持瓷器是艺术品而不是商品。

"我们是艺人而不是商人。"

一旦发现自己烧制的瓷器是即将出售的"匣燔",他会毫不犹豫地将其毁掉。

不知不觉间,少年也成了分院中手艺最好的陶工。

日积月累,少年的技艺达到了炉火纯青的地步,逐渐成为分院最好的陶工。他继承了池淳永的衣钵,专门负责烧制皇宫御用品。

那年的春天,池淳永特意做了一套新衣服。

那一年,是少年在洪水中死里逃生后的第八个年头,他恰恰年满十八岁。按照习俗,要举行标志他已成年的"冠礼"仪式。

成人"冠礼"仪式之后,男子就开始戴斗笠,女子开始绾发髻。池工长专门为少年准备了一套新衣服和一顶斗笠,就在窑边举行了"冠礼"仪式。

虽然没有明说,但那天的仪式除了意味着少年成人之外,还表示池淳永要正式收他为养子。

那天,池淳永给少年起了个新名,把"三乬"改作"明玉"。

从此,少年的全名就叫禹明玉,意思是"明亮的玉一样的瓷器制造匠"。村里的人们也习惯称禹明玉为池淳永的儿子,每次听别人这样叫,池工长打心眼里感到高兴。

池工长开始考虑应该在什么时候把"匣燔"这项烧制技术传授

给明玉，但考虑再三还是认为时机未到。

池工长认为，匣燔不是单用手来完成的，而是要用心去塑造的艺术。他坚信儿子禹明玉不仅有一天会超过自己，而且会成为陶艺技术最高的工匠。

陶艺技术最高的工匠，池工长把它称为"陶佛"，即陶艺之佛。

修炼成佛一直以来都是池工长苦苦追求的梦想。为了实现这个梦，他没有结婚，没有孩子，也从未卖过一件陶瓷器。他抛开一切世俗，独自一人隐居在退村潜心修炼。

尽管如此，他很清楚地知道，虽说自己的技术可以称得上已达到登峰造极，但离修炼成佛还是差得很远。

要想成佛，还应有超越技术之外的东西，不能说知识渊博就可以成佛。虽说池工长可以烧制出所有陶器匠们都梦寐以求的最绝妙的白色瓷器，但他还是不能达到完全无色。

所有瓷器匠的最高理想就是要烧制出完美无瑕的白色瓷器。曾几何时，纯白色是他们所有人心中难圆的梦！那纯白色就好像是旭日照射在雪野上的耀眼的光芒一样洁白。

但随着时光的流逝，渐渐地，陶器匠们追求烧制皑皑白雪般的、清晨阳光似的、清澈淡青色的瓷器的热情开始冷淡，转而认为单纯的白色就是最高境界的"美"了。

但池工长认为，仅烧出单纯的白色还不够。

"最好的颜色不是任何颜色。"池工长终于醒悟了。

"最好的颜色是什么颜色都没有的无色。"

我一直都在追求各种色彩，而最好的白色却是没有颜色的无色。佛教不正是把脱离色身，只存在于精神的世界称为"无色界"吗？

池工长最终还是把"匣燔"白瓷的烧制技术传授给了禹明玉。禹明玉掌握了这门技术后，终于达到了超越白色世界的无色境界。

禹明玉自然成为分院中最出色的瓷器匠，并全权负责分院御用品的烧制。他在陶艺技术上的突飞猛进和职位上的升迁，必然引起工友们的嫉妒。但这些人却并不想像禹明玉那样，通过艰苦的努力

戒盈杯之谜

来提高自己的技艺，只是一味地嫉妒他出众的才能。

于是，这些人开始合伙商议陷害他的计策，最后决定用酒和美女来引诱他。

广州自古就是三教九流、鱼龙混杂之地。各地的瓷器匠们聚集在这里，从解冻期到结冰期的这段时间里，酒店和妓院的生意最为兴旺。但一进入隆冬时节，这些酒店和妓院就随之消失，形成了一个因季节而变化的关门撒市。这些酒店和妓女主要做瓷器匠们的生意。

瓷器匠们靠领取国家的俸禄生活。一到每年的秋天，他们的钱包就变得鼓鼓的，因而吸引着颇有姿色的女子们纷纷到这里来卖酒、卖笑，甚至卖身。

瓷器匠们当然知道这些。他们知道禹明玉是个从未近过酒色的傻小子，更知道越是这样纯洁的人，一旦沾染上这些东西，就越难摆脱。

于是，他们开始把禹明玉带到一家色情酒店喝酒。那家酒店有位名妓叫桂香，貌美如花，男人见了没有不动心的。但桂香有一个原则：她只卖酒和赔笑。另外，男人愿意的话，也可以隔衣触摸她的身子，但她从不脱衣卖身。

为了使桂香破除那个原则，许多瓷器匠们常常是不惜把整个夏天辛苦挣来的钱，全都花在她身上。甚至还有人用过绑架和胁迫的手段，但这些都不能使她就范。

禹明玉平生第一次跟着老瓷器匠们走进了酒店。在这里，在别人的怂恿下，他第一次喝了酒。

一杯酒下肚脑子怎么会变得晕乎乎了呢？

他没想到会是这样。禹明玉自幼失去父母，一直过着食不果腹的生活。会不会是缘于此，他天生就对酒有畏惧感？最初，他对酒的味道并不习惯，但还是一杯接一杯地喝了下来。因为他越喝，瓷器匠们就越是拍手称赞。于是，他也渐渐对酒产生了好感，但他并没有在意桂香。

但桂香对禹明玉却一见倾心。与其他瓷器匠不同，禹明玉皮肤白皙，气度非凡，身材挺拔，完全是一副男子汉的气派。

从那以后，瓷器匠们只要带禹明玉来，桂香就免费招待他们喝酒。

瓷器匠们几乎每天都带禹明玉来找桂香，禹明玉也逐渐开始喜欢酒醉后的那种随心所欲、飘飘欲仙的感觉。

桂香自从见到禹明玉后就害了相思病，每次禹明玉来，她都会陪伴在他身旁，并做出各种妩媚的动作。一天，禹明玉又喝醉了，蒙蒙眬眬中瞟了桂香一眼，这一眼使他生平第一次为一个女人的美貌动心。

在此之前，禹明玉眼中只有瓷器的美，陶瓷器就是他的酒和女人，是他生命的全部。而朝鲜白瓷形态创作的灵感就来源于女人身体的特征。白瓷的外形完全是模仿女人身体，那丰满的线条简直就是女人身体形象的再现。禹明玉猛然间感到：酒醉时看到的桂香就是活着的陶瓷。

那个时候，禹明玉因为干活儿的原因经常要住在分院，所以池工长完全不了解他的这些事。

禹明玉开始沉迷于酒和女人桂香。他还是一个纯真无邪的少年，自控能力自然很差，就像河水一旦决口就很难控制一样，他堕落的速度也非常迅速。更何况桂香对禹明玉也是一见钟情，并主动将不允许任何人接触的玉体呈献给了他。禹明玉开始根本不懂男女之间的事，在桂香的引导下，他才第一次领略到女人身体带来的快乐。

那不是一般的快乐，简直是一种极乐。禹明玉发现自己一直苦苦追求的陶瓷的美在活生生的女人面前简直就一钱不值。他感觉到，陶瓷器只能借助火的烘烤变热，而肉体是因为情爱而燃烧；陶瓷器着釉才有色彩变化，肉体却由于喜怒哀乐的感情变化而丰富多彩；陶瓷器要靠阴刻和阳刻来决定它的纹路，肉体却由情爱与憎恨、怜悯与厌恶来决定它的脉络。肉体的快乐是一种"法悦"。

通过与桂香的肉体结合，禹明玉明白了陶瓷器为什么须反复经过火的烘烤才能完成制作的道理。

禹明玉和桂香两个人肉体的结合十分和谐，禹明玉每晚都要与桂香同房三次以上。每次同房时，在禹明玉眼里，桂香就仿佛变成了胚土、云龙纹、草花纹，有时又是青花白瓷和菊花瓷瓶……

不久，结冰期到了。

池工长对儿子禹明玉的事已经开始有所耳闻。

听到儿子沉湎酒色这件事时，池工长没有太在意。他认为要来的终究会来，他决定先不动声色。

池工长认为禹明玉要想成为陶艺的名人，迟早要过酒和女人这一关。

池工长也有年轻时沉迷于酒和女人的痛苦回忆。他强行安慰自己说只要禹明玉不是过分沉迷于此就行，这都是成长过程中必须经历的事。只有经历过之后，才会真正明白这些快乐都是空虚的。只有在认识到酒色之乐无法，也不能超越那一片白瓷的美丽时，内心才能真正得到空明清正。

结冰期到来后，分院又解散，陶工和从事酒色的生意人陆续都走光了。

禹明玉也回到了退村池工长那里，但他已不是从前的禹明玉了。从他的眼神里经常可以看到对情欲的向往和被压抑的痛苦。对于这一切，池工长都故作不知，只冷眼旁观。

整个冬天，禹明玉还和以前一样。他天一亮就起床，用冰冷的河水沐浴斋戒后才开始干活儿，但烧制出来的东西却大不如从前了。那些作品没有了幽雅、优美的曲线，大部分都是外表粗糙且凹凸不平的次品。有时，池工长明显地感觉到他想喝酒，但还是做出一副浑然不知的样子。

通过破戒、再破戒的反复过程，一个人才能成长，就像陶瓷器要经过反复入窑烘烤才能完成一样……

不知不觉冬去春来，分院又重新开张，全国各地的陶器匠们又聚集在一起，江边的酒店也重新热闹起来。

经过了一个冬天的修身养性，好不容易使心情平静下来的禹明玉也将面临新的诱惑。他一回到分院就迫不及待地去找桂香，但没见到人。人们都说桂香嫁给了一个盐商，从此足不出户了。禹明玉找遍了桂香可能在的地方，但最终知道已不可能再见到她了，于是，他开始另寻新欢。

没有了桂香，还有其他的女人！不管是春心还是美月，不管长得好看还是难看，也不管歌唱得好还是坏，禹明玉完全不在乎，只要是穿裙子的女人就行，他只把女人当作发泄情欲的工具。

禹明玉仍然从与女人的肉体结合中感到快乐，但那种快乐已不是极乐了。虽然他可以找到各式各样的女人发泄自己的情欲，但内心却感到空虚；酒也一样，不管怎么喝，嘴里总觉得渴。

那些将禹明玉引入歧途的老瓷器匠们，现在反而感到不安了。事态已经非常严重：禹明玉负责御用品的烧制工作，而他现在这个样子，每天什么活儿都不想干，如果贡品不能按时完成，那罪过谁也担当不起。这些人没办法，只得去找池工长，说明缘由，请求他的帮助。

听了他们的话，池工长怒吼道："他这个样子不正是你们希望的吗？"

"工长老爷，"他们耷拉着脑袋解释道，"我们原本只是想开个玩笑而已，怎么也没想到会弄到这个地步。"

"我知道了，你们什么都别说了，都回去吧。"

那天晚上，池工长解开发带，披散着头发，用草绳编了个草席子。打听清楚禹明玉常去的色情酒店后，他一只手夹着草席子，一只手拿着拨火用的火杖直奔那里而去。

这家色情酒店里坐满了来喝酒的瓷器匠。就在里面的一间屋子里，一名歌伎正陪着禹明玉喝酒。在窗子外面就能听到里面的歌声和禹明玉击掌伴奏的声音。池工长从映在窗户上的影子里认出了儿子禹明玉后，就在酒店的院子正中铺开草席，跪坐在上面开始号啕大哭：

"呜、呜、呜……"

那哭声，就像家里死了人一样。

房间里的客人们被这突如其来的哭声吸引住了，纷纷打开门往

外看。酒店老板赶紧跑出来,对池工长说:

"您这是为什么呀?工长大人!您不是想来捣乱吧?"

"我在哭我的儿子。"池工长双手捶地,哭喊着:"我儿子死在这里了,我是来收尸的。"

池工长又指着酒店里的人喊道:

"你们这群混蛋,快把我儿子的尸体交出来,你们这群混蛋,怎么还不把我儿子的尸体交出来!"

这意外的哭声,也使在屋里喝酒的禹明玉放下了手中的酒杯。

他听出那是父亲的声音,忙往外看发生了什么事。

透过窗户纸的破洞,他看到了自己的父亲在酒店的院子里铺着草席,披头散发地跪坐在上面号啕大哭。

看到这种情形,禹明玉当即吓得魂飞魄散,他根本不敢出去见池工长,光着脚就从后门跑掉了。禹明玉溜掉之后,这家色情酒店里的人搀扶起老人家说:

"请起来吧!工长老爷,您可以走了!"

"走?"池工长一脸茫然地说,"你们还没把我儿子的尸体交出来呢?"

"工长大人,"酒店主人笑着说,"您说的'尸体'不是死的尸体,是活的'尸体',他已经自己跑掉了。"

池工长这才收起草席回家去了。但事情并没有这样结束。

一天晚上,禹明玉又去了另一家色情酒店。

禹明玉并不是不理解父亲的一片苦心,他只是觉得到了这个时候,父亲不应该再干涉自己的生活了。而更为严重的是,禹明玉已经染上了酒瘾,一天不喝酒就睡不着觉。

池工长紧跟着他,又出现在这家色情酒店的院子里。还是一只手拿草席,一只手拿火杖,在院子当中铺开草席,跪坐在上面,披头散发地号啕大哭:

"呜!呜!呜!"

突如其来的哭声自然又在酒店里引起一阵骚乱。

酒店里很多人跑出来劝慰他:"工长大人,您这是怎么了?不是想搅我们的生意吧?"

"你们只想着赚钱,混蛋,有没有替我儿子着想过!"池工长双手捶地,痛哭着说:"我儿子已死在这里,我是来收尸的!"

哭着哭着,池工长忽地站了起来,用火杖敲打着地面高声叫道:"你们这些混蛋,你们这些混蛋,把我儿子的尸体交出来,快把我儿子的尸体交出来!"

店主实在没办法,到屋里找到禹明玉说:

"你听到外面的声音了吧?"

禹明玉端起酒杯一饮而尽,缓缓地说:

"那和我有什么关系?"

"你这人……"店主怎么也没想到他会说出这样的话,轻轻叹了口气说,"外面哭的那个人不是你父亲吗?"

禹明玉还在摸着依偎在他身边的女人的乳房,不以为然地说:"我不认识那个人,他想喊就让他喊,想哭就让他哭吧!"

禹明玉又道:"没酒了,再拿酒来。"

听到这话,老板实在看不下去了,不耐烦地说:"酒都卖完了,快走吧!因为你,我的生意都没法做了。"

店家把话说到这个份儿上,禹明玉没别的办法,只得又从后门悄悄地溜走了。

但事情并非到此结束。

父亲池工长和儿子禹明玉之间的拉锯战每天都在进行。每当夜幕降临,不论禹明玉在哪家酒店喝酒,池工长肯定拿着草席,披头散发地出现在那里,并跪坐在草席上大声痛哭:

"把我儿子交出来!快把我儿子的尸体交出来!"

久而久之,一些酒店开始拒绝这位令人头痛的客人。

但禹明玉并不介意。

这里的色情酒店可谓多如牛毛,酒和女人就更不用说了。

禹明玉已经完全不在乎池工长的哭喊声。父亲哭得天昏地暗,他却喝得兴高采烈;父亲披麻戴孝地趴在地上,他却舒舒服服地躺在女人怀里。当店主实在看不下去过来劝他时,他才抵挡不过,从酒店后门溜走。

终于有一天。一个皓月当空的夜晚，禹明玉喝得酩酊大醉，整个晚上都和女人左拥右抱，嬉笑打闹。像往常一样，池工长也来到了这家酒店，跪坐在草席上哭丧。

"呜！呜！呜！……"

这时，禹明玉好像突然想起了什么，对坐在旁边的歌伎说："把门打开！"

歌伎虽然满腹狐疑，但也只能按他的意思把门打开了。这时，禹明玉大声对歌伎们吼道："你们是干什么吃的？怎么不唱歌？"

歌伎们弹着伽琴唱起了歌：

啦啦啦！啦啦啦！
孟浩然骑驴，
李谪仙骑鲸。
清溪道士骑鹤，
巫山仙士骑云。
楚霸王骑虞美人，
唐明皇骑杨贵妃。
中原天子骑大象，
御使大人骑春香。
我们的男人骑我，
我们没什么可骑。
攀上南松亭，
砍来松木造小船，
满载好汉和佳人，
满载美酒和佳肴。
叮唷当咚，当咚叮咚，
来赏月吧！
当咚叮咚，叮咚当咚……

禹明玉站起来，竟和着节拍手舞足蹈起来，真是一副令人触目惊心的场面。一边是父亲在酒店的院子里跪在草席上痛哭，而另一边是儿子在父亲面前敞怀痛饮,并合着歌伎的琴声载歌载舞。

父亲的痛哭声和儿子的嬉闹声交织在一起,听着就像阴间地狱里的哀号声一样凄凉。

就在这时,池工长用火杖支撑着突然从草席上站起来,大声喊道:"来吧,让我来把你这畜生的活尸变成真正的死尸。"

池工长穿上草鞋,大步穿过院子冲向儿子喝酒的房间。禹明玉面无表情,全然不知父亲冲过来,仍自我陶醉似地翩翩起舞。

"畜生!"

池工长大喝一声,挥起火杖朝着禹明玉劈头盖脸地打下去。禹明玉当即血流满面。看到这个阵势,歌伎们吓得魂飞魄散,全都尖叫着"救命啊"跑出了屋子。但禹明玉却依然稳稳地坐在那里,既不躲闪也不叫疼,任凭火杖雨点儿般落在身上。

"去死吧,畜生!反正你也是活着的死尸,不如就打死你。去死吧,畜生!"

禹明玉顷刻间被打得浑身是血。酒店陷入一片混乱,客人们吓得四散奔逃。店主拼命想劝阻池工长,但他就像着了魔一样,很难靠近他。

在众人的合力下,好不容易才把池工长连拉带抱地拖出了屋子。到了院子里,池工长卷起草席扬长而去,只丢下禹明玉一个人直挺挺地躺在那里。

禹明玉躺在地上,口吐白沫,全身抽搐,完全失去了知觉,看起来是被打中了要害。

俗话说"杖毒如雷击"。禹明玉当时已是奄奄一息,体温在慢慢降低,最后还是酒店一位好心的客人把他背到医生那里。医生翻着禹明玉的眼皮看了看,淡淡地说:

"遭雷击了吧。怕是救不活了。"

禹明玉死亡的消息很快传遍了整个分院,瓷器匠们纷纷议论着禹明玉被父亲池工长打死的事。

听到儿子的死讯,池工长没有任何反应,还跟以前一样的和泥、捏陶坯、生火烤陶,好像把儿子的事全都忘掉了一样。

一天晚上。半夜时分,院子里的狗突然叫个不停。池工长那天特别累,开始并没有听到狗叫,只是呼呼大睡,但狗像疯了似的一直叫个不停,最后还是把他吵醒了。池工长感到肯定发生了什么事,就开门走到了屋外。月光下,他看见一个人影站在院子里。

那是一个月光皎洁的夜晚。那人好像已经在屋外站了很久,身上落满了白霜。他看上去很像自己"死去"的儿子禹明玉。

"你是人还是鬼?"池工长对着那个黑影厉声问道,"是鬼就给我滚,是人就给我跪下。"

那个影子面对池工长"扑通"一声跪在地上,并连磕了三个响头。这是儿子禹明玉在给自己磕头请安,他没有死,他又活着回来了。

这铭心刻骨的跪拜,表明了禹明玉已决心抛弃凡尘间的一切爱念和淫欲,他要重新做人。

禹明玉是经历了巨大的痛苦才保住性命的。普通的药物已经不可能救活他,医生按粪便解杖毒的民间偏方,喂他喝了一碗粪便后,他才恢复了知觉,并慢慢消了肿。

上一次,在他10岁时溺水得救可谓是九死一生,这一次被池工长打得半死后又活了过来,禹明玉已经两次死里逃生了。

"既然回来了,还站在那儿干什么?还不去江边沐浴斋戒,里里外外都给我彻底清洗干净?"

作为父亲和老师的池工长,既然接受了禹明玉的三拜,表明他已经原谅了禹明玉,并重新认他做儿子和弟子。

禹明玉又开始在池工长的窑上干活了。当时正好赶上结冰期,分院解散,陶工都回家去了,只有禹明玉还足不出户地制坯烧陶。

不过,此时的他已超脱了一切,人们甚至怀疑这还是不是那个曾经沉迷于酒色的禹明玉。

平时话就很少的禹明玉变得更加沉默了,常常一整天不说一句话。英俊的面容日渐憔悴,眉头深锁,脸颊深陷。胡须由于长时间不修理,长得又浓又密,只有那双眼睛还烁烁放光,魅力十足。

池工长开始向儿子传授自己的看家本领。

戒盈杯之谜

恰逢那年冬天下了一场大雪,天地间一片白茫茫。看到厚厚的积雪,池工长带着禹明玉来到了一马平川的雪野。雪下了好几天,积雪已没过了脚脖子。

"你看,"池工长指着远处对儿子说,"这就是雪。这种雪白色是我们瓷匠追求的白色的最高境界。如果能把雪掺和到瓷器里,那用它造出来的就已然不是瓷器,而是超越了自然境界的神器。很早以前,杜甫就在他的诗中写过'崖沉谷没白皑皑'。用'白皑皑'来形容雪之白,这种'白皑皑'的雪白色就是匣燔的最高境界。"

看着禹明玉,他庄重地说:"冬天的时候你要对雪反复观察,只有这样你才能看透白色的真谛。"

凛冽的寒风,毫无遮挡地吹拂着江面,江水已结成厚厚的坚冰。

"记住,排除杂念,只看雪,不要去想其他形象。"

池工长用手中当拐杖用的火杖在雪地上写了一个字。那是珠玉的"玉"字。

"抛开这个'玉'字。"

池工长又写了一个字,那是月亮的"月"字:

"把这个'月'字也抛开。"

池工长接着写了一个梨花的"梨"字,又说道:

"这个字也抛开。"

紧接着,池工长又一口气写下了"梅"、"鹭"、"鹤"、"素"、"银"、"盐"几个字。写完后,他说:

"看雪的时候,不要联想珠玉、月亮、梨花、梅花,也不要想起鹤、银、盐。所有这些都是妨碍你理解雪的字眼和心魔。"

这些都是池工长经过多年的探索才悟出的真理。他以前观察冬雪,也是经常选择数九寒天的时节来到野外,凝视着飘扬在空中和落在地上的雪花。那时,他虽然心里想的是只看雪,但浮现在脑海中的却都是与雪相关的各种约定俗称的形象,如月光、梅花、洁白的鹤、耀眼的梨花、盐等。

最后,池工长领悟到:真正要做的并不仅仅是观雪,而是要与这些束缚人的思想和形象做斗争。要想领悟到雪的真谛，必须抛开这些固有形象的影响。

"赤手空拳地搏斗吧！"池工长对禹明玉说，"这是一场'白战'！一场你自己对自己的赤手空拳的搏斗！"

白战！

池工长这是在借用诗人们比赛作诗时使用的一种方法。好比是在用"雪"为题作诗，要求是诗句中禁止使用池工长在雪地上写的那些"玉、月、梨、梅、鹭、素、银、盐"等字眼，只能用其他的词来形容雪，以比试诗艺的高低，这也被称为"禁体诗"。

所以，池工长教导禹明玉的方法并不是他独创的，而是借鉴以前诗人们比赛学问时使用的"禁忌"方法。

但池工长所说的"赤手空拳的搏斗"的"白战"，确实给了禹明玉很大的启发。

那以后，禹明玉每天都到野外看雪，从不间断。那年冬天的雪特别多，天气也特别寒冷，落在地上的雪几天都不会融化。禹明玉像尊石像似地一动不动地站在雪地里，凝视着飘扬在空中和落在地上的雪花。

有时，他会一整天一动不动地站在雪地里。雪花飘到身上，使他变成了个雪人；有时，他会莫名其妙地在雪地里兴奋得打滚儿；有时，他又会小心翼翼地把地上的积雪捧在手里，放进嘴里细细品味。

凛冽刺骨的寒风把他的手脚冻坏了，生了严重的冻疮，尽管穿着池工长为他亲手缝制的戴套袖的棉衣，也无济于事。

更糟糕的是禹明玉的眼睛。雪的白色是所有颜色中最强烈、最刺眼的，并可以反射其他各种颜色，所以对眼睛伤害非常大。由于他常常盯着雪一看就是一整天，等到太阳落山回家的时候，眼睛基本上什么都看不到了，只能深一脚浅一脚地摸着往回走。眼睛对一个陶匠来说无疑是最重要的，池工长担心这样下去禹明玉的眼睛会瞎掉，就劝他罢手，但他根本不听。

每天天一亮，禹明玉就拄着拐杖摸索着往雪地里走。总之，他

戒盈杯之谜

变成了一个痴迷于雪的疯子。

禹明玉为之疯狂的冬天终于过去了。春归大地,万物复苏,冰雪开始融化。那时,禹明玉的眼睛也基本上失明了。解冻期之后,他的视力一直没能恢复,所以也就没再担负分院每年春天开始的烧陶任务。

这反而使痴迷匠燔的禹明玉有了更多的时间专心于对白瓷烧制技术的研究。

禹明玉又变成了一个不吃不喝的"疯子"。他吃睡在窑旁,一刻都不离开那里。

随着天气慢慢变暖,禹明玉的眼睛开始有所好转,但还是看不清东西,行走时要借助拐杖探路。

池工长对禹明玉表面上漠不关心,但心里无时无刻不在为他担忧。

禹明玉每天都重复着同样的事。和泥、摇陶车、做坯、涂釉、着色、入窑烘烤。

他仍然坚持清早去江边沐浴斋戒,从不间断一天。另外,他把着好釉的瓷器入窑之后,先要开坛祭神,虔诚地向神灵祷告。

然后,禹明玉会在陶窑旁边守候三天三夜,定时地往灶门里添柴。

这个时候,池工长已经帮不上什么忙了,他就集中全部精力为他祈祷。

"天地神明啊!"池工长祈祷的只有一件事,"保佑我儿子禹明玉能烧出最好的纯白瓷,保佑我儿子禹明玉能烧出最好的纯白瓷吧!"

终于所有的工序都完成了。在窑洞完全冷却后,禹明玉爬进陶窑里去取烧好的瓷器。每当这个时候,池工长表面不动声色,心却早已提到了嗓子眼。他竖起耳朵听着窑里的动静。

但每次等到的结果都是失败。

每次窑里面传出来的都是瓷器被砸碎的声音,尽管那也是费尽心血才造出来的。

如果把这些烧得不成功的瓷器保存下来的话,很可能就会被分院的官吏们偷偷拿到市场冒充匣燔卖高价。因此，池工长对自己不满意的作品，一概是彻底销毁。儿子禹明玉也继承了池工长这个习惯，决不保留那些差强人意的作品。

等到禹明玉从窑里出来后，池工长每次都偷偷地把那些碎片捡起来查看一番。

他简直不敢相信自己的眼睛。虽然形状不完整，不能下定论，但单凭碎片表面耀眼的白色釉彩的光泽看，已经是大大超越了自己所能烧制出的最好的白色。

如果说池工长达到的是纯白色的境界，那么，从这些碎片来看，足以证明禹明玉达到的白色已经远远超越纯白，而是达到了雪白的境界。如果这些白瓷被保存下来，绝对是当时世上最伟大的作品。

每次查看过儿子禹明玉打碎的陶片，池老人都会激动地全身发抖。

儿子已经超过我了，禹明玉烧制的白瓷已经突破了白色的极限。

但是，禹明玉为什么还是不满足，把这些白瓷全部砸碎了呢？他追求的绝世白瓷到底是什么样的？难道是天空中翩翩飞舞的雪花和被白皑皑的积雪覆盖的大自然的那一片白吗？

春去夏至，夏逝秋归，已是深秋时节了。

那天晚上，是儿子禹明玉完成做坯、涂釉、入窑烘烤、守窑三天三夜等一连串工序的最后一夜。

每到白瓷出窑的这天，池工长精神高度紧张，目光一刻都不离开禹明玉。

那天夜里，窑里传出来的依然是断断续续地砸碎瓷器的声音。

咣啷！咣啷……

每次听这个声音，池工长的心就开始凉了。

突然，断断续续的破碎声消失了，随之而来的是一片寂静。池工长预感到有什么事情发生了。

里面再也没有传出砸东西的声音，只有令人迷惑的长时间的沉默。侧耳倾听的池工长却听不到一点儿动静。

他实在忍耐不住，就打开门走到户外，向窑边走去。

这是一个深秋的夜晚，天地沐浴在如水般透明的月光中。池工长一口气跑到了窑的出口处。尽管禹明玉听到了池工长的声音，却没有回应。

因为连续几天不停地烧火，窑的四周仍散发着滚滚热浪。

窑灶门口，被木槌砸碎的白瓷碎片遍地都是，旁边，禹明玉两只手捧着个什么东西呆呆地站在那儿，像丢了魂儿似的。

池工长把目光投向禹明玉手中捧着的东西。那是一个白瓷瓶，一个圆形的、口大底小、典型的朝鲜白瓷瓶。

乍一看只不过是件普通的瓷器，但从瓶口到瓶底那完美的曲线看，就知道是件工艺很高超的极品。

"你怎么了？"

禹明玉没有回答池工长的问话，而是慢慢地把手中的白瓷瓶捧到他面前。池工长郑重地把它接了过来。

明亮的月光把周围照得如同白昼一般，一切都看得清清楚楚。池工长把那瓷瓶举到高处仔细端详。

那一刻，池工长突然意识到，手中捧着的正是自己想都不敢想、犹如白雪颜色的绝世白瓷。

终于，儿子禹明玉在白瓷上成功再现了白皑皑的雪的颜色，创造出了蕴含大自然灵性的神器。

3

"这就是那个瓷瓶。"

池老人边说边让林尚沃的随从把一个白瓷瓶拿给林尚沃看。日落时分开始的谈话一直持续到了深夜。两个人开始谈话时月亮刚刚从东山升起，但现在已经是深更半夜，月亮已挂上了西山的树梢。聊了这么长时间，老人家脸上却没有一丝倦意。

开始还能侧耳倾听的奉事早已困顿，斜靠着温暖的窑睡着了。

帮着背酒的随从也早已鼾声如雷。只有池老人和听他讲故事的林尚沃还保持着清醒。

两个人边喝边谈,不知不觉喝下了半坛酒。老人家却没有一点儿醉意。

"看到了吧!这就是禹明玉制作的那个白瓷瓶。"

老人指着白瓷瓶说。林尚沃抬头一看,果然是稀世珍品。

"那天晚上的月亮,也像今天晚上这么亮。"老人家低声喃喃地说。

不知是不是在月光下的原因,白瓷瓶的白色所反射的光芒让人觉得有点儿刺眼。月光照在上面,形成一道道润泽的光束,在瓷瓶的壁面不停地流淌,看上去就像在下雪一样。

不光是它的颜色。从瓶口到底座的主体部分的曲线完全是一个完美的流线整体。中间部分左右对称,协调完美至极。

单看它的外形,那丰满的曲线膨胀得像要爆开似的,很容易使人联想起美女的胴体。

林尚沃双手捧着白瓷瓶反复地观赏着。

整个瓷瓶的外表别说是瑕疵,就连一小块釉料涂抹的痕迹都找不到,真像是一件没有任何饰文、纹样、阴刻的天然而成的白瓷瓶。

"大人,你觉得怎么样?"

老人家一脸惶恐地望着拿着白瓷瓶反复端详的林尚沃。林尚沃叹口气道:"从没见过这么美的白瓷!"

林尚沃经常与中国做生意,在鉴赏陶瓷器方面有很深的造诣。

陶瓷器是朝鲜与清朝进行贸易的主要项目,林尚沃这方面可以说是见多识广,但这样好的极品不要说见过,连听都没听说过。

"真的吗,大人?"池老人举起酒杯一饮而尽,点着头说:"天底下能烧出这种白瓷瓶的人恐怕只有禹明玉一个。"

池老人说着又举起了杯子,但林尚沃已经喝醉了,不能再陪老人喝了。林尚沃的酒量显然不如池老人。

"应该说这个白瓷瓶不是禹明玉造的,而是上天制造后遗失到

戒盈杯之谜

人间的!"

老人忽然停止了说话,抬头望着昏昏欲睡的林尚沃。不知道是火焰的烘烤还是酒精的作用,老人家的脸变得红彤彤的,他忽然用一种很奇怪的眼神盯着林尚沃:

"但这件稀世珍宝与他的另外一件瓷器比起来,根本算不了什么。"

"还有比这更好的?"

老人家点头答道:"当然,当然有。"

"那它在哪儿?"

老人家往身前一指说:"就在这里。"

"您说就在这里?"

"对!就在这里!"

老人家指的正是戒盈杯。可在世上最美丽的白瓷瓶旁边,戒盈杯看起来不仅极为矮小,而且色泽和形态也非常寒碜。此外,被摔破而有缺损的戒盈杯与完整的白瓷瓶比起来,给人一种残缺不全、相形见绌的感觉。

"就算是再绝妙的瓷瓶,与这个酒杯比起来,也都是一钱不值啊。"

"为什么呢?"

池老人没有立刻回答,而是在慢慢喝干了一杯酒后,又继续讲他的故事。

4

几天后,就在天下逸品白瓷瓶烧制成功后的某一天,禹明玉又开始打陶坯,烧制瓷器。

破晓时分。

一直往瓷窑内添柴的禹明玉打了个盹,但很快被人迹声惊醒了。他振作精神一看,蒙眬中看见有个人站在瓷窑的烟囱旁。起初,禹明玉还以为自己是刚睡醒而产生的幻觉,就没太在意。因为，平时埋头做事时就很容易产生幻觉。

但那不是幻觉。

在黎明时分的朦胧月光里，确实有一个清晰的人影。

"谁呀？"

禹明玉喊了一声，朝着人影走去。见禹明玉走过来，那个衣着褴褛的人退了两步就瘫倒在地上。禹明玉急忙走了过去。

一个女人躺倒在地上。禹明玉立刻认出了她。

她就是桂香。正是这个叫桂香的女人夺走了他纯洁的童贞。同时，也是这个女人，使他有生以来第一次明白了女人的身体，第一次感受到与女人进行肉体结合时的快乐，第一次懵懂地感受到了初恋。

桂香在夺走了禹明玉童贞离开后，就再也没有回来，留给禹明玉的只是忧伤。后来只听说她嫁给了一个盐商，除此之外，是死是活，再无音信。

桂香让禹明玉明白了什么是酒和女人。桂香离开后，禹明玉开始放荡起来。天一黑，他就从这家酒馆喝到那家酒馆，到处寻花问柳。即使这样，那些妓女都不曾给过他桂香第一次带给他的肉体欢乐和初恋欣喜。

桂香瘫倒在那里。昔日美丽的容貌和可爱的身影消失得无影无踪，眼前的桂香只是一个衣着褴褛的乞丐。

禹明玉马上明白了，桂香逃到这里来投靠自己是为了避人耳目。

"你怎么啦？"禹明玉搀起桂香问道。

桂香比禹明玉大三四岁，对于父母早逝的禹明玉来说，桂香既是母亲，又是有血有肉的女人。

禹明玉看到桂香背上好像还背着什么东西。

为了抵挡凉风，女人往往背着包裹。可此时桂香背上背的分明是一个孩子。由于突然被惊醒，小孩咿咿呀呀地哭了起来。桂香慌忙把孩子抱在怀里喂奶，小孩吃着奶，立刻停止了哭声。

小孩看起来刚满一岁。

戒盈杯之谜

"这到底是怎么回事?"

"相公!"满脸泪光的桂香说道,"就是马上去死也要来见上最后一面,我大老远地来就是为了见一面就走!"

"这……"禹明玉问道,"为什么弄成这个鬼样子?难道得了什么要死的病?"

桂香把襁褓拉下来,盖住刚吃完奶又睡着了的孩子的脸:"瞧瞧这个孩子吧!"

禹明玉看了看孩子的脸。突然,他感到从孩子身上涌出一股强烈的血缘之情将自己紧紧缠绕起来。

"是个男孩,刚刚一岁,由于还没有见到生父,因此还没有取名字。"

禹明玉不明白桂香在说些什么,呆呆地看着孩子的脸。

"相公,这个孩子是您的呀。"

禹明玉一面看着脸庞像自己的孩子,一面在想,命运为什么这样不公平呀?

桂香长叹了一口气,开始诉说这段时间里所发生的一切。

随着分院冬季解散,周围的酒店也纷纷关门停业,桂香也回到了自己的家乡。在家乡,她结识了一位盐商。尽管桂香发自内心地深爱着禹明玉,但想到自己身为歌伎,还不如在家乡嫁给一个不知道自己身世的人,以村妇之名了此一生。她这样想着,就答应了盐商的求婚。她这也是为禹明玉着想,对于身为广州分院瓷器制作技艺最高的禹明玉来说,自己只不过是在妓院卖笑的妓女。

但那时,桂香已身怀六甲,有了禹明玉的骨肉。桂香虽然在家乡生活,但从一开始起就不幸福。一辈子在江湖上跑生意的丈夫原本就有放荡和嗜赌的习惯,动不动就打骂桂香,桂香总是咬着牙硬撑着。

孩子降生了。桂香明知道孩子是禹明玉的,但她仍要对丈夫保密。于是,孩子就成了祸端。

丈夫早就得了花柳病,根本不能生孩子。即便是生了孩子,也会先天不足。可这个没有缺陷的孩子一出世时,丈夫还以为是自己的，自然是满心欢喜。但久而久之，丈夫还是渐渐地对桂香起了疑心。做盐生意四处奔波的丈夫自然也听到了一些关于桂香的传闻，甚至知道了桂香曾在广州附近的色情酒店当过妓女。由此丈夫对桂香更加起疑。

于是，从此以后，丈夫一见到桂香就大打出手，并追问孩子的父亲到底是谁。桂香也只能极力忍受着被毒打的痛苦。

桂香暗自下定决心，只要能让孩子活下去，就是被打死也在所不惜。可是，忍耐终于到了最后的极限。

一天，酩酊大醉的丈夫回家向桂香索要赌资。为了丈夫赌博，桂香已经变卖了出嫁时带来的全部首饰，现在她再也拿不出一分钱了。于是，丈夫开始殴打桂香。他抓住桂香的辫子把她拖到院子里，像打狗一样痛殴桂香，桂香只能强忍着任他施暴。

就在这时，屋里熟睡的孩子突然被惊哭起来。见此，丈夫连鞋子也顾不上脱，就气势汹汹地直奔里屋，一把抱起孩子来到院子里。桂香心惊胆战地看着丈夫，丈夫举起孩子就要将孩子投入井中。此时，丈夫已完全暴露出盐商丧心病狂的本性，而桂香却使出村妇般的泼辣拼死地缠住丈夫。孩子若再哭，就立刻会被丈夫扔到井里。那情形真是一触即发。

孩子如被扔进井里，当然必死无疑。说时迟，那时快，桂香抓起井沿上的一块石头就向丈夫的后脑勺砸去。丈夫惨叫一声倒了下去，一股鲜血溅了出来。丈夫一面惨叫着，一面破口大骂。

桂香非常害怕，担心丈夫会站起来把自己和孩子一起扔到井里去。自己死了倒无所谓，但决不能让他摔死孩子。想到这里，桂香拿起石头继续猛砸不断叫骂的丈夫，一直砸到丈夫停止叫骂，一直砸到丈夫不再动弹。

一切又恢复了平静，桂香抱起地上的孩子给他喂奶。孩子吃着奶，不再哭闹。直到此时，桂香才明白自己究竟干了些什么。

院子里到处都是血，自己浑身上下也血迹斑斑。刚才像发疯一样的丈夫已倒在井沿旁。桂香小心翼翼地走过去，仔细地看了看，发现丈夫已经断了气。

戒盈杯之谜

桂香这才意识到自己一下子成了杀人犯。为逃避罪责她想投井自杀,但是,她转念又想,自己死了,孩子就成了孤儿。她不能死。然而,自己杀死丈夫的事很快就会被全村人知道,自己也会被抓起来送交官府。于是,桂香来不及收拾就带着孩子出逃了。

她想,无论自己跑到哪儿,迟早都会被官府抓到的。自己是杀死丈夫的杀人犯,就是跑到天涯海角也会被抓起来受到凌迟处斩的处罚。

匆忙之中,桂香直奔京畿道广州分院。在被抓之前一定要把孩子送到生父禹明玉那里。自己是杀人犯,但孩子不能背上杀人犯之子的污名。等孩子一到禹明玉那里,自己就远走他乡……

"事情就是这样。"桂香把话说完,长叹了一口气,"就这样我来找相公了。"

桂香脸上的泪水已干。按照桂香的说法,这几天来她滴水未进,几夜未眠,只是一个念头要把孩子送到禹明玉这里。

"收下孩子吧!相公,这可是相公的孩子呀!"

桂香用双手把吃完奶睡着的孩子递给了禹明玉,禹明玉下意识地接过了孩子。

"我把这孩子交给他的生父相公您,您就收养他吧!"

"这叫我怎么办啊?"禹明玉看着一年间就变得苍老不堪的初恋情人问道,"桂香,你现在有什么打算吗?"

"相公,您不用担心我。"桂香带着淡淡的微笑答道,"把孩子交给了相公,又见到了相公,就是现在死,我也死而无憾了。"

禹明玉呆呆地看着怀中孩子的脸。他突然想起自己也是孤儿的身世。难道自己还能让自己的孩子重演自己的命运悲剧吗?

可是,就是我来养这个孩子,这孩子不也是没有母亲吗?母亲是杀死丈夫的杀人犯,今后该如何给孩子说这些呢?

不知不觉间,东方已泛起了鱼肚白。见天色已亮,桂香焦躁不安地站起来,要与禹明玉告别。

"我走了,请多保重。"

"你要上哪里去?"禹明玉急忙问道。

"去的地方总会有的,天下之大哪儿不能去呢?"

"就是有去的地方……"禹明玉打断桂香的话,"也没有可以藏身的地方呀?"

"总会有藏身之地的,哪儿都可以藏身,相公,您放心吧!"

天亮了,池工长感到有点儿异常。每天天一亮,儿子禹明玉都要去河边沐浴斋戒,然后汲水回来。禹明玉把水倒进厨房水缸的声音时常会把自己弄醒。可是,今天却一点儿动静也没有,没有听到倒水的声音。心里觉得奇怪的他走到厨房一看,果然水缸是空的。这种事以前从来没有过,肯定是出了什么事!池工长赶忙出门直奔瓷窑而去。

窑旁也没人。

窑里本该熊熊燃烧的大火平静地燃烧着,烟囱里也不冒烟。窑的周围也是一片宁静。真是不可思议!池工长叫着儿子的名字四处寻找,但怎么也找不到。

担心儿子会不会又去酒馆喝酒、和妓女鬼混,池工长又来到酒店找,但到哪儿也见不到儿子的踪影。禹明玉从此在广州销声匿迹了。

十几天过去了。

一天,捕头带着两名捕快找到池工长的家。他们隶属于管辖汉阳及其近郊地界的捕盗厅,负责抓捕该地界的违法犯罪者,并带有令牌。

这位捕头找上门来不管三七二十一就问禹明玉的下落。池工长说他也不知道儿子的下落,现在也在担心并四处寻找。

捕头问道:"有人找过你儿子吗?"

池工长回答说没有。捕头又问道:

"听说,江华岛有个杀死丈夫的女子带着小孩来到了这里,那个女子曾在这里当过妓女,名叫桂香。又听说,桂香逃到此地是为了找禹明玉。要知道,窝藏杀人犯可是重罪啊,你儿子要是捎信过来,可要立即告知捕盗厅。"

威胁了一通的捕头刚走,池工长感到天都要塌下来了。桂香是

戒盈杯之谜

妓女的传闻他早就知道,桂香是儿子禹明玉的初恋情人他也知道。可怎么也没有想到这个桂香杀死丈夫逃走后,竟然来找禹明玉。分明是儿子禹明玉不忍心绝情绝义就和她一起半夜私奔了。

直到此时,池工长才明白了儿子突然失踪的原因。

禹明玉和桂香一起逃离了广州,开始了居无定所的流浪生活。桂香由于杀死了自己的丈夫而沦为"纲常犯"。

两人为避人耳目,一路乞讨来到江原道山区一个偏僻的小山村。他们来到禹明玉孩提时代曾生活过的通川,寻找藏身之地。

通川是江原道的腹地。两人就生活在一个叫楸地岭的深山里,和当地烧荒垦田的人们生活在一起。

因为通川是自己的故乡,所以禹明玉就带着桂香逃到这里。从小就是孤儿的他曾在通川四处乞讨,比谁都更了解这里的地理环境。他曾在烧炭的窝棚里住过,曾帮助烧荒垦田的人种过地,所以,在选择藏身之地时他首先想到了这里。

虽说是禹明玉的家乡,但他不到十岁就离开了这里,所以这里没有人认识他。禹明玉在山里搭了个窝棚,在小溪边建了个小瓷窑,便开始了以烧制陶瓷器皿来维持生计的生活。

曾经是天下名人、曾经烧制过白瓷器中极品"匣燔"的禹明玉,又开始烧制缸、罐、盆等日常用品。禹明玉不再用自己现在的名字,而是改用小时候的名字——禹三乞。

他就在露天瓷窑里烧制陶器皿。这些器皿用黏土制成,不上釉,因此,表面很粗糙,也没有光泽。由于没有经过高温而只是粗略地一烧,所以也易碎。

可是,禹明玉,不,应该是禹三乞,在烧制器皿时感到很幸福。和烧制天下极品——雪白色的白瓷瓶的时候相比,现在的禹三乞更感幸福。烧制白瓷时使用的白土要求极高,而眼下烧制器皿用的黏土随处可得。而且,他现在烧制的器皿不是皇家用的御用器皿,而是普通百姓使用的普通器皿,对此他感到心满意足。

现在,他再也没有必要为了烧制出美丽色彩的陶器,而给器皿上釉，也不用在陶器上着意雕刻装饰性花纹。如果说禹明玉烧制的白瓷是给皇上和高官用的奢侈品，那么，禹三殳烧制的陶瓷只是普通百姓用来盛饭盛水的家常用具。

更重要的是，禹三殳烧制的器皿变成了自己生存的重要手段，他用它来换取粮食来养活自己深爱的桂香和儿子禹德基。

禹三殳给自己的儿子取名为德基。从小就是孤儿的他，根本就没想到自己这辈子还能有个儿子，并且还成了家。他为自己能有一个妻子而感到幸福，更为自己还有一个儿子而感到自豪。

禹三殳辛勤地烧制着陶瓷，并把烧好的瓷器放到背架上在山区四处叫卖。

尽管这些器皿价格低廉，但因为是出自于天下名人禹明玉之手，所以十分畅销。顾客能给多少钱他就收多少钱，遇到当时没钱的人家就先欠着，等秋天来临时，这些人再用自己家的粮食来抵付。

禹三殳高兴极了。卖陶器一挣到钱，他就去集市给妻儿买上各种食品，回到自己的窝棚时往往已是深更半夜了。

桂香似乎又恢复了往昔的美貌。但是，由于害怕被别人看到，她总是戴着头巾，变成了一个十足的山村妇女。

儿子也一天天长大。一见到禹三殳回来，老远就大声喊叫"爸爸，爸爸"，并跑着前去迎接禹三殳。儿子从蹒跚学步到会跑会跳，现在还能叫自己"爸爸"，缠着自己玩耍。每到此时，禹三幸福得心都要飞出来了。

尽管如此，禹三殳的心里还总是有些忐忑不安。他担心这样的好日子不会持续长久。虽然平日里自己和妻子嘴上都不说，但桂香毕竟是杀死自己丈夫的"纲常犯"呀。本应受到上苍严惩的两个人，却生活得如此幸福，这难道不是有悖于天理吗？

禹三殳的预感一点儿也没错。

儿子四岁时得了霍乱，很快就开始发烧，并且上吐下泻，根本吃不下饭，浑身热得像一团火。按常理，人们都会把染上此病的人隔离起来，甚至驱逐出家门。可桂香不想把儿子得病的事给泄露出

戒盈杯之谜

去,她整天抱着孩子,于是自己也感染上了病。看到儿子的惨样,桂香恨不得自己能替儿子得病,真想替儿子去死。

但这都无济于事。儿子的身子渐渐瘫软,甚至开始抽风。只要儿子一闭眼,桂香就用力把儿子摇醒,这时,儿子只是勉强地睁开小眼。

"儿啊!看看妈妈,看到妈妈了吗?"

每当桂香大声喊叫,儿子只是气息微弱地回答道:"看见了,妈妈。"

但到后来,不论桂香怎么摇,儿子再也睁不开眼了。

儿子永远也不会再睁开眼了。尽管如此,桂香也不愿放下孩子,依然把孩子紧紧抱在怀里。

禹三旮想埋掉儿子的尸体,桂香却始终不愿放下孩子,满脸的茫然与无助。她喃喃自语道,儿子只不过是睡着了,只要一醒,就会睁开眼的……

禹三旮选了一块向阳的地埋葬了儿子。儿子才刚刚四岁呀!这是自己有生以来唯一的亲骨肉,是唯一叫过自己"爸爸"的血肉呀!

从此,禹三旮没有了笑容。他仍旧每天烧制陶器,仍旧背着背架在山区叫卖挣钱。但是,幸福却离他远去了。

每次从市场回来,禹三旮都喝得醉醺醺的。桂香也是如此。见他没有了笑容,桂香也成了丢了魂的幽灵。两个人互相之间一句话也不说,也不看对方一眼。

一次,禹三旮背着背架在山区叫卖了三四天后才回到村里。一走进院子,他立刻感到有点儿异常,他背着背架站在门外静听屋里传出来的声音。那声音是桂香发出来的。那不是急促的声音,而是一种颤抖、兴奋的呻吟声。一听到这种声音,禹三旮立即明白了发生了什么事。他顺手操起一根棍子朝屋里走去。他真想一脚把门踢开,冲进去,把背架摔个粉碎。但是,他很快又松开了手。他静静地走出家门,来到野外的儿子坟前。

他坐在儿子坟前无声地痛哭起来。禹三旮感到自己仿佛是做了一场梦。

回到家里,他看见桂香一个人躺在屋里,浓妆艳抹地把自己打扮得花枝招展,看起来就像当年在广州分院当妓女的模样。

可她往日的美丽已被无情的岁月剥蚀殆尽,这样的浓妆艳抹只能使她变得更加丑陋。也就是从这时起,桂香过起了放荡的生活。

禹三耍知道桂香这些偷鸡摸狗的事,也知道村里的流言蜚语,但他却假装不知,只是埋头烧制陶器。

陶窑旁还摆放着儿子玩过的玩具。儿子在世时,禹三耍总是把黏土捏成小鸟、小兔、松鼠等,然后烧成玩具给儿子玩。儿子也最喜欢他烧制的玩具。

儿子也知道,自己的爸爸有一双什么都能做的魔手,只要自己要什么,爸爸都可以做。

"爸爸,给我做个天上飞的小鸟吧!"

德基指着天上的小鸟说。禹三耍立刻就捏了一只小鸟,烧硬后交给儿子。由于是天下名人禹三耍做的,小鸟看上去就好像有生命似的,马上就要振翅欲飞冲向蓝天。

德基不论看到什么,想要什么,都要爸爸做。看到水里的鱼,就要爸爸做鱼,看到山里跑的动物,就要爸爸做动物。

禹三耍有一双万能的手,几乎什么都能做得出。甚至是世上没有的东西,只要德基想要,他也能做得出来。就是德基想要鬼,禹三耍也能做出来交给儿子。起初,德基非常喜欢各种动物,但渐渐地也失去了兴趣。

一天,他对禹三耍说:"爸爸,我想要个妈妈。"

由于是自己的爱子想要的东西,禹三耍不想拒绝。于是他就按照桂香的形象做了个泥偶。他也明白儿子已到了想玩过家家游戏的年龄。于是,禹三耍又按自己及儿子的形象各做了个泥偶。这样,他就用黏土做成了他们一家子。此外,禹三耍还给儿子做了房子、树、山、河。

德基非常喜欢禹三耍做的泥偶,就是在死之前手中还拿着这些玩具。

可如今，自己深爱的儿子死了，桂香也像幽灵一样开始了放荡生活。

禹三乭也逐渐失去了烧制陶器的兴趣，他坐在陶窑前，呆呆地看着儿子玩过的那些泥制玩具……

不知是哪一天，桂香突然失踪了。

背着背架在山区叫卖了四天后，禹三乭回到家中一看，家里没有人，桂香不见了。禹三乭在家里等了桂香好几天，但桂香再也没有回来。10天过后，他起程前往通川邑去找桂香。

在城墙的下面有五六家酒馆，正在东张西望的他忽然听到从一家酒馆里传出了耳熟的声音：

啦啦啦，啦啦啦，

孟浩然骑着驴，

李谪仙骑着鲸，

清溪道士骑着鹤

……

禹三乭一下子就听出了这是谁的声音。是桂香。

他听到，从房间里传出来的歌声里，还时常夹杂着男人们的狂笑声；他还看到，桂香从座位上站起来翩翩起舞。

桂香已经喝醉了，身体也失去了重心。一眼就可以看出，她已是个丰韵无存的老妓女，在酒桌上也被人当成"弃物"一样，低看一等。

禹三乭真想放下背架，冲进屋里去，抓住桂香的头发把她拉回家。可是，刚举起背架的手又无力地垂了下来。

"别管她啦！"禹三乭自言自语道，"反正迟早是要死的。"

禹三乭筋疲力尽地离开酒馆，独自一人返回自己的窝棚。

皓月当空，他坐在亮如白昼的院子里陷入了沉思，他暗问自己究竟在这里干了些什么。

突然，禹三乭的眼里仿佛看到了什么。有个东西在月光的照耀下闪闪发光。他无意地捡起那东西一看，才知道那是个泥偶，是一个没有做完的泥偶。那个泥偶上半身是个小女孩，下半身是还没有成形的黏土。禹三叒耳畔仿佛又响起了儿子的声音。

"爸爸，给我做个妹妹吧！有爸爸，有妈妈，也有我，怎么就没有妹妹呢？"

德基没有兄弟姐妹，所以特别想要个妹妹。这个没有完成的泥偶是儿子在病中向禹三叒要的。

"爸爸，给我做个妹妹吧！"

可是，儿子在泥偶完成前就咽了气。

禹三叒突然觉得，自己的人生就像用黏土捏制的泥偶过家家一样。一个男人遇到一个女人，爱上一个女人，并生下一个孩子，组成了一个家，然后就生老病死。这一切仿佛就像一场梦。

禹三叒耳边又响起父亲池工长的声音。池工长曾给他讲过一个中国古代的典故，讲这个典故时他时常说"人生就是一场春梦"。

禹三叒立刻想起了这个典故的内容。

相传中国唐朝时期，一个名叫卢生的年轻人，一天在一家酒馆遇到了一个名叫吕翁的道士。吕翁劝这位对人生充满希望和向往的卢生枕着他的枕头睡一觉。于是，卢生就枕着道士的枕头睡了一觉。他在梦中享受荣华富贵直到80岁。一觉醒来，酒馆老板的小米饭还没有熟。这个典故就是"黄粱一梦"，它把人生比喻为只不过是煮一碗小米饭工夫的梦。

想起池工长的话，禹三叒心如刀绞。

池工长的话一点儿没错，和桂香、德基一起共同生活的五年也只不过是一场梦。儿子管自己叫爸爸也只不过是用黏土做的泥偶在玩过家家，生儿子、养儿子也如同用黏土制作这个没有完成的小女孩一样，都不过是一场游戏而已。

这个尚未制作完毕的小女孩一半是人体，另一半却是陶土，这不正说明她就是一黄土吗？

其实，人就是从泥土中来，再回到泥土中去。佛教不也是讲人的躯体只不过是泥、水、火、风吗？我们的身体只不过是用泥、水、火、风搅拌而成的泥块。

想到这儿，禹三叒又开始继续做那个尚未完成的女泥偶。很

戒盈杯之谜

快,按照儿子的愿望,可爱的小女孩做成了。

禹三夯把儿子玩过的泥偶爸爸、妈妈、儿子和这个刚完成的泥偶小女孩摆到一起。这是用黏土捏成的完美的一家子。

"这是你的妻子桂香。"禹三夯看着泥偶自言自语地说道,"没有必要伤心,也没有必要悲哀。"

禹三夯又想起浓妆艳抹的桂香在酒客面前跳舞的情景:"跳舞的桂香只不过是一团泥,唱歌的桂香也只不过是一团泥。"

禹三夯看着泥偶儿子自言自语道:"这就是你的儿子,儿子从泥土中来又回到泥土中去。人世间既没有生,也没有死。是你把原本没有形体的我称作儿子,而且还喜欢我。所谓儿子也只不过是虚空。"

禹三夯这样想着,忽然心中的悲伤就像冰雪一样融化消失了,心情也变得平静起来。他看着那个刚刚完成的泥偶自言自语说:"这就是你尚未出生的女儿,她既没有来也没有去。"

就在这一瞬间,禹三夯忽然彻悟了。他从黏土捏成的桂香、儿子德基和尚未出世的女儿身上得到了大彻大悟。桂香使他明白了人生既无"有"也无"无",儿子德基使他明白了人生既无"生"也无"死",尚未出世的女儿使他明白了人生既无"来"也无"去"。

看着用黏土捏成的自己,他又陷入了深思。

"人生原本既无'有'也无'无',既无'生'也无'死',既无'来'也无'去'。你为之痛苦是缘于你想要拥有的原本不过是一堆泥土的一切。这期盼拥有、挥之不去的欲望就是你这块泥土的本质。所以,一切悲伤和痛苦都生于你的欲望和情欲。瞧,你和我不都是泥土吗?你这块泥究竟为什么这般痛苦?这痛苦不正是来源于你的欲望吗?"

禹三夯苦苦地思索一夜,终于大彻大悟。他走到河边,把用黏土捏成的桂香、儿子、尚未出世的女儿和自己放入水中,进行了水葬。

此时此刻,他再也没有任何牵挂了。

禹三夯回到自己的窝棚里。他把瓷窑里的火种洒到堆放在窝棚旁的干草上，开始焚烧窝棚。由于是干燥的晚秋，火苗儿一下子就蹿上了房檐，借着黎明时分的凉风，大火迅速吞没了整个窝棚。窝棚很快化为灰烬。

禹三乇开始启程，踏上了去远方的路。

几天后的一个黎明。

池工长从熟睡中惊醒。"哗——哗——"，他听到有人向水缸里倒水。

儿子禹明玉离家出走已经五年了。这期间，池工长无时无刻不在盼望儿子回来。即便是风吹门发出的吱呀声，池工长也竖起耳朵仔细听，难道是儿子回来了？有时，连门外落叶坠地的沙沙声，他都疑为是儿子的脚步声。因而也常常从梦中惊醒……

回来了，毫无疑问是儿子回来了。

池工长确信肯定是儿子禹明玉回来了。

那熟悉的"哗——哗——"的倒水声，是儿子弄出来的特有的声音。那是儿子多年养成的习惯。他每天在天亮前，就去河边沐浴斋戒，然后汲水把水缸倒满。

起初，池工长还以为自己产生了错觉，把风声误听为倒水声。

但这不是错觉。

"哗——哗——"，这分明是向厨房水缸里倒水的声音。池工长猛地坐起来大声喊道："是明玉吗？"

"父亲，是我！"门外传来禹明玉的声音。

池工长连门都没开便说道："缸里水打满了吗？"

"满了。"

就这样简单。多年没有回家的禹明玉和苦等五年的父亲，就这样三言两语地结束了见面时的寒暄。

同昔日相比，禹明玉的话更少了，几乎像个哑巴。二十多岁的他仿佛已步入中年，英俊的身影和令人羡慕的青春已荡然无存。

从第二天起，禹明玉就一头扎进了瓷窑。他在那里吃、睡，瓷窑成了他生活的唯一伴侣。

戒盈杯之谜

池工长非常关心儿子，但他从不干涉他。只是在一旁细细地观察儿子的一举一动。他知道儿子已经能够烧制出被称为天下逸品的雪白瓷"匣燔"，他也相信儿子能够烧制出只有神明才能完成的无色的匣燔名品。

但，这只是错觉。

同往常一样，禹明玉把已烧制成的但自己不满意的瓷器打碎。池工长悄悄捡起破碎的瓷片仔细端详，他看到这些瓷器既无特殊的色彩和形态，也没有美丽的曲线，且表面颇为粗糙。不仅如此，连最重要的胎土也不是精心挑选出来的白土，而是烧制器皿时随意使用的黏土和黄土。曾几何时，禹明玉追求能烧制出宛如旭日照射雪野般的纯白瓷器，并且已得心应手地驾驭了这种技术。可如今他究竟怎么了？池工长也弄不明白。

难道儿子是在用黏土烧制陶器？或是将黏土在阳光下晒干或是低温焙烧后再上釉烧制"乌瓷器"（指普通的坛、罐、砂锅等一般陶器，制作工艺较低，表面粗糙，色泽红黑）？

天下名匠、绝世无双的禹明玉究竟在做什么？是在制作被人们称为乌鸦瓷器的"乌瓷器"吗？

池工长怎么也看不透儿子的想法。

而对禹明玉来说，烧制纯白色的"匣燔"已不再是他的追求。

他现在追求的已不是形式而是内容。即便是人间最美的"匣燔"瓷器，也只不过是有具体形态的盛东西用的器皿罢了。

用"匣燔"瓷器装上水，和普通的水罐没有区别；装上药，和一般的药罐也没有差异。而另一方面，价格便宜的瓷器里若装上宝物也能成为珍品，放入香料也能发出沁人的馨香。

因此，天下名器不在于其外观与色泽，而是取决于里面所装的物品。同样，天下名作和艺术品也不在于其华丽的外在表现，而是取决于其通过美所能表达出的内涵。

禹明玉通过自己的痛苦经历明白了，人生既无"有"也无"无"，既无"生"也无"死"，既无"来"也无"去"。他深深懂得人生的痛苦来自总想拥有的种种欲望。所以，他不再追求优美的形态和华丽的色泽，而是把烧制能够告诫人们限制欲望的器皿，即"身边常见之物"作为自己的最终目标。

这种"身边常见之物"，也称作"宥坐之器"，是指为了警示自己欲望要有限度而放在身边当作训诫的器皿。孔子曾对之有过评价。

相传很久以前，孔子曾去过周桓公的祠堂。在周桓公的祠堂里摆着一个祭祀用的祭器，那个祭器可以自由倾斜。孔子问旁边守卫祠堂的人：

"这是干什么用的？"

那个人回答称："是'身边常见之物'，也叫'宥坐之器'。"

孔子点着头说："我以前曾听说过，这'宥坐之器'如果空着，就会倾斜。灌入适量的水，就能站立。如果灌满水，就会翻倒。"

天下圣君周桓公平时就把这件'宥坐之器'放在身边，以告诫自己要控制自己的情绪，欲望要有所节制。

对于最看重中庸之道的孔子来说，周桓公的"宥坐之器"才是真正能够代表自己思想的器皿。

禹明玉的父亲池工长也曾给他讲过这种传说中的器皿。

在禹明玉小时候，池工长就给他讲过这个故事。

"在遥远的中国的一个祠堂里，有一件像魔鬼一样神奇的器皿。如果把它装满，它就会翻倒。如果不装东西，它就左右乱晃。只有装得适量，才能保持重心，站得住，这个器皿叫作'宥坐之器'。"

"宥坐之器"。这是自打小时候起父亲就给他讲过的器皿。现在，禹明玉想要制作的正是"宥坐之器"。

这种器皿用来告诫人们要控制无限的欲望，对人们的贪婪及放纵进行警策；它不是用于盛装各种饮食的器皿，而是常把它放在身边，可时常警示自己的"戒律"。制作这样的"宥坐之器"是禹明玉的最终目标。

禹明玉已暗自给自己烧制的器皿取好了名字，这就是戒盈杯，其含义是"警戒装满的杯子"。

他已经历了人生的风风雨雨。

戒盈杯之谜

美酒和女人，快乐与荣誉，拥有和痴迷，爱欲和虚无，他都在短时间内体味过。他认为，所有痛苦的根源都源于永不满足的欲望。因此，他明白了最大的欲望就是无欲，最大的满足就是自足。

禹明玉想要制作的正是警示永不知足之欲望的戒盈杯。

老子在《道德经》中说道："持而盈之，不如其已；揣而锐之，不可长保。金玉满堂，莫之能守；富贵而骄，自遗其咎。功遂身退，天之道也。"

禹明玉明白了老子所说的"一切不幸均源于永不知足"的道理。他从老子的"持而盈之，不如其已"一句话中受到启示，决定把"警戒装满的杯子"叫作戒盈杯。

为了制作戒盈杯，禹明玉倾注了全部的心血，他整天待在瓷窑里。他抛弃了自己已知的关于陶瓷的所有常识、知识和技术，一切从"无"的状态中重新开始。

不明白儿子想法的池工长，也不明白儿子在做什么。

漫长的冬天已经过去，随之而来的春天也稍纵即逝，转眼间又到了夏天。

一个深夜，梦中的池工长突然被人迹声惊醒，他睁开眼侧耳细听。屋外分明有脚步声。

"谁呀？"池工长坐起身喊道。

"是我，明玉。"

"什么事呀？"禹明玉从不轻易把睡眠中的父亲叫醒，池工长感到很吃惊。

"父亲，刚才我做成了一件陶器，您能看看吗？"

池工长缓缓起身后向门外走去。虽然已是深更半夜，可皎洁的月光清澈地照射着整个大地，远处的江面上波光粼粼。

禹明玉站在门外。见父亲出来，他就在前面走，池工长跟在后面。

以前从没有发生过这种事！

半夜三更的，禹明玉从窑上跑下来，把父亲从睡梦中叫醒去看自己烧制的陶器，这还是第一次。

戒盈杯之谜

在烧制出天下名瓷、又堪称人间最高雪白瓷器——"匣燔"瓷器时,禹明玉都没有把父亲叫醒。

此时,池工长似乎觉察到了什么,默默跟着儿子朝瓷窑走去。

究竟禹明玉做出了什么?

由于是刚从窑里拿出来,瓷器还冒着热气。池工长本能地看着灶口的火堆。

瓷窑底部垫着一层古铜色的细沙。为了使窑的底部保持平衡,在其旁边还支撑着一些衬柱。通常,就在窑旁的火堆上欣赏刚烧好的瓷器。

可是,此时的火堆上只有一只不起眼的杯子,根本就没有什么白瓷器。因为白瓷雪亮的白色就是在夜里也能发出耀眼的光芒。

"这是什么?"池工长愣了好一会儿,问道,"你让我来看什么呀?"

听到父亲的问话,禹明玉拿起那只杯子双手捧到父亲面前。池工长仔细看了看,太一般了,杯子不大,外观也很寻常。

为了展示自己的手艺,陶工们往往都选择制作白瓷瓶或长颈白瓷瓶等,以突出曲线的优美。可眼前的这只杯子仅仅是很实用的饮食用具,根本谈不上美。

"这不就是个杯子吗?"池工长带着疑惑的口气问。

"是的,是一只杯子。"

"你让我来,就是为了看一只杯子?"

"我是想请父亲来喝杯酒。"禹明玉屈膝跪坐下说道。

果然,窑旁放着一瓶酒。一百多天以来,没说几句话和哑巴差不多的儿子突然开口说话了,而且还备了酒,池工长满心欢喜地仔细端详着儿子刚递给他的杯子。

禹明玉向杯子里倒了一杯酒。酒刚斟满,池工长就说道:"哪有为请父亲喝酒还专门做个杯子的呀!"

池工长心里自然十分满意,端起酒杯就准备喝。可就在这时,令人吃惊的事发生了。方才倒得满满的一杯酒倏然消失,杯子里变得空空如也。池工长还以为自己遇见了鬼。

戒盈杯之谜

"刚才倒的酒都跑哪儿去了?"

池工长不由自主地仔细看看杯子的四周,但一点儿洒酒的痕迹都没有。

"给我再倒一杯。"

这一次,禹明玉只倒了七成满,池工长接过酒一饮而尽,然后把酒杯递给儿子:

"你也来一杯。"

池工长给儿子把酒倒满。儿子双手端起酒杯。然而,在要喝的一瞬间,杯里的酒一滴都没有了。此时,池工长似乎感觉到了什么。

"难道不让我把它倒满?"

池工长再次把酒杯倒得满满的,然后两眼紧紧地盯着酒杯。可酒还是在眼皮下突然消失了,一滴不剩。

酒到底跑到哪儿去了呢?他把酒杯倒过来看看,既没有裂纹,也没有漏洞。

池工长又把酒杯倒了七成满,可这次酒却一点儿都没有变少。

池工长明白了,儿子造出了一件神器。

"难道……"池工长自言自语地说,"这次我非要把它倒满不可,不倒满我决不罢休。"

池工长把酒瓶倒过来向杯里倾倒,可神奇的事还是发生了:无论怎么倒,杯子就是倒不满,就像往一个无底的缸里倒水似的。

直到此时,池工长才明白儿子造出了神奇的"大器"。

顾名思义,所谓"大器"就是大的器皿。然而,对陶工来说,"大器"是指祭祀神灵用的神器。即使是能制作天下名器的能工巧匠,也不能造出超越生死境界的神器。然而,自己的儿子却造出了这种神器,这也意味着儿子已突破了烧制白瓷的限度,达到了能烧制神器的境界。正如儿子曾超越白色"匣燔"瓷器,能够制作出无色"匣燔"瓷器一样,这次意味着儿子已超脱了俗界,达到了彻底解脱之境地。

池工长这才感到,禹明玉已不再是自己所了解的儿子了。

"父亲,"禹明玉说,"从小时候起,父亲就经常提起在中国一个祠堂里,供奉着一个像鬼神一样神奇的杯子,我一直希望做一个这样的杯子。您说,这种杯子装满时会翻倒,空着的话又会摇摆不定,只有装得正好,才能保持重心直立,因此叫作'宥坐之器'。我也想做一个这样常放在身边的'宥坐之器'。"

"于是,你就造出了这样神奇的杯子。"

"是的,父亲。"

"那么,你给这杯子起了什么名字?"

"戒盈杯。"

"戒盈杯?是不是'警戒装满的杯子'的意思?你是要做一个不能装得太满,只能适量装满的戒盈杯吗?一个若执意要装满,即便把汉江之水倾倒进去也永远装不满的戒盈杯吗?"

"是的,父亲。"

在这一瞬间,池老人隐约感到儿子禹明玉将不会在此处久留。儿子禹明玉已经超越了一个陶工想要制作天下"匪燔"瓷器的欲望。

那天晚上,在月光的照耀下,禹明玉坐在窑旁在杯子的内壁上刻下了这样的字:"戒盈祈愿,与尔同死。"

池工长的不祥预感终于应验了。第二天早晨,禹明玉又失踪了。

出走前,禹明玉来到池工长的床前,连续跪拜了三次,以此表示对抚养他的父亲、教导他的恩师池工长帮助自己实现"三业戒"(指佛教中关于身、口、意三个方面的戒律——译注)之敬意,之后便彻底销声匿迹了。

他走时,身上只带着那个自己制作的神奇的戒盈杯。

5

忆罢往事,池老人长长叹了一口气。

听完老人漫长的诉说,已经过去整整一夜了,东方已发白,天边呈现出熹微的曙光。跟林尚沃一道来的奉事仍然背倚在温暖的窑

戒盈杯之谜

旁沉浸在睡梦之中,在他不远处的随从也蜷缩着仍在梦乡。只有池老人和林尚沃整夜没有合眼。

一整夜,两人就在朦胧的月影伴随下喝着酒,酒坛里的酒已喝完了。林尚沃已有些醉意,但池老人却仍然很清醒。

池老人在回忆往事的过程中,还不时地往火炉里添些木柴,并用烧火棍拨搅着以免火苗湮息。

"儿子失踪两三年后的冬天,在窑旁发现一具冻僵的尸体,是一具衣衫褴褛的女尸。村里人说曾在广州分院附近的色情酒店里见过这个女人,她叫桂香,是个妓女。村里人把她的尸体收拾后埋在了一个向阳的地方。"

天边的夜色逐渐退去,远处隐约地传来了鸡鸣声。

"过去几十年里,"老人沉默了一会儿又开口说道,"我一直在等着儿子禹明玉回来。现在,广州分院能制作出'匦燔'瓷器的人一个也没了,如果我死了,这门手艺也就失传了。"

"您相信儿子一定会回来吗?"林尚沃问道。

这时,披着一头乱发、胡子垂到胸前的池老人用炯炯的目光瞪着林尚沃说:"当然会,我相信他一定会回来的。可现在,儿子还没回来,先回来了这件被打碎的戒盈杯。"

池老人点着头自言自语道:"我早知会这样的,迟早这个杯子会自己找上门来的。没想到这个日子会是今天。"

这时,池老人边用烧火棍拨翻着炉中的木柴,边问林尚沃:"我想问林大人,您到底从哪儿得到这个杯子的?"

林尚沃正要回答老人的问题,却欲言又止。他心里想:"我不认识老人的儿子,一次也没见过。我是从大师那里得到这个戒盈杯的。石崇大师常用它喝茶。我也不知道禹明玉做的戒盈杯怎么到了石崇大师手里,只是我下山时大师将他最珍爱的茶杯送给了我,并对我说'好好保管这个茶杯,它会在关键时候化解你最后的人生危机的,而且将使你成为空前绝后的巨富'。"

林尚沃摇着头这样想着。

没必要回答池老人的问题,没必要跟他提起石崇大师。

"我也不知道。"林尚沃含糊地回答道,"我也不清楚这个杯子究竟怎么落到了我手里的。"

林尚沃心里很清楚事实并不是这样,只是不想回答老人的问题才含糊地搪塞了过去。

林尚沃通过老人的话明白了戒盈杯的秘密,也更清楚了禹明玉的戒盈杯是如何落到石崇大师之手的。

只是对于一直期待儿子归来的池老人,实在没必要告诉他一些他本不应知道的秘密,以免让他绝望。

怎么能让池老人等待儿子回来的希望,像破碎的戒盈杯一样支离破碎呢?

因此,林尚沃不想正面回答老人的问题。

于是,林尚沃起身站了起来,他想,为了解戒盈杯的秘密,自己千里迢迢地找到这个地方。现在目的达到了。池老人已使他知道了戒盈杯的秘密。既然已经完全了解了戒盈杯的秘密,现在已没有必要在此久留了。

于是他叫醒了随从和向导,最后与池老人告别。

这时,池老人指着禹明玉制作的最好的名品白瓷瓶说:"大人,把这个带上吧。"

儿子留下的唯一的瓷器,这天下谁也不能制作出来的最好的白瓷瓶。这是儿子留下的唯一的纪念物,老人为什么要送给初次相识的林尚沃呢?

"不,这可不敢当。"林尚沃坚决推辞着,"这是您儿子留下的稀世珍品,只有您才能拥有它。我只是个商人而已,不配拥有它。"

池老人笑道:"中国的春秋战国时期,楚国曾发生过这样一件事情。一个叫卞和的人在山中发现了一块玉石,便把它献给了楚怀王,楚怀王让工匠鉴定这块玉石,工匠却说这只是块普通的石头。楚怀王勃然大怒,命人砍断了卞和的一只脚。楚怀王死后卞和又将这块玉石献给楚武王,仍得到同样的回答,并被砍断了另一只脚。武王死后文王即位,卞和带着这块玉石爬到王宫前痛哭了三天三夜。文王问其缘由,他哭述了自己的经历。文王觉得奇怪,便收下这块玉石并命人进行鉴定。结果发现，在这块石头中藏着一块天下第一的美玉。文王大喜，对卞和大加赏赐，并以他的名字命名了这块玉，即'和氏璧'。因此，即使天下最完美的玉，如果没有能认识它的人，它也不过是一块石头罢了。"

老人接着又果断地说道："天下万物各有其主。能够珍视并收藏这件雪白'匦燔'瓷器的人也只有林大人您了。"

林尚沃无奈，只能收下禹明玉留下的逸品白瓷瓶离开了这个村子。据说，后来林尚沃曾命人给池老人送去重金，但遭到老人的严词拒绝。

林尚沃一行人下山来到江边，头天晚上停靠的渡船仍然泊在那儿，三人便上了船。

此时天已大亮，但江面上却雾气蒙蒙，对面山头上月亮若隐若现。

仆人摇着船在江面航行，两岸风景倒映在水里，苍白的月影也浮现在水面上。

现在，禹明玉决不会再回到这个地方来了。

林尚沃望着江面上晃动的山的倒影和浓浓的雾气想着。

池老人到死再也不能见到他的儿子了。

可是，这样做对吗？不告诉池老人，他儿子禹明玉做的"戒盈杯"是如何落到林尚沃手中的，这样做是不是有点儿不近人情呢？

就在这一瞬间，林尚沃脑海里电光石火般产生了一个灵感。

石崇大师在给自己这个戒盈杯时，说它能在最后关头化解自己的危机。当时，自己曾百思不得其解。而现在，林尚沃已解开了石崇大师的这个谜。他已明明白白地知道了大师所说的话的寓意，不仅如此，他还彻底破解了大师最后留给自己的谶语："这杯子将使你成为空前绝后的巨富。"

林尚沃拿出珍藏在怀中的戒盈杯，再次默默地看着它。

他心里豁然开朗。直到现在，他才对石崇大师留下的那句偈语大彻大悟了。

不错，石崇大师以一个"死"字使林尚沃逃脱了他遇到的第一次危机,用一个"鼎"字使他克服了第二次危机,最后又用"戒盈杯"这个秘器使他从第三次危机即最后一个危机中解脱出来。石崇大师的话暗示,从现在起林尚沃的人生中不会再有什么危机了。

那么,石崇大师是怎样帮助林尚沃摆脱了人生的第三次危机,又是用何种方法使林尚沃的人生危机就此为止的?

望着滔滔不息的江水,林尚沃想,"戒盈杯"之谜还没有彻底解开,为彻底解开这个秘密,现在还有一个地方自己必须走上一遭。

第十九章 石崇大师

金刚山海拔仅有524米,并不算高,但山体陡峭,景色优美。为了区别于江原道的金刚山,人们又喜欢把它称为"义州金刚"。从深深的溪谷中蜿蜒流出的那条河流叫"松长",它在山下形成了一个大型水库。水库周围,是一向以大米之乡著称的米粮川。

山中的金刚寺、天王寺、秋月庵等都是有着五百多年历史的古寺。登山远眺,美丽的风景尽收眼底。由于这座山大都由陡峭的岩石组成,因此又叫作"石崇山"。石崇大师就隐居在这座山上,因此按照禅家的规矩,就以这座山的名字来作为自己的法号。石崇大师一直住在秋月庵中,从未出过山门。

为弄清"戒盈杯"的秘密,林尚沃不远千里远赴广州分院。回到义州后,他又立即奔赴金刚山,登上秋月庵。

30年前的一天,林尚沃离开秋月庵下山时,石崇大师曾对他说:"就这样走吧,离开后就把这里彻底忘掉,不要再回来了。"

这是石崇大师最后的话语。说完,石崇大师就面壁而坐,对林尚沃的最后三拜也假装没有看到。林尚沃心里非常明白,如果他再去金刚山秋月庵,即使是能够见到石崇大师,大师也会很不高兴,只会用法杖敲打一顿并把他赶走。

"不要再回来了。"这是石崇大师的严令。正是由于这个严令,林尚沃身在义州,时时能够远眺金刚山,却一次也不能登门造访。

林尚沃甫从广州分院回来,立即登程前往金刚山。这次他是执意非去不可了。他想即使遭到石崇大师的百般驱赶,也必须见到他;就算石崇大师把刀架在脖子上也必须见他。因为石崇大师所说的人生三大危机他都闯过了，并且已经从中得到了完全的醒悟。对自己的这种醒悟，他急于想要得到石崇大师的确认。从古时起，弟子若破解和感悟了师父提出的公案（即禅意），就会寻找睿智的师父给予认定，这是佛门惯常遵循的道法。此外，林尚沃还有一个仍未解开的谜，这就是"戒盈杯"的秘密。林尚沃为了解开神奇的戒盈杯的秘密，曾远赴广州分院找到了池老人。通过池老人，林尚沃对戒盈杯的制作者禹明玉有了详细的了解，并且知道了禹明玉是为了警戒世人的欲望而制作戒盈杯的。但这些并不是戒盈杯秘密的全部。林尚沃心中自有他的想法，为了证实自己的想法，他要在再次见到石崇大师时，马上从怀中取出戒盈杯"呼"地朝大师的脸上扔过去。正是为了能向石崇脸上扔戒盈杯，林尚沃在阔别30年后重登金刚山。

虽然时令不过是11月的晚秋，但深山中却已进入寒冬，山中的溪谷上铺满了落叶。尽管已时隔30年，但山间的小路仍然依稀可见。山还是那座山，水还是那条水，松树还是那些松树，石头还是那些石头。

林尚沃从15岁起就在这山中做了童僧，跟法天大师学认字，在山中度过了一年的时光。此后，林尚沃又在义州商界破产走投无路时，回到山中去做弟子。这样，他在这山里所待的时间前前后后加起来也不过三年时间。可在他在内心深处，总觉得金刚山仿佛就是他的故乡。虽说30年后重上金刚山，但山里的风景依然如故。常言道"十年江山变"，但过去了三个10年，金刚山仍是它原来的样子。山仍是那座山，变化的仅是林尚沃自己。他下山后成为一名商人，并最终成为朝鲜最富有的人。

林尚沃一面登山，一面回想着往事。每到人生的重要关头，总是石崇大师的谆谆教诲使他渡过了危机。恩师法天和石崇大师使他领悟到，要从所有烦恼中解脱出来立地成佛，即使不是通过佛道，也要通过商道成为商佛。为了拜访这两位恩师，林尚沃在30年后重登金刚山，此时此刻，他心潮澎湃，激动不已。

林尚沃决定先去金刚寺。金刚寺与天王寺一样都是金刚山上的寺院，秋月庵是金刚寺的一座庵。林尚沃想，在去见石崇大师前他先要拜访恩师法天。

金刚寺仍保持着往昔的原貌，寺院的生活仍如从前那样清苦。破落的房子、褪色的大雄宝殿依然故我。这时，林尚沃看到一个年轻的俗家弟子，大概是为准备冬天用的柴火而进山砍柴的。他正放下背架坐在岩石上休息，此情此景，使林尚沃不禁联想到自己和石崇大师共同度过的那段日子。

石崇大师用"死"字、"鼎"字和戒盈杯这三个秘诀将他从危机中解脱出来，并用"刀可以杀人也可以救人"的理念教会他从商的道理。林尚沃这才明白，自从他从商后，自己的商业经营中自始至终都有石崇大师在坐镇。他清楚地认识到，在他的经商过程中无时无处不浸透着石崇大师佛理的影响。

林尚沃来到坐在岩石上休息的俗家弟子面前，合掌说道："师父。"

那俗家弟子吓了一跳，慌忙从岩石上下来，合掌还礼。

"法天大师在金刚寺吗？"林尚沃也不确定自己的恩师法天在30年后是否仍在金刚寺。

俗家弟子说："你说的是法号叫'法天'的大师吗？"

"是的。"

"法天大师在金刚寺，是寺里的住持大师。"

听了这话，林尚沃才放下心来，匆匆向金刚寺走去。

由于已进入冬季，山寺中的僧人们已经开始了冬坐禅。每年从农历十月十六日起，三个月内僧人们都要聚集在一起闭门静修，严禁外出。现在坐禅已开始，因此金刚寺一片寂静，只有几个有任务的僧人来来往往，加之寒冬时节无人进山拜访，整个山仿佛是一座空山。

林尚沃向宗务所走去，他想就算所有僧人都去坐禅，也会有几个僧人在宗务所值班。坐禅时僧人有所分工，有负责煮茶的茶头，有负责烧洗澡水的浴头，也有负责做饭的饭头，还有总管全部僧人的寺监。接待外来的客人是寺监的职责。寺监恰巧坐在那儿，林尚沃便上前合掌施礼，说明来意。

"我是来拜访法天大师的。"

"法天大师是本寺的住持，现正坐禅。"

按常理，正在坐禅的僧人是禁止会客的。

"我有急事，请通融一下。"林尚沃说出了自己的名字，并说自己也曾是该寺的僧侣，是法天大师的徒弟。

于是，寺监淡然地说："请施主在此等候。我去通报一下。"

寺监走后，林尚沃呆呆地环视着寺院的前庭。就在这时，天上突然下起了霰雪。林尚沃想，这就是当年他每天早晨打扫的院子。眼前不禁浮现起他冲着石崇大师挥动扫把的情景。30年前的事就仿佛昨天发生的一般。

霰雪渐渐变大，落在院子里，落在褪色的石凳上。尽管没有一丝风，但雪粒仍然在空中飘舞着。

寺监回来说："住持同意见你，请跟我来。"

林尚沃跟着寺监穿过院子向后院的树林中走去。从开着的殿门中他看到了熟悉的释迦牟尼像，并闻到了香火的香气。

不知不觉间，霰雪变成了鹅毛大雪，山林树木、寺庵都已被皑皑白雪覆盖，变成了一片银色的世界。树林深处有一个小庵，大门前放着一双草鞋，院子里已积满了雪。看到这双用灯芯草编制的草鞋，林尚沃感到十分高兴。恩师法天大师编制草鞋的手艺非同一般，平常有空时常用手头的各种材料编草鞋，分送给每个僧人。他只要看一眼就知道每个人穿多大的鞋，而且做出来的鞋都非常合脚。

从小时起，林尚沃就一边跟法天大师学认字，一边跟他学编草鞋。但总是费尽力气、反反复复才能编成一双草鞋。后来，每逢要出远门，林尚沃都要提前准备好几双草鞋以备不时之需。法天大师除了编草鞋外，还会用麻和草混在一起编成麻鞋，或用能散发香气的香蒲草编成香蒲鞋，或用一种叫作营草的灯芯草编成营鞋。在大门前放着的这双鞋就是营鞋。

看到这双用水田或湿地里生长的灯芯草编成的营鞋，林尚沃对

戒盈杯之谜

法天大师的感激之情油然而生。

"大师，法天大师，"林尚沃在雪中大声喊道，"林尚沃看您来了。"

"进来吧。"庵门豁然而开，法天大师就站在门内。虽然已过去了30年，可法天大师的面容仍和以前一样。林尚沃行了三拜之礼。

"可喜可贺，听来往的人说，林大人已在商界成佛。"林尚沃一行完礼，法天大师就握住他的手坐下说。

林尚沃不由得想起了他下山还俗时法天大师对自己的祝愿。

"我算哪门子佛呀，大师。现在只不过是刚刚觉悟，仅仅是小孩子才学会走路。"

林尚沃静静地看着法天大师，30年过去了，法天大师现在仿佛是一尊古佛。

"林大人还俗是什么时候的事情了？"法天大师仿佛自言自语地说道，"江山都变了三变，已经过去30年了。"

林尚沃正要回答，法天大师拿起炉子上热着的水壶，泡了杯热茶，继续说道："已经这么多年过去了，我总觉得就像昨日一样。"

法天将茶杯递给林尚沃。林尚沃喝了一口茶，幽淡的茶香仍如从前。两个人仿佛一时忘了要说什么似的，静静地望着门外飘舞的雪花。

纷纷飘落的雪花均匀地落在所有的物体上，瞬时间天地万物都变成了白色。看到这种情景，林尚沃不由想起以前石崇大师曾给自己讲过的一个悟禅的故事。

古时候，有位庞居士拜访药山师父后正欲离去，药山师父让一个禅客去送他。两人刚走出寺门就下起了大雪，这时庞居士触景生情，不禁说道："好雪片片，不落别处。"

听到庞居士的叹息，这个禅客问道："那么雪花应该落在什么地方呢？"

听了这话庞居士打了他一耳光，说："你虽有眼睛，却像个瞎子；虽能说话，却像个哑巴。"

乍一看雪花好像随便落在什么地方，但所有的雪花落下后，却使整个世界变成了一个银色王国。这里面蕴含着某种禅意,石崇大师给林尚沃讲这个故事,目的就是要他明白这个禅意。石崇大师讲完故事后还说:"世界万物,专找不应该落脚的地方落脚的也只有人。"

林尚沃喝着茶,静静地回忆着小时候石崇大师讲过的这个故事。

"只有人常常想往高处走、好处走,而一旦落脚就不想他处。因此,人连雪花都不如。"林尚沃喝着茶看着法天大师笑着说:

"30年过去了,雪花仍像从前一样不落别处,大师。"

法天大师一下子明白了他话里的意思,两个人相视大笑起来。

"大人来访有什么事吗?"长时间的沉默后法天大师突然问道,"大人于公于私,繁务缠身,想必无事不登三宝殿。"

林尚沃把珍藏在怀中的戒盈杯拿出来放在桌子上,说道:"我来金刚寺就是为它。"

"为这个东西?"法天大师静静地看着林尚沃拿出来的戒盈杯自言自语道,"这不是师父曾用过的茶杯吗?"

"正是,大师。"

"师父很久以前曾用过这个杯子,但后来不知去向了。"法天大师从小时候起就侍奉石崇大师,对师父用过的东西自然都非常熟悉。

"是的,大师。"林尚沃回答道,"我下山还俗时,大师将他这个茶杯送给了我。"

"噢,原来是这样。"法天大师往林尚沃的杯子里添了些热茶,而后又自言自语道,"难道大人大老远来到此深山中,就是为了这个破碎的茶杯?这到底是怎么回事呢?"

"我是为了把这个茶杯还给师父才来的。"

"你说的师父,"法天大师满斟一杯茶,稍作停顿,又说,"指的是谁?"

"是石崇大师。这个茶杯原来的主人就是石崇大师,因此应该还给他。另外,在还给他之前,我还有些话要问,因此就找来了。"

戒盈杯之谜

听了林尚沃的话，法天沉默了半晌，然后往自己的茶杯里倒了些茶水，默默地喝着，直到喝完一句话也没说。

沉默良久，法天开口说道："大人永远也无法将这个茶杯还给石崇大师了，而且就算有话要问也永远不能问了。"

"这是什么意思？"林尚沃无法理解法天大师的话，连忙问道。

"本以为大人应该都知道了才来的，看来您好像什么都不知道。"

"什么？"林尚沃有点儿发愣地问，"您说什么应该知道，应该不知道的？"

"大人，"法天低声说，"大人晚来了一步。你想拜见石崇长老，返还这个杯子，应该在两个月前来。至少在两个月前来，你才能拜见石崇长老。"

"那么，"林尚沃仿佛意识到了什么，连忙问，"那么，难道石崇长老他……"

"是的。"法天点头道，"石崇长老已经圆寂了。所以说大人迟了一步。"

林尚沃全身像泄了气的皮球似的没有一点儿力气，一松手，手中的杯子突然掉到地上摔破了。他两眼默默地望着窗外雪花纷飞的原野。过了好一阵儿，他才想确实来晚了，遗憾的是自己在石崇大师圆寂之前，未能见他一面。本想30年后当着大师的面，把戒盈杯还给他，并好好地感谢他，可如今这个梦也随之破灭。

"大师是突然圆寂的，没有什么不舒服的地方，也没有什么病痛。"

忽然，一个念头在林尚沃的脑中闪过。若如法天师父所说，石崇大师在两个月前就圆寂了，这不太巧合了吗？戒盈杯被摔破的时间不正与石崇大师圆寂的时间大致相同吗？戒盈杯不正是两个月前被摔破的吗？不仅被摔破，而且从杯子的破损处还流出了鲜血。备边司赵相永认为杯子附有鬼魂，使劲地把杯子扔到了院子里。在酒宴不欢而散后，林尚沃和朴钟一在昏暗的院子里找到了这个杯子。杯子被摔破了，杯子的破损处还流出了鲜红的血。一想到此，林尚沃不禁感到毛骨悚然。

"石崇大师具体是何时涅的?"

"是九月初……"法天慢慢地回答道。

"请稍等。"林尚沃慌忙打断法天的话,并掐着指头算起来。郎官赵相永究竟是什么时间到我家去的呢?他搜肠刮肚地寻思着。片刻后,他想起来了。

"那么,石崇大师圆寂的日子是不是九月初二?"

"是的。"法天淡淡地答道,"石崇长老涅的日子正是九月初二。"

"几时几刻?"林尚沃又掐起了指头开始计算。酒宴散席,戒盈杯被摔破,赵相永拂袖而去的时间是晚上戌时,相当于今天的晚上七时至九时。

"我想,石崇大师涅的时间应该是丙申年九月初二戌时?"

面对林尚沃的提问,法天微微一笑说:"大人连石崇长老圆寂的事都不知道,怎么能准确地推算出长老圆寂的日子?并且还能准确地推算出具体的圆寂时刻,真是神了!是啊,大人,长老是丙申年九月初二戌时涅的。"

法天又给林尚沃的茶杯添了些茶水,然后自言自语道:"那天晚上,石崇长老突然叫人敲鼓,有个师父赶忙'咚、咚、咚'敲起鼓来。听到这突然响起来的鼓声,僧徒们非常吃惊,都急忙跑到秋月庵。长老躺在秋月庵里,见弟子们都来参拜,就对弟子说:'扶我起来。'"法天平静地继续讲着:

"弟子把长老扶起来后,长老就以平时参禅的姿势打坐,并突然说道:'今日我去也。'没有什么地方不舒服,又无病,身体很健康,怎么突然要说走呢?迷惑不解的弟子问道:

'您什么时候去啊?'

长老说:'稍后就去。'随后,长老微微地闭上眼睛,开始捻动手中的佛珠,嘴里不停地发出'无,无……'的声音。

弟子知道长老一生就这样打坐参禅,只得以焦灼的心情静听着。因为长老说要圆寂,弟子专心等候接受长老的'临终偈'。所以,静候在一旁的弟子问:

'师父,您想说出临终遗言吗?'

听见此言,长老睁开眼睛说:'都是梦中。难道还要让我说些梦话再离去吗?人死方能梦醒!难道还要让我说些无用的废话吗?此生我一直都在说些无用的话啊。'

尽管如此,弟子仍然给长老拿来了墨与笔,并且说:'虽然长老即将仙逝,可弟子们不是仍在梦中吗?'

于是,长老提笔这样写道:

'七十余年游梦海,今朝脱壳返初源。

千古旅情百代事,浮云起灭月亏盈。'

写完'临终偈'后,长老又静静地端坐着开始捻动手中的佛珠。见长老这样静静地坐着,弟子问道:'师父,禅意还活着吗?您还健在吗?'

但是,长老一句话也不说。突然,他口吐鲜血,举双手为金刚印,端坐着魂归天堂。

几天后举行了遗体焚化仪式,并进行了'起骨'活动。令人惊讶的是在长老的骨灰里竟发现了三十余颗晶莹剔透的舍利子。"

法天就这样自言自语、简要地把石崇大师圆寂的经过叙述了一遍。

尽管如此,对林尚沃来说,大师圆寂的事却仿佛就发生在眼前,历历在目。就在戒盈杯被摔破并流出血的那一瞬间,石崇大师自己也口吐鲜血,停止了呼吸。

林尚沃一边默默地喝着茶一边这样想着。石崇大师知道戒盈杯何时被摔破,甚至也知道杯子被摔破之时就是自己临终之日。他密切关注着林尚沃的命运,因此,他知道戒盈杯能使林尚沃摆脱人生中最大的危机,并且还预见到杯子在林尚沃那儿要被人摔破,杯子被摔破的瞬间就是自己生命结束的时候。与此同时,他还通过戒盈杯关注着自己的命运。

就在此时,林尚沃的脑海里又浮现出戒盈杯上刻的那八个字:"戒盈祈愿,与尔同死。"杯子在被摔破时八个字中"与尔"两个字已被摔掉,那么"与尔同死"不正是意味着"杯子被摔破之时,我将与其同归"吗?所以,石崇大师就在杯子被摔破流血的瞬间,自己也流血圆寂,这不正也印证了杯子上印刻的谶语吗?

"师父,"林尚沃突然抬起头来问法天,"有件事我想问一下。"

"什么事?"

"您能告诉我石崇大师的俗名吗?另外还有,您能否告诉我大师在入佛门前究竟是干什么的?"林尚沃感到自己所提的问题未免有些荒唐。可尽管明明知道自己的问题有点儿愚蠢,但此时此刻也只能这样问了。

面对林尚沃的提问,法天没有回答,只是慢慢地往空着的茶杯里倒热水。在沉默一阵后他答道:

"大人,你不知道僧人的过去就是前生吗?不是谁都明白僧人的俗名和过去只不过是昔日的旧外壳吗?"

法天的话是对的。出家后皈入佛门,凡尘世间的一切都只不过是前生往事。林尚沃一杯接一杯地喝着茶,一边思索着。虽然法天不愿意告诉石崇大师的俗名以及他入佛门前所从事的职业,但林尚沃却已经知道了这一切。石崇师父就是禹明玉,是池老人的养子。

禹明玉是当代烧制白色匣燔瓷器的第一名匠。他的一生坎坷不平,充满了挫折与不幸。可他享尽了各种名誉和快乐,曾沉迷于美酒与女色,并且作为艺术家达到了艺术的尽善尽美,实现了一个陶工人生中的所有目标。但是,就在他制作完旨在限制欲望的戒盈杯后,他离开了养父池老人,来到义州的边境小村隐居。他随身携带着戒盈杯,放弃原名"禹明玉",改叫"石崇"。他不愿再做什么当代最著名的陶工,而是选择了遁入空门,削发为僧。他抛弃了前生所有的"业"而要开始新的人生!这才是他不愿回家的真正原因,尽管他的养父池老人望眼欲穿地盼他回归。

林尚沃刚从广州回来就登上了阔别30年的金刚山,目的就是要拜访石崇大师,询问其前生之事,并归还戒盈杯。而没想到自己来迟一步,就在自己要问石崇大师——不,禹明玉前生之事之前,正如他制作的戒盈杯的文字所预言的那样,他已经停止了呼吸。

"大人,"法天面带微笑说道,"你专程来归还石崇长老的杯子,

戒盈杯之谜

看样子只能原路下山带回去了。以小僧之见,长老是把这个杯子当成衣钵传送给大人的。"

一会儿,他又接着说道:"你就收下吧,大人。看起来,已圆寂的石崇长老的本意是通过杯子把衣钵传授给你,收你为受法弟子。你就遵循这一'奥旨',明哲保身,觉悟成佛吧!南无阿弥陀佛,观音菩萨保佑。"

那天晚上,林尚沃亲眼看见了石崇大师圆寂前留下的"临终偈"。一般的"临终偈"大都是由长老口授,弟子书写记载下来,而石崇长老的"临终偈"却是他本人亲自书写的。笔迹苍劲有力并且字里行间洋溢着仙气,一点儿也看不出要去世的痕迹。就在看大师书写的"临终偈"的瞬间,林尚沃确信:戒盈杯上雕刻的文字与眼前的文字同属一种字体,分明是出自一个人的手笔。尤其是诗句"千古旅情百代事,浮云起灭月亏盈"中的"盈"字与戒盈杯上刻的"戒盈祈愿"中的"盈"字,字体完全一致。这更进一步证实,石崇大师本人就是当代最著名的匠人禹明玉。

林尚沃在金刚寺寮舍斋逗留了一天。其原因是白天下了一场大雪,山路被封,林尚沃应法天之邀没有下山。此外,30年来自己也迫切希望能在金刚寺里留宿一夜。

夜深人静,万籁俱寂,林尚沃因种种感怀而难于入眠。正如自己所料,石崇大师就是禹明玉。他想着石崇大师赠给自己的神器——戒盈杯把他从人生的危机中解救出来的恩德,又想及自己尚未报恩师父就仙逝,唏嘘不已。

林尚沃站起来,打开房门走出房外。暮色已深,风雪已停,天气转晴。白天的一场大雪,使万里江山变成了一片银色世界。在宁静明洁的夜空,一轮圆月从东方升起,散发着皎洁的清辉,就仿佛白天从未阴过天、下过雪。在皑皑白雪上,月光在流动,黑夜宛如白昼般明亮。林尚沃慢慢走到大雄宝殿前,殿门开着,里面烛火通明。释迦牟尼佛像前香火仍缭绕不息。林尚沃脱下鞋,走进殿内。他虔诚地在佛祖像前跪坐下来,开始回忆起自己下山后在娑婆世界

（指凡世）30年人生的风风雨雨。

他感悟到30年的岁月犹如一场梦匆匆掠过。就像石崇大师的临终偈所说的游"梦海"一样，人生一切只不过是往昔的外壳，兴亡盛衰百代之事也如同过眼烟云之云起云散，或如天上明月之阴晴圆缺，到最后都化为乌有，一切成空。

林尚沃面对佛祖佛像开始跪拜，他决心要跪拜1000次。30年前，他在这个寺庙里修行时每天都要对佛跪拜108次。人的一生，有88种"见惑"和10种"修惑"。其中，前者指的是只要醒悟就能消除的烦恼，而后者指的是即使醒悟也舍弃不了的烦恼。若再将人拥有的本能的贪心、愤怒的嗔心以及愚蠢的"痴心"等10种根本性的烦恼与上述烦恼合算起来，人的一生中共有108种烦恼。尽管人们明白追求金钱和权力、名誉与女人的欲望难以全部实现，但在心里却总是难以割舍。因此，为消除种种诱惑，有人奉劝每天要对佛跪拜108次。这种修行方法就如同擦拭镜子上的灰尘、在砥石上磨砺刀刃一样，通过一一地反省自己的烦恼，对佛跪拜108次，是谓"修道断惑"，通过这种修炼，各种烦恼就会一点一滴地慢慢消失。

在往事的追忆中，林尚沃开始拜佛。但事与愿违，身体已大不如从前，才跪拜了百余次就开始出汗。没过多久，他已累得大汗淋漓。拜到五百多拜，已不能控制自己精疲力竭的身体。但他咬紧牙关，极力控制着，并在心中暗自激励自己：现在就后退是绝对不行的。

林尚沃使出全身力气五体投地地跪拜着，身体开始疼痛起来，并难以再坚持。全身各处针扎般疼痛，关节也仿佛断了一样。身上的汗像雨水一样流淌，膝盖也已经磨破。每一次跪拜，他的嘴里不停地发出声音：

"691、692、693……"

可就在不知不觉的一瞬间，身体已不再感到疼痛，自己进入了一种如同无我之境的昏迷，身子也飘飘欲仙。他感到自己立即就要倒下，但又觉得如果倒下去就再也起不来。他继续咬紧牙关并鼓励自己：决不能就此倒下。

戒盈杯之谜

最后,他竭尽浑身的力气:

"996、997、998……"

终于,他完成了1000次礼拜,瘫倒在地上,半晌爬不起来。他的双膝、两肘和脸就那样扭曲着俯伏在地上。在感到全身湿透的同时,他也感到一种温热的液体沿脸颊流下。他后来才意识到这不是汗水而是热泪。他不知道自己为何要流泪。心里既不悲伤,也不痛苦,怎么会流泪了呢?趴在地上痛哭流涕的他这样寻思着。

就在此时,忽然,法钟开始鸣响起来,打破了拂晓的宁静,到了僧人们早晨拜佛的时候了。

声声钟声催醒了一度归于寂静的世间万物。林尚沃在完成了1000次跪拜后,由于过度疲劳,就那样趴在地上倾听着这声声钟声。

钟声,肃穆的钟声。只要听到这佛刹钟声就能忘却凡尘的一切烦恼,增长智慧,逃脱地狱,抛弃三界轮回的一切,圆满成佛。就在听到钟声的一瞬间,林尚沃突然站了起来,不再感到一丝昏眩,眼前的一切似乎忽然变得清澈明朗,心头涌现出一阵欲翩翩起舞的喜悦。突然,他独自哈哈大笑起来,看上去活像个精神病人。

唐朝圣僧临济说过:"见佛杀佛,见僧杀僧。"正像临济所说的,林尚沃遇见了石崇并最终"杀"了石崇。换言之,他是踏着石崇的生命才逃脱了人生的一劫。

这天早晨,听着钟声的林尚沃变得大彻大悟,他还用一首诗表述了他当时的感觉。这首诗后被收录在他编写的《稼圃集》里,诗名为《秋月庵晨钟》,诗的内容是:

野村喔喔呼更鸟,
山寺隆隆报晓钟。
天风欲破人间梦,
引下千层万丈峰。

林尚沃想通过面对释迦牟尼像跪拜1000次来报答师父石崇的恩德。跪拜完后,他从晨钟中得到了大彻大悟。而正是通过这份大彻大悟,他也最终"弑杀"了石崇大师。林尚沃不仅破解了石崇留给他的戒盈杯上的谶语，而且还破解了石崇的禅言：

"这个杯子不但会帮你摆脱你人生的最后一个危机，还会使你成为空前绝后的巨富。"

谜一般的石崇的遗言。在报晓钟声里，林尚沃彻底地破解了戒盈杯蕴含的"变成空前绝后的巨富"的偈语。

在这首诗里，林尚沃以偈语的方式，表达了他从痴梦中醒悟、沐浴天国之风的感受以及自己对冲破层层缠附于身的凡尘业障的感悟。从这个意义上说，这首诗是一首歌颂感悟佛理的"悟道颂"。

听着报晓的钟声，林尚沃还感悟道："贤者博学众长，强者战胜自我，富者自我满足。"因此，石崇师父所预言的成为"前无古人后无来者的巨富"，不是指林尚沃今后要成为商贾中的甲富，而是预知林尚沃通过感悟欲望有限、节制欲望而实现的自我满足的"自足"，才真正是他变成天下甲富所应遵循的商道。

林尚沃曾错误地感到自己的商业、自己的财富全都是自己应占有的私物。因此，他常常得不到满足。已拥有了"九个"，还想再得到"一个"以圆满地占有"十个"；即使是最终已拥有了"十个"，欲壑之心却仍难以填平。有时，"十个"都拥有了，还差"一个"也不满足。总而言之，人是拥有了"十个"还想占有另外"十个"，占有之欲永远也满足不了的生灵，他被"千层万丈"的欲望所俘获。

瞬间，林尚沃醒悟到，自己的商业和自己的财富并不是自己必须拥有的，它们都是身外之物。

耳闻清晨寺庙的声声钟鸣，林尚沃开始深思熟虑起他今后的人生道路该如何走。在一番思考后，他的眼前浮现出三条供自己选择的道路。他明白，这些道路是无法回避或绕开的，是自己必须走的"无路之路"。他也明白只有自己走完这些"无路之路"，他才能成为"前无古人后无来者的巨富"，成为商佛。决心既定，他点燃一支香插于香炉，双手合十，对着菩萨自言自语道：

"佛祖在上，我现在要走三条路。尽管我深深知道这剩下的三条路旅途艰难，但仍望佛祖保佑我，抛弃执着的欲望，走完这些'无路之路'。南无阿弥陀佛，观音菩萨保佑。"

戒盈杯之谜

当天下午，林尚沃离开了金刚寺。在离开之前，他跟着法天师父来到秋月庵，瞻仰了石崇大师的舍利子。舍利子被放在专盛舍利子的盒子里，这些"碎身舍利"是在焚化大师的遗体后从骨灰里捡回来的。照法天师父所言，石崇大师的舍利子一共三十余颗。它们当中有的像黄金一样闪闪发光，有的似珍珠散发出不可名状的各种各样的光彩。

林尚沃默默地看着石崇大师留下的舍利子，此时此刻，他的心情错综复杂，思绪万千：都到哪儿去了呢？能制作出天下独一无二的雪白的"匣燔"瓷器的禹明玉的本领消失到哪里去了？能制作号称天下神器、控制人的欲望的戒盈杯，同时又与其一起离开凡尘的石崇——当今世上活佛的灵魂，又归于何方？感悟到人生本来就没有"有与无"、"生与死"、"来与去"的禹明玉——不，石崇就这样仅仅留下几颗玲珑的舍利子而消失得无影无踪？

走在山间被白雪覆盖的弯弯小路上，林尚沃的脑海里不断清晰地浮现出自己抉择的"三条路"。现在，摆在眼前的也仅仅只有这些了，那就是沿着这三条路毅然决然地走下去，让自己的决心付诸行动。

第二十章　无路之路

1

从金刚山回来的当天晚上，林尚沃准备了一桌酒席，把朴钟一叫了过来。林尚沃在监狱中被关了一个多月，后又受到"安置刑"处罚，最后终于从被软禁的流放生活中解脱出来。这一切都是值得庆贺的。这是他回家后第一次摆酒席，是一次庆贺的酒宴。

林尚沃入狱的罪名是他"新建的住宅过于奢华"。

从金刚山回来后，他这才有时间好好地看了看自己新建的住宅。围绕祖先墓地新建的住宅，果然华丽雄伟、气宇轩昂，招致别人的嫉妒与反感实属情理之中。

林尚沃最终实现了自己长期追求的梦想，并将其变为现实。

在义州，林尚沃的家族是一个连续四代经商的商人世家。他的祖辈依靠向中国的使臣兜售小商品勉强口。他的父亲林凤库，由于穷困潦倒、无以为生而无奈投江自尽。不仅如此，他的两个弟弟也悲惨地死去。

林尚沃几乎每天都要去祖先以及他的父亲和两个弟弟的坟墓上看看。这些墓地坐落在白马山城新洞的三峰山下。他的愿望就是要在这山脚下，为祖辈和家族的冤魂建造一座雄伟的宅院。如今，所有梦想终于成真，新盖的大宅院像宫殿一样雄伟，矗立在世人面前。

大宅院里建有祠堂，这里安放着祖上的灵位。在祠堂的大门上，挂着用稻草做的草人。依当时的风俗，为给新家免灾祛祸而将稻草做成人的样子挂在门口，这个草人也叫草偶人。

那天晚上，林尚沃只叫了朴钟一一个人，只备了两个人用的雅净的酒席。

"叫我来有什么事吗，老爷？"朴钟一进门首先祝贺林尚沃结束了所有刑期，然后问道，"到新家后的第一个晚上心情如何？"

按照当地习俗，在搬家的当晚要煮红小豆粥，由家族成员分吃，并将其洒在房间的各个地方。这是由于鬼害怕红色，所以用红小豆将魔鬼驱赶出去。

林尚沃喝着小豆粥回答道："虽然完成了先辈们的愿望，但是感触颇多啊。"喝完一碗红小豆粥后，林尚沃再次开口说道。

过了一会儿，两人端起酒杯你来我往地开始喝酒。朴钟一一时高兴，首先打开了话匣子。

"在朝鲜的八个道中，在这样豪华的住宅中生活的人，大概除老爷外别无第二人了。即便是皇帝居住的宫殿，也没有如此华丽。"朴钟一兴致勃勃地说道。

奇怪的是，林尚沃却一言不发，只是默默地喝酒。

在听到金刚寺的黎明钟声时，林尚沃就已经选择了三条"无路之路"，其中第一条需要自己立即践行。

喝了一阵酒之后，一直沉默的林尚沃突然开口说话了："我建造这座新房，只不过是房上另外盖房、屋檐下又建屋檐罢了。"

林尚沃在杯中倒满酒后劝朴钟一喝下，接着说道："有件事我想托付给你。"

"什么事？"

"我在先祖的墓地旁建这样一个大宅院，是为了能朝夕陪同先祖们生活，同时，还可同所有的亲戚们一起居住。但是，这是违反国法的重罪，理应受到惩罚。因此，现在我想将这房子恢复原样。"

"什么意思？"

长期以来在一块儿共事，仅凭眼神就能洞察出林尚沃内心活动的朴钟一，此时却无法理解林尚沃话中的含义。

"我是说，"林尚沃抬头看着朴钟一，用更清晰的语调说，"我想把这房子拆掉。"

那一刻，朴钟一怀疑自己的耳朵听错了，他盯着林尚沃又追问一遍："什么意思？"

"我是说想把新建的房屋拆掉。"林尚沃坚定地回答，他的声音中没有丝毫犹豫。

"您是说把新建的房屋全部拆掉？"

"即使不是全部，也要拆掉一半。特别是房子周围的围墙一定要全部拆掉，包括二层的柱子也必须拆掉。另外，还要刮掉那些豪华柱子上的色彩和丹青。"

"老爷，"朴钟一感到非常不可思议，打断林尚沃的话说道，"老爷您已经决定了吗？今天不是搬入新家的头一个晚上吗？您怎么会产生这样奇怪的想法？房子好不容易才建起来，怎么要全部拆掉？老爷，如果那样，那么老爷现在坐着的这个屋子不也要拆掉吗？"

听到这话，林尚沃毫不迟疑地回答："这房子也要拆掉，一点儿不剩地拆掉。"

朴钟一被林尚沃的话震惊了，他茫然地说道："老爷，您结束了所有刑期重获自由，所有的罪都已补偿了。您为什么还要拆掉自己的新房呢？"

朴钟一理直气壮地接着说道："老爷，您住这样的新房别人也不会说什么，您有充分的资格，因为您是朝鲜八道中最大的商人，是有钱人啊。"

默默喝酒的林尚沃淡然地笑了笑说道："朴公。"

"请讲，老爷。"

"你还记得我进山做过和尚的事吧？"

"当然知道，老爷。如果不是小人的话，说不定老爷现在还待在山中'南无阿弥陀佛、观世音菩萨'地念经呢。"朴钟一用生硬不雅的语调，开玩笑地说。也许他是想通过粗俗轻松的玩笑来缓解主人倔强的心理。

林尚沃听了朴钟一的调侃哈哈大笑："没错，若不是遇到了你，

戒盈杯之谜

也许我至今还在山中'南无阿弥陀佛、观世音菩萨'地念经呢。"说完又哈哈大笑,把杯中酒一饮而尽。

喝完酒后他又说道:"在山中做和尚时,我曾听到这样的故事。佛教有一本《百喻经》,这部经书中收录了许多故事。为了教化众生,这些故事通过非常简单的比喻使人们很容易地理解佛教教义。书中有这样一个故事。"

林尚沃用舒缓而低沉的语调接着讲道:"从前,有一个非常愚笨、幼稚、什么都不懂的蠢人,但这个蠢人非常有钱,是一个大富商。一天,这个愚蠢的富翁到隔壁的一个富人家里去参观三层楼阁。邻居家的楼阁不仅雄伟壮观、富丽堂皇,而且四周视野开阔,高高的楼上凉爽宜人,四周的景物能尽收眼底。

这个愚蠢的富翁想:'我的财产一点儿也不比他的少,他是富翁,我也是富翁。可到如今我为什么还没住上这样的三层楼阁呢?'

于是,这个愚蠢的富翁叫来一个非常有名的木匠,对他说:'你能建造跟那个三层楼阁一样巨大雄伟的楼阁吗?'

一听这话,木匠回答道:'那个楼阁正是我建的。'

富翁一听那座华丽的三层楼阁正是自己叫来的这个木匠建的,非常高兴,对木匠说:'太好了,那么你就给我建一座跟那个一样的楼阁吧。'

听到富翁的命令,木匠立即平整土地,垒起砖头,开始建造楼阁。看到木匠从低矮的地面开始垒砖建造楼阁,富翁起了疑心,他问木匠:'你想建什么样的房屋呢?'

木匠答道:'建三层楼阁啊?'

听到这话,这个愚蠢的富翁这样说:'我不需要下面的两层,你只需给我建最上面的第三层楼阁就可以了。'

听到这话,木匠反驳道:'这样怎么能行呢?不建第一层,怎么能建第二层呢?不建第二层,又怎么能建第三层呢?'"

林尚沃接着讲道:"但是这个愚蠢的富翁非常固执,毫不屈从:'我只需第三层,你只需给我建最上面的一层。'

一听这话,木匠说:'我不会建那样的房屋。'

说完，木匠就走了。就是这样一个故事，朴公。"

林尚沃面带微笑又喝了一杯酒，之后将空杯递给朴钟一道："我就是那个不建第一层、也不建第二层、只想建第三层的愚蠢的富翁。虽然我稍微有点儿钱，但由于不切实际的欲望，就成为只想建第三层楼阁的无知愚蠢的富翁了。"

林尚沃突然拿来毛笔，沾满墨汁，在纸上一挥而就，写下了两行字。

朴钟一在一旁读道："今称言行虚构者，空中楼阁用此事。"

写完这句诗，林尚沃解释道："这句诗的作者是中国清代学者翟灏，它的意思是'现在谈起言行不切实际的人时，经常称他们的想法是空中楼阁就是源自这个故事'，朴公。"

林尚沃用低沉但又充满自信的语调接着说道："没有第一层，也就没有第二层，在虚空中悬浮的楼阁就是空中楼阁。我就是那个追求空中楼阁的愚蠢的富翁，也就是翟灏所说的'言行虚构者'。那么，现在我要这空中楼阁有什么用呢？新房、大宅院、豪宅又有什么意义吗？尽管从外观上看，大宅院不是空中楼阁，但从我的内心里看它却不是房子。在我的内心，至今还没有平整土地，第一层的砖石至今还没有垒砌，又怎么能建三层楼阁呢？"

林尚沃暂时打住话头，盯视着朴钟一。短暂的沉默之后，林尚沃平静地说道："朴公，你现在明白了吗？你知道我为什么要拆掉新房了吗？原因就在这儿。对我来说，这所房子不是新房，而是悬在空中的楼阁，浮在天上的海市蜃楼。过去，中国北宋有一个学者兼政治家名叫沈括，号梦溪，在朝中担任'司天监'，负责观测天体、制订历法。他是一位博学家，尤其精通天文、地理、数学、本草等。在他担任地方官员后，曾几次前往边境地区巡视。有一次，他遇到了一件奇异的事情。他在巡视沿海边境登州时，曾在海平面上看到华丽的城市、鳞次栉比的楼阁。因此，他就乘船前去观看，可什么也没有看见，原来水平线上出现的华丽楼阁只是一座座海市蜃楼，沈括后来在自己编写的博物志《梦溪笔谈》中写下了这样的经历。"

戒盈杯之谜

林尚沃稍作停顿,再次拿起沾满墨汁的毛笔,在白纸上写道:"登州四面临海,春夏时遥见空际,城市楼台之状,土人谓之海市。"

朴钟一怔怔地看着林尚沃写的文字问道:"这些话是什么意思?"

林尚沃斟上一杯酒,一饮而尽,说道:"这些话的意思就是'登州四面环海,春夏之交,在遥远的海面上可看到由楼阁形成的都市,这个地方的人们就将其叫作海市'。由于海边水蒸气多,空气湿度大,就会将毫不相干的地方的物像折射在海平面上,因而就会看到由豪华楼阁围成的城市。登州当地人将这叫作'海上城市',这也和虚无的空中楼阁的意思相似,明白了吗,朴公?"

林尚沃注视着朴钟一,委婉地说道:"我盖如此豪华的大宅院,已经不是在盖房子,而是像那个愚蠢的富翁一样在盖空中楼阁。同样,我建的这座房子不是人住的房子,而是在海平面上浮现的楼阁城市,即虚无的海市蜃楼。所以,我盖的房子就好比是在空中建的空中楼阁、在海上建的海市蜃楼、在沙滩上建的沙上楼宇。朴公现在你明白了吧?这就是我为什么要把新房拆掉的原因。"

直到这时,朴钟一才真正了解了林尚沃的想法,同时,他也知道既然林尚沃的决心已定,就绝不可能再更改。他边默默喝酒边想。

朴钟一突然抬头注视着林尚沃问道:"若果真是那样,什么时候开始拆呢?"

"马上开始,"林尚沃毫不犹豫地回答道,"就从现在开始。"

"但是,"朴钟一反问道,"现在是数九寒天,屋外风雪交加,正是严冬季节。老爷,冬天先在新房中住着,等到了春天再拆也不迟啊。我想最好是推迟一个季节,等新春来时再拆。"

听了朴钟一的话,林尚沃把刚端起来的酒杯往桌上一放,说道:

"从前,中国有一位建封禅师,他的一个弟子曾问他:'四处皆净土,每条大路都是通往涅之门。若想走这些路,应从哪儿出发呢？'对于这一疑问，建封禅师是这样回答的：'路在眼前。'之后建封禅师又说：'就从这儿出发。'朴公，难道拆毁空中楼阁还需要什么时机吗？海市蜃楼行将逝去，正如佛祖所言'就从这儿出发'，朴公，我们明天早上就开始拆。"

第二天早上就要开始拆房，林尚沃在他入住新居的第二天就要拆除它。

这件事情着实令人非常震惊。拆毁房屋是对犯了违背伦理大罪的罪人，或大逆不道罪人的处罚，因此，一时间全城百姓都在对此议论纷纷。

但是，这一切都在有条不紊地进行着。

按照林尚沃的指示，环绕大宅院的围墙被拆除了，两根二层的柱子也被割断。过于雄伟的屋子也被拆掉，就连柱子上的色彩、丹青也全被刮掉。完好无缺的建筑只剩下围绕祖先墓地的祠堂。

林尚沃的夫人洪南顺知道后，非常吃惊，她跑到老爷面前问道："您到底想干什么，好不容易盖起的房屋还没有住就拆掉了？"

面对一生顺从听话的正房夫人洪南顺的质问，林尚沃只是微笑着回答："我拆掉这房子是为了盖更大的房屋。"

对此，洪南顺问道："那么，您到底想在什么时候、在哪儿重盖更大的房子呢？"

林尚沃接着答道："现在不是要在外面，而是要在'里面'盖大房子。"

洪南顺没有理解这句话的意思，再次问道："里面是指哪里？"

林尚沃没有回答妻子的质问，只是指着自己的胸口。林尚沃像哑谜一样的回答实际上是说，建造大宅院的地方不是在外面，而是在自己的内心深处。

林尚沃就这样将自己新建的房屋拆掉了，这正表露了他想通过商道成为商佛的心理。

戒盈杯之谜

2

宪宗三年，1837年丁酉年春三月。

林尚沃离开义州前往郭山。义州和郭山之间相距200里，需要两天的行程。

林尚沃曾在郭山当过两年郡守，特别是在发生水灾时曾开仓赈济很多灾民，故而在他结束两年任期去担任龟城府使时，郭山百姓为其树了功德碑。但是，也就是在这片土地上，在林尚沃被皇上直接提拔为龟城府使后不久，他受到了备边司的追查，不仅被停职，而且被罢官，身陷囹圄，流放异乡。

表面上看，林尚沃被备边司追查的原因是"新建的房屋过于奢华"，但他从龟城府使职位上被罢免，并成为囚犯，却都是因为松伊。

从那时起到现在，已过去了一年半的时间。

林尚沃此次前往郭山，是为了见到他朝思暮想的松伊。

松伊至今还在家中苦苦等待着林尚沃，那个家是林尚沃和松伊正式举行婚礼的新房。在那所房子里，54岁的林尚沃和20岁的松伊正式举行了婚礼，因此，松伊成了林尚沃的如夫人，也就是小妾。

林尚沃的脑海里常常回响起松伊的话：即使不能同老，也要同死共穴。

林尚沃真心地爱着松伊。松伊是故友李禧著的亲生女儿，曾沦为官妓。为了给她赎身，只有将她纳为妾。可渐渐地林尚沃却迷上了松伊。

松伊年轻漂亮又有文才，聪明出众，极有吸引力。虽然两人之间有三十多年的年龄差异，但两人间的云雨之情非常和谐。

如果林尚沃是云，松伊就是雨；林尚沃是巫山，松伊就是朝云；林尚沃是雎鸠，松伊就是荇菜；林尚沃是玄琴，松伊就是琵琶。

林尚沃没有一天忘记松伊。不，不仅仅是每一天，每时每刻林尚沃的脑海中都萦绕着对松伊的思念。

这期间,松伊会有什么变化呢?

松伊就像在自己送给林尚沃的端午扇上写的诗句那样,夜夜独守空房,思念远方的丈夫,每天以泪洗面。

林尚沃同松伊一样,夜夜思念松伊,辗转反侧不能成眠,连梦中也常常呼唤松伊的名字。每当扇起松伊送给的扇子时,扇风中似乎也散发着松伊的芳香,真是情思难耐。

终于,在苦捱一年半以后,林尚沃又可以去找松伊了。

无边的浮云像一匹野马在远处的群峰间忽隐忽现,被野火烧过的山坡上,小草已发青芽。在春花初放山谷的两侧,树林中不时传来布谷鸟"布谷——布谷——"的叫声。山脚下,金达莱和山踯躅花漫山遍野,似血鲜红。

沉浸在春天怡人的香气和往日的兴奋中,林尚沃想:我此次去见松伊并非仅仅是因为相思之情,而是在经过一年半后有必须要做的事情。与释放心里的感情相比,有更重要的事情要做。

去年初冬,在金刚寺的大雄宝殿向佛祖行了千拜之礼后,刚好听到寺庙的黎明钟声,就在那一瞬间,林尚沃大彻大悟了,他终于破解了石崇大师送给自己的"成为空前绝后的巨富"这谜一样的偈语。大彻大悟的林尚沃在经过一番深思熟虑之后,决定了今后自己要走三条道路,它不是可躲避、迂回的道路,是必须要走的"无路之路"。

领悟到"无路之路"的瞬间,林尚沃稳定了一下心神,点上香,把香插在香炉中祈祷:"佛祖啊,我现在想走三条道路,我知道这三条道路非常艰险难走,只有将痴爱、执着的欲望抛弃,才能完成这'无路之路'。愿佛祖帮助我,南无阿弥陀佛,观世音菩萨。"

林尚沃已经完成了这必须走的三条道路中的第一条,在入住新居的第二天就将房屋拆掉了。

持续一个冬天的拆房工程在春天到来时终于告一段落。经过两年时间建造起来的雄伟高大的新房霎时已土崩瓦解,规模缩小了一多半。现在再也没有人议论林尚沃家房屋的事了。

戒盈杯之谜

拆了新房,林尚沃已经走完了三条必走道路中的第一条。为了走第二条路,林尚沃现正前往郭山寻找松伊。

林尚沃骑在马背上信马由缰,浮想联翩。我果真是在走第二条"无路之路"吗?

唉,不管怎样,拆掉像宫殿一样豪华的房屋并不是一件很困难的事。但是,面对做梦也不能忘怀的松伊,我爱恋的松伊,我真的能把她忘记吗?

林尚沃戴上了斗笠。原来两班贵族很少戴斗笠,但林尚沃却戴上用香蒲草编制的蒲笠。平时,也时常能见到有的书生和妇女们用头巾当作斗笠。可与此相比,林尚沃戴上斗笠完全是为了将自己的脸遮起来。他曾在郭山当了两年的地方大员,为了察看民情,走遍了城里的各个角落,普通百姓对他也都非常熟悉。若不用斗笠将脸遮起来,马上就会被人认出来。

城门一开林尚沃就进入城内。一进城,林尚沃就派一个随从前去报信,告诉松伊自己已经来到。

进了城,林尚沃骑马越接近松伊的家时,心里就越加忐忑不安。过了自己曾经供职的官衙,离松伊的家越来越近了。远远地,他看到大门边有一堆谷草正在呼呼地烧着。因远道而来,赶到郭山时天色已黑。黑暗中林尚沃看见大门前站着一个人,不停地向走近的林尚沃弯腰行礼。林尚沃仔细一看,原来是松伊的养母山红。

林尚沃下马,绕过大门边燃着的稻草火堆,进入房间。刚进屋,山红便手舞足蹈地说:"老爷,这是怎么啦?我不是在做梦吧。您来也不事先通知一声,是老爷您来了吗?"

"没错,是我来了。"林尚沃这样一说,山红舞之蹈之地说:"这是怎么回事?是不是喜鹊在天空架起了鹊桥?老爷您是渡过银河来到这里。老天爷也为之高兴,竟下起了七夕雨。"

林尚沃在房间内左顾右盼,但是没有见到松伊的身影。

在过去一年半的时间里,松伊竟在房间里摆放着织布机天天织起丝绸来。为了排遣对主人的思念,她只有每日踩着织布机织布。

松伊将蚕茧放在沸水中缫丝,制成丝线后为林尚沃做长袍和朝鲜式马褂。既然不能与爱恋的主人见面,与其在思念中以泪洗面,倒不如埋头做工,以暂时忘记相思之苦。另外,为爱恋的主人做衣服,也可在一定程度上缓解忧愁。

可今天却发生了一件不同寻常的事。松伊踩着织机的脚突然停了下来,霎时,那用又细又薄的竹签制成的机杼一歪,将正在织丝绸的线划断了。

松伊心想,为什么会发生这样的事呢?以前从未有过啊?为什么机杼会歪斜并将丝线弄断呢?这是什么不祥的征兆吗?

由于丝绸是细丝,通常织得很密。突然间丝线缠绕在一起,不仅将丝线弄断了,锋利的机杼弹起后猛地向拿着梭子的松伊的手指刺去。

松伊"啊"的一声惨叫着停下了织机,手指上鲜红的血一个劲儿地往外涌。

"这到底是怎么回事?"

松伊看着鲜血直流的手指想,手被机杼划伤流血以前也有过,但机杼歪斜一下子将织线扯断却是从未有过的事。

"今天是怎么回事?难道这是什么不祥之兆?"

松伊一下子清醒过来,用棉线将手指缠好,以止住流血。这时,她突然听到门外传来高喊声:"住在义州的主人老爷回来了,主人老爷驾到。"

听到仆人的话,松伊怀疑自己的耳朵听错了。

住在义州的主人老爷不就是自己日思夜想的丈夫吗?如果说是他来了,这肯定不是什么传闻,而是他亲自来了吗?

几乎与此同时,又传来了养母山红的声音。赤脚跑到庭院里的山红一边跳舞一边喊道:"松伊小姐,难道你没有听到仆人的喊声吗?没听到老爷来了吗?"

一听这话,松伊激动得一下跌坐在地上,两腿无力,站都站不起来。

啊,亲爱的丈夫回来了!

但这到底是怎么一回事呢?就在织绸的丝线被扯断、手指被刺流血的瞬间，朝思暮想的丈夫回来了！……

当晚。

松伊的房间被重新布置成新房。已经微醉的林尚沃躺在床上，不知过了多久，松伊进来了。按照习俗，新娘的帽子和上衣的带子必须先由新郎解开。急不可待的林尚沃抓住松伊上衣的带子一把扯开。就在林尚沃的手刚解开松伊衣服前襟的瞬间，松伊的身体一下子变得像火球一样滚烫。这是情欲之火。

"你是谁？"

林尚沃一边断续地呻吟着一边吻着松伊的脸颊问道。但是松伊未做任何回答。在一年半的时间里，松伊的肉体已出人意料地变得美艳丰腴，往日情窦初开的纯情少女，如今已成为肉体丰满、心理成熟的少妇。

"没听到我问你是谁吗？"

松伊的身体成了一个火球，她嘴里呼出的气息像火一样热烈，发出林尚沃熟悉的肉体气味。

"小女，小女是松伊呀。"

一听这话，林尚沃紧紧地抓住松伊的胸部抚摸着问道："松伊是谁？"

此时，松伊的胸部由于长期的思念和等待而像涨满的湖水一样起伏荡漾，乳头也直挺挺地竖立着。

林尚沃用嘴唇轻轻吻着松伊的前胸，两个人说着很久以前在床上合欢时说的绵绵情话。

"松伊就是松伊。"

"不，松伊是荇菜。"

"如果小女是荇菜，那么相公您是什么？"

"我是雎鸠。"

"相公若是雎鸠，那雎鸠怎么叫？"

"雎鸠一边'呱——呱——'叫，一边来回寻找荇菜。"

林尚沃和从前一样，一边模仿着雎鸠的叫声，一边像寻找荇菜一样翻腾松伊的身体。

林尚沃的嘴变成了雎鸠的喙，雎鸠的喙四处寻找荇菜。雎鸠的喙拨开鲜艳的参差不齐的荇菜并开始四处采挖。玉水开始洋溢，湿润了沙滩。那玉水就是像蜂蜜一样香甜的甘露。

"相公，您找到荇菜了吗？"

"找到了，啊，终于找到了。"

"荇菜在哪儿？"

"不就在这儿吗？"林尚沃将自己的玉茎推进松伊的玉门，呻吟着说道，"松伊，你不就是荇菜吗？"

两个人一边将身体交融，一边说起了一种打令谣，既是情爱打令谣又是推磨打令谣。

"不是的。"

林尚沃的双脚像踩水车一样蹬踹着，松伊的身体则化作了不停扭转的水车。

"小女不是荇菜。"

"那你是什么呢？"

"小女是九尾狐，老爷。小女是屁股上有九条尾巴的九尾狐。"

"让我摸一摸在哪儿。"

林尚沃用手抚摸着松伊的臀部。松伊将身体蜷缩了起来，她的身体抽搐着。

"松伊啊，"呻吟喘息着，林尚沃问道，"松伊你在哪儿啊？"

"老爷，"松伊答道，"松伊不就躺在相公怀里吗？"

"既然如此，我为什么看不到你呢？现在看来你真的不是人。"

"如果我不是人，那么我是……"

"难道不是活了上百年的狐狸精吗？"

"倘若我是百年狐狸精，那我的身上为何没有尾巴？"

"你就是百年狐狸精，是百年白狐。每次摇身一变，尾巴就从有到无，又从无到有。你若真不是狐狸精，那你为什么变成人来到我的身旁呢？"

"因为我想变成人。我想脱离狐狸的躯壳，得到人的躯体而轮回为人。"

"为了从狐狸轮回为人,你应该怎么做呢?"

"这个么?"松伊边用手指抓挠着林尚沃的身体,边呻吟着说道,"我要把相公的肝脏挖出来吃掉,小女若吃了相公的肝脏就会变成人了。"

"如果真是那样的话,"林尚沃咬紧牙关说道,"如果你真想那样的话,那你就把我的肝吃掉吧。"

"您真的愿意这样做吗?"

"我真的愿意这样做的。吃吧,把我的肝吃掉吧。"

与此同时,松伊开始舔咬着林尚沃的前胸,林尚沃呻吟起来。

"小女不仅要吃相公的肝,吃老爷的心脏,还要吃掉老爷的魂。"

松伊的话是真的。松伊不仅吃掉了林尚沃的五脏六腑,而且还吃掉了林尚沃的魂魄。两个人疯狂得同时死去,同时变成了一堆白骨。可即便是成了白骨,两个人的情爱也永无止境。

在不知不觉间传来了报晓的鸡鸣声,但两个人仍无休止地卿卿我我地缠绵在一起。

第二天白天,第二天晚上,林尚沃和松伊都没有出门,甚至连房门也没出。两个人同吃同喝,像孩子一样脱光了衣服嬉闹、玩耍,一块儿睡觉,身体水乳交融,既痴迷又疯狂。

但是,相互间的干渴之情并不能轻易地得到满足。两个人越沉溺于其中,肉体内就越会燃起永不满足的焦虑之情。欲火燃烧时热情奔放,但欲火熄灭时只剩下灰烬。情欲的火焰熄灭了就变得空虚,快乐的火焰熄灭了就变得虚无。由于害怕那无可名状的虚无,林尚沃便毫不休息地成为雎鸠,连续不断地拨弄着松伊的荇菜。

终于在第二天晚上,夜深人静之时,在疯狂的云雨之后,林尚沃对松伊说"早点儿睡吧"。松伊问有什么事,林尚沃只是答道:"明日一早要去一个遥远的地方。"

松伊还是头一次听到林尚沃这样郑重地对自己说话。一早就要去远方?过了一年半才来到这里,只待了两个晚上,第三天就要走，而且还是一大早就去远方。老爷到底是要去哪儿呢？

松伊瞬时心头一颤，眼前一片黑暗。

或许老爷是想回义州吧。

即使不是那样，不知为什么，松伊的内心深处隐约感到了一丝不安。为了老爷，过去一年半的时间里，自己每天都在踩踏着织布机织丝绸。不知是怎么回事，就在老爷回来的那一瞬间，丝线断了，同时锋利的机杼刺在自己的手上，流出了鲜血。而就在此时，日思夜想的老爷却回来了。丝线缠绕在一起，织线断了，这是以前从未发生过的事，这难道是什么不祥之兆？

在与老爷在一起的第二个白天与夜晚，这种不安的感觉时常在松伊的内心深处涌动。

因此，当林尚沃看到松伊用棉线缠绕着的手指问她是怎么回事时，松伊没有告诉其缘由。

"老爷，"松伊小心地察看着林尚沃的脸色，问道，"您是说明天一早就要走吗？"

"当然，要走很远的路。"

"那么，"松伊的声音有点儿发抖，"您要去哪儿呢？"

"要去嘉山。"

嘉山距郭山也不是特别远，但与郭山相比，嘉山位于重峦叠嶂之中，路途险恶，来往的路都很不容易走。

一听林尚沃说不回义州而是去嘉山，松伊暂时安下心来。

"到嘉山有什么事吗？"

对于松伊无心的疑问，林尚沃的心猛然被堵塞了。松伊做梦也想不到自己的故乡是嘉山。刹那间，林尚沃几乎想脱口说出："嘉山是你出生的故乡。因为那是你的故乡，所以我们要去那儿。"

但是林尚沃只是面无表情地回答道："明天不就是寒食吗？因此要去嘉山扫墓。"

"嘉山也有需要祭祀的墓地？"

松伊约略知道林尚沃的四代祖先的墓地都在义州，她想林尚沃亲自去扫墓，也许有关系很近的亲戚的墓地在嘉山吧。一般来说，

戒盈杯之谜

若不是祖先的墓地,且墓地很远的话,也不妨找人前去敬香祭祀。

但是,为什么老爷一定要亲自去遥远的嘉山祭祀呢?

林尚沃又接着对松伊说道:"不单单是我一个人去,松伊,你也要和我一起去。"

林尚沃的话对松伊来说有点儿出乎意料,并不是老爷独自一人去遥远的嘉山,自己也要一同跟着去。

"老爷,"松伊认真地问,"贱妾不懂得老爷的意思。您是说贱妾和老爷一起去吗?"

"嘉山有一处墓地,不仅是我,松伊也要去祭香。"林尚沃也同样认真地回答。

"如果是那样的话,"聪明伶俐的松伊接着问道,"上路时贱妾需要穿上丧服吧?"

"没有必要穿丧服,"林尚沃答道,"但是,虽然不穿丧服,要在胸前挂衰。"(衰是指在胸前系上小麻布片儿,主要是系在心脏左边的胸前,表示对去世人思念的"滴泪之情",并具有指明内心悲哀的象征意义。)

听了林尚沃的话,松伊的心突然一沉。在悼念去世的人时,为告慰死者的在天之灵,或在胸前挂衰,或在衣领背面系上布条,或在双肩系上麻布。其中,在胸前挂衰是在最亲近的父母去世时,为表现哀悼而佩挂的丧葬标志。

刹那间,松伊忽然想到,虽说不穿丧服,但要在胸前挂衰,这不就意味着前往嘉山为其扫墓的故人,是类似于父母的血肉之亲吗?

松伊想这会是谁呢?掩埋在嘉山的那个人到底和自己有什么关系呢?

第二天凌晨。

拂晓前,林尚沃骑在马上,松伊坐在轿夫抬着的轿子里,两人离开郭山前往嘉山。

按照林尚沃夜间的吩咐,松伊虽没穿白色的丧服,但在胸脯的

无路之路

两边都挂上了用麻布做成的衰,并用麻布做的碎布将头缠了起来。

自古以来,就有"二月寒食花开放,三月寒食花不开"的俗语。其意是说,寒食若在二月份,那一年的节气就比较早;寒食若在三月份,那一年的节气就比较晚。

但是,在去嘉山的路上,也许是由于节气来得特别早的缘故,路旁到处春花烂漫,十分令人喜爱。

嘉山在郭山之南,是位于清川江和大宁江两河汇流处的一个小村庄。路途虽然不远,但周围是绵延的重峦叠嶂,行走十分困难。

由于要赶在太阳落山前结束扫墓,且要在天黑之前返回郭山,林尚沃催促轿夫急忙赶路。

相隔20年后,林尚沃再赴嘉山,去寻找李禧著的墓地。

林尚沃骑在随从牵着的马上赶路,一路心乱如麻。

为掩人耳目,在埋葬故友李禧著尸体时既没有竖墓碑,也没有建坟头。若说江山十年变,那么20年的岁月过去了,江山已经变换了两次。20年前掩埋李禧著的墓地又怎能轻易找到呢?虽然当时是将墓地建在了能看到江水的丘陵高处,但是每年江水泛滥,曾无寸草的墓地或许现已杂草丛生了,已经无法分辨墓地的位置。

林尚沃想,即使是荒废了再也找不到李禧著的墓地,但那儿也一定还留有李禧著的魂魄。即使是白骨变成了尘土,但灵魂一定还活着,他一定能看到平生第一次来扫墓的女儿松伊的模样。

那天下午,林尚沃一行到达了大宁江,他们在适客亭(使臣前往中国途中的亭子)小憩片刻,接着便沿着一条进入岛屿的岔道前往李禧著的墓地。

时隔20年,林尚沃仅凭记忆已分不清墓地的具体位置了。可由于当时自己将李禧著的墓地建在了阳面山坡的最高处,且墓地前方正对着山脚下滔滔不绝的江水,他们在岛上转了转,没费太大周折就找到了那个地方。

那里已是杂草丛生,芦苇茂盛。林尚沃叫仆人把杂草一一清除干净。在仆人清除一人高的杂草时,林尚沃和松伊站在丘陵上注视着下面流动的江水。

戒盈杯之谜

严冬一度冰冻的江水，在春天温暖的怀抱里融化了，哗哗地奔流向远方。

"老爷，"跟随着林尚沃来到这美丽的大自然里，松伊的心里感到非常满足，"我想采点儿艾草。"

松伊开始用手采摘地面上高高长出的艾草，她的样子看起来就好像是在山上和田野间采挖野菜的美丽轻盈的春姑娘。

与松伊满足的神情相反，林尚沃心情沉重，心乱如麻。他想，现在应该把那个不为外人所知的秘密告诉松伊了，我来到这儿就是为了这件事。

仆人们将杂草清理干净，并砍掉了葛藤和荆棘。但是，四处都是平坦的平地，看不到一个隆起的坟头。当仆人们听到林尚沃要求在地上准备祭香时，都感到非常迷茫。

林尚沃要求仆人们放下东西后远离这里，并严令在没有接到消息之前谁都不能来这里，然后就与松伊单独待在那儿。

"老爷，"当只剩下两人时，松伊看看四周问林尚沃，"就是到这儿扫墓吗？"

"是的，"林尚沃答道，"就是来这儿扫墓。"

"但是，"松伊环视一下四周，再次问道，"那么坟墓到底在哪儿呢，这里看不到任何坟头，甚至连块碑石也看不到。"

"坟墓就在这儿。"林尚沃用手指着面前的平地说道。

面对前方的平地，林尚沃摘掉斗笠，屈膝跪了下去。满满斟了一杯酒，双手捧着，面对平地绕了三圈，然后跪拜敬香，并将杯中酒均匀地洒在了地上。

完成这些仪式后，林尚沃的心一下子沉了下来。真是一件令人为难的事，他越想越为难。只得双膝着地两手趴在地上痛哭。

二十余年前，好友作为大逆罪人被处死，并暴尸于野。后来自己虽然偷偷摸摸地把尸体给掩埋了，但下葬时却连个坟头也没筑。好友的冤屈固然值得慨叹，但自己的命运不也一样坎坷不平吗？

"老爷，"见林尚沃开始痛哭，一直看着他的松伊搀扶起他说道，"您不要过于伤心了，老爷，小心伤害身体。"

无路之路

但是,林尚沃的哀伤并不能就此而止,他的双眼仍然泪如雨下。

"到底是谁的尸体埋在这儿呢?"松伊用双手往杯中倒满酒,然后又双手捧起递给林尚沃问道。

林尚沃想,也许喝杯酒自己的心情会稍微镇定一些。于是他接过酒杯一饮而尽。喝完,林尚沃说道:"这儿埋的人不是我的亲戚,而是我亲密无间的故友。"

"但是,"松伊再次小心地问道,"到处都看不到碑石啊。"

"这……"林尚沃深呼了一口气答道,"这是有原因的。"

"什么原因?"

"这是因为埋在这里的是犯了国家重罪的大逆罪人。"又喝了一杯酒,林尚沃接着说道,"二十多年前,在这一带有一个大叛逆,他的势力很大,曾经一度控制了这里的所有地方,但是很快就被官兵剿灭了。"

"老爷,贱妾也曾听过这样的传闻,"松伊忧虑地补充道,"那是什么时候的事呢?"

"从那以后,已经过去了二十多年的岁月。"

"那么,那么是老爷为了掩人耳目,而将那大逆罪人的尸体掩埋在这儿的吗?"

"是的。"林尚沃答道。

"为什么要将他的尸体带到这个遥远的荒岛上掩埋呢?"

"因为他的家乡就是这个地方。那个罪人就出生在这里,他在这个地方经营矿山,是一个无人不知的大富翁。"

"那个罪人叫什么名字?"

"那个罪人叫李禧著,埋在这儿的人就是李禧著。"林尚沃一边指着前方的平地一边说道。

就在那时,一直在聆听林尚沃讲话的松伊提出一个尖锐的问题:"老爷,我有句话想要问您一下。老爷前一天晚上曾要求贱妾不必穿丧服,而只在胸前挂衰就行。胸前挂衰是只有亲骨肉之间才能使用的,那么埋在这个墓中的人和贱妾有什么关系呢?"

单刀直入！

林尚沃瞬间哑口无言，不知该从何说起。但是，林尚沃想这个时刻迟早都会来的，而且将松伊带到这个地方，不就是为了将她出生的秘密、与她身份有关的所有谜底，都明明白白地告诉她吗？

"松伊。"林尚沃用低沉的语调开口说道。

"您请讲，老爷。"

"现在你仔细听我讲，不论我说什么，都不要表现得非常吃惊和害怕，明白了吗？"

林尚沃注视着松伊。松伊只是呆呆地望着在春天的阳光里闪烁着流动的江水，没做任何回答。她脸上的表情表明她早有心理准备，她的表情里流露出类似李禧著的毅然决然之色。

"松伊，你不是官妓山红的亲生女儿。在你五岁上，山红将你收为养女。山红不是生你的亲生母亲，只是养育你的养母。这个你明白吗？"

对于林尚沃的问话，松伊仍是不作任何回答，她倒满一杯酒一口喝下之后说道："您为什么直到现在才告诉我呢？母亲山红不是生我的母亲，而是抚养我的养母，在郭山还有谁不知道这件事呢？"

"你知道你的生母是谁吗？"

"我不知道，老爷。但是，是官妓的女儿怎么样？是官奴的女儿又会怎么样？反正不都是侍候人的丫头吗？"

松伊的话带有自嘲的意味，她也曾隐约知道自己是官奴的后代。

"当然了，松伊，你是官奴的后代，你的生母名叫孙福实。"

从林尚沃的口中听到自己生母的名字，松伊轻微地颤抖了一下，但是她的脸上仍然面无表情。

"老爷，"在经过长时间的沉默之后，松伊终于开了口，"即便是现在弄清贱妾的生母是谁又会怎么样呢？是官妓的女儿，还是奴婢的女儿，又有什么差别呢？两个人的八字都是当卑贱的奴婢罢了。"

"不是这样的。"林尚沃打断松伊的话道，"你的生母虽然是官奴，但并非生来就是奴婢。知道了吗？她出生时并不是奴婢，只是有一天因朝廷的原因而在旦夕之间沦为奴婢的。"

已经受到巨大震动的松伊已完全面无表情,她用力地注视着林尚沃问道:"贱妾的生母到底犯了什么罪?是在战争中被俘了吗?要不然她到底是犯了什么大罪,而旦夕之间就沦落为衙奴呢?"

"你的母亲没有犯任何罪。她敬仰上苍,循规蹈矩。她出生于名门,是一位有着纤纤细手的文弱的良家女子。"

"但是,"松伊再次一口喝掉一杯酒,然后问道,"那为什么贱妾的生母会在旦夕之间沦落为衙奴呢?"

"那都是因为她的丈夫。松伊,你的生母沦落为官奴都是因为你的生父。"

"老爷,"这时松伊才抬头正面凝视着林尚沃的脸问道,"贱妾的生父到底犯了什么罪?"

严酷的质问。林尚沃心想,不能再回避这个问题了,现在也无路可退了。因此,他不得不正面回答松伊的这个问题。

"你的生父现在就埋在你的前面,"林尚沃答道:"现在你明白了吗?我为什么带着你到这儿来,而只要求你在胸前挂衰而不穿丧服?现在你知道理由了吧?原因就在这儿。你的生父名叫李禧著,是无人不晓、首屈一指的大富豪。他从小就壮志满怀,野心勃勃。但由于一个错误的梦想,你的生父被叛逆者所骗,挑起战乱,引起动荡,最后被官军击败,直到最后一刻战死。由于这个原因,你们家剩余的所有家族成员都纷纷成为官奴,被卖为侍女。也就是在那时,李禧著的妻子也就是你的母亲生下了腹中的遗腹子,这个遗腹子就是松伊你。"

林尚沃暂时打住了话头,陷入了深深的沉默中。松伊的脸色非常苍白而沮丧。为了控制激动的情绪,她咬紧牙关,表情僵硬,全身剧烈地颤抖着。但是,她以惊人的忍耐力克制着内心的震动,在她那苍白的额角上,太阳穴上的青筋就像马上要爆裂似的鼓胀着,表明她内心深处正经受着巨大的震撼和痛苦。

"最初,我曾决定将所有的秘密保守到最后,无论对谁也不吐露。天底下知道这一秘密的人只剩下我一个人,我若不讲,这个秘密将永远地封存在迷宫中。但后来，我又改变了主意，决定将我知道的所有一切毫无隐瞒地讲出来。"

林尚沃往祭祀用的酒杯里倒满酒，然后对松伊说："那么，现在你该怎么做？你不站起来向亡人敬酒行大礼，以安慰亡人的灵魂吗？只有这样才能告慰亡人的冤魂。"

就在那时。

失魂落魄地茫然坐着的松伊，像决定了什么似的站了起来。

她往酒杯里倒满酒，在坟墓边绕了三圈，一滴滴地将酒洒在坟墓上，之后开始对着坟墓行大礼。行完礼后，她突然扑倒在坟墓上，将身体趴在坟上，浑身像波浪一样剧烈颤动着。

"父亲，"她对着坟墓恳切而大声地呼喊着，不时发出抽泣声，同时还夹杂着痛哭声，打破了周围的宁静，"父亲——"

林尚沃站在一边默默地看着松伊痛哭的身影，心想就让她尽情地哭个够吧，只有这样她才能稍释心中的怨恨。就让她尽情地哭吧，让她把心中所有的怨恨都哭出来。

"父亲——"松伊用手指抓着荒无寸草的地面，泣血般哭叫着。

那一声声哭嚎，在江水上空回荡。二十多年来，江水一如既往地流淌着，不因人们的喜怒哀乐而改变自己。

"父亲——，父亲——"

听着松伊痛哭的声音，林尚沃心中盘算着。所有的秘密都已经揭开了，有关松伊出生和松伊身份的所有秘密，现都已大白于天下，多年郁积在心中的块垒、所有的心理负担都已得到释放，现在也可以轻松一下了。

那天下午，他们很晚才结束扫墓。然后，在林尚沃的催促下，他们朝着郭山方向出发了。

林尚沃骑在马上想，现在对李禧著所有的债都已偿还了，已将所有的秘密都告诉了松伊，也到了该准备与松伊分手的时候了。

中国的三国时代，有一个"挥泪斩马谡"的故事。

就像诸葛亮流泪砍下了违反军令的马谡的头一样，为了自己真心爱恋的松伊，林尚沃觉得应一刀斩断与松伊的情丝。

为了自己真心爱恋的松伊的前途,不能再用个人感情来束缚她了,而应快刀斩乱麻似地斩断与松伊的情丝,给她充分的自由空间。只有这样才能使松伊彻底死心。

林尚沃带着松伊到嘉山祭祀李禧著后,回来没过几天就离开了郭山。

离开的前一天晚上,两个人准备了酒席相对而坐。虽然无法开口说话,但是松伊非常清楚今天晚上是两个人在一起度过的最后一个夜晚了。

通过林尚沃的口,松伊已知道了有关自己身世的秘密,并由林尚沃将自己带到二十余年前去世的父亲墓前进行祭祀,了解到父亲李禧著生前和林尚沃是亲密无间的朋友。就在那一瞬间,松伊凭直觉便感到林尚沃将要离开自己。

要离开我了,老爷就要离开我了。就像古代流传下来的《归乎曲》中唱的一样:

我爱恋的老爷就要离我远去,
你走了走了,弃我远走了,
今后的日子一天天该怎么过,
你走了走了,弃我远去,
即便是想挽留,你也不再回首,
目送你远去,盼你还能如上次离开一样再回来。

自古以来代代传唱下来的这首高丽歌谣,表达了担心与爱人离别的情怀。如同这首歌谣里所唱的那样,松伊的内心似乎也一下子崩溃了。

我爱恋的老爷就要离我远去,
今后的日子一天天该怎么过,
心爱的人就要弃我远去,
这该如何是好?

等待丈夫归来就送给他的绸衣现已织好。但就在使劲地踩动织布机赶织衣服的同时,松伊的内心却是那样的痛楚、伤心欲绝。

啊，啊，这该如何是好呢？
我爱恋的老爷就要弃我远走了，
即便是极力挽留也毫无用处。
死搅蛮缠更会使他一去不复返，
倒不如假装不知。
若假装不知送他远走，或许有一天他会回来！

"……起初，我来郭山任郡守，在查点官妓时看到你的那一瞬间，就感觉非常吃惊。"林尚沃喝着松伊为他斟的酒，慢慢地开始回忆着过去，"那倒不是由于初次看到你时感到陌生，而是像多次遇见的故人那样感到十分熟悉。因此，在你跳裙舞的那天晚上，我偷偷地将你叫过来，问你以前是否见过我。"

"我记得很清楚，老爷。"松伊迎合着林尚沃的回想说道，"老爷询问我的父母是谁。"

"所以，为了见你的养母山红，我偷偷地只带着典吏，到酒店微服私访。但是，从山红那里并没有了解到任何秘密。于是，回到衙门后，我让人找来有关奴婢的卷宗，通过奴婢卷宗我查到了你的户籍。在看到你户籍的瞬间，我十分震惊。因为在奴婢卷宗中清楚地记录着你的父亲就是李禧著，我这才明白为什么在初次见到你时并不感到陌生，而像见到有宿世缘分的熟人，那时我才知道了这个秘密。那一夜我彻夜未眠，感到非常的苦闷。你知道那夜我为什么彻夜未眠、精神苦闷吗？"

这时，风猛地推开了房门。屋外淅淅沥沥地下着春雨，院中盛开的梅花被濛濛的春雨润湿。

松伊在想了好一会儿之后回答道："……老爷的深意我怎么会知道？"

"那天晚上，"林尚沃斜端着酒杯接着说道，"我下了一个决心，那就是让松伊你去侍寝。在经过苦思冥想的不眠之夜后，我做出决定，首先要让城里到处散播新任使道迷上你的消息，之后再让你去侍寝。真是没有不透风的墙，连续二三次让你侍寝后，这消息很快便传遍全城，人们开始议论纷纷。所有这些都是我事先设计的谋略，一切都按照我的计谋顺利地进行。现在你还能说，你不知道我为什么要你去侍寝吗？"

对于林尚沃的追问，松伊自斟一杯酒喝完之后，用近乎慨叹的语气回答道："贱妾怎能不知道老爷的良苦用心呢？"

"……所有这一切都是为了让你成为我的小妾。这都是那天晚上我苦思一夜想出的计谋。"

"为什么要这样呢？"松伊喝着酒问道，脸上已微带红晕，"为什么要贱妾去侍寝，并特意让我成为您的小妾，最后还让我独立生活呢？"

"这个……"一口喝完酒后，林尚沃回答道，"那只是为了救你。那天晚上，我熬了一夜，在查阅奴婢卷宗的同时也陷入了深深的苦思冥想之中。我一直在想，怎样才能将故友李禧著的女儿从官妓中解脱出来呢？该用什么方法为其赎身使其成为良民呢？虽说用钱可以为奴婢赎身，但由于她的父亲是大逆罪人，全家族的人都已沦为官奴，且这些都被记录在奴婢卷宗中。要让一个官妓脱籍为良，唯一的办法就是让他成为良民的妾室。所以，我设计的计谋是，为避免别人的怀疑，让松伊你做我的小妾。"

"于是，"松伊深吸一口气说道，"……一切都按照老爷您的意思进行了？"

"你也知道的，一切都按照我的意思顺利地进行了。"林尚沃故意哈哈大笑着说，"按照那天夜里的谋划，我三次把你叫进官衙来服侍我，于是消息很快便传开了，整个镇子到处纷纷流传新任使道迷上了官妓松伊。我将计就计，自然而然地将你纳为妾室。这样，你才终于得以脱籍，赎身为良。"

"但是，"松伊问道，"难道所有这一切都是老爷您的计谋吗？所有的事情都是按照老爷您的意思进行的吗？"

"哈哈哈——"林尚沃一边哈哈大笑一边猛拍自己的膝盖，"你到底是什么意思？你看，不是一切都按照我的意思进行了吗？"

"但是，仅仅是这些吗？"

松伊涨红着脸正面注视着林尚沃的面孔问道："老爷您将我拥

在怀中，难道仅仅是出于昔日的友情而为故友的女儿赎身，并将她从奴婢中解救出来吗？"

松伊的质问十分尖锐。林尚沃避开她尖锐的目光回答道："若不是那样，那么在友情之外还有什么其他的感情吗？"

"老爷，"松伊的声音微微有些颤抖，"贱妾对老爷的相思，梦寐中都难以忘怀。难道这所有的一切都是因为友情吗？"

"那么在友情之外还有什么个人感情吗？"林尚沃反问道。

"但是，老爷。贱妾与老爷是谁也离不开谁啊！老爷若是雎鸠，贱妾就是荇菜；老爷若是玄琴，贱妾就是琵琶；老爷若是牛郎，贱妾就是织女；老爷若是巫山，贱妾就是朝云。所有这一切都只是因为朋友间的友情吗？"

松伊追问真相的质问像利箭一样不停地射过来。为躲避利箭，林尚沃就呵呵笑着回答："若不是友情那还有什么个人的感情吗？哈哈哈，你说父亲和女儿之间还应相互回避吗？你听我说，松伊，如果你的父亲是李禧著，那么我和你的父亲没有什么差别。父亲和女儿之间这种的近亲关系怎么能相奸呢？"

"但是，"松伊毫不退让，两只眼睛一刻也不离开林尚沃的脸，"老爷，您已和贱妾举行了结婚仪式，已成为贱妾的丈夫。正如老爷您所说的，在这个房子里，我们度过了新婚的第一个夜晚。您当时还说'但愿同老同死'，贱妾也曾这样说，'即便生而不能同老，死也要同穴'。难道这些誓言都是假的吗？难道仅仅是出于老朋友的友情才假装这样发誓吗？"

一直在一旁默默地听着的林尚沃这时才开口说道："松伊啊。"

听林尚沃这么一叫，松伊马上说道："您请讲，老爷。"

"好好听我说，你能把我的话记在心里吗？"

"……这是自然。"

"松伊啊，我曾几次说过，将你赎为良民的唯一方法就是与你结婚，将你纳为小妾。你的父亲李禧著是大逆罪人，使你生存下来的方法也只有这一条。这次我被朝廷逮捕沦为囚犯，被罚一年左右的流放也就是因为这个原因，现在你明白了吗？正如人们所说的，天下没有不透风的墙！备边司已经揭发并追查了我将大逆罪人的女儿收为妾室这件事。"

林尚沃打住话头，将空杯子递给松伊。松伊双手握瓶将酒杯倒满。林尚沃默默地喝着酒，什么话也不说。沉默良久，林尚沃开口说道："松伊，你听我说，一定要牢记我说的话。到现在为止，一切都已按照我的意思完成了，松伊已成了良民。现在再没有人说你是奴婢的后代了，你已是自由人。你离开这儿吧，远远地离开这儿，我将给你足够的钱让你开始新的生活。从今往后，我也不会再来找你。过了今晚，天亮之前我就离开你，这是我们两人最后一次相聚。如果，你我过分看重个人情感而情缘不断的话，那么你我都会死去。但是，如果利用这个机会斩断我们间的情丝，那么我也能活，你也能活，我们两人都将获得新生。因此，你要尽快离开这里。幸好，你现在还很年轻，不久后你就会拥有新的生活。你的血液里不是流淌着你父亲的血液吗？你父亲是那样的英勇和不平凡！你可以继承你父亲的姓氏，起个新名字，叫李松伊，从现在起你就用这个新名字好吗？"

林尚沃用深沉的目光注视着松伊的双眼，松伊的双眼中已满含泪花。

这一刻最终还是到来了，自己爱恋的人就要离开了。

但是，泪水没有扑簌簌地落下来。松伊坚强地克制着，尽量不让眼泪流出来。

"请您也给贱妾倒杯酒。"

松伊的话刚出口，林尚沃就在自己喝过的酒杯中倒满酒。松伊接过酒杯喝了一大口，然后，满脸通红地说：

"老爷，贱妾直到现在才完全明白您的良苦用心，直到现在才知道老爷为什么要将贱妾带到父亲墓前。同时，贱妾也懂得了老爷所说的天一亮就离开、离开后再也不回来的意思；更深刻理解老爷让贱妾到一个遥远的地方去，开始新的生活的深刻含义。但是，老爷，贱妾现在还有最后一个问题要问。"

松伊停了停，将杯中剩余的酒一饮而尽，双手把空杯斟满，递

戒盈杯之谜

给林尚沃,一边递酒一边说:

"这最后一个问题,请老爷一定要坦率回答。"

"还有什么不明白吗?"林尚沃接过酒杯。

松伊却一句话也不说,直到林尚沃喝完杯中酒,仍一言不发。林尚沃忍不住首先开口说道:"你刚才不是说有话要问我吗?"

"既然那样,那么贱妾就问了。"松伊将脸转向正下雨的庭院,望了一会儿,而后转过脸来正面直视着林尚沃问道,"老爷,您真的有信心吗?您真的有信心离开贱妾,将贱妾忘掉吗?看不到贱妾您能忍受吗?您不会因为思念贱妾而身心染病,卧床不起吗?真的,真的天一亮您就和贱妾诀别再也不回来了吗?今后,您看不到贱妾也能一天天过得很快乐吗?不会由于孤独寂寞而沉于伤心之中吗?没有贱妾您的生活会有活力吗?不会因想念贱妾的身体而每晚辗转反侧吗?没有贱妾给老爷捂热冰凉的身体,您能休息好吗?真的,真的再问老爷一次,即便是没有李松伊,老爷也能生活下去吗?真的有信心将那份难以割舍的尘世情缘一刀斩断吗?"

连珠炮似的提问,字字句句都是肺腑之言,字字句句都袒露了松伊的内心世界。在一阵倾吐之后,松伊暂时中断了心中无限的话语,长长地叹了口气。

"老爷,"松伊用凄楚急切的眼神注视着林尚沃的双眼说道,"如果老爷您能做到的话,贱妾也能够做到。贱妾可以离开这个地方,去远方开始新的生活,贱妾可以做到这一点。但是,老爷,"松伊一口喝光了杯中酒之后,继续说道,"如果没有我,老爷您将不能活下去;如果没有我,您的人生将非常空虚。当老爷您再来寻找贱妾,而贱妾已无踪影时,您会痛苦地病倒。贱妾不忍离开老爷,也正是因为老爷您啊!贱妾此生愿与老爷长相守,不分离。老爷死,贱妾愿与您同死,并与老爷您埋在一起,除此之外,松伊还能指望什么呢?老爷您离不开贱妾,贱妾也离不开老爷,我们相互之间是鱼水之情啊!因此,老爷,贱妾最后再问一句,您真的如此自信吗?如果贱妾远离此地再也不能见面,您自信能将贱妾彻底忘掉吗?"

松伊正面注视着林尚沃的双眼，接二连三地提出了一些非常尖锐的问题。

这是一些无法回避、必须回答的问题。受到质问的林尚沃微笑着答道："再给我倒杯酒好吗？"

于是，松伊又双手斟了杯酒，林尚沃默默地将酒一饮而尽。然后，他将空杯放下，又说道："再倒一杯行吗？"

松伊一倒满，林尚沃又一次将酒一饮而尽，将空杯放在桌上，又对松伊说："再来一杯行吗？"

林尚沃要松伊再给他倒第三杯酒。自古以来，连喝三杯酒意味着自己毅然决然的意志，这是酒席上的酒道精神。

松伊也非常清楚这一酒道，因此，她无言地双手再次将酒杯斟满。虽然喝了很多酒，但林尚沃却毫无醉意，默默地将松伊为自己斟的第三杯酒一口喝光。而后，他将空杯重重地放在桌子上，与松伊相对而坐，开口说道："你所问的问题我已经很清楚地回答了。现在一切都已经结束了，一切的一切都已按我的意愿进行了。"

林尚沃突然停下话语，拿过砚台，用毛笔蘸满墨汁一口气在纸上写下了一首汉诗：

　　下马饮君酒，问君何所之。
　　君言不得意，归卧南山陲。
　　但去莫复问，白云无尽时。

写完这首汉诗之后，林尚沃问松伊："你知道这是谁的诗吗？"

"知道，这是唐朝诗人王维的诗。"

"对，"林尚沃将笔一扔说道，"这首诗是王维的《送别》。"林尚沃用手指指着自己写下的诗逐字逐句地吟道："下马饮君酒，问君何所之？君言不得意，归卧南山陲。但去莫复问，白云无尽时。"

吟完王维的诗，林尚沃接着对松伊说道："松伊，你劝我喝酒并问我到哪儿去，我现在借用王维的诗来回答你。你的问题我已经回答了。"

林尚沃似乎在唱打令谣似的，用唱歌的音调说道："由于我的志向得不到施展，将要返回南山隐居，因此松伊啊，你不要再问我要到哪儿去了,总是白云悠悠终无尽头。"

林尚沃接着又说道:"松伊啊,你现在已远离我的内心,覆水难收,人心难回。"

这就是林尚沃对松伊最后一个问题的最终回答。听了林尚沃的最后回答,松伊站起来说道:"老爷,贱妾明白了。"

然后,松伊慢慢地对着林尚沃恭恭敬敬地拜了三拜,她的眼中虽然满含着泪花,但泪水已不再下淌。那是作别的礼节,通过佛教中至高无上的虔诚敬意——三拜来结束爱恋和情欲的缘分,那也是包含着感恩之情的送别仪式。

第二天早上,天亮之前林尚沃就离开了郭山。也许是怕镇上的百姓看到,在将带来的钱和物给了山红之后,林尚沃便戴着斗笠离开了郭山。那些财物是林尚沃要求松伊远离此地,开始新生活所需的一大笔钱。

对于昨晚两个人的离别毫不知情的山红来说,得到这一大笔意外的钱财,自然是高兴得喜笑颜开,合不拢嘴。

"我走了,岳母。"

林尚沃对山红挥了挥手,踏上了一去不复返的归路。山红没有送出大门,而是在门内给他送行:

"老爷,我们家的大门时刻为您敞开着,您走好,请您走好。"

在房间内听着林尚沃的道别声、离去的脚步声以及养母山红的吆喝声,松伊悲痛欲绝。为了抑制快要涌出的眼泪,她深深地吸了一口气,极力地控制住自己。

  他走了,
  亲爱的心上人他走了,
  走了之后他再也不会回来了!
  啊,往后的日子一天天该怎么过呢,
  他弃我远走了……

终于,门外林尚沃的脚步声越来越远,终于消失。松伊从镶嵌着装饰品的刀鞘中抽出了锋利的银妆刀。

这把银妆刀是松伊为了保护自己的贞节而常常挂在袄带上的佩

刀。但是，现在贞节又有什么用呢？松伊手中拿着锋利的银妆刀在空中挥舞着。这把刀在受到攻击时可用来自卫，必要时还能成为结束自己生命的武器。

银妆刀在松伊的手中飞舞着，她使劲地向下砍去，将织布机上几乎已经织成的绸布一刀两断。

这是为了等待心上人回来而织了一年多的丝绸。但是，现在心上人再也不会回来了，这些衣料还有什么用？还做衣服干什么呢？

心上人走了，心上人再也不会回来了。

松伊用银妆刀将织布机上挂着的丝绸一块块地划得粉碎，然后跪倒在地上，一直强忍着的哭声，终于如火山一样爆发了出来，她不禁痛哭流涕。

心上人离我远走了，往后这日子一天天该怎么过啊！

这不由使人联想起了断弦的故事。

在中国古代的春秋战国时代，有一位弹奏玄鹤琴的名家伯牙，在唯一能听懂自己弹奏的玄鹤琴曲调的知音——钟子期去世之后，他斩断琴弦，终生不再弹琴。松伊也像伯牙一样，将自己爱恋的心上人的衣料撕碎，来断绝与他的情缘。

此时，林尚沃恰好走出郭山城门。

离开城门来到山脊之后，林尚沃摘掉了斗笠。他下了马，颓然坐在了开满山踯躅花的山坡上。山下可依稀看到郭山城内的风景。茫然地看着眼前风景的林尚沃这才喃喃自语道：来郭山的预期目的全部实现了，在金刚寺凌晨的钟声中所感悟到的三条'无路之路'中，自己现在已经走完了两条。

与松伊离别之际，尽管竭力隐藏自己的感情，尽量保持丝毫不动声色，但林尚沃的内心还是被离别的伤痛撕碎了。

我真的能够活下去吗？

就像松伊昨晚问的最后一个问题，我离开了松伊真的能活下去吗？看不到松伊我能够活下去吗？真的有信心再也不回郭山来了吗？我能有信心将那份与松伊间的尘世姻缘一刀斩断吗？而这份情即使到了阴曹地府也不能割舍啊!

决不能!坐在岩石上呆呆望着郭山城的林尚沃摇着头高喊道。

纵然非常痛苦,但现在也只能走这条路了。也只有这条路才是我和松伊可以共生的道路。

很早以前,佛祖就在经典中说过,爱欲是生死的根源。

对此,弥勒菩萨问佛祖,怎样才能消除轮回的根源呢?

佛祖回答道,天下众生,本有各种爱情、贪心和淫欲,因此生死就是轮回。天下众生要铭记,由于淫欲,这才产生了各自的性情和生命,因此轮回的根源就是淫欲。淫欲引起爱情,生死得以延续。淫欲产生于爱情,生命又产生于淫欲。天下众生因热爱生命而依赖淫欲。热爱淫欲就成为原因,而热爱生命就成为结果。

因此,佛祖有一个这样的结论,人若被爱欲所纠缠,内心就会沉迷混乱,而目不见道。仿佛搅动清澈平静的水而无论如何也看不到自己的影子一样。你们必须抛弃爱欲,清除爱欲的污垢,就能够看到道。看到道的人就好像举着火把走进黑暗的房间一样,黑暗消失、房间豁然明亮起来。若学习道悟出真理,就会消除无明而剩下智慧。

看着漫山遍野血一般的金达莱和山踯躅花,林尚沃思考着。

就像佛祖所说的一样,我离开松伊就是斩断了爱欲,同时由于抛弃了爱欲,心中的污浊会完全沉淀下来,也就能摆脱生死的轮回。不,我摆脱爱欲不只是为了我自己的前途。对松伊来说,我才是爱欲的对象,我才是爱情和淫欲的魔障,是引起各种烦恼和痴迷的魔鬼。正是为了松伊,我才离开她,使松伊从爱欲中摆脱出来。

只有这样才是成道之路。

虽然她现在责怪我,指责我的冷酷无情,但总有一天松伊会体谅我,到那时她反而会感激我的。正如佛祖在《法求经》中曾经说过的那样:"既不要拥有你所热爱的人,也不要拥有你所憎恶的人。见不到所爱的人非常痛苦,而见到憎恶的人也非常痛苦。因此,不要特意制造爱情,爱情是憎恶的根本,没有爱情和憎恶的人,也就没有任何束缚和忧虑。"

站在能俯瞰郭山城的山梁上，林尚沃彻底抛弃了内心深处的最后一丝留恋。他再次上马赶路。此时此刻，年轻时在寺庙中学习过的佛祖的演说，像雷声一样在他的耳边轰鸣：

"在亲近的人们之间会产生爱情和思念，而在爱情和思念中必定会产生痛苦。在恋情中会产生担心，就像犀牛角一样孤独无助，独自飘零。爱欲的光彩非常美丽、甜蜜、愉快，同时，各种各样的爱欲会使我们的心破碎。感官的爱欲具有类似的危险，就像犀牛角一样孤立无助。就像不为声音吃惊的狮子、不能被网抓住的风一样，爱欲也会如同犀牛角一般孤立无援，独自离去。"

现在，我就像犀牛的角一样独自走了，松伊也一样。就在我像犀牛角一样独自离开时，松伊也像不能被网抓住的风一样独自离开了。只有这样，两人才能生存下去，这是共生之路……

林尚沃恪守了自己的诺言，他再也没有为了见松伊而前往郭山。

松伊也一样。就在林尚沃离开几个月后，她将家中整理了一番，然后突然离开了。没有人知道她到底去了哪里，甚至连松伊的养母山红也不知道。

3

从郭山回来后，林尚沃决定立刻踏上"第三条路"。

将建好的新居拆掉，林尚沃已经走完了第一条路；斩断与松伊间的情缘，他也就走过了第二条"无路之路"。

现在只剩了一条，那就是"第三条路"。

林尚沃又准备了一桌雅净的酒席。他将朴钟一叫来，两人相对而坐，几次推杯换盏之后，林尚沃首先开口说道："从现在起我再也不去郭山了。"

朴钟一没有理解主人林尚沃的话。主人深爱的爱妾松伊不就生活在郭山吗？为什么主人不顾这一点而言之凿凿地说什么再也不去郭山了呢？

戒盈杯之谜

"另外,今后我将尽可能克制自己不再出门,不再与外界联系。"

朴钟一满脸疑惑:"您是说将闭门不出,与世隔绝吗?"

林尚沃答道:"是的,我将要脱离尘世。"

"那么,离开俗世您想要干什么呢?"

"我要挖一个荷塘,在里面种上荷花,并在旁边盖一个小屋。我可在这里看书、吟诗,自由自在地生活。听着鸟儿啁啾的叫声,看着天空中飘过的白云,没有比这种闲适更让人沉醉的了。早在唐朝时候,诗人王维就曾经写过这样的诗句:'行到水穷处,坐看云起时',意思是'走到水流的源头,坐在那里看白云升起'。现在我也想离开俗世,前往水流的源头,在那里坐看云彩在空中升腾。"

"但是,"朴钟一说道,"老爷,您该如何处置您的买卖呢?老爷的商业正日益繁荣,蒸蒸日上。老爷您不是朝鲜八道中的首富吗?"

正如朴钟一所说,林尚沃不仅是朝鲜八道中的首富,就是在中国也找不出堪与之相匹敌的大富翁。

"差不多是吧。"林尚沃接着回答道,"可从今往后我将不再涉足商界。"

"那么您将干什么呢?"

"我要做一个歌客。"林尚沃答道。

所谓"歌客",就是善于作诗和吟唱的人。他们居无定所,漂泊无定,是靠乞食为生的歌人。

"朴公,我有话要对你说。"林尚沃准备了酒席,悄悄地将朴钟一叫来,当然有其目的的,他对朴钟一说:"今后将由朴公代我处理商业上的一应事务,我将商业上的一切权力都转交给你。今后朴公就是这里的主人,我将退出商业圈专心做一名和尚。"

一听这话,朴钟一极力推让,他说:"这怎么能成!小人怎么能有大人那样的经营才能呢?老爷您是天下的巨商,而小人只是一个微不足道的杂货郎。"

这时,林尚沃拿出一件东西放在酒桌上,发出"啷"的声响。朴钟一定睛一看,原来是一只常平通宝。常平通宝是朝鲜唯一通用的货币,是一种法定货币。

"知道这是什么吗,朴公?"林尚沃问。

"这不是货币吗?"朴钟一答道,"它是用铜制成的,所以也叫作铜钱或铜板,人们通常把它叫作钱。"

在商业活动中,当具有流通功能的大米、干鱼等实物和纹银的货币功能达到一定极限后,常平通宝就成了贸易往来中的主要手段。

林尚沃不等朴钟一说完便接着说:"不,朴公,这既不是货币,也不是铜钱,也不叫铜板,更不是钱。"

朴钟一问道:"这不是货币,又不是铜板,也不叫钱,那它到底是什么呢?"

对于朴钟一的质问,林尚沃答道:"这是'阿堵物'。"

说完,林尚沃将杯中酒一饮而尽。

对林尚沃这一简短的回答,朴钟一感到无法理解。

很久很久以前,在中国曾有人用俗语"阿堵物"来称呼钱。所谓"阿堵物"本是一句中国俗语,意为"这个东西"。林尚沃的回答也就是指"这个东西"。

"您是什么意思呢?"朴钟一在短暂的沉默之后接着问道,"小人完全不明白,为什么老爷您将货币叫作'这个东西'呢?"

林尚沃喝着酒,慢慢地解释起来:

"很久以前,中国有个人名叫王然,他出身名门,是竹林七贤之一王融的堂弟。那时是魏晋时代,晋国正处于没落时期,尽管王然也曾在朝廷担任了很多要职,但他并不关心政务,却远离世俗,崇尚清谈玄说。在匈奴攻进晋国都城洛阳时,他没有率众作顽强抵抗,被俘后还解释道:'我并不是因为有飞黄腾达之欲才坐到了这个官位上,我之所以能够升官,完全是由于我善于辞令。'听了他的话,匈奴人嘲笑着割掉了他的头。但有关他的趣闻轶事却一直流传了下来。王然厌恶世俗,尤其是他的言语中从来不提金钱、货币之类字眼。有一天,他睡着之后,他的妻子想试验他一下,就要女佣将钱放在他睡觉的床前。女佣按照吩咐把钱放在了床边。王然一

戒盈杯之谜

觉醒来，起床时无意看到脚下铺的钱，立刻惊讶地大喊道：'举却阿堵物！'这句话的意思是说快将'阿堵物'拿走，用今天的话来说就是'把这东西拿走'。因此，人们都知道王然甚至连说话也厌恶提到'钱'字，不说'将钱拿走'，而是说'把这东西拿走'。"

林尚沃用手指指着放着酒桌上的常平通宝说道："我一生都在为了这个东西而奔走，因为我相信有了这个可以生活得很幸福。为了聚敛这东西，我使出了浑身解数。但是现在再回过头来看，这也只不过是'一件东西'，也就是'阿堵物'而已。现在我明白了，原来我一直以为这是我所拥有的东西，可这东西其实是不为任何人所拥有的。它就像流水、蓝天和大气一样，不能带走，也不为任何人所拥有。它只是暂时由我来保管，不知何时就会离开我而成为别人的东西。中国古代的汉武帝时期，有一个叫刘安的人，出身名门望族，曾被封为淮南王，势力显赫并一度威胁到中央政权。他曾经写了一本书叫《淮南子》，在书中有这样一句话。"

林尚沃提起毛笔蘸满墨汁在纸上写下了这样一句话：

"逐鹿子不见山，

攫金子不见人。"

一气呵成写下这两句话的林尚沃抬头看着朴钟一说道："追鹿的人目中无山，握金的人目中无人。"

一杯酒喝干，林尚沃笑道："这句话说的就是我！它使我幡然醒悟。我一生都在追鹿，却看不到山。我一生都在追逐这个'阿堵物'，眼中根本也看不到其他人。我所看到的人都是：这人对我有利还是有害，能给我带来利益还是损失，而看不到那个人的真实面貌。所有的这一切都是缘自阿堵物。我的眼前只有利益，最后不免成为睁眼瞎。现在，我要我丢开鹿，看到山；舍却金钱，看到真实的人。我要丢开阿堵物，把天地之间的万物看个明白。"

林尚沃拿过酒瓶，给朴钟一的酒杯倒满酒后接着说道：

"现在你明白了吧，我为什么抛开这个'阿堵物'和世俗而欲成为歌客，你明白其中的原因了吧？"

朴钟一答道：

"我大略知道了,老爷。我现在知道老爷要我代您照看生意的意思了,但我还想问您一个问题。"

"什么问题?"林尚沃脸上露出严肃的表情问道。

朴钟一说:"到底是什么使老爷产生如此大的改变呢?老爷您说要超脱世俗,这到底是为什么呢?难道就没有什么原因吗?"

林尚沃微笑着答道:"原因当然有。我原来是个睁眼瞎子,现在能突然见到光明,当然有其根源了。"

"那是什么呢?"

"就是它!"林尚沃指着桌子说道。

朴钟一朝着林尚沃手指的方向看去,见桌上放着一样东西。那是一只破损的酒杯,是那只曾被赵相永摔破的非常普通的酒杯。

"您是说,是那只破损的酒杯使您觉悟的?"

"是的。"林尚沃明确地回答道。

"但是,"朴钟一仍没有理解主人的内心及话语的含义,"那杯子不就是一件物品吗?"

"不错。生育我的是我的父母,教我如何做人的却正是那只酒杯。"

那天晚上,朴钟一接受了林尚沃的建议,林尚沃从今不再过问商事,一切都由朴钟一来全权管理。

林尚沃随即在自家的院子里建造了一个小莲池,在莲池周围种上树,栽上花,在池塘边盖了一座小房子,并自号"稼圃",意为"在菜地种菜的人"。

就像自己所起的雅号一样,自那以后,林尚沃仿佛一个种菜人一样隐遁起来,过着隐居生活,不再出入商界。也是自那时起,他热衷于创造讴歌大自然的诗歌,按照自己的愿望成了一名名副其实的歌客。

由于退出商界并使自己成为一名歌客,林尚沃走完了他所感悟的第三条"无路之路"。他在自著的《稼圃集》序言中,对从根本上改变自己命运的戒盈杯这样写道:

"生我者父母,成我者一杯。"

戒盈杯之谜

是的！是那酒杯——戒盈杯使林尚沃从富翁变成了巨人。

在《稼圃集》序言中，林尚沃用一种淡淡笔调描述了此时的心境："……迁新居，百鸟筑巢林池花石之间，足为晚年读书写诗休息之所。老来以歌客赋诗自娱，凡事顺遂平安。"

商业之道

第二十一章《岁寒图》

1

飞机抵达日本成田机场的时间是夜晚七点,比预定时间提前十几分钟。空姐用甜美的嗓音提醒乘客:"飞机停稳之前,请大家暂时不要离开座位,不要解开安全带。"直到此时,韩基哲才使劲睁开眼睛,打着哈欠嘟囔起来:"嗯,是东京吧。"

从韩国金浦机场到日本成田机场飞行了约两个小时。期间,韩基哲基本处于昏睡状态。飞机起飞时,他向空姐索要了两杯烈性威士忌一饮而尽,然后便进入了梦乡。

近来,韩基哲一直觉得特别困乏,仿佛得了慢性疲劳症。或许是平日公司事务缠身,休息不足,突然到海外出差,瞌睡便一股脑儿地袭来。因此,他索性向空姐要了副黑色眼罩,边喝酒边说:"合一下眼皮,养养神。"但这一合眼便是两个小时,整个飞行期间不仅没有吃饭,还有节奏地打起了鼾声。

然而,我却欲睡不能。也许是天性敏感的缘故,养成了在公众场合无法入睡的习惯。但此时此刻难以入眠,更主要的原因是对这次意外之旅的困惑。对我来说,这次旅行来得太突然,简直有点蹊跷,让人始料不及。

今晨才从韩基哲那里得知这一消息,当时他突如其来地问我:"郑先生有护照吧?"

我心想,如今没有护照的人打着灯笼也难找,便顺口答道:

"有啊。"

他接着问道："是否也有日本签证?"

我回答说"没有"。作为以著文为生的自己若无特殊用途当然不会有日本签证。

"美国签证呢?"韩基哲又问。

"美国签证倒是有。"

比起日本,美国要厚道得多,如果获得一次美国签证,使用期限可延长至普通护照期满,因此身边还保留着一份有效的美国签证。

听到此言,韩基哲似乎放心了许多。他说:"那好,即使没有日本签证也可滞留72小时,72小时就足够了。郑先生,跟我去一趟日本如何?"

"去日本什么地方?"

"是东京,今天正好是星期四,乘坐下午的航班晚上七点钟左右就可以到东京,周末处理完所有事情,最晚周日就能返回汉城。"

"你是说下午就要走?"我有些措手不及,况且手头还有一篇今日之内必须交稿的文章。

"是的,下午五点有去东京的飞机,提前一个小时到机场办手续,下午四点钟在第二大楼C银行前会合。来时别忘了带护照,机票由我负责。"韩基哲长期在大公司从事贸易工作,说话办事风风火火,一副不容分说的口气。

"到底是什么事?"我一边问一边在脑子里盘算着时间。如果下午四点到金浦机场,下午三点就要从家里出发。只有短短三天的旅程,不需要带更多的行李,携带一个小包就足矣,出发前的准备约需30分钟。所以,下午两点前还可以埋头赶写稿件。

"电话里不便多说,等见面再告诉您。下午四点在金浦机场第二大楼见面,我在办理出境手续的二楼C银行门前等您。"

挂断电话后我开始忙乱起来,两点前要写完并送交稿件,时间非常紧迫,便赶紧伏案奋笔疾书。虽然只是七月上旬,但天气却像盛夏一样酷热难当,我只有"忘热废食"地工作,才能完成这30

页篇幅的约稿,午饭就甭提了。

因时间紧迫,塞了几件换洗衣服,顾不上填肚子,便提着小包乘出租车直奔金浦机场,抵达办理出境手续的C银行前的时间是4:10,比预定时间迟到10分钟。原本以为韩基哲会等候在那里,但却不见其踪影。

C银行前挤满了游客,也许是办理团体出国旅游的场所,手执各种小旗的旅行社职员正在对游客进行清点,并讲解着各种注意事项,场面嘈杂。

我焦急地等候着韩基哲,直到4:30这位老兄才露出尊容,看样子时间太仓促,他连一件行李也没带,只身前来。

"真对不起,公司事务太忙。"他解释道。

事不宜迟,来不及埋怨。我俩急忙办完出境手续,匆匆忙忙地通过机场入口检查。飞往东京的飞机已准备起飞,其余所有乘客都已各就各位,只有我俩一副慌慌张张急忙登机的模样,刚一上飞机,机舱门就被关上。即使是上机后我俩也只简单交谈了几句。

最后一次见韩基哲是今年春天,大约是三四个月前的事。也许如他本人所言,一直忙于公司事务的缘故,此时的他略显憔悴与疲惫。

"飞机抵达东京时,将有东京分社的职员前来迎接。"

"到底是什么事?"我喝着加冰威士忌问道。

"我也不知道确切的答案,必须等见到东京分社长后才能知道。"韩基哲一边喝酒一边答道。

"不知就里就逼我出差?"我不解地问。

"哪里,哪里。"见我一脸的疑惑,韩基哲慌忙摆手否认,"请郑先生出差并非我的意思,今天早晨东京分社长与我紧急联络,让我尽量带郑先生一起去东京走一趟。所以陪郑先生去东京是东京分社长的正式邀请,并非我有要办的事。"

韩基哲越解释我越感到糊涂。

"虽然我也不知道确切的原因,但可能与去世的会长先生相关,因为从东京分社发来的传真上有'K-2'的字样,'K-2'不就是金

《岁寒图》

起燮会长吗？"

"K-2"就是指金起燮会长，这一点我清楚。然而，东京分社有何必要让我前去，我却不得而知。虽然满腹狐疑，但此时我也不好再追问什么，因为两杯威士忌下肚的韩基哲已经向服务小姐要了眼罩进入梦境。

在韩基哲沉睡之际，我不由地回想起我与韩基哲之间的各种往事。记得是去年圣诞节前夜，突然听到一则紧急播报，电台报道："因交通事故，麒坪集团老总金起燮会长在德国法兰克福高速路上不幸遇难。"1989年德国柏林墙倒塌时，我与金起燮会长初次见面。当时我因采访去柏林出差，遇见了我称之为"轮痴"的金会长，从此便与金会长结下了难解之缘。而从中斡旋使我认识金会长的人便是韩基哲，他当时任法兰克福分社社长。新千禧年开始的2000年1月，在伊卡罗斯新车发布会上我再次遇到韩基哲。他告诉我一个奇怪的事情，称金会长去世时口袋钱包内留有一张纸条，让我查一查纸条上文字的含义和出处，纸条上写的字是"财上平如水，人中直似衡"。

受韩基哲的委托，我请教了精通汉学的书法家石田。获知留下此句名言的不是别人，而是李氏朝鲜末期贸易大王林尚沃。金起燮会长一生景仰林尚沃，并从林尚沃遗留的名句中取其两字自号"如水"。得知这一点后，我便向韩基哲索要林尚沃的著作《稼圃集》，当时为纪念11月3日金会长诞辰，他正在筹办"如水纪念馆"。

但令人惊奇的是，在麒坪集团梅花里汽车厂金起燮会长的宿舍里，我意外地发现了传说中的戒盈杯，这让我有些喜出望外。

金起燮曾密访朝鲜并拜见金日成主席，从居住在新义州的林尚沃后裔那里直接获得了《稼圃集》和戒盈杯。我通过查证有关林尚沃的史迹，弄清了林尚沃所著《稼圃集》序言中"生我者父母，成我者一杯"这句话的真谛。

11月3日。

为纪念金起燮会长诞辰，在开馆的"如水纪念馆"将要陈列重要的历史遗物戒盈杯。我在保管戒盈杯期间，通过古董商和著名文物鉴赏家朴载正的考证，得知该杯出土于京畿道广州郡一带的司瓮院，制作于两百多年前，虽系真品，但如果作为古董来衡量价值不过万元（韩元——译注）。然而，通过戒盈杯我却得以领略林尚沃波澜壮阔的一生。

此次莫名其妙地同韩基哲到海外出差，到底是什么原因，我一直被蒙在鼓里。直到飞机抵达东京，我始终无法摆脱这种纳闷的心情。东京分社有什么理由让我紧急赶往东京呢？

飞机沿跑道徐徐滑落，通过机舱窗口看到成田机场被笼罩在夜色里。晚上七点钟，汉城仍可见到夕阳的余晖，但日本由于所处的地理位置的缘故，日出比韩国早，日落也比较早。所以，此刻的东京夜幕已经降临。

走出机舱，一股日本特有的闷热空气迎面扑来，浑身不觉开始冒汗。韩基哲脱掉上衣，一边用手帕擦拭汗水一边说道："简直是进了桑拿室，郑先生，你说是不是？"

在我出示护照办理入境手续时，出入境官员特别仔细地检查了我的护照，然后又盯着我用英文问道："没有入境签证，准备在日本待多长时间？"

我掏出已按出境日期预订的返程机票说道："72小时，3天内离境。"

出入境官员又非常认真地查看我出示的机票，以便对出境日期进行核实，之后又逐页检查了我携带的美国签证，连空页也未放过。在对一切事项都确认无误后，才一声不吭地加盖表示允许逗留72小时的绿色印章。

韩基哲和我只带了简单的行李，没有办理托运，所以便径直前往海关检查口，很快离开了通关区。在接机过道旁，有个人兴奋地挥手喊着韩基哲的名字。天气虽然闷热难当，但这人却紧紧地扎着一条领带，衣着相当整齐。握过手后，韩基哲冲我说道："我来介绍一下，这位就是东京分社的社长。"

"您好，郑先生。我是郑先生的忠实读者，郑先生的小说我全都拜读过。"他边说边从口袋里掏出一张名片递给我。握过手，我瞧了瞧名片，上面写着"朴东宇"。

"车已备好，我们一起去停车场吧。"朴东宇在前面引路，我们从机场区鱼贯而出。

突然走出带有空调设施的大厅，一股热浪再次迎面扑来，几乎让人感到窒息。虽然距离停车点不足两分钟，但韩基哲和我浑身上下被汗弄得透湿。朴东宇却不然，他显然已经适应了这里的天气，精心梳理的头发不仅没有丝毫散乱，而且脸上连一滴汗珠也见不到。

一上车，他就将空调开到最大，车内顿觉凉气袭人。尔后，朴东宇缓缓地启动轿车，驶离了停车场。

"从机场到东京市区有一个半小时的路程，车流高峰时需两个多小时。因此，从成田机场到东京市区的时间几乎与从汉城到东京的时间相当。"朴东宇边开车边介绍。

果如朴东宇所言，通往东京的高速路上挤满了川流的车辆，我们乘坐的小车夹在车流中开开停停，停停开开，根本无法加速。

虽然我对朴东宇邀我到东京的用意一直迷惑不解，但朴东宇只是默默地驾车，并无多言。韩基哲也是一样，只顾注视车窗外掠过的夜景，默不作声。

直到小车拐入东京市区，朴东宇这才开口说道："韩主任，K-2纪念馆建得如何，还顺利吧？"

"开馆前可以竣工，但问题是馆内陈列什么遗物。"韩基哲不无担忧地答道。

"您是担心陈列物不够吧？"朴东宇点着头接过话题说道，"这次也许能有意外的收获，能够找到与K-2相关的东西。让你陪郑先生一起来就是这个目的。"

车子驶入市内，东京特有的霓虹灯光在夜空中不停地闪烁，令人眩目，整个东京简直就是一座不夜城。

"我在东京银座订了饭店。两位可能有些饿了，但还是先到客房洗漱一下再出去吃饭吧。"

银座在东京是历史最悠久的繁华区。或许由于经济长期不景气,久违的银座街似乎丧失了往年的活力,陷入停滞的泥潭。原先把街道照耀得白亮如昼的霓虹灯广告牌仿佛也黯然失色,来往的行人脸上也难见往日的生机。车抵达宾馆的时间是晚上九点钟,宾馆旁边有一座演出传统日本剧目的剧场。

"两位先进房间简单冲洗一下,我在宾馆门厅里等候。"

来到东京分社预订的客房,我们赶紧脱下被汗水湿透的衬衣开始淋浴。这是一间典型的日本式客房,浴室空间狭小,仅容一人,像公共电话亭一样,房间也不大。在如此局促的空间里居住、淋浴,不由使人产生一种杂技师走钢丝般的紧张感。

我慌慌忙忙地淋浴、洗头、漱口,用毛巾擦拭干净,然后赶紧换上衣服。等我马不停蹄地走出电梯时,他们两位已经等候在大厅里了。

"银座附近有个不大但还算有名的酒店,饭菜比较可口,你们看如何?"

朴东宇虽在征求我们的意见,但却没等我们回答,就率先走出了宾馆,并紧接着说:"距离不远,车放在停车场,我们走过去吧。"

客随主便,哪里顾得了许多,我们便跟着朴东宇往外走。

洗过热水澡,又换了衣服,感觉凉快了许多。初夏的夜风迎面吹拂,疲劳顿消,爽快极了。可能是离海较近的缘故,风中夹杂着一股熟悉的海腥味。

朴东宇领着我们穿梭于迷宫般的大街小巷,银座虽然是历史悠久的商业区,但其名声现已让位于一些新兴的都市。熙熙攘攘的人群中大多数是衣着讲究的公司职员和女办事员,年轻人甚少,间或也能见到身着传统和服的女人。

虽说距离较近,但步行去朴东宇推荐的酒店还是觉得挺远,它位于一个狭窄胡同的地下室。拾级而下,门庭洞开的酒店里,前来光顾的人络绎不绝。不愧是附近小有名气的酒店,从附近蜂拥而来的公司职员简直有些摩肩接踵,煞是热闹。好像是事先约定了座位,朴东宇一出现就被领到一个角落就座,很明显朴东宇非常熟悉

《岁寒图》

这个地方。

"这家酒店远近有些名气,价格比较便宜,氛围也不错,像我们这样的生意人都愿意来这里。酒肴是典型的日本料理,风味独特,品尝品尝吧。"

"好吧。"韩基哲愉快地答道。

"先来一杯冰镇啤酒。"朴东宇要了三杯生啤。在日本,生啤的味道要比瓶啤好,我们便开始品尝500CC一杯的生啤酒。繁忙的酒店内因抽烟、喝酒而烟雾缭绕,人声鼎沸,叮当的碰杯声与刺耳的歌声交织在一起。

对于喜爱喝酒的韩基哲,一杯生啤是不能满足的,刚喝完生啤,他又要了一杯威士忌,并照日本人的方式在威士忌里加上凉水后饮用。他因在飞机上打盹错过了机上提供的免费餐,一副狼吞虎咽的样子,却无奈菜肴上得太慢。

基本是空腹饮酒的韩基哲忽然受到威士忌的刺激,酒喝得更猛。随着朴东宇所点日本佳肴的逐渐增多,他已开始略带醉意。此时朴东宇开口说道:"发电报让两位紧急来东京是因为有要事相商,而且这件事情与已经过世的K-2有关。"

朴东宇接着娓娓道来:"大约是去年这个时候,也就是一年前吧,K-2到海外出差路过东京。"

一年前的这个时候距金起燮会长去世不到五个月。

"我当时已是东京分社社长,K-2悄悄地将我叫去,并下了一道急令,命令就记在这张纸上。"

说着,朴东宇从手中的信封内取出一张记录用纸,这是一张较罕见的公文稿纸。

我们伸过头去看上面写的字,因为我曾见过金起燮会长遗留在钱包里的字条,所以一眼便知是K-2的笔迹。纸上写着"前京城帝大教授藤塚"几个字。

见我们已看完纸上的字迹,朴东宇接着说道:"K-2将这张纸条交给我,要我在一个月内找到这个人的遗属。因为是K-2的最高指示,我们找遍了整个东京,说实话真有种大海捞针的感觉。如果说是京城帝大的教授,那起码是60年前的事了,人肯定已不在世。即使有亲属在,也只知道姓'藤塚'而已,名字叫什么,无从得知。就好像要在汉城找姓金的人一样,姓金的人多如牛毛,你找哪个姓金的,你说难不难。但是以搜集信息为天职的综合商社岂能违抗K-2的严令。后来我们通过居住在东京的许多学者千方百计查找相关线索,任何蛛丝马迹都不轻易放过,最后确认藤塚的遗属仍在东京居住。"

朴东宇只是一个劲地劝酒,但自己却以回家时要开车为由,一点也不愿喝,我们也不好强行相劝。

朴东宇接着说:"获知这一情况后,我们当即向K-2汇报,并询问下一步打算。"

"藤塚到底是干什么的?"一边喝酒一边静静地倾听的韩基哲突然问道。

"当时我们也不知道。"朴东宇答道,"藤塚教授具体做什么,我们没有找到关于其身世的相关情况。通过分社网络,我们了解到藤塚教授早已作古,其遗孀现在同儿子一起生活,儿子也已是年过花甲的老人。收到藤塚遗属住所已被查明的电报,K-2当即命令我马上回国。我不敢有丝毫懈怠,立即起程赶回国内。在晋见K-2时他老人家亲口对我讲,藤塚教授是一位专门研究阮堂作品的学者,曾在我国生活过。众所周知,秋史金正喜号阮堂,是朝鲜时代韩国著名书法家和学者。藤塚在汉城大学的前身京城帝大任教时因广泛搜集秋史作品而闻名,他收藏了有关秋史的几十件国宝级遗作,1940年因上了岁数从京城帝大退休时将其携带回东京,此后一直过着隐姓埋名的生活。但不幸的是,听说其收藏的秋史金正喜的作品在二战当中因遭空袭而被烧毁。"

藤塚。

从朴东宇口中冒出的这个陌生的日本人是一位研究秋史金正喜的专家。直到此时,已有些许醉意的我突然想起了什么。

"据传,藤塚所藏金正喜的几十件遗物瞬间化为乌有。但后来又传,藤塚在自家遭空袭后冒着生命危险冲进燃烧着的屋子抢救出

《岁寒图》

大部分金氏遗作。在这次轰炸中藤塚教授面部被灼伤,并因骨折导致晚年腿瘸与残疾。这一切都是从K-2口中直接听说的,我们千辛万苦所寻觅的藤塚其实是一位阮堂研究专家。"

听着朴东宇的话,一幅栩栩如生的历史画面掠过我的脑际:一位冲进燃着熊熊大火的屋子抢救国宝的秋史专家。

我恍然大悟,藤塚,一位痴迷于秋史研究的传奇式人物,就是他奋不顾身地抢救并保护了金正喜一生中最重要的作品《岁寒图》。

秋史金正喜晚年被流放到济州岛时,其弟子李商迪前往探望。金正喜视李商迪为岁寒之友,并触景生情作《岁寒图》。热衷于秋史研究的藤塚以杀身成仁般的意志保全了这一最著名的稀世珍品。

朴东宇接着说道:"此后K-2再次给我下达命令,要求调查藤塚收藏的秋史金正喜的遗物中是否有赠给稼圃林尚沃的遗物。K-2指示我,如果有秋史金正喜书赠稼圃林尚沃的作品,无论价值如何都一律买下收藏。"

夜色渐深,人们开始三三两两地离去,酒店内稀稀拉拉地坐着些人。也许是不习惯在威士忌内掺凉水的日本式喝法,韩基哲干脆喝起了纯酒,我则放慢了饮酒的节奏,只顾听朴东宇慢慢地叙述:"我奉K-2之命回到东京,立即与藤塚教授的后代取得联系,但结果却令我大吃一惊。藤塚教授的亲属不仅对其收藏的金正喜先生的遗作守口如瓶,对私下观赏更是一口谢绝。这越发激起了我们的好奇心,之后便开始探询其家属为何如此讳莫如深。后来知道,原来在藤塚收藏的作品中曾有一幅《岁寒图》,一次书法家孙在馨东渡日本斥巨资收购此画,藤塚也许是良心发现便让其将此作品带回韩国。但事隔不久,藤塚又追悔莫及,于是在临终前专门嘱咐子孙:除非赠给博物馆,任何情况下都不要将秋史遗作私下拍卖或转让给任何人。然而,我们无退路可走,必须背水一战,因为我们必须按照K-2的指示查清藤塚遗物中有无秋史题赠给林尚沃的作品。就在我们与藤塚家反复交涉期间,突然传来K-2因车祸身亡的噩耗。我思考良久,既然K-2已经逝世,是否还要执行这一命令。但左思右想还是觉得不能放弃。虽然这一计划并非正式公务,却是K-2的遗训，不仅有效，而且有义务更加积极地去实现。所以我们通过各种途径开始做藤塚教授独生子藤塚清次的说服工作。清次长期从事银行职员工作，后来年满退休，我们用各种方式向他表达我方的诚意，今年春天终于有了回音。他称，应我方要求，在整理阮堂先生的遗作时发现了阮堂先生赠给稼圃的落款为'稼圃是赏'的作品。"

"稼圃是赏"，清次的这一发现证实了金正喜遗作中确有赠给稼圃林尚沃的作品。

金正喜为自己的弟子李商迪作《岁寒图》时曾借用李商迪的号"藕船"在上面写下"藕船是赏"的落款。依此类推，落款"稼圃是赏"的画肯定是为稼圃林尚沃所作。

朴东宇接着说："从藤塚清次那里得到这一消息，K-2关于'若有金正喜赠给稼圃林尚沃的作品，无论价格多高一律买下收藏'的严令再次浮现在脑际。所以当即致电清次先生请求能否现场看一看作品，但藤塚家属却感到非常为难，藤塚曾留下决不容许公开秋史作品的遗言。于是我们又通过各种渠道开始做工作，也许是被我们的真诚所感动，终于获得了登门拜访的许可。但观看画作的条件却极为苛刻，不仅严禁摄影，不容许携带新闻记者、广播报道人员进行采访，而且不能带鉴定专家，参观时间仅限半小时。否则，谢绝观赏。在做出书面保证后，我们终于被获准到藤塚家访问。"

由于要开车回去，朴东宇滴酒未沾。他在讲述完事情原委后，喝了一杯掺水的威士忌酒，准备结束话语。

"约定到藤塚家访问的日期是礼拜六也就是明天下午三点钟。三点到三点半我们将有机会一睹秋史赠给稼圃林尚沃的画作。"

朴东宇将杯中酒一饮而尽，接着说："虽然郑先生不是书法家，也不是秋史金正喜研究专家，但我们将郑先生请来，主要是久闻郑先生在这方面的造诣，而且郑先生又是金会长生前至交好友，是担当即将揭幕的'如水纪念馆'顾问的合适人选。况且郑先生不是新闻记者，只是一位小说家，不违反藤塚家所提要求。"

韩基哲仿佛成了局外之人，只顾闷头喝酒，一副事不关己的样子。

《岁寒图》

　　说完,朴东宇借口家远先行离开,只留下韩基哲与我继续喝酒。因朴东宇已经买单,我们便将剩下的酒喝了个干净。韩基哲已是酩酊大醉,我却因为紧张兴奋,觉得异常清醒。韩基哲嚷着还要再喝,被我劝阻。韩基哲东摇西晃完全失去了方向感,在我的搀扶下走向饭店。
　　"郑先生,再……再喝一杯。"
　　已有了三四次与韩基哲喝酒的经历,我不为其醉话所动。
　　我搀扶着他乘电梯,又将他扶到房间休息,然后回到自己的住处。
　　虽然过了晚上10点钟,又经历了数小时的旅程,却毫无睡意。见走廊上有自动售货机,便扔进几枚硬币取出几听啤酒。
　　打开电视,我独自躺在床上,一边呷着啤酒,一边想。
　　明天下午三点钟就要目睹秋史金正喜为林尚沃所作的画。藤塚,世界上最著名的阮堂研究专家、传奇式的阮堂作品收藏家,我将亲眼观赏其深藏已久、从未面世的杰作。
　　我一边思考一边喝着啤酒,暗自为K-2金起燮会长敏锐的洞察力所折服。
　　金会长是如何推断出藤塚藏有秋史为稼圃林尚沃所画的作品,而结果又证明其判断是正确的?
　　诚然,金起燮在研究林尚沃生平期间就已发现林尚沃与金正喜生前交情很深。虽然林尚沃比金正喜年长七岁,但两人却结下了深厚的友情,尤其是林尚沃对金正喜神交已久。林尚沃还通过金正喜明白了石崇大师所留谜语"死"字与"鼎"字的真实含义。
　　从这一意义上讲,金正喜之于林尚沃,是一种亦师亦友的关系。况且,林尚沃生前经常在物质与精神方面为金正喜提供帮助,金正喜为恩人作画应在情理之中。
　　藤塚,这位当代最著名的阮堂作品收藏家保存着秋史金正喜赠予林尚沃的作品。金会长的这一推断无疑具有合理性,符合逻辑。
　　藤塚是著名的阮堂作品收藏家,这一点广为人知。1940年前执教京城帝大的藤塚教授对阮堂作品简直到了痴迷的地步,对遇到的阮堂作品悉数收藏。

作为权威的阮堂研究专家，他拥有别人无与伦比和得天独厚的优势，其中最大的优势就是藏有秋史的代表作《岁寒图》。

《岁寒图》是宪宗十年即1844年秋史金正喜流放济州岛时为其弟子李商迪所作。

此时，正值金正喜59岁，其弟子李商迪两次前往济州岛探望他。李商迪利用其作为译官可以随时出入北京的身份，将搜集到的一些贵重资料送给金正喜。

特别是，其中桂馥所著八卷本《晚学集》和贺长龄、魏源编纂的120卷巨制《皇清经世文编》，让金正喜爱不释手，对他来说不仅是如获至宝，而且是雪中送炭。

于是，金正喜欣然提笔为李商迪作画，题名为《岁寒图》。这幅冬日风景画中只有一幢孤零零的房子，外加三棵青松。这就是其最著名的代表作《岁寒图》的来历。

《岁寒图》将李商迪比作冬天傲立寒霜而后凋的松柏，嘉许弟子不忘师生之情两次从北京携带珍贵书籍探望落难老师的义举，并将作品作为谢礼馈赠给李商迪。

在画中题有作者金正喜书写的跋文，对这幅作品，史学家李秉道有如下评论：

"《岁寒图》与苏轼的《三清图》一脉相承，两幅作品异曲同工，其创意均来源于《论语》，表现了梅花迎雪怒放、松竹兰傲立寒冬而常青的秉性，是君子在逆境中坚守气节的心灵独白。阮堂的《岁寒图》也系破例之作，因为阮堂曾创作过一幅《不作兰图》，并在上面写有'一已足矣，岂可再乎'的誓言。《岁寒图》构思古朴典雅，画技娴熟老练，融诗意、哲理、情思于一体，具有非文学素养深厚、阅历丰富者而不能达之意境。风雪交加的冬季，有一座土屋静静地匍匐在皑皑白雪之中，屋旁有三棵松树相伴。松树象征气节与决心，土屋象征谪居与流放，穴窗象征咽喉与生命。画中的老松其实就是阮堂自己，对合抱之粗树干恰到好处的大胆取舍和对苍老遒劲的松枝之浓墨刻画形成鲜明对比，老松气势从容、磅礴，恰似一

《岁寒图》

尊盘踞欲飞的苍龙，其针叶在白雪映衬下更显苍翠。如果说，阮堂自比为迎风傲雪的那棵略去根部的老松，那么与老松并排而立的其他松树则指无视权贵与利害前来探访的贵客，他们与趋炎附势、见利忘义之流截然不同，泾渭分明，李商迪无疑是其中的一员……"

即使没有李秉道的赞美，阮堂的《岁寒图》也堪称字画俱佳的杰作，其画技炉火纯青，笔墨浓淡相宜，表现了作者作为文人所欲体现的超现实主义写意世界。

引用孔子格言和司马迁名句写就的跋文更为《岁寒图》锦上添花，总共294字的跋文中"之"字多达27处，但竟无一处写法雷同，整个跋文充满书香之气。这篇为《岁寒图》增色不少的跋文大意如下：

去年（宪宗九年，即1843年）甫送《晚学集》、《大云山访问稿》，而今又赠《皇清经世文编》。此皆人间罕见之作，且千里迢迢、费时数载购自远方，诚系来之不易而非唾手可得之物。如今趋炎附势、阿谀奉承之风盛行，人们对权势和利益绞尽脑汁，挖空心思，趋之若鹜。而君不追随权势与利益，却追寻被放逐海外、处境凄凉之老朽，其情之切，与时人趋权逐利有过之而无不及。太史公司马迁曾云"天下熙熙，皆为利来；天下攘攘，皆为利往。"君乃芸芸众生中一人，而非不食人间烟火之神仙，何以能超脱于世风之外，不为权势而动，不因利害避之？果然如此，太史公之言岂不谬矣。孔子曰："岁寒，然后知松柏之后凋也。"其实，松柏一年四季皆不落叶，岁寒之前如此，岁寒之后亦如此，但圣人只是为了特别强调岁寒才有如此说法。今君之于我，称岁寒前之君尚不足，称岁寒后之君则有余。既然如此，则君已非岁寒前之君，而堪称圣人所指岁寒后之松柏。圣人之言不仅指后凋之气节，而亦有对岁寒之感悟。西汉时期民风淳朴，亦不乏汲黯（以直谏而闻名）和郑当时（不分贵贱，广交天下名士）之仁者，至后汉但却因世风日下而匿迹。河口翟公又何必在门上张贴告示以讽刺人心之不古、世道之难测。哀之哉！阮堂老人题。

跋文中所言之翟公乃西汉人,曾担任过河口廷尉之职,在官之时宾客盈门,去廷尉之职后则门可罗雀,后复任廷尉又宾客如云。翟公有感于此,在大门上赫然贴上"患难知真情"五个大字。意思是说,一死一生然后知真交,一贫一富然后知真情,一贵一贱然后知真心,这是何等可悲的事啊。

成语"门可罗雀"是形容原先门庭若市而后来门前冷落、麻雀成群几可张网捕捉的变化。秋史金正喜之言与其说是取笑翟公,毋宁说是为体现自己淡泊名利的心态。

李商迪得到老师所赠《岁寒图》后如获至宝,即使在翌年随冬至使李晸应西赴北京时也随身带上《岁寒图》,须臾不舍离身旁。

是年正月,李商迪应邀参加秋史诗友吴赞的宴会,向出席宴会的16名文臣介绍了阮堂的近况,并自豪地展示了珍藏的《岁寒图》。在座的文人墨客平时都与秋史结下了深厚的友情,突然见到李商迪带来的《岁寒图》,个个激动不已,诗兴大发。当时聚首的有吴赞、章岳镇、赵振作、曹铜坚等16位名士,他们应李商迪之邀,一一在画上题字作诗。16位声名素著的文豪共同在画上题字,使得《岁寒图》更是遐迩闻名。归国后的李商迪再次来到济州岛,春风满面地将题有16位文人诗句的《岁寒图》在作者秋史面前展示。至1848年12月秋史结束长期流放生活时,《岁寒图》画贴已身价百倍,一直作为李商迪的传家宝而深藏。

然而,李商迪的传家宝《岁寒图》此后却经历了扑朔迷离的命运。

在历经一番艰难曲折后,《岁寒图》最终作为藤塚的藏品跨过玄海滩越洋过海东渡扶桑。

深受皇上青睐、身为译官却终身兼知中枢府事的李商迪既是文人也是诗人,他曾12次远赴中国,不仅在当地结交了中国当时著名的大文豪,而且在中国出版了自己的诗文集。

作为译官的李商迪对语言具有一种与生俱来的卓越的驾驭能力,其文章辞藻华丽,文字描述细腻而隽永。他的著作《车中记梦》在士大夫中口碑甚佳,宪宗皇帝酷爱其诗,为其文集赐名《恩诵堂集》。

李商迪卒于1865年。据说，由于在16名巨儒题写的诗文中有金翆准续写的题字，可以推知李商迪死后《岁寒图》流传到弟子金翆准手中。

金翆准也是一名译官，他曾跟李商迪学诗，是当时有名的诗人和实权派。

当时译官出身的李商迪、李彦碩、郑志润等文学巨匠横扫文坛。金翆准的作品反映出一位译官的生活体验，他向中国文学界介绍国内诗人的作品。他一生活动范围极广，甚至延伸到日本和琉球，特别是他以当时日本风物为背景创作的22首《和国竹枝词》被认为是其著作中的精品。

金翆准不仅是李商迪的真传弟子，而且受到秋史金正喜的好评，但李商迪死后将《岁寒图》转交给金翆准的说法只是一种猜测，并无确凿证据。

另有一种说法是《岁寒图》转给了闵圭植，但这也是一种猜测。

最终，李商迪之后《岁寒图》的收藏者为藤塚，藤塚原名叫藤塚近史郎，是一名从年轻时代开始就痴迷于金正喜研究的汉学家。

他毕业于东京帝国大学，1936年在母校获博士学位。其博士论文的选题就是《李朝对清朝文化的吸收与金阮堂》，由此可见其对金正喜的兴趣由来已久，其痴迷程度不同一般。

他任东京帝国大学教授时发现并收藏了金正喜的代表作《岁寒图》。精通清朝经学的汉学家藤塚倾注平生之心血专攻金正喜，终成阮堂研究专家。

藤塚的论文被其子收录于《清朝文化东传研究》，该书于1970年正式出版。藤塚在东京帝国大学任教时，凡是金正喜的作品一律加以搜罗收藏，共有数十件，其中之一就是秋史金正喜的《岁寒图》。

一度东渡日本的《岁寒图》后来不知何故又完璧归赵，其中蹊跷无从知晓。虽然《岁寒图》回到韩国的具体年月不详，但估计在1946年至1947年之间。藤塚卒于1948年，而吴世昌和李始荣在

《岁寒图》上追加题词的时间又在此之后。由此推断,《岁寒图》回归的时间应在光复后至1948年之间。

藤塚收藏的《岁寒图》回归到新生的大韩民国,书法家孙在馨功不可没。孙在馨,号素筌,自幼钻研汉学和书法,在韩国最早提出将"书法"改称"书艺",是当时最著名的书法家。1940年藤塚从东京帝国大学退休时展示了一幅名为《金阮堂手书岁寒图》的《岁寒图》摹本,但仅仅复制其中的画面和阮堂手迹。突然见到该摹本的孙在馨眼睛为之一亮,按捺不住内心的激动。自此以后,孙在馨便暗下决心,一定要想方设法索回秋史金正喜的代表作《岁寒图》,将其作为国宝珍藏于国内。

也许是孙在馨抱着这一信念,在祖国光复成立大韩民国后毅然赴日本通过说服藤塚而获得了此画。

虽然有一种说法称,孙在馨在战后花费巨资从穷困潦倒的藤塚手中购得《岁寒图》,但这一猜测似不可信,也缺乏根据。既然藤塚冒着生命危险拯救了《岁寒图》,纵使孙在馨奉上一座金山,恐怕也难换回《岁寒图》。

因此,又有另外一种传说。由于被孙在馨的爱国之情所感动,藤塚分文不取地将《岁寒图》拱手相送。据藤塚之子讲,其父曾说不能将朝鲜的国宝《岁寒图》作为日本人的私人藏品,所以才决定出手。此话也许可以为凭。

藤塚在送出弥足珍贵、视同生命的《岁寒图》后不久便与世长辞。朴东宇在酒店里说过一段关于藤塚遗言的话,从中可以感受到藤塚当时的心情。

"……藤塚在临终前对其后代说,关于自己收藏的秋史遗作,如果赠给博物馆则另当别论,但切不可私下拍卖和转让。此后其后代一直恪守藤塚的这一遗训。"

我躺在床上一边饮着啤酒,一边不停地思索。据悉,经藤塚之手返还的《岁寒图》在1974年12月被列为国宝第180号后,辗转到一个名叫李根台的人之手,后来又成为文物收藏家孙世基等人的藏品。这到底怎么回事?

《岁寒图》

从自动售货机处购买的三听啤酒已被我喝了个干净。

啊,收藏了《岁寒图》等几十件金正喜遗作的传奇人物藤塚近史郎,其藏品中就有秋史馈赠给朝鲜时代最著名的贸易君王林尚沃的画作,这幅迄今尚未被外界所知的作品明天下午三点钟就要展现在敝人的眼前了。

电视正在播放深夜节目,画面中一伙男女似在打赌,输一次便脱一件衣服。虽然不大懂得日语,但看得出,是节目制作人故意营造刺激场面,存心让年轻女子多输,以便裸露其身体。随着一阵阵起哄声,屡赌屡败的美貌女子一边撒娇一边脱掉衣服和裙子,直到露出乳房和内裤。

我拿起遥控,将电视切换到另一个频道。这是一个介绍温泉的旅游节目,同样是年轻女子一丝不挂毫无顾忌地在浴池内沐浴的镜头。

日本是一个对男欢女爱丝毫不加遮掩的社会,是一个不以性爱为羞的天堂。但日本这一传统风俗传播到韩国后也在迅速蔓延,只是方式稍加隐蔽一些。

我关掉电视和电灯,钻进被窝开始闭目遐思。

明天下午三点,即将目睹金起燮会长凭着其敏捷的思维和独特的眼光发现的秋史金正喜的大作,这一尚未面世的作品是什么样子?秋史金正喜为自己的朋友林尚沃画了些什么?题了何字?这幅从未向世人展示的作品具有怎样的艺术价值?真有些让人浮想联翩,夜不能寐。

2

第二天下午。

朴东宇到宾馆与我们会合,吃过午饭后于下午两点钟起程前往藤塚家。那天正逢周六休息天下午,街上人流熙来攘往。

我们要找的地方是青山。

下午的天气又开始酷热难当。按日本礼节到别人家造访需携带礼物,我们一时拿不定主意买什么礼物为好。

朴东宇告诉我们在日本一般送2000日元以下的礼物比较合适,超过此数则受礼者会感觉是种负担。原想在地铁商场内购买日本糕点,听了朴东宇的话后又决定购买鲜花。

花了两千来元买了鲜花,我们接着往青山赶。

通往青山的地铁为银座线。朴东宇称坐地铁比开车去青山要方便些。

青山一丁目,这是我们要下车的站名。

风驰电掣如子弹般穿梭的列车每当进入隧道时,车厢便剧烈地摇晃与颤动,每当临近一个站点列车扬声器便反复播报将要抵达的站名,广播员的语调显得柔软缠绵,给人慵懒欲睡的感觉。快到站时我们从座位上站起,一俟列车停稳后便鱼贯而出。

离约定的时间大约还有半个小时。

朴东宇手捧鲜花走在最前面。步出带有空调的地铁,一股热浪迎面扑来,怕热的韩基哲不一会儿就浑身湿透,不停地用手帕擦拭着脸与脖子上冒出的汗珠。

郊区的街道要安静得多。

也许是因为有丘陵,所以才叫"青山"。

空荡荡的街道上,一些没有生意的出租车排成一队等候客人,有的出租车司机在车上打盹,也有的利用闲暇吃着盒饭。

登上一座陡坡,一幅离奇陌生的异国风景突然映入眼帘。

坡上墓碑林立,密密麻麻,一望无垠,简直就像踏入了"墓碑的海洋"。

"哪来的公共墓地?"韩基哲带着吃惊的表情向朴东宇询问。

"青山有皇室、功臣和贵族的公共墓地,那些碑文上刻的都是一些知名人士的名字。"

我们怔怔地站着,凝望着这片由各色各样墓碑组成的坟的海洋。为悼念死者而精心修葺的坟场更让人觉得阴森而怪异。

我们匆匆地从山坡上顺路而下离开了坟地,朴东宇掏出路线图带我们拐入一条两旁尽是住宅的街道。

《岁寒图》

除了偶尔有年轻人骑着不带消音装置的摩托车并故意发出一阵"嘟嘟"声外,整个街区沉浸在白日的宁静之中。仿佛已经找到要去的人家,走在前面的朴东宇突然停在一家门前望着我们。

原以为藤塚家人一定是住在一座非常传统的老式房子里面。结果完全出乎我们的预料,这是一幢典型的日本新式住宅。房前有一个仅能停放一辆汽车的车库和一个面积不大的院落,院内栽有两颗松树。在确认大门上的门牌号后,朴东宇擦了一把额头上的汗水说道:

"就是这家,藤塚的家就在这里。"

我朝上瞧了一眼上面的门牌:

"藤塚清次"

比预定时间提前了十几分钟。

对日本生活方式非常了解的朴东宇正了正衣领,然后揿了一下门铃。想必是藤塚一家正在等待客人的来临,里面很快传出了一句问话声。

朴东宇熟练地用日语通报了自己的身份,几乎与此同时门"哗"的一声打开了。

一位穿着日本传统和服的女人迈着碎步开门出来迎接我们。按日本的风俗,家里来客人时,只有妇女到院外迎接,男主人则在门厅内恭候。

"让你们久等了,快请进屋吧。"

女主人一边寒暄一边深深地鞠躬,头几乎要触碰到地面,这是日本特有的礼节。朴东宇将鲜花递给女主人,她又鞠了一个大躬说道:"真是太感谢了。"

院落里有一处小小的日本式庭院,中间一座假山,旁边有一小块沙滩和一个不大的莲池,池内鲤鱼悠闲地游来游去。

站在门厅地板上的男主人也身着传统的和服。

"快请进屋。"身穿和服的男人面带微笑地说道。

"你们好。"没等刚进屋的朴东宇答话,男主人就从口袋里掏出名片递给我们。我从递来的名片上确认此人正是藤塚的后代"藤塚清次"。

我们随着主人来到会客厅。日本人的住宅一般都比较大,但会客厅由于要摆两张沙发,空间显得比较狭小。通过客厅正面的玻璃窗,一眼可以看见经过精心布置的玲珑别致的日本式庭院。

"热的话,就请用扇子吧。"

正是盛夏季节,虽然敞开了窗户,却没有一丝风。因屋内没有空调,我们每人接过一把扇子扇了起来。

藤塚夫人为我们端来了沏好的冰茶。

虽然藤塚50年前就已去世,但藤塚家族在阮堂作品收藏方面仍具较高的名望。屋内兴许挂有阮堂的字画,于是我抱着侥幸的心理扫视了一下客厅周围。

不出所料,客厅里侧果然挂有一幅字画,可以判定是出自阮堂之手的兰草图。

阮堂生前在兰花创作方面的自我要求几近苛刻。无论是书法还是绘画,秋史的水准均属一流。他对当时附庸风雅随意画兰的轻薄画风提出过严厉批评。

秋史还引用孔子"十目所视,十手所指,其严乎"的古训,倡导以严谨认真的态度从事兰花创作,切不可随意涂鸦,得过且过。

他曾说过这样一段画兰的内心感受:"通过画兰,我领悟到,无论是一片兰叶,还是一个花瓣,都必须一丝不苟,来不得半点虚假与浮夸,自欺之作必劣,欺己易欺人难。因此,画兰首先应以不自欺为准绳。"

因此,即使是扬名天下的天才画家秋史也仅有屈指可数的几幅兰花作品留存于世。

仔细端详室内悬挂的秋史作品《兰草图》,画中一花、一叶果然神态逼真,超凡脱俗,伸展自如的叶片和含羞绽放的花瓣似乎散发出阵阵幽香。画作显示出作者治学严谨的儒家风范和炉火纯青的高超画技以及一种对不自欺亦不欺人艺术境界的孜孜追求。

画上题有:

"春浓露重,地暖草生;

《岁寒图》

山深日长，人静香透。"

这首诗赞扬兰花独自绽放于深山之中，默默地散发出馨香，字里行间显示出秋史所一直主张的集天地万物之"灵气"和"香泽"于一体的精湛技法。

喝着藤塚夫人端来的冰茶，我们没有立即进入话题，直到稍事休息我们感觉到冰茶带来的凉意后，藤塚这才开口说道："早就知道你们的来意，我去把画取来，请稍候。"

当了一辈子银行职员的藤塚礼貌而周到。藤塚离开后，我们默默地坐在客厅里静候。客厅里的插花极为雅致，应该是女主人的手艺。日本的室内装修一般不用人工木材，惯于使用原木，藤塚屋内弯曲的栋梁看上去像是松木材料。

我独自在想，秋史金正喜的遗作放在何处，也许有一个专放藏品的库房吧。藤塚肯定只会从中挑选那幅秋史金正喜赠予林尚沃的作品，而不会带来别的藏品。

在等待期间我不停地反复欣赏着墙上悬挂的《兰草图》，真是"百闻不如一见"，透过此画秋史金正喜对兰花的喜爱和别具慧眼跃然纸上。

正在我仔细玩味《兰草图》时，藤塚拿着一卷用宣纸制作的画轴出现在我们眼前。他戴着白手套，一副小心翼翼的样子，生怕弄脏了珍藏的画作。

"对不起，让你们久等了。"

藤塚边说边将画轴放在沙发前的桌子上，我屏气凝神，突然觉得有些紧张。

马上就要亲眼看到从未公开过的秋史遗作，我既感到惊喜又有点紧张。

藤塚用戴着白手套的双手解开系在画卷上的绳索。然后从右至左慢慢地展开画卷，首先映入眼帘的"商业之道"四个字让我兴奋不已。

真谛就在于此，因为是赠送给巨贾林尚沃的画作，所以便以此为题。

藤塚继续向左铺开画轴，依次出现了"稼圃是赏"和"老果"的字样。

"老果"是秋史金正喜一百多个名号中的一个，在其晚年居住于果川奉恩寺时曾用此名。《岁寒图》是其59岁谪居济州岛时所作，按此推算金正喜为林尚沃作《商业之道》的时间应是哲宗5年（1854年），即其70岁的时候。

金正喜一生经历坎坷，在济州岛度过了9年流放生涯，晚年又被放逐到咸镜道北青郡，70岁时才迁徙到果川奉恩寺度过余生。

金正喜年轻时开始涉猎佛经，临终前数年寄居奉恩寺修炼禅道。

此时的金正喜已过古稀之年，辍笔后基本未留传世之作，如今尚存于世的仅有其在供奉主佛释迦牟尼的寺庙上题写的"大雄殿"和其去世前三天留下的名为"坂殿"的匾额。

这一时期金正喜使用"老果"和"天竺古先生"的名号。写有"老果"、为林尚沃所画的《商业之道》无疑是金正喜的最晚期作品。

"老果"上方金正喜的落款清晰可辨，毫无疑问，是阮堂的作品。

藤塚继续展开花轴，眼前出现的却是一幅风景画。

我感到一阵愕然，险些说出口来。金正喜生前几乎不作风景画，从金正喜喜爱典雅古朴的绘画风格和其信奉的哲学信条看，以自然风景为题材的风景画不符合金正喜的价值取向。

然而，眼前分明是一幅风景画，真让人惊讶。

画面上有远山、流水和田园，还有一位驼背的老人在田里劳作。

整幅作品笔法简洁练达，惜墨如金。几条曲线，寥寥数笔勾勒出一幅栩栩如生的田园风光，乍看不像风景画，倒似一帧抽象派画作。

然而仔细品味，能够发现这一绘画风格与金正喜在济州岛时所作的《岁寒图》有某些神似之处。

金正喜生前曾讲："积长年用笔之经验，大体有十二种笔法，

《岁寒图》

即隐笔、迟笔、疾笔、逆笔、涩笔、转笔、过笔……此起承转合的用笔真谛在于深藏不露、一张一弛、快慢自如。"

在其所说的十二种笔法中,金正喜晚年孜孜追求的是涩笔。涩笔指创作时强调以最少的用墨绘出最佳的效果,在画面留出最大的空白,笔法相当简练,不描外线。所以,不能用软笔,而要选择使用秃笔。《岁寒图》中的四棵松树和屋子的粗糙特征便是使用秃笔绘就,体现了在暴风雪中仍保持高洁不动摇的顽强精神。

然而,《商业之道》中对河水、山岚、田园与老人的描绘比《岁寒图》更进了一步,金正喜似乎不是用秃笔,而是用木块蘸着最少的墨汁一气呵成。

金正喜生前曾这样说:"字以墨为本,墨为字之血肉;发力在笔尖,笔尖乃字之筋骨。"

这些真知灼见和运笔理论在《商业之道》的创作中却未得到丝毫体现。构成"血肉"的墨因涩笔的使用而成点缀,山、河、人仅凭线条加以勾勒。

如其所言,"筋骨"的形成全在于笔尖,但即使是"筋骨",金正喜也是通过秃笔以点的形式加以表现。

在此幅画中,全然看不到金正喜作品所特有的神态与画技,只能见到其用最少的点与线勾勒出的"风骨"。

我端详着字画,心里不禁打了个寒战。在此处我已感悟到秋史金正喜的淡泊之心,年轻时的激情、热血和情思,指点江山时的书生意气,艺术气魄与灵魂在此幅作品中荡然无存,取而代之的是一位70岁老人的豁朗达观的精神。

藤塚继续向下打开画轴,全部画面呈现在眼前。

画的下端有金正喜为林尚沃写的题跋,在主人容许的30分钟内要研读跋文,对缺乏专业水准的我来说有些困难,但看得出上面有一句话取自《史记》,即:"渊深而鱼生之,山深而兽往之,人富而仁义附焉。"

此句出自《史记》第129卷中的"货殖列传",金正喜通过引用司马迁之语来阐明"商业之道"。

短短百余字的跋文后署有"老果老人书"落款,题字上面加盖的红色印章色泽如新。

天气依然很热,虽然大家汗流浃背,但没有人顾得上扇扇子,室内一片寂静。人人都被桌上摆放的秋史金正喜的作品所吸引。

虽然没有直接见到秋史的代表作《岁寒图》,但直觉告诉我,《商业之道》的艺术价值和绘画风格决不亚于《岁寒图》,此画堪称秋史存世之作中的极品。

预定的30分钟一到,藤塚毫不含糊地说了声"就看到这儿吧",然后准时地卷起画轴。既然已满足了我们一睹秋史作品的愿望,我们也不便再多说什么,只简单寒暄了几句,便起身告辞,离开了藤塚的家门。

藤塚和夫人一直将我们送到大门。日本人的礼节是,只要客人没有消失在视野中,在彼此还能看得见的距离,若与客人对视,就要继续与客人寒暄。因此,我们不住地回头竞相弯腰与主人说着客气话。

直到拐入另一条胡同,藤塚夫妇彻底离开了我们的视野,我们才如释重负般地从这种烦琐的礼节当中解脱出来。从走出住宅区到重新爬上青山墓地的高坡,我们谁也没有言语,只顾各自埋头冥思。

我突然想到诗人王维。

中国唐朝著名诗人和画家王维与秋史金正喜有许多相似之处。

王维九岁开始赋诗,在诗歌与乐曲方面展示出天赋,但一生历尽坎坷,曾一度沦为叛军的俘虏。宋朝苏东坡称赞王维的作品为"诗中有画,画中有诗",秋史金正喜作品与之颇为相似。

尤其是王维作为虔诚的佛教徒,不少诗篇中渗透着浓郁的佛教思想。从佛教层面上看,这一点与晚年寄居于奉恩寺修炼禅道,一生做过许多禅诗的金正喜极为相似。

据传,王维在晚年流连于辋川,也是使用秃笔和涩笔方法创作了《辋川图》。但遗憾的是王维的画没有一幅流传下来,仅仅是传说而已。

《岁寒图》

　　王维晚年超脱尘世悠然自得于辋川。沉醉于大自然的王维在辋川留下了"行到水穷处，坐看云起时"等著名诗句。

　　想必金正喜晚年停坐于奉恩寺之际一定也见到过风起云涌的景象。

　　走到坡顶，墓碑的海洋再次浮现在眼前。

　　坟墓旁郁郁葱葱的树丛投下阴森的翳蔽。出于对死者的悼念，精心修建的墓碑虽然肃穆、气派，但墓碑依旧是墓碑，就像死人脸上浓妆艳抹后呈现出的虚假面容，诡异而无生气。

　　我在山坡上走着，一边用手帕擦着汗水一边猜想。

　　这幅作品是如何成为藤塚的收藏品的？如果说李商迪的传家宝《岁寒图》辗转到藤塚的手中是一个谜，那么无疑林尚沃的传家宝的《商业之道》最后落到藤塚的手中则是另一个未解之谜。

　　"找个地方喝点儿冷饮乘乘凉如何？"来到地铁站旁，走在前面的朴东宇停下脚步询问我们。地铁站位于一个小商业街的中心，我们一头钻进一家门前插有一面写着"冰"字招牌的冷饮店。店内开着空调，我们迫不及待地喝起了盛有红豆的冷饮。

　　"怎么样？"等稍微凉快了一点儿，朴东宇朝我问道，"您看画的感受如何？"

　　"这个……"我回答道，"我不是专家，看法不见得准确，但直觉告诉我，这是一幅价值不菲的秋史遗作。"

　　"嗯，可能是。"朴东宇似乎同意我的看法，点着头说道。

　　"但K-2是如何得知这幅作品的下落的呢？"朴东宇喃喃自语，一副迷惑的样子，"他是如何推断藤塚家藏着秋史赠予林尚沃的作品的？他吩咐我如果确认这幅作品在藤塚家，要不惜任何代价将其收购。已故的会长先生简直是料事如神，真想不明白。"

　　"就是。"一直沉默地吃着冷饮的韩基哲附和道。

　　"还有，画的题目叫《商业之道》，即'从商之路'的意思。在看到这一题目的瞬间我就在琢磨，与其说是会长想要寻找金正喜送给林尚沃的画，不如说是为了得到为贸易大王林尚沃题写的'商业之道'。"

"你是怎么想的?"吃着红豆冷饮的朴东宇突然抬头问韩基哲。

"你说什么?"

"主任难道认为藤塚会爽快地交出《商业之道》吗?我个人认为,虽然K-2已经去世,但他的命令依然有效。正因为他已经去世,所以他的命令对我们来讲具有遗训般的意义。我在观赏这幅画时仿佛领悟到会长为什么对此画念念不忘、执着追求的原因。会长说'无论价格多少都要不惜重金购买',这句话言犹在耳。你们的看法如何?"

朴东宇说完看着我俩。

"藤塚会爽快地将画交给我们吗?"

"根本不会。"韩基哲啃着冰块摇头答道。

"绝对不可能。"韩基哲再次强调,态度非常肯定。

"朴支社长不是跟我们说过,藤塚将收藏的《岁寒图》交给书法家孙在馨后又感到后悔莫及,因此临终前专门交代子孙今后无论如何都万万不可将秋史遗作私下拍卖或转送他人,除非是赠给博物馆。而且其后代此后一直恪守这一遗训。藤塚家怎么会将《商业之道》转让给我们呢,况且你们也看见了刚才的情形。"韩基哲一边说话一边嚼着冰块发出咔嚓咔嚓的声音,"藤塚家约好看30分钟,一分钟也不给多瞧。而且在此期间一直紧张地注视着我们的一举一动,生怕我们是前来拍照的新闻记者,或者是秋史研究专家,那副警惕的眼光朴支社长不是也看见了吗?"

韩基哲说的是实话。

虽然藤塚礼貌有加,但的确一直对我们抱着警惕的心态。

"当然。"朴东宇接过话头,"主任说得有理,但据说光复后孙在馨找到藤塚为求画而泪流满面,100天内连续登门拜访,终于感动了藤塚。民间关于孙在馨花巨资从穷困潦倒的藤塚处收购了《岁寒图》的传闻并不属实。当然藤塚也不会白白地送给孙在馨,但那种通过讨价还价用天文数字般的价钱购得此画的说法肯定不是事实。如果说K-2的命令依然有效,我会学孙在馨花上100天甚至1000天时间登门拜访并想尽一切办法搞到《商业之道》,使其能在今秋开馆的'如水纪念馆'内陈列。所以,事先想征求郑先生的意见。"

朴东宇看着我一脸严肃地说道:"郑先生,您认为刚才看到的《商业之道》值不值得这样做,孙在馨花100天时间登门索取《岁寒图》,《商业之道》的价值是否会超过《岁寒图》呢?"

他要求我拿出意见。

我面露难色,朴东宇正是出于这一原因才让我到东京来的。

在故去的金起燮会长心目中,林尚沃到底占据多大的位置?金起燮果然一生景仰林尚沃吗?林尚沃与金正喜之间到底是什么关系?只有搞清楚这些问题才能下最后结论,所以才需要我来东京。

我没有立即回答,只是一个劲地抽烟。在抽完这支烟前,我要认真地考虑这些问题。沉思良久后,我终于开口说道:"我说过我不是专家,说的不一定准确,也没有资格对《商业之道》这幅画有无艺术价值给予客观评价。但有一点非常清楚,对于已故的金起燮会长,这幅画无疑是必须收藏的物品之一。其实他生前只要是与林尚沃相关的物件,就一律加以收藏,比如林尚沃的著作和传说中已破碎的戒盈杯。当然从这个杯子的文物价值看,只不过是一件不足万元的古玩,然而它对于会长而言却是千金不换的珍品。因此,我认为,若有可能,应尽量按金会长生前的指令购买此幅作品。如能在今秋开馆的'如水纪念馆'如期展出,对纪念已故的金会长无疑具有特殊的意义。"

我措辞非常谨慎,但坚信自己的结论是正确的。

对于别人也许是一件平常的古董,但对于金起燮会长,这破碎的戒盈杯却具有千金难换的价值。同理,金会长一定会像珍视生命一样珍爱秋史金正喜为林尚沃所作的《商业之道》。

"是的,是这样的。"朴东宇表示同意,并询问韩基哲,"如水纪念馆定在什么时候开馆?"

"11月3日,也就是会长先生的诞辰。"

"好。"朴东宇从座位上站起来小声自语道,"好,胜负在此一举,这个计划的最后期限就定在11月3日,为了使《商业之道》能如期在纪念馆展出,我会全力以赴从藤塚手中拿到此画。现在走

商业之道

好吗?"

我们走出冷饮店沿着通往地铁的阶梯而下,谁也没有留意朴东宇的话。因为我们觉得朴东宇的话是无稽之谈。对于藤塚能否爽快地将画交给我们的问题,韩基哲刚才断然加以否定,认为绝对不可能。那么,要在纪念馆开馆之前从藤塚家中得到《商业之道》同样也不可能。

我们默默地走下阶梯,静候地铁的到来,然后又一声不吭地乘上地铁。

然而,事实证明,在东京逗留期间,在这炎热的盛夏,韩基哲做出的这一保守估计是错误的。

我们认为绝对不可能的事发生了,11月3日,秋史金正喜的那幅作品竟然如期挂在了如水纪念馆正面的墙上。艺术价值凌驾于《岁寒图》之上的秋史金正喜的最后遗作《商业之道》被发现后的首次亮相引起了巨大的轰动。

凝聚着秋史毕生心血的这一绝笔之作,经现代媒体的宣传与报道一夜之间名扬天下,成为名副其实的画中精品;画中为朝鲜时代贸易大王林尚沃题写的跋文对于生活在当今社会中的我辈更是当头一箭。

那么前往奉恩寺从安度晚年的金正喜处得到《商业之道》的赠画前,林尚沃是怎样打发余生的呢?

一个毁掉精心建造的新居、送走自己心爱的女人、然后归耕南田(稼圃)的林尚沃,一个回归大自然和埋头作诗的林尚沃。他是怎样度过余生的呢?

第二十二章　寂中日记

1

又过了12年的光阴，到了癸丑年。

宪宗在位15年后驾崩，哲宗即位。这件事发生在哲宗登基后的第四年，也就是1853年的春天。

无聊漫长的冬季终于结束，久违的春天再次来临，和煦的阳光暖融融地照着大地，万物开始复苏。

林尚沃枕着木枕在堂屋的地板上睡了一会儿午觉，这真是一个悠闲自得的春日！

背阴的地方，冬天的积雪尚未融化。然而在丽日的普照下，大地一片生机盎然，院子里光秃秃的树木开始重新吐出嫩芽。

林尚沃枕着木枕躺在地板上，睁开双眼怔怔地望着燕子在院里的菜地上叽叽喳喳地叫着，这才明白是燕子嘈杂的叫声将自己闹醒。

自燕子去年飞走以后，燕儿窝就一直空着。现在又有一只母燕子飞回来了。

从这时起，母燕子就一直在那个窝里孵蛋。一天夜里，林尚沃登着梯子爬上去，用松明灯照着母燕子的眼睛让它暂时看不见东西，发现燕儿窝里有五六个大小不一的蛋。林尚沃忍不住把手伸进去摸那些蛋，蛋上还留有母燕子的体温。

从此，林尚沃就时时刻刻地盼着小燕子从蛋里孵化出来。

偶尔,母燕子会喳喳地叫着。每当此时,附近的林子里总会有一只"将为燕父"的雄燕口叼着美味佳肴飞来慰问正受孵蛋之苦的爱妻。

然而,昨天,已孵了15天蛋的母燕子突然离开了燕儿窝,小燕子已经孵出来了,那些嫩黄的小嘴儿像是合唱似地叽叽喳喳叫个不停。

小燕子终于出壳了!

林尚沃高兴得手舞足蹈,同时开始一只一只地数着。

一只,两只,三只,四只,五只,六只!

不知不觉间,他亲自用手数过的六只蛋已经全部孵出了小燕子!

孵了15天蛋的母燕子有力地拍打着翅膀,勤快地觅回食物,然后塞进小燕子的嘴里。每当母燕子衔着食物飞回来,就会引来一阵骚动不安,还没睁开眼睛的小燕子为了能吃到妈妈喂的食物,更加起劲地叫着,个个嗷嗷待哺的样子。

原来是那窝小燕子的争食声将林尚沃从午睡中惊醒了。他枕着木枕静静地躺着,怔怔地看着屋檐下发生的这一幕,发现了生命延续的奥秘。

在风雪肆虐的严冬,感觉不到一点春天来临的气息,然而时节一到,春天总会按时降临。一旦春天翩跹而至,看上去似乎已经死去的树枝便开始抽出生命的新芽,准时地在春天里长叶开花。

去年秋天飞到南方去而现在又飞回来的燕子并没有进行任何的约定,但只要时令一到,它们总会准时地飞回来孵蛋,培育小燕子。第二年,过去的小燕子又飞回来生蛋孵化,抚育下一代,成为新妈妈。生命就是这样周而复始,无限轮回。

林尚沃还是像原来那样躺着,一边看着那些小燕子一边想。

人生一去不复还。燕子虽然回来了,却已不是昨天的燕子了。冬去春来,然而今天的春天却已不是去年的春天了。唉,青春已逝,一去不回。

林尚沃在这年已经75岁了。高僧赵州是在120岁的时候圆寂

的,他在圆寂前曾作了一首自嘲诗:

> 黎明鸡叫扶床起,
> 浑身寒酸心不忍;
> 袍子褊衫皆不备,
> 一袭袈沙罩全身。
> 衣带渐宽钵鲜用,
> 头顶风屑三四根;
> 普度众生平生愿,
> 不溜蹒跚谁知心?

120岁的赵州把自己比喻成"不溜"。所谓"不溜"是中国比喻"行动不便的老人"的一句俗语。林尚沃虽然不过75岁,却切身感受到自己已是疾病缠身、行动不便的老人。

怎么办呢?

林尚沃一边看着那些叽叽喳喳叫着的小燕子一边想。

新春到了,燕子重新又飞回来了。燕子按时回来了,带来了春回大地的消息,真令人高兴! 可到底该怎么办呢? 对去年秋天的回忆挥之不去,去年秋天所作的那些约定该如何处置呢?

想到这里,林尚沃一骨碌坐了起来。

因为突然来了灵感,不觉诗兴大发。他开始在枕边的砚台上研墨,一边研墨一边琢磨着浮现在脑海的诗句。

不一会儿工夫,墨已研好,胸有成竹的林尚沃挥毫蘸墨,一气呵成:

"新春帘幕争来燕,
拘约江湖恐负鸥。"

这是一首只有两行的短诗。此时的林尚沃已完全成为一名诗人,常常把笔墨纸砚放在枕边,只要诗兴一来,便挥毫写下。

春回大地,燕子又飞回到屋檐下,这固然令人高兴,但也由此产生了恐忘江湖之约的忧思。怀着这一心情的林尚沃虽然伤怀逝去的青春,感慨病老交加的身体,但更担心的是将以往那些美好的回忆一并忘却。

这一时期,林尚沃将自己所吟的唱和诗单独挑选出来编辑成自咏诗集,诗集的名称便叫《寂中日记》。《寂中日记》,顾名思义是指对那些冷清寂寞岁月的记载,通过书名我们便可以感悟到林尚沃的晚年生活是多么的孤独。

《寂中日记》中"三桥诗朋"的第一首《燕子曲》,描述的正是那个春日的下午。对林尚沃来说,那是一件出人意料的事情。石崇大师曾预言过林尚沃的最终命运,而那件意外的事情似乎正是对其最终命运的昭示。

春日的太阳暖暖地照着院子,小鸡在院子里欢快地点头啄食。母鸡领着一群刚出窝的小鸡在院子里四处觅食的情景,好一幅宁静祥和的画面。

那些毛茸茸的鸡雏跟着鸡妈妈跑来跑去,喝一口水,然后仰头望望蓝天,再低头啄着地上的食物。

正是在这个时候,事情发生了!

突然,宁静祥和的院子上空飘来一个黑影,像箭一样从高空"倏"地俯冲到地面,又迅速从院子里消失了。事情来得太快太突然,以至于林尚沃还没弄清到底发生了什么。但是,有一点是非常肯定的,那就是黑影消失之后,不见了一直在精心照料着小鸡的母鸡。刹那间,鸡妈妈就消失了!

到底发生了什么事情?感到困惑的不仅仅是林尚沃,还有那些小鸡。刹那间母鸡就消失了,还没缓过神的小鸡左右张望着,寻找着自己的妈妈。

林尚沃从地板上站起来,跑到院子中间,光着脚站在院子中间仰望天空。

湛蓝的天空上,一只鸢在悠悠地盘旋。直到此时,林尚沃才明白,像箭一样从高空冲向院子而后又消失的影子原来是一只鸢。

鸢是一种食肉鸟,在高空中盘旋飞翔,捕捉地上的野鼠、青蛙、鱼,自然也包括地上的小鸡与母鸡。

林尚沃目睹了发生在眼前的弱肉强食的杀戮场面。

然而,事情还没有就此了结。正当失去妈妈的小鸡左右张望时，另一只鸢又直冲下来，用利爪抓住一只小鸡飞走了。

那天晚上，林尚沃久久难以入眠。

在院子里领着小鸡觅食的母鸡全然不知即将来临的厄运，小鸡也完全没有预感到即将失去妈妈的变故。

这种事情难道仅仅发生在鸡与鸢之间吗？

人类也一样无法预知未来，就像春日下午悠闲、欢快的鸡一样，全然察觉不到不久之后就要降临的死亡。

林尚沃突然想起《庄子》里的词句。

庄子用各种各样有趣的寓言，撰写了许多渗透人生哲理的文章，而其中名为《山木》的寓言更是流传千古。

一天，在凋零的栗树下的篱笆旁散步时，庄周看见一只并不常见的鸟儿向南飞去。看上去鸟翅的宽度有7尺，眼睛的直径却只有1寸。它掠过庄子的额头，停在一棵树上。

庄周自言自语道："世上竟然还有这种鸟？翅膀虽长，却不知道如何飞翔；眼睛虽大，却什么也看不见。"

庄周脚底生风，快步走过去，手拎弓箭向鸟瞄准。但仔细一看，发现在那凉爽的树荫里，有只知了在不停地鸣叫，另有一只螳螂正藏在叶子下面，准备捕捉这只知了。螳螂全神贯注地准备捕捉知了，却忘了自身的安危，不知道刚才那只怪鸟却在虎视眈眈地注视着那只螳螂。而这只鸟为了眼前的利益，同样没有察觉到庄周正拎着弓箭准备射它。

目睹这一场景，庄周打了一个寒噤，自言自语道："啊，原来物种相害的根源，是因为利害将它们都牵扯在一起了。"

想到这里，庄周扔掉弓箭，掉过头，顺着栗树林里的林荫小路往外走。

正在此时，护林人以为庄周是来偷栗子的，就追了过来，并开始破口大骂。庄周因为捉鸟走神，连护林人进了栗树林都全然不知。

庄周回到家里，三天闭门不出，一副愁眉不展的神色。

弟子蔺且见到师父这一表情，便问道："师父最近心情好像不好?"

庄周回答说:"因为身外之物而分心,我一时走神迷失了自我,就像是迷恋流水而忘却了清水本身。我曾从先师那里听到过'入乡随俗'的俗语,从一开始我进入栗树林子起就已铸成大错。这次我在林间散步,因为迷失自己而进入本不该进的地方,又因迷失自己而遭到护林人的辱骂。我心情不畅的原因就在于此。"

林尚沃熬了一夜,仔细地琢磨着《庄子》里的这个寓言。

正像寓言里所描述的那样,知了在凉爽的树荫里忘我地鸣叫,但是螳螂却想捕食那只知了;又螳螂因专注捕食知了,对鸟儿正在盯着自己全无防备;鸟儿聚精会神地捕食螳螂,全然没有觉察庄周正拎着弓箭准备射杀自己。不仅如此,庄周因为捉鸟误入歧途,对马上要被别人辱骂一事同样浑然不觉。

像鸡在院子里觅食察觉不到高空中正注视着自己的鸢一样,也许目睹鸡雏的我也没有察觉到死亡正在注视着自己。

正像庄周感慨的那样:"我因为身外之物而分心,以至于完全迷失了自我。"

如遭雷击一般,失去的记忆突然被唤醒,像霹雳一样冲击震撼着林尚沃。宛如高空盘旋的鸢刹那间冲向地面用利爪攫取小鸡一样,林尚沃的脑海里响起了一声惊天动地的断喝:

"哎,你这家伙,到现在还不明白我话中的意思吗?"

震天巨响给林尚沃当头棒喝,那是超越了数十年时空的石崇大师的棒喝。

"你这个家伙,"石崇大师的当头棒喝在他的脑海里回响着,"到现在还没明白我话里的意思吗?"

哎呀,想起来了!原本躺着的林尚沃猛地惊坐起来,像是山涧瀑布劈头盖脸地冲下,顿觉神志清爽。许久以前石崇大师说过的话语再次浮现在林尚沃的脑海。

大约已经过了50年的岁月吧,那时候的林尚沃刚过25岁。半个世纪里已经五易江山了。

那个时候,林尚沃还是一个和尚。

林尚沃把戒盈杯放在网兜里想站起来，石崇大师这样对林尚沃说：

"最后我要告诫你，如果你在生意场上出现完全出乎预料又非你所愿的亏损，哪怕这种亏损只是一分半文，那么你必须明白，你的商运已经到头，必须散尽所有，激流勇退。明智的人，看到从屋顶落下的一滴水就能立时预知房屋不久即将倒塌。这个道理你懂吗？"

这就是石崇大师最后的话了。

直到现在，林尚沃才用心去思考石崇大师所预言的第三个危机。如何才能克服那些危机呢？石崇大师所赠的话里到底有什么含义呢？他曾仔细地想过这个问题，但至今仍迷惑不解。

但是，石崇大师的话不是应验了吗？

那只鸡分明为林尚沃所拥有，但是那只鸡却不以林尚沃的想法和意志为转移，被从天上飞来的鸢给捉走了。这与林尚沃的意志毫不相干，但林尚沃已受到了损失。

尽管林尚沃只损失了微不足道的一只鸡，但石崇大师分明说过："如果你在生意场上出现完全出乎预料又非你所愿的亏损，哪怕这种亏损只是一分半文，那么你必须明白，你的商运已经到了头儿。"

而且石崇大师还说："明智的人，看到从屋顶落下的一滴水，就能立时预知房屋不久即将倒塌。"

无论房子盖得有多好，总有一天会倒塌的。无论是盖得多么结实的房子，最终都会从一滴水开始坍塌，这是自然的法则。同理，天下的权利总有一天会消失，天下第一巨富也总有一天会灭亡。就像天下的九重宫阙从一滴水珠的滴落中开始倒塌一样，天下财富最终的散尽也是从微不足道的损失开始的。

最后，林尚沃"啪"地拍了一下自己的膝盖，自言自语道："现在终于明白了！一只鸡就是从屋檐上滴下来的一滴水。水珠逐渐地滴呀滴呀，总有一天屋顶漏了，房子最终就倒塌。"

林尚沃终于明白了！

我现在终于到了石崇大师最后所预言的境地,即我所有的商运和命运都到了尽头。

2

第二天早晨。

林尚沃命令下人打开所有仓库的门,要求将仓库里所有的金块和银块都拿到院子里去晒一晒。

一位下人不明白主人的意图,吃惊地问道:"为什么要拿出来晒太阳?"

林尚沃答道:"晒晒太阳,不是可以防止虫蛀和生锈吗?"

那位下人还是不明白主人的意思。因为把金块和银块拿出来晒晒太阳就不会被虫蛀,也不会生锈,这简直是没有道理。

于是下人再次问道:"老爷,您是说蛀虫会吃金块和银块吗?"

每到春天或是秋天,就把书从书房里搬出来晒晒太阳,除去潮气之后就不会被虫子蛀了,这样的事是有的,但却从没听说因为怕金块和银块被虫子蛀而搬出来晒太阳的。

林尚沃说:"担心生了锈,或是被虫子蛀了,所以才这样做的。"

金块和银块怎么会生锈呢?铁块会生锈,可纯金和纯银怎么会生锈呢?

再说如果是书或是衣服,可能会发生受潮、被虫蛀或发霉长毛之类的事情,可金块和银块怎么会被虫子蛀呢?

因此,这位下人刨根问底地再次问道:"金块和银块怎么会生锈呢?"

听到下人再三追问,林尚沃有些不耐烦,提高嗓门说道:"你这家伙,铁块生锈,掸一掸锈就会脱落。可如果金块生锈,哪里还会有什么办法呢?你怎么会明白这个道理呢?只管按我说的话去做就是。"

林尚沃训斥完下人,下人们立即在院子里铺上草席,再在上面铺一层白纸,然后开始把所有的金块和银块都搬出来放在阳光下晒,数量之大,真是壮观。在阳光的照射下,金块和银块发出耀眼的光芒。然后,林尚沃把朴钟一叫来,让他拿来所有的文簿。

所谓文簿,就是做生意时使用的全部文书与账簿,不仅有收入和支出等会计记录,还包括有关赊账记录的账册。

朴钟一把文簿拿来后,林尚沃立即下令把文簿上记录的所有欠债人都叫来。城里的商人几乎没有不向林尚沃借债的。这些人受到林尚沃的召唤,都一口气地跑来,心里忐忑不安,担心林尚沃会让他们在短时间内还债付息。然而到林尚沃的店里一看,却完全不是那么回事儿。

林尚沃不仅没有逐个核对账目并强令还债,反而却勾销了他们欠下的所有债务。

林尚沃当着欠债人的面,将账簿上所记人名用笔一一勾去。本来,商业中发生的债务关系是一种可怕的契约,往往要父债子还。也就是说,如果父亲无还债能力,儿子要接着还。

林尚沃的父亲也曾留下一笔债务,林尚沃一度为了偿还父债而费尽心思。

还有什么理由留住那些曾经勾起自己痛苦回忆的债务呢?因此,林尚沃勾销了所有赊账,索性将账簿上的名单一一划掉。商人们被林尚沃的善行惊得目瞪口呆。不仅如此,更加令人吃惊的是,在他们回去的时候,林尚沃还把院子里晒的金块和银块给每人分一块带回家去。

赊账的商人不但被免除债务,还获得了意外的横财。

将商人们送走之后,林尚沃开始在院子里点起火,将账簿统统烧掉。

在一旁呆若木鸡的朴钟一看着东家林尚沃的举动,既不解又不满地问道:"将名单勾销也就罢了,为什么还要将文簿统统烧掉?"

听到此话,林尚沃笑着说:"钉子拔掉了,会留下窟窿。同样的道理,无论如何将名字划去,只要文簿存在,就会有痕迹,也就是说还留下了窟窿。将文簿付之一炬,就等于从心底里彻底抹除掉了痕迹。要想彻底从心底抹掉痕迹,当然只有回到一无所有的状态。只有烧掉了,才算是焚身供养。只有现在才能算是回到了一无所有的从前。"

那天晚上。

两个人准备了一桌酒菜,相对而坐。朴钟一怀着一肚子的怨气,因为林尚沃事前没有跟他商量,突发奇想做出这样的事情。林尚沃当然非常清楚这一点。

刚一开始两人都沉默不语。酒过数巡,尴尬的气氛有些缓解,两人逐渐打开了话匣。朴钟一是林尚沃一辈子的朋友,如果没有朴钟一的话,就没有林尚沃商业上的成功。或者说,若不是朴钟一,林尚沃可能至今还在俗世中挣扎,甚至一文不名。

"大人,我真是有点儿难受,和我一句话都不说就做出这样令人吃惊的事情。"

朴钟一心里郁闷自在情理之中。朴钟一不仅是林尚沃的朋友、共同创业之人,而且是林尚沃值得信赖的左膀右臂。特别是在过去的20年商业生涯中,当林尚沃醉酒作诗消磨时光的时候,是朴钟一独自支撑着林尚沃的生意。

"真对不起!"林尚沃伸出手握着朴钟一的手,轻轻地说。

朴钟一仍旧带着不满的口吻问道:"究竟是什么事情让您产生这么大的变化?"

林尚沃听了,拿起笔一口气在纸上写下四个字——"吾事毕矣"。

朴钟一很清楚林尚沃那几个字的含义。

从前,南宋被元朝灭亡之际,虽然绝大部人都缴械投降了,但仍有不少仁人志士和真正的勇士一直坚持抗战。文天祥就是抗战派中的代表人物,但最终他被元朝俘虏了。元世宗忽必烈爱惜文天祥的人格和才能,劝文天祥投降,但文天祥至死不屈,并作了一首《正气歌》以示心迹:

　　天地有正气,
　　杂然赋流形;

下则为河岳,
上则为日星;
于人曰浩然,
沛乎塞苍冥。

最后,忽必烈下令对文天祥施以车裂之刑。临死之前,文天祥从容面对监斩官留下了"吾事毕矣"这句话。

自此以后,选择从容地面对死神的很多人都将"吾事毕矣"作为最终遗言,并以此来总结一生。

"到底是什么原因呢?到底是因为什么事情而说'吾事毕矣'了呢?"

林尚沃回答说:"两天前的一个中午,我躺在堂屋地板上睡午觉。院子里,母鸡带着小鸡在啄食吃,一幅太平、欢快的景象。突然,一只鸢像箭一样从空中俯冲下来,用利爪将母鸡掠走了。事情发生得太突然了,只是刹那间的功夫。但还没等我回过神来,另外一只鸢再一次从空中冲下来,又掠走了一只小鸡。就在这一刻,我豁然明白了。"

林尚沃眯着眼睛缓缓地说道,但他没有接着往下讲。

"那您说说,到底明白了什么?"朴钟一问。

林尚沃指着自己刚才写的句子答道:"我是说,我明白了'吾事毕矣'。"

出人意表的告白。

朴钟一以一副不可思议的表情问道:"到底是什么意思,我不明白。只不过看到一只鸢把母鸡抓走了就想到'我的事情结束了'吗?"

林尚沃正色道:"朴公,从前孔子这样说过'富而可求也,虽执鞭之士,吾亦为之。如不可求,从吾所好。'就如孔子的教诲,富贵不是因为人们想要得到就能得到的,只有上苍想让你得到,你才会得到。幸运的是,我这个老头子尽管没有去做执鞭的马夫,但因为老天的怜悯,颇有了一些钱财。我能够成为富人,虽然与我的勤劳、节俭分不开,但要想成为天下第一富商,如果没有天佑神助,也是不可能的。朴公,我种粮食,过路的牛在垄沟里拉了一堆屎,却从来没有踩过庄稼。我种南瓜,一个蒂上结两个瓜,却从来没有掉过或烂过。同样,买来的东西多倒是多过一两件,却从来没有少过。也就是说,运气好。再就是养牲口,小崽子从来没有死过,孵小鸡放了十个蛋,最后小鸡孵出来一看,多了一两只,甚至是十四五只,原来是母鸡又产蛋了,就这样从来没有少过。可是那天下午,平生第一次目睹鸢把一只母鸡从自家院子叼走了。"

说完,林尚沃抬头直视朴钟一,接着说道:"朴公,那一刹那间,我预感到我的事情结束了,直觉到我作为一个商人的商运已到了尽头。"

朴钟一心急火燎地说:"我不知道大人到底在说什么。商运到头了,一切都结束了?其实不过是鸢叼走了一只鸡罢了。这种事情是司空见惯的,一天甚至会发生数十次,家常便饭而已。"

"当然是寻常的事情了。但是天塌地陷这样惊天动地的事情也是从这样寻常的小事开始的。现在一只鸡被鸢叼走了,尽管只是一件小事,但说不定我现在所住的房子会被大火一下子吞没,一刹那间变成废墟。这就是古语所说的'祸福无门'。如果说我所拥有的门一向是福气降临的,那么一只鸡被鸢叼走了就是大祸降临的征兆了。"

林尚沃将杯中的酒一饮而尽,再斟一杯,接着说:"从前我身在佛门的时候,听说过一个故事。一个人在荒野中遇到一头野象,他就逃啊逃,最后逃到了一口枯井,抓住一条树根悬在上面,而这时4条毒蛇在井壁,一条毒龙在下面张着血盆大口等着那个人。就在此时,突然冒出来一群黑的和白的老鼠啃咬那根藤条,藤条最终被咬断。在往下落的过程中,那个人看见绝壁上长出的野蜂蜜,就摘下来往嘴里塞,并感叹道'啊,真是好吃'!人生在世,就像那个抓住藤条在峭壁上苦苦挣扎的人一样。白天里白老鼠,黑夜里黑老鼠轮番出来啃咬那根藤子,时间用利牙无情地磨蚀着我们的生命之索,只有愚蠢的人才会在落入虎口死去的时候,一边吃蜂蜜,一边还感叹味道不错。"

林尚沃喝了一杯酒接着说:"佛祖早在一部名为《佛说释迦罗越六方礼经》的经书中就讲过失财六事。我作为一个商人,一生中一直努力把佛祖所说的六事铭记在心。"

"哪六事?"朴钟一问道。

林尚沃接着说:"佛祖所言的失财六事是这样的:第一,醉酒;第二,赌博;第三,放荡,溺于女色;第四,因为风流而做坏事;第五,结交坏朋友;第六,懒惰。"

林尚沃给朴钟一倒了一杯酒继续说:"这时候,弟子尸迦罗越就问:'为什么说这六事就是挥霍财富的恶事呢?'"

于是,佛祖给释迦罗越解释说:"喝酒会产生这样一些毛病:费钱、生病、吵架、恶名远扬、暴躁、智慧逐渐消失,所以不应该喝酒。再说赌博,它会生出这样一些毛病:财富日益减少,还会生出怨恨,不听明智的人的劝告,那么这些人就会远离他,日子久了他就会想偷盗,所以,不应去赌博。而放荡则会生成下面的毛病:不注意保护自己的身体,不知道自尊,一味追求快活,百病缠身,就会产生虚妄的念头,所以不应当放荡。结交坏朋友则会算计着骗别人,喜欢在僻静的地方勾引别人的女人,觊觎别人的财物,喜欢别人的坏毛病,所以不应与坏人为伍。佛祖所说的最后一件失财的事情就是懒惰。对于懒惰,佛祖是这样说的:富人说富,穷人说穷,所以不愿做事;冷了就光会说冷,热了就光会说热,讨厌做事;时间到了,就说时间已经到了,时间晚了,就说反正已经晚了,所以不愿做事。因此,不应当懒惰。"

林尚沃喝了杯酒接着说:"作为商人,我一辈子将这些铭记于心,并以此自律。喝酒,努力控制;赌博,从来不沾手;不放荡;不结交坏朋友;努力勤劳做事。特别是,我谨记佛祖这样一句话:'择其善者从之,恶者远离之,我与善知识相随,自致成佛。'对我来说,佛祖所说的那个给我带来利益,劝我不做坏事,一生与我共谋事业的人就是你朴公!"

林尚沃望着怔怔的朴钟一说。朴钟一虽然比林尚沃年轻,但也是已过古稀之年的老人了。林尚沃接着说:"但是,朴公,佛祖所说的那六条戒律是奈何不了天道的。即使不赌博，不做坏事，不结交坏友，不放荡，终生勤劳做事，又怎能违背天的意志呢？我平生所积财富也不过是被恶相追赶后从绝壁落下之人吃蜂蜜罢了，现在是我被毒龙吃掉的时候了。'吾事毕矣'就是这个意思。"

林尚沃酒气上涌，呵呵笑道："尽管不过是失去了一只鸡，但我在看到那个情景的一刹那间，就突然醒悟了，不仅是我的商运，并且连我自己的命运也是'吾事毕矣'。现在就是佛祖也不能阻止这件事情了。"

"好！"朴钟一口头说好，但还是不能理解林尚沃的所作所为，"就算大人的话百般正确，可我仍有不明之处。"

"还有什么不理解呢？"林尚沃醉眼蒙眬地问朴钟一。

"既然您问起，我一不妨依实相告。把文簿上所记那些商人的欠债都无条件地一笔勾销，你是怎么想的？你在他们困难的时候帮助过他们，欠债的那些商人应当还债付息，难道不是吗？父债子还！可你不仅无条件地一笔勾销所欠债务，还将所有记录统统删去。不仅如此，你还在他们走了之后，将文簿也烧掉了。这还不算完，你还在他们回去的时候，分给每人一份金银。那些商人不但免了债，还意外地获得一笔横财。对于这些，我是无论如何也不能理解的。怎么把他们的债全免了？他们是欠债人呐，怎么倒像是你自己欠了债似的？"

朴钟一所说的话句句都是正确的。作为一个开城商人，朴钟一的话正是作为一名商人所应当忠实地遵行的准则。

可以把债都一笔勾销，但不管怎么说也没有理由发放金银，朴钟一一语中的地指出了这种矫枉过正的行为。

听到这里，林尚沃没有说话，提笔蘸墨，在白纸上开始一挥而就地写起字来。

当林尚沃一口气把字写完后，抬起头看着朴钟一，然后接着说："昨天晚上我熬了一夜，终于弄明白一件事情。到了70岁，明白了所谓'商'到底是什么。"

朴钟一看着林尚沃在纸上写的字，上面写着"财上平如水，人中直似衡"。

林尚沃把空酒杯子倒上酒,边喝边说:"年轻的时候,我许多愿望中的一个就是成为天下第一富人,天下第一商人。到现在,我已圆了年轻时的梦想,真正成为八道江山的甲富。但是,尽管成了第一富人,我却总是觉得自己是一个连'商'是什么都不明白的经商新手,这种想法至今也无法消除。然而那天午间,当我看到鸢用利爪把一只鸡抓走的那一刹那间,我突然明白了经商之道。"

悟道颂。

佛教里最终得道大悟的瞬间所感受到的东西,用偈颂来歌唱,这就是《悟道颂》,或者叫《证道歌》。从这种意义上讲,林尚沃在看鸢把鸡捉走的瞬间就醒悟了自己的命运,那一瞬间就是大彻大悟,也就是得道。用来歌颂自己在那一瞬间所醒悟的境界而写的两行字就是林尚沃的《悟道颂》。

林尚沃的《悟道颂》包含着这样的意思:"财物像水一样平等,人像秤一样正直。"

朴钟一虽然明白了那两行字的意思,却不敢张口把它说出来,因为林尚沃的脸上现出一副不可触犯的神色。

"从前,清虚休静大师21岁的时候经过一个村子,听到晨鸡报晓的声音,突然觉悟,作了一首歌,叫作'俗言人老心不老,鸡鸣声声事已休'。清虚大师听晨鸡报晓的声音,明白了男儿事已休,而我看到鸢将一只鸡叼走,则明白了'吾事毕矣'。"

林尚沃哈哈大笑着说:"老子曾这样说过:'上善若水。水善利万物而不争,处众人之所恶,故几于道。'我现在明白了,财物跟水是一样的。水只是随着地势的高低而流淌,流水不腐,如果想拥有它而把它固定,水就失去了生命力,就成了死水一潭。所以,水只是那样地流着,而不能拥有,财物也是这样的。财物原本没有属于你、属于我之别,就如水没有归属一样。我所拥有的财物只不过是暂时停留在这里,但人却总想把原本没有归属的财物据为己有。如果想把流水用手握住,也只能暂时将水握在手中,水终究会从手中流失,复成空拳。人也一样,人生来并无贵贱、贫富、美丑和高低之分。一个人无论如何高贵，也只不过是在短暂的人世间借助于高贵的名誉，穿着绸缎衣服罢了，脱去了绸缎衣服，即与平凡的人没什么两样。所以，人，无论是谁都应像秤一样正直。无论对多么高贵的人，秤都会不多不少地正确地称出他的重量。"

林尚沃抬头看着朴钟一接着说："朴公问我为什么一笔勾销了那些商人的债，答案正在于此。所谓'债'不过是水罢了。给口渴之人以水喝，能说还债和欠债吗？免除债务、送金块给那些商人，道理也在于此。我想拥有金块，它们就会生锈，就会遭虫蛀，如果没有这些，作为一个商人，也不能说我没有取得成功。我只不过是将本不属于我的东西重新交还给他们，怎么能说他们得到的是意外的横财呢？"

那一瞬间，朴钟一明白了林尚沃内心世界的巨变。虽然不知道如何用语言来表达，但朴钟一可以想象出林尚沃已经大彻大悟。

20年前不就是那样吗？在某一天，突然拆掉了新居，新建了一个小亭子，就在那个陋室住了下来，作作诗，过着隐居的生活。

这一次，朴钟一以开城商人所具有敏锐的洞察力感觉到他更大的精神世界的变化。就像主人林尚沃内心深处的天翻地覆之巨变一样，朴钟一也经历了一次大的转变。在这个时候，抛弃便是最明智的抉择。

抛弃。

这是朴钟一最终的结论。他尽可能按自己的意志去割舍。

3

第二天早晨，朴钟一起程远行。

这是东家林尚沃突然的命令。

到遥远的汉阳去办事儿，一件与生意毫不相干的事。东家让他去果川的奉恩寺。果川离汉阳不远，仅有一步之遥。

奉恩寺是位于修道山的一座寺庙。燕山君4年，贞显王后为了成宗的宣陵而将陵东的见性寺进行了大规模扩建，并改称奉恩寺。

从此,这座寺庙成了禅宗的首寺。

后来,这座寺庙在壬辰倭乱和丙子胡乱中被战火毁掉,但到正祖年间,它又被重新修建,成为当时最有名的寺刹。

特别是高僧普雨任住持以后,该寺成了中兴佛教的中心。朴钟一受林尚沃之命前往这座寺庙,是因为秋史金正喜在此居住。当时,金正喜结束了坎坷的历程,寓居于此。

林尚沃让朴钟一做的事情很简单,让他去见在奉恩寺居住的秋史金正喜,向他问好,然后悄悄地送一幅字给他。林尚沃送给金正喜的字就是那天晚上林尚沃写给朴钟一看的那两行字:"财上平如水,人中直似衡。"

对朴钟一来说,千里迢迢跑到汉阳,只是为了送两行字,这确实让他丈二和尚摸不着头脑。

朴钟一离开义州,花了15天到了果川的奉恩寺。

朴钟一一到奉恩寺,就去拜见金正喜。

朴钟一跪在台阶下行完大礼之后,抬头对金正喜说:"义州林尚沃大人向您问安。"

"噢,是吗?"金正喜非常高兴地问,"林大人一向可好?"

林尚沃从心里仰慕金正喜,金正喜对林尚沃也是礼敬有加:"林大人最近好吗?"

朴钟一让下人向金正喜献上带来的珍贵的野参。因为与金正喜相交已久,每次见面的时候,林尚沃总是献上最上等的野参。

"每次都送这样贵重的礼物,"金正喜一边收下林尚沃送来的野参,一边说,"请代我转达由衷的谢意。"

"还有别的东西要呈给大人,"朴钟一小心翼翼地从怀里掏出保管得非常好的纸,"林大人吩咐,这次来拜访您,一定把这个东西给您过目。"

"拿过来给我看看。"

朴钟一用双手把纸呈给金正喜。金正喜默默地展开来看,并开始读纸上面所写的字。

金正喜读完后说:"请将写字前后的事情说给我听听。"

商业之道

"一天，母鸡正带着小鸡在院子里啄食吃，突然一只鸢飞下来用利爪将那只鸡捉走了。林大人看到这个情景之后，当天夜里就写下了这些字。"

"后来呢？"

"第二天，林大人将所有的商人都叫了来，免除了他们的债务，连账本都烧掉了。不仅如此，林大人还将家中金银分给那些商人让他们带回去。"

"好！"金正喜猛地一拍膝盖，高声赞道，"这个躬耕菜田的老人终于在菜田里刨出金佛像来了！"

朴钟一不能理解金正喜为什么如此赞叹。但是，金正喜的赞叹并不令人费解。林尚沃号"稼圃"，所谓"稼圃"就是"在菜田里种菜的人"的意思，所以，在菜田里种菜的老人就是喻指林尚沃。说林尚沃在菜地里刨出金佛像，就是暗示林尚沃得道成佛了。

"法举扬。"

佛家有一种通过向他人示以本人的悟境而观照他人悟境的做法，叫作"举扬"。无论是以十字浓缩本人悟境的林尚沃，还是甫阅十字即洞穿林尚沃悟境的金正喜，都是超越了凡人境界的贤人。如果说他们之间有什么差别的话，只能说林尚沃是通过商来悟道成佛的，而金正喜是通过书来成佛的。

金正喜接到了林尚沃让朴钟一带来的佛偈后，当场挥毫泼墨。

写着林尚沃的十字偈语，金正喜更加深刻地体味林尚沃所到达的超脱境界。

这个时候，金正喜每天都埋头临摹达摩像，这是因为一年前他的老友白坡大师圆寂了。金正喜一生之中与两名僧人相交甚厚，一个是以茶道见称的草衣，另一个就是白坡。

白坡是全罗道茂长人，12岁出家为僧。早年以讲经布道而闻名，40岁后"认识到佛法的真谛不在文字，而在悟道，自己以前不过是一直在说一些大违佛法的话"，就这样开始忏悔，经过五年面壁修行，终于返璞归真，成为当代第一禅师。

特别是，白坡整理禅门要义，创立了白坡派。

此外，白坡还是一位集律、华严和禅之精髓于一身的巨匠。与之过从甚密的金正喜称赞他为"海东达摩"。

金正喜称白坡为"海东达摩"是有缘由的。

在见到白坡前，金正喜就非常喜欢画从印度东渡来到中国，成为中国禅宗始祖的菩提达摩的像。每当金正喜画达摩像的时候，许多人总是问他：

"您怎么画白坡的像呢？"

这个时候，金正喜总会回答："没有，我从来没有见过白坡。我画的是达摩。"

但人们并不相信。无奈，金正喜就到灵龟山龟岩寺亲自拜见白坡。金正喜一见到白坡，就明白了人们为什么会那样说。白坡就像是从自己凭想象所画的达摩像里走到现实中的人。

从此，金正喜就极口称赞白坡是"海东达摩"，两人开始了不平常的交往。正是从白坡住在全罗北道顺昌的灵龟山龟岩寺的那个时候开始，金正喜受托为白坡画像，在画完了极像达摩像的白坡像之后，又为那幅画作序。在题为《记白坡像兼序》的序文中，金正喜写道：

"年前为达摩像，见者咸以为白坡像，其缘奇也。疑为达摩圆寂，精神西归而报身东现。向者，山谷老人以李百施所作陶渊明像与己肖，而秦淮海所画陶渊像益酷肖自己，遂以陶渊明像为己像。达摩白坡自非一人，实为一体。入灵龟山，为白坡像，弟子焚香，为题曰：'远见达摩，近见白坡。非一实一，入不二门。清水今日，明月前身。'"

在收了林尚沃送来的山参，读了林尚沃写的字后，金正喜觉得林尚沃也达到了"入不二门"的境界。

林尚沃看到鸢把一只鸡攫走，顿悟不二法门，真正感悟了万物无别的境界，并把自己的所有财物都分给了别人。正如金正喜称颂白坡的"清水今日，明月前身"，林尚沃已达，"心如明月珠"的境界。

金正喜非常清楚，尽管含而不露，林尚沃正不断为自己施行无相布施。

十余年前,金正喜在《岁寒图》跋文中写了自己为李商迪画《岁寒图》的原因:"去年甫送《晚学集》、《大云山访问稿》,而今又赠《皇清经世文编》。此皆人间罕见之作,且千里迢迢、耗时数载从远方所购,诚系来之不易而非唾手可得之物也。"

通过这篇跋文,金正喜对弟子李商迪辛苦几年的时间为自己到千里之外的北京去买贵重的书表示感谢,但也隐约猜出买这么贵的书需要花大笔的钱,而这钱都是林尚沃资助的。因为李商迪只不过是一名译官,购买长达120卷的昂贵的《皇清经世文编》的费用,光凭李商迪一个人是筹措不来的。

特别是,林尚沃明知为犯罪遭流放的重罪人斥巨资购物本身也构成重罪,依旧不动声色地为李商迪提供巨资,暗中资助金正喜。对此,金正喜心知肚明。

所以,金正喜打算,就像给前往济州岛的李商迪作《岁寒图》一样,虽然林尚沃是通过朴钟一而非亲自来,但还是要送一件礼物给他。

朴钟一交代过林尚沃的礼物和林尚沃要金正喜过目的文字后就想起程返回,但金正喜把他留了下来,原因正在于此。

那时,金正喜已是年近七十的老人,加上前后两次经受十余年的流放生涯,早已身心俱疲。

金正喜一生中曾用过秋史、阮堂、诗庵、天竺古先生等百余个名号,但晚年在奉恩寺住的一段时间里特别爱用"老果"为号,由此可见,金正喜那时已经通过文字把自己比喻成"老果"了。

林尚沃是自己尊敬的老友,为他画些什么写些什么才好呢?金正喜为此大费周章。

每天早晨,朴钟一都要去拜见金正喜,向他问安:"您昨天晚上睡得好吗?"

每次,屋里都没有回音,而是传来阵阵咳嗽声。这个时候,朴钟一就这样问:

"大人,今天可以吗?今天我可以回去了吗?"

每当这时,屋里的金正喜总会回答:"再等一天吧,明天大概就可以回去了。"

"明天就可以回去了"这样的话,金正喜已经重复一两天了。又过了几天,五六天都过去了,还是没有消息。

朴钟一心里非常纳闷,金正喜到底为主人准备什么样的礼物,要花费这样长的时间?

10天过去了,朴钟一有些等不及,早晨一起床就到金正喜的住处去问安:"大人,昨夜安好吗?"

房里还是没有回音。

"大人,今天怎么样?今天可以回去了吗?"

就在这时,房门大开。过去10天,朴钟一来问安房门从来没有开过,而这次房门却"哗"地打开了。

"当然。"金正喜回答说,"今天你可以回去了。"

金正喜手里拿着件东西,说着,他把那东西递给朴钟一:"请把这个转交林大人,转交的时候请转达林大人:在天竺居住的老人给在菜田里种菜的老人送去一枚老果,让他好好品尝。"

金正喜让人带给林尚沃的就是这样的一句话,然后就关上了房门。朴钟一道了辞,房里再无反应,连咳嗽的声音也没有了。

朴钟一看着金正喜送的礼物,是一件用厚纸包着的东西,外面写着"亲展"两个字,意思就是让收东西的人亲自打开。送给主人的东西自然是不能打开来看的,再说那里面的内容也不是让朴钟一看的,因此朴钟一更加感到好奇。

套子里装的到底是什么?到底什么东西这么重要,让他在奉恩寺待一两天不行,非要待上足足10天?

10天后,朴钟一回到义州去见林尚沃。林尚沃正像金正喜所说的那样,流着汗在地里拾掇蔬菜。

离开义州的时候还是春天,到从汉阳回来,不知不觉已是初夏时节了。

"平安回来了?"林尚沃一边洗手一边迎接朴钟一,然后两人相对坐下,"那么,见到秋史大人了?"

"我按照您的吩咐去奉恩寺拜见大人后，就回来了。"

朴钟一开始把这段时间的事情原原本本向林尚沃禀告。

"秋史大人怎么讲？"听了朴钟一的话，林尚沃双目闪光。

"读了文章后，大人这样问我：'请把写这句子前后的经过说给我听。'"

"你又是怎么回答的？"

"然后我就直接把从您那儿听来的话讲给他听了。听了这些话，秋史大人又问：'后来呢？'我回答说：'第二天，主人就把商人们都叫了来，免除了他们的债务，并把账本也用火烧掉了。不仅如此，主人还给商人们每人一份金子让他们带回去。'"

"那么，大人怎么说的呢？"林尚沃依旧双目精光闪烁。

"秋史大人猛地拍膝赞了声'好'！"

"就这些？"

"还有，之后，秋史大人自言自语说了句莫名其妙的话。"

"自言自语？"

"秋史大人是这样说的：'这个躬耕菜田的老人终于在菜田里刨出金佛像来了！'"

听了朴钟一的话，林尚沃突然放声大笑起来。那是一种足以让朴钟一大吃一惊的开怀大笑。林尚沃一边大笑，一边拍着自己的膝盖说：

"没错，没错，正是那样。"

朴钟一不知道林尚沃为什么笑。

为什么秋史大人一句"这个躬耕菜田的老人终于在菜田里刨出金佛像来了！"的话会让主人感到那么高兴，那么好笑呢？朴钟一正色地向林尚沃问道："什么让您如此高兴？"

林尚沃答道："看你这人！我老了，秋史大人也已是古稀老人，然而大人还能有这样明亮的眼光，怎能不让人高兴呢？"

大笑了一通后，林尚沃接着问："后来又怎样了？"

"又等了几天，大人说让我给您带话，并让我把这个东西交给您。"

"什么东西？"

朴钟一把从金正喜那儿带回来的东西双手呈给林尚沃。林尚沃从朴钟一手里接来，打开一看，白纸上写着让朴钟一转送的"财上平如水，人中直似衡"的字，正是林尚沃所熟悉的秋史的笔迹！

果然是天下名笔！

右上角写着"为林尚沃"，还有金正喜的落款，证明系出自他本人之手。林尚沃心里一直仰慕金正喜，并且一直与他保持着密切的交往，但这还是第一次得到金正喜这种有明确落款的作品。尤其是，这幅字还特别声明是"为林尚沃题字"呐！

"果然神来之笔！"林尚沃盯那幅字叹道，"这哪里是人之书艺，分明是神仙的笔法！"

林尚沃自言自语，一遍又一遍地感叹不已。

"还没完呢，"朴钟一接着说，"我去辞行的时候，秋史大人说'再待一夜吧，大约明天早晨就可以回去了'，所以只得在奉恩寺又待了一夜。"

朴钟一接着说道："秋史大人'再待一宿再回去'的话，第二天、第三天还是没有变。两天、三天、五天地又过了几天，还是没有消息。最后到了第十天，我去给秋史大人问安的时候，房门大开，秋史大人出来说'今天你可以回去了'，然后就给了我这件东西。"

朴钟一把自己小心翼翼地保管的那个装在套子里的东西双手呈给林尚沃，说道："秋史大人让我把这转交给您。"

林尚沃接过。

套子上写着"亲展"，是金正喜那熟悉的笔迹。

林尚沃小心地打开套子，并问朴钟一："那么，再没有别的话了？"

朴钟一像突然记起了什么，说道："秋史大人把这个东西交给我的时候，让我转达一句话。"

"什么话？"

"说住在天竺的老人给在菜田里种菜的老人送来一枚老果，让老人好好品尝。"

林尚沃听到朴钟一转述的话，刹那间洞穿了金正喜的心意。

"在菜田时种菜的老人"正是"稼圃"，也就是林尚沃本人。"在天竺住的老人"则是终生信仰佛教的金正喜自己。金正喜生前取佛祖涅时所在的天竺作为自己的号，称"天竺古先生"。而"老的果实"则是喻指金正喜晚年寓居奉恩寺时所用的号"老果"。

"金正喜给林尚沃送来一枚老果并且要林尚沃好好品尝。"

老果，林尚沃边解套子边想，原来这套子里装的是一枚老果。

"老果"送来的一枚"老果"就装在套子里。

林尚沃掏出套子里的东西展开来看。朴钟一也同样非常好奇，屏住呼吸看着上面的内容。

林尚沃边展边看。那是一帧画卷。画轴是从右往左展开的，所以自然地字也从右向左慢慢展现。开始展现的字是这样的：

"商业之道"

看到这字，林尚沃马上又拍膝大笑起来："没错，没错，正是这样。"

商业之道。

林尚沃一生从商，而金正喜送给林尚沃最后的礼物，是一包老果。

林尚沃将那幅画卷继续展开，接着出现的是"稼圃是赏"。

所谓"是赏"就是对艺术作品仔细地吟味、理解、享受，颇有鉴赏的意味，与金正喜送给林尚沃的"送一枚老果，好好品尝"这话的意思是一脉相通的。

最后是金正喜的落款："老果"。

林尚沃的手停了一下，又轻轻地继续将那卷轴展开，他的手微微地颤抖着。一幅画缓缓展于眼前。

一幅风景画。

远有低山，近有田园。田园上有一方菜地，一个老人正在那里拾掇着蔬菜。菜田的旁边，有一条小溪在流淌。画幅里正在拾掇蔬菜的老人的形象指的正是林尚沃，而老人的形象也极尽简化，乍看像山、溪、岩石等风景的一部分。画卷全部展开，最后的部分是金正喜为林尚沃所作的题跋。那是金正喜为了详细解释画题"商业之道"所作的说明。

林尚沃开始轻轻地读那篇文章。文章是为称赞一生经商的林尚沃而作，通篇流露着金正喜对正确地感悟了商业之道并终成商佛的林尚沃的赞赏。林尚沃轻轻地吟咏着那篇文章，不禁感叹：

"真是'只可有一，不可有二'啊！"

林尚沃这句赞叹，出自金正喜在《不作兰图》中的题跋。

金正喜的作品真是达到了书画合一的极致。看罢，林尚沃又去看跋文末尾的"老果老人书"字样。

看到这几个字，林尚沃马上想到朴钟一刚才所说"住在天竺的老人给在菜田里种菜的老人送来一枚老果，让老人好好品尝"的话，忽然又拍膝叫道：

"老果果然熟了！"

听到这话，朴钟一满腹疑惑地问："什么老果？哪里有老果熟了？"

林尚沃笑道："你也想吃老果吗？想吃的话，随便摘吧。"

朴钟一不明就里，犹自追问："什么意思？我怎么一点儿也听不懂呢？哪里有老果，想吃就随便摘呢？"

林尚沃又笑着说："秋史大人是经受了坎坷曲折的历程而活下来的。经历了在济州岛的10年、在北青郡一个村子里两年的流放生涯之后，金正喜已进入老年了，受着病苦的煎熬，过着不幸的生活。然而，面对着狂风暴雨岁寒的洗礼，金正喜大人像青松一样挺拔，顽强地走过来了，最终结出浓香扑鼻的果实，这不正是'老果'的成熟吗？"

林尚沃指着画轴最后的"老果老人书"说道："我想送美味的果实给朴公吃，想吃多少就摘多少，其意义就在于此。"

至此，朴钟一才明白了东家的真意，醒悟"老果"就是喻指金正喜费尽心思花了10天的时间画出的作品《商业之道》。

老果。

商业之道

正如金正喜所语,"老果"送来一包"老果",而其中最后的果实正是为林尚沃而作的《商业之道》。

这是金正喜最后的遗作,也是至今尚未公开的最佳作品,《商业之道》就是这样问世的。

林尚沃从鸢将啄食的鸡攫走的情景中悟到了自己命运行将结束,回归于无,并最终悟出"财上平如水,人中直似衡"的道理。而金正喜在看到那句佛偈的瞬间,马上得知"这个躬耕菜田的老人终于在菜田里刨出金佛像来了",就使出浑身的力气结出了平生最后一次一枚"老果"。无论是送来果实的金正喜,还是悟出果实已十分成熟的林尚沃,都超越了俗人和凡人的境界,达到了超人的境地。

即将面对死亡的两个老人,在一生中最后一次证实了彼此的友情。这正是老果与商道结出的果实。

第二十三章　商业之道

2000年11月3日，如水纪念馆如期开馆。它的名字取自金起燮会长的别号。建造于大学路空地的这座纪念馆规模不大，然而十分雅致宁静。

正如他生前的绰号"轮痴"，纪念馆入口处有一个车轮状的雕像。铺好草皮的院子里展示着金会长的雕像，由于还没有正式进行揭幕仪式，雕像上仍盖着一块白布。从雕像大小来看，好像不是全身像，而是雕刻到人体胸部的半身像。

金会长生前性格腼腆，如果他还活在人间，看到这座以自己名号命名的纪念馆落成，肯定感到不自在和难为情。由于是为自己建造的纪念馆，即便是迫不得已要建个雕像，他也一定会极力反对修建那种与实物一般大小的全身像。

从这个意义上讲，建立一尊半身像应属明智之举。

到了开馆时间，聚集的人越来越多。金起燮会长生前作为财界巨子极负盛名，所以今天不光是经济界的人士，政界、学术界的许多知名人士也都纷至沓来。其中，不但有前任总统，而且还有许多声望卓著的社会名流和享誉全国的文化巨擘。

我站在一个角落里，袖着双手，凝视着草地那边已经竣工的纪念馆。这是个不大不小，有着雅致外观的两层建筑，朴素的建筑风格颇为得体。

比想象中还要多的记者聚集在这里，到处都有记者的镁光灯在闪烁，不像是给麒坪集团总裁金起燮会长的纪念馆开馆仪式做报道，却像是因为又有了什么别的新闻才吸引来如此庞大的采访阵容。

是因为秋史金正喜作品的缘故。

是因为秋史金正喜最后的遗作移交给了纪念馆财团的缘故。

当然,我是大约十天前从韩基哲那里获知这一情况的。财团以超出想象的低廉价格获得了凌驾于金正喜国宝级作品《岁寒图》之上的最高佳作《商业之道》。这得益于藤塚的决定,他的父亲是秋史收藏家藤塚近史郎。

老藤塚临终时曾留下遗言说:"不管什么理由,对秋史的遗作,如果赠给博物馆则另当别论,但切不可私下拍卖和转让他人。"但藤塚违背了父亲的遗言,将秋史最后一幅杰作《商业之道》转让给了如水纪念财团。韩基哲还告诉我,藤塚在转让作品时表示:"虽说不是博物馆,但毕竟是纪念馆,所以并不是私下交易。家父留下遗言,说并不在意无偿赠给博物馆,但既然是纪念馆,名义上的金额还是要收的。"

正如藤塚言,购买秋史金正喜的《商业之道》的价格其实就是一种名义金额。如果藤塚有意讨价还价的话,以金起燮会长"不管什么理由,一定要购得此作"的执着,《商业之道》的身价恐怕已是天文数字了。

如此强大的采访阵容也正是为秋史的最后遗作《商业之道》而来。由于专家们有关这幅画的价值在《岁寒图》之上的评价已经沸沸扬扬地传开,记者们绝不会错过这么有新闻价值的活动。

快到11点开馆的时间了,草坪上已被围得水泄不通,几乎没有立足之处。11点整,国务总理到场,以金起燮会长遗属为主的几位人士举行揭幕仪式,开馆典礼开始了。伴随着乐团的演奏,白色的帷帐徐徐脱落下来。

青铜雕就的金起燮会长胸像马上呈现在众人眼前。这是一个写实主义的雕刻作品,它是那样的栩栩如生,以至于让大家错以为这就是生前的金会长。掌声从四处响起。

啊,那些人懂吗?

那些玩弄权势、一呼百应的愚蠢政客,那些沉溺精英幻觉的贵族式企业家，还有那些混迹社交界的知名人士，那些在镁光灯下、在电视镜头前故作正经的市侩主义小丑们，那些鼓掌的人们，他们懂吗？林尚沃感悟到的戒盈杯的真谛，他们真的懂吗？

这里不是金起燮的如水纪念馆，这里是林尚沃的"稼圃纪念馆"。

金起燮一生仿效林尚沃，发自内心地景仰他，所以这里展示着林尚沃的遗物，包括他留下的文集《稼圃集》和戒盈杯。备受采访者关注的《商业之道》也是金正喜为稼圃林尚沃而作。所以，这里虽然是歌颂金起燮会长的如水纪念馆，实际上也是承继"商道"、弘扬林尚沃精神的纪念馆。

可是，那些人真的懂吗？

纪念馆内展示的破碎的戒盈杯，从古董的价值上看不值什么钱，但其中蕴涵着的生活至理，那些人可能丝毫也体会不到吧？

在韩基哲作了建馆经过报告后，几位贺客相继致辞，表示追慕故人之意，并赢来数次掌声。"逝去的金起燮会长才真正是国家经济之栋梁，虽然已经离我们而去，但他的遗志我们将继续发扬光大"，在诸如此类的致辞之后，终于到了剪彩的时刻。

几位贵宾戴着白色的手套，走到纪念馆前的彩纸前一字排开，一齐举起了专用剪刀。

我袖着双手，站在那里想：待那些人剪过彩，我的任务也就结束了。今年一月，我从韩基哲那里秘密地接受了任务，对金起燮会长终生效仿的历史人物林尚沃进行探究考察。过去10个月里，我在时间和空间中穿梭，埋头研究这个叫林尚沃的人物。现在，这种考察也将随着剪彩而结束。

林尚沃，生于1779年即正祖3年，卒于1855己卯年，享年77岁，堪称长寿。

关于林尚沃之死，世人所知不多，据说是在初秋季节。

一天午休，在梦里，他看到曾亲密爱恋后又狠心与之分手的松伊乘着白鹤悠然地飞上了天空。从那时起，林尚沃的身体便开始急剧衰弱。以前他还喜欢种种菜、干点农活，此后由于行动不便，户外活动基本就停止,大部分时间是在床上度过的。终于,在一个凉爽的秋日,他让下人们打来满满一盆水,没有要下人们搀扶,自己洗漱完毕,然后又让下人拿来镜子,呆呆地看着镜中自己的脸庞。

"喂,稼圃,"林尚沃盯着镜中自己的面容,自言自语。两旁的人都以为他是看到了虚幻的东西,但并非如此。他只是在对着镜中自己的面容自言自语:"这一生,你真是受苦了。"

林尚沃是在对着自己借用一生、行将蝉脱而去的躯壳自言自语。然后,他让朴钟一拿来笔墨纸砚,自己站起身来,浓墨饱蘸,用尽平生之力挥毫写道:

死死生生生复死,

积金候死愚何甚。

几为闲名误一身,

脱人傀儡上苍苍。

临终偈是做了一辈子修道士的高僧们临终前吟出的偈颂。从这个意义讲,林尚沃的绝笔诗作可以称作他的临终偈。作为商人,林尚沃虽然取得了巨大的成就,成为朝鲜甲富,但他懂得"积金候死"的愚昧,懂得取得巨大成就却搞垮身体的幼稚,就此而言,他是一个纯粹的修道士,他最终完成了石崇大师对他的期望,修成商佛。

写罢这首诗,林尚沃又给朴钟一留了几句话,这就是他的遗言。林尚沃留给朴钟一的遗言内容,没有能够完整地保存下来。不过有一点很清楚,他死后没给子孙们留下一点遗产。

林尚沃是一个有修养的哲人,他能够看穿"权无十年盛,花无百日红",知道"富贵不过三代"的道理。事实上,古今中外保持富过三代以上的门户是绝无仅有的。这正和林尚沃"财上平如水"的哲学如出一辙。无论多少财产,无论怎样富裕,都不可能世袭三代,这就是天道。财富和利益不能永远占有,这就是潮流。因此,如果给子孙们留下财产,他们将变得懒惰、无能,这将对他们造成伤害。平时,林尚沃教育他的子孙"财物是招祸之门,遗产是斩身之刀"。林尚沃一生有几个孩子不得而知,《义州邑志》中记载:"林尚沃有两胞弟,一子,早殁。"林尚沃两个弟弟夭折的事情在《稼圃集》便有记载,如果说儿子中也有一个早逝的话,那说明林尚沃应该还有子孙留存于后世。

但不管怎样,林尚沃的万贯家财并没有传给子孙。他把土地分为若干份,编入宫庄土。所谓"宫庄土",就是属于嫔妃或王子宫院的土地。从《稼圃集》的有关记载中可以看出,林尚沃的大片土地并不属于他的后世子孙,而是与属于驿站或驻军的驿屯田一样为国家所有。这是因为林尚沃并不想让后世子孙能长久地拥有财产,而是将自己的财产彻底归还于社会。

那天夜里,林尚沃停止了呼吸。

一大早,下人到林尚沃的房前给林尚沃请安,但林尚沃的房间里没有一丝动静。以往,即使在林尚沃身体很虚弱的情况下,下人们来请早安,他也会大声回答。见屋里没有一丝动静,下人非常惊惶地跑去将朴钟一叫来。朴钟一赶忙跑到林尚沃床前,只见林尚沃安详地躺在床上,就像一个熟睡的人。朴钟一轻轻地摇了摇他,不小心摸到了林尚沃的手,他的手上虽然还留有余温,但体温已在渐渐退去。林尚沃手中握着一把折扇,仿佛前一秒钟前还曾扇过一样。朴钟一清楚地知道这把折扇意味着什么。

林尚沃很早以前就将其父的坟墓移葬到了白马山城三凤山东北角上的一个山坡上了,他把这里定为埋葬祖先的先茔,同时也在山上为自己准备了墓穴。林尚沃把自己安葬在"用几个橡木扎成的、每天早晚可以仰望先亲墓穴的祠堂"前面的空地上。

佛教要求人们达到一种"空手而来,空手而去"的境界,林尚沃正像他在诗中所描绘的那样,是个只身来去的歌者,"空手而来,空手而去",抛弃了人间的世俗了赤手升天。

大概是刚刚剪过了彩,贺客们的掌声响成一片。贵宾们正向纪念馆方向移动。纪念馆的门终于打开了,宾客们慢慢地走进纪念馆。而我依然站在草地上,一副袖手旁观的样子仰望着金起燮的胸像。

仪式的第一部分结束后，准备在草地上举办简单的鸡尾酒会。主办方正忙碌地准备着，一些食品已经摆上了餐桌。我端起一杯杜松子酒细细地品尝着，等待纪念馆展厅清静下来。

在人们的心目中，金起燮只不过是个对汽车极度痴迷的轮痴，一个白手起家的传奇式人物。通过金起燮，人们反复回味着敛财与荣耀才是给人带来最大幸福的信念。在这里聚集的政客、老板、文人及社会各阶层领导能领悟林尚沃临终时所说的"死死生生生复死，积金候死愚何甚"的真谛吗？

愚蠢的傀儡们！

各种各样戴着稀奇古怪假面的奇异木偶，用麦秸填充的稻草人！这是一场戴着假面的木偶和稻草人的假面舞会，这真是一个一群伪装的人们在一起欢笑雀跃的狂欢节。

我慢慢地走进了纪念馆。一楼大厅的正面展示了一个自行车的车轮，这是从金起燮会长的"戒盈堂"里拿来的遗物。在这个自行车的车轮前，附有一句"金起燮会长最初制造的自行车车轮"的简单说明，这个说明省略了许多故事。这个让金起燮失去右手小指的车轮，借金会长的话来说，是用生命换来的。从只有一个轮子的铁环到拥有四个轮子的汽车，金起燮为"轮"贡献了一生。在生命的最后时刻，金起燮面向21世纪市场打造出千禧年新款车"伊卡罗斯"，但他却在德国的高速公路上试车时发生意外，失去了生命。用他自己的话来说，与其说他是一个人，毋宁说他是一只昆虫，一个对车轮极度痴迷的"轮虫"。

一层分为三个展室，第一展室内陈列着金会长遭遇车祸那天身上揣着的沾满鲜血的钱夹、手表和其他遗物。手表并非价值不菲的名牌，而是一块普通的手表，碎裂的玻璃表面似乎还在述说着金会长悲壮的死亡。表针仍然完好无损，可能是在金起燮会长出车祸时受到强烈冲击指针停止了走动，永恒地固定在"3∶52"上了。

在其他展室内依次陈列着金起燮的藏品。有曾在金起燮住所内悬挂的金正喜为林尚沃题写的字画以及摆放在玻璃窗内的林尚沃的文集《稼圃集》。在最里面的角落里陈列着戒盈杯，但介绍戒盈杯的文字相当简略，只写着"林尚沃的藏品，被称为戒盈杯"。人们没有注意这只残破的酒杯，一个从文物角度看不值钱的酒杯。

各大媒体记者及参观者大部分都聚集在二楼大厅，大概是因为那里陈列着金正喜的封笔之作《商业之道》。

但我清楚，金正喜这幅《商业之道》纵使价值连城，也比不上那盏破碎的戒盈杯。

戒盈杯由当时名匠禹明玉制作，是一个曾深陷酒色后又幡然醒悟的回头浪子毕其全身精气打造的神器。

人们没有觉察到这只有在传说中才存在的戒盈杯，在现实中竟如此真实地存在着。一个小小的酒杯使韩国诞生了伟人林尚沃，又使林尚沃明白"人真正的欲望不是满足而是自足"，但却没有一个人为这只杯子而驻足。

戒盈杯，其精髓在于正确把握欲望之度。这正是现代人所缺少的。戒盈杯是"宥坐之器"，是它成就了一代贸易大王林尚沃。

人的内心如果充满了名利、金钱、权势的欲望终究会跌倒，戒盈杯，昭示了"满招损，谦受益"的真谛一直鞭策着林尚沃。同时，戒盈杯还跨越了时空，造就了当今如水纪念馆的主人公金起燮。

如果能领悟戒盈杯的深刻含义，如果戒盈杯的喻义能浸润到云集于此的人们的心田，如果戒盈杯的精神能够感化那些享受权势的政客、享受金钱的商人、享受名誉的名流……

"您在这儿做什么？"

望着静静陈列在橱窗里的戒盈杯，我禁不住陷入了深思，却被一个突如其来的声音打断了思绪："到处找您，这么长时间您到底在哪儿？"

韩基哲。

"我在细细地观看纪念馆。"我回答道。

我的话音刚落，韩基哲就握住我的手以示庆贺，又笑道：

"多亏了郑先生，这纪念会长先生的如水纪念馆才能如期开馆，郑先生可是一等功臣啊！"

我摇头道:"哪里哪里,倒是主任让我学到了不少东西,我倒算个幸运儿。"

韩基哲不无炫耀地指着二楼说:"看到二楼挂的秋史作品了吗?人们都在赞叹,专家们也同时将它定为国宝,秋史的遗作可谓是我们纪念馆的骄傲!这都是托郑先生的福。去年夏天我们一起去东京拜访藤塚的时候,若非郑先生断然拍板,说不定这秋史的遗作还不能在我们的纪念馆展出呢!"

"这个……"我敷衍着笑了笑。

韩基哲转过身来看着我叮嘱道:"决不能不声不响地走掉,请在留言簿签个名儿,仪式结束后将在草地上举办一个纪念宴会,到时在那儿见,我们再喝一杯,决不能就这样走掉。"

说完,韩基哲和前来请示的下属急急忙忙地走了。

我走出展室,又拾级而上,来到二楼。大部分人都聚集到了二楼大厅,可能是因为那里陈列着被韩基哲视为骄傲的秋史遗作《商业之道》的缘故。秋史在为林尚沃作这幅《商业之道》时是癸丑年,也就是1853年春。林尚沃卒于1855年,这是在林尚沃去世前两年的事情。当时秋史已是一位67岁的老人。

秋史寓居奉恩寺时已病入膏肓。奉恩寺至今还留有秋史的绝笔"板殿"二字,这是秋史临终前几天写的匾额,落款是"七十老果病中作"。从这个落款不难看出,秋史在给林尚沃作这幅《商业之道》时正遭受病痛的折磨。秋史病故于林尚沃去世的第二年,也就是哲宗7年即1856年10月10日,享年70岁。由此可见,秋史为林尚沃而作的《商业之道》多半是他的最后一幅画作。

我缓缓来到二楼,记者们还在不停地拍照,镁光灯四处闪烁,电视摄像也正在紧张地进行,专家站在前面接受采访,耀眼的灯光将二楼大厅照得通亮。这些热衷于新闻的人,这些追求新的、更新的、特别的、更特别的具有轰动性新闻的人们,在他们刚一接触到新闻的瞬间,新闻就已不再是新闻了,因此就有了那些追求其他的更加新奇、更加特别的新闻的人们。

对性的饥渴会滋生祸端,而猎奇的心理也会使人疯狂。

我穿过人群，在画前停了下来。《商业之道》这幅画，宽25厘米，长65厘米，和《岁寒图》几乎大小相同，而且同样是卷轴形式。

去年那个炎热的夏季，在藤塚府上，对这幅画作只不过观赏了半个钟头。今天，当时走马观花观赏过的《商业之道》现今就端端正正挂在这里，或许正因为它已被展出在纪念馆，愈发显得格调高雅。

采访结束后，记者们因忙着发稿匆忙地散去，大厅里顿时清静下来。我在大厅里踱步，又来到那幅画前。秋史为林尚沃所作的这幅遗作堪称杰作中的杰作。

画面上有远山、流水和田园，还有一位驼背的老人在菜田里劳作。作者运用惜墨如金的涩笔手法，极尽简约之能事，通过神来之笔让人物与自然完美地结合在一起，是一幅仅凭寥寥数笔、几根简单的线条一蹴而就的写意画。

尽管它只是一幅画，但从画的总体来看，流动着一种无法形容的高雅意境，犹如鬼斧神工。

我注意到，画的右上角题写了这幅画的画旨。在田园里劳作的老人就是林尚沃，他是这幅画的主人公，这在题跋中已有注明。

上次在东京第一次看到这幅画时，由于时间短促没有看到这些。这是金正喜留下的最后一篇文章。

商业之道

"《史记》太史公云：'渊深而鱼生之，山深而兽往之，人富而仁义附焉。'此言有理，然非仅富而仁义附焉也，与其曰人富，莫若言循人道方使仁义附之，盖可谓商业之道。

稼圃平生积富，终富甲朝鲜八道。所谓稼圃经商，如孔子云'非逐利而求义也'，故其乃平生重道之君。经识'财上平如水，人中直似衡'之利理，故优于人而非优于财。

虽终生积财，而不拘一物；竭生平劳作，实无为之人；尽

商业之道

终身蓄金,仍侍蔬不辍,可谓一老菜农也,故称其商佛,于此何乐而不为,乃幸事。"

文章结尾的落款是"老果老人书"。

慢慢读着这篇题跋,阵阵感动如流水般浸入心田。在过去一年的时间里,为了搜集林尚沃的生平事迹而四处奔波,秋史的这篇题跋为这一切工作画上了一个圆满的句号。秋史以"寸铁杀人"般精练的词句深刻地概括了林尚沃的一生。

我所有的工作至此结束。

我站在画前,向后退了几步,自言自语道:"现在林尚沃不在了,秋史金正喜也不在了,如水金起燮就更不存在了。"

对于生活在今天的人来说,秋史为林尚沃所作的名篇无疑是一篇无时无刻不在告诫着我辈的"狮吼",但又有几人能理解其中的深意呢?他借用孔子之言教诲现代人"非逐利而求义也",但又有几人能将秋史的良言铭记在心呢?

林尚沃终生敛财无数,却千金散尽,复归农事,悟"商道"而成佛,达到了"商佛"的境界。秋史借林尚沃的生平提醒现代人,这才是一种真正的愉悦,但又能有几人能领悟秋史的箴言呢?

我从画前转过身去,自言自语道:"我还担哪门子心呢?现在一切都结束了,秋史也好,林尚沃也好,如水金起燮也罢,他们与我何干?"

我慢慢走下台阶。我想起韩基哲曾说要和我喝一杯,让我不要就此走掉。但转念一想,韩基哲的约定现在于我又有何用呢?犹豫不决中,我已快速穿过草地走出了纪念馆的大门。当然,没有谁来挽留我。

《商道》
Copyright© 2000 By 崔仁浩
Original Edition Published By In 2000 YEOBAEK MEDIA
All rights reserved
Chinese Simplified Character Translation Copyrights© 2023 by 世界知识出版社
Chinese edition published by arrangement with 崔仁浩
All rights reserved

图字： 01-2002-1255 号

图书在版编目（CIP）数据

商道 /（韩）崔仁浩著；王宜胜等译. —北京：世界知识出版社，2003.7（2023.4 重印）
ISBN 978-7-5012-2077-9

Ⅰ. 商… Ⅱ. ①崔… ②王… Ⅲ. 长篇小说—韩国—现代 Ⅳ. I312.645

中国版本图书馆 CIP 数据核字（2003）第 056039 号

商　　道
Shangdao

- 作　　　者 —— ［韩］崔仁浩
- 译　　　者 —— 王宜胜　陈福坤　柴训天　郑敬亭　郑东升
- 策划编辑 —— 王　立　于家渤　唐　浒
- 责任编辑 —— 侯奕萌　刘　喆
- 责任出版 —— 赵　玥
- 责任校对 —— 张　琨
- 装帧设计 —— 大象工作室　石建华
- 出版发行 —— 世界知识出版社
- 地址邮编 —— 北京市东城区干面胡同 51 号　（100010）
- 电　　话 —— 010-65233645（市场部）
- 网　　址 —— www.ishizhi.cn
- 经　　销 —— 新华书店
- 印　　刷 —— 河北新华第一印刷有限责任公司
- 开本印张 —— 880mm×1230mm　1/32　21 印张
- 字　　数 —— 550 千字
- 版次印次 —— 2003 年 7 月第一版　2024 年 10 月第四十三次印刷
- 标准书号 —— ISBN 978-7-5012-2077-9
- 定　　价 —— 68.00 元

版权所有　　侵权必究